内容简介

　　本书系对中国长篇白话小说
的发展所做出的系统、全面的研
究。按照历史线索，将白话小说
的发展分作：重在讲述故事的早
期阶段；以明中叶世情小说的问
世为标志的、进入到描写人生、
反映人物命运的阶段；以《儒林
外史》及晚清谴责小说为代表、
极度关心社会现实、把剖析社会
弊端作为创作主旨的阶段。并结
合具体作品，对上述三类小说的
产生原因、创作观念、审美特征
等，做了具体、细致、深入的分
析，以及理论上的解读。

作者简介

武润婷，1945年生，山东阳谷人。1969年北京师范大学中文系本科毕业，1983年山东大学中文系研究生毕业，后留校任教。教授，硕士研究生导师。学术兼职：中国近代文学学会理事。重要学术著作：《中国近代小说演变史》《明清世情小说史》《徐夜诗集校注》等。主要研究方向：明清、近代文学。

丛书主编 马瑞芳

中国古代小说发展研究丛书

中国古代长篇白话小说发展研究

武润婷 著

山东教育出版社

"饰小说以干县令,其于大达亦远矣。"①小说研究者早就认识到这里的"小说"是指琐屑的言论,指与"大达"形成对比的小道,还不具备文体"小说"的含义。小说在汉代之前尚缺乏独立的文体意义。在漫长的文学发展长河中,随着小说题材的拓展和小说创作艺术的渐渐成熟,"小说"才成为以散文叙述虚构故事的文学体裁的专称。中国古代"小说"一词内涵、外延都相当复杂,既有文学性文体部分又有非文学性文体部分。各朝各代学者对小说做出了各种分类。16世纪胡应麟《少室山房笔丛》将小说分为六类:志怪、传奇、杂录、丛谈、辩订、箴规。后三类就属于非文学性文体。后世学者对文学性小说文体的分类通常按语言形式做文言和白话之分;按篇幅做长篇和短篇之分(中篇小说通常被包含在短篇小说之内);按内容做志怪和传奇之分,还有更具体的历史演义、英雄传奇、人情小说之分……不一而足。本丛书着眼于文学性文体小说的研究和分门别类的细致考察。

二曰中国古代小说的起源、孕育、滋养过程。考察哪些文体、哪些因素对小说的产生起作用,这一研究较多地集中在先秦两汉语言文学中。先秦两汉并没有产生典型的小说文体,但此时的多种文体如神话传说、历史散文及诸子散文、史传文学甚至《诗经》《楚辞》都给小说的产生以或大或小、或远或近的影响。其中,神话的原型人物、典故、构思,史传文学的叙事笔法和杂史杂传,诸子中的"说体"故事和寓言故事……对中国古代小说的产生起到决定性作用。本丛书对中国古代小说产生做了全面深入探讨,提出一系列新见解。如庄子对中国古代小说家的决定性影响,《诗经》《楚辞》对小说创作的开宗作祖意义等。

三曰中国古代小说唐前史料学探究。研究中国古代小说,史料是基础,是理清小说产生年代、成就、特点的必备资料,是进行理论分析的前提。汉前小说史料依附于历史、诸子,从魏晋南北朝开始,小说作为独立的文体跻身于众多文体之中,产生大量小说作品。程毅中先生在《古代小说史料简论》一书中提出:小说作品本身和版本、目录、作者

---

① 《庄子集解》,《诸子集成》本,第177页,上海书店出版社,1986。

生平、评论等，都是重要的小说史料。本丛书在对中国古代小说各种发展阶段的重要作品进行探究时，注重考证，注重重要作家生平对小说创作影响的考察，注重第一手资料的收集和剖析，力求"言必有据""知人论事"。需要说明的是，唐后小说史料十分繁富，由于小说是"小道"的观念，唐后一些极其重要的作家如兰陵笑笑生、曹雪芹的生平往往不易弄清。因而对作家生平的考订应该成为小说史料学的重要内容，如与红学并列的曹学，就是专门研究《红楼梦》作者曹雪芹及其祖辈的学问。而用一本书探讨整部小说史史料问题几乎不可能，故本丛书对唐后小说史料的必要性、兼顾性研究体现在有关书中，小说史料的专门性探究暂时截止于唐前，唐后小说史料的专门性探究，留待此后有条件时增补。

　　四曰文言小说和白话小说的发展轨迹和写作特点。中国古代两类最主要的小说文言小说和白话小说都经历了萌芽、成长、繁荣、鼎盛、衰落阶段，并在各阶段产生了彪炳史册的名著。我们采用通常意义的文言和白话区分法，其实严格地说，不能用"文言或白话"截然区分中国古代许多小说，典雅的《聊斋志异》里有许多生动活泼的民间口语，通俗的《金瓶梅》中也出现台阁对话，《三国演义》则采用既非纯粹文言亦非纯粹白话的浅显文言。中国古代文言小说如《搜神记》、《幽明录》、唐传奇、《聊斋志异》等，具有明显诗化和写意性特点，人物描写带一定类型化、"扁平"性，故事叙述、情节结构较为简约明快。中国古代白话小说，不管是短篇小说《三言二拍》，还是长篇小说《三国演义》《水浒传》《金瓶梅》《西游记》《红楼梦》《儒林外史》，重在描写情节完整、曲折生动、感人悦人的故事，或着眼悲欢离合，或着眼社会问题，人物栩栩如生，风貌复杂多样，长篇小说更具有一定的史诗品格。文言小说以志怪成就最著，白话小说描写人生成就最高。不管文言还是白话小说，在人物描写、情节布局、构思艺术上，在诗意化和寓意性上，既借力于古代文化特别是古代文学其他样式如诗词辞赋散文戏剧，小说之志怪和传奇、文言与白话，又互相融汇、互相补充、互相借鉴，共同构成中国小说特有的人物创造、构思方法、描写格局、民族特点。

五曰对小说民俗的选择性考察。中国古代小说是中国民俗文化的重要载体,而民俗具有鲜明的地域性、民族性、时代性特点。因为中国古代小说所反映的民俗太复杂,涉及面太广,时间跨度太大,难以专门用一本书进行既细致又全面的研究。本丛书在剖析中国小说发展若干问题时,顺带对小说中的民俗进行综合考究,并选择跟山东有明确关系的几部名著如《水浒传》《金瓶梅》《聊斋志异》《醒世姻缘传》等,对小说所反映的民间信仰、饮食服饰、祭祀占卜、婚嫁丧葬、灵魂狐妖迷信、神佛道观念……进行专门考察,研究这些人生礼俗对刻画人物、组织情节起到的重要作用。作为与汉族民俗的对照,选择《红楼梦》作为满族民俗的载体进行研究。除与汉族类似的饮食服饰、神佛观念外,侧重考察《红楼梦》反映的满族游艺习俗、骑射教育以及满族的蓄奴风俗和与汉族不同的姑娘为尊的重女风俗。通过这个新角度对几部古代小说名著的解读,说明古代小说特别是明清小说中表现的民族风俗是其他任何文学作品和文化典籍都不能替代的。

六曰对小说传播的选择性考察。文言小说的主要传播途径不外乎史家和目录家的著录、读者传抄、类书和丛书收录、戏剧改编。白话小说的传播途径要广泛得多,在传播上也更有代表性和广泛性。印刷取代传抄成为主要传播方式,为嘉靖本《三国志通俗演义》作"引"的修髯子、刻印《水浒传》的武定侯郭勋等是小说印刷传播先驱。书坊为降低成本、扩大印刷推出的"简本"小说和短篇小说的选本如《今古奇观》,成为推动小说传播的重要因素。明清两代的文人士大夫成为白话小说的重要接受和传播者,"评点"变成自娱悦人兼推动小说销售的手段,白话小说改编成戏曲也很多见,三国戏、水浒戏、西游戏、封神戏、杨家将戏等广受欢迎。而与广泛传播形成强烈对比、引起尖锐矛盾的是统治者的"禁毁"。其实,中国古代小说很早就传播到欧洲引起世界文豪的赞誉。《歌德谈话录》多次谈到在中国只能算做二流的小说《好逑传》《玉娇梨》等,歌德说:在他们(中国人)那里一切都比我们这里更明朗、更纯洁,也更合乎道德。值得注意的是,歌德对中国古代几部二流小说跟《红与黑》等欧美名著持类似欣赏态度。拉美文学两位当代文学巨匠马尔克斯和博尔赫斯都崇拜曹雪芹和蒲松龄,博尔赫斯曾给阿根廷版《聊斋志异》写序并大加赞扬。

七曰古代小说理论发展研究。刘勰《文心雕龙》被认为是非常重要的文艺理论著作,偏偏没有关于小说的内容,这固然因为当时小说还处于萌芽时期,也说明小说从产生伊始,就没法取得与传统文学如诗词散文平起平坐的地位。小说被列入"子"部,算做"杂家"。"小说"者,小家珍说,雕虫小技也。小说长期处于被歧视的地位,在强大的传统文化笼罩下,小说家总想羽翼信史、向历史学家靠拢,蒲松龄自称"异史氏",就是司马迁"太史公"的模仿秀。中国古代没有独立的小说理论,也没有系统的小说理论著作,小说理论常以序跋或评点形式依附于小说本身,主要起诱导和愉悦读者的作用,不像经学家说经,诗词学家说诗词,起到写作指导作用。因此中国古代小说评点家对小说创作经验的总结常是"捎带性"的副产品,且多需后世学者加以进一步综合阐释。古代小说理论极力与散文理论、史传文学理论相对接,以取得合法性,其核心理念、内在思路、观念表述多借鉴经史理论,特别是"文以载道""良史之才"等观念经常被运用。金圣叹、毛宗岗、张竹坡、脂砚斋等古代小说评点家对小说具体人物、情节东鳞西爪的评点有鲜明的中国特色,部分吉光片羽的观点甚至可与 20 世纪文论家媲美。

八曰中国古代小说构思特点。中国古代小说从萌芽到繁荣,经历两千多年,无数作家付出辛勤劳动,它们形成了哪些富有中国特色的构思方法?哪位作家是哪类构思方式的开创者?哪位作家是哪类构思的集大成者?这些构思方法是如何萌芽、成长,并长成一株株小说名作的参天大树?这些形态各异的参天大树又如何共居华夏一园,形成中国古代小说构思千姿百态、摇曳生风的美景?……

这套丛书的写作目的,既想尽古代文学研究者职责,在古代小说研究中拓出新路子,完成新命题,又想古为今用、研以致用,希望通过对中国古代小说发展研究的比较全面的检视,使得中国古代小说与西方小说学概念、理论在纸面上接轨、"比武",让辉煌的古代小说以崭然如新的面貌走向读者,走向世界,引导当代读者阅读,给当代小说创作者参考。

因为文出众手,每位作者都是此方面默默耕耘多年的专家,各有自认为必须说明之处,故可能本丛书对某些话题和观念,如"小说"词语的历史演变,或有重复涉及,乃或有此书与彼书抵牾之处,读者方家慧眼鉴识之。

古代文化典籍版本复杂,本丛书择善而从,所引用经、史、诗词、小说原文,基本采用权威通行本并在页下加以详注。

众擎群举,十年搏书,敬请读者方家指点。

马瑞芳

2015 年 6 月 12 日于山东大学

目　录

绪　论

　　在我国璀璨辉煌的古代小说艺术殿堂里，白话小说无疑居主导地位。尽管封建社会里小说被视为"小道"，不能和正统的诗文并驾齐驱，但是，它在广大民众中产生的实际影响相当广泛，相当深远。我国古代白话小说的生成发展、审美价值以及创作的得失，是一个永远值得探讨的课题。

　　我国古代白话小说，有自己鲜明的民族风格。那生动曲折的故事情节，鲜活感人的艺术形象，平易酣畅的语言，都使它具有独特的艺术魅力。有人以西方小说为标本，认为除《红楼梦》外，中国古代没有小说作品，只有长长短短的故事。这是一种民族虚无主义的观点，其错误不仅在于否定了我国小说的民族特色，还在于对我国古代小说的概括极为片面。R. L. 史蒂文森认为："写小说有三种方法，第一，或者你先把情节定了，再去找人物。第二，或者你先有了人物，然后去找与这人物的性格开展上必要的事件和局面来。第三，或者你先有了一定的氛围，然后再去找出可以表现或实现这氛围的行为和人物来。"①我国古代白话小说的创作中，这三类方法都存在。第一类，先定情节，再找人物，指的是以情节为主的小说。

---

① 转引自陈平原《中国小说叙事模式的转变》，第 100 页，北京：北京大学出版社，2003。

我国的话本、说书体小说，属于这一类，我们称之为故事型小说。第二类，先有人物，然后针对人物的性格展开描写，就是世情小说，我们称之为描写人生的小说。第三类小说重在展现"氛围"。氛围是指，特定环境中的气氛和情调。我国古代小说，罕有侧重于表现喜庆氛围的作品，却有大量展示不良社会习气、社会弊端的作品，这就是讽刺小说和谴责小说，我们称之为问题小说。这说明，人家有的小说，我们基本上都有。那种认为我国古代只有故事没有小说的说法，是没有看到我国小说的动态发展。即便是对故事型小说，也不能以其为长长短短的故事为由而轻慢它。《三国演义》《水浒传》《西游记》，都被多个语种译介而名播四海，受到外国读者的喜爱。我国古代白话小说的成就，不容否认。

一

我国古代白话小说数量繁多，风格多样。为了研究方便，本书就将其分为故事型小说、描写人生的小说以及问题小说三类。之所以这样分，不是因为 R. L. 史蒂文森说了上面那段话，而是笔者认为，这种分类既能清楚地展示我国古代小说的发展脉络，又能比较全面、比较准确地展示不同类型的小说的不同特点。

首先，从内容上看。故事型小说侧重于描写惊心动魄、感人肺腑的故事。宋元话本是职业性的讲述故事的文本，自不待言；英雄传奇小说、神怪小说、公案小说，也都重在描述情节完整、动作性很强的故事。这是不争的事实。而描写人生的小说，重在描写人生和人物命运。《金瓶梅》真实地再现了在商品大潮的冲击下，我国早期商人的家庭生活；《红楼梦》更注重展示贵族女子的悲剧人生；而《海上花列传》又对青楼女子的人生命运做出观照，表现了一种对人的生存处境的悲悯之情。问题小说旨在展示社会问题，揭露社会弊端。《儒林外史》展示八股举业对士林的戕害，《官场现形记》抨击晚清吏治的黑暗、腐败，《二十年目睹之怪现状》揭露世风世俗的堕落。正因为此，提起《水浒传》《三国演义》，人们首先想到的是武松打虎、鲁智深拳打镇关西、温酒斩华雄、东吴招亲之类的故事。对作为故事主体的人，人们只知道他们的主导性格，并不了解他们丰富复杂的内心世界。而说起《金瓶梅》《红楼梦》，人们又会想起西门庆、潘金莲、贾宝玉、林黛玉、薛宝钗等人物。除了潘金莲谋害亲夫具有一定的故事性（这一情节来自《水浒传》）之外，人们很难把发生在他们身上的故事讲得有声有色。而对于他们的身份、个性、命运、追求，则了然于心。如果说，《儒林外史》中尚有范进中举可勉勉强强作为故事讲的话，对于《官场现形记》或《二十年目睹之怪现状》，大概谁也记不清它们都写了些什么人、什么事，但都十分清楚它们所批判的社会问题。

其次，从创作方法上看。由于故事型小说的重心在于故事，所以小说家用简洁明快的叙述性语言描述故事。作者不仅自觉地采用了夸张、虚构的手法，还善于用伏笔，设悬念，千方百计要把故事编排得惊心动魄，曲折感人。为了增加故事的传奇色彩，小说写的大都是非常之人，非常之事。写故事自然离不开人物，但人物主要是展开故事情节的工具，是所描述故事的载体。小说家不是为刻画人物而设置情节，而是为了情节的需要而刻画人物。因此，小说不需要设置性格多元复杂的人物，而是塑造故事情节所需要的某一类型的人物：好人或坏人，男人或女人，文人或武士……并按照情节的需要，凸现其性格的主导方面。它刻画人物也从来不脱离故事情节的发展，通常只注重描写人物在故事情节进展中的语言和行动，对于不利于描述故事的心理描写、环境介绍，则很少涉及。

描写人生的小说不再满足于讲述故事。小说家把自己的智慧放到了人物形象的塑造上，把人物性格的发展作为情节发展的基本动力。小说家不只是根据情节的需要描写人物，更多的是为塑造鲜明的人物形象而设置情节。故事变成为塑造性格服务的手段，变成了性格的载体。为了把问题说得更清楚，我们作一个比较。同是写美人，《三国演义》里写了貂蝉的连环计，《红楼梦》写了黛玉葬花。前者引人注目的是事，因为连环计是《三国演义》情节发展不可或缺的环节，人们关注它的成败。貂蝉其人，则是用以实施连环计的工具，我们只知道她长得很美就可以了。至于她的性格，她做这件事内心的想法，她后来的命运结局，作品无需介绍。而后者注重的是人，葬花也是《红楼梦》中的重要情节,但其本身是很小的事。对于故事情节的发展而言,葬花不葬花,都没什么大关系。之所以写葬花,完全是为了展示林黛玉的灵气与情韵,展示她多愁善感的性格,揭示她与她所生活的环境的不适应。可见,同是写事、写人,故事型小说与描写人生的小说有着明显的不同。此外,描写人生的小说,一改故事型小说中人物描写类型化、脸谱化的倾向,注重揭示人物丰富、复杂的感情世界,描写鲜明的人物个性。因此,细节描写、环境描写、人物心理的刻画,都被广泛运用。

问题小说,则把揭示某种社会弊端作为小说的创作中心,直接以种种社会问题构成情节矛盾。它不是以人物形象的鲜明和故事情节的生动取胜,而是以其审视社会、认识现实的穿透力服人。它根据揭露社会弊端的需要刻画人物,一般不展示整个的人生,而是截取最能表现受某种社会弊端影响的人物生活的横断面,加以详细描述。它也不注重人物性格的完整性和丰富性,只凸现其与某种社会弊端有关的思想和行为。例如,《儒林外史》中写范进、周进等人,只写他们和科举考试有关的生活和故事;《官场现形记》写何藩台、胡统领等人,只写了他们为官的贪婪和冷酷。如果说,世情小说向人们展示的是一幅幅人生画卷的话,那么,问题小说展示在人们面前的,永远是一个个具有鲜明主题的特写镜头。人物形象,完全成了某种社会问题的载体。由于问题小说以社会问题结构全书,小说就必然围绕着它所反映的某种社会问题进行选材和构思,于是就把受这种问题影响的、本来毫不相干的人或事,硬性地集结到一起。本来毫不相干,当然是缺少必然的内在联系,这些人与事自然很难融为一体。其结果,是这类小说没有中心人物和中心事件,形成了"虽云长篇,颇同短制"的结构形式。

再次,从小说的生成和作者创作的旨意看,三类小说也有明显的不同。

故事型小说产生最早。先是上古时期人们彼此谈论故事,发展到宋元的专职演员讲述故事,最后演变成长篇的故事型小说。作者的创作主旨是讲故事给人听,用胡适的话来说,是"为人的"①。作者不能只

①《胡适论中国古典小说》,第595页,武汉:长江文艺出版社,1987。

顾描述自己的生活体验,而必须迎合受众的心理需求和审美趣味。这类小说的受众,主要是市民,故此,小说的内容必须是广大市民感兴趣的话题。针对市民好奇尚异、文化水平不高、思辨能力较差的特点,作品的思想意蕴也必须简单鲜明,与之相应,艺术风格也就通俗、热闹、离奇、搞笑,总之,要让市民们听起来入耳即化,轻松愉快。

描写人生的小说产生于明代中叶。当时在社会上产生重要影响的社会思潮——泰州学派,最重要的特点就是对"人"表示了极大的关注。他们肯定人们与生俱来的权利,要求满足人们的自然生活欲求,人的自我意识有所觉醒。表现在小说创作中,普通人的日常生活、人物的命运,成为小说创作的题材。这类小说的作者大都是文人,他们的创作主旨是描写自己的人生体验。这样,他们就可以较少地考虑受众的感受,自由地发挥自己的艺术才能,展现自己的艺术风格。

问题小说产生于清代,清代是我国历史上社会问题最多的时代。先是崛起于白山黑水之间的清王朝,颠覆了朱明王朝,入主中原;其后又有西方列强的侵略。民族矛盾、国家危难,使人们容易对社会现状进行反思,思图改良。多数小说作者创作小说,不是为了娱乐,也不是为了写人生体验,而是为了警世,是用文学干预社会。

文学就是人学,从诞生之日起,它就是为表达人类的心声,昭示人类的追求和憧憬,显现人类欢乐和苦闷的灵魂而出现的。我国古代白话小说的发展,又仿佛与具体的人的成长阶段有某些相通之处:人在童年时代爱听故事;成年人爱表述自身的生活命运和人生体验;老年人阅历丰富,能更深刻地品味人生,并清醒地、理智地看待周围的环境。而我国古代白话小说恰恰是经历了讲故事—描写人生—揭示某种社会问题这样三个阶段。这三类小说在不同的历史阶段的出现,又构成了我国古代白话小说发展的历史轨迹。

我国古代白话小说演变的这三个阶段,并不是相互交替、彼此消长的,而是呈现出相互融会贯通、多元对峙的局面。这一方面是说,关注人生、反映社会问题的小说,离不开具体的故事情节,而描写故事的小说,也离不开对作为故事主体的人的刻画。另一方面,新的小说创作阶段的产生,并不意味着旧小说创作的消亡,而是小说品类的繁衍滋生。也就是说,每当小说创作进入一个新的阶段,小说就在原来的基础上,增加了新的品类。小说艺术这种动态的、多元的发展,满足了不同层次、不同文化品位的读者的广泛的文化需求。

二

本书作者通过对上述三类小说的研究,有以下体会。

首先,任何事物都有一个发生发展的过程,古代白话小说也是一样。白话小说的源头,是上古时期以来的人们彼此间的谈论故事。发展到宋代就出现了专业化讲述故事的说话艺术。宋代说话艺术的盛行,使得话本故事大量涌现,从而催生了白话文本①,产生了我国早期的白话故事的文本——话本。由于讲述故事有漫长的历史,有丰富的经验积累,宋话本一经生成就有不凡的表现:不仅题材广泛,种类繁多,故事本身也被描述得惊险离奇,生动曲折,大受市民读者的欢迎,从而占据了小说创作的主导地位。宋元话本的成就,吸引了文人作家的介入,创作出大量的故事型小说。文人作家的加盟,不仅大大提高了话本小说的品位,也促使它向更高的阶段发展。兰陵笑笑生、曹雪芹,利用小说这种文学样式描摹世情,描写普通人的生活和命运,产生了描写人生的小说《金瓶梅》《红楼梦》。应该说,小说创作进入这个阶段,才步入了真正成熟的阶段。高尔基在《俄国文学史》中评价19世纪及其前后的英国文学对欧洲现实主义文学的贡献时说:"正是英国文学给了欧洲以现实主义戏剧和小说的形式,它帮助欧洲替换了18世纪资产阶级所陌生的世界——骑士、公主、英雄、怪物的世界,而代之以新读者所接近、所亲切的自己的家庭环境和社会环境。把他的姑姨、叔伯、兄弟、姐妹、朋友、宾客,一句话,把他所有的亲故和每天平凡生活的现实世界,放在他的周围。"②对于我国古代白话小说的创作而言,描写人生的小说,也作出了这样的贡献。从整体上看,描写人生的小说成就高于故事型小说。因为故事型小说较为原始,它主要是为了

---

① 据现有的资料看,最早的白话故事的文本,是唐代的变文。由于变文基本上属于说唱文学,且在当时的影响不是很大,故略而不论。

② 转引自吴功正《小说美学》,第77页,南京:江苏文艺出版社,1987。

满足人们的好奇心，给人以惊险离奇、刺激性的低层次的审美感受。而在描写人生的小说中，人物获得了主体性的地位。那些丰满鲜活的艺术形象，使得这类小说富有人性的光彩和魅力。它不仅给读者以更大的审美享受，也使读者在读作品的时候能联系自己的思想、感情和人生体验，并和作品中的人物产生感情上的共鸣。描写人生的小说具有更高层次的审美价值。

其次，一流小说的创作，必须有一流的小说家。就古代白话小说的总体情况而言，我们说，三类小说中以描写人生的小说成就最高，《红楼梦》是整个古代白话小说的巅峰之作。但就具体的小说作品来看，决定小说创作成败的首先是作者，而不是类别。六部白话小说名著《三国演义》《水浒传》《西游记》《金瓶梅》《红楼梦》《儒林外史》，除《金瓶梅》的作者不能确定以外，其他几部小说作者都有共同之处。首先，这些小说家都有超人的灵气、才华，有特殊的人生经历和深切的人生体验。其次，这些作家都不热衷于举业、仕途，也都能够冲破世俗的偏见，把创作小说视为自己挚爱的事业。罗贯中是"有志图王"者，除了有文才以外，还具有政治、外交、军事斗争方面的才干。故此，写《三国演义》时，他能凭着自己的特殊才能，将简单枯燥的史料，生发成生动曲折而又经得起推敲的历史故事。尤为可贵的是，他写战争，侧重于写战略战术的运用，而这类战略战术又大都符合军事科学。这使得《三国演义》成为我国古代小说中绝无仅有的，甚至在世界小说史上也颇为罕见的"全景军事文学"。而普通文人不具备这种才能，所以后来的历史演义小说，大都是用通俗生动的语言翻译史料，如果说有所谓"创作"成分的话，也只是在原本历史故事的框架内，加进一些逸事趣闻，以增加小说的生动性。写战争不外是照搬史料，或者是写个人的武力较量，就像隋唐十八条好汉，第二条决然打不过第一条，亦或是请来异人斗法。总之，没有一部作品能够与《三国演义》比肩。曹雪芹出身于一个藏书极为丰富的贵族之家，本人富有文才，还亲身经历过家族兴衰的巨大波折。在凄凉困苦的晚年，他"披阅十载，增删五次"，写成《红楼梦》。后来的文人们没有这种经历，没有这种才气，更没有像他那样对生活敏锐深邃的感受能力。他们写了一大堆的续书，还"改求佳人于娼优""别辟情场于北里"，其中却没有一部很像样子的作品。

有的学者认为,小说创作应该是循序渐进,逐步提高,对于中国古代各类白话小说的开山之作,却往往又是成就最高的作品,感到不理解。答案很简单,决定作品成就高低的关键在于作者。

再次,小说创作,有自律性,也有他律性。如果不尊重小说艺术自身的规律,不管作者有多么美好的愿望,也决然写不出好的作品。我国古代问题小说的创作,很能说明这个问题。问题小说的开山之作《儒林外史》,堪称伟大的小说。这说明,问题小说这种文学样式本身,没有什么不好。但后来的政治小说、谴责小说,则由于政治的过多介入,大大削弱了作品的审美价值。近代中国是非常特殊的历史时期,西方列强的坚船利炮打开了中国这个老大帝国的门户,强行把它放置在竞争开放的世界格局之中。如果不迅速变革图强,就有亡国灭种的危险。要变革,意识形态的落后是一大障碍。在这种情况下,提倡小说宣传改良、革命的道理以"新民",是十分必要的,其愿望也是美好的。然而,政治小说、谴责小说,在宣传政治、启迪民众的时候,用干巴枯燥的政治理论代替了审美创造。这就违背了小说艺术自身的规律,使得今天的读者对这类小说有不堪卒读之感。在这里,我们并不是说,小说不能反映政治生活的内容,更不是说,文学艺术不能发挥对现实的改造作用和对政治的积极影响。如果是那样,文学艺术只能供人玩乐,匍匐于生活的自然形态之下,而不可能飞升到审美境界的巅峰。但是,政治观念、具体的生活事件,应该转化为文学艺术;艺术的现实功利目的,必须建立在审美目的的基础之上。谴责小说、政治小说无视小说艺术自身的规律,径直地为民族生存而呐喊,为变革社会而呼吁,形成了这类小说功利主义与审美价值的二律背反。故此,这类小说产生的时代最晚,审美价值却普遍不高。

三

下面,再谈谈本书的编写体例与研究特点。

鉴于一部著述的篇幅有限,也鉴于目前研究我国古代短篇白话小说的著述已比较多,本书的研究对象只限于我国古代长篇白话小说。

　　研究长篇白话小说，自然是要重点分析那些艺术精品。笔者对于这类作品，逐字逐句地重新研读，并结合前人的研究成果，力图做出客观、准确的评价。例如，笔者上大学时，就被告知《水浒传》是写农民起义的；给学生讲课时，又专门从《水浒传》中找造反英雄杀富济贫的例子。自然，这样也能够自圆其说。然而，去掉先入为主的观点之后，再来研读《水浒传》，就会发现，小说中描写的真正杀富济贫的好汉极少，写打家劫舍的盗匪却很多。除鲁智深外，我们找不出几个专为下层百姓打抱不平的人。反而是少华山、桃花山、二龙山、清风山的"众弟兄们"，无一不"打家劫舍"。笔者还特别注意"打家劫舍"的后面，有没有"杀富济贫"之类的字眼，遗憾的是，没有。周通、王英都想抢良家女子为压寨夫人；孙二娘用来做人肉包子的，也并非都是清一色的坏人。宋江获罪逃难时，燕顺曾要"剖这牛子心肝做醒酒汤"；张横想让他吃"板刀面"——"一刀剁下水去"；张立还把他麻倒放到了剥人凳上。若非因为他是江湖上大名鼎鼎的"呼保义"，他不知道要死多少回。之所以会如此，并不是因为他像贪官污吏，而是因为他"包裹沉重，有些油水"。联系宋元以来对宋江等故事的描写，笔者认定，《水浒传》写的是侠，是盗，而不是农民起义。针对《水浒传》前七十回与后三十回内容与艺术风格的不协调，笔者又重新审视了金圣叹、俞万春等人的观点，认为他们的封建正统观念确实值得批判，但却说出一个事实：《水浒传》前七十回的作者是说书艺人施耐庵，后三十回的招安结局是文人罗贯中所补。前七十回写侠，写盗，赞美侠义，很像是后来的武侠小说。后三十回则由于梁山好汉的接受招安，侠与盗都变成了忠义之士，小说所要表现的，是对忠义之士受排挤、遭迫害的愤慨。故此，本书没有沿用"农民起义说"，而是对于两位身份、经历、思想观念不同的作者所完成的《水浒传》思想意蕴与艺术风格的不协调，做了实事求是的评析。

　　再如，关于《西游记》的主题，众说纷纭，计有二十余种。有的是据小说所写的故事概括的；有的是根据小说中的经文、梵语及对释迦、老君、观音、真性、元神之类的描写，绅绎出来的。虽然各自成理，但太多的诠释，对人们解读《西游记》无益。袁世硕先生认为："这部神魔小说的结构中存在着的题材的原旨与细节描写中的世俗内容，及由此造成的意趣的矛盾,古老的宗教故事的幻化,经受了新的时代文明的洗礼,内部生发出了与原旨相悖逆的揶揄神佛的精神。这种整体与细部、说教与细节描写的矛盾、不和谐,正是《西游记》小说最基本的特征。"由此,他不赞成对《西游记》"强行归纳出一个主题,一种意义"的做法。①笔者十分赞同这种观点。本书不仅对《西游记》的分析不强行归纳一个主题,一种意义,对其他小说的评析,也格外注重分析作品实实在在表现出来的思想蕴意,而不强行归纳一个主题,一种意义。

既然是《中国古代长篇白话小说发展研究》,只研究精品显然是不够的,还要展示古代长篇白话小说的整个创作状况,展现古代长篇白话小说发展演变的轨迹。

本书将白话小说分为故事型小说、世情小说、问题小说三类加以研究,已经大体勾画出我国古代长篇白话小说发展演变的轨迹。而对于其中的每一类小说,本书也注意展现其发展演变的情况。例如,《金云翘传》与《林兰香》,只能算是二流小说。因为它们同时又是由《金瓶梅》向《红楼梦》演进中的一个环节,故本书重点分析了这两部作品。在分析时注意展示它们承上启下的作用,并对世情小说的雅化问题做了阐述。再如,狭邪小说,看上去与《红楼梦》大异其趣,其实它是由《红楼梦》派生出来的。本书通过对《花月痕》《风月梦》等作品的分析,展示了这种派生的原因、过程。为了更完整地展示某类小说的发展演变情况,本书还涉及民国时期的某些作品。例如,宋元时期,描写江湖盗侠的话本大量存在。《水浒传》本来也应该是这类小说,但是,经罗贯中改写后,侠与盗都变成了忠义之士。后来的小说,又让他们投靠清官,为国立功,加官晋爵。这,造成了英雄传奇类小说中描写江湖盗侠作品的缺失。直到民国武侠小说产生后,这类小说才得以重新显现。为了让读者对英雄传奇类小说有比较全面的了解,本书收进了成书时代比较晚的民国武侠小说。再如,故事型小说中,以公案小说成就最差。而公案小说创作的成败,在很大程度上取决于作品能否写出高超奇妙的侦破方法。我国长期以来的理学蒙昧主义教育,没有培养出具有高明的侦破技术的专业人才。官吏们断案的方法原始而且蠢

① 袁世硕:《文学史学的明清小说研究·自序》,第2~3页,天津:天津教育出版社,2008。

笨,反映到小说创作方面,也就很难出现高水平的公案小说。西方侦探小说传入后,我国公案小说的创作才有了借鉴。而公案小说演变为侦探小说,小说的成就才有了明显的提升。从公案小说到侦探小说的演变,又与其他类小说的演变不同:其他小说是遵循小说自身的演变规律,沿着民族化的道路发展演变的;公案小说是受西方文化的影响,经过脱胎换骨的变化,才成为侦探小说的。为了展示这种特殊的演变情况,我们又以民国的侦探小说收束公案类小说。

晚清的谴责小说与政治小说,是笔者分析起来最感棘手的问题。小说所展示的,都是浅显明了的问题,无需探索。其艺术风格又千篇一律:谴责小说简单罗列社会上的种种丑恶现象,政治小说径直地讲道理。连梁启超自己都说他的小说"似说部非说部,似稗史非稗史,似论著非论著,不知成何种文体。……编中往往多载法律章程、演说论文等,连篇累牍,毫无趣味"①。对于这样的作品,很难作出审美观照。然而,考虑到它是我国古代长篇白话小说中的一大类别,考虑到它在特殊的历史时期对中国历史发展进程所起的进步作用,也考虑到大多数读者对此类作品知之甚少,笔者还是尽其所能地把这类作品介绍给大家。

本书还对一些比较特殊的文学现象进行了思索。有些作品自身的成就并不高,在下层民众中的影响却很大。杨家将、隋唐英雄的影响,甚至超过了《三国演义》和《水浒传》。而文人阅读时觉得"字句拙劣,几不成文"②的《施公案》等,在民间竟然有相当的轰动效应。文学欣赏毕竟不是文人的专利,对于这类作品笔者也认真进行了探讨,指出它们的优点与不足,努力探索其在民间引起轰动的原因。

中国的白话小说,无疑是植根于中国绵延悠长的历史发展及丰富深厚的文化土壤之中的。不同时代的社会生活与文化因素,一方面催生、培育、滋养了该时代的白话小说;另一方面,各个时代的白话小说,又自觉不自觉地、程度不同地影响到该时代的社会和文化。中国的白话小说,也自有其发生、发展、繁荣、演化的历史过程。作为一种文体,其内在的矛盾扬弃规律,是其历史成长的又一重要动因。就以上两点

---

① 《新中国未来记·绪言》,《饮冰室合集》第 11 册,北京:中华书局,1989。
② 《鲁迅全集》第 9 卷,227 页,北京:人民文学出版社,1981。

而言,它与文言小说以及其他文学作品具有共同性。中国的白话小说,无论在内容还是形式上都具有明显的平民性特征。作者的平民身份或平民意识,以及受众的平民审美趣味,又决定了它在历史的发展中,与文言小说乃至其他文学作品相比,具有相当程度的独特性。本书就是本着中国白话小说创作的实际情况,通过对具体作品的分析,从共性与个性、特殊与一般、继承与创新多元思考出发,力图探讨和发掘各类小说的思想内涵、艺术风格、演进脉络和创作规律,并着意关注其发展中的关键环节,尽量详细地梳理和描述其发展的历史。著者所提出的见解与时贤多有不同,固属一得之见,却颇含砖玉之期,望方家读者鉴察。

第一编
故事型小说

概　说

故事型小说，是以描述生动曲折的故事为创作主旨的小说。这是我国产生最早的小说，也是因具有鲜明的民族特色而大受广大民众喜爱的小说。

一、白话小说的界定

要探讨古代白话小说的特点，首先要对白话小说做出明确的界定。何为白话小说？何为文言小说？这类问题似乎特别简单：用白话写成的小说为白话小说，用文言写成的小说为文言小说。然而，我国古代白话小说由说书艺术发展演变而成，说书，理所当然要用白话。这使得我们在区分白话小说与文言小说时，又多了一个不容忽视的标准，这就是由这类小说的欣赏和接受特点所决定的标准：与说书艺术有关的小说为白话小说，文人创作的供案头阅读的小说为文言小说。而在对小说进行具体的分类时，我们又发现，上述两个标准并不都是统一的，有些与说书艺术相关的小说偏偏用文言，许多供案头阅读的小说用的却是白话。为什么会出现这种情况呢？这就得从我国语言发展的特点谈起。

长期以来，我国一直是两种语体并存：文言与白话。何为文言？何为白话？在诸多辞书中，以中华书局编印的《辞海》对这两个词的界定最为精确。其对文言文的解释是："文字之别于语体者。"语体，即"通行之口语"。文字别于语体，就是有别于通行之口语的文字记载。其对白话文的解释是："白话文，即语体文"，即"以通行之口语成文者"。看来，与人们平时说话的同与不同，正是文言文与白话文最根本的区别。

照理说，文字是说话的记录，言与文应该贴近，也就是近代人黄遵宪所说的"我手写我口"。但事实并非如此，我国保存下来的古典著述中，唐宋以前的基本上都是文言的，宋代以后，才出现了用白话文记载的话本小说。这种现象，语言学家早已注意到了，他们称之为"言、文分离"，因为《史记》《汉书》中已偶有白话出现，遂认为言、文分离的时间在汉初。似乎汉代以前，无论说话还是行文，都是古奥难懂的文言；汉代以后，才开始产生白话。

笔者承认言、文分离的事实，却不认为言、文分离的时间是在汉代，更不认为汉代以后才有白话。笔者认为，自从有文字后，言与文就开始分离。原因有二：其一是造字之难。人类语言发展的规律，总是先有说话，后有文字记载。说话比较随便，约定俗成，只要互相听得懂即可，而文字记载要比说话困难得多。据《周易》记载，上古时期，人们曾经结绳记事，"事大，大结其绳；事小，小结其绳"。靠这种记事法，连事情的类别都记不清，更不用说将事情的原委记清楚了。《说文·序》中说，最早造字的是黄帝的史官仓颉，"见鸟兽蹄迒之迹，知分理可相别异也"。凭着鸟兽蹄爪的痕迹引发灵感，创造文字，其难可知。难怪这种文字创造出来，竟然感动得"天为雨粟，鬼为夜哭"。可以想象，人们费尽心思创造的一些字，是很难把日常话语全部记录下来的。古代汉语的一字多义、假借字，都能说明当时文字的不够用。而且，上溯的时间越靠前，文字越少，言与文的差别也越大。即便是文字记载相当发达的今天，北方话大都有了相应的文字，而南方许多方言，仍无法完全用文字表达出来，以至于用吴语创作小说的韩邦庆，作《海上花列传》时要自创不少字。由此可以推测，古人记事，大受文字的限制：不同的说法，只选有文字可记的记载，这形成了书面语言的规范；绘声绘色的讲述，由于文字的不够用，也只能粗陈梗概，这又形成了书面语言的简练。其二是刻写之难。在印刷术还很落后的古代，文字记载不是镌于金石，就是刻于竹简。镌刻既难，保存亦属不易。即便以后又有书于锦帛的方法出现,由于锦帛的稀有贵重,还是必须用最精简的文字,记载纷繁复杂的事物。这也是言、文分离的重要原因。

　　言、文分离以后,白话只能在日常生活中使用,一经记载,便成为文言。在很长时间内,文言成为记载政治、历史、社会生活的唯一的文字,而白话也自然在人们的社会交往中更为广泛地使用着。文言与白话,共同承担起社会交往不同层面的要求。久而久之,这成为人们运用语言的固定模式。文言精炼、规范的优势,也使得它被人们有意效仿,用文言写文章成为读书人的专利。后来,印刷术的发达,文字的剧增,都没能改变文言古奥简练的特点。文言文也成为后世读书人写文章的典范,成为他们值得炫耀的学问。一次又一次的拟古运动,"文必秦汉"和"师法汉魏"口号的提出,使得文言的写法越来越固定,离现实社会也越来越远。尤其是元明清时期,在小说、戏剧领域里白话文的运用已经相当娴熟的情况下,作为正统文化的诗文,其载体仍是文言的。而且,清代的诗文写得比唐宋还要艰涩难懂,原因是作者要以此炫耀学问。

　　具体到小说创作而言,最早的小说,应该是白话小说。鲁迅说过:"至于小说,我以为倒是起于休息的。人在劳动时,既用歌吟以自娱,借它忘却劳苦了,则到休息时,亦必要寻一种事情以消遣闲暇。这种事情,就是彼此谈论故事,而这谈论故事,正就是小说的起源。"①毫无疑问,人在劳动之暇彼此谈论故事,用的是通行之口语。桓谭《新论》里称小说是"合残丛小语"而写成的短书;东汉班固《汉书·艺文志》认为:"小说家者流,盖出于稗官,街谈巷语,道听途说者之所造也。""残丛小语"和"街谈巷语",也都应该用口语而不是文言。但口语故事一经记载,便转化成了文言故事。

　　唐代的一则记载更能说明这个问题。元稹《酬翰林白学士代书一百韵》诗中有这样两句:"翰墨题名尽,光阴听话移。"并自注云:"乐天每与予游从,无不书名屋壁。又尝于新昌宅说一枝花话,自寅至巳,犹未毕词也。"另据罗烨《醉翁谈录》,"一枝花"为李娃别名,"一枝花话"即李娃和荥阳公子的故事。白行简用文言撰写了这个故事,即《李娃

---

① 《鲁迅全集》第9卷,第302页,北京:人民文学出版社,1981。

传》，有四千来字。而白居易说"一枝花话"，至少说了六七个小时。试想如果白居易用文言讲故事，无论他如何拿腔作调，拖延时间，四千字的故事也决计用不了六七个小时。只能认为，白居易用的是生动活泼、具体详尽的白话，说不定里面还要夹杂表演歌咏之类。同一故事，弟弟白行简著文用文言，哥哥白居易讲说用白话。这应该就是当时这类故事流传的普遍规则。

据现有的材料看，我国最早的白话文是唐代的变文。其演讲者、听众文化水平低下是不言而喻的。他们不会用文言写文章，也听不懂古奥的文言。当他们要记载自己感兴趣的故事时，只好"我手写我口"，写成了白话。变文主要是寺院里的僧侣们宣讲经文的文本，在社会上影响不大。宋代说话艺术的兴盛，使得当时有更多下层民众喜闻乐见的故事被记录下来。记录这类故事的人，是说书艺人或文化功底相当浅薄的文人。最初他们也不能突破文言是唯一的书面语的观念，记载这些故事时想用文言。但由于他们写文言的能力太差，将原本是白话讲述的故事切换成文言时就力不从心。现存最早的《新编五代史平话》和《全相平话五种》，都用半文半白的语体写成：叙述事件的过程多用文言，人物对话、细节描写多用白话；有史书可借鉴的多用文言，作者发挥的地方多用白话。这种文白交错的语言风格，正是小说由文言向白话过渡的标志。

宋话本扩大了白话文的影响，致使白话小说占据了小说创作的主导地位。白话文在小说领域里渐渐显示了优越性以后，文人才开始接受它，规范它。后来，说书艺术因文人的介入，发展成说书体小说。文人创作的作品不仅在内容、艺术手法上有很大提高，语言风格也趋于统一。由讲史发展而成的《三国演义》，将语言统一在了文言方面。不过它对文言进行了很大的改造，其语言简练规范而又通俗易懂，是"文不甚深，言不甚俗"的浅近文言。后来的历史演义小说大都因循这种语言风格。从短篇话本演变而成的《水浒传》，则将语言统一在了白话方面，其语言准确、生动、贴近口语。后来这种语言风格被英雄传奇、神魔小说、公案小说广泛采纳。世情小说产生以后，由于作品的审美焦距对准了普通人的日常生活，语言又进一步生活化，多用家常口语。写普通商人家庭的《金瓶梅》，用的是"市井之常谈，闺房之碎语"（欣欣子《金瓶梅词话序》);写贵族家庭生活的《红楼梦》,语言清雅流畅,韵味无穷;写上海青楼女子生活的《海上花列传》,用吴语方言。至此,白话小说的艺术魅力被展现得淋漓尽致。

鉴于我国古代小说的上述特点,笔者划分白话小说和文言小说的标准是这样的:唐宋以前,是文言文的一统天下。白话故事既然被写成了文言的,就归入文言小说的范畴。宋元时期,白话开始在书面语言中争得一席之地,刚刚从文言中剥离出来的文白交杂的话本,用浅近文言写成的历史演义小说,我们把它们归入白话小说的范畴。至于用白话写成的英雄传奇小说、神魔小说、公案小说,以及后来的世情小说、讽刺小说、谴责小说,则是无争议的白话小说。后两种都在本书的研究范畴之内。

二、故事型小说的生成

白话小说的开端,是宋代的话本,但是其渊源则可追溯到上古时代就已存在的,人们之间的彼此讲述故事。然而,由于当时文言是唯一的书面语言,这类故事一经记载便成了文言的。这给人造成错觉,似乎上古故事、神话传说、街谈巷语都只是文言小说的起源。实际上,这类故事被记载下来的是个别的,在社会上用口语的方式流传的才是大量的。故此,它同时又是白话小说的渊源。明白了这一点,也就会明白:宋话本的繁盛不是突兀而起的,它一经产生也并非就具有压倒文言小说的强力。它的产生有着漫长的历史,有着丰富的经验积累。

后来,彼此谈论故事渐渐有了分工,有讲述者,有听众。据现有的记载看,讲述者是专门以满足统治者娱乐活动为业的俳优、侏儒,宫廷里的帝王、众臣是听众。产生这种分工的原因,似乎并不在于讲述者的技艺如何高超,而是他们的身体有这样那样的残疾,不能从事正常的体力劳动,只好靠说唱故事供人消遣。这大概是我国古代艺人从一开始就地位低贱的原因。

司马迁《史记·滑稽列传》记载了优孟、淳于髡等人的活动,有助于我们从一个侧面了解当时俳优、侏儒讲述故事的情况:

> 优孟,故楚之乐人也。……楚相孙叔教知其贤人也,善待之。病且死,属其子曰:"我死,汝必贫困。若往见优孟,言我孙叔教之

子也。"居数年,其子穷困负薪,逢优孟,与言曰:"我,孙叔敖子也。父且死时,属我贫困往见优孟。"优孟曰:"若无远有所之。"即为孙叔敖衣冠,抵掌谈语。岁余,像孙叔敖,楚王及左右不能别也。庄王置酒,优孟前为寿。庄王大惊,以为孙叔敖复生也,欲以为相。优孟曰:"请归与妇计之,三日而为相。"庄王许之。三日后,优孟复来。王曰:"妇言谓何?"孟曰:"妇言慎无为,楚相不足为也。如孙叔敖之为楚相,尽忠为廉以治楚,楚王得以霸。今死,其子无立锥之地,贫困负薪以自饮食。必如孙叔敖,不如自杀。"因歌曰:"山居耕田苦,难以得食。起而为吏,身贪鄙者余财,不顾耻辱。身死家室富,又恐受赇枉法,为奸触大罪,身死而家灭。贪吏安可为也! 念为廉吏,奉法守职,竟死不敢为非。廉吏安可为也! 楚相孙叔敖持廉至死,方今妻子穷困负薪而食,不足为也!"于是庄王谢优孟,乃召孙叔敖子,封之寝丘四百户,以奉其祀。后十世不绝。①

看来,俳优们讲述故事已具有如下特点:第一,有专职的讲述者,固定的听众。第二,所讲述的大都是短篇故事,这些故事有的靠演讲者临场发挥,有的有一个创作过程。优孟为讲述这个故事就准备一年多:模仿孙叔敖的举止言行,还编造妻子坚决反对他当楚相的故事。第三,演员讲述这些故事时有说有唱,有表演,声情并茂,趣味横生。我国白话小说散韵结合的特点,当和俳优们的这种表演形式有很大关系。和后来的说话艺术所不同的是,这些俳优只为少数上层人物服务,而不是面向大众。他们的演出没有专门的场所,招之即来,挥之即去。

伴随时间的推移,俳优们所讲的故事渐渐被固定下来。而且,讲故事也不再是俳优们的专利,文人学士也以能讲故事为荣。请看《三国志·魏志》裴松之注引自《魏略》的一段话:

太祖遣(邯郸)淳诣植。植初得淳甚喜,延入坐,不先与谈。时天暑热,植因呼常从取水自澡讫,傅粉。遂科头拍袒,胡舞五椎锻,跳丸击剑,诵俳优小说数千言讫,谓淳曰:"邯郸生何如邪?"

①《史记》第十册,第3200~3201页,北京:中华书局,1959。

邯郸淳是魏晋时期一个博学多才的人。曹操慕其名征召他，并让他去见曹植。曹植初见邯郸淳时，"不先与谈"，而是自己化妆后歌舞、击剑、诵俳优小说，显然是要在邯郸淳面前显示自己的才华。而邯郸淳果然对曹植的才华佩服之至，目为"天人"。由此可知，诵俳优小说也被视为一种才能，且诵的字数越多越好。然而，对于这类俳优小说的内容，我们今天已无法得知。

据现有的资料看，文人讲述故事的风尚一直延续到隋、唐。而且，隋、唐时期，讲故事也已经被称为"说话"。隋代侯白的《启颜录》记载："白在散官，隶属杨素，爱其能剧谈。每上番日，即令谈戏弄，或从旦至晚，始得归。才出省门，即逢素子玄感，乃云：'侯秀才，可以（与）玄感说一个好话。'"（《太平广记》卷二四八引）"说一个好话"，就是讲一个好听的故事。侯白是个文吏，却以说话著称。而唐传奇所记载的故事，也大都是先由人们口头谈论，再由文人加工成小说的，这从作品结尾作者所作的说明可以看出。白行简《李娃传》结尾云："贞元中，予与陇西公佐，话妇人操烈之品格，因遂述汧国之事。公佐拊掌竦听，命予为传。乃握管濡翰，疏而存之。"汧国之事，即李娃的故事（李娃后被封为汧国夫人）。可见，这个故事是在白行简与李公佐谈论的基础上，由白执笔撰写的。陈鸿《长恨歌传》篇尾亦云："元和元年冬十二月，太原白乐天自校书郎尉于盩厔。鸿与琅琊王质夫家于是邑，暇日相携游仙游寺，话及此事（指唐明皇与杨贵妃事——作者注）。相与感叹。质夫举酒于乐天前曰：'夫希代之事，非遇出世之才润色之，则与时消没，不闻于世。乐天深于诗，多于情者也。试为歌之。如何？'乐天因为《长恨歌》。……歌既成，使鸿传焉。"也是说，唐明皇与杨贵妃的故事先是在文人之中谈论，然后推举有才华的白居易作歌，陈鸿作传。他们讲述故事，应该是用白话。如果这些文人原原本本地将这类口传故事记载下来，我国古代短篇白话小说的生成将会提前到唐代，小说的起点也会更高。可惜的是，在他们看来，讲故事是文人韵事，可以随口讲讲；命笔作传，则是严肃的创作。"希代之事，非遇出世之才润色之"，又可见郑重。被推举出来的人，自然也是郑重其事地撰写，不仅用文言，还要显示才气。这种重文言轻口语的偏见，使得白话小说的萌生失去了一个极好的机会。

尽管在隋唐时代说话已经成为民间常见的娱乐活动,然而,上面所说的说话人都不是职业演员,说话也无固定场所。这种说话还不是那种面向大众,有固定时间、固定场所的职业性的说书艺术。仅据李商隐《骄儿诗》中所写的"或谑张飞胡,或笑邓艾吃",就说唐代已经有了说书艺术,也嫌牵强,因为小孩子们关于"张飞胡""邓艾吃"的印象也可能来自杂耍之类。因此,说唐代有说书艺术尚需更多的材料证明。

唐变文是僧侣们宣传佛经故事的以唱为主的说唱文学,故此,我们不把它归入小说之列。然而,唐变文对宋代说书艺术的影响是不容否认的,它为说书艺术提供了一个相当完整的表演方式。可以这样说,宋代的说话是"借壳上市":它以勾栏瓦肆取代了寺院,以说书艺人取代了僧侣,以商品化的娱乐活动取代了宣讲佛经故事。说书的题材得以扩展,听众也逐渐增多。

宋代是说书艺术成熟的时代,也是其繁盛的时代,勾栏瓦肆林立,有名的演员上百人,讲说的故事林林总总。宋孟元老的《东京梦华录》,耐得翁的《都城纪胜》,西湖老人的《西湖老人繁胜录》,吴自牧的《梦粱录》,罗烨的《醉翁谈录》,多有记载,此不赘述。在此基础上,产生了宋话本。当时的话本多为说书艺人的底本,诚如鲁迅所说:"说话之事,虽在说话人各运匠心,随时生发,而仍有底本以作凭依,是为话本。"[①]现存的几种平话,都属于这类作品。

当时有没有供阅读的小说?回答是肯定的。据《古今小说叙》云:"南宋供奉局,有说话人,如今说书之流。其文必通俗,其作者莫可考。泥马倦勤,以太上享天下之养,仁寿清暇,喜阅话本,命内珰日进一帙,当意,则以金钱厚酬。""喜阅话本",明确地说这类话本是供阅读的。阅读者为太上皇,当意还以金钱厚酬,那么,记录者必不肯怠慢,会尽量记得具体详尽,生动有趣,说不定还有文人加工润色。可惜,这类话本已经失传。

宋元话本为后来白话小说的创作提供了可贵的借鉴。

首先,话本小说开创了长篇故事的叙事格局。宋话本以前的作

---

① 《鲁迅全集》第9卷,第112页,北京:人民文学出版社,1981。

品,除史书以外罕有长篇。而宋元的讲史话本,却无法因袭史书的格局,必须创新。这是因为,史书旨在记人记事,为方便起见,可以分门别类地记载,故大多数史书都是纪传体。讲史话本旨在讲述完整的、浑然一体的历史故事,就不能把相关的人物、事件割裂开来。而《资治通鉴》之类的编年体,倒是按照时间顺序记载史上大事,但内容太多,头绪太杂,也不适合当作故事讲。这就要求话本小说的作者,围绕自己所要讲述的历史故事选材,并对史书所提供的资料加工整合。以《新编五代史平话》为例,从小说的内容看,它较多地取材于《旧五代史》,但是摒弃了《旧五代史》纪传体的体例。它的叙事和《通鉴》也不相同。《通鉴》记载五代时期的历史时,以时间的先后为序,将梁、唐、晋、汉、周各国发生的大事合起来记。《新编五代史平话》却将这类事件分开:《梁史平话》只选取与朱氏王朝的兴亡有关的材料,与此无关的不选。同样,《唐史平话》也只选与李姓王朝有关的史料。其余的平话也都如此。清人毛宗岗评《三国演义》时说:"而其叙事之难则有倍难于《史记》者。《史记》各国分书,个人分载,于是有本纪、世家、列传之别。今《三国》则不然,殆合本纪、世家、列传而总成一篇。"(《读三国志法》)其实,合本纪、世家、列传为一体者,并非始于《三国演义》,而始于讲史话本。此外,讲史话本划分章节的做法,也对我国古代白话长篇小说产生了重大的影响。

其次,讲史话本比较注重迎合广大民众的审美趣味,采用局部虚构、添枝加叶的方法使历史故事新奇有趣。如鲁迅所云:"大抵史上大事,即无发挥,一涉细故,便多增饰。状以骈俪,证以诗歌,又杂诨词,以博笑噱。"[1]例如,《三国志平话》的开端讲述了刘邦、吕后与开国功臣韩信等人冤冤相报的故事。《梁史平话》也由黄巢的名字,生发出了有趣的段子:黄巢一生下来便有种种不祥的迹象,他的父亲黄宗旦将他放到青草村的乌鸢巢内,任其自灭。"过个七个日头,黄宗旦因行从青草村过,但听得乌鸢巢里孩儿叫道:'爷爷,你存活咱每,他日厚报恩德!'宗旦使人上到巢里,取将孩儿下来,抱归家里看养,因此命名作黄巢。"这类故事神秘而新奇,符合市民听众的口味。这种创作方法,对

---

[1]《鲁迅全集》第9卷,第114页,北京:人民文学出版社,1981。

于《三国演义》之外的历史演义小说,也产生了很大影响。

更为重要的是,话本小说奠定了故事型小说的语言风格。说话艺术的兴盛,白话故事在下层民众中的轰动效应,使文人作者看到了白话的优点,也使他们冲破重文言、轻白话的传统偏见,破天荒地用白话描述故事。他们的这种做法又起到连锁效应,致使后来文人所作的供案头阅读的小说,也用白话。这形成了社会上文言文与白话文的对峙:作为雅文学的诗文,用文言,而作为俗文学的小说戏剧,大都用白话。

然而,严格地说,讲史话本还不能算是白话小说的文本,而是口传故事向小说的过渡。口传故事与小说的最大差别就在于,故事靠讲述,而小说供阅读。流传的几部平话读来味同嚼蜡,有些事甚至不得明白。例如《三国志平话》中有这样一段:"无数日,曹相请玄德宴会,名曰'论英会',唬得皇叔坠其筋骨,会散。"事件的原委没有写明白,再加上错别字("筋"当为"筯",无"骨"字),几乎令人不知所云。谁能想到,这竟然就是《三国演义》中写的"煮酒论英雄"的故事。显然,《三国志平话》中这段话,只是提示性的语言。故事的生动有趣,靠的是演员临场的发挥。

由口传故事转变成真正的白话小说是在明代,《三国演义》与《水浒传》是其开山之作。明代长篇白话小说与话本的主要不同在于:一、由文人作家取代了说书艺人和书会才人。罗贯中、冯梦龙、吴承恩等人都有很强的艺术创造力;余象斗、熊大木这样的书坊主人,也都能把作品写得文从字顺。作品的品位与水平有了明显的提高。二、把说话人的底本变为供人阅读的小说文本,艺术欣赏的形式也发生了质的变化。

综上所述,故事型小说生成的时间格外漫长。它是经过民间长期的群体创作,有了丰富的经验积累之后产生的。它凝聚着下层民众的心血,也饱含着下层民众的审美趣味。

三、故事型小说的分类与特点

在绪论中,我们把整个白话小说分为三类:故事型小说、描写人生的小说和问题小说。现在,我们再按照小说的内容,看看故事型小说的分类。

　　说到故事型小说的分类，不能不联系宋元说书艺术。宋末元初罗烨的《醉翁谈录》"小说开辟"中，对此有颇为详细的记载，不仅有利于我们了解宋元话本的名篇，也有利于我们研讨话本小说的分类，故此笔者不嫌其长，转录于下：

　　　　说《杨元子》《汀州记》《崔智韬》《李达道》《红蜘蛛》《铁瓮儿》《水月仙》《大槐王》《妮子记》《铁车记》《葫芦儿》《人虎传》《太平钱》《芭蕉扇》《八怪国》《无鬼论》，此乃灵怪之门庭。言《推车鬼》《灰骨匣》《呼猿洞》《闹宝录》《燕子楼》《贺小师》《杨舜俞》《青脚狼》《错还魂》《侧金盏》《刁六十》《斗车兵》《钱塘佳梦》《锦庄春游》《柳参军》《牛渚亭》，此乃为烟粉之总龟。论《莺莺传》《爱爱词》《张康题壁》《钱榆骂海》《鸳鸯灯》《夜游湖》《紫香囊》《徐都尉》《惠娘魄偶》《王魁负心》《桃叶渡》《牡丹记》《花萼楼》《章台柳》《卓文君》《李亚仙》《崔护觅水》《唐辅采莲》，此乃为之传奇。言《石头孙立》《姜女寻夫》《忧小十》《驴垛儿》《大烧灯》《商氏儿》《三现身》《火杴笼》《八角井》《药巴子》《独行虎》《铁秤锤》《河沙院》《戴嗣宗》《大朝国寺》《圣手二郎》，此乃谓之公案。论这《大虎头》《李从吉》《杨令公》《十条龙》《青面兽》《季铁铃》《陶铁僧》《赖五郎》《圣人虎》《王沙马海》《燕四马八》，此乃朴刀局段。言这《花和尚》《武行者》《飞龙记》《梅大郎》《斗刀楼》《拦路虎》《高拔钉》《徐京落草》《五郎为僧》《王温上边》《狄昭认父》，此为杆棒之序头。论《种叟神记》《月井文》《金光洞》《竹叶舟》《黄粮梦》《粉合儿》《马谏议》《许岩》《四仙斗圣》《谢溏落海》，此是神仙之套数。言《西山聂隐娘》《村邻亲》《严师道》《千圣姑》《皮篓袋》《骊山老母》《贝州王则》《红线盗印》《丑女报恩》，此为妖术之事端。也说黄巢拨乱天下，也说赵正激恼京师，说征战有刘项争雄，论机谋有孙庞斗智，新话说张、韩、刘、岳，史书讲晋、宋、齐、梁，《三国志》诸葛亮雄才，收西夏说狄青大略。①

看来，宋元说话的内容远比我们想象的要丰富得多。后来的说书体小

说,基本上没有增加新的品类,只有对前者的交叉、整合。

就上面的引文看,话本中的长篇故事主要是讲史。刘项争雄,孙庞斗智,《三国志》,晋、宋、齐、梁之类的史书,都不可能一次讲完,要连续不断地讲下去。值得注意的是,讲史话本除讲"史书"外,还有"新话"。狄青收西夏发生在北宋;而张浚、韩世忠、刘绮、岳飞的抗金是南宋时期的事,距《醉翁谈录》的成书时间较近。看来,"新话"就是时事。这种与"史书"对举的"新话",也应该是长篇故事。这说明,当时的讲史话本,不仅讲历史,也讲时事。

宋元说话中,除讲史之外,要属神怪小说为最多。从引文中所列举的篇目看,烟粉、灵怪、神仙、妖术都属于这一类。《贝州王则》的题材是宋代贝州的王则造反被镇压的故事,将它归为"妖术"类,又说明王则造反时有妖异相助,其内容和后来的长篇小说《三遂平妖传》很相像。故此,这很像是一部长篇故事。而流传下来的成书于宋代的《大唐三藏取经诗话》,更能证明宋元说话中也已经有了长篇的神怪故事。《武王伐纣平话》可视为讲史与神怪小说的交叉:全书写商周易代,而其中狐精妲己妖媚惑主的故事占了很大篇幅。后来写同样题材的《封神演义》就演变为神怪小说。应该说,后来的神怪小说,是合宋元说话中的烟粉、灵怪、神仙、妖术而成。

仅就上面的材料看,宋元话本中英雄传奇类故事尚未形成长篇。讲述梁山好汉的故事时,将《青面兽》与《花和尚》、《武行者》分属朴刀、杆棒两类。杨家将故事中的《杨令公》属于朴刀;《五郎为僧》①为杆棒。这说明,这类故事当时尚为短篇。明人将朴刀杆棒合为一类,创作出英雄传奇小说。就引文所列篇目看,当时的公案故事同样也是短篇的。后来,人们以一个断案的清官为核心,把许多独立成篇的案例连缀起来,创作出长篇公案小说。

由上可知,我国故事型小说,可分为历史演义、英雄传奇、神怪小说、公案小说四类。这四类小说的生成,又都可以从相应的话本中找到自己的渊源。

下面我们再来看看故事型小说的特点。

---

① 据胡士莹《话本小说概论》考证,《五郎为僧》即杨五郎五台山出家的故事,此故事在宋金之际已被搬上舞台。

　　讲述故事,据讲故事发展演变而成的故事型小说,都是为满足广大民众的文化娱乐要求而作的,其受众主要是略识之无的市民。故此,故事型小说的特点,主要取决于市民读者的文化品位和审美需求。处于城市底层的市民,受封建思想的钳制及个人文化素养的限制,思想比较平庸,感情也不够丰富细腻。他们品味不到饮食男女的日常生活中所蕴含的情趣,而对帝王将相、变泰发迹之类的故事表现出由衷的艳羡。他们欣赏故事,在很大程度上又是为了满足好奇心,追求惊险离奇的带有刺激性的低层次的美感。而这正是故事型小说思想艺术方面的主要特点。

　　梁启超论及小说何以会感人时说:“小说者,常导人游于他境界,而变换其常触常受之空气者也。”①这种观点,用于品评故事型小说,尤为恰切。从内容上看,故事型小说所创造的艺术世界,必须是广大市民读者感到陌生,甚或是感到瑰奇的世界。罗烨的《醉翁谈录》“小说开辟”中,这样记载那些令市民听众感泣的小说题材:“说国贼怀奸从佞,遣愚夫等辈生嗔;说忠臣负屈衔冤,铁心肠也须下泪。讲鬼怪令羽士心寒胆战;论闺怨遣佳人绿惨红愁。说人头厮挺,令羽士快心;言两阵对圆,使雄夫壮志。谈吕相青云得路,遣才人着意群书;演霜林白日升天,教隐士如初学道。”看来,举凡英雄创业,豪杰争锋,忠臣衔冤负屈,奸佞贪鄙误国,争勇斗狠,对阵厮杀,妖异斗法,鬼神显灵等等,都是绝好的小说题材。只有这类人们日常生活中不易闻、不易见的内容,才使市民读者感到新奇有趣。

　　故事型小说的重心,在于描写精彩的故事。小说的素材,本身就惊险、刺激。小说家描写这类素材时,又采用虚构、夸张、设悬念、用伏笔等方法,极力将故事情节描述得更为惊险离奇,惊心动魄。描写这类故事,重整饬,忌琐碎。故此,小说家们大都用简练的叙述语言,对故事的主要情节进行粗线条的勾勒,而不用描述语言铺陈描摹。细节和环境描写,也只有对故事情节发展起作用的才会写。例如,《水浒传》写鲁智深打死镇关西后,又指着他骂。骂,是细节;但是不骂他便无法脱身。于“火烧草料场”时写大雪,是为了让它压倒草料场的草

　　① 转引自王汝梅、张羽《中国小说理论史》,第206页,杭州:浙江古籍出版社,2001。

厅,使林冲转移至山神庙,以便火烧时逃得性命。于"智取生辰纲"时写天气的酷热,是为了让运送生辰纲的兵丁感到口渴,争饮白胜事先为他们准备好的药酒。与情节发展无关的细节、环境,一般不写。

既然写故事,就不能不写作为故事主体的人。然而,写人是为写故事服务的。因此,写人必须与写事格调一致。事既为非常之事,人亦为非常之人。故事型小说写人,侧重于写他们的"非常"之处;对于其平常之处,诸如家庭伦理、男女饮食之类则不涉及。因为写了这些,反而影响了人物的传奇色彩。评论者盛赞《三国演义》所写的"三绝",即诸葛亮"智绝",曹操"奸绝",关羽"义绝",道出了这类小说人物塑造的特色。此外,当人物性格与故事情节产生矛盾时,也总是服从于故事情节的需要。例如,《水浒传》中的梁山好汉,大都不近女色。他们的领袖宋江,更是铮铮男儿。在清风山,他听说王英抢来刘知寨的妻子要做压寨夫人时,说:"原来王英兄弟要贪女色,不是好汉勾当。"还劝王英道:"但凡好汉,犯了'溜骨髓'三个字的,好生惹人耻笑。"而他自己却尚未娶妻就纳了个美姜。纳妾,是违背他的性格的。然而,为了写他杀阎婆惜然后出逃的故事,也就不惜损害人物形象。再如,《三国演义》中的马谡,是个只会夸夸其谈的人。这一点连刘备都看出来了,嘱咐诸葛亮对他不可重用。后来,身为"智绝"的诸葛亮,却作出一个很不理智的决定,关键时刻派他把守军事要地——街亭。而这也是为了写那个脍炙人口的空城计的故事。主要人物形象的塑造,尚且要为故事情节让路,次要人物就更无需说了。

此外,小说描述这类故事,还必须做到情节通俗易懂,道德倾向简单鲜明。如梁启超所云,要能够使小说"浅而易解""乐而多趣"。[①] 小说家不能只顾描写自己的生活体验,表现什么超前意识,而要按照广大民众约定俗成的观念、习俗来写故事。苏轼《东坡志林》记载,里巷小儿听"说三分",都是"闻刘玄德败,颦蹙有出涕者;闻曹操败,即喜唱快"。也就是说,小说所表现的思想意蕴连妇女儿童都明白,都认可。今天的研究者,硬要于这类小说中"探幽索隐",只能是胶柱鼓瑟。例如,孙悟空喜欢被妖精吃进肚子里,本来是他战胜妖精的拿手绝活。

---

① 转引自王汝梅、张羽《中国小说理论史》,第206页,杭州:浙江古籍出版社,2001。

而偏偏就有人认为，他这样做是出于性欲。如果是这样，他应该只让幻化为美女的妖精来吃，又何至于往老雄狮和未能幻化为人形的蟒蛇精的肚子里钻？故此，笔者认为，读这样的小说，要尊重原作所表现出来的实实在在的意蕴，不要把简单问题复杂化。

总之，故事型小说的生成与发展，作者与受众，决定了它具有独特的审美价值。而这种审美价值，对于我国整个小说的创作与欣赏，都有深远的影响。

第一章
历史演义小说的开山之作
《三国演义》

历史演义小说,是以一朝一代的历史事实为基础,汲取部分稗史传说,加上作者的艺术创造,描述征战兴废、朝代更替等历史重大事件的小说。明蒋大器在嘉靖本《三国志通俗演义》的《序》中说:"文不甚深,言不甚俗,事纪其实,亦庶几乎史。盖欲读诵者,人人得而知之,若所谓里巷歌谣之义也。"说的是《三国演义》,其实概括出了历史演义小说的总体特点。《三国演义》是历史演义小说的典范。

第一节 《三国演义》的成书与作者

《三国演义》是我国历史演义小说的开山之作,也是最早的章回小说。早期的章回小说都有一个共同的特点,即在历史记载和文学创作以及民间流传故事的基础上,由作家进行艺术再创作而成。

三国时期是我国历史上大动荡的时代。先有黄巾起义,接着又有十常侍作乱,董卓专权,十七路诸侯讨伐董卓,再归结到天下三分,三国归晋。可以说,历史发展的每一个进程,都是靠战争打出来的。这无疑使得广大民众颠沛流离,饱受战乱之苦。然而,时势造英雄,诸侯与诸侯、国与国之间的政治、外交、军事斗争,又磨砺出众多的英雄豪杰,在那个特殊的历史舞台上大显身手。这样一个时代,留下了许多惊心动魄的故事与无尽的话题。

笔者推测,三国故事,在三国时期就应该流传。某个杰出人物的事迹,某次有名的战役,甚或是某次骇人听闻的屠戮,不可能不在社会上产生反响,也不可能不被议论、传播。如果不传播,后世记载的有关资料又从何而来? 这里,笔者侧重关注对《三国演义》的创作产生重大影响的历史著述和文学作品。

对《三国演义》影响最大的作品,首属晋陈寿的《三国志》与刘宋裴松之的《三国志注》。作为一部史书来说,《三国志》对于三国时期重要人物生平事迹的记述,已经比较详尽了。但裴松之犹嫌其"失在于略,时有所脱漏",参考了司马彪的《九州春秋》,作者佚名的《曹瞒传》、《魏武故事》、《英雄传》等几十种稗史、杂录,博采魏晋以来关于三国的各种遗闻和逸事,来丰富、补充、证实或校正陈寿的正文,给陈寿的《三国志》作了字数三倍于正文的详尽而生动的注释。《三国志》与裴《注》,使三国故事的流传有了文字依据,对于真实地认识和研究三国时期的政治特点和社会风貌,功不可没,也为《三国演义》的创作提供了极大的便利。

除了正史之外,宋代有关三国故事的话本,元代的三国戏,都对《三国演义》的成书有很大的帮助。据北宋孟元老《东京梦华录》记载,当时已经有了"说三分"的专家霍四究。宋末元初罗烨的《醉翁谈录》"小说开辟"中,也提到"《三国志》诸葛亮雄才",是当时说书的固定关目。宋代的话本,没有文本流传。元至治年间(1321—1323),建安虞氏刊出了《三国志平话》。这部平话,综合了民间传说中的三国故事,使之成为一个结构宏伟的整体。书中所写的故事,全书的构架,无疑也对《三国演义》的创作提供了宝贵的借鉴。元代出现了大量的"三国戏",存目三十种,作品流传下来的有六种。从这些剧目与作品可以看出,元杂剧中写得最多的是诸葛亮与刘、关、张的故事,这反映了当时人心的向背;还可以看出,这些戏剧对三国故事已进行了丰富的艺术创作,有些人物的个性已很突出,而纯属虚构的诸葛亮祭风、连环计等,也被演唱。在此基础上,罗贯中"据正史、采小说、证文辞、通好尚"(高儒《百川书志》),创作出了历史演义小说的杰作《三国演义》。

《三国演义》的作者,现已普遍认为是罗贯中。罗贯中的情况,现仍知之甚少。据天一阁抄本《录鬼簿续编》、蒋大器《三国志通俗演义序》等记载,他名本,字贯中,号湖海散人,大约生活在 1330 年至 1400 年前后,祖籍东原(一说太原),曾南游吴越间,寓居杭州。明人王圻《稗史汇编》中说他是"有志图王"者,清人顾苓《跋水浒图》又说他"客霸府张士诚"。这两条材料可以互相资证:有志图王才愿意和张士诚这样的人交往,也才会被张士诚看重。相比之下,笔者更相信并看重后两条资料,因为《三国演义》的的确确不像是出于普通文人之手。

除《三国演义》外,罗贯中还编次、增补过《水浒传》。相传是他的作品的,还有《隋唐两朝志传》《残唐五代史演义》《三遂平妖传》《粉妆楼》等。这些作品的风格与成就,与《三国》《水浒》相差甚远,难以采信。

《三国演义》版本很多。最早的版本是明嘉靖壬午年(1522 年)刊刻的《三国志通俗演义》,共二十四卷,二百四十回。最佳的本子是清康熙年间毛纶、毛宗岗父子修定的《三国演义》一百二十回。本书分析、征引,均据毛氏的修定本。

第二节　理想的追求与破灭

《三国演义》的作者罗贯中是个"有志图王"者,图王不成,退而著述。一个有政治抱负、有才干的人,创作小说又选择了众多英雄逐鹿中原的三国历史作为素材,这显然是在借书言志。他是通过《三国演义》表现自己的政治理想,展示他政治、外交、军事诸方面的才能,并探索图王霸业的成败得失。这里,我们只侧重谈一个问题,即《三国演义》所表现的政治理想。

《三国演义》有明显的尊刘贬曹的倾向。早先有些史料也持这种观点,宋元的话本、戏剧和民间流传的故事中,这种倾向也早已存在,而罗贯中在创作《三国演义》时，又以浓重之笔把它涂染得更为鲜明。全书以"桃园结义"开始，一下子就亮出了作品的主角；又把三国中国力最弱的蜀汉当作全书情节矛盾的主导方面；具体描写中还对刘备多所赞美，对曹操多所谴责，使读过《三国演义》的人，罕有喜欢曹操而不同情刘备者。

为什么会尊刘贬曹？封建正统观念是一个原因。曹操的一个罪名就是"挟天子而令诸侯"，贬他是因为他对正统的汉献帝不忠；刘备是大汉皇叔，对献帝又格外忠心，所以要尊。然而，如果作者完全是出于正统观念，那么，作品真正要尊的是汉末的几代皇帝，这其中有桓帝、灵帝，当然也包括献帝，因为他们才是汉室正统的真正代表。可是在《三国演义》中，对正统皇帝并不够尊重。小说开篇，径直谴责桓、灵二帝失政，对汉献帝表示同情但并没有赞美。第十三回写汉献帝被董卓追赶逃命，当时有许多臣民追随他。渡黄河时，由于人多船少，那些不得上船的人"争扯船缆"，结果被"尽砍于水中"，"其争渡者，皆被砍下手指，哭声震天。"①字里行间，也有谴责之意。再有，刘备死后，阿斗即位，他应该和刘备一样正统。但《三国演义》对他没有赞美的话。尤其是他在国破投降，贪图曹魏提供给他的物质享受"乐不思蜀"时，作者对他进行了辛辣的嘲讽。应该说，尊刘贬曹的主要原因，并不是正统观念，而是作者拥护仁政、反对暴政的政治理想。

刘备是作者刻画的仁君的形象。小说浓墨重彩地描写了他的仁慈爱民。刘备说过，"举大事者，必以民为本"，所以他懂得爱惜百姓，争取民心。每到一处，总是"纪律严明""与民秋毫无犯"，有时还"开仓赈济百姓，军民大悦"。他所过之处，百姓也"扶老携幼，满路瞻观，焚香礼拜"。到新野为官后，马上政治一新，百姓作歌赞颂他。最为感人的还是曹操大兵压境，他从樊城撤离时，竟然不惜一切代价保护追随他的百姓同行，"拥民众数万，日行十余里"。诸葛亮称赞他："真仁慈之主也。"

小说也极力赞扬刘备身上的义。他和关羽、张飞结义为兄弟；对赵云、黄忠等也都能以诚相待，友爱有加；对孔明更是推心置腹，言听

---

① 《三国演义》上，第116页，北京：人民文学出版社，1977。其后该作引文均据此本，仅在行中注明回数。

计从。刘备从不猜忌自己的将领、谋士，对他们都信赖有加。刘备看出马谡言过其实，不堪大用，只是悄悄告诉了孔明，让他量才使用。孔明告诉刘备，魏延"日后必有异志"，刘备"怜其勇"，没有即刻除掉他，只是加意防范。等刘备与孔明去世后，魏延真的谋反时，预先安置在魏延身边的人才把他杀掉。这大有"宁可人负我，我不负人"的意味。关羽遇害后，刘备身上的"义"发挥到了极致。他"一日哭绝三五次，三日水浆不进，只是痛哭；泪湿衣襟，斑斑成血"。（第七十八回）他完全丧失了理智，不顾一切地要兴兵报仇："朕不为弟报仇，虽有万里江山，何足为贵？"（第八十一回）尽管孔明、赵云一再劝止，尽管他自己也知道此举对大业有害无益，还是亲自兴兵伐吴，结果败亡。封建社会里，"义"讲求的是臣殉君、仆殉主、妇殉夫，像刘备这样以君殉臣的，绝无仅有。

然而，刘备毕竟是逐鹿中原的英雄，打江山靠的是争夺而不是礼让。这使得他的"仁"带有相当的功利性，也颇有造作之嫌。陶谦让徐州，是他占领地盘的大好时机，但他一再推辞。直到陶谦临死前的第三次让，徐州的百姓又"拥挤府前哭拜"时，他才"勉为其难"地接受了。他真的不想要徐州吗？不是。之所以要让，一是对得到徐州很有把握：陶谦无意之中得罪了曹操，曹操要兴兵讨伐，陶谦不是对手，四处求救，又只搬来了刘备一支救兵。不将徐州让给刘备，陶谦无法应付眼下的局面，所以，只能让了又让。二是辞让不仅给自己带来极好的声誉，也能使徐州百姓真心拥戴他。确如毛氏所评："辞之愈力，则受之愈稳。"（第十一回《总评》）占领西川的刘璋，为汉鲁恭王之后，是刘备的宗亲。刘备口口声声表示不会去争夺"同宗兄弟"的地盘，但对向曹操献西川形势图的张松表示了极大的兴趣。张松受曹操冷遇，扫兴而返，刘备亲自带人马远道恭迎。热情招待了三天，张松不提川中之事。就在十里长亭送别时，刘备终于忍不住了，说："今日相别，不知何时再得听教。"言罢，还"潸然泪下"，感动得张松把西川的形势图献给他，还答应在他取西川时做内应。后来，刘备一边表示不忍心对刘璋下手，一边不客气地拿下了西川。刘备的"义"也有一定的功利性，吕布辕门射箭救过他的命，白门楼吕布为曹操所擒时，他考虑到吕布降曹对自己不利，怂恿曹操杀掉吕布。再有，长坂坡赵云救了阿斗，他没有因为儿子得救感到欣喜,而玩了个"摔孩子"的把戏。确如鲁迅所云,《三国演义》"欲显刘备之长厚而似伪"①。然而,反过来说,如果只写仁义,不写争夺,刘备从贩屦织席到汉中山王的经历,更会假得不着边际。应该说,小说的题材与作者的理念有一定的矛盾。

我们不应该怀疑刘备是个仁君。因为,在创业的同时,他是尽其所能地做到仁义的。凡事都有个比较,《三国演义》中其他军事集团的领军人物,都相当残暴。董卓公然声称:"吾为天下计,岂惜小民哉!"视杀人放火为儿戏。曹操攻徐州时,"但得城池,将城中百姓,尽行屠戮""大军所到之处,杀戮人民,发掘坟墓"。(第十回)相反,刘备能够保护百姓从樊城一起撤退,并为此付出惨重的代价,尽管行为的动机不是那么纯,但行为的效果是好的,也是感人的。再有,吕布是《三国演义》中最不义的人,被张飞称为"三姓家奴"。刘备怂恿曹操杀掉他,也不为大过。摔孩子,摔的是刘备自己的儿子,从后来的描写来看,这一摔对刘禅后来也没有造成什么影响,他不过借此表示自己对赵云的感激之情。而他对关羽的义,是任谁都不会怀疑的。

综上所述,《三国演义》对刘备形象的刻画是相当成功的。写他仁慈与争夺、诚信与权术的矛盾,不仅使得人物与他的身份相符,也使得人物形象更深刻。

《三国演义》中曹操形象的塑造,更为精彩。他似乎是个彻头彻尾的坏人,身上集结着残暴、欺诈、多疑和极端利己种种恶行。但小说没有罗列他的恶行,把他写成失去人性的恶魔,而是把他放到那个特殊的历史背景之中,结合他建功立业的欲望,写他的残暴、欺诈,也写他的雄才大略。

曹操是紧跟着刘备在第一回中出场的。书中写他所做的第一件事,就是用假中风的把戏,摆脱父辈对他的约束。这件发生在他儿时的小事,对他的一生却产生了重要影响:他幼年就摆脱了传统道德的约束,使他原本就"有权谋,多机变"的个性得到自由发展。对于他后来的所作所为,我们看不出他奉行什么样的政治、道德准则,只看到权谋和机变,致使当时素有"知人之名"的许劭,断言他将成为"治世之能

---

① 《鲁迅全集》第9卷,第129页,北京:人民文学出版社,1981。

臣，乱世之奸雄"。

曹操所做的第一件大事是除董卓。在众朝臣因为董卓的祸国殃民而痛哭流涕时，他"抚掌大笑，曰：'满朝公卿，夜哭到明，明哭到夜，还能哭死董卓否？'"（第四回）他打算行刺董卓，就在他抽出宝刀正要行刺的一刹那，被董卓从穿衣镜中看到。他的机变立刻发生效用：持刀跪下，口称献刀；又赚到吕布的好马急忙逃走。后来，他又联络十七路诸侯讨伐董卓。事虽不成，却说明他遇事能尽心竭力地想办法解决，远胜于满朝公卿大臣们的无益之哭。除董卓是件好事，他舍生忘死地做这件事，除了显示自己的本领外，还说不上有什么险恶的用心。我们通过这件事，可以看出他生机勃发、勇于进取的精神。如果生活在"治世"，他真的有可能成为"能臣"。

然而，他生活在乱世。当汉献帝落在他的掌握之中以后，他萌发了一统天下的野心。此后，他的所作所为，都为了实现这个目的。上自帝王卿相，中到武士谋臣，下到平民百姓，也都被他当作实现这一目的的筹码而玩弄于股掌之间。他的权谋、机变，发挥到了极致。

汉末虽为乱世，正统的汉献帝还有一定的影响力。曹操讨伐董卓的檄文，假称是"奉天子密诏"而作，果然使得"各镇诸侯皆起兵相应"。（第五回）后来，他奉诏到洛阳护驾，信誓旦旦地对献帝说："臣向蒙国恩，刻思图报。"（第十四回）然而，见面后他所做的第一件事，就是把这位正牌皇帝安置在其他诸侯、将军的势力都达不到的许都，完全把他控制在自己手中。汉献帝意识到上当，先后通过董贵妃、伏皇后，向那些皇亲国戚发密诏求救，但都被他察觉。他残忍地杀害了怀孕的董贵妃，杀了伏皇后和她所生的两个儿子，还灭了她们的家族。他又让自己的女儿当了皇后，对汉献帝的监控自然会更严密，致使汉献帝见了他，吓得发抖。他的"欺君"，远远超过了他以前强烈反对过的十常侍和董卓。十常侍专权，只是依仗皇家的威势作威作福，说到底他们还是帝王家的奴才；董卓专权，凌驾于"天子"之上，"每夜入宫，奸淫宫女，夜宿龙床"（第四回），也只看中皇家的财产、美女。曹操看中的是皇权，他要利用汉献帝的皇权达到他统一天下的目的。他用加官晋爵的手段，笼络或安抚他用得着的诸侯、将军；用削职的办法，打击自己的政敌。他明知荆州在刘备手里，却封周瑜为南郡太守，让他来管辖荆州,致使孙、刘两家交战,他从中渔利。而他自己出兵,无论怎样无理,也会因为是"奉诏"而变得正大堂皇。"挟天子而令诸侯"是他的罪名,也是他手中的一把利剑。然而,他从不说他借汉室的影响扩大了自己的实力,而口口声声说自己捍卫了汉室:"如国家无孤一人,正不知几人称帝,几人称王。"(第五十六回)

对于百姓,他是"用"而不是"爱"。官渡之战后,袁绍病于冀州。众人劝他乘势攻之,他说:"冀州粮食极广……现今禾稼在田,恐废民业,姑待秋成后取之未晚。"(第三十一回)他的军队纪律也比较严明。自己的马惊了,践踏了庄稼,还能用"割发权代首"的把戏告诫全军。看来,在百姓对他顺从时,他会适当地考虑他们的利益。但是,一旦百姓违背了他的指令,他会立即变脸,对他们格杀勿论,而且还杀得极有权谋:

> 曹操追(袁谭)至南皮,时天气寒肃,河道尽冻,粮船不能行动。操令本处百姓敲冰拽船,百姓闻令而逃。操大怒,欲捕斩之。百姓闻得,乃亲往营中投首。操曰:"若不杀汝等,则吾号令不行;若杀汝等,吾又不忍;汝等快往山中藏避,休被我军士擒获。"
>
> (第三十三回)

不下令赦免百姓,却让他们去山林中藏避,还嘱咐他们休要被军士擒获。这样一来,即便是他们被杀,也要怪他们跑得不够快,藏得不够严实,竟把杀人的罪过加到了被杀者的身上。

曹操身上的这种权谋、机变,在用人方面表现得更为突出。他素有知人之能,在关羽还是马弓手时,他就看出关羽武艺、气度的不凡。关羽战败时,他也曾以最大的容忍、最高的奖赏、最显赫的爵位招降他。关羽没有向他投降,却在华容道他走投无路的情况下,以违反军纪为代价放了他,等于救了他的命。但后来他听说东吴杀了关羽,并将其首级献给他的时候,竟高兴地说:"云长已死,吾夜眠贴席矣。"首级到手后,"操开匣视之,见关公面如平日。操笑曰:'云长公别来无恙!'"(以上第七十七回)何等残酷无情。从书中的描写看,曹操是真心喜欢关羽的。但是喜欢他就是想用他,他不为自己所用,反为敌方效力,那么,他的存在就不如消失。对于真心喜欢的关羽尚且如此,对他并不喜欢的谋士更可想而知。官渡之战中,袁绍的谋士许攸来见,他"不及穿履,跣足出迎,遥见许攸,抚掌欢笑,携手共入,操先拜于

地",何等爱才! 何等亲热! 然而,下面的对话却大煞风景:

> 攸曰:"公今军粮尚有几何?"操曰:"可支一年。"攸笑曰:"恐未必。"操曰:"有半年耳。"攸拂袖而起,趋步出帐曰:"吾以诚相投,而公见欺如是,岂吾所望哉!"操挽留曰:"子远勿嗔,尚容实诉:军中粮实可支三月耳。"攸笑曰:"世人皆言孟德奸雄,今果然也。"操亦笑曰:"岂不闻兵不厌诈!"遂附耳低言曰:"军中止有此月之粮。"攸大声曰:"休瞒我! 粮已尽矣!"操愕然曰:"何以知之?"　　　　　　　　　　　　　　　　　　　　　　　　　（第三十回）

对如此热情迎来的客人,谈起正经事曹操却谎话连篇,甚至有点耍无赖,其真爱才假爱才不言而自明。在他看来,许攸的价值,只在于他深知袁绍那里的情况。许攸帮他设计大破袁绍后,他就借许褚之手,把这个狂妄自大的人杀掉了。

平日聚集在他麾下的其他谋士们,受他重用,也遭他疑忌。他们可以向他献上充满智慧的计谋,却万不可窥破他耍的种种伎俩。杨修因为经常看破他的伎俩而又不知韬晦,招来杀身之祸。就连为他立过大功、出过大力的荀彧、荀攸等人,最后也都为他威逼致死。此外,他曾"借"仓官的头解决粮食危机问题;用梦中杀内侍的伎俩防范别人对他行刺,确如他自己所云:"宁可我负天下人,休教天下人负我。"小说对这个暴君的形象,刻画得极为鲜明而又深刻。

刘备、曹操形象的成功塑造,使得《三国演义》的政治理想表现得十分鲜明。作者希望由刘备、诸葛亮这样的圣君、贤相治理国家,使百姓安居乐业,也希望历史唾弃曹操这样欺诈、邪恶的"乱世奸雄"。

如果是其他类型的小说,其结局一定写刘备登基,曹操败亡。因为无论是从道德评判还是善恶报应讲,都应该是这样的结局。但是,历史发展的结果,毁灭了人们美好的愿望:仁义的蜀汉最早败亡,残暴的曹魏取得胜利。忠于史实的《三国演义》,也只能以悲剧结局。作者将这一切归为"天意",实际上流露了他对于理想破灭、道德失落、价值颠倒所感到的困惑、痛苦与无奈。

形象大于思维。罗贯中创作《三国演义》有鲜明的倾向性,但他创作曹操、刘备两个艺术形象时没有简单化、理念化。他是参照大量的历史资料,加上自己对两个人物的反复琢磨、深刻理解,来塑造这两个人物形象的。尽管他自己不一定认识到曹、刘两家成败的关键究竟是什么,但是他所塑造的人物形象自身在很大程度上透露了这个原因。这就是:曹操的奸诈中透着智,刘备的仁义中透着庸。曹操的权术,总是从大处着眼,一切的一切,都得为创建大业让路。而刘备的仁义,有时候会成为他创建大业的绊脚石。

仍以上文提到过的曹操杀仓官为例。曹操讨伐在淮南称帝的袁术,这是一场恶战。两军对峙时他的粮食发生危机,如果这一消息被他的军士得知,后果不堪设想。于是他让仓官王垕改用小斛发粮,节约粮食,拖延时间。他的军士知道粮食给得少,怀疑是仓官作弊,却想不到濒临粮尽的危机。当积怨渐深、众怒难犯时,他又"借"王垕的头来平息众怒。这件事为他赢得了时间,随后他的粮草也就运到了。小斛发粮明明是他自己指使的,他也明知王垕无罪,却偏要"借"人家的头来用,还说什么"汝必勿吝",欺诈到了令人发指的程度。然而,从舍一人保全军的角度来说,这又是何等高明的谋略。相比之下,刘备的"摔孩子"就太小儿科了。

再如,曹操用谋士,从来是集众家之长,他自己永远居主导地位。而刘备信任诸葛亮,对他几乎到了盲目服从的程度。第五十六回写鲁肃向刘备讨荆州:"玄德曰:'何以答之?'孔明曰:'若肃提起荆州之事,主公便放声大哭。哭到悲切之处,亮自出来解劝。'"果然,鲁肃一提荆州,刘备就放声大哭,鲁肃问:"皇叔何故如此?"刘备并不知何故如此,只是"哭声不绝"。孔明出来说明了刘备的难处,"触动玄德衷肠,真个捶胸顿足,放声大哭"。尽管这是作为刘备信任谋士的美德来写的,但让人看了,总觉得他有傀儡之嫌,也觉得他远不是曹操的对手。

还有,曹操不计亲疏,赏罚比较公正,执法也比较严明。他的堂弟曹洪年少暴躁,失了潼关,他喝令斩首,经两班文武跪下求情,也还是只许他戴罪立功。刘备则赏多于罚,对于他的结义兄弟尤其如此:张飞酗酒失徐州,立了军令状的关羽华容道放走曹操,他都不予追究。每当诸葛亮执法时,他总是庇护,致使关羽骄纵到无人敢管的地步,独守荆州时违背诸葛亮"北拒曹操,东和孙权"的原则,硬是和东吴较量。自己身死,又失了荆州。加上刘、张极不理智的复仇行为,使得蜀汉迅速衰败。"仁"与"义"是美德,对蜀汉后来起的影响却是坏的。

我国的传统道德，讲求"仁、义、礼、智、信"。"仁"与"义"排在前头，"智"的位置相当靠后。然而人们处理实际问题的时候，"智"又往往起决定作用。历朝历代开国的帝王们，无论是打江山的还是禅让的，又有谁真正是靠仁义爬上皇帝宝座的？《三国演义》的作者，怀着极为矛盾的心情，写了拥护仁君仁政的政治理想，又写了仁君的败亡，为我们提出了一个深邃的值得不断探索的历史问题。

第三节　历史事件的情节化与历史人物的形象化

《三国演义》有着深邃的思想意蕴。作者通过描述三国时代的盛衰变化，揭示帝王将相图王霸业、治国经邦的成败得失，也反映了作者对封建社会一些重大问题所作的深层思考。然而，作者并没有忘记自己是在写小说，没有忘记故事型小说惊险离奇的审美特色。《三国演义》在创作手法上有两个高明之处：其一，它不是以浅显的语言讲述史书上的故事，而是以史书上记载的事件为素材，结合作者自己的生活体验，进行全新的艺术创作。小说的作者充分发挥艺术想象力，在尊重历史发展趋势以及重大历史事实的基础上，运用虚构和其他艺术技巧，将历史事件情节化、历史人物形象化，使历史真实变成感动人、启迪人的艺术真实。其二，《三国演义》的作者罗贯中，是个"有志图王"者，有极为丰富的政治、外交、军事斗争的经验。这使得他在描述三国时期纷乱复杂的斗争局面，塑造叱咤风云的政治家、军事家的形象时，能够得心应手，能够把三国时期纷繁复杂的局面展示得淋漓尽致，生动鲜活。

故事型小说，首先必须描述生动感人的故事。作为历史演义小说，这类故事又不能过于违背史实。《三国演义》在这方面处理得很好。例如，对于刘备请诸葛亮出山，《三国志·诸葛亮传》是这样记载的："先主遂诣亮，凡三往，乃见。"何以要"三往"？是访人不遇，还是诸葛亮故意摆架子？我们不得而知。罗贯中却抓住"三往"大做文章。小说详细地描写刘备"三往"的所见所闻，秀丽幽静的环境，有仙风道骨的崔州平、石广元等人，都对诸葛亮其人起到了很好的烘托作用，使得他的登场先声夺人,也充分反映了刘备求贤若渴的美德。它增添了许多内容,却又不悖于史实。再如,刘备东吴招亲,如今是家喻户晓的故事。这个故事的原始材料也很简单。《三国志·先主传第二》记载:"琦病死,群下推先主为荆州牧,治公安。权稍畏之,进妹固好。"《周瑜传》又记载,周瑜曾经向孙权献计,把刘备招至江东,"多与美女玩好,以娱其耳目"。作者将这两则记载联系起来,结合孙、刘两家的矛盾,结合当时错综复杂的政治斗争来写这桩婚姻。将仅二十多字的记载,敷衍成足足两回篇幅的惊险曲折的故事,突出了孔明的足智多谋,周瑜的心胸狭窄,也将这桩不寻常的婚事写得合情合理。

《三国演义》不仅将历史事件情节化,还能把战争描写情节化。由于作者有丰富的军事知识,所以他在认真地研究历史材料后,能够深刻挖掘出每次战争的本质特点。在描写战争时,没有把主要笔墨花费在单纯的实力和技艺的较量上,而重在描写具体条件下战略战术的运用。小说写了大大小小一百多次战争,无论是千军万马的鏖战,还是单枪匹马的较量,都写得有声有色,各具特点。例如,官渡之战、赤壁之战、夷陵之战,都是以少胜多的战例,最后也都是以火攻取胜,由于作者描写的侧重点不同,战略战术的运用不同,三次战争都写得惊心动魄,却毫无雷同之处。

官渡之战,侧重写交战双方条件的转化。本来,战争的优势在袁绍一方:他兵精将广,拥有大军七十万,又有众多的谋士,充足的粮草。曹操不是他的对手。但是,袁绍刚愎自用,堵塞言路,又无缘无故地猜疑战将,他的优势很快都化作劣势。最后他的谋士许攸降曹,向曹操献计,一把火烧了他囤积在乌巢的粮草。袁绍众叛亲离,很快败亡。赤壁之战则浓笔重彩地描写孙刘联盟的战略战术。他们先后用了反间计、苦肉计、诈降计、连环计。万事俱备后又由诸葛亮借东风,火烧赤壁,给曹军以重创。夷陵之战,先写刘备亲率重兵想要一举灭吴,一口气攻入吴境六七百里。紧急关头,东吴用年轻的书生陆逊为主帅。陆逊用骄兵之计,诱使刘备违背了基本的军事原则,在林木茂密的地方安营扎寨,后一把火烧了他的七百里联营。这类描写惊险生动,引人入胜。

《三国演义》描写战争,还善于发掘战争中的戏剧因素,以增强故事情节的生动性。例如,赤壁战败后曹操率众而逃。逃至乌林之西、宜都之北时,他大笑周瑜无谋,孔明不智,没有在此埋下伏兵。话音未落,就听得鼓声大作,硝烟四起,半山腰里杀出赵子龙。后面的途中曹操又大笑两次,也都是"话音未落"便出现了张飞和关羽。这确实是巧合,但也有它存在的基础。一方面表现了曹操大败不悲的政治家的风度和他的军事才能,另一方面表现了诸葛亮在调兵遣将方面又高过曹操。这样的情节活跃了气氛,比起那种写逃跑"忙忙如丧家之犬,急急如漏网之鱼"的俗套生动得多。

正是由于作者写了汉末、三国时期的上百次的战争,战争情节写得又十分惊险生动,所写的战争策略也大都符合军事科学,使得《三国演义》成为中外文学史上罕见的全景军事文学。

《三国演义》塑造了很多鲜明的人物形象。小说对人物形象的塑造,符合故事型小说的审美原则。王充《论衡·艺增篇》说:"俗人好奇。不奇,言不用也。故誉人不增其美,则闻者不快其意;毁人不益其恶,则听者不惬于心。"①王充本意,不赞成作文溢美溢恶,却道出了"俗人"的喜好。而作为俗文学的故事型小说,人物形象的塑造方面必须溢美溢恶,爱憎分明。《三国演义》中的人物塑造,遵循了这一原则,书中的人物形象、道德倾向、主导性格,都非常鲜明。小说作者对于人物性格的把握,大都有历史依据。但在具体刻画人物时,又采用虚构或移花接木的方法,使人物性格更为典型。例如,据历史记载,曹操是个杰出的政治家、军事家,也是著名的诗人。但是,他的性格中也有残暴、欺诈的特点。在民间流传的三国故事中,这种特点已经被夸大了。罗贯中在此基础上又更加典型化了。据《魏书》记载,曹操杀吕伯奢是出于自卫,因为吕伯奢之子与宾客"共劫太祖"。《三国演义》为了突出曹操的残暴,写成由误杀到故杀,还说出了"宁可我负天下人,休教天下人负我"这样令人毛骨悚然的话。这样的描写,既使得人物形象更加鲜明,从根本上来看,又没有违背历史人物原有的性格特点。另据《三国志·先主传》记载,"杖督邮"的,本来是刘备本人,《三国演义》为了突出刘备的仁,将此事加在张飞的身上,刘备成了"急喝张飞住手"

---

① 转引自王汝梅、张羽《中国小说理论史》,第7页,杭州:浙江古籍出版社,2001。

的角色。还有,据《三国志·孙破虏讨逆传》记载,斩华雄的原本是孙坚。为了表现关羽的勇武,《三国演义》则将这一功劳送给了关羽,并将关羽温酒斩华雄写得有声有色,孙坚则被写成被华雄打败逃跑丢了巾帻的人。至于诸葛亮借东风,三气周瑜,赵云长坂坡救阿斗,则属虚构。但这类虚构,没有从根本上改变历史人物的基本特点,却使他们的形象格外鲜明。

小说还善于通过战争描写人物。张飞的性格特点是憨直粗豪,勇猛暴烈。他打起仗来往往是"圆睁环眼,倒竖虎须",动辄与人"大战五十回合"。关羽武艺超群,心高气傲,打起仗来顷刻之间便战胜对手,"温酒斩华雄"就是极好的战例。而空城计则是一场心理战:诸葛亮的足智多谋和司马懿的狐疑不决,是诸葛亮实施空城计的基础。这场战争的胜利,又更进一步展示了诸葛亮的智和司马懿的多疑。

总之,《三国演义》凭借对历史资料的把握,加上自己丰富的想象,把原来史书上记载的干巴枯燥的人物描写得生动鲜明。

《三国演义》的结构也很具特色。小说起于汉朝衰亡,终于三国归晋,写了上百年的历史。其间人物众多,事件繁杂。但作者以其卓越的叙事方法,将这段历史写得有条不紊。首先,从大的框架上看,在三国鼎立之前,小说是围绕着篡汉还是保汉来写的。三国并立之后,以蜀汉为中心,重在写汉与魏的矛盾。在写蜀汉时,又以诸葛亮为中心,写诸葛亮指挥下的联吴抗曹,也写了蜀汉与东吴又联合又争斗的关系。由此,把诸多的政治、军事、外交上的矛盾纠纷绾结起来,形成一个规模宏伟而又和谐统一的整体。其次,三国时期最大的特点是战事频仍,小说写战争时,也注意揭示战争之间的内在联系。例如,官渡之战、赤壁之战、夷陵之战,是《三国演义》写的三次最大的战役。小说没有孤立地写这三次战役,而注意揭示这三大战役之间的联系。官渡之战,曹操击败袁绍,平定了北方,他才能集中力量挥师南下,想一举平定天下。没有官渡之战,就不会有赤壁之战。赤壁之战,孙、刘联合战胜曹操,挫败了曹操统一天下的计划,形成了三国分立的格局。而赤壁之战中,孙、刘两家又联合又斗争。在周瑜与曹军奋战时,诸葛亮乘机占领荆襄九郡,为后来的夷陵之战埋下隐患。夷陵之战,吴、蜀两败俱伤,又为魏统一南方创造了条件。总之,《三国演义》描写战争都能结合当时的局势，大大小小的战争描写也形成一个有机的整体。再次，《三国演义》描写历史事件，虚实结合的手法运用得很好。例如第八十五回"诸葛亮安居平五路"。如果对于平五路一一进行具体描写，肯定会有堆砌之感，而书中只具体描写了平孙权的一路，其他四路都是虚写，即通过人物对话带出来。这种虚实照应的写法，既突出了重点，又避免了情节上的疏漏，还使得同类故事没有罗列之嫌。

《三国演义》为历史演义小说找到了合适的语体，用的是"文不甚深，言不甚俗"的浅近文言。其语言生动、简练、明快，"易观易入"，雅俗共赏。后来的历史演义小说，大都沿用这种浅近文言。

《三国演义》的问世，在社会上产生了重大影响，不仅广大读者争相阅览，还刺激了文人、书商们创作出版同类小说的热情。自明嘉靖年间以后，历史演义小说大量涌现。从开天辟地，直到民国，历朝历代都有历史演义小说在描述。除《三国演义》外，比较著名的作品还有甄伟的《西汉通俗演义》，杨尔曾的《东西晋演义》，谢诏的《东汉通俗演义》，余邵鱼的《列国志传》，以及冯梦龙增补改写的《新列国志》等。到了民国时期，又有蔡东藩的《中国历朝通俗演义》。

后来的历史演义小说比较忠于史实，"以正史为经，务求确凿，以轶闻为纬，不尚虚诬"。（蔡东藩《唐史通俗演义·自序》）然而，由于这类小说大都是以通俗风趣的语言诠释史书，没有将历史事件情节化、历史人物形象化，既缺少深邃的见解，亦缺少艺术创造，故除"列国"系列的故事还比较生动以外，多数作品平淡寡味，与《三国演义》相差甚远。

第二章
历史演义小说的变异

上一章我们讲过,历史演义小说,是以一朝一代的历史事实为基础,汲取部分稗史传说,加上作者的艺术创造,描述征战兴废、朝代更替等历史重大事件的小说。后来,历史演义小说内容开始多样化:有的作品用历史演义小说的形式描写时事,有的作品描写历史上的趣事逸闻,还有的作品借描写历史事件讽喻现实。

第一节　描写时事的历史演义小说《新华春梦记》

描写时事的历史演义小说,是指以历史演义小说的形式描述当时社会上重大事件的小说,其作者与作品所叙事件处于同一个时代。

在宋元说话中,就有了讲述时事的讲史话本。《醉翁谈录·小说开辟》中记载:"新话说张、韩、刘、岳,史书讲晋、宋、齐、梁。"①与"史书"对举的"新话",是说张浚、韩世忠、刘绮、岳飞等人抗金的故事。岳飞等人抗金,发生

---

① 见《宋元平话集·附录》,《宋元平话集》下,第 906 页。上海:上海古籍出版社,1990。

在南宋,而《醉翁谈录》的成书,在宋末元初。可以推知,南宋时期,就有讲述当时的爱国将领抗金的话本。可惜这类话本没有流传下来。

描写时事的历史演义小说,大都产生于国家危难之时。深沉的忧患意识,使得小说家们不再迷恋于对历史故事的玩味,而关注现实社会的军国大事,国运兴衰。这类小说直接干预社会,或歌颂忠义之士保境安邦,或抨击大奸大恶祸国殃民,对当时发生的事件做道德品评。明清易代之际,辽东边患日趋严峻,后金渐逼中原,中原危在旦夕。为了鼓荡民众抗战的斗志,呼唤救国英雄,平原孤愤生等创作了《辽海丹忠录》《平虏传》《镇海春秋》等小说。《辽海丹忠录》与《镇海春秋》,都歌颂毛文龙英勇抗击后金的入侵,精忠报国,对袁崇焕屈杀毛文龙,表示了极大的不满。《平虏传》则写崇祯皇帝中皇太极的离间计,以通敌罪将袁崇焕逮捕入狱之事,为明朝将领自相残杀、朝廷自毁长城扼腕叹息。

晚清时期,国家危难,局势多变。为了使人们更关心现实社会,关心时局,很多小说家以当时社会上人们最关心的重大事件为素材,创作历史演义小说。如《林文忠公中西战记》以林则徐禁烟为主线,描述第一次鸦片战争的全过程。《中东大战演义》写甲午战争的经过,揭示中国战败的原因。《台战演义》写《马关条约》签订后,日本进驻台湾时台湾军民自发的抵抗。《台战演义》写完时,台湾人民与日本进驻者的仗还未打完,故小说的最后出现了一个胜利在望的结局。这里面,比较成功的作品是抨击袁世凯复辟帝制的《新华春梦记》。

《新华春梦记》共一百回。作者杨尘因,安徽全椒人。他是民初的报人、通俗小说作家。小说作品除《新华春梦记》外,尚有《朝鲜亡国史演义》《儒林新史》《神州新泪痕》等。《新华春梦记》于1916年由上海泰东图书局出版,岳麓书社1985年重版。

《新华春梦记》描写袁世凯复辟帝制的一段历史。作品从杨度、严复等"六君子"发起"筹安会"写起,中间经历了"十三太保"四处组织"劝进"活动,各地的豪绅、地痞运作"国民代表","国民代表大会"的召开,护国战争,一直写到袁世凯败亡。书中所写的,大都是真人真事,并征引了不少史料。诚如杨尘因的朋友张芾在《叙》中所言:该书"附

会少,确实多,未始不可供将来修洪宪史学采择焉。"①(《新华春梦记·叙四》)

《新华春梦记》一反以往历史小说"君权神授"的观念,对封建的君主专制进行了猛烈的抨击。第二回写道:"历代予智自雄的君王,哪一个不是你争我夺损人利己的?只可怜流的是小民膏血,破的是小民财产,那一部《廿四史》中,都被那些愚民的脂血染遍了。"因此,作者强烈反对封建专制,歌颂民主共和。小说成功地刻画了袁世凯这个凶狠、骄横、欺诈而又冥顽不化的野心家的形象,通过描写他复辟帝制和他的迅速败亡,展示了当时各种社会力量的斗争,揭示了封建君主专制必定灭亡的历史发展的必然走向。

《新华春梦记》中的袁世凯,是个曹操式的人物。他有曹操的能征惯战、残暴欺诈,但是没有曹操的那种远见卓识、雄才大略。辛亥革命后,举国上下尽管还不能深刻领会民主共和制度的优越,但对于封建专制统治深恶痛绝。袁世凯认不清历史发展的潮流,名为国家的总统,实际上搞独裁统治。孙中山等掀起二次革命讨伐他,结果因内部不团结而失败。袁世凯不仅没有从这件事中汲取教训,反而更加狂妄自大,变本加厉地想要复辟帝制,建立袁氏一姓的天下。对于他的倒行逆施,副总统黎元洪,他的挚友徐世昌、李经羲(号仲仙),亲信段祺瑞等都坚决反对。李仲仙还劝告他说:"要晓得外交上强邻虎视,谁肯让你做太平天子哟,况且国体已共和了四年,无论他良与不良,国民已晓得这国家,乃是人所共有的了。再说清帝逊位,乃是尊重共和;日前倡言复辟的先生,所以受人攻击,也是因为破坏共和的。还有各方的党人,谁不说你谋为不轨?你果真做了这事,岂不更受人家的唾骂么?"(第三回)但是,袁世凯不仅听不进忠告,还动了杀机:先是想除掉黎元洪,被人劝止后又想暗杀段祺瑞,因段严于防范,未能得逞。他不相信民意,只相信武力,动不动就讲他小站练兵的威风和镇压二次革命的战绩:"癸丑(二次革命年代)那样的厉害,转眼也就太平了,还怕他们在腋肘之下动干戈么?"(第三回)他的儿子袁克定说得更为露骨:"什么民权?什么民意?我只晓得训练十万精兵,就走遍天下无敌

---

① 杨尘因:《新华春梦记》,卷首,长沙:岳麓书社,1985。其后该作引文均据此本,仅在行中标明回数。

手。"(第五回)袁世凯还花重金收买日本人,希望日本政府为他的复辟活动撑腰。他深信:"只要外交上得手,慢说他们这几个猴儿革命党,就是四万万人全体反对我,我也可以仗着外人势力平伏他们的。"(第八十一回)

袁世凯不相信民意,却又要打民心所向的招牌。在他看来,只要有钱、有权,民意是可以随心摆弄的。因此,他暗示心腹爪牙四下活动,组织人"劝进"。一时间,什么筹安会、公民团、请愿团、帝政建设讨论会等等,都来劝他登基,闹得沸沸扬扬。这还不算,他又召开"国民代表大会",共同商定国家体制。而这些"国民代表",名义上是经过公民选举产生的,实际上是他们指定的。而且,投票时,他们又派重兵包围会场,实行"武力监督",逼着代表们投赞成帝制的票。然而,在民众面前,袁世凯又信誓旦旦地表示自己拥护民主共和制度,扭扭捏捏再三地表示不肯做皇帝。就如杨度等人所说:"就是寡妇改嫁,妓女从良,也得要三请四邀,方肯上轿,何况做这般大事呢?"(第五十七回)就在一片劝进声中,他终于登上了昼思夜想的皇帝宝座。令他始料不及的是,他花钱买来的"民意"是当不得真的。一旦他与民众为敌,不仅革命派、改良派发兵讨伐他,就连他的侄孙子,也在他的宫苑埋炸弹想暗杀他。他花重金买通的日本政府,又因他的爪牙贪财泄漏了这一秘密而恼羞成怒,断然地与英、美、法等国一道反对他。最后,他众叛亲离,只过了三个月的皇帝瘾就败亡了。小说对这个野心家、复辟狂的所作所为极为愤恨,以辛辣的笔调,讽刺了他逆历史潮流而行的种种罪行。

《新华春梦记》也抨击了梁士诒、杨度等蝇营狗苟的官僚和堕落文人。他们只做个人升官发财的美梦,毫不考虑国家和民众的利益,甚至也不考虑自己的声誉,"忽而维新,忽而尚旧,忽而君主,忽而共和",无是非,无人格。杨度说过:"我生平做事,就不晓得什么叫做是,什么叫做非……我如今唯一宗旨,只把脸子腻得厚厚的,肚子挺得大大的,火到工成,自然有人抱着我的脚趾头叫干爸。"(第三十七回)一旦窥察到袁世凯有称帝的野心后,他们马上组织什么筹安会、请愿团,到处煽风点火,鼓吹帝制,向袁世凯摇尾乞怜。近则希望得到"经费",过花天酒地的生活;远则想在袁世凯当上皇帝后,得到高官厚禄。他们在袁世凯面前表现得忠心耿耿,也确实为袁世凯的登基立下了功劳。但是,在蔡锷率领的护国军的攻势越来越猛的时候,他们一个个挟款出逃,丢下他们的袁皇帝不管了。袁世凯利用了他们,他们也利用了袁世凯。小说还写了一个"新女性"安静生。她提倡女权,以"巾帼中的男儿"自居。但是,为了达到不可告人的目的,她组织妇女请愿团,发表演说,鼓吹帝制:"外国人都笑咱们中国的女权不发达,实在古代的女权向来很发达的。不过被现在的共和,转把咱们女权'和'得没有了。试看,夏之妹喜,殷之妲己,周之褒姒,不问她的行为如何,她总能媚惑帝王,牵动一时的政治,魔力也就不小了。还有那春秋之世,夏姬、骊姬、赵威后,皆是咱们女界的豪侠……如今政治共和,咱们女权反消沉了不少。"结论是:"要恢复女权,非先要恢复帝制不可。"(第二十八回)可谓无知、无耻到了极点。

小说还写了一些不觉悟的小人物。例如,袁世凯鼓吹帝制后,江西、四川、广东一带,一下子就冒出了三四个皇帝。更为可笑的是,袁世凯为掩人耳目,要在各省选举"国民代表"。许多人把它当作"捐官",拼命花钱买选票。那些有幸成为"国民代表"的人,满以为进京后等着他们的是荣华富贵,没有想到只让他们在军警的监督下投完了票就完事。近两千名代表被困在京城,债台高筑,差一点回不了家。第三十一回还写那些组织劝进的人,把一群车夫、乞丐叫到一起,开什么皇帝会,上什么书,还在军警们的逼迫下画十字。折腾了一天,每人才发给三五个铜子。他们七嘴八舌地乱骂皇帝,却根本不知道自己已经被皇帝利用了。对于这样一些人,作者既愤慨,又同情。袁世凯及其爪牙任意耍弄他们,反映了对他们人权的践踏;另一方面,正是这些人的不觉悟,又给袁世凯复辟造成了可乘之机。

《新华春梦记》歌颂了那些反对封建独裁的英雄。作品浓笔重彩描写的是护国军的领袖人物蔡锷。这是一位忧国爱民的骁将。辛亥革命的时候,他就是云南军界的领军人物。袁世凯把他看作具有相当实力的对手:"他的文章,虽然做不过梁启超;他做事的手段却比梁启超厉害。"二次革命之后,袁世凯以调和南北两方的意见为由,让他进京,实际上是借机解除他的兵权。蔡锷对袁世凯的这一手早有防范,将兵权及云南都督之职,都让给了自己的朋友唐继尧,以保存实力。进京后,他被软禁。袁世凯图谋复辟的时候,更是对他严加防范。他孤身陷于帝制潮流之中，"有气难吐，有翅难飞"。然而，蔡锷是个大智大勇的人，他知道，在这种情况下，自己只能和袁世凯斗智。他表面上拥护帝制，与杨度等联合上请愿书，"混进了帝制派，要得十分热闹"，以解除袁世凯对他的戒备之心，暗地里和他的老师梁启超，以及云南军界的朋友商榷讨伐袁世凯的大计。他借故制造家庭纠纷，和妻子大吵大闹，赶她回湖南的娘家，实际上是将她送出虎口，为自己日后脱身做准备。他又一改以往端方持重的作派，"朝朝暮暮，醉粉迷金"，和云吉班的妓女小凤仙打得火热。就在袁世凯对他的防备有所松懈的时候，他在小凤仙的掩护下脱身去日本，又从日本回到云南。到云南后，唐继尧让他恢复云南都督之职，他极力反对，表示要"牺牲我的生命及一切身外利禄，专事杀贼"。护国军成立后，他任总司令，施展其指挥战争的雄才大略，打得袁世凯的主力军队一蹶不振，迫使袁世凯废除了帝号。作品热情洋溢地歌颂了蔡锷为争取民主共和制度而献身的精神，也歌颂了他卓越的政治手段和军事才能。

《新华春梦记》对资产阶级改良派的领袖人物康有为、梁启超，是充分肯定的。康、梁主张君主立宪制，袁世凯复辟帝制打的也是君主立宪的旗号，说什么惟君主始能立宪，要立宪必先设君主。表面上看，双方的政治主张是有联系的。但康、梁君主立宪的实质是虚君共和、开放政权，而袁世凯只是假借立宪的理由恢复帝制，两者根本不是一回事。因此，在袁世凯试图称帝时，梁启超发表了《异哉所谓国体问题者》的文章，深刻揭露他假立宪、真专制的面目，为反对袁世凯复辟帝制建立了功绩。小说刻画的反袁人物中，还有黎元洪、徐世昌、段祺瑞、袁瑛等，尽管他们的出发点不同，但在阻止复辟帝制中都起到了作用。

总之，从歌颂帝王将相到提倡民主，从信奉天意到弘扬民主精神，这都表现了《新华春梦记》对传统历史小说的突破。

在艺术风格上，《新华春梦记》与以前的历史小说也有所不同：它并不总是围绕主要人物、重大事件描写，有时候也涉及下层人物，甚至是世风世俗，人生百态。例如，在揭露袁世凯复辟理论在社会上造成的恶劣影响时，具体描写了邱宝龙、雷葆福、王虎林等人称王的经过。写"国民代表大会"的虚伪时，主要是通过湖南、湖北的一部分人操纵选举来表现的。其中有为扩大影响，在自己的名片上印了小学校长、复选调查员等五种"官衔"的陈元璧；有把花钱谋取国民代表资格视为捐官的谢石钦；还有担任了只有两人组成的湖南筹安分会的"庶务、会计、糟蛋（招待）"，便自以为无上荣耀的小生意人吕逸生等。在写到蔡锷和小凤仙的往来时，甚至还描述了北京妓院的种种生意经。这使得这部小说兼有历史小说和世情小说两方面的特点。

《新华春梦记》的内容，大体上符合历史小说"三分虚七分实"的特点。主要人物、重大事件，及书中所引的康、梁的文章等史料，都是实有的，而小人物、小插曲大都是虚构的。例如蔡锷在京以流连醇酒美人的假象迷惑袁世凯，是实有之事，但他视小凤仙为知己，把自己的政治抱负全部告诉小凤仙，及小凤仙自觉地帮助他脱身的事，则属虚构。之所以要这样写，不仅以妓女的深明大义反衬杨度等人灵魂的卑污，也表现了蔡锷当时的孤立无助，遇事只能商之于所爱之妓，而且，英雄美人的故事，还为小说情节平添了不少情趣。

《新华春梦记》在人物形象的刻画上是比较成功的。蔡锷的机智、果断，梁启超的持正、老辣，袁世凯的狡诈而又愚蠢，梁士诒的狡猾、卑污，都给人留下了深刻的印象。然而，由于作者塑造这些形象时，感情色彩过重，致使这些人物明显带有脸谱化的倾向。比较而言，一些次要人物、小人物的刻画，则更为成功。如袁世凯的原配于夫人的愚笨、虚荣而又不失老实，小生意人吕逸生夫妻的思想贫乏、识见粗浅，腐儒叶德辉渴求富贵荣华又要摆清高架子的矫情，以及小凤仙的鸨母的世故鄙俗等，都刻画得活灵活现，妙趣横生。

《新华春梦记》的语言酣畅流利，人物对话符合各自的身份。试看袁世凯称帝前，吕逸生和叶德辉的一段对话：

> 叶德辉见神见鬼，诌了这一套胡话（说袁世凯系真龙转世），却把个吕逸生说得眉飞色舞起来，忙向叶德辉道："老先生这话说得一点儿不错，提醒了。我也听说有一段奇闻……我听说江西省里万寿宫，被火烧的时候，一片火光，拖得足有几里路长。那火光里面，蜿蜒似的盘了一条金龙，在火里张牙舞爪，好不威风！等到火光扑灭，那条金龙也就没有影子了。……日久，被警察厅长知道了，赶忙派了二百名警察兵，把火场上的枯木屑儿、碎瓦片儿都

撬开了,果见一条石龙睡在土里,从头至尾,足有两丈来长,周身红灼灼地放宝光。"叶德辉不待他说完,忙抢着道:"这就是上天垂象,给我朝新皇帝献瑞,与上古河图洛书等祥兆,是一样道理。"吕逸生接着道:"可惜,莫过几天,忽然下了一阵暴雨,霹雳一声雷,把条石龙打成两段。"叶德辉听了这几句话,忙摇着头道:"这是谣言,这是谣言。"

(第十八回)

这段对话生动形象,且与两个人的身份相符。叶德辉是老学究,基于名利之心和陈旧的思想意识,有意编造真龙转世的神话,为袁世凯称帝制造舆论。他说的是吉祥话。吕逸生愚昧而又纯朴,只听出叶德辉讲了个龙的故事,并未领会其用意,所以在讲另一个龙的故事时,原原本本将雷公把龙劈成两半也讲了出来。这一方面反映了部分民众的愚昧、守旧,另一方面对袁世凯称帝也进行了辛辣的嘲讽。

总之,无论从作品所表现的思想观念上看,还是从艺术成就上看,《新华春梦记》都是历史演义小说中较好的作品。

第二节　讽喻现实的历史演义小说《痛史》《洪秀全演义》

讽喻现实的历史演义小说,是指以历史演义小说的形式,讽喻社会现实的作品。这类小说的创作主旨不在于描述历史事件,而在于借古讽今,为现实社会提供历史借鉴。

讽喻社会现实的历史演义小说主要产生于晚清。从内容上看,这类小说又分为两类:一类是借历史故事宣传救亡图存、改良社会的道理,如吴趼人的《痛史》,陈湛的《海上魂》;一类是以描写历史事件宣传资产阶级改良或革命的主张,如黄世仲的《洪秀全演义》。这里,我们重点分析《痛史》和《洪秀全演义》。

《痛史》二十七回,最初在 1903 年至 1906 年的《新小说》上连载,1911 年上海广智书局出版单行本。作者吴趼人,是晚清著名的谴责小说家。他忧时爱国,对国家与民族的危难有清醒的认识,提出了道德救国论。他的身世,我们将在谴责小说的论述中介绍。

《痛史》写南宋亡国的历史。小说开篇说:"鸿钧既判,两仪遂分。

大地之上，列为五洲；每洲之中，万国并立。五洲之说，古时虽未曾发明，然国度是一向有的。既有了国度，就有争竞。优胜劣败，取乱侮亡，自不必说。但是各国之人，苟能各认定其祖国，生为某国之人，即死为某国之鬼，任凭敌人如何强暴，如何笼络，我总不肯昧了良心，忘了根本，去媚外人。如此，则虽敌人十二分强盛，总不能灭我之国。"显然，作者已经不再着眼于一姓朝廷的兴替，而是将中国置于竞争开放的世界格局之中，指出国家和民族所面临的严重危机，号召人们以南宋亡国为戒，发扬爱国主义和民族主义精神，抗击强敌，存国保种。

《痛史》从宋度宗失政，一直写到陆秀夫负幼帝蹈海，南宋灭亡，举凡贾似道荒淫误国，吕师夔降元，宋恭宗被俘，张世杰抗元，及文天祥、谢枋得殉国等等，作品中都有详细的描述。

在具体描写南宋灭亡的时候，小说首先抨击了封建统治当局的昏庸。元兵南下之际，南宋小皇帝度宗还是沉湎于酒色，"只看得一座吴山，一个西湖，便是'洞天福地'。外边的军务吃紧，今日失一邑，明日失一州，一概不闻不问"。他把国家的权柄都交给了他宠妃的兄弟贾似道，自己过着花天酒地、穷奢极欲的生活。外面郡县失守，告急文书像雪片一样飞来，因贾似道的欺瞒，他竟然一点不知。张婉妃冒死将实情告诉了他，使他受到惊吓，谢太后不分青红皂白，竟将婉妃处斩。此后，更没有人敢对他说真话了。然而，事实不会因为人们不敢正视它而不存在，鄂州、襄阳、樊城相继失守，常州也异常危急的消息终于传到他的耳中，这个已经被酒色掏虚了身子的昏君，竟吓得一命呜呼。年方四岁的小皇子即位，更难以应付这种大厦将倾的局面。元军攻至平江时，太皇太后"欲图旦夕之安"，不顾前方的将士还在拼命保国，竟奉降表称臣。然而，投降的结果，并未给他们带来片时的安宁，太皇太后、太后、小皇帝都被元人囚禁起来，百般凌辱，令他们求生不得，求死不能。小说在描写太后和小皇帝时，既愤恨，又同情：愤恨他们的昏庸误国，同情他们亡国破家之后的遭遇。

小说抨击得最厉害的，还是那班贪生怕死、毫无气节的大臣。大敌当前，江山破碎，宰相贾似道却为了把宫中一个美丽的宫女弄到手而大费周折。对于那些告急文书，他自己不处理，也不给皇帝知道："在外头将官们自有道理，我们其实不必多管，由得他去。这也是兵法所言'置之死地而后生'呢！不然，凭了他一纸文书，今日遣兵、明日调将，我们是要忙得饭也不能吃的了。只是不要叫皇上得知，我们只管乐我们的。"①他也知道，南宋小朝廷的局势不容乐观。但他的打算却是："如今是得一日过一日，一朝蒙古兵到了，我只要拜上一张降表。他新得天下，正在待人而治，怕用我不着么？那时我倒变了大朝廷的大臣了呢！"（第一回）度宗死后，在谢太后的逼迫下，他不得已挂帅出征。到了芜湖之后，他先是备了金珠礼物，谋图降元。元朝的元帅伯颜瞧不起这种毫无气节的人，不肯受降。结果只打了一仗，战争尚未结束他就带着金银美女，逃到"风月最好"的扬州去了，闹出了芜湖丢帅的笑话。而他的继任者留梦炎，在前方吃紧的情况下，竟然带了家小细软溜之乎也，致使朝中又丢了宰相。其他大臣，也大都碌碌无为。确如文天祥所说："忠义之士，每每屈于下僚；倒是一班高爵厚禄的反的反了，逃的逃了，降的降了，反叫胡人说我们中国人没志气，真是可恨可叹。"（第七回）

小说对卖国求荣的汉奸，更是切齿痛恨。他们"把自己祖国的江山，甘心双手去奉与敌人。还要带了敌人去杀戮自己同国的人，非但绝无一点恻隐羞恶之心，而且还自以为荣耀。这种人的心肝，我实在不懂他是用甚么材料造成的。"（第一回）刘秉忠原是"大中华国瑞州人氏"，不但奏请忽必烈称帝，还为忽必烈建立典章制度、修盖宫殿立下了汗马功劳。张弘范原是"大中华易州定兴人"，但南征北战，帮助元统治者杀戮汉族同胞。最为无耻的是，他逼得陆秀夫负幼帝蹈海后，居然在崖山立碑："张弘范灭宋于此。"后来陈献章在前面添了一个"宋"字，成了"宋张弘范灭宋于此"，形成了绝大的嘲讽。小说还借抗元英雄张贵之口骂道："你祖宗付给你的肢体，没有一毛一发不是中国种，你却穿戴了一身的胡冠胡服，你死了之后，不讲见别人，你还有面目见你自家的祖宗么？这话不是我骂你，我只代中国的天地神圣祖宗骂你，还代你自家的祖宗骂你。"（第四回）最后，张弘范也没有好的下场：他自以为帮助元统治者灭了宋朝，想在元朝的"紫光阁"上图形表功。宰相博罗说："从前打仗时用中国人，就如放狗打猎。此刻太平无

① 吴趼人：《痛史》，第1页，福州：福建人民出版社，1981。其后该作引文均据此本，仅在行中标明回数。

事了,要把你们中国人提防着,怕你们造反呢! 你想还可望得图形的异数么。"(第十八回)他又惊又怒,即刻吐血而死。小说中卖国求荣的人,不是立遭报应,就是遗臭万年,表明了作者对他们的愤恨。

小说还批评了那些浑浑噩噩、苟且偷生的百姓。开牛肉铺子的周老三,家乡沦陷后,对遭受的欺凌逆来顺受,口口声声称元朝为"天朝",自己称自己为"蛮子",还对别人说:"我从前本来也是中国人,此刻可入了天朝籍了,我劝你也将就点吧,做蛮子也是人,做天朝人也是人,何必一定争甚么中国不中国呢! 此刻你就是骂尽天朝人,帮尽中国蛮子,难道那蛮子皇帝,就有饭给你吃,有钱给你用么?"(第十一回)一副冥顽不化的样子。当然,老百姓的不觉悟,不能只怪他们。他们是受千余年来封建专制的毒害。封建专制者总是害怕百姓过问国事,一贯推行奴化政治,宣扬什么"不在其位,不谋其政",致使国家危亡之际,百姓们不能把保卫国家视为自己的职责。

此外,小说还揭示了封建理学的虚泛无用。当州郡相继沦陷,国家大势已去时,忠于朝廷的宰臣陆秀夫辅佐八岁的小皇帝,"犹如庙里的泥塑木雕的神像一般。把一个八岁的孩子,也拘束得端端正正的坐在上面"。他一不给幼帝分析国家的局势,二不研究退敌恢复之计,每天只空讲《大学》,小皇帝根本就听不懂。有的大臣劝他给皇帝讲述元兵入侵、三宫北狩的耻辱,好让小皇帝存个国耻之心,以图恢复。他振振有词地说,恢复疆土,是武臣之事;他是文臣,所要做的是"启沃圣德,致君尧舜"。当元兵杀来时,他先是监督着妻子投海,然后自己负幼帝蹈海而死。应该承认,陆秀夫在强敌面前绝不投降,正气凛然地赴死,这种气节是值得赞扬的。但是他受封建理学的毒害太深,只会空谈心性,缺少经邦治国的才干,是"平时袖手谈心性,临危一死报君王"的典型。小说通过护卫程九畴的口说:"负了天下的盛名,受了皇帝的知遇,自命是继孔、孟道统的人,开出口来是正心、诚意,闭下口去是天理、人欲。……然而当那强邻逼处,土地沦亡,偏安一隅的时候,试问做皇帝的,还是图恢复要紧呢,还是讲学问要紧呢? 做大臣的,还是雪国耻要紧呢,还是正心、诚意要紧呢? ……倘使敌兵到了,他能把正心、诚意、天理、人欲,说得那敌兵退去,或者靠着他那正心、诚意、天理、人欲,可以胜得敌兵,我就佩服了。"(第十五回)这番话很有见地。

在强敌入侵之时，空谈心性无异于自取灭亡。

总之，小说通过对朝廷昏庸、权奸误国、败类降敌，以及传统文化虚泛而无实用等方面的描写，揭示了南宋灭亡的原因，也为当时的救亡图存提供了借鉴。

对于那些拼死保卫祖国的英雄，小说则进行了热情的赞颂。文天祥、张世杰、范天顺、谢枋得等，都置自己的生命于不顾，捍卫国家的利益和尊严。范天顺是樊城的守将。当樊城被困、援兵不至时，张弘范一再对他劝降，他痛骂张弘范卖国求荣，他的副将牛富还把张弘范射伤。城被攻破后，他和副将牛富、王福英勇就义。镇守鄂州的张世杰英勇善战，本来屡屡取胜，但贾似道胡乱调遣，命他退援江州，他两处不能兼顾，致使鄂州失陷。鄂州失陷时，他的儿子张国威，部将张顺、张贵都英勇战死；他手下的将士无一人肯降，全部被杀；他自己征战厮杀，却孤忠无助，后来也投海殉国。文天祥、谢枋得也都用自己的生命捍卫国家尊严。这些英雄、志士虽然没能保住国家，他们的这种爱国精神和凛然正气却可以感天地，泣鬼神。

小说还虚构了一批下层爱国英雄的形象，如胡仇、史华、岳忠、宗仁等，他们武艺高超，有胆有识。宋王朝灭亡前，他们组织"攘夷会"，自发地起来抗击元朝的侵略，暗杀暴虐的元军官吏，解救受难的同胞。南宋灭亡后，他们以仙霞岭为据点，串连有志之士，举行起义，以图恢复。小说是以仙霞岭的义军大破元兵结束的。这些人的身上，寄托了作者救亡图存的理想。

艺术风格上，《痛史》感情真挚，脉络清晰，语言平易、酣畅。但是，作为历史小说，作品没有设置引人入胜的故事情节。由于小说围绕着一个大是大非问题来写，对人物的褒贬过于鲜明，也使得人物形象有脸谱化的倾向。此外，说教气太重，也影响了作品的审美价值。

《洪秀全演义》，五十四回（未完），黄世仲作。黄世仲（1872—1912），字小配，号棣荪，别署黄帝嫡裔、禺山世次郎，广东番禺人，早年曾到吉隆坡、新加坡等地谋生，后又到香港办报。黄世仲是早期的同盟会会员，曾为宣传资产阶级革命辛苦奔波。辛亥革命期间，广东率先宣布独立，各路民军云集广州，以示响应。黄世仲当时也在广州，与各民军首领意气相投，遂被委派任民团局长，后被广东都督陈炯明及其继任者胡汉民以"侵吞军饷"的罪名下狱,未经法庭审判而遭枪杀。其小说作品除《洪秀全演义》外,尚有《廿载繁华梦》《宦海潮》《大马扁》。《洪秀全演义》于光绪三十二年(1906年)出版,章太炎为之作序。

《洪秀全演义》是描写太平天国起义的小说。作品从钱江、洪秀全等领袖人物酝酿、发动金田起义写起,写到天京内讧、李秀成、陈玉成抗击清军,太平军由战略进攻转为战略防御。小说抨击了清王朝的腐败、残暴,歌颂了太平军将士的反清斗争。值得指出的是,太平天国失败后,受封建正统思想的影响,社会上对它是一片斥骂之声。无论是封建顽固派,还是资产阶级改良派,都对它大肆攻击。最早描写太平天国起义的《扫荡粤逆演义》,就把洪秀全写成谋为不轨的叛逆。应该看到,尽管太平天国起义的某些领袖人物,后来滋生了腐朽的帝王思想,荒淫腐化,但广大义军将士反对腐败的清王朝的正义性,仍是不容否认的。正是从这个意义上,资产阶级革命家孙中山赞扬洪秀全为"反清第一英雄",自称"洪秀全第二",表示要完成洪秀全未能完成的历史使命。黄世仲的《洪秀全演义》,是为了配合辛亥革命而作的。

《洪秀全演义》的创作,有着明确的政治宣传的目的,作者明显地将自己的政治主张附会在太平天国起义的行动上。比如,在作者的笔下,太平天国起义不仅是为了反清,也为了争取政治平等。"当其定鼎金陵,宣布新国,雅得文明风气之先。君臣则以兄弟平等,男女则以官位平权;凡举国政戎机,去专制独权,必集君臣会议。复除锢闭陋习,首与欧美大国遣使通商,文物灿然,规模大备,视泰西文明政体,又宁多让乎?"①在小说的《例言》中,作者再一次称赞太平天国:"君臣以兄弟相称,则举国皆同胞,而上下皆平等也;奉教传道,有崇拜宗教之感情;开录女科,有男女平权之体段;遣使通商,有中外交通之思想;行政必行会议,有立宪议院之体裁。此等眼光,固非清国诸臣所及,亦不在欧美诸政治家及外交家之下。"总之,在他看来,太平天国政权的性质,和西方民主共和制度是息息相通的。这样一来,太平天国的政治理想,就变得和资产阶级革命目标一致。他歌颂太平天国,便是鼓吹革命。故此书一出,章太炎亲自为之作序,在社会上产生了较大的影响。

① 黄世仲:《洪秀全演义》,第3~4页,北京:人民文学出版社,1984。其后该作引文均据此本,仅在行中标明回数。

然而,《洪秀全演义》并不像有些政治小说那样,将小说作为宣传政治观点的图解。小说所写的内容,大体符合太平天国的实际。由于作者的家乡是太平天国的起事地,他自幼又搜集了关于太平军的一些轶闻,深为太平军将士的民族主义精神所感动,所以他的这部小说,"扫成王败寇之腐说,为英雄生色"(《例言》)。小说以赞颂的笔触,刻画了太平天国的英雄群像。

小说中第一个出现的,不是洪秀全,而是太平天国发起人之一,又是天国早期足智多谋的文臣——钱江。钱江是浙江归安人,他通晓天文地理、诸子百家、六韬三略,更有鲜明的民主精神和高尚的气节。他不屑于走"光宗耀祖"的人生道路,而有志于做非常的事业:"成则定国安民,败则灭门绝户。"(第一回)他先是辅助林则徐禁烟,后参与发起太平天国起义,并很快成为太平军的核心人物。他神奇的战略战术,非凡的军事指挥能力,使得太平军节节取胜,军威大振。他卓越的政治见解和组织能力,也保障了太平天国初期的迅速勃起。例如,他给洪秀全上的"兴王策十二条"中,就包括以下内容:第一,起义不能只限于广西,应夺取湖南、湖北,然后据南京为基业,进而北伐,夺取全国政权。第二,制定官制,"各有专司"。又主张"凡事论才不论贵",限制高位者的权限,让下层英才"免抑制而能施展"。第三,开科取士,增选文才。还特别强调开女学,设女科、女官,尽去缠足之风。第四,鉴于"商务盛,即为富国之本;能富即能强",他还建议保护商业,并与外国立约通商。此外,他还重视海权,主张盛备舟师,屯田垦荒,开矿筑路等等。总之,太平军前期的开明政治,大都和他的谋划有关。他和洪秀全也有明显的分歧。他反对洪秀全在永安大肆封王,对洪秀全倚重杨秀清尤感忧虑:"钱江不欲东王执掌重权,每欲除之;奈当时东王羽党日盛,一旦除之,诚恐有变。"(第二十五回)应该说,钱江的主张,基本上代表了太平天国正确的政治主张。起初,洪秀全对他颇为器重,说:"某自物色英雄以来,师事者钱江;兄事者便是云山。恐天下英才,应无出此两人之右。"(第十二回)永安封王时,他被封为"靖国王领丞相事"。但金陵封王后,洪秀全再也听不进他的忠告,杨秀清更是嫉恨他,他不得不归隐林下,后不知所终。

笔者认为,《洪秀全演义》中的钱江,是以太平天国初期的重要人物洪大全为生活原型的。历史上的洪大全自言并不姓洪，他的姓名很可能是洪秀全为笼络他所赐。据说他在太平军中以"先生"自居，他的所作所为，也和书中的钱江颇为相像。但是，由于和洪、杨政见不合，洪大全很快就由备受尊崇的活诸葛，一变而为阶下囚。太平军从永安突围时，他披枷带锁，行动不便，被清军轻而易举地捉获。实际上，这是太平军的首领假清军之手处置他。此后，太平军所有文书、史料不再提及此人，致使洪大全其人鲜为人知。① 太平天国即便是人才济济，能受到洪秀全如此礼遇的活诸葛，后来又由于政见不同而受迫害的，除洪大全之外，不应另有其人。《洪秀全演义》不写钱江下狱之事，可能是怕损害洪秀全的形象，有意隐去，也可能作者本来就对这个人知之不详。总之，钱江是本书极力赞扬的人物，洪秀全不能自始至终地信任他，是太平天国起义失败的重要原因。

　　《洪秀全演义》重点歌颂的，还有被列为"古往今来第一流人物"的李秀成。李秀成是太平天国的后起之秀，英勇善战，用兵如神，豁达大度而又深明大义。洪秀全在永安大肆封王的时候，他只得了个副丞相之职，与他的功劳、才干俱不相称。但他不像杨秀清等人那样斤斤计较个人的名位，一直以大局为重。尤其是在洪、杨内讧，天国局势日渐衰败的情况下，他独立支撑着天国的安危，置生死于度外，驰骋疆场，力挽狂澜。尽管他尽了全力，也未能改变太平天国的命运，但是他那种不屈不挠的斗争精神感人至深。小说中把他比作姜维、王彦章，认为"合清国曾（国藩）、左（宗棠）、胡（林翼）、李（鸿章）、僧（格林沁）、胜（保）诸人，而不能望其肩背者也"（《例言》）。此外，小说对石达开、陈玉成、林凤翔、冯云山等人的刻画，也都比较成功。

　　《洪秀全演义》也探讨了太平天国失败的原因。在作者看来，杨秀清是导致失败的罪魁祸首。小说把他写成一个具有野心的地主豪绅。洪秀全之所以联络他共举义旗，主要是要利用他的家产作为起义的经费。后来，正是他的"觊觎大位，遂开互杀之媒，致能员渐散"（《例言》），导致了太平天国的失败。应该说，尽管小说写杨秀清是富户与史不符，但杨秀清争权夺利的野心，确实是太平天国内讧的导火线。

---

① 参看潘旭澜《有个洪大全》，载 2000 年 3 月 11 日《文汇读书周报》。

因此,小说对杨秀清的批判有一定的道理。但是,完全把太平天国的失败归罪于个别人的看法,又是肤浅的。太平天国起义失败的根本原因,是其领军人物的思想局限。这种起义的性质,从根本上来说,仍未超出改朝换代的范畴。对此,作者或是缺乏认识,或是为了把洪秀全作为反清革命的榜样来宣传而故意隐去。作为历史演义小说,对重要人物的描写不能忠于史实,这不能不说是一个明显的不足。

对于清朝将领,《洪秀全演义》进行了无情的揭露和抨击。例如,他把曾国藩写成是假道学,自己做了清朝的官,却以"双亲年迈"和"勿离父母膝下"为理由,阻止弟弟们去做官,原因是怕弟弟们的功名在他之上。他道貌岸然,又和妓女有染;得了癫癣之病,反而对人说身上的癫癣是"蟒鳞",乃富贵之兆。死后被清廷大加封赠的江忠源,在这部小说中是个不懂军事、嗜杀成性的独夫。由于他一味虐待将士,激起众怒,属下的将士群起而枪杀了他。理学出身,号为儒将的罗泽南,则是个颇具野心的腐儒,和太平军作战败逃时,死于一个猎户人家的童子之手。小说有诗嘲讽道:"湘中有儒将,名遍江汉间。理学宗濂洛,风流仰戢山。未曾娴虎略,偏欲附龙颜。何如终绛帐,犹胜裹尸还。"(第四十回)这体现了作者鲜明的爱憎之情。

在艺术技巧上,《洪秀全演义》的人物形象比较鲜明,故事情节也生动曲折,结构严谨,脉络清晰,语言流利酣畅,颇具可读性。

第三节　描写趣事逸闻的历史演义小说
《隋炀帝艳史》《吴三桂演义》

描写趣事逸闻的历史演义小说,是指以历史演义小说的形式,专门描写某朝某代所发生的宫闱艳事、趣事逸闻的作品。这类小说,无论是从内容上看,还是从审美趣味上看,与传统的历史演义小说相比,都有很大的差别。

众所周知,隋炀帝是我国历史上最为荒淫腐败的帝王之一。他穷奢极欲,好色成性:登基前就烝淫其庶母宣华夫人,即位后更是广纳嫔妃。他建宫苑,开运河,淫欲无度,游乐无已,因此,很快断送了江山社稷。他成为亡国之君的典型,大受后人的诟病。但他那九五至尊的地位,富有四海的资产,成群的嫔妃,又很受一部分人的艳羡。故此,描写趣事逸闻的历史演义小说中,以描写隋炀帝的宫闱艳事为题材的作品最多。

明朝末年,署"齐东野人著"的《隋炀帝艳史》,就是侧重于描写隋炀帝时期宫闱艳事的作品。如《凡例》所言:"隋朝事迹甚多,今单录隋炀帝奇艳之事。"小说共四十回,有二十六回专写这个风流天子淫欲无度的生活。其他章节中,穿插写炀帝风流韵事的亦复不少。名义上,作者写此书是为了总结隋朝灭亡的教训,"使读者一览,知酒色所以丧身,土木所以亡国"①。实际上,作者对炀帝荒淫风流的生活,流露出艳羡之情。而帝王后妃的艳情故事,更是符合市民读者的口味。恰如鲁迅所云:"帝王纵恣,世人所不欲遭而所乐道,唐人喜言明皇,宋则益以隋炀"②。

《隋炀帝艳史》浓笔重彩地描写隋炀帝和他成群的后妃们之间的风流韵事。在小说中,与其他帝王不同,炀帝爱他的皇后,也爱每一位嫔妃。他对她们温柔体贴,关怀备至。在温柔乡里,他找到了人生最大的乐趣。皇后和所有的嫔妃都美貌多才,娇憨可爱。她们之间从不争风吃醋,都极尽所能地让她们所爱的君王生活得开心。华丽的宫殿,精美的舞榭亭台,幽静秀丽的宫苑风景,更是把这种风流蕴藉的生活烘托得极富诗情画意。由此,有人把它比作《金瓶梅》,有人把它比作戏剧《长生殿》,还有人把它比作《红楼梦》。多数研究者认为,这部小说是历史演义小说与世情小说的交叉。

然而,世情小说一个重要的特点,是描摹世情。《隋炀帝艳史》却没有反映出人之常情。爱情是排他的,一夫多妻不可能不产生矛盾。《金瓶梅》写了因为妻妾们的争风吃醋,致使西门庆痛失爱子,自己也很快死亡。《长生殿》不仅写了杨妃与梅妃的争宠,还写了后宫"三千佳丽"的被冷落:"把良夜欢情细讲,莫问他别院离宫玉漏长。"《红楼梦》也写了"木石前缘"与"金玉良缘"之争。《隋炀帝艳史》所描写的那种超然世外的爱情,只能出自一些市民的空想。再有,世情小说侧重

---

①《鲁迅全集》第 9 卷,第 106 页,北京:人民文学出版社,1981。
②《隋炀帝艳史》,第 450 页,郑州:中州古籍出版社,1986。

于刻画人物个性。《隋炀帝艳史》中众多的女性,只有才艺的不同,却没有鲜明的个性特征。故此,笔者以为,《隋炀帝艳史》所描写的"奇艳之事",与世情小说所描写的普通男女饮食生活,有质的不同。

因为《隋炀帝艳史》的内容、风格,迎合了市民读者的审美趣味,也就使得这部小说在下层社会产生了一定的影响。清褚人获的《隋唐演义》中,有二十七回袭用《隋炀帝艳史》的内容。这部小说描写隋炀帝花天酒地的生活,打的也是警世的旗号:"从来极富、极贵、极畅适田地,说来也使人心快,听来也使人耳快,看来也使人眼快;只是一场冷落败坏的根基,都藏在里面。"①看来,作者清楚地看到了小说题材的矛盾之处:从理性上,人人都知道隋炀帝荒淫腐败的生活是"冷落败坏的根基",而从感性上,又觉得这种极富、极贵、极畅适的生活,令人心快、耳快、眼快。民国时期张恂子的《隋宫春色》,也袭用了《隋炀帝艳史》的大量内容。作者明确地表示了对隋炀帝"人生观"的赞许,认为他"为享乐主义而死,死得自然有意义"(《隋宫春色·自序》)。尽管这种观点值得批判,但是道出了这类小说真正的创作倾向。

传统的历史演义小说,侧重于描写征战兴废、朝代更替等重大历史事件,普遍表现了一种阳刚之气。而此类小说,专写帝王美人的生活琐事,字里行间充满脂粉气,显得有些不伦不类。

描写趣事逸闻的历史演义小说中,比较成功的作品是《吴三桂演义》。

《吴三桂演义》,又名《明清两周志演义》,四十回,作者不详,有清宣统辛亥(1911年)上海书局石印本,标为"历史小说"。

《吴三桂演义》以吴三桂与陈圆圆的感情纠葛为主线,反映明清鼎革时期的一段历史。小说中涉及的重大历史事件与史实相符。作品写吴三桂在董其昌的提携下,出任宁远总镇,后来又为了争夺陈圆圆,引清兵入关,杀了永历帝后,当上了清朝的平西王,最后又反清自立,直至败亡。小说中间又穿插了他和陈圆圆的离合,以及与其爱妾莲儿的感情纠葛。

《吴三桂演义》的思想倾向非常鲜明:既反对封建君主制度,更反

---

① 《隋唐演义》,第1页,长春:吉林大学出版社,2011。

对投敌求荣。小说的开篇说："中国学者，视得君权太重，故把民权视得太轻。任是说什么吊民伐罪，定国安民，什么顺天应人，逆取顺守，只是稀罕这个大位；道是身居九五，玉食万方，也不计涂炭生灵，以博一人之侥幸；故争城争地，杀人盈城，流血成海，也没一些儿计国民幸福。究竟为着什么来？你看一部廿一史，不过是替历朝君主争长争雄，弄成一部脓血的历史。"①小说一反以往历史小说"君权天授"的观念，把争王霸业的举动，说成是为了一己之私利涂炭天下生灵的罪恶。紧接着，作品又说："俗语说得好，家中无鬼万年安。一家如此，何况一国！若不是那一些汉奸贪荣忘国，任是外人有百万雄兵，千员勇将，那里便能割裂我们的国家？"认为吴三桂起初为一美人，不惜降清，引狼入室；后来又打着反清复明的旗号图谋称帝，显然是个卖国、争帝位的双料坏蛋。

《吴三桂演义》不像当时其他作品，慷慨激昂地讲道理，发议论，而是通过塑造鲜明的人物形象表现其思想倾向。

吴三桂的形象，是这部小说中塑造得颇为鲜明的艺术形象。毫无疑问，这是一个恶的形象。但是，作品没有把这个人物简单化，而是结合他的出身、性情，写了他投敌求荣直至败亡的全过程。

小说中的吴三桂原是高邮人氏，祖上以贩马为业，往来于辽东海盖间，故寄籍为辽东人。他的父亲吴襄，以善相马为镇东将军李成梁赏识。李成梁令其专司购马，因功升千总。在那个社会里，人们看重的是文武举业。吴襄以相马取得些微功名，大受同僚揶揄。这种环境，给吴三桂的一生带来很大影响：一方面，商人家庭使他很少接受传统道德观念的熏陶；另一方面，地位的卑微，他人的白眼，又激励他奋发向上。终于，他成为一个勇武超群的人，同时也是一个见利忘义、有勇无谋的人。先是董其昌开武科时他一举夺魁，后来又成为平辽总兵毛人龙"四大骁将"之首。毛人龙被袁崇焕所杀，吴三桂害怕受到株连，投降了建州（清朝前身）。建州不愿为他得罪明朝，在保护他安全的前提下将他放回；毛人龙被杀案又很快被翻过来，朝廷不仅轻易地原谅了他，还招他进京，以示恩宠。这一次，吴三桂尽管没有当汉奸，

<hr/>

①《吴三桂演义》，第1页，北京：中国文联出版公司，1989。其后该作引文均据此本，仅在行中标明回数。

却已经显露了腆颜事敌的端倪。

最能揭示吴三桂本性的,还是"冲冠一怒为红颜"的事件。吴三桂进京时,田妃之父田畹因处乱世,想结识他以自保。当田畹热情地设宴款待他时,他横刀夺爱,一再要求田畹把自己的爱妾陈圆圆让给他。为时势所迫,田畹成全了他。后来,吴三桂到山海关赴任,吴襄把陈圆圆留在北京的家中。李自成攻进北京时,吴三桂开始是准备投降李自成的:"李自成虽非吾主,然犹是中国人也。今明室既危,敌国窥伺,将来若为敌国所灭,恐虽欲为中国臣子而不可得矣。"(第六回)显然,他还有那么一点国家观念。然而,当他听说李自成抢走了陈圆圆后,完全丧失了理智:他向建州借兵,南下讨伐李自成,一点也不考虑这样做的后果。为了取得多尔衮的信任,他又主动剃发胡服。李自成以崇祯的两个儿子和他的全家为人质,逼他就范。但在吴三桂的心目中,二王加上他一家十三口,均抵不上一个陈圆圆。就连吴襄大哭着在城头对他喊话,他也毫不动情。他眼睁睁地看着李自成杀了他全家,也总算是如愿夺回了陈圆圆。确如吴伟业诗中所讽刺的:"全家白骨成灰土,一代红妆照汗青。"

最初,吴三桂并没有想引狼入室,向建州借兵时,讲好的条件是平李自成后,割燕、蓟二州相谢。但是,他竟没有意识到,他这样做把国都北京也划入了建州的版图;更没有想到,多尔衮会乘机挥兵南下,定鼎中原。然而,后来他所作的选择,则是经他深思熟虑的:福临在北京称帝,福王也在南京即位,两方面都在争取他的力量。福王遣使责以大义,原先降清的将领洪承畴、祖大寿,也想和他联合;多尔衮为进一步笼络他,封他为平西王,赠给他许多金帛。他稍作犹豫,即选定了后者,一则惧多尔衮之势,二则图平西王的王位,惟独没有想过国家与百姓,也不顾惜自己的声誉。此后,他的所作所为都为了一个目的:立功固宠。他灭李自成余部,镇压、屠杀其他反清的同胞。他俘获了逃亡缅甸的永历帝和王太后,清廷将这个难题推给了他,下旨由他做主处置。按惯例,对这样的人是不应该杀害的;连一些满族将领都为永历帝和太后求情。但为了在多尔衮面前表示自己和明朝彻底决裂,他残酷地杀害了他们。显然,他只醉心于富贵与美人,其他则均所不顾。

　　吴三桂为清王朝立下了汗马功劳,但清帝并不信任他。顺治驾崩,他进京奔丧,康熙不许他进城,只让他在城外哭奠,他感到自己的地位不稳,举兵反清。起初,他打的旗号是悔过,是复明。他改穿明朝的服饰,去哭奠永历皇帝。他给尚之信的手谕还说:"孤自念有生数十年,既负明室,又负国民,意欲图抵罪,死里求生,乃履霜坚冰,首倡大义。幸天尚爱明,人方思汉,义师一起,四方向附,指日大好河山,复归故主。"(第十九回)这一番假惺惺的表演,居然迷惑了很多人。兴兵之初,形势对他颇为有利。但是,以他的为人,他绝不会真的出生入死地为明朝夺回江山。很快,他便建号改元,自立为帝。很多原来支持他的人,原本是想借他的力量抗清复明,而不会拥戴一个汉奸做皇帝。他完全失去了人心,最后败亡。小说成功地塑造了一个灵魂自私、卑污,又有勇无谋的亡国罪人的形象。

　　小说对陈圆圆的刻画,也很有特点。陈圆圆历来是人们心目中的"祸水"的形象,《吴三桂演义》却将她写成一个深明大义的女性。

　　陈圆圆是京城的名妓,不仅美丽,还多才多艺。吴三桂武举夺魁时,和她见过一面,并为她的美貌所倾倒。到辽东为守将时,吴三桂又给她寄过一函,并附了请人作的一首诗。圆圆以为诗为三桂所作,便把他看作能文能武的英雄,亦生爱慕。后来,她被国丈田畹购至府中,郁郁寡欢。吴三桂从田畹手中将她夺回,她终于和意中人团聚。圆圆虽为妓女,却颇有气节。吴三桂为明将的时候,她与他恩爱有加。但吴三桂降清封王以后,圆圆并未因为得到这位炙手可热的王爷的宠爱而对他感恩戴德,俯首听命,反而要离开他,束发修道。她反对吴三桂攻打南明小朝廷,也曾劝阻他不要加害永历帝,临死还写遗书指责他为清朝效力。小说通过圆圆的所作所为,进一步烘托了吴三桂灵魂的卑污。

　　《吴三桂演义》的故事情节生动、曲折,不仅主要情节写得有声有色,还比较注重细节描写。小说第十四回,写吴三桂想杀害永历皇帝,遭到一些汉族将领和满族将领的反对;不杀,又怕失去多尔衮的信任。于是他想出一个折中的办法:先谒见他,再杀掉他,以表示杀害他并不是自己的本意。但对于谒见时是着清装还是着明装,跪拜还是不跪拜,他总拿不定主意。心腹夏国相和爱妾陈圆圆对此意见不一,他更是感到不得要领：

> 当三桂出时，以清装在外，本意至永历帝寓所时，即卸去外装，冀于无人之际以明服相见。不料到时，还见许多旧员环集，求谒永历帝。即三桂部将，亦多在其中，皆俟见永历帝。三桂见人心思明，心上不免愧怍。且见各人环列，若脱去外面清装，也不好看，急令从人把携带的明装帽子携回府去，却在人群中。那时各人都让三桂先行叩见，三桂那时觉跪又不好，不跪又不好，惟觉踽踽不安。永历帝便问三桂是何人，三桂应名，即翻身跪在地上。

（第十四回）

将吴三桂有勇无谋、优柔寡断的性格，刻画得颇为鲜明，又使得故事情节生动有趣。

《吴三桂演义》的语言简洁明快，颇有表现力，是历史演义小说中写得比较好的一部作品。

第三章
英雄传奇小说的开山之作《水浒传》

英雄传奇小说，是以塑造一个或几个传奇式的英雄人物为重点的历史小说。它与历史演义小说既有共同之处，又有明显的区别。其共同之处在于，二者都写历史上的非常之人，非常之事。其区别则在于，英雄传奇重在写人，历史演义重在写史；前者多虚构，后者较多依傍史实。历史演义小说是由说话艺术的"讲史"演化而成，而英雄传奇小说则是由"朴刀、杆棒及发迹变泰之事"中的短篇连缀而成。

综观英雄传奇小说所描写的英雄，大体有这样两类：一是救困扶厄、除暴安良的豪侠，这是英雄传奇小说写得最多的，也是最受广大民众喜爱的形象。二是图王霸业、变泰发迹的英雄和保境安民的忠臣良将。英雄传奇小说的开山之作《水浒传》，写的是第一类英雄。

第一节 《水浒传》的成书与作者

《水浒传》所写的梁山好汉的故事，源于历史上宋江聚义之事。《宋史》中的徽宗本纪、《侯蒙传》、《张叔夜传》，李焘《十朝纲要》，徐梦莘《三朝北盟汇编》等书，对此都有记载。从这些记载来看,宋江等人的情况大体如下:第一,宋江聚义发生在北宋宣和年间,共有三十六人。这是一支流动武装,"横行河朔,转掠十郡"。第二,他们都有高超的武艺,战斗力很强,"官军数万,无敢抗者"。第三,最后他们被张叔夜设计招降。有的资料还记载他们投降后参与了征方腊。

南宋时期,宋江等人的故事就在社会上广为流传。龚开《宋江三十六人赞·序》记载:"宋江事见于街谈巷语,不足采著。虽有高如李嵩辈传写,士大夫亦不见黜。余少年时,壮其人,欲存之画赞。"可见,宋江等人的故事不仅在民间流传,还有皇家画师李嵩为他们画像。另据罗烨《醉翁谈录》"小说开辟"载,当时说话中的"朴刀""杆棒"类中就有青面兽、花和尚、武行者的故事。由于作品没有流传下来,我们无法知道这类故事的特点。但有两点是可以肯定的:第一,此类故事俱为短篇,因为说话艺术中将花和尚、武行者、青面兽的故事,分属于朴刀、杆棒,说明它们是独立的故事。而"街谈巷议"更不可能有长篇巨著。第二,此类故事中的水浒人物,是以"盗"的面目出现的,是"不假称王","犹循轨辙"的"盗贼之圣"(《宋江三十六赞并序》)。《大宋宣和遗事》写了宋江等人接受招安征方腊之事,其中只有杨志卖刀、智取生辰纲、宋江杀阎婆惜的故事写得比较详细,其他均一带而过。《大宋宣和遗事》中宋江等人的故事,只是宣和年间历史事件的插曲,故其情节并不连贯。书中的宋江等也是"劫掠子女金帛甚众"的强盗,只是后来改邪归正,接受招安,征方腊,宋江得封节度使。

元代吏治格外黑暗。人们在请出了宋代清官包拯的同时,也请出了水浒英雄,由他们平反冤狱、除暴安良。元杂剧中的梁山好汉已具三十六大伙、七十二小伙的规模,并且有了梁山泊为根据地。但剧中所写的仍是个别英雄除暴安良的故事,这类故事之间也不相连贯。只是写这些好汉抓来坏人,要押上梁山,交由宋江审判惩处。梁山好汉群体的形象,只是在结局中象征性地展现一下。现存元杂剧中的"水浒戏",大都有这样的细节:梁山好汉救助弱者,被救人问起姓名,他们总要表白:"我不是贼。"对方知道其身世后,也总要"背云":"你不是贼,你是贼的阿公哩。"可见,当时的梁山好汉既是弱者的救星,又是盗贼。作品所要说明的是"官不如盗"。在上述作品和民间传说的基础上,产生了杰出的长篇小说《水浒传》。

《水浒传》的作者,一般认为是施耐庵和罗贯中。罗贯中的身世,我们在《三国演义》中已作过简单介绍。关于施耐庵的身世,袁世硕先生近期提出新的见解,认为他是一个说书的"老郎"①。笔者十分赞成袁先生的这种看法,并由此得到如下启示:第一,在《水浒传》的创作中,施、罗两个人的分工是这样的:施耐庵提供具体的短篇故事,罗贯中连缀成长篇。嘉靖间最早著录此书的《百川书志》题作"钱塘施耐庵的本,罗贯中编次"。编次者,顺其次第编排之谓也。这就明确指出是罗贯中把施耐庵提供的短篇故事按照一定的顺序连缀起来,编辑成长篇的。第二,罗贯中所做的工作,不仅仅是"编次"。他还根据自己的创作旨意,对施耐庵讲述的故事进行了修改,并加进了自己的创作。施耐庵讲述的,是江湖好汉的故事,亦即宋元间流传的"好强盗"的故事;罗贯中将梁山好汉的行侠仗义的举动,纳入"忠义"的范畴之中,并让其接受招安,保境安民。这样说的理由有三点:

首先,从文献记载来看,认为《水浒传》是施作罗续的,大有人在。金圣叹的《第五才子书水浒传》中说,"施耐庵《水浒正传》七十卷",后三十回是"罗贯中《续水浒传》之恶札也"。俞万春认同这一说法,并在《荡寇志》开篇中作了具体说明:

> 施耐庵先生《水浒传》并不以宋江为忠义。……乃有罗贯中者,忽撰出一部《后水浒》来,竟说得宋江是真忠真义。从此天下后世做强盗的,无不看了宋江的样:心里强盗,口里忠义。……他这部书既已刊刻行世,在下亦不能禁止他。因想当年宋江,并没有受招安、平方腊的话,只有被张叔夜擒拿正法一句话。如今他既妄造伪言,抹煞真事,我亦何妨提明真事,破他伪言,使天下后世深明盗贼、忠义之辨,丝毫不容假借。况梦中既受嘱于真灵,灯下更难已于笔墨。看官须知:这部书乃是结耐庵之《前水浒传》,与《后水浒》绝无交涉也。②

显然,金圣叹、俞万春都认为,施耐庵的《水浒传》只写了招安前的事,招安结局为罗贯中所续。他们还认为,施耐庵的《水浒传》中梁山

---

① 袁世硕:《文学史学的明清小说研究》,第12页,天津:天津教育出版社,2008。
② 《荡寇志》,第1页,北京:人民文学出版社,1981。

好汉的身份是盗,罗贯中将其改为忠义之士。

其次,《水浒传》在思想意蕴和艺术风格上存在明显差异。袁世硕先生认为,《水浒传》的"全部情节先后表现出三种不同的格调,形成了这样三部曲:先是英雄的颂歌,再是变了调的颂歌,最后是困惑的挽歌"①。具体来说,从王进私走延安府到第四十回"宋江智取无为军",是英雄的颂歌。第四十二回宋江遇九天玄女,到第七十一回梁山泊英雄排座次,是变了调的颂歌。第七十一回排座次以后,是困惑的挽歌。笔者赞同这种看法,并且认为,小说的前四十回,较多地保留了施耐庵说书的原貌;第四十回至第七十一回,罗贯中对施耐庵讲述的故事作了修改,为后面的招安结局进行铺垫;第七十一回以后的内容,为罗贯中所加。

再次,从施、罗两人的身份、地位看,这种推断也是合乎情理的:施耐庵是说书艺人,他讲述故事必须遵从市民听众的喜好。而市民听众听书看戏,喜欢轻松热闹,不喜沉重压抑。《大宋宣和遗事》以宋江受封节度使为结局,现存"水浒戏"也都是以清一色的喜剧为结局,都证明了这一点。因此,施耐庵讲述的是令市民听众感到快意的梁山好汉惩恶奖善、以暴抗暴的故事。况且,说书艺人比较重师承,这也使得施耐庵的《水浒》故事较多地保留宋元说话的原貌,把梁山好汉写成侠盗。而曾为"有志图王"者的罗贯中,则借用梁山好汉的故事,展示了自己对社会现实的深层思索。这种思索与其所著《三国演义》有相似之处。如果说,《三国演义》写了一曲圣君贤相的仁义之师失败的挽歌的话,《水浒传》写的则是忠义之士遭排挤、受迫害的悲歌。两位作者的身份、思想观念的不同,形成了《水浒传》思想意蕴的不相协调。

《水浒传》的版本繁多,这里我们只介绍最主要的几种。

一、百回本。有万历己丑年(1589年)天都外臣(汪道昆)作序的《忠义水浒传》,一般认为这是最早,内容也比较全的版本。另有万历三十八年(1610年)容与堂刊的《李卓吾先生批评忠义水浒传》。这两种版本的内容都有宋江受招安后平辽、平方腊的故事,而无平田虎、王庆的故事。

---

① 袁世硕:《文学史学的明清小说研究》,第49~51页,天津:天津教育出版社,2008。

二、一百二十回本。有袁无涯刊行的《李卓吾先生批评忠义水浒全传》，增加了平田虎、王庆的二十回。一般认为，这二十回是后加的。因为在平田虎、王庆两次大的战役中，伤亡的都是作者后加的人物，梁山好汉却像发生了奇迹似的无一伤亡。梁山好汉的结局与百回本完全相同。反言之，去掉这些情节，一点也不影响小说的完整性。

三、七十回本。有《第五才子书施耐庵水浒传》。这是金圣叹的删节本。金圣叹将大聚义以后的内容尽行删去，加上《梁山泊英雄惊恶梦》的结尾，又把原来的第一回改为楔子，声称他的这个本子为"古本"。这种说法是站不脚的。因为，说《水浒传》前七十回的内容接近宋元水浒故事的原貌，是有道理的。但是宋元的书会才人、市民听众决不会接受自己喜爱的英雄被斩尽杀绝的结局。这只能是金圣叹按照自己的主观情致改写的《水浒传》。

第二节 从赞美侠义到歌颂忠义

《水浒传》的审美意蕴，是学术界争论了许多年的问题。出现这种争议是不奇怪的。第一节已经讲到，《水浒传》有两位作者，一是说书艺人施耐庵，一是"有志图王"者罗贯中。正因为是由身份不同、思想观念不同、创作意旨也不同的两位作家共同创作，最终导致了作品审美意蕴的不统一。笔者以为，如果作更确切概括的话，《水浒传》前七十回赞美侠义，后三十回歌颂忠义。

说到侠义，人们大都会想到行侠仗义，除暴安良。其实，古人所说的侠义并非专指此。

现有的典籍中，最早对"侠"作出界定的，是《韩非子·八说》："弃官宠交谓之有侠。"也就是说，侠的特点是不做官而广交友。《韩非子·五蠹》中又说，侠"以武犯禁"，即仰仗自己的武艺，做违反法律之事。《史记·游侠列传》的"集解"中引后汉荀悦语："立气齐，作威福，结私交，以立强于世者，谓之游侠。"这里的侠，也是指广交朋友，以增强自己的武力。《淮南子·汜论训》对任侠作了更具体的说明："北楚有任侠者，其子孙数谏而止之，不听也。县有贼，大搜其庐，事果发觉。

夜惊而走,追,道及之。其所施德者皆为之战,得免而遂反。语其子曰:'汝数止吾为侠。今有难,果赖而免身,而谏我,不可用也。'"综合起来看,古人所说的侠,具有下列特点:首先,他们是孔武有力、敢于反抗的在野人士。其反抗的手段多直接而激烈,在法律程序之外。因此,他们的举动常常令人感到快意,却又为国法所不允许。其次,他们尊奉义,把义作为自己的行动准则。而他们所推行的义是私义,他们对于是和非的判断,也以私德为准。第三,他们虽然以义来扩大自己的势力,也从不受法令条文的约束,却从未对政权怀有觊觎之心,亦无改朝换代的要求。

《水浒传》前七十回所写的,正是这种"以武犯禁""重义轻身"的侠。首先,这些人都孔武有力。一百单八将中,除了圣手书生萧让、神医安道全等个别人以外,都是武艺超群之人。其次,他们也都敢作敢为,敢于"以武犯禁"。这里面有行侠仗义,为弱者打抱不平的鲁智深,也有为报杀兄之仇大开杀戒的武松;有"劫取不义之财","图个一世快活"的晁盖"七星",也有为了"论秤分金银,异样穿绸锦,成瓮吃酒,大块吃肉"而占山为王的朱武、陈达、燕顺、王英、周通等。这些好汉"不怕天,不怕地,不怕官司",唯独服膺于一个"义"字。早期的头领晁盖,"仗义疏财,专爱结识天下好汉"。呼保义宋江,更是"平生只好结识江湖上好汉,但有人投奔他的,若高若低,无有不纳"①。晁盖劫取生辰纲被官府发现时,宋江"担着血海也似干系"通风报信,使他们得以逃脱;林冲被高俅陷害,鲁智深大闹野猪林,保住林冲的性命;解珍、解宝遭毛太公陷害,孙立、孙新、乐和、顾大嫂劫牢反狱,救出二人,杀了毛太公一家后投奔梁山;就连"三山聚义打青州",也是为救后来只是梁山泊的小头目的孔明。总之,是"义"把众多好汉凝聚在一起,也是"义"字使他们在和官兵的对抗中个个奋勇争先,做了一场轰轰烈烈的事业。第三,他们所尊崇的义,是私义而不是公德。也就是说,他们的所作所为也并不都是正义的。小说明确写出,原先在少华山、桃花山、二龙山落草的"弟兄们",无不"打家劫舍";小霸王周通要强娶民家女子,王英抢来清风寨知寨刘高的妻子,准备做压寨夫人;张青、孙二娘用来

---

① 《水浒传》上,第229页,北京:人民文学出版社,1989。其后该作引文,不另注者,均据此本,仅在行中标明回数。

做人肉馅包子的,也并非都是清一色的坏人。宋江杀阎婆惜后逃难的过程,也是这个领军人物联络各路英雄的过程。小说将这个过程写得十分凶险。去清风寨投靠花荣时,路过清风山被小喽啰抓住,山大王燕顺要"剖这牛子心肝做醒酒汤"。发配江州的途中,他先是被催命判官张立麻倒,放到了人肉作坊的剥人凳上,又被穆春、穆弘追得落荒而逃,后来还差一点吃张横的"板刀面"——"一刀剁下水去"。之所以如此,并不是因为他像贪官污吏、土豪劣绅,只因为他的"包裹沉重,有些油水"。若非因为他乃江湖上大名鼎鼎的呼保义宋江,他不知死过多少回了。第四,梁山好汉和官府对抗,有的是复仇行为,也有的是为了攫取较多的物质利益,但他们从未有过推翻腐败政权的要求。故此,我们只能说他们是侠盗,而不是农民起义。

　　既然《水浒传》写的不是反封建的英雄,又大都不是杀富济贫的豪杰,为什么它会受到广大民众的喜爱呢?原因是多方面的。首先,北宋末年是我国历史上最为黑暗的时代,宋徽宗与蔡京、高俅、童贯、杨戬等几大贼臣,对百姓横征暴敛,搞得民不聊生。当时的社会现实,正如阮小七所说的——官不如匪。因此,描写敢于与官兵对抗的侠,令人快意。其次,文学作品反映现实,也表现理想,越是国力孱弱的时代,越是推崇尚武精神。宋代无疑是外患频仍、国力孱弱的时代。乱世思英雄,也是人之常情。再次,也是最为关键的一点,梁山好汉只杀贪官污吏,没有夺取政权的要求。他们的行动,在社会舆论许可的范围之内。同时造反的方腊,想要改朝换代,就不被当时的社会舆论所容。再从文学欣赏的角度看,江湖盗侠的故事神秘刺激,惊险离奇,满足了人们好奇尚异的审美趣味。就如我们今天读金庸的武侠小说,既不想从中受到什么教育,也不企盼侠客的帮助,之所以要读,只是因为有趣。

　　在罗贯中所续的《水浒传》中,随着聚义厅改为忠义堂,梁山好汉的行为发生了重大变化,由忠义置换了侠义。梁山好汉在宋江的带领下,遵循九天玄女"替天行道,为主全忠仗义,为臣辅国安民,去邪归正"的法旨,做的都是"全忠仗义"之事。而全忠仗义的前提是先要改邪归正,争取招安。为求招安,他们不惜拜倒在妓女李师师的石榴裙下;为求招安,他们抓住了与他们有着血海深仇的高俅,不仅不惩罚他,反倒向他伏地请罪。尽管他们在反抗朝廷的围剿时,也打了几个有声有色的漂亮仗,但这一切都是迫使朝廷招安的砝码。就在他们两赢童贯,三赢高俅,朝廷再也派不出像样的军队和他们对抗的时候,他们终于求得了招安。招安之后,在朝廷的猜疑,贪官污吏的排挤折辱面前,他们全然失去了往日的豪侠气概,一味低声下气地忍受。他们忠心耿耿,南征北战,为朝廷平定内乱、外患,但还是为朝廷所不容。在这种情况下,前卷浓笔重彩描写的义,完全被忠压倒。宋江先是"挥泪"斩了反抗贪官污吏折辱的"小卒";在朝廷赐给他毒酒时,他又亲手毒死了可能再度造反的李逵。其结果,是落了个"煞曜罡星今已矣,谗臣贼相尚依然"的凄惨结局。梁山好汉因义而兴,因忠而亡。

作为小说,罗贯中完全可以把《水浒传》写成像《大宋宣和遗事》那样,以宋江等人受招安,征方腊,宋江封节度使结局。如果那样写,更符合我国传统小说的审美风格。但作者偏偏给梁山好汉加上个令人回肠荡气的大悲剧结局。之所以会如此,隐居山中的燕青故友许贯忠说的一段话,值得我们注意:"今奸邪当道,妒贤嫉能。如鬼如蜮的,都是峨冠博带;忠良正直的,尽被牢笼陷害。"[①]作者对这个隐士的描写,大有深意;这段话,也代表了作者的心声。图王失败的体验,对现实社会的敏锐观察,使他认识到封建末世的不可救药。他要通过《水浒传》的结局,抒写他心中悲凉绝望的情结。

读者大都不喜欢《水浒传》的招安结局。然而,给梁山好汉的故事续上招安的内容,把反抗朝廷的豪侠写成忠义之士,却是罗贯中对传统观念的一个重大突破。他把游侠的个人行为变为正义之师,把侠客推行的私德私义改为替天行道,保境安民,把与侠对立的朝廷、官府写成嫉贤妒能、自取灭亡的腐败政权。确如金圣叹所说:"无恶不归朝廷","无美不归绿林",从而使侠的形象越来越高大,越来越受到广大民众的喜爱。

我国封建社会里,"成者王侯败者贼"的观念根深蒂固。罗贯中为什么将失败的造反者写成忠义之士呢? 这也有其特殊的历史背景。北宋末年朝政腐败,许多义军揭竿而起,北有王善、张用等等,南有钟

---

① 《水浒全传》,第 772 页,深圳:海天出版社,2010。

相、杨幺等等。他们诛杀贪官污吏,公然与朝廷对抗。而与此同时,外患也不期而至,先是金兵大举入侵,后来又有蒙古兵挥师南下,侵占中原。在国家危亡之际,那些原来反抗朝廷的义军,改而勤王御侮。他们作战十分勇敢,金兵进攻河北、河南、山东、山西一带时,宋军节节败退,义军们挺身而出,阻挡金兵,有时还能收复失地。宋高宗赵构在汴梁登基,依靠的就是王善、张用、王大郎等义军的力量。南宋王朝建立以后,没有任用他们继续抗敌,反而把他们剿灭,从而加速了宋王朝的灭亡。这些义军在抗击外来侵略时所显示的力量和爱国精神,赢得了人们的敬仰与信赖;他们的悲惨遭遇,又引起了人们极大的同情。罗贯中将草泽英雄写成忠义之士,正是针对上述的社会现实而发。这确如李贽所云:"施、罗二公身在元,心在宋;虽生元日,实愤宋事。"(《忠义水浒传序》)

第三节 《水浒传》的艺术成就

如果说,罗贯中招安结局的续写深化了《水浒传》的意蕴,使这部小说卓然屹立于一般武侠小说之上的话,那么,《水浒传》的艺术成就却主要是前七十回所奠定的。

《水浒传》的艺术成就,集中体现在故事情节的设置和人物形象的塑造上。

说书体小说最重要的创作目的,是向读者讲述生动有趣的故事,《水浒传》的情节设置是相当精彩的。以往描写侠的作品,《淮南子》《史记·滑稽列传》都比较平实,缺少传奇色彩;唐传奇又极力渲染侠客武术的奇异,缺少现实性。《水浒传》故事情节最大的特点,是现实性与传奇色彩的完美结合。

首先,作品所展示的社会背景,是现实社会与江湖世界的结合。作品对北宋末年的黑暗现实揭露得相当深刻:这里面有对"浮浪子弟门风帮闲之事,无一般不晓,无一般不会,更无一般不爱"的皇帝;有因为"踢得好脚气毬",而专横跋扈、嫉贤妒能的殿帅府太尉;有大大小小的贪官污吏;有欺男霸女、无恶不作的土豪劣绅;还有市井小民,三教九流。而更多的则是被昏君奸臣逼得无法立身的英雄好汉。总之,这是一派衰世景象。政治的黑暗又导致世道凶险,社会秩序混乱。在江湖上,有开人肉包子店的十字坡,有"强人草寇出没"的桃花山、二龙山、清风山,有揭阳镇三霸,也有蜈蚣岭的恶道凶僧……将梁山好汉的故事置于这样的环境之中,使得情节深刻、真实,神秘而又刺激。

在人物描写方面,小说夸张地描写梁山好汉的力和勇:鲁智深倒拔垂杨柳,武松赤手空拳打死老虎,张顺可以在水中伏七日七夜,戴宗能够日行千里。这样的力和勇,现实社会的人不可能具备。但小说又没有把他们写成超现实的剑仙、羽客,他们仍然是深深扎根于现实之中的有血有肉的人。鲁智深三拳打死镇关西后,想到的是吃官司没有人送饭;张顺是个鱼牙子,为了几条鲤鱼就和李逵拼了个你死我活;神行太保戴宗是牢里的节级,敲诈犯人钱财时也是一副世俗相。即便是写打斗,如鲁达拳打镇关西,林冲棒打洪教头,李逵与张顺初次见面时水中岸上的厮打,一招一式都很富真实感。据说武松打虎,是施耐庵月夜看人打狗时受到启示而作,这也说明,作者的创作有相当深厚的生活基础。就连好汉们的食谱,如"五七斤花糕似的肥牛肉",如"两脚狗腿",如"整只熟鹅",也令人感到既真实而又不寻常。这使他们的故事神秘、离奇,而又真实可信,也使得《水浒传》的情节,既符合市民听众的审美需求,又反映了北宋末年的社会现实。如果说,后来的武侠小说在情节的诡异方面有的超过了《水浒传》的话,但在把握时代命脉、揭示社会特征方面,没有哪部作品能望其项背。这样的描写,给梁山英雄的故事平添了一种凝重、大气的风格。

英雄传奇小说,要靠塑造群体英雄形象取胜。《水浒传》在这一方面有很大突破。小说塑造了一大批性格各异的草莽英雄的形象,活灵活现,呼之欲出。如金圣叹所云:"《水浒传》写一百八个人性格,真是一百八样。若别一部书,任他写一千人,也只是一样,便只写得两个人,也只是一样。"(《读第五才子书法》)此话有夸张,若说《水浒传》的人物塑造远胜过它以前的作品,却是不容置疑的事实。笔者以为,《水浒传》人物刻画之所以如此成功,原因有这样两点。

首先,以往的文学作品中,儒家的理性美学影响了人物形象的刻画,作家对生活素材的审美感受蕴含着十分确定的伦理观念和道德要求。因此,在文学作品的创作中,作家总是自觉不自觉地按照伦理道德观念,把人分成规范化了的几种类型:忠与奸,善与恶,仁慈与残暴等,使人物成为某种观念的负载物。即如《三国演义》这样的杰作,也难免受此影响。《水浒传》写的是侠盗,是另类人群,衡量他们好坏的道德标准是义,这种道德标准比起传统的伦理道德来宽泛了许多。这就使作者能够在一定程度上摆脱传统的道德负荷,刻画出丰富多彩的人物形象。这里面有"禅杖打开危险路,戒刀杀尽不平人"的鲁智深,有"平生只要打天下硬汉,不明道德的人"的武松,有动辄要"杀去东京,夺了鸟位"的李逵,有"便是赵官家驾过,也要三千贯买路钱"的燕顺,有"来也不认得爷,去也不认得娘"的"狗脸张爹爹"张横,有好色成性的王英,有专做"偷鸡盗狗的勾当"的时迁……他们都重义轻生,都是梁山好汉,他们的身份、性格却千差万别。

　　以往的文学作品中,对女性的描写类型化的倾向更为明显。写得较多的不是为男子争相攫取的千古美人,就是爱情故事中的佳人。衡量她们做人的标准,是她们对封建礼教的尊奉和对男子服从的程度,即所谓的"三从四德"。《水浒传》中女英雄的形象则完全不同。试看"母大虫"顾大嫂的形象。先看她的外表:"眉粗眼大,胖面肥腰。插一头异样钗环,露两臂时兴钏镯。红裙六幅,浑如五月榴花;翠领数层,染就三春杨柳。"(第四十九回)显然,这是个相貌丑陋而又爱俏的女人,这样的长相,加上这样的打扮,便有些滑稽可笑。我们再看她的性情:"有时怒起,提井栏便打老公头;忽地心焦,拿石碓敲翻庄客腿。生来不会拈针线,正是山中母大虫。"(第四十九回)她膂力过人,性情暴躁,全不把丈夫放在眼里。然而,她心直口快,义气过人,解救解珍、解宝主要得力于她。仅凭这一点,作者就把她作为正面形象加以赞颂。应该说,这样的妇女形象是其他文学作品所不曾出现过的。鲁迅称赞《红楼梦》"和从前的小说叙好人完全是好,坏人完全是坏的,大不相同"(《中国小说的历史变迁》)。其实,《水浒传》的人物刻画,已经有了这种突破。应该说,封建伦理观念的淡化,决定了《水浒传》人物性格内涵的丰富性。

　　其次,《水浒传》人物形象的鲜明性,也取决于小说作者对生活的仔细观察。前文已经说过,《水浒传》的第一作者施耐庵,应该是说书艺人。而生活在勾栏瓦肆中的说书艺人,有机会接触社会上各式各样的人。而从宋代的有关资料看,当时说书艺人讲述故事是有分工、有专长的。讲述历史演义的人比较熟悉历史,讲述英雄传奇故事的人,对被讲述的对象也应该有过仔细的观察研究。施耐庵为不同的人设置了不同的性格,又在写故事时把人物性格融入其中。比如,同为杀人,武松杀嫂之前做了大量的工作:对兄长之死做深入细致的调查;找来证人,录下口供;然后杀嫂、自首。可以说,他对整个复仇事件谋划得非常缜密,显示了他的精细。鲁达拳打镇关西时就不是那么细心了,"只指望痛打这厮一顿,不想三拳真个打死了他"。但他立刻想到:"洒家须吃官司,又没人送饭。不如及早撒开。"一边骂郑屠诈死,一边撒退,得以脱身,显示了他的粗中有细。李逵打殷天锡时,"拿殷天锡提起来,拳头脚尖一发上",柴进哪里劝得住。看那殷天锡时,早已被打死在地。(第五十二回)殷天锡什么时候死的,李逵都没看出来。至于自己吃官司有没有人送饭,会不会连累柴大官人,他更不曾想到,显示了李逵的鲁莽。然而,这还只是揭示了人物性格的一个层面。小说还揭示了人物性格的细微之处。通常人总是喜欢显示自己的优长,掩饰自己的缺点。武松精细,却常对人说自己"粗鲁"、"粗疏"。李逵粗鲁,却经常要小聪明。戴宗要他拜见宋江,他疑心重重:"不要赚我拜了,你却笑我。"下枯井救柴进时,又担心众人"割断了绳索",不把他从井里拉上来,以至于吴用说他"你却也忒奸猾"。而这种小聪明,又更见其鲁莽、淳朴。若非对人物进行过仔细的观察,断然刻画不出如此鲜明的形象。

《水浒传》全用白话写成,语言风格生动鲜活。应该说,在所有说书体小说中,《水浒传》是最能显示宋元说书语言的艺术魅力的。小说在人物语言个性化方面尤为出色。比如,武松、鲁智深、李逵都反对招安,但由于他们的性格不同,他们反对招安的言谈举止也不同。大聚义之后,宋江乘着酒兴,写了《满江红》一词让乐和唱。当唱道"望天王降诏,早招安,心方足"时,武松第一个站出来反对,说:"今日也要招安,明日也要招安去,冷了弟兄们的心!"这反映了他的机警,率先从宋江的词中听出了问题,说话更是一语便中鹄的。紧接着,"黑旋风便睁圆怪眼,大叫道:'招安,招安!招甚鸟安!'只一脚,把桌子踢起,攧做粉碎。"李逵是个粗人,听了武松的话,才知道他的宋大哥想要招安。他本能地对招安十分反感,所以要大闹,但又说不出个道道来,只会用脏话骂招安。前面连用两个"招安",显示了他对招安厌恶,不耐烦;后面的"招甚鸟安",则表现了他对招安计划的极大愤怒。鲁智深一贯粗中有细,他用打比方的方法,把武松"冷了弟兄们的心"这层意思说得非常透彻:"只今满朝文武,俱是奸邪,蒙蔽圣聪。就比俺的直裰,染做皂了,洗杀怎得干净! 招安不济事! 便拜辞了,明日一个个各去寻趁罢。"(以上见第七十一回)确如金圣叹在《读第五才子书法》中所说:"一样人,便还他一样说话",是《水浒传》作者的"绝奇本事"。此外,小说用来写景叙事的语言也非常生动传神。

《水浒传》的结构也别具匠心。小说的正文,先写徽宗登基和高俅发迹,以揭示上层统治者的腐败。然后写官逼民反,写梁山好汉一个个被逼上梁山的经过。单个故事像人物传记,有一定的独立性,又一环紧扣一环,环环勾连,逐步写到第七十一回大聚义。大聚义以后,又以时间为序,写梁山好汉的集体行动。全部结构是一个庞大的有机整体。这种结构,也显露出作者把众多的短篇故事集结起来的痕迹。

《水浒传》问世后,在社会上产生了很大的影响。它不仅开了我国英雄传奇小说的先河,而且被翻译成英、法、德、日、俄等十多种文字,成为世界文库中的瑰宝。

第四节　《水浒传》的续书

《水浒传》问世以后,引起人们的极大兴趣,也引起了人们对招安结局的争议。封建意识浓厚的人,认为梁山好汉犯上作乱,对他们只能斩尽杀绝,而不能招安;封建意识相对淡薄的人,又深为梁山好汉因接受招安而惨遭杀害感到可惜,千方百计要为他们找到合法的地位。由于古时文学评论的不发达,人们就用续作的方式表达自己的看法。《水浒传》的续书,大都是围绕着《水浒传》的结局而作。

清初青莲室主人的《后水浒传》和陈忱的《水浒后传》,有相似的思想倾向。第一,两书都为宋江等人惨遭杀害愤愤不平。《水浒后传》借阮小七之口说："若依我阮小七见识,不受招安,弟兄们同心合胆,打破东京,杀尽了那些蔽贤嫉能这班奸贼,与天下百姓伸冤,岂不畅快!反被他们算计得断根绝命!"《后水浒传》也借燕青之口说："我当初分别时,就知奸臣在内,岂容功臣并立,何等苦劝哥哥与主人,全身远害为高。主人与哥哥并不垂听,只思尽忠报国,感动主心。谁知今日无辜饮恨吞声,死于奸佞之手。"于是,《水浒后传》让梁山好汉的幸存者李俊、阮小七、燕青,以及他们的后代重新起义,而《后水浒传》让死去的宋江、卢俊义等人,转世为杨么、王魔等,再度造反。第二,两书所写的造反英雄,都不再是盗,而是忠义之士。他们继承梁山好汉未竟之事业:替天行道,为国除奸。《水浒后传》中,李应等人用药酒毒死了蔡京、高俅、童贯、蔡攸;《后水浒传》中,宋江、卢俊义转世的杨么、王魔等人,杀死了蔡京、童贯、高俅、杨戬转世的贺省、董索、夏霖、王豹。他们也都尊奉九天玄女的替天行道、保境安民的准则。《水浒后传》中的阮小七、燕青等人,曾经抗击金兵;探视当俘虏的徽宗皇帝;解救被金兵围困的高宗赵构,并把他护送到杭州登基做了南宋皇帝。《后水浒传》中的杨么在占有全楚、兵强马壮的情况下,拒绝别人劝他称王的建议,冒死去劝谏高宗皇帝任用贤能,收复失地。第三,两部作品,都想为再度造反的英雄好汉设置好的结局,这对于作者来说,是很大的难题。封建社会里,造反英雄的结局大概有这样三种:造反成功,改朝换代;接受朝廷招安;失败后被镇压。第一种结局,尽管令人感到快意,但距史实太远,作者无法在宋元之间再加上一个朝代。第二种结局,又是原《水浒传》提供的教训,两部作品自然不肯让英雄好汉们重蹈覆辙。第三种结局,又太过惨烈,小说作者不忍心让自己笔下的英雄遭此厄运。于是,《水浒后传》让再度造反的梁山英雄到海外开辟基业,拥戴李俊做了暹罗国主。《后水浒传》让杨么等人除掉奸臣之后遁入轩辕井中,来了一个"神龙见首不见尾"的结尾。

俞万春的《荡寇志》,又名《结水浒传》,七十回,也对《水浒传》的招安结局提出异议。作者认为,是强盗就谈不上忠义,忠义之士断不会做强盗。梁山好汉既为强盗,就不配接受招安。于是写作此书以置换《水浒传》的招安结局。小说写雷神下凡的陈丽卿父女,尽管也遭高俅的迫害,却能逆来顺受,最后配合官军,把宋江等人斩尽杀绝。民间传说中,雷神经常惩罚那些作恶多端的人。俞万春让雷神惩罚宋江等人,可见他对梁山好汉是何等深恶痛绝。鉴于梁山好汉的对立面蔡京、高俅等人,是历史上臭名昭著的奸臣,又是亡国罪人,俞万春无法将他们写成好人。但是,即使对于这样的坏人,普通百姓也不能反抗。作品通过仙人之口质问宋江:"贪官污吏,干你甚事?刑赏黜陟,天子之职也;弹劾奏闻,台臣之职也;廉访纠察,司道之职也。义士现居何职,乃思越俎而谋?"清初,顾炎武提出的"国家兴亡,匹夫有责"的思想,早已深入人心,因此,《荡寇志》所表现出的这种观念也就显得格外迂腐可笑。

《荡寇志》未能抵消《水浒传》的影响,它本身却成为我们批判封建观念的典型的反面教材。

《水浒传》的几种续书,都是文人所作。小说文从字顺,所描述的内容也具有一定的思辩性,但在人物形象的鲜明、情节的精巧、语言的生动传神方面,与《水浒传》相比都有相当大的差距。

清中叶以后,描写侠的英雄传奇小说与公案小说合流,成为侠义公案小说,主要作品有《施公案》《彭公案》《三侠五义》等。这些小说都让侠客投靠清官,协助清官断案,保境安民。这不仅使得侠客有了合法的社会地位,也使他们在经邦治国方面发挥了更大的作用。具体作品,我们将在公案小说中分析。

第四章
描写忠臣良将的英雄传奇小说

上一章,我们主要分析了描写侠义的英雄传奇小说。现在再来看看描写忠臣良将、民族英雄的作品。这一类作品中,以写宋代杨家将和隋唐英雄的小说居多。

第一节 《杨家将传》与《说岳全传》

英雄传奇小说中,以杨家将的故事影响最大,流传最广。尽管描写杨家将的小说,如《北宋志传》《杨家府演义》等,在文学成就上远逊于《水浒传》,但是,在民间,穆桂英、杨宗保、杨六郎、佘太君等人的知名度,比起宋江、吴用、晁盖等人要高出许多。这种文学现象,值得我们认真探讨。

笔者以为,杨家将故事的感人,首先在于素材本身的感人。许多研究者,见《宋史》中没有关于穆桂英、杨宗保的记载,认定杨家将的故事主要是虚构的,便对它的题材失去了兴趣。但细读《宋史·杨业传》,就会发现,杨家一门三代抵御外患、忠心保国的事迹本身就十分感人。

据《宋史·杨业传》记载,杨业原名继业,为后汉建雄军节度使,因为英勇善战,所向披靡,被国人称为"无敌"。

后来,在宋太宗的感召下,杨业随其主将降宋,深得太宗器重。太宗任命他为代州刺史、云州观察使等职,让他在云、燕一带与契丹人周旋。由于他一再挫败契丹人的进犯,契丹人很怕他,"望见业旌旗即引去"。边境的百姓对他十分爱戴,但"主将戍边者多忌之"。后来他与忠武军节度使潘美、蔚州刺史王侁,奉诏"迁四州之民于内地"。潘、王明知陈家谷口契丹人有重兵埋伏,却节外生枝地逼令他和契丹人交战;他战败后他们又拒不发救兵,致使杨业被擒,绝食而死。杨业平时非常爱护士卒,士卒也甘愿与他同生共死。杨业战败时,"麾下尚百余人"。"业谓曰:'汝等各有父母妻子,与我俱死,无益也,可走还,报天子。'众皆感泣不肯去。淄州刺史王贵杀数十人,矢尽遂死,余亦死,无一生还者。闻者皆流涕。"可以想象,这数百名英勇保国的将士们的血案,在当时的朝野会引起怎样的震撼。然而,事后朝廷仅把潘美降级,将王侁等除名了事。

杨业死后,其子杨延昭继承父亲的志向守卫边境。他"智勇善战,所得奉赐悉犒军,未尝问家事。出入骑从如小校,号令严明,与士卒同甘苦,遇敌必身先行阵,克捷推功于下,故人乐为用。在边防二十余年,契丹惮之,目为杨六郎"。在他死后,"河朔之人多望柩而泣"。这也是一位深得民众爱戴的将军。然而,在抗击契丹时,他也和父亲一样步履维艰,"以忠勇自效","朝中忌嫉者众"。(以上引文见《宋史·杨业传》)

难能可贵的是,尽管父祖出生入死地保卫国家,却备受冤屈,杨延昭的儿子杨文广还能继承祖志,继续抗击契丹。他智勇双全,屡建奇功,最后也死于边境。像这样一家三代为抵御外患出生入死的忠臣良将,是不可多得的。对于平民百姓,尤其是那些居于边境的百姓来说,像杨家将这样能够保护他们切身利益的英雄,比起图王霸业和泛泛地忠于王事的英雄来,更受他们的爱戴。他们钦佩杨家将的累累战功,又为他们遭受的冤屈愤愤不平。应该说,这是杨家将故事广为流传的重要原因。

杨家将的故事,在北宋时就已流传。杨业死后六十多年,欧阳修在《供备库副使杨君墓志铭》中说:"君之伯祖继业,太宗时为云州观察使,与契丹战殁,赠太师、中书令。继业有子延昭,真宗时为莫州防御使。父子皆为名将,其智勇号称无敌,至今天下之士至于里儿野竖,皆能道之。"赞扬了杨业父子的忠勇,也说明当时杨家将英勇杀敌的事迹,在社会上已广为流传。苏辙《栾城集》中,有《过杨无敌庙》诗:"行祠寂寞寄关门,野草犹知避血痕。一败可怜非战罪,太刚嗟独畏人言。驰驱本为中原用,尝享能令异域尊。我欲比君周子隐,诔彤聊足慰中魂。"也赞颂杨业的业绩,还为他的屈死鸣不平。

到了南宋,杨家将的故事已经成为说书的内容。据《醉翁谈录》记载,当时的话本有《杨令公》《五郎为僧》。而元杂剧中,有《谢金吾诈拆清风府》《昊天塔孟良盗骨》,元明杂剧有《杨六郎调兵破天阵》《焦光赞活拿萧天佑》《八大王开诏救忠》。这类故事与史实已经有了较大的出入,而与后来的小说接近。据《宋史·杨业传》记载,杨业生有八子,一子与他一起殉国,其他七个儿子在他死后都授予供奉、殿直之类的官,并无出家之说。话本《五郎为僧》作品不存,从题目看,很像后来《杨家府演义》里所写的,幽州战役中杨大郎、二郎、三郎战死,四郎被俘,五郎冲出重围后,愤而出家的故事。再如,元杂剧中,孟良与焦赞已经成为杨家将故事中的重要角色。孟良不见经传,焦赞却是北宋后期富弼的部下,也是抗辽的将领①。杂剧中把他的生活时代大大提前,让他当了杨六郎的部下。这表明,杨家将的故事在民间流传的过程中,不断地发生变化。百姓总是根据自己的好恶改造故事,将好人说得更好,坏人说得更坏。为了表现杨家将的忠勇,他们虚构了杨业几位儿子的殉国情节,还用同样的方法扩大杨家将的阵容。

明代描写杨家将的章回小说,有《杨家府世代忠勇通俗演义》,又名《杨家府演义》《杨家将演义》,八卷五十八回。《全像按鉴演义南北两宋志传》中的《北宋志传》,该书的汤显祖评点本《玉茗堂批点按鉴参补北宋杨家将传》。因后者优于前两种,金盾出版社 2003 年整理出版的《杨家将演义》即以此为底本。

《杨家将传》写杨业、杨延昭、杨宗保一门三代忠心保国的故事,歌颂了忠臣良将的忠与勇。小说写杨家将故事,重点写了两组矛盾。一是宋与辽、西夏的矛盾,是民族矛盾。辽与西夏觊觎中原,经常兴兵犯

---

① 《元史》卷一五三《焦德裕传》载:"焦德裕,字宽父,其远祖赞,从宋丞相富弼镇瓦桥关。"

境。杨家将男女老少前赴后继,血染沙场,抵御外患。二是忠与奸的较量,以潘仁美、王钦为首的奸臣或者公报私仇,或者本来就是番邦的奸细,一再对忠勇的杨家将和呼延赞等人进行陷害。尽管八王经常保护杨家将,但因为皇帝比较相信这些奸臣,因此,杨家将抗击番兵时往往腹背受敌。杨业死于潘仁美的陷害,而杨七郎被潘仁美下令射死,杨六郎也差点遭王钦的毒手。即便是这样,杨家将忠心不改,只要边境有战事,他们还是一如既往地开赴前线,杀敌报国。

小说前十八回,主要写杨业精忠报国的故事,作品浓笔重彩地描述了他的忠义与勇武。杨业原为后汉的将领,英勇善战,所向无敌。宋太祖引兵攻北汉,均被他打得大败。太祖爱其才,临终遗命招降之。太宗即位后,先以金钱财物招降,他不为所动。后来太宗以重金贿赂后汉的权臣,离间汉主刘钧与他的关系。汉主听信谗言,欲将他置于死地,他无奈才投靠了宋朝。太宗对他施以恩义,归降时派八王远道相迎;又预先在金水河边造豪华的"无佞府",供他一家居住。他深感知遇之恩,便忠心耿耿地为宋朝效力。后来边境的战事,主要靠他父子之力。太宗不听八王劝谏,执意征辽,被辽兵围困,他与其子舍命将其救出。太宗去五台山还愿,又被萧太后派人层层围困。情势异常危险。于是杨大郎假扮太宗,与二郎、三郎、四郎、五郎出西门诈降,将敌兵引走;他自己与六郎、七郎保太宗从东门逃出。太宗被救出,但杨业的三个儿子战死,四郎被俘,五郎落发为僧。他依然忠心不改,对太宗说:"臣曾有誓,当以死报陛下。今数子虽丧于兵革,皆分定也。"[①]陈家谷口一战,他明知凶多吉少,但潘仁美步步紧逼,他只得以死明志,舍命参战。战败后,杨业派七郎去搬救兵,潘仁美不仅不发兵,还将七郎乱箭穿身。小说这样描写杨业的死:

> 时杨业与番兵鏖战不已,身上血映征袍。因登高而望,见四下皆是劲敌,乃长叹曰:"本欲立尺寸功以报国,不期至于此!吾之存亡未知,若使更被番人所擒,辱莫大焉。"……走出胡原,见一石碑,上刻"李陵碑"三字。业自思曰:"汉李陵不忠于国,安用此为哉?"……抛了金盔,连叫数声:"皇天!皇天!实鉴此心。"遂触

---

① 《杨家将演义》,第92页,北京:金盾出版社,2003。其后该作引文均据此本,仅在行中标明回数。

碑而死。（第十八回）

小说将这个壮志未酬、含冤负屈的爱国将领的死，写得真切感人。小说对杨业本人的描写，与正史基本相符。小说同时又增加了他的儿子们壮烈殉国的情节，把杨家将的爱国精神写得惊心动魄。

小说第十九至三十三回，主要写杨六郎抵抗辽兵。由于杨业已死，杨氏兄弟四死三失散，杨家将只剩下六郎一人。他开始结交异姓兄弟，先结识了行伍出身的岳胜，又启用草泽英雄孟良、焦赞，加上八姐、九妹相助，杨家将的阵容亦颇为强大。而朝中的奸臣，也由辽国奸细王钦置换了潘仁美，上文所说的两组矛盾继续展开。故事中虚构的成分越来越多，情节也越来越精彩。其中"捉孟良""收焦赞""孟良盗马""九妹陷幽州""八王智救杨郡马"等故事，都写得有声有色，生动感人。

第三十四回至结局，主角又换成了杨宗保。杨家将由于穆桂英、黄琼女、重阳女、百花公主等女将的加盟，更加强大。战争描写也多加入了神魔的斗法，情节的喜剧色彩也越来越浓重。尽管小说的风格发生了变化，其爱国思想却始终如一。应该说，小说所表现的这种爱国爱民的精神，是它备受欢迎的重要原因。

《杨家将传》之所以受人欢迎，还在于它刻画了众多女英雄的形象。阅读这部小说的人，大都对佘太君、穆桂英、八姐、九妹，有着极大的兴趣。

佘太君实有其人，清代毕沅的《吴中金石记折克行碑》、康基田的《晋乘搜略》（卷十二）对于她的身世都有记载。根据这些记载，我们知道她本姓折，出身将门世家，父亲折德扆，是宋代的名将，《宋史》有其传。她武艺超群，精通兵书战策，与杨业成亲后辅佐丈夫屡立战功。《杨家将传》中，她出场并不是很多，形象却相当鲜明。她深明大义，料事如神，连她的那位号称无敌的丈夫，对她也是言听计从。宋太祖想招降杨业时，预先给她设计了一个龙头拐杖，上挂一小牌，御笔亲书八个字："虽无銮驾，如朕亲行。"这使得她的身份远高过她的丈夫。因为她只要持此杖上朝，后来的皇帝们就得降阶迎接。老谋深算的宋太祖之所以会这样做，固然是表示对她的敬意，想必也掂量出了她对杨业的影响力。她的谋略，更令人钦佩。宋朝的反间计引起汉主对杨业的猜忌,杨业去留两难,犹豫不决。她劝告丈夫:"妾闻军中日夕怀大辽出兵之忧,此事殊为可虑。令公值此进退不决之地,光景易去,年华日逼,致使功名不建,深为可惜。不如从众孩儿之言,弃河东而归顺大朝,上酬平生之志,下立金石之名,不胜幽沉于夷俗,致万古只是一武夫乎?"(第十回)显然,她看问题从大处着眼,立足于长远。刘钧也是个扶不起来的阿斗,后汉败亡是迟早的事。杨业降宋,可以建功立业,青史留名;死保后汉,即便留名,也只能留一个胸无大志的一介武夫之名。更何况,刘钧对杨业已生猜忌之心,留下随时都可能有杀身之祸。杨业听了她的话,第二天便召集部下商议降宋之事。杨业受命随潘仁美征辽,回家与她辞别,她听说主帅是潘仁美,马上意识到问题的严重性:"此人昔在河东,被公羞辱,常欲加害于公父子,幸主上神明,彼不能施其谋耳。今号令在其掌握。况长子等五人,已各凋零,只有公父子三人在,此去难保无相害之意,令公何不省焉?"(第十七回)她亲自同柴郡主找太宗要保人,太宗赐呼延赞金锏一把,让他随军保护杨业父子的安全。起初,潘仁美每欲加害杨业,呼延赞仗着有金锏,总能让潘铩羽而归。后来潘以征集粮草为名,支走呼延赞。呼延赞本不欲去,还是杨业自己大意,以为粮草事大,劝走呼延赞,遂使潘的奸计得逞。从这件事上,也可以看出佘太君识人料事,确实在令公之上。后来,王钦蛊惑真宗,要取六郎首级。八王令狱官找来貌似六郎的死囚杀之,将首级献上,使六郎躲过一劫,藏匿在家。真宗被辽军围困,令人到杨府搬兵,她三言两语就把来人打发走了。显然,她原不打算让儿子再保这个昏君了。后来八王亲到杨府,晓以大义,她一则感谢八王当日的救命之恩,二则以大局为重,令六郎出见八王,商议救驾事宜。这又反映了她的大度与明理。最后,小说还写她参与破南天阵,为国立功。的的确确,这是个压倒须眉的女中豪杰。

杨门女将中,穆桂英的形象也比较鲜明。她是穆柯寨寨主的女儿,武艺高强,性情爽直,丝毫没有女孩儿的扭捏之态。杨宗保到穆柯寨讨降龙木,她见宗保人物秀丽,言辞慷慨,马上想到:"若得与我成为夫妇,不枉人生一世。"(第三十五回)并立派喽啰向宗保谈起婚嫁之事。穆桂英率众到军前报效时,杨六郎看不起这个山大王的女儿,恶言相加。她不禁大怒:"好意来相助,反致凌辱之甚。"竟活捉六郎,押回山寨。后来得知他是自己未来的公公后,又大惊说"险些有伤大伦",亲手为他松绑。(以上第三十六回)最后,在破南天阵时,她大显身手,为天下妇女扬眉吐气。如今,穆桂英已成为女强人的代名词。

其他女将的形象尽管不是那么鲜明,但由众多的女将排兵布阵,总给人以耳目一新的感觉。

从艺术特色上看,《杨家将传》最大的优点,是兼有英雄传奇小说和世情小说的特点,这也是这部小说备受欢迎的重要原因。毫无疑问,《杨家将传》写的是英雄豪杰,也即我们常说的非常之人,非常之事。然而,这些英雄又生活在一个家族之中,为父子,为兄弟,为姐妹,为夫妇。因此小说又不能不写他们的家庭生活,伦理关系,常人的情感。这使得杨家将与以往文学作品中的英雄有明显的不同:以往的英雄令人觉得陌生、神秘,杨家将却令人觉得熟悉、亲切。虽然小说本身写得比较粗糙,但给后人的改编留下了很大的空间。后人根据这类常情常态,把杨家将故事的情节改编得更为生动、细腻,把英雄人物的性格改写得更为丰满感人。例如,人们想象得到,杨宗保与穆桂英这对英雄伉俪,绝不是一般的夫唱妇随的关系:他们之间既有默契,也会有摩擦。为了深化这种矛盾,今天的戏剧舞台上,挂帅的不再是杨宗保,而是穆桂英,由妻子管辖丈夫。杨宗保自然不愿落个"惧内"的名声,故意怠慢军令,要在人前显示丈夫气概。身为主帅的穆桂英不能徇私不责罚违令者,更不能纵容属下对她的不敬。她当众声色俱厉地惩罚丈夫,背地里又心痛流泪,柔情地抚慰他。这对小夫妻的感情纠葛反而成了主要内容。的的确确,这比一味地写征战厮杀有趣得多。如今,根据刘兰芳说书记录的《杨家将》,与戏剧舞台上的《四郎探母》《辕门斩子》《穆桂英挂帅》《战陈州》等,都写得生动、细腻、引人入胜,堪称艺术珍品。

杨家将系列的小说,清代还有《说呼全传》《万花楼杨包狄演义》《五虎平西前传》《五虎平南后传》等,艺术水平普遍不高,影响也较小。此不赘述。

描写宋代英雄人物的小说中,写得比较多的还有岳家军的故事。

南宋时期,国家濒临绝境,统治当局不思恢复,却以"莫须有"的罪名杀害抗金名将岳飞,这在当时的社会上引起了极大的愤慨。人们没有实力与昏君奸臣抗争，只能用说书唱戏的方式抨击权奸，歌颂英雄。《醉翁谈录》"小说开辟"中有这样的记载："新话说张、韩、刘、岳，史书讲晋、宋、齐、梁。""新话"中的张指张俊，韩指韩世忠，刘指刘锜，岳即岳飞。看来，南宋时期，岳飞抗金的事迹就已经成为说书的内容，且为长篇。元杂剧中有金仁杰的《秦太师东窗记》，无名氏的《宋大将岳飞精忠》。明代章回小说写岳飞故事的有熊大木编写的《大宋中兴通俗演义》，其后邹元标将其删节整理，写成《岳武穆精忠传》，此外还有于玉华编写的《岳武穆尽忠报国传》。流传最广，影响最大的是明末清初的《说岳全传》。①

《说岳全传》全称《增订精忠说岳全传》，二十卷八十回。题"仁和钱彩锦文氏编次，永福金丰大有氏增订"。有清康熙年间金氏余庆堂刻本、康乾间锦春堂藏本等。

《说岳全传》主要写岳家军抗金兵的故事。小说对岳飞形象的塑造，是比较成功的。岳飞是河南相州人。他出身寒门，遭遇水灾，与母亲流落至河北大名府内黄县，为后来成为他结义兄弟的王贵之父王明收留。王明让岳飞随儿子从名师周侗习武学文。周侗是卢俊义和林冲的老师，爱岳飞聪颖，认他为义子，将自己的武艺尽数传给岳飞，岳飞成为出类拔萃的文武全才。后来，岳飞与义弟王贵、汤怀、牛皋进京会试，恰遇小梁王柴桂暗中串通太行山的强人王善，试图谋反，欲夺武状元以壮大实力。岳飞枪挑小梁王，惹下大祸，得宗泽相助，返回故里务农。适逢灾荒，哀鸿遍野，牛皋、王贵等到太行山落草，岳飞劝说无效，与他们绝交。在洞庭湖造反的杨幺派王佐以重金相聘，岳飞严词拒绝。岳母怕自己百年之后儿子失足，在岳飞的背上刻下"精忠报国"四个字。这奠定了岳飞的思想基础，精忠报国成为岳飞一生的行动准则。

后来，金兵入侵，国土沦陷，岳飞率岳家军奋起抗敌，担当起了拯救国家的重任。在这个时候，"精忠报国"的精神迸发出异彩。岳飞率领岳家军，同金兵进行了殊死的战斗。在爱华山，他们杀得金兵尸横遍野，金兀术狼狈逃窜。在黄天荡，他们又大破金兵，金兀术差一点被

---

① 《说岳全传》，第 415 页，北京：人民文学出版社，2007。其后该作引文均据此本，仅在行中标明回数。

擒。在牛头、汴水河、朱仙镇，岳家早都给金兵以重创。金兀术六十万铁骑，只剩五六千人。金兵只要听到岳家军的名字，就望风而逃。

　　然而，就在各路抗金大军聚集金牛岭，准备直捣黄龙府，收复中原的时候，朝廷连发十二道金牌调岳飞回兵。这显然是个错误的指令。韩世忠说，这是"朝中出了奸臣，怕大将立功"，劝岳飞不要回兵。刘崎也说："将在外，君令有所不受。今金人锐气已失，我兵鼓舞用命，恢复中原，在此一举。"劝岳飞"直抵黄龙府，灭了金邦，迎回二圣。然后归朝，将功折罪"。百姓们更是"携老挈幼，头项香盘，捱捱挤挤，众口同声攀留元帅，哭声震地"。岳飞却服从朝廷的指令，说："我母恐我一时失足，将本帅背上刺了'精忠报国'四个大字，所以一生只图尽忠，既是朝廷圣旨，哪管他奸臣弄权"。（以上第五十九回）结果，他舍弃了抗金大业，也丢掉了身家性命。小说还写，岳飞屈死后，还"显灵"阻止部下向昏君奸臣起兵复仇。这又充分显示了岳飞"精忠"思想的局限性。读者为岳飞在抗金战场奋勇杀敌的精神感到振奋，也为他对昏庸朝廷盲目服从的态度扼腕叹息。

　　《说岳全传》中牛皋的形象更受广大民众的喜爱。据《宋史》记载，牛皋是汝州鲁山（今河南鲁山）人，原是一个"射士"。金兵入侵时，他聚众抗金，屡战屡胜，被封为蔡唐州信阳军镇抚使，后成为岳飞手下的得力干将。他抗金战功卓著，坚决反对议和，为秦桧所恶。绍兴十七年（1147年），也就是岳飞死后第七年，秦桧指示都统制田师中将他毒死。《说岳全传》在塑造牛皋这个人物形象时，进行了大量的虚构。牛皋在小说中第一次亮相，是以"剪径"的身份出现的。为拜名师周侗，牛皋从陕西寻到大名府内黄县，因囊中羞涩，想劫点财物给师傅作进见礼。剪径，说明他不是那种循规蹈矩的正人君子。岳飞枪挑小梁王，试官张邦昌要杀岳飞。牛皋振臂大呼："天下多少英雄来考，哪一个不想功名？今岳飞武艺高强，挑死了梁王，不能够做状元，反要将他斩首，我等实是不服。不如先杀了这瘟试官，再去与皇帝老子算账吧。"（第十二回）众武举响应，俱要造反，吓得"瘟试官"放了岳飞。牛皋随岳飞回家务农，遇到灾荒，为饥饿所迫，他不顾岳飞的反对，与王贵等到太行山聚义。牛皋当了"公道大王"，替天行道，杀富济贫。金兵南侵，牛皋追随岳飞抗金，他对抗金大业忠心耿耿，立下了累累战功,对昏庸的朝廷极度不满。刘正彦与苗傅阴谋发动政变,岳飞命牛皋勤王。牛皋起初不肯:"管他娘什么闲事,我不去。"(第四十六回)及至平息了政变,救了康王,牛皋对康王说:"本不该来救你,因奉了哥哥之令,故此才来"。(第四十七回)岳飞被害,牛皋兴兵报仇,要"拿住奸贼,碎尸万段",复仇不成,又去太行山扯起了义旗,与朝廷决裂。孝宗即位后,金兀术再次引兵进犯,朝廷派人招安牛皋。牛皋说:"大凡做了皇帝,尽是无情义的,我牛皋不受皇帝的骗,不受招安。"然而,不接受招安,不等于不抗金,"待我前去杀退了兀术,再回太行山便了"。(第七十四回)与精忠的岳飞相比,牛皋显得是非分明,目光远大。

牛皋是个喜剧形象,他长得像"黑炭团",行事鲁莽,见了官位比他大得多的人,都要人家"免叩头吧"。牛皋也说过"杀进城去,先把奸臣杀了,夺了汴京,岳大哥就做了皇帝,我们四个都做了大将军"之类的话,这使他有些像《水浒传》中的李逵。与李逵不同的是,牛皋是个充满智慧的人。第三十八回写,牛皋是金兀术的仇人,却要到金兀术的营中下战表,这当然异常危险。临行时弟兄们纷纷为他出谋划策,他说:"自古道,教的言语不会说,有钱难买自主张。大丈夫随机应变,着什么忙!"正是靠了这种随机应变的本领,军中最危险、最难办的事情如押运粮草、闯番营搬救兵、下战书之类的事都由他来做,而他也总能逢凶化吉,完成使命。故此,书中称他为"福将"。这种"福",其实是他的智慧给他带来的。或许作者太喜爱他笔下的这位草莽英雄,给了他一个喜剧结局:牛皋擒住金兀术,骑在兀术的背上。兀术气得吐血而死,牛皋哈哈大笑而死。

岳飞、牛皋两个艺术形象的塑造,表明了小说作者的矛盾心理。从根本上来说,作者赞成忠君,尤其是在外敌入侵的情况下,像岳飞这样忠君报国的英雄,值得歌颂;但他又痛恨南宋皇帝的昏庸误国,所以又一再让牛皋骂那个"瘟皇帝"。

《说岳全传》不善于写战争,而善于写故事。许多故事,如"枪挑小梁王""牛皋招亲""牛皋扯旨""梁红玉击鼓退金兵""王佐断臂""高宠挑滑车"等等,都写得有声有色,在民间广为流传。小说的语言生动流畅,人物形象鲜明,除岳飞、牛皋外,韩世忠、梁红玉、呼延灼、王贵、汤怀、施全、岳云、张宪等人的形象都刻画得生动感人。在描写忠臣良将的小说中,《说岳全传》是写得最好的一部作品。

第二节　描写瓦岗英雄变泰发迹的《隋史遗文》

隋朝时期是我国历史上一个非常特殊的时代。一方面,经济的发展异常迅猛。大运河的开凿,更是对于后来的交通、灌溉建立了不世之功。另一方面,第二任皇帝杨广生活的荒淫腐败,在我国历朝历代的帝王中,是排在前列的。这激起了国人的强烈反抗,使得隋王朝三十七年就败亡了。总之,这是豪华奢侈的时代,也是民不聊生的时代;是腐败黑暗的时代,也是英雄辈出的时代。这样一个朝代,你可以谓之驳杂,可以谓之混乱,却不可谓之平庸。

这样一个短暂的朝代,却引起了文学家们极大的兴趣。以隋代社会现实为题材的小说很多,有《隋炀帝艳史》《隋史遗文》《隋唐演义》《说唐》等。其内容大都是两个方面:一是侧重于描写隋炀帝之荒淫腐败,二是侧重于描写隋唐易代。而《隋史遗文》独辟蹊径,描写多不见于经传的瓦岗英雄的故事。由于《隋史遗文》是最早写瓦岗寨故事的小说,瓦岗英雄的故事又在民间广为流传,故此,我们重点分析《隋史遗文》。

《隋史遗文》,十二卷六十回,不题撰人,有崇祯年间名山聚藏板本。卷首有崇祯癸酉年(1633年)序,后署:"吉衣主人题于西湖冶园。"吉衣主人,是袁于令的号。据此,此书的作者有可能是袁于令。小说评语中,又每每提到"旧作",看来,袁于令创作此书时又有所本。袁于令(1599—1674),又名韫玉,字令昭,江苏吴县人,是我国明代著名的戏曲家,著有传奇《西楼记》《金锁记》《珍珠记》等。

《隋史遗文》写什么?作者在《隋史遗文·序》中有说明:"史以遗名者何?所以辅正史也。正史以纪事,纪事者何?传信也。遗史以搜逸,搜逸者何？传奇也。传信者贵真……传奇者贵幻。"①这就说明,《隋史遗文》不是正史,而是野史;不传信,而传奇;不贵真,而贵幻。小说写的是隋唐易代时期的历史,但其中心内容,既不是抨击隋炀帝的荒淫腐败,也不是歌颂李渊父子的创建唐朝。小说重点所写的,是以秦琼为核心的瓦岗英雄的变泰发迹。书中提到的一些重大的历史事件,大都符合历史事实,但对瓦岗群英的描写,则多出于虚构,"十之七皆史所未备"(《隋史遗文·序》)。这也说明,作品不属于历史演义,而是典型的英雄传奇小说。

《隋史遗文》与《水浒传》都写造反英雄,有些研究者就把两者相提并论,归入描写农民起义的系列。仔细阅读,就会发现两者之间有很大的差别。

《隋史遗文》与《水浒传》根本的不同在于:《水浒传》以赞美的语气描写与官府对抗的江湖好汉,而《隋史遗文》则以艳羡的语气写开国元勋、变泰发迹的英雄。前者重在揭露官逼民反的社会现实,后者侧重描写变泰发迹的经验教训。这就使得两部书的思想底蕴、艺术色调,有很大差异。

瓦岗英雄与梁山好汉的生存环境有相似之处:隋代与北宋末年都是政治腐败、社会黑暗的时代,隋炀帝与宋徽宗也都算是亡国之君。然而,在展示社会黑暗方面,两部小说的视角明显不同。《水浒传》以冷峻的笔调描述了上自皇帝、王公大臣及各级官吏,下至土豪劣绅欺压百姓的黑暗现实,触及了封建社会的本质特点,目的是要揭示"官逼民反","乱自上作"。《隋史遗文》虽然也揭露了隋炀帝个人的荒淫风流和个别奸臣的胡作非为,但着眼更多的是各路义军反抗朝廷的壮举,向人们表明,这样的时代是英雄豪杰建功立业的绝好时机。书中的主要人物秦琼和程咬金等,都是下层人物。秦琼是齐州的捕盗都头,程咬金靠卖柴为生。若在太平时期,他们很难跻身于将相的行列,是乱世给他们提供了建功立业的机会。他们先是在瓦岗寨聚义,后又投靠了唐王李世民,成为唐朝的开国元勋。

从英雄好汉反抗官府的宗旨看,两书也有重大差异。梁山好汉中

---

① 《隋史遗文》,卷首,北京:北京大学出版社,1988。其后该作引文均据此本,仅在行中标明回数。

的李逵虽然说过"杀去东京,夺了鸟位"的话,但只是一时的气话。其实,他们对政权并没有觊觎之心。之所以要造反,有的人是因为"替天行道",做行侠仗义、除暴安良的事,有的是为了实现自己"大块吃肉,大碗喝酒"的人生理想。小说的作者,比较关心社会下层,农夫、渔民、猎户,时常出现在他的笔下。而瓦岗英雄主要考虑的是自己建功立业,有一种强烈的向上的欲望,故作品很少关心下层百姓的生活,多关注上层。瓦岗英雄很少在民间除暴安良,即便是有个别的事例,也与《水浒传》大异其趣。《隋史遗文》第二十三回写长安灯节,王老娘携女儿出来观灯,被奸相宇文述的儿子抢回家中凌辱。秦琼等人打抱不平,打死了宇文公子。其情节与《鲁智深拳打镇关西》有些相似。但小说花费大量笔墨描写奸污的过程,以示宇文公子之恶。秦琼等人将他打死之后一走了之,王老娘母女成为奸相报复的对象,死得极惨。显然,这些英雄只看到了奸相儿子的行为不端,认为应该打死他,对王老娘母女则缺少同情。小说还对这母女多所指责,"不该两个寡女人在人丛中去看灯",甚至认为她们受害是"老妪自取"。这与鲁智深一腔正气、满怀同情地救金氏父女大不相同。

从总体上看来,《隋史遗文》同《水浒传》的艺术色调也不相同。

《水浒传》写的是没有出路的江湖好汉,他们最后落了个被朝廷谋害的悲惨结局。全书的色调神秘、刺激,又有浓郁的压抑感。《隋史遗文》的主角经过奋斗,都位至将相,色调热闹、明快,富有戏剧色彩。

既然《隋史遗文》是写英雄豪杰的变泰发迹,其重点自然是写他们变泰发迹的经过、原因。在作者看来,瓦岗英雄之所以能变泰发迹,首先在于他们都是重义气的人。

《隋史遗文》虽然也写英雄群体,但不像《水浒传》那样,用传记体的形式逐个写英雄们的身世、际遇,而是以秦琼为贯穿全书的核心人物,他集结各路好汉,渐次发展为瓦岗寨起义,最后投靠唐王李世民,被封为胡公。故此,整部小说又像是秦琼发迹史。作品写瓦岗英雄的义,也主要是通过对秦琼的描写体现的。

秦琼是北齐大将秦彝之子。北齐亡,父亲死节,他自幼随母流落到山东,长大后,当了齐州捕盗都头。他武艺高超,好勇仗义,为此,人称"赛专诸"。他扶困救厄,去长安当差时,正遇当时还是太子的杨广,派兵假扮强盗追杀李渊一家。他杀散"强盗",救下李渊,不受谢而去。他还爱结交天下英雄。罗士信穷困潦倒,秦琼将他收留在家,并结为兄弟。程咬金、尤俊达劫了皇纲,官府用限期、责打的办法逼他捕盗,因为此案久不能破,以至于秦琼的双腿被打坏。当程咬金说出自己是劫皇纲者时,秦琼当众烧掉批文,表示绝不追究。他在郡丞张须陀手下缉盗时,李密获罪在逃,他虽然手中有缉捕文书,还是想方设法令其脱身。为此,天下英雄服膺于秦琼,在他老母七十大寿时,作为富豪而又是江湖大盗的单雄信驰送绿林箭,约各路豪杰同来祝寿。秦琼的义举,给他带来很多麻烦,也使他获益非浅。因为他讲义气,他自己有难,别人也同样帮助他。秦琼当都头去长安公干时,一个偶然的原因在途中贫病交加,以至于到了当锏、卖马的地步。单雄信慕他义气之名,慷慨相助,使他度过难关。秦琼放走李密后,宇文述诬陷他是李密同党,命地方官拘拿他的家属解送进京。途中罗士信挣破囚车,救出秦琼的母亲、妻子,程咬金又将她们安置在自己的山寨奉养。而更为重要的是,后来建功立业时,被秦琼救助的人大都成为他忠实的伙伴。瓦岗寨势败投靠唐王时,也因为秦琼救过李渊一家的命而大受礼遇。当然,其他瓦岗英雄如程咬金、单雄信、徐懋功、王伯当等,也都义气过人。应该说,义是英雄豪杰建功立业的基础。身处乱世,如果没有朋友的相助,个人的本领再大也成不了气候。

瓦岗英雄也都是本领非凡的人。他们或者有惊人的韬略,或者武艺超群。他们的功绩往往与其文韬武略成正比。后来描写隋唐英雄的小说,还为这些英雄排了顺序,即隋唐十八条好汉。第二条好汉再努力,也绝打不过第一条好汉,后面依此类推。李渊父子之所以能取得最后的胜利,在很大程度上是因为他们拥有第一条好汉李元霸。显然,这些作品都过分夸张了武力的作用。不过,如果没有智谋武艺,又确实不能变泰发迹。

《隋史遗文》不再宣扬愚忠思想,反而提倡择明主而事。当时王薄、王世充、窦建德、李密、李渊,以及宇文化及等人各自称王,雄踞一方。鹿死谁手,难以料定。秦琼四易其主,才找到英明之主,后来名列公侯;同样武艺高、讲义气的单雄信、王伯当等,以所事非其人,结果身死名灭。在作者看来,择明主比讲义气更为重要。瓦岗寨势败后,秦琼和程咬金原想拉单雄信一起投唐,因单雄信与李渊有杀兄之仇而不从,遂以义气为重,三人都投靠了王世充。后来,秦琼与程咬金见王世充气度浅狭,难成大事,又撇下单雄信投靠唐王。王世充兵败后,单雄信被俘,唐王要将他斩首。秦琼、程咬金、徐懋功为之求情,不许。于是,三人在法场上各自从自己身上割下股肉,炙熟与单雄信吃,以尽情分,单死后,又为其收葬。尽管他们以相当激烈的手段尽了情分,但择明主还是摆在了第一位。这是特殊历史时期即改朝换代时期赋予那些变泰发迹的英雄的特点。

《隋史遗文》的艺术成就与《水浒传》相比,有相当大的差距。这主要在于,英雄传奇小说以故事情节取胜。《水浒传》写故事,有叙述,有描写,用伏笔,设悬念,把故事写得一波三折,精巧完整。武松杀嫂、拳打镇关西、三打祝家庄,都是很好的例子。而《隋史遗文》中的故事则简略平淡,描写很不充分。小说的语言虽文从字顺,但不够生动传神。但是,由于小说的人物形象还比较鲜明,英雄豪杰变泰发迹题材本身也大受下层民众的喜爱,加上情节的热闹、明快,故在民间产生了很大影响。

写隋唐英雄故事的小说,还有鸳湖渔叟的《说唐演义全传》。小说分前后两卷。前卷的故事与《隋史遗文》大同小异,增加了李元霸和群英战杨林的故事,内容比较集中,故事情节比较生动,人物形象也更为鲜明。后卷写罗通扫北和薛仁贵征东的故事,写战争加入了妖术斗法之事,成就不及前卷。此外还有无名氏的《罗通扫北》,姑苏如莲居士编次的《说唐小英雄传》《说唐薛家府传》等,成就普遍不高。

第五章
英雄传奇小说向武侠小说的过渡

宋元话本中,有大量描写江湖盗侠的作品。施耐庵所作的《水浒传》前七十回,也是这样的小说。罗贯中给《水浒传》加上招安的结局,也就从根本上改变了梁山好汉的身份,江湖盗侠变成效忠朝廷的忠义之士。后来的《水浒传》续书,尽管对《水浒传》所写的招安结局不满,却都没有让盗侠们再回到江湖世界。清中叶以后的小说家,又让盗侠投靠清官,在清官的率领下除暴安良,形成了侠义公案小说。这就造成了描写江湖盗侠的小说的缺失。

鸦片战争以后,清政府的腐败无能越来越引起人们的愤怒,清官情结也渐渐消解。武昌起义的胜利,封建官僚制度的消失,又使得清官失去了存在的土壤。反映到小说创作中,江湖盗侠也从清官的羁绊下解放出来,回到江湖世界,产生了武侠小说。

武侠小说与英雄传奇小说相比,有着独特的风格。首先,英雄传奇小说的主要人物、重大事件大都有历史的依托,属于广义的历史小说,而武侠小说则与历史没有太多的关涉。其次,英雄传奇小说虽然也写江湖世界,但主要反映社会现实。主要矛盾是侠、盗与官府的矛盾,是侠盗们以武犯禁、以暴抗暴的斗争。武侠小说侧重于写江湖世界,多写江湖门派之争。第三,武侠小说对侠客的技艺进行了一定程度的神化,如飞剑杀人、飞檐走壁、换骨脱胎等,增加了作品的诡异色彩,却消弱了反映社会现实的力度。

第一节 《七剑十三侠》对江湖世界的描写 与《仙侠五花剑》对侠客技艺的神化

《七剑十三侠》,一名《七子十三生》,清末桃花馆主人唐芸洲撰,作者身世不详。全书共三集,各六十回,于光绪二十三年(1897年)、光绪二十七年(1901年)由上海书局、申江书局石印出版。这是除《水浒传》外,我国长篇白话小说中比较早的展示江湖世界的作品。

小说写明武宗时,二十位剑客,即以玄贞子、一尘子为首的七子,以凌云生、御风生为首的十三生,帮助以徐鸣皋为首的十二侠士,行侠仗义,除暴安民,并助王守仁平定宁王宸濠叛乱。小说继承了《水浒传》的绪余,对当时社会的黑暗进行了猛烈的抨击。小说中的皇帝,不再是"至圣至明"的天子,而是一个"但知朝欢暮乐,宠嬖阉官;巡幸不时,政事不理"的昏君(一百七十八回)。朝中大权,落在刘瑾、江彬、钱宁等奸邪之手。朝纲紊乱,正气不伸,宦寺专权,社会动荡。故此,保国安民的责任,就落到了侠客们的身上。

对于侠客,《七剑十三侠》作出了新的界定。小说的开篇就说侠客的特点是:"来去不定,出没无迹,吃饱了自己的饭,专替别人家干事。或代人报仇,或偷富济贫,或诛奸除暴,或挫恶扶良。别人并不去请他,他却自来迁就;当真要去求他,又无处可寻。"①这就将在侠义公案小说中隶属于清官的侠客,还原为来去无定的游侠。他们以主持正义为己任,却摒弃了建功立业的俗念。小说前七十回,写了徐鸣皋、罗季芳、徐庆、伍天熊、慕容贞等英雄,被官府和其他邪恶势力所逼,揭竿起义。他们闯荡江湖,主持正义,杀了开人肉作坊的黑店店主李龙,除掉

---

① 《七剑十三侠》上,第6页,收入《中国近代小说大系》,南昌:百花洲文艺出版社,1988。其后该作引文均据此本,仅在行中标明回数。

了以活人的骨髓、脑子、五脏合药治病的"赛华佗"皇甫良,铲平了抢掠、蹂躏妇女的金山寺的方丈智圣禅师及其凶党。而书中所有的凶徒恶棍,不是宁王的党羽,便是有贪官污吏做后台。因此,十二侠士的这种除暴安良的义举,是和官府对立的以暴抗暴的行为。例如,当宁王手下的官兵假扮强盗,到赵王庄杀戮、抢掠时,他们摆开阵势,帮助村民击败官兵,保护百姓的生命财产……尽管后来小说还是让侠客们接受了朝廷的招安,但毕竟和侠客一开始就在清官的率领下建功立业的描写,有明显不同。

《七剑十三侠》的艺术风格,和以前的英雄传奇小说相比,有明显的创新。

首先,作品在写十二侠士闯荡江湖、行侠仗义时,涉及以往文学作品很少描写的一个侧面——江湖世界。试看老江湖苏定方讲述江湖上的行当:

> 凡在江湖做买卖的,总称八个字,叫做巾、皮、驴、瓜、风、火、时、妖。……那巾行,便是相面测字、起课算命,一切动笔墨的生意,所以算第一行。那皮行,就是走方郎中、卖膏药的、祝由科、辰州符,及一切卖药医病的,是第二行。那驴行,就是出戏法、顽把戏、弄缸甓、走绳索,一切吞刀吐火,是第三行。那瓜行,却是卖拳头、打对子、耍枪弄棍、跑马卖解的,就是第四行了。这四行所以不犯禁的。若是打闷棍、背娘舅、剪径、响马,一切水旱强盗,叫做"风帐"。还有一等:身上十分体面,暗里一党四五个人,各自住开,专门设计,只用"唬""诈"二字强取人的钱财,叫你自愿把银子送他,还要千恩万谢,见他怕惧。说他强盗,却是没刀的;说他拐骗,却是自愿送他的,此等人叫做"火帐"。至于剪绺、小贼、拐子、骗子,都叫"时帐"。那着末一行,就是铁算盘、迷魂药、纸头人、樟柳神、夫阳法、看香头,一切驱使鬼神,妖言惑众的,都叫做"妖帐"。 (第二十二回)

对于读者来说,这的确是闻所未闻之事。小说还结合描写清风镇的黑店和名为"皮行"实是"妖帐"的皇甫良等人的故事,更具体详细地揭示了江湖上邪恶行当害人的惯伎。这些故事都写得惊险、生动,带有神秘、荒蛮的色彩,但又令人觉得真实可信。

小说写得最为生动的,是徐鸣皋等大闹金山寺的故事。非非和尚原是少林僧人,因为武艺高超,被宁王收为亲信,封为智圣禅师,并以宁王替身的身份当了金山寺的方丈。他赶走了金山寺原来的僧众,纠集了一批凶僧恶棍,大兴土木,在寺中设机关、建暗室,把来进香的漂亮女子劫到暗室中供他淫乐。徐鸣皋等三上金山,探明了地穴的通道、暗室的机关,才一举铲平了魔窟。故事写得惊险曲折,神秘而刺激。这一故事几乎成了后来武侠小说的传统关目,向恺然《江湖奇侠传》写得最精彩的故事"火烧红莲寺",就是根据这个故事改写的。李寿民的《蜀山剑侠传》和顾明道的《荒江女侠》中,也都写了类似的故事。

其次,《七剑十三侠》把侠客的武艺进行了一定程度的神化。小说中把侠客分为两种:一是侠士,即徐鸣皋、慕容贞(一枝梅)等,这是现实社会中的在野英雄;二是剑客,即七子、十三生,这是半人半神的侠客。两者的区别,其一是品质上的不同:侠士虽行侠义之事,犹为世俗中人,而剑客则是不慕名利的闲云野鹤。正因为此,在侠士行侠仗义、为国立功的争斗中,关键时刻,总是剑客出手相助,而当朝廷对侠客论功行赏时,侠士坦然领受,剑客则有功不居,飘然而去。其二是侠士的武艺虽然高,犹是尘世间的高手,剑客却有超凡脱俗的技艺。他们可以飞剑杀人,降龙伏虎,还可以脱胎换骨:"仙家有一派流传,要度脱凡人成仙,必要此人死于刀兵,可脱凡胎,这就名为兵解,并非旁门左道,不过是个外功。"(第六十二回)然而,这些剑客又不同于神仙,他们自己也不以神仙自居。第三十四回写徐鸣皋问霓裳子,他们所炼之丹,服后是否能令人成仙。霓裳子这样回答:"非也。这龙虎丹,只能炼剑成丸,吞吐自如,久之功高道进,也可长生不死。自古神仙,有七十二修身之法,要皆千艰万苦,岂靠此一粒丹丸,便可得道成仙,谈何容易?我苦修四十余年,尚是个凡夫俗子。"这种亦真亦幻的写法,形成了《七剑十三侠》独特的风格。和神魔小说相比,它更具现实性:书中的主要人物,不是淡漠世事的神仙,而是以自己的技艺积极介入正邪、是非的争斗的侠客。与侠义小说相比,它又更具理想性:侠客们神出鬼没的技艺,所向披靡的勇力,更能反映人们铲除邪恶势力、匡正世事的理想。

《七剑十三侠》也开始注意对武打动作的具体描写。如第十回写徐鸣皋打擂时,详细描写了徐鸣皋和严虎所用的"寒鸡独步""叶底偷桃""毒蛇出洞""王母献蟠桃""黄莺圈掌""金刚掠地""泰山压顶"等招式,使故事情节更加生动。

总之,《七剑十三侠》已经开始了由侠义公案小说向武侠小说的演变。它对江湖世界的描写,对侠客武艺的适度夸张,都对后来的武侠小说产生了重要的影响。

由侠义公案小说向武侠小说过渡的作品,还有《仙侠五花剑》。

《仙侠五花剑》,又名《绣像飞仙剑侠奇缘》,海上剑痴撰,共六卷三十回,光绪二十七年辛丑(1901年)八月笑林报馆校印。

《仙侠五花剑》的故事情节比较奇特:仙侠是唐代人,对手却是南宋的奸相秦桧,小说让本领超群的侠客和投降派、卖国贼秦桧进行较量。小说问世于庚子之变的第二年。在八国联军攻进北京之后,慈禧表示要"量中华之物力,结与国之欢心"之时,作者让侠客惩治投降派、卖国贼是大有深意的。这是近代文人的愤世之作。

《仙侠五花剑》写已经得道成仙的虬髯公,见南宋的奸相秦桧结党营私,祸国殃民,"要想重下红尘,再做些行侠仗义之事,稍儆奸邪"。他召集了黄衫客、昆仑摩勒、精精儿、空空儿、古押衙等九位仙侠,商议此事。结果是黄衫客、虬髯公、聂隐娘、红线女、空空儿五位仙侠,持公孙大娘炼就的五把飞剑下凡,各收门徒,共同行侠仗义。红线女、黄衫客、虬髯公、聂隐娘收的徒弟,都是被贪官污吏逼得无法存身的好人。只有空空儿择人不慎,收了采花大盗燕子飞为徒。他们除了许多贪官污吏,又联手除掉燕子飞。他们还到临安行刺秦桧,虽不曾得手,却用仙剑在他的背心暗刺一下,致使秦桧后来背上生疮而亡。至此,众仙侠功德圆满。

《仙侠五花剑》中对侠客的描写,也发生了很大的变化。小说的第一回,就对以往小说中所写的侠客大加批评:"那书中也有胡说乱道讲着义侠的事儿,却是些不明理的笔墨,竟把顶天立地的大侠弄得像是做贼做强盗一般,插身多事,打架寻仇,无所不为,无孽不作。倘使下愚的人看了,只怕渐渐要把一个'侠'字,与一个'贼'字、一个'盗'字并在一块,再也分不出来,实于世道人心大有关系。"因此,作者在他所塑造的侠客身上,去掉了草莽之气,加上了更多的政治负荷。他们都是不食人间烟火的神仙,专为惩治卖国贼、投降派而来。他们为国事奔波,一身正气,无半点世俗情态。他们不像以往的侠客,路见不平,便拔刀相助,而是以非常谨慎的态度安良除暴,生怕殃及无辜。总之,这不是现实生活中的侠客,而是理想中的侠客,而且是封建观念相当浓厚的文人理想中的侠客。尽管他们高洁、持重、富于正义感,但不是扎根现实的有血有肉的人,作为艺术形象没有立体感。所以这部小说的文学成就不高。

《仙侠五花剑》对侠客技艺的神化超过了唐传奇,且有一定的创新。如写红线女因徒弟白素云身体娇弱,给她服用"换骨丹","吃了下去浑身三百六十骨节一节节皆须换过,此后便可身轻于叶,纵跳自如"。(第三回)脱胎换骨,是超现实的描写,但作者并没有采用神魔小说的写法,如只需吹一口仙气便可完成,而是结合人体的结构(尽管作者对人体结构不甚了然),结合人的实际感受进行合理想象,使得这种描写既有神奇感,还有一点真实感。这种写法,在后来的武侠小说中被不少人运用。再如,小说写飞剑杀人,想象丰富,颇能引人入胜。试看小说写众仙侠捉拿燕子飞:

> 再说子飞逃出重围,回头一望,见后面剑光纷起,一道道如闪电一般,相离只有四五丈远近,将次赶上,心中很是着慌。只把芙蓉剑乱摇乱晃,左手的剑诀捏得十二分紧,痴想遁得快了,他们追赶不来。谁知后面众仙也多使起催剑法儿,比着子飞更快。不多时,只差得二三丈路了。子飞急得无法可施,看看前边又是一条大河阻路。这河足有二三十丈开阔,深不见底……子飞……心头一软,手中的剑诀略松,滴溜溜连人带剑竟从半空里跌入河中。[①]

人可以借飞剑而遁,飞剑可以从后追杀,想象奇特。侠客驾剑渡河的景象写得既神奇又逼真,失手堕入河中的情态描述得颇合乎情理。这种虚虚实实、真真幻幻的描写,对后来的武侠小说也产生了很大影响。

总之,《七剑十三侠》和《仙侠五花剑》都改歌颂清官为抨击朝政腐败,也都开始神化侠客的技艺,明显地表现出侠义公案小说向武侠小

---

① 《仙侠五花剑》,第357页,收于《中国近代小说大系》,南昌:百花洲文艺出版社,1989。

说过渡的倾向。

第二节 民初武侠小说的生成及繁盛

民国初年，描写侠客的小说彻底从侠义公案小说中分离出来，形成了武侠小说，并在 20 世纪 20 年代到 40 年代，掀起了比侠义公案小说热更甚的"武侠热"。

武侠小说的产生，和近代的社会思潮有关。辛亥革命以后，清王朝被推翻。由于历史准备的不足，资产阶级民主共和的政治体制，只是从形式上被移植到我国，但对我国的社会生活没有产生多大的实际影响。而原先为反对封建专制主义而产生、而引进的各种思潮，都非常活跃。其中，最有代表性的是自由主义、无政府主义、唯意志论。

唯意志论注重人的意志力量。19 世纪中期，龚自珍就特别推崇人的"心力"。他认为历史是自我创造的，而自我依靠的是"心力"。他所说的"心力"，主要是指意志力量，也包含人的智力和感情力量。在他看来，人要做任何事情，都要靠自己的意志力量，"报大仇、医大病、解大难、谋大事、学大道，皆以心之力"①。后来，梁启超也认同了龚自珍的这种观点，并认为："盖心力涣散，勇者亦怯；心力专凝，弱者亦强。是故报大仇、雪大耻、举大难、定大计、任大事，智士所不能谋，鬼神之所不能通者，莫不成于至人之心力。"②而自由主义者又特别注重人的天然自由。他们大都赞成卢梭的人生而自由的理论，认为："原人之始，莫不具天然之自由，饮欤、食欤、游欤、咏欤，各任其天然，此为大幸福大安乐。"③并认为政治、法律、宗教、教育，都束缚了天然的自由。这两种思潮都在不同程度上反对权力的压制、法令条文的制约，注重人的意志，提倡行为的自由。这显然都对武侠小说无视法律程序，注重侠客意志、技艺的修炼，产生了一定的影响。

然而，对武侠小说影响最大的，还是近代无政府主义思潮。中国

---

① 转引自高瑞泉主编《中国近代社会思潮》，第 174 页，上海：华东师范大学出版社，1996.

② 转引自高瑞泉主编《中国近代社会思潮》，第 175 页。

③ 转引自高瑞泉主编《中国近代社会思潮》，第 220 页。

人最初接触近代西方的无政府主义思想,是在上世纪初,而日本是中国人接受这一思想的"中转站"。早期翻译介绍无政府主义的著述的,大都是日本人。如西川光次郎的《社会党》,宫崎梦柳的译作《虚无党》等。无政府主义者反对强权压制,反对任何形式的权力机构。他们赞同克鲁泡特金"无政府者,无强权也"的界定,认为国家政权是最典型的强权机构,因而必须将其推翻。他们崇尚暴力,崇拜英雄,藐视一切权力机构,向往绝对自由。我国武侠小说的早期作者,大都是思想激进的知识分子,比较容易接受上述思想。民国武侠小说的奠基人向恺然,1907 年前后曾留学日本。而当时日本正盛行无政府主义,这对于他后来的小说创作,不能不产生影响。民国初年的另一位武侠小说家姚民哀,也自认为他作品中某些侠客的主张,源于日本的宫崎寅藏、幸德秋水的"社会派"思潮。(姚民哀《箬帽山王》)

民初武侠小说的产生,还有其现实基础。辛亥革命以后的社会,就是一个崇尚武力的时代。自清初以来,社会上就出现了大量的抗清的帮派,如青帮、红帮、天地会、哥老会、三合会等等。而自清中叶以后,地方割据势力也越来越强大。在清王朝垮台前,还勉强维持着大一统的局面。辛亥革命后,朝廷这个宝塔尖被摧毁,新的权威没有真正形成,地方割据势力和形形色色的帮派,便划地而居,各自为政。所谓"七红八黑九江湖",便说明了当时社会的混乱情况。这里的"红",指那些不结帮立竿的强盗;"黑",指各种门派的窃贼;"江湖"又称"江湖团",指流丐和走江湖的艺人。这些人形成了一个特殊的世界——江湖天地。他们各有各的帮门帮规,山头首领,武功流派,技击家数。他们也都唯武力是尚,争强斗狠,睚眦杀人。在外人看来,他们的生活神秘、恐怖、野蛮、刺激。这又为武侠小说的创作提供了丰富的素材。擅长写江湖帮会秘史的姚民哀说过:"近几年来,在下因为要搜集秘密党会珍秘的材料,所以不惜耗费精神和金钱,随时在江湖上跟此中人物交结,留心探访各党秘史轶闻,摸明白里头的真正门槛,才敢拿来形之笔墨,以供同好谈资。"[1]向恺然也说,他写《江湖奇侠传》并非面壁虚构:"洞庭湖的大侠大盗,素以南荆桥、北荆桥、鱼矶、罗山几处为渊薮,

---

[1] 据张赣生《民国通俗小说论稿》,第 139 页,重庆:重庆出版社,1991。

逊清光绪年间,还猖獗的了不得。"①这也是武侠小说产生的土壤。

武侠小说的兴盛,还和市民读者耽奇好异的艺术趣味有关。当时,单纯的神魔小说,已经不再受人们的青睐。这是因为,西方自然科学的引进,极大地冲击了封建迷信思想。就连近代初期刻意学习《聊斋志异》的《淞隐漫录》,也不甚言鬼狐。作者王韬在这部书的《自序》中说:"狐乃兽类,岂能幻作人形? 自妄者造作怪异,狐狸窟中,几若别有一世界。斯皆西人所悍然不信者,诚以虚言不如实践也。"故此,描写神秘、瑰奇的江湖世界的武侠小说,便成为耽奇好异的读者们的最佳选择。加上侠义公案小说的热潮过去以后,社会上最盛行的是谴责小说。这类小说能宣泄人们对封建统治当局腐败无能的愤慨,但情节平淡无奇,政治色彩浓重,使读者有一种沉重感。武侠小说饶有趣味地向人们展示奇异的江湖天地,读来轻松愉快,由此,也就深受广大市民读者的喜爱。

1923 年 1 月,向恺然在《红杂志》上发表《江湖奇侠传》,拉开了民国武侠小说创作的帷幕。后来小说家们纷纷仿效,在上世纪 20 年代到 40 年代,武侠小说的创作达到了高潮。据不完全统计,这一时期的武侠小说家近二百人,较有名气的有向恺然、王度庐、李寿民、赵焕亭、姚民哀、顾明道等人,其作品仅刊印成书的就有七百种左右②,几乎等于当时其他各类小说的总和。我们以《江湖奇侠传》为例,看看民国武侠小说的特点。

第三节　民国武侠小说的开山之作《江湖奇侠传》

讲民国初年的武侠小说,不能不讲到民初武侠小说的奠基人——向恺然。向恺然(1890—1957),名逵,笔名平江不肖生。湖南平江人。他自幼喜习武,性格豪放。后考入长沙高等实业学校。1906 年夏,各界人士万余人在岳麓山公葬在日本蹈海而死的陈天华,掀起了一个抗

①《江湖奇侠传》,第 56 页,长沙:岳麓书社,1990。
② 据张赣生《民国通俗小说论稿》,第 357 页,重庆:重庆出版社,1991。

议日本政府和清政府联手迫害爱国志士的风潮。向恺然因在这场风潮中表现积极,被学校开除了学籍。1907 年,向恺然东渡日本,就读于东京弘文学院。当时的日本,正盛行无政府主义思潮,从向恺然后来的行为和创作的情况看,他当时是受了这种思想影响的。毕业回国后,在二次革命中,任讨袁运动的北伐军第一军军法官。讨袁失败后,再次赴日本,入东京中央大学政治经济系。回国后主要在上海从事小说的创作。1932 年"一·二八"事变后,应湖南省政府主席何键之聘,回乡兴办国术,任湖南国术俱乐部、湖南国术训练所秘书。抗战后,历任第二十一集团军总办公厅主任、安徽省政府顾问等职,亦曾被安徽大学聘为文科教授。解放战争时,向恺然在湖南随程潜将军起义,后被安置在湖南省文史馆及政协任职,直至 1957 年病逝。向恺然自幼就仰慕古代的游侠,并精通武术。在上海期间,又"与沪上名流,帮派头目,武林高手,各路好汉,无不交往甚密"①。这使他创作武侠小说有着得天独厚的条件。所著武侠小说除《江湖奇侠传》外,还有《近代侠义英雄传》《江湖大侠传》《江湖小侠传》等,此外还有狭邪小说《留东外史》。

《江湖奇侠传》(一百六十回),1922 年开始在《红杂志》(后改为《红玫瑰》)上连载,至 1928 年全部完成。岳麓书社于 1990 年出版此书。

《江湖奇侠传》的结构,多少有些仿照《水浒传》。书的开头,先一个一个地描写侠客出世的经过,先后写了柳迟、双清、红姑、向乐山、杨天池等,是如何由普通人修炼成为有超人技艺的大侠的。后来,渐渐地又写到江湖上的两大派别——昆仑派和崆峒派。在平江、浏阳交界的赵家坪的人争水陆码头的时候,两派各助一方,导致了两个门派之争。昆仑派是正派,其创始人是一位明朝的王子,因此这一派有反清复明的宗旨,侠客的为人也比较正直、磊落;崆峒派中也并非都是坏人,不过从总体上看,这些人大都比较剽悍、狭隘、嫉贤妒能。围绕着两个门派之争,小说又穿插了一些惩恶助善的事,如:火烧红莲寺,张汶祥刺马案,除广东大盗李有顺、妖人了清和等故事。整部小说写得神秘、诡异、刺激。

---

① 向一学:《回忆父亲一生》。转引自范伯群主编《中国近现代通俗作家评传丛书》(之一),第 20 页,南京:南京出版社,1994。

以往的小说中,百姓把侠客看作自己的救星。《江湖奇侠传》中,却写受压迫的人发愤修道,自己解救自己,并进而除强扶弱。向乐山的大哥向闿贤,开始反对弟弟"拿着绝顶的天分,丢了书不读,专练这好勇斗狠的武艺"①。但后来发生的两件事,使他改变了看法:一是向乐山和二哥向曾贤去考幼童,受到不公正的待遇。他们都很有才华,因为没钱打点,结果名落孙山。这说明,在恶人当道的时候,读书并不一定有出路。另一件事更惨,向乐山与向曾贤二人从衡阳书院乘船回家,船主为谋财害命对他们下毒手,向曾贤因没有武艺防身,被杀死后截成无数小块,装入一个大坛子里,投下江底。在血的教训面前,向闿贤才支持向乐山练功。结果,向乐山练就了天下无敌的"辫子功",不仅报了二哥之仇,还为社会主持正义。双清是山东曹州人,九岁被浑名"五殿阎王"的恶棍周保义拐到河南练把式卖解,受尽了周保义的凌辱折磨,后来修炼成侠客,不仅自己不再受气,还为别人抱打不平。红姑是个孤苦无靠的年轻寡妇,因性喜穿红衣服,想要谋图她的家产的族人竟以此为由要害死她。江湖上很有名气的女侠沈栖霞隐瞒身份,到红姑家里当女佣,及时保护了红姑,并收她为徒。后来,红姑也成为江湖上无人敢惹的豪侠。这类凡人修道的故事,比以前清官侠客的故事更具感染力。很多迷恋武侠小说的人,不仅希望危难之时能有侠客出手相助,也希望自己成为侠客。鲁迅在《中华民国的新"堂·吉诃德"们》中说:"记得先前的报章上,发表过几个店家的小伙计,看剑侠小说入了迷,忽然要到武当山去学道的事。"②诚然,想修仙学道是愚昧的表现,但是,希望自己也能成为大侠,比起专等着清官、侠客解救,毕竟表现了人们独立意识的增强。

《江湖奇侠传》还描写了一个神秘、诡奇的江湖天地。以往的小说描写的侠客,大体分为两类:一类是世俗的侠客,如梁山好汉、黄天霸、白玉堂等,这些人除了武艺超群以外,别的方面与常人区别不大;另一类是神化的侠客,如唐传奇中的聂隐娘、黄衫客等,小说只写他们的侠义行为,关于他们自身的生活情况,都没有展开描写。《江湖奇侠传》

---

① 《江湖奇侠传》上,第116页,长沙:岳麓书社,2009。其后该作引文均据此本,仅在行中标明回数。

② 《鲁迅全集》第4卷,第352页,北京:人民文学出版社,1981。

则把展示江湖世界作为重要的内容。小说描写了江湖门派之争，写了独脚大盗的特点，写了丐帮的帮规，写了绿林习性，也写了镖行规矩。例如，崆峒派的常德庆，十七岁时替人报仇，杀了一家数口，从此流落江湖。他自恃武艺高超，干起了镖行，不想在保一次重镖的时候，竟然失手。"看他这种本领，谁也不能说够不上保镖。只是江湖上第一重的是仁义如天，第二还是笔舌两兼，第三才是武勇向先。他初出世，没有交游，本领便再高十倍，也不能保这么重的镖。"（第九回）小说写得最精彩的，是独脚大盗甘瘤子的故事。小说先对独脚盗作了解释："怎么谓之独脚强盗呢？凡是绿林中的强盗，没有不成群结党的。和常人一般住在家里，每年出外做一两起买卖，也不收徒弟，也不结党羽，便谓之独脚强盗。"（第九回）甘瘤子是洞庭湖北荆桥、南荆桥一带的独脚大盗。他的家庭成员，便很有点神秘的色彩。他的母亲甘二娭馳，少时跟丈夫吃镖行饭，练就了一身硬本事。妻子菜花香，是河南的卖解女子，容貌奇丑，武艺绝高。二房是甘二娭馳的侄女，也是个吃镖行饭有本领的女子。他们不仅武艺高，举止也与众不同，不像一般的侠客那样杀富济贫，而是只劫不义之财："正正当当的商人拿出血本做买卖，便赚了十万八万，他们做独脚强盗的，连望也不去望；读书行善的和务农的安本分的人家，不问如何富足，他们也是不去劫取。有时不曾探听明白，冒昧动手劫了来，事后知道劫错了，仍然将原物退回去。"（第十二回）这种独脚强盗行动极为诡秘，外面的人都以为他们是富有、本分、恤老惜贫的良民，而没有人会疑心他们是强盗。作品集中写的，是发生在这个特殊家庭中的一件纠纷：甘瘤子唯一的女儿甘联珠所招的赘婿桂武，原来并不知道这个家庭的底细。当他慢慢觉察到这一家人所从事的行当后，怕影响自己的前程，想带妻子离家出走。甘联珠深知此事难以如愿，但还是支持丈夫的做法。当他们趁着父、兄不在家，向祖母表示要出去建功立业时，甘二娭馳却毫不犹豫地答应了，并表示要亲自为他们饯行。桂武欢喜不尽，甘联珠却吓得眼泪直流："祖母若是怒容满面，大骂你滚出去，倒是没有事；于今他老人家说要饯行，你以为这饯行是好话吗？在我们的规矩，要这人的性命便说替这人饯行。"（第九回）原来，甘二娭馳为确保这个家庭的秘密，只得下狠心把唯一的孙女及孙女婿除掉。届时，甘家部署了一道又一道的障碍,小夫妻一关一关地往外闯,最后靠了昆仑派掌门吕宣良的帮助,才过了甘二娭毑的一关。整个故事神秘、新奇,而又合情合理。需要指出的是,由于向恺然和江湖人物多有来往,对于江湖社会持欣赏的态度,故此,他笔下的江湖世界令人觉得新奇有趣甚至野蛮,但是并不恐怖。这也是民国武侠小说共同的特点。

《江湖奇侠传》的总体风格,是以写实为主,真幻结合,许多情节令读者读来既感新奇,也觉得可信。例如,小说写吕宣良驯养的两只老鹰就很有特色。这两只老鹰既有善解人意的一面,又有不通人性的一面。它们在作品中第一次出现,是在黑茅峰用翅膀打磨山石,实际上是用石头练功。老鹰生性勇猛,桀骜不驯,是人所皆知的;但让它们如此自觉地练功,则是不可能的。小说还写两只鹰完全听得懂吕宣良的话。吕宣良带着它们游遍天下名山,野宿时它们轮流守卫,使毒蛇猛兽不得靠近,这又近乎是真的。第四回写在吕宣良和崆峒派名宿董禄堂的较量中,两只老鹰替主人狠狠地教训了狂妄自大的董禄堂,更说明了它们的神奇。最为有趣的,还是两只老鹰借送信之机,偷吃云麓宫梅花道人熏腊的事:

> (吕宣良道):“这两只东西的食量太大。吃饱了又懒惰得很,并且不能惯了它。他若今日在这里吃了个十分饱,便时常想到这里来。云麓宫的梅花道人就被这两只东西拖累得不浅。猎户送梅花道人的两条腊鹿腿,被这两只东西偷吃了。一只腊麂子,几副腊猪肠肚,也陆续被两只东西偷吃了。若不是看出爪印来,还疑心是云麓宫的火工道人偷吃了呢!”笑道人问道:“他们背着你老人家,私去云麓宫偷吃的吗?”吕宣良摇头说道:“那却还没有这们大的胆量。如果敢背着我,私去那里偷盗,还了得吗?那我早已重办他们了。几次都是我教他去云麓宫送信,梅花道人不曾犒赏他们,他们便干出这种没行止的事来。但是也只怪梅花道人,初次不该惯了他们。因我初次到梅花道人那里,梅花道人拿了些熏腊东西给他们吃了,就吃甜了嘴……得了派他们去云麓宫的差使,直喜欢得乱蹦乱舞起来。谁知他们早存心想去云麓宫讨熏腊吃。”　　　　(第四回)

吃甜了嘴便想偷吃,吃饱了便懒惰,确是动物的特性。早存了心要偷吃,而且知道寻找机会偷吃,又似乎是动物所不可能懂得的。故事奇异又可信,妙趣横生。后来的武侠小说中有很多写到鹰,大概是受了这一启发。

《江湖奇侠传》中人物形象的塑造,和传统小说相比,也有较大的突破。由于我国封建伦理道德观念对人们思想意识的钳制过于严酷,在传统小说中的人物形象身上,政治负荷、道德负荷都比较沉重,使得人物形象的塑造总有一些难以突破的框架。《江湖奇侠传》中的人物塑造,则能大胆展现人物自身的特点。例如,红姑的特点是性喜穿红:"自顶至踵,火炭一般地统红,也不知是甚么材料制成的衣服,红的照人眼睛发花。头脸都蒙着红的,仅露出两眼和鼻子、口来。满身红飘带,长长短短,足有二三百条,都拖在地下。"(第二回)这种打扮本身就怪诞。而红姑的穿红,并不是在成为女侠之后,而是从来如此。尤其是她的丈夫去世以后,她依然穿红,这就有点惊世骇俗的意味了。又如,甘瘤子一家是颇为正气的独脚大盗。但作者并没有用常人的道德标准去规范他们的言行,只写他们安良除暴,而是相当具体详细地描写了他们在甘联珠夫妻要求离家出走时所表现出的残忍。再有,传统小说中最后成大器的人,往往自幼便有超人的智慧,或者是武力过人,而《江湖奇侠传》中后来成为大侠的柳迟,却是个丑而笨的孩子。他只有一个喜好,就是爱和乞丐为伍。这恰恰给了他一个习武的契机,使他结识了乞丐出身的大侠——笑道人。小说所塑造的人物光怪陆离,无奇不有,令读者感到新奇。但联系这些人所处的特殊的环境,又觉得这样的人物的存在是可信的。此外,《江湖奇侠传》的人物肖像描写,也颇具特色。例如第一回写柳迟相貌的丑怪:"两眉浓厚如扫帚,眉心相接,望去竟像一个'一'字。两眼深陷,睫毛上下相交,……两颧比常人特别的高,颧骨从两眼角插向太阳穴。口大唇薄,张开和鳜鱼相似。脸色黄中透青。他又喜欢号哭,哭时张开那鳜鱼般的嘴,谁也见着害怕。"作者将这样一副相貌给了他笔下的正面人物,已经令人感到新奇。而昆仑派的大侠朱镇岳看见柳迟时,竟点头笑道:"这个小孩的骨骼气宇,都好到十分。"这不仅打破了脸谱化的写法,而且富有机趣。

《江湖奇侠传》缺点是结构松散、无章法。原因有两个:一是这部小说重在写江湖上的趣闻逸事,而这些事件本身就没有内在联系;二是因为这部小说是在杂志上连载的,写一回,登一回,小说家写作时难以前后照应。此外,《江湖奇侠传》以情节的神秘、诡异取胜,缺少凝重深厚的意蕴,初读时饶有兴趣,读后便兴味索然,没有回味的余地。这都影响了作品的美学价值。

《江湖奇侠传》在下层社会引起的轰动,是今天的读者所无法想象的。茅盾回忆据《江湖奇侠传》改编的电影《火烧红莲寺》上映的情况时说:"《火烧红莲寺》对于小市民层的魔力之大,只要你一到那开映这影片的影戏院内就可以看到。叫好,拍掌,在那些影戏院里是不禁的。从头到尾,你是在狂热的包围中。而每逢影片中剑侠放飞剑互相斗争的时候,看客们的狂呼就同作战一般,他们为红姑的飞降而喝彩,并不是因为那红姑是女明星胡蝶所扮演,而是因为那红姑是一个女剑侠,是《火烧红莲寺》的主要人物;他们对于影片的批评从来不会是某某明星扮演的某某角色的表情那样好那样坏,他们是批评昆仑派如何,崆峒派如何! 在他们,影戏不复是戏,而是真实。如果说国产影片而有对于广大的群众感情起作用的,那就得首推《火烧红莲寺》了。从银幕上的《火烧红莲寺》,又成为连环图画小说的《火烧红莲寺》,实在是简陋得多了,可是那风魔人心的效力依然不灭。"①

应该承认,民国的武侠小说产生的年代比较晚,《江湖奇侠传》介于古代小说与现代小说之间。笔者考虑到,因为《水浒传》招安结局的影响,导致了明清英雄传奇小说中描写江湖盗侠作品的缺失,而由于政治功利主义的影响,现代小说研究也极少涉及这类作品,为了能勾画出由英雄传奇小说到民国的武侠小说的演变,故将《江湖奇侠传》列入本书的研究范畴。

---

① 魏绍昌编:《鸳鸯蝴蝶派研究资料》上卷,第48页,上海:上海文艺出版社,1984。

第六章
神怪小说的代表作《西游记》

我国神怪小说的创作源远流长:从《山海经》《搜神记》《太平御览》,到《西游记》《封神演义》《聊斋志异》等,都是读者喜爱的作品。这些作品为读者提供了大量想象丰富、生动离奇的故事,并以其独特的风貌,成为我国小说艺术殿堂里的一个重要流派。

第一节 志怪小说与神魔小说

本书所说的神怪小说,指以描写仙灵鬼神为主的长篇白话小说,其他小说中穿插神怪故事的不在其列。仔细考察,这里面又分为两类,即鲁迅所说的神魔小说与志怪小说。

志怪小说,一般指称魏晋时期出现的直名"志怪"的书,如《孔氏志怪》《徐氏志怪》等,也指汉魏六朝与志人小说相对的小说,如《搜神记》。而鲁迅所说的志怪,非专指此。他将上古时期的神话传说、六朝志怪书,以及后来释、道的辅教之作都称为"志怪之作"。① 神魔小说，则指受道流羽客影响，流传于闾巷间的神怪故事。

志怪小说与神魔小说有相同之处。

首先，它们都是有神论的产物。用今天的眼光看，宗教迷信不符合科学，不值得信奉。但是，有神论的迷信时代是客观存在的，并且是人类社会发展的一个环节。不仅中国如此，世界各国也都如此。我们并不是说，神怪小说的作者个个是有神论者，更不是说神怪小说中没有单纯地把超现实描写作为一种艺术手段的作品，但从总体上看，神怪小说的产生离不开宗教信仰这个大气候。《西游记》的作者，尽管已经在自觉地虚构故事，但作品自觉不自觉地宣扬了三教合一的思想，这里面自然也有一个宗教信仰的问题。《聊斋志异》的作者蒲松龄是不是相信鬼神，不易判定，但从这部小说的创作情况看，它也离不开有神论的土壤。蒲松龄自称："才非干宝，雅爱搜神；情类黄州，喜人谈鬼。闻则命笔，遂以成编。久之，四方同人，又以邮筒相寄，……所积益伙。"(《聊斋自志》)至今，他的家乡还流传他在村边大道上自备茶水，招引四方过客谈神说鬼的故事。试想，如果是今天，再好的茶水，恐怕也引不来如此之多的鬼怪故事。同样的原因，绚丽多姿的古希腊神话也只能产生于上古时期，而不是自然科学迅猛发展的今天。如今，即便是个别人尚有创作神怪小说的兴趣，但从整体上看，这类小说的创作成不了多大气候。

其次，神怪小说创作又都离不开人们的想象力。尽管有的小说的作者相信鬼神，强调自己所写神怪故事的真实性，但鬼神毕竟不存在，其作品的内容只能出于虚构，出于想象。而且，作品艺术成就的高低，在很大程度上决定于小说作家想象力丰富的程度。当然，神怪小说的艺术想象，离不开有神论的本体。如果完全失去了对于鬼神的信仰，不仅激发不起谈神说鬼的热情，即便勉强去写，也会因为想象的不着边际而告失败。

总之，有神论的信仰，丰富的想象力，是志怪小说与神魔小说的共同基础，也是其赖以存在的土壤。

---

① 《鲁迅全集》第 9 卷，《中国小说史略》第二篇《神话与传说》，第六篇《六朝之鬼神志怪书》，北京：人民文学出版社，1981。

　　志怪小说与神魔小说又有着明显的不同,这主要表现在如下三个方面:

　　首先,志怪小说侧重于表现对鬼神的信奉,而神魔小说则侧重于满足人们好奇尚异的审美需求。

　　最早的志怪小说是上古神话。而上古神话的产生,又是我国有神论的起点。鲁迅说过:"昔者初民,见天地万物,变异不常,其诸现象,又出于人力所能以上,则自造众说以解释之:凡所解释,今谓之神话。神话大抵以一'神格'为中枢,又推演为叙说,而于所叙说之神,之事,又从而信仰敬畏之,于是歌颂其威灵,致美于坛庙……"①也就是说,最初的迷信鬼神,是基于人们对自然、社会认识上的局限。人们对一些自然现象无法做出科学的解释,遂将天地开辟、人类起源,以及一些不能解释的自然现象,都归于神的意志。故鲁迅又称神话为"宗教之萌芽"。秦汉以后,道教的兴起,佛教的传入,更加深了人们有神论的信念。人们对神佛的信仰又掺入了特殊的心理期待:对生的留恋和对死的恐惧,使人们对长生不老的神仙心怀艳羡;对生存环境的不满,使人产生出世的想法;弱者出于心灵慰藉的需要,期望神灵鉴察,善恶报应。所以,汉魏时期的志怪小说格外多。道教的辅教之作有刘向的《列仙传》、葛洪的《神仙传》,佛教的辅教之作有刘义庆的《宣验记》、荀氏的《冤魂志》。此外,记载怪异现象的有干宝的《搜神记》、魏文帝的《列异传》等等。严格地说,这类志怪之作,不是真正的艺术创作,而是原始之民对自然世界的认识,以及相信宗教迷信的人对怪异现象的记录。《搜神记》所写的神怪故事,今天看来大多出于虚构。但作者干宝在这部书的序中,一本正经地谈他这部书的内容会不会失真,以及如何对待失真的问题:"今之所集,设有承于前载者,则非余之罪也。若使采访近世之事,苟有虚错,愿与先贤前儒分其讥谤。"这里,作者尽管没有把握说他所记载的全部是真事,但他把内容的"虚错"看作是罪过,并认为出现差错应该受讥谤。显然,这些怪异故事都是被他当作真事记录下来的。例如,《女化蚕》一则,写蚕是马皮裹女子之身所化。事固荒诞不经,但是作者一本正经地引用《天官》《蚕书》《周礼》中的话

---

①《鲁迅全集》第9卷,第17页,北京:人民文学出版社,1981。

进行考证。这类考证自然牵强附会,却说明作者对他所写的内容深信不疑。所以鲁迅说:"六朝人并非有意作小说,因为他们看鬼事和人事,是一样的,统当作事实。"①

神魔小说则源于民间,诚如鲁迅所云:"凡所敷叙,又非宋以来道士造作之谈,但为人民闾巷间意。"②这类小说不是阐发宗教信仰,而是讲述神奇故事。既为故事,其着眼点就在于奇和趣。也就是说,作者将描写怪异之事作为一种审美趣味,而自觉地进行虚构。洪迈在《夷坚支丁·序》中说:"稗官小说家言,不必信。"作者已经声明自己是在虚构故事。宋代话本中的烟粉、灵怪、神仙、妖术类,讲述的都是神怪故事。这些故事是否出于自觉的虚构,作者没有明说。但其作者都是书会才人或说书艺人,他们创作故事,主要考虑的是如何博得好奇尚异的市民读者的喜爱,而不是出于宣传宗教信仰。可以想见,他们创作故事时,会尽量发挥自己的想象力,把故事写得奇异有趣,而不会担心故事是否失真。《西游记》写的是取经故事。但对于读者来说,读后印象最深的是孙悟空、猪八戒这样具有喜剧色彩的人物,是妙趣横生的降妖伏魔的故事,而对经文本身却不太在意。这说明作者的创作主旨是追求一种奇幻、诙谐的艺术美,并不是向人们宣讲佛经。《聊斋志异》的创作,则更能说明这个问题。《聊斋志异》卷五之《狐梦》,写的是蒲松龄的朋友毕怡庵与狐女相爱的故事。小说的篇末还煞有介事地说:"康熙二十一年腊月十九日,毕子与余抵足绰然堂,细述其异。"当事人亲口述说自己经历过的事,似乎是千真万确的。然而,毕怡庵果真会向蒲松龄讲述这个故事吗?应该不会。因为人与狐的爱情故事,人们爱看、爱听,却不愿去充当其中的角色。况且,故事中多处对毕怡庵的长相加以调侃,如"多髭郎,刺破小吻","肥膝耐坐"等,毕再傻,也不会编故事拿自己开涮。尤其是故事的最后,狐女说道:"曩有姊行,与君家叔兄,临别已产二女,今尚未醮"。而毕怡庵的叔兄,是蒲松龄坐馆的毕家的少东家,他有没有两个狐女所生的女儿,蒲松龄应该一清二楚。显然,这个故事的写作,绝不是为"发明神道之不诬",而是借狐鬼故事和朋友开玩笑。毫无疑问,这个故事纯属虚构。

---

①《鲁迅全集》第9卷,第311页,北京:人民文学出版社,1981。
②《鲁迅全集》第9卷,第154页,北京:人民文学出版社,1981。

其次,在艺术风格上,志怪小说大都初陈梗概,简陋粗糙;神魔小说则离奇生动,引人入胜。

志怪小说的作者把神灵鬼怪当做真事记载,而这些怪异故事又来自民间传闻。略识之无的民众无法把这类故事描述得细腻精致;文人记载这类传闻时,生怕失真,又不敢加进自己的想象。这极大地限制了作者的想象能力,致使这类小说粗陈梗概,并保留了民间传说粗糙、零乱、糅杂的特点,艺术成就都不是很高。而神魔小说则不然,小说家为了使得故事精彩,不仅不排斥虚构和想象,反而认为虚构得越离奇越好。袁于令在《西游记题辞》中说:"文不幻不文,幻不极不幻。"明确指出描述神怪的作品要幻,而且要极幻。作者署名杜陵男子的《蟫史序》中也说:"思不入于幻者,不足以穷物之变;说不极于诞者,不足以耸人之闻。"也是说,神怪小说要以虚构的形式"穷物之变",并取得惊险离奇的效果。显然,神魔小说是把谈神说鬼作为一种审美手段,靠丰富的想象使得故事引人入胜。《西游记》中的天宫、地府、仙境、魔窟,都是作者想象的产物。他所构想的那个完整、瑰丽的神仙世界,被人们有条件地接受。以至于后来的神怪小说,如果创造的艺术境界与其不符,反会被认为是不真实的。

这里,我们还可以作一个有趣的比较:《搜神记》中有一则"狸婢",写一狐狸幻化的女子:

> 句容县麋村民黄审,于田中耕,有一妇人过其田,自塍上度。从东适下而复还。审初谓是人。日日如此,意甚怪之。审因问曰:"妇数从何来也?"妇人少住,但笑而不言,便去。审愈疑之,预以长镰,伺其还,未敢斫妇,但斫所随婢,妇化为狸,走去。视婢,乃狸尾耳。①

显然,故事的创作者村民黄审,没有能力把这个故事编织得精致有趣;而记述者干宝,害怕失真,又不敢对素材进行加工。他记载这个故事,特别交代了目击者的住址、姓名,以示其真;又完全以目击者的角度来写,不敢稍加发挥。所以故事写得粗糙、简略,情节基本没有展开。唐传奇《任氏传》则写了完整的人与狐女相恋的故事。狐女任氏的美丽

---

① 干宝:《搜神记》,第 173 页,北京:中华书局,1979。

善良,对情人的忠贞,都刻画得娓娓动人。《聊斋志异》则更是创作出
了大量狐精的故事,如婴宁、莲香、青凤、娇娜、小翠,故事委婉曲折,人
物形象也非常鲜明,有很强的艺术感染力。显然,作者描述这些故事
时进行了大胆的虚构。纪晓岚批评《聊斋志异》说:"《聊斋志异》盛行
一时,然才子之笔,非著书者之笔也。……小说既述见闻,即属叙事,
不比戏场关目,随意装点。……今燕昵之词,媟狎之态,细微曲折,摹
绘如生。使出自言,似无此理;使出作者代言,则何从而闻见之?"①纪
氏因《聊斋志异》写得"细微曲折,摹绘如生",责怪蒲松龄写了自己无
从闻见的事。而他所说的"著书者之笔"与"才子之笔",正道出了志怪
小说与神魔小说创作方法的根本区别。

再有,志怪小说注重记载奇闻轶事,辅教之作重在宣扬宗教教义,
而神魔小说则重在描写神魔争斗。这是因为,志怪小说、辅教之作不
是严格意义上的艺术创作。小说作者或者把奇异的故事当作真事记
载,或者宣传宗教思想。因此,这些创作不注重小说的故事性。神魔
小说讲述的是故事,故事情节要具备矛盾冲突。普通小说的情节冲突
往往表现为善与恶的矛盾,神怪故事的情节冲突则多为神佛与妖魔鬼
怪的矛盾。《西游记》写了孙悟空、猪八戒等在神仙佛祖的帮助下战胜
诸多的妖魔,终成正果。《封神演义》写支持周武王的阐教,与支持商
纣王的截教斗法,自然是阐教取得最后的胜利。《平妖传》以九天玄女
娘娘、蛋子和尚为正;武则天转世的王则与狐精幻化的永儿为邪,最后
也是正战胜邪。

正是由于神魔小说与志怪小说的这些不同,神魔小说的文学成就
普遍高于志怪小说。

本书用神怪小说涵盖所有描写神灵鬼怪的小说,但具体分析作品
时,仍把它分为志怪、神魔两类。由于本书研究的是章回小说,而章回
小说中没有像前期志怪小说那样单纯记载怪异之事的作品,只有辅教
的小说,故此,我们后面将神怪小说分为神魔小说和辅教之作两类。

---

① 转引自王汝梅、张羽《中国小说理论史》,第 5 页,杭州:浙江古籍出版社,2001。

第二节 《西游记》的成书过程

《西游记》是神魔小说的代表作,也是整个神怪小说成就最高的作品。研讨《西游记》的成书,我们会发现一个有趣的现象:这部奇幻诙谐的神魔小说,竟然是由一个真实的历史事件逐渐演变而成的。

唐僧取经的故事,是真人真事。唐贞观年间,26 岁的玄奘和尚与其他僧人想去佛教的发源地——天竺取经。他们结侣陈表,向朝廷提出申请,但未获批准。在这种情况下,玄奘一人偷越国境,历时十七年,往返数万里,取回佛经 657 部。玄奘西天取经这件事,在当时的朝野产生了极大的震撼。他回国后的第二年,在唐太宗的要求下,玄奘让他的门徒辩机把他往返的经历、见闻记载下来,写成《大唐西域记》一书,其内容是记述他国外游历的见闻。后来,他另外的门徒慧立、彦琮又写了一部书《大唐大慈恩寺三藏法师传》。此书虽仍以真人真事为主,但为了神化其宗师,已加入了一些神奇的内容。

宋代的《大唐三藏取经诗话》,已经脱离了实录而成为艺术想象的产物。第一,作品的主角,已由纯属虚构的"花果山紫云洞八万四千铜头铁额猕猴王"取代了唐僧。而这位猴王八百岁时曾因偷王母娘娘的仙桃受过惩罚。后来在取经途中,他得到大梵天王所赠的三件法宝,沿途降妖服怪。显然,他是孙悟空形象的雏形。第二,故事的重心,也由描述取经事件变为描写神魔之争。小说写猴王保护唐僧经狮子国、大蛇岭、鬼子母国、女儿国……并于火类坳灭白虎精,九龙池降服罍龙,情节惊险离奇。第三,唐僧取经路上所遇的艰难险阻,已被极度夸张,且具象为妖魔。《大唐大慈恩寺三藏法师传》中,多次写唐僧在沙漠中的跋涉之苦,还写到"长八百余里"的"沙河"。《诗话》则写成唐僧十世取经,九世为深沙神所害。这表明,取经路上的一些妖精是据地理险阻想象而成的。

元末明初杨景贤的杂剧《西游记》,共六本二十四出。情节与小说《西游记》更接近。在这本杂剧中,唐僧、孙悟空、猪八戒、沙僧、白龙马共同取经的故事已经定型。其中唐僧、沙僧、白龙马的出身与小说《西游记》大体相同。而孙悟空则是"花果山紫云洞"中的猴王"通天大圣",与《诗话》相近;猪八戒是摩利支天部下御车将军。剧中的孙悟空野性十足,他霸占了金鼎国公主为妻。为了讨好妻子,他"偷得王母仙桃百颗,仙衣一套"供夫人受用。由此,他被李天王率天兵天将捉拿,压在花果山下,后保护唐僧取经。过火焰山时,是他调戏铁扇公主导致她不肯借扇。过女儿国,他又被女王手下的女子纠缠得动了凡心。总之,这还是一个野性未驯的猴精,而不是《西游记》小说中的那个神通广大、超凡脱俗的英雄。再有,这部杂剧插科打诨之处颇多,与小说《西游记》幽默诙谐的喜剧风格相近。

元末明初,有一部《西游记平话》问世。可惜此书已佚。从保存在《永乐大典》(13)139卷中的"梦斩泾河龙"和古代朝鲜汉语教科书《朴通事谚解》中的"车迟国斗圣"可知,这部平话中有许多故事和我们今天所见到的吴承恩的《西游记》基本相同。在民间传说和民间文学的基础上,产生了《西游记》这部神魔小说的杰作。

从《西游记》的成书过程可以看出:《西游记》是由宗教故事派生出来的,但不是辅教的作品。它是民间据玄奘取经过程所遇到的艰难险阻加以丰富想象的产物。在当时交通极为困难的情况下,玄奘能够只身出国,取回佛经,在人们看来是神奇的、不同凡响的事。所以,取经故事在民间流传时,想象的成分越来越多,神奇色彩越来越浓厚。渐渐地,唐僧沿途所遇到的艰难险阻被极度夸张并具象为妖魔鬼怪。妖魔鬼怪太厉害,凡夫俗子的唐僧应付不了,于是人们又为他设计了神通广大的徒弟保护他。再后来,取经事业被淡化,取经途中的降妖伏魔成为故事的重心;玄奘法师的徒弟——纯属虚构的孙悟空也喧宾夺主地成为作品描写的主角。还要指出的是,普通百姓对释、道两家的渊源、体系区分得不是很清楚。为了故事的热闹神奇,他们把佛家、道家的神祇、仙人都请了出来,充当故事中的角色,形成了取经故事内容驳杂的特点。

《西游记》的作者,一般认为是吴承恩。吴承恩(约1500—约1582),字汝忠,号射阳居士,淮安山阳(今江苏淮安)人。他的一生,有这样两点值得我们注意。首先,他出身低微,屡试不第,六十多岁当了长兴县丞,不久便因为"耻折腰,遂拂袖而归"。这种经历使得他对当时的社会现实不满，持玩世不恭的态度。其次，他自幼就好收集奇闻，"殆致仕，旁搜曲致，几贮满胸中"（《禹鼎志》序）。这对于他创作《西游记》产生了重要影响。

现存《西游记》最早的版本，为万历二十年金陵世德堂本，共二十卷一百回。

第三节　玩世主义的游戏之作

自《西游记》问世后，它的思想意蕴一直众说纷纭。有人统计了一下，约有二十余种。而在这个问题上，胡适与鲁迅的观点大体相同。

胡适说："《西游记》被这三四百年来的无数道士和尚秀才弄坏了。道士说，这部书是一部金丹妙诀。和尚说，这部书是禅门心法。秀才说，这部书是一部正心诚意的理学书。这些解说都是《西游记》的大仇敌。"还说："《西游记》至多不过是一部很有趣味的滑稽小说、神话小说。它并没有什么微妙的意思，它至多不过有一点爱骂人的玩世主义。这点玩世主义也是很明白的，它并不隐藏，我们也不用探求。"[1]鲁迅说："说到这部书的宗旨，则有人说是劝学；有人说是谈禅；有人说是讲道；议论很纷纷。但据我看来，实不过出于作者之游戏，只因为他受了三教同源的影响，所以释迦，老君，观音，真性，元神之类，无所不有，使无论什么教徒，皆可随宜附会而已。"[2]

显然，两人都反对说《西游记》的主旨是什么谈禅讲道、修身养性之类，也都认为《西游记》把"趣"作为最主要的审美追求，并不刻意说明什么问题，因此也不必探求什么微言大义。鲁迅还指出，之所以会有人会把这部小说和佛、道、理学联系起来，是因为书中有释迦、老君、观音、真性、元神之类的内容，容易使各类人穿凿附会。

笔者非常赞同胡适、鲁迅的观点，也认为《西游记》是带有玩世主义的游戏之作。

---

① 《胡适论中国古典小说》，第 314 页，武汉：长江文艺出版社，1987。
② 《鲁迅全集》第 9 卷，第 328 页，北京：人民文学出版社，1981。

探讨《西游记》的审美意蕴，必须考虑到小说所写的题材和该题材在民间流传过程中的演变。前文已经说过，《西游记》取材于取经故事，所以此书必定以取经故事作为间架。书中的主角孙悟空，在大闹天空之后必定皈依佛门，保护唐僧西天取经；行文中也难免穿插一些经文、梵语。而取经故事在民间流传过程中，又把释、道掺和在一起。故此，《西游记》又难免掺杂一些神仙道化之类的内容。

然而，通读全书，我们就不难发现，《西游记》所描写的故事，与题材、间架是有矛盾的；书中的议论和诗词、曲调、偈文之类，与主要的艺术形象、基本情节所体现的意义也是有矛盾的。诚如袁世硕先生所说：《西游记》"最基本的特征"，是存在着"整体与细部，说教与细节描写的矛盾、不和谐"。① 判定小说的思想底蕴，不能只看它用了哪些词语，更应该看它写了什么样的故事，对于故事型小说来说尤其如此。

《西游记》写的是取经故事，但从具体的情节来看，小说并没有讴歌佛祖，也没有赞颂佛教教义，相反，对它们都持调侃态度。比如，佛教讲求酒色财气四大皆空，《西游记》中的佛祖如来却是商人模样。他的经书不用来普度众生，而拿来卖钱。唐僧历尽千难万险来到西天，他却纵容手下的二尊者阿傩、迦叶向他们索取"人事"，否则便不给真经。民间都说菩萨大慈大悲，《西游记》中的却不是这样。乌鸡国国王好善斋僧，如来派文殊菩萨度国王成仙。当文殊菩萨变做凡僧的模样，说了些不中听的话来考验国王时，国王没有经得住考验，把他捆起来放到御水河里泡了三日三夜。而他竟然派自己的坐骑青毛狮子化作妖道，将国王推进井中淹死三年，报复心比常人还要狠毒。此外，观音菩萨荷花池里的金鱼下界，每年要吃一对童男童女。她先是失察，发现后也只是把金鱼捉回而已，并未对被吃的童男童女表示同情。故此，《西游记》并没有对佛祖表现出诚惶诚恐、顶礼膜拜的态度；相反，它让孙悟空直呼佛祖为"如来"，说他是"妖精的外甥"②，诅咒观音菩萨"言语不的，该她一世无夫"（第三十五回），竟然拿佛祖、菩萨开涮。

《西游记》还有许多与佛教教义相背逆的内容，这主要表现在孙悟

---

① 袁世硕：《文学史学的明清小说研究·自序》，第 3 页，天津：天津教育出版社，2008。
② 《西游记》下，第 976 页，济南：齐鲁书社，1980。其后该引文均据此本，仅在行中标明回数。

空与唐僧的矛盾中。整部《西游记》中，唐僧堪称遵奉佛教教义的典范：不贪财，不好色，大慈大悲。然而，在取经人中又数他不明事理，数他窝囊。他人妖颠倒，善恶不分，对妖精一味讲慈悲。当妖精要吃他的时候，他口口声声叫"徒弟救我"，但孙悟空一旦打死了妖精，他又嫌孙悟空杀生，念紧箍咒惩罚悟空。他也最没有骨气，被妖精捉住，往往吓得魂飞魄散，哭哭啼啼，乃至跪地求饶，被悟空斥为"脓包形"。他还辜恩背义，每当遇到磨难，都是孙悟空舍生忘死地救他，然而在三个徒弟中，他对孙悟空情义最薄，三番五次赶走他。孙悟空为救他打死强盗，他却在死者面前祷告，要求他们到阎王殿告状时不要累及自己："他姓孙，我姓陈，各居异姓。冤有头，债有主，且莫告我取经僧人。"（第五十六回）凡读过《西游记》的，大都不喜欢唐僧其人，而喜欢是非分明、疾恶如仇的孙悟空。应该说，《西游记》对唐僧的贬斥，在某种意义上也是对无是无非、一味讲求慈悲的佛教教义的不满。

对于道教，《西游记》嘲讽得更多。民间传说中，天宫是极为庄严神圣的地方，玉帝是人类万物的主宰。《西游记》中的天宫与民间的朝廷没有什么两样：玉帝昏庸、轻贤，天兵天将外强中干，一个石猴竟然把天宫搅得一团糟。人们总是希望神仙为自己消灾免祸，玉皇大帝却动辄给下界降灾：凤仙郡郡守因夫妻相斗，不小心推倒斋天的贡品，贡品被狗吃掉，玉帝竟然让全郡大旱三年，"十门九户俱啼哭，三停饿死二停人"（第八十七回）。仅仅为了维护自己的面子，竟不惜生灵涂炭。都说神仙超凡脱俗，太上老君却非常吝啬。孙悟空为救乌鸡国的国王，向他讨仙丹，起初他一粒也不肯给。后来因怕孙悟空"手脚不稳"，将他的仙丹偷个罄尽，才勉强给了一粒，被孙悟空斥为"小家子样"。此外，道与魔也有着千丝万缕的联系。妖精经常变成道士的模样，车迟国的三个法师、黄花观的道士、女儿国落胎泉的如意真人，都是妖精所变；神仙的随从伴当又常常化作妖精，金角大王、银角大王是太上老君的炼丹的童子，九曲盘桓洞里的狮子精是太乙真人豢养的狮子，蛊惑比丘国王以一千一百一十一个小儿的心肝做药引子的道人，是寿星老儿的坐骑白鹿；而陷空山无底洞的老鼠精，竟然是托塔李天王的干女儿。这就完全去掉了神仙头上的庄严神圣的光环，把天宫仙境写成乱糟糟的世俗社会。孙悟空对各路神仙更是不客气，大闹天宫时他提出"皇帝轮流做，明年到我家"的口号；为了变做三清像吃供品，他把原来的三清像丢进茅厕，让他们做"受臭气的天尊"。他还经常命山神土地"伸过孤拐来，各打五棍见面，与老孙散散心"。(第十五回)因此，山神土地无不惧怕他。第七十二回写孙悟空向土地打听盘丝洞妖精的底细：

> 即捻一个诀，念一个咒，拘得个土地老儿在庙里似推磨的一般乱转。土地婆儿道："老儿，你转怎的？好道是羊儿风发了。"土地道："你不知，你不知，有一个齐天大圣来了。我不曾接他，他那里拘我哩。"婆儿道："你去见他便了，却如何在这里打转？"土地道："若去见他，他那里棍子好不重。他管你好歹就打哩。"

长期被民间供奉的土地爷，见孙悟空比老鼠见猫还怕，神灵的威严荡然无存。我们读了这类故事，只觉得它有趣、好笑，有谁会因为读了它而尊崇神佛？

《西游记》对人间国度也持调侃态度。小说所写的人间国度，有明王朝的投影。吴承恩的一生，经历过明武宗、世宗两代，而这又是明代政治非常腐败的时代。武宗好色成性，经常出外玩弄女人，是个公开的淫滥之徒；世宗则多纳嫔妃，史料记载，明世宗共纳嫔妃三十三人，居明代各帝王之冠。酒色过度，难免身体虚弱。因此，明世宗又命道士为他炼丹，以延年益寿。据明沈德符《万历野获编》记载，女孩儿的经血、小儿降生未啼时的口中血，都是他们炼丹的材料。上行未免下效，福建抽税太监高某，听人说食小儿脑千余，可使他恢复常人的身躯，于是遍买童稚潜杀之，愚昧之极，残酷之极。明世宗另一特点是灭僧兴道。世宗本身是个道士皇帝，自称"大真人玄都境万寿帝君"。他还把许多道士封为真人，如邵元节为致一真人，陶仲文为秉一真人。他对这些真人们十分宠信，以至于道士的权势很大，成为当时一个特殊的社会阶层。与此同时，他又排斥佛教，下令毁掉许多佛殿、佛像，禁止人们剃发为僧，还勒令僧侣还俗。

《西游记》中对几个人间国度的描写，对上述现象有所折射。比丘国的国王宠爱妖道所献的"美后"，色欲伤身。妖道为他配药，要一千一百一十一个小儿的心肝做药引子。车迟国国王也因道士求雨灵验，且能"抟砂炼汞，打坐存神……祈君王万年不老"，将三个妖道封为国师，对他们言听计从。又因和尚求雨不灵，"拆了他的山门，毁了他的佛像，追了他的度牒，不放他还乡"，并让他们"与道士佣工，做奴婢使唤"，结果两千多僧人被折磨死一千五百多人。灭法国国王"无端造罪"，许下一个"罗天大愿"，要杀一万个和尚。两年来杀了九千九百九十六个无名的和尚，还要等四个有名的和尚杀了凑数。朱紫国国王，重情欲、轻社稷。因"美貌娇姿"的金圣宫娘娘被妖精摄去，"切切思思，无日无夜"，病入膏肓。当孙悟空许诺要降服妖精，救回娘娘时，他立刻跪在悟空面前，说："若救得朕后，朕愿领三宫九嫔，出城为民，将一国江山，尽付神僧，让你为帝。"连猪八戒都呵呵大笑，说："这皇帝失了体统，怎么为老婆就不要江山，跪着和尚？"对于今天的人来说，重情爱算不上是什么过失，但对当时的国君来说，重色无疑是失德之举。作品中对这些国王还算客气：只除掉他们身边的妖精，并不累及他们自身，原因是这些人"不是怪物妖精，还是一国人身"。但作者对这些国王同样进行了辛辣的嘲讽。朱紫国国王为了美人不顾江山，孙悟空用锅灰、马尿配药丸给他治病，而白龙马的尿还不肯"在此尘俗之地轻抛"。就是说，这样昏乱的国王，连马尿也不配吃。灭法国的国王杀害和尚，孙悟空施法术将国王本人、三宫六院、文武大臣都剃成秃头，成了一窝儿的和尚。显然，这些国王也是小说拿来开涮的材料。

作者对他心目中的英雄——孙悟空，也持调侃态度。孙悟空神通广大、生性好强，却常常因不体面的相貌被人小觑。他向宝象国公主显示自己能降服黄袍怪时，公主却不相信："昨者你两个师弟，那样好汉，也不曾打得过我黄袍郎。你这般一个筋多骨少的瘦鬼，一似个螃蟹模样，骨头都长在外面，有甚本事，你敢说拿妖魔之话。"（第三十一回）由此，他不得不再三地要人家不要以貌取人。他是那样看重"名头"，经常哄那些不通人情的妖精叫他"外公"，和妖精周旋时喜欢变成他们的父亲、母亲，有时也会变成妻子耍弄他们，处处要"占上风"。然而，在平顶山他要骗取金角大王、银角大王干娘的"晃金绳"时，他却一再落下风。他无法变做老妖的长辈，似乎她也没有丈夫，只得变成金角大王派去接她的小妖，向老妖婆行礼。为此，他难为得在二门外捂着脸，脱脱地哭："一卷经能值几何？今日却叫我去拜此怪。"当他硬着头皮跪拜老妖时，偏偏老妖异常和蔼地说："我儿，起来。"这使他更为难堪，暗道："好！好！好！叫得结实。"老妖启程，又命他前面开路。他"暗想道：'可是晦气，经倒不曾取得，且来替他做皂隶'，却又不敢抵强，只得向前引路，大四声喝起。"等骗到宝贝，打死老妖一看，更令他无地自容，原来老妖是他最看不起的九尾狐狸精。于是他指着狐狸精的尸体大骂："造孽畜！叫甚么老奶奶，你叫老奶奶，就该称老孙做上太祖公公是"，才算找回了脸面。（以上第三十四回）让这个争强好胜的猴王出尽洋相，也使得这场争斗写得妙趣横生。

至于猪八戒、各式各样的妖魔鬼怪，则更是小说戏弄、嘲讽的对象。

总之，《西游记》的作者风趣诙谐，他笔下的佛祖、神仙、英雄、魔鬼，都是他调侃的对象。这使得《西游记》具有一种"极浅极明白的滑稽意味和玩世精神"①。作者之意，不在于说明什么理念，而是描写有趣的故事。诚如鲁迅所云：《西游记》作者的"本领"，在于能够让读者读了小说后"无所容心"，"但觉好玩"，"忘怀得失，独存赏鉴"。②《水浒传》《金瓶梅》《红楼梦》等作品，都会因为读者自身观念的不同而对其褒贬不一。而《西游记》则不同，不管读者在观念、学养、经历、年龄方面有如何巨大的差别，都不影响他们对作品内容的认可。

第四节　奇幻诙谐的描写艺术

在神魔小说中，《西游记》无疑是最受广大读者喜爱的作品。这种艺术效果的取得，主要靠奇幻和诙谐。

《西游记》最重要的特色，首先在于它的奇幻。作者以其诡奇的想象，极度的夸张，创造了一个光怪陆离、多姿多彩的神仙世界。天曹、地府、龙宫、魔窟，无不出于他的笔端；佛祖、观音、玉帝、神仙、天兵天将、禽精兽怪、花妖木魅，更是应有尽有，令人目不暇接。而作者对超现实世界的描写，又不脱离人们的生活体验，给人的印象是既幻且真。

---

① 《胡适论中国古典小说》，第314页，武汉：长江文艺出版社，1987。
② 《鲁迅全集》第9卷，第328页，北京：人民文学出版社，1981。

先从艺术形象上看，《西游记》中最受人喜爱的形象是孙悟空和猪八戒。这两个形象体现了物性、人性、神性的完美统一。孙悟空是猴，他不仅有猴子的相貌，还有猴子机灵、好动、急躁的特点；猪八戒是猪，除了猪的相貌、体态之外，还有猪的蠢笨、懒惰、贪吃贪睡。这是其物性。小说写他们的神性和他们的物性十分协调。猴子爱翻跟头，所以孙悟空驾的是筋斗云。由于他的尾巴长，所以变化时尾巴常常无处安放：变庙宇只好把尾巴变作旗杆立在后面；变成金角大王的母亲，一弯腰又露出了猴尾巴。猪八戒是头猪，他的神通与孙悟空相差甚远，变化功能也只有孙悟空的一半。他会变胖大和尚、黑大汉，变小巧玲珑的就变不像。过通天河时孙悟空要他变成小巧俊秀的童女一秤金，他变来变去只是一个又黑又胖的丫头，与他猪的体态和笨拙的特点一致。写他们的人性，又和他们的物性、神性一致。因为猴子的活泼、好动、机灵，与人机智、乐观、争强好胜的性格相近，所以作者又把人的机智勇敢、积极乐观的特点加到孙悟空身上，外加一些人的好名头、喜嘲谑的特点，使得孙悟空的形象丰满奇幻而又真实。同样，由于猪的贪吃嗜睡、行动蠢笨等习性与人的憨直愚昧、力大身沉的性格相近，所以又把这种人性加到猪八戒身上，外加一些人的自私、好色、好耍小聪明的特点，形成了猪八戒的喜剧性格。其他形象也是这样：琵琶洞里的蝎子精，最厉害的武器是尾上的钩子，叫"倒马毒"。争斗时往往"将身一纵，使出个倒马毒桩"，蛰人的头顶，只有本相是大公鸡的昴日星官才能降服她。盘丝洞里的蜘蛛精，"作出法来，脐孔中骨都都冒出丝绳，瞒天搭了个大丝篷"，把人罩在当中。她们还有干儿子，是她们用蛛网捉到的蜜蜂、蚂蜂、蠦蜂、斑蝥、牛蜢、抹蜡、蜻蜓。总之，妖魔变化多端，但总不脱离它们的物性。这种巧妙的艺术构思，表现了作者对生活观察的细致入微，以及其想象力的丰富，也使得他笔下的艺术形象既奇幻，又给人以真实感。

《西游记》的情节，也是真幻交织，引人入胜。小说中的许多故事在现实社会中是没有的，但读者读来不感到虚假无聊，而觉其亲切有味。这种艺术效果的取得，首先是因为小说所描写的故事是虚幻的，而通过这些故事反映出来的问题却是现实的。例如，闹天宫、偷吃人参果、借芭蕉扇等，是作者虚构的。但闹天宫是因为玉帝轻贤，吃人参果是为了益寿延年,借芭蕉扇是为了灭火。轻贤、长寿、消除自然灾害,则是人们生活中实实在在的问题。其次,《西游记》故事情节尽管离奇,却不脱离人们的想象。例如,女儿国全为女人,她们繁衍后代就成了问题。作者为此设置了"子母河",饮水便可受孕。当唐僧诸人出现在国人的面前时,女儿国的女子们不禁欢呼雀跃"人种来了",视觉新奇别致,亦觉合情合理。再如,孙悟空与小妖赌宝贝,说他的葫芦可以装天。天被装进葫芦,是人们难以想象的。作者没有难为读者,让哪吒用一面皂旗遮住日月星辰,算是装了天。那种漆黑一片的场景谁都能想象出来,给人一种真实感。

《西游记》故事的幻中有真,还表现在作者把现实社会的人情世态,加在超现实的艺术形象身上,使得"神魔皆有人情,精魅亦通事故"①。黄袍怪对百花羞恩爱有加,言听计从。当猪八戒、沙僧来救百花羞回国时,他猜到这是百花羞寄书信透漏了消息,"轮开一只簸箕大小的蓝靛手,抓住那金枝玉叶的发万根",来找沙僧质证。当沙僧编了一篇谎话,为百花羞开脱后,他"双手抱起公主道:'我一时粗鲁,多有冲撞,莫怪,莫怪。'遂与他挽了青丝,扶上宝髻,软款温柔,怡颜悦色,撮哄着他进去了"。这很像是人间小夫妻的口角、争闹。相反,牛魔王则喜新厌旧,拜倒在美貌多姿的玉面狐狸的石榴裙下,丢得发妻铁扇公主孤寂凄凉。铁扇公主在假丈夫面前所表现的哀怨,玉面狐狸在真丈夫面前的撒娇含嗔,又把这一组"三角恋"写得穷神尽相。这,都使得《西游记》中的故事亦真亦幻,趣味盎然。

《西游记》的另一艺术特色是文笔诙谐,妙趣横生。

《西游记》幽默诙谐效果的取得,首先在于作者以玩世不恭的态度,对各路神仙进行调侃。神通广大的如来佛,竟然被金孔雀吞入肚里,这个至高无上的佛祖只得认了个妖精母亲,并成为与金孔雀一母所生的大鹏怪的外甥。三十三重离恨天,是传说中痴男怨女们住的一个凄美的、富有诗意的去处,《西游记》中却让一个非常务实的糟老头儿——太上老君住在这里。大闹天宫时,孙悟空被捉后被他放在八卦炉中炼了七七四十九天。五百年后他再一次见到孙悟空,竟向他絮絮

---

① 《鲁迅全集》第9卷,第165页,北京:人民文学出版社,1981。

叨叨地抱怨"炭也不知费了多少",活脱脱一个守财奴的形象。而取经的主角唐僧是金蝉子转世,又生得细皮嫩肉,取经途中成了妖精争食的一道小菜,给取经事业添了许多麻烦。这类描写,消解了神佛世界的肃穆庄严,平添了滑稽可笑的色调。

《西游记》幽默诙谐效果的取得,也在于孙悟空对妖精的戏谑。和银角大王较量时,孙悟空以猴毛变的假葫芦,置换了银角大王的真葫芦,又对银角大王说他的葫芦是雌的,自己的是雄的。当银角大王发现自己的葫芦不能装孙悟空时,不禁"跌脚捶胸",道:"天哪,只说世情不改变哩,这样个宝贝,也怕老公,雌见了雄,就不敢装了。"(第三十五回)妖精尽管凶狠,却也憨态可掬,使人解颐。

《西游记》谐谑效果的取得,还在于塑造了猪八戒这个文学史上罕有其匹的喜剧形象。他贪财、好色、自私、懒惰,是个一身毛病的取经人。他食肠大得惊人,遇到好吃的常常垂涎三尺,吃起东西来像是"磨砖砌的喉咙,着实又光又滑"。(第三十七回)他看见美貌女子就心痒难熬,丑态百出:前世当天蓬元帅时就因调戏嫦娥被罚下界,错投猪胎后他习性不改,在高老庄要强娶高小姐,取经路上一遇挫折就要回高老庄当女婿。四圣试禅心时,他不仅想让"三个姐姐"都归他,"连丈母娘也都要了"。孙悟空不屑于打化为美女的蜘蛛精,他就欢天喜地地和她们周旋。快到西天了,他还是扯住嫦娥道:"姐姐,我与你是旧相识,我和你耍子儿去也。"(第九十五回)他还爱耍小聪明,耍小聪明时却又更显其蠢笨。奉师父之命去巡山,却一头钻进草丛呼呼大睡;编一套最简单不过的谎话回去哄师父,还要对着石头演习半天。和妖精打斗他败多胜少,但琉璃井里背死人,荆棘岭披荆斩棘等脏活累活,又非他莫属。作品对他缺点的描写很有分寸:他的好色从未取得实质性的进展;他使乖弄巧又不失憨厚朴实。总之,这是一个逗乐的人物,一个极惹人喜爱的形象。

《西游记》的语言生动风趣。人物语言比较切合说话者的身份、特征。例如,第二十八回写黄袍怪手下的小妖发现了唐僧,这样向他的"大王"禀报:"外面是个和尚,团头大面,两耳垂肩,嫩刮刮的一身肉,细娇娇的一张皮,且是个好和尚。"这是个道行不高的小妖,他不知道衡量和尚好坏的标准在于他的修行,甚至也不知道吃唐僧肉可以长生不老。他看人，着眼点只在于吃，所以一看唐僧"嫩刮刮的一身肉，细娇娇的一张皮"，就断定"是个好和尚"。小说还常常涉笔成趣，通过人物对话，对一些世情世态进行嘲讽。猪八戒在金禅寺进餐时，吃相极不雅观。沙僧扯了他一把，说"斯文"。八戒贪吃，急得叫了起来："斯文，斯文，肚里空空。"沙僧笑道："二哥，你不晓得，天下多少斯文，若论起肚子里来，正替你我一般哩。"（第九十三回）信手拈来，对那些徒有虚名的文人学士进行了嘲讽。再如，孙悟空等在玉华府大吹其牛，收徒授艺，引出了狮子精与他们打斗。广目天王说："那厢因你欲为人师，所以惹出这一窝狮子来也。"（第九十回）寥寥数语，又对那些好为人师者进行了讽刺。《西游记》这种幽默诙谐的语言风格，也令人读来感到轻松愉快，妙趣横生。

《西游记》问世后，在社会上产生了广泛的影响，出现过一些续书，有佚名的《后西游记》《续西游记》《天女散花》，以及董说的《西游补》等。

《续西游记》一百回，写唐僧等人取经回东土的路上，孙悟空及暗中护法的灵虚子、比丘僧，与抢夺真经的妖魔争斗的故事。《后西游记》四十回，写唐僧取经二百多年后，花果山又生石猴，名小圣，依然神通广大。而当时的寺院主事依仗宪宗皇帝崇尚佛教，打着佛家的旗号为非作歹。小圣、猪一戒、沙弥辅佐唐半偈再往西天，以求真解。《天女散花》十二回，写唐僧将经卷送到长安后重返西天，向如来佛说明东土至西天的路上多有妖魔为非作歹。如来请来天女持十万八千朵仙花，"见妖魔剿灭警化，见善良散化消灾"。和诸多名著的续书一样，这些作品虽然也具有一定的文学价值，但与原作相去甚远。

在众多的续书中，别具一格的是董说的《西游补》十六回。董说（1620—1686）字若雨，浙江乌程（今吴兴县）人，明亡后愤而出家。《西游补》写孙悟空三调芭蕉扇后为鲭鱼精所迷，渐入梦境，以寻秦始皇借驱山铎拟驱火焰山为线索，历经古往今来许多离奇古怪之事。他忽化为阎罗审秦桧，忽化为虞姬戏项羽，得虚空主人一呼，方得醒悟，打死鲭鱼精。作品表现的思想倾向，有两点值得我们注意。一是表现了鲜明的民族思想。小说推崇岳飞，将岳飞列入孙悟空的三位师父之一；痛恨秦桧，让孙悟空变成的阎罗肆意斥骂、嘲弄化作奸鬼的秦桧。二是宣扬了出世思想，即所谓"悟通大道，必先空破情根；破情根必先走入情内。走入情内见得世界情根之虚；然后走出情外认得道根之实"。（《西游补》卷首"答问"）联系作者自身的经历，可以推知作者借这个虚幻故事表现自己身处末世的感慨。

《西游记》是我国古代小说中的瑰宝，在世界上也广有影响。小说被翻译成十几种语种出版，英、美、法、德等国的大百科全书对这部小说都给予很高的评价。

第七章
《封神演义》与其他神魔小说

除《西游记》之外，明代的神魔小说还有《封神演义》《三遂平妖传》《四游记》《三宝太监下西洋》；清代有《狐狸缘全传》和《升仙传演义》等。其中，在社会上影响比较大的是《封神演义》。

第一节 写仙灵斗法的《封神演义》

《封神演义》一百回，存明万历年间舒载阳刻本。作者一般认为是许仲琳、李云祥。这部作品也是由历史事件演化为神魔小说的。作品所写的武王伐纣之事，史书多有记载。最早描写这一题材的长篇小说是《武王伐纣平话》。这部小说主要讲述商纣王在妲己蛊惑下的种种暴虐行为，写周武王伐纣灭商的经过却比较简略。为了说明妲己之恶，小说中已经把她写成狐精，插进了一些妖异之事。但妲己的作用主要是蛊惑纣王，非关战争大局。《封神演义》则把武王伐纣写成了阐教与截教两大教派的较量，两大教派的较量又全靠法术。这样一来，商、周易代只成为神灵斗法故事的依托，小说的主要内容变成了神魔之争。

关于《封神演义》的思想意蕴,也是见仁见智。

有人认为,《封神演义》中的武王伐纣,是以臣伐君,这种叛逆精神具有反封建意义。对此,笔者不敢苟同。的确,小说中的姜子牙率众伐纣是理直气壮的,认为"人君先自灭纲纪,不足为万姓之主",人们就可以讨伐他,取代他。而且,"君不正,臣投外国,亦是礼之当然"。① 这和"忠臣不事二主"的封建教义不同。但是,历来改朝换代,除了禅让的,都是从臣民讨伐君王开始的。按照"成者王侯败者贼"的古训,造反而得不到天下的是贼,是寇;造反而得天下的便是有道之君,是天命所归之君。天命所归之君讨伐无道之君,向来都是天经地义的。历史上的开国之君,大都受到人们的赞扬,即便是有些过失也很能得到人们的宽容。李世民杀兄逼宫,赵匡义斧声烛影的千古疑案,都没有太多地影响他们的声誉。而那些末代皇帝,又大都受到人们的指责。秦二世、隋炀帝、南唐后主、宋徽宗、元顺帝,都是荒淫腐败的昏君,也是文学作品的批判对象。故此,笔者认为,赞扬开国之君,抨击亡国之君,是封建社会的人之常情,并未突破封建观念的藩篱。

也有人说,《封神演义》旨在宣扬女色亡王国论。诚然,姐己对于商朝的败亡,有一定的影响。但是,若说《封神演义》将商朝的败亡全归咎于姐己,并不符合小说的实际。首先,小说明确指出,姐己未入宫时,纣王已经荒淫腐败。为此,姐己之父苏护宁可造反,也不肯让女儿入宫,"眼见昏君必荒淫酒色,紊乱朝政,天下荒荒,黎民倒悬,可怜成汤社稷化为乌有。……若要此女进宫,以后昏君失德,使天下人耻笑我不智。"(第二回)可见,纣王腐败在先,姐己入宫在后。苏护之所以不肯把女儿送进宫,就是怕女儿当替罪羊。其次,姐己入宫以后的所作所为,人间的宠妃也可以做到。害姜皇后,害比干,逼反黄飞虎,用的是计谋而不是法术;谋害姜皇后时还不得不动用外臣的力量。如果作者写此书是为了说明女色亡国,那他大可不必以狐狸精置换姐己,让"女色"自己做那些坏事岂不更能说明问题?"恩州驿狐狸死姐己"一节,恰恰是让狐精承当罪过,原来的姐己,倒成为人们同情的对象。再有,姐己被俘后,有这样一段话值得我们注意:

---

① 《封神演义》上,第 352 页,杭州:浙江文艺出版社,1990。其后该作引文均据此本,仅在行中标明回数。

妲己俯伏哀泣告曰:"妾身系冀州侯苏护之女,幼长深闺,鲜知世务,谬蒙天子宣诏,选择为妃。不意国母薨逝,天子强立为后。凡一应主持,皆操之于天子,政事俱掌握于大臣。妾不过一女流,惟知洒扫应对,整饰宫闱,侍奉巾栉而已,其他妾安能自专也! 纣王失败,虽文武百官不啻千百,皆不能厘正,又何况区区一女子能动其听也?"……众诸侯听妲己一派言语,大是有理,皆有怜惜之心。子牙笑曰:"你说你是苏侯之女,将此一番巧言,迷惑众听,众诸侯岂知你是九尾狐狸在恩州驿迷死苏妲己,借窍成形,惑乱天子? 其无端毒恶,皆是你造业。……"妲己等三妖,低头无语。　　　　　　　　　　　　　　　(第九十七回)

妲己的一番话,有一定的道理。"一应主持,皆操之于天子,政事俱掌握于大臣。"国家衰败,理应首先追究国君和大臣们的责任,而不该归咎于她这样一个女子。而诸侯听妲己一番话,也感到"大是有理",并对她"皆有怜惜之心",又说明他们也认为不能把殷商的腐败都归咎于妲己。而姜子牙除掉妲己的根本原因,主要还在于她是九尾狐狸。所以说,作者写妲己,要说的是狐精作祟,还不是女色亡国。我们不能用今天无神论的观点诠释神魔小说。

还有人说,《封神演义》旨在宣扬天命观。这有一定的道理。因为小说中无论是历史事件的发生发展,还是人物的命运,都逃不过天命。但是,书中并未以是否顺应天命臧否人物。哪吒"兄弟三人齐佐明主",固然要"简编万年,史册传扬不朽";而张桂芳效忠于纣王,在讨伐周武王的争战中战死,也"留的芳名万载传"。(俱见于第三十八回)而且,阐教、截教中人,无论是顺应天命还是逆天而行,死后统统封神,就连作恶多端的商纣王、申公豹,最后也都成为神祇。

综上所云,笔者以为,富有民间色彩的《封神演义》,与民间故事以及大多数故事型的小说一样,道德倾向简单鲜明,其道德准则是善与恶、邪与正的区别,并非刻意宣扬什么深奥的道理,而其创作主旨也在于"趣"。

《封神演义》也以奇幻取胜。作者以极为丰富的想象力,向读者展示了一个神仙谱系。这些神仙各有其身份,各有其派头,各有其面目,各有其法术。闻太师三只眼;哪吒、吕岳俱能化为三头六臂;雷震子、辛环胁下都有肉翅；杨任眼中长出双手。他们的武器也不同寻常：黄天化的攒心钉专钻人的心窝；郑伦鼻中喷出白光能摄人魂魄；魔礼海的花狐貂，放到空中，形如白象，胁生双翅，追逐吃人；杨戬的哮天犬跳起来专咬人脖颈；马元脑后能生出一只神手，把人抓起甩到空中。奇奇怪怪，林林总总，令人目不暇接。许多故事写得生动有致，引人入胜。例如，第二十一回写雷震子奉师父之命，往虎儿崖下寻找兵器：

> 只见稀奇景致，雅韵幽栖，藤缠桧柏，竹插颠崖，狐兔来往如梭，鹿鹤哎鸣前后。见了些灵芝隐绿草，梅子在青枝，看不尽山中异景。猛然间见绿叶之下，红杏二枚。雷震子心欢，顾不得高低险峻，攀藤搁葛，手扯摇晃，将此二枚红杏摘于手中。闻一闻，扑鼻馨香，如甘露沁心，愈加甘美。雷震子暗想："此二枚红杏，我吃一个，留一个带与师父。"雷震子方吃了一个，怎么这等香美？津津异味，只是要吃。不觉又将这个咬了一口。呀，咬残了，不如都吃了吧。方吃了杏子，又寻兵器。不觉左胁一声响，长出翅来，拖在地下。雷震子吓得魂飞天外，魄散九霄。雷震子曰："不好了！"忙将两手拿住翅，只管拔。不防右边又冒出一只来。雷震子慌得没主意吓得坐在地下。……金霞童子曰："快去，师父等你。"雷震子起来，一步走来，自觉不好看，二翅拖着，如同斗败了的鸡一般。

仙境之优美，事件之新异，雷震子的童趣，都描述得生动鲜活。此外，哪吒闹海的故事至今家喻户晓，尤其受少年儿童的喜爱。

《封神演义》有些人物形象刻画得比较鲜明。纣王之暴，文王之仁，比干、黄飞虎之耿直持正，闻太师之愚忠，哪吒之桀骜不驯，土行孙之滑稽可笑，都给人留下深刻的印象。

小说着力刻画了纣王这个暴君的形象。在刻画这个人物时，作者没有把这个反面人物简单化，而从较深的层面揭示出其心理的变态。

纣王原是帝乙的第三个儿子，因"力大无比"，群臣上本，奏请帝乙将他立为东宫，可见最初他是得人心的。他即位后"风调雨顺，国泰民安，四夷拱手，八方宾服"，由此滋长了狂傲情绪和享乐思想。他目空一切，当朝臣奏请他去女娲庙降香时，他说："女娲有何功德，朕轻万乘而往降香？"尽管在大臣的劝说下去降香，但他还是没把这位神祇放在心上，见女娲像美貌，竟然在女娲庙的墙壁上写下了"但得妖娆能举动,取回长乐侍君王"这样带有亵渎性的诗句。当大臣大惊失色地奏请用水把诗洗去时,他的回答是:"朕看女娲之容有绝世之姿,因作诗以赞美之……况孤乃万乘之尊,留于万姓观之,可见娘娘美貌绝世,亦见孤之遗笔耳。"(第一回)显然,他异常看重他"万乘之尊"的笔迹的价值,觉得为女娲题诗是抬举了她。神祇尚且如此,臣民在他心目中的地位就可想而知了。他从不纳谏,只是要求大臣"君命召,不俟驾;君赐死,不敢生"。他贪图享乐,觉得"光阴瞬息,岁月如流,景致无多,正宜当此取乐"。(第七回)应该说,狂妄和淫乐是纣王失政的根本。为了享乐,他不理朝政,不择手段地追逐女色,建鹿台,设酒池、肉海,挥霍无度。因为狂妄,他创"炮烙""虿盆"等酷刑,严惩那些劝谏他的大臣。然而,小说并没有把他写成不通人性的恶魔,他做坏事时也时常有内心的斗争。他对姜皇后有一定的感情。当姜皇后到来时,他不仅命妲己去迎接皇后,还命她亲自歌舞以供皇后赏玩。然而,姜皇后不仅不领情,还跪地劝谏他不要"荒淫酒色""穷奢极欲",这就大大伤了他的自尊。他顿时大怒:"这贱人不识抬举,朕着美人歌舞一回,与他取乐玩赏,反被他言三语四,许多说话,若不是正宫,用金瓜击死,方消我恨。"但当姜皇后遭妲己陷害真的被剜去一目时,他感到"恩爱多年,自悔无及,低头不语,甚觉伤情",指责妲己,"方才轻信你一言,将姜后剜去一目……这事俱系你轻举妄动,倘百官不服,奈何,奈何"。显然,此时他已经知道姜后是冤枉的,也想到此事不好收场:要么自己承担过错,要么严惩妲己,为皇后洗冤。为此,他"心下煎熬,似羝羊触藩,进退两难"。最后狂妄自尊和享乐思想还是占了上风,他听从妲己之计,干脆将姜皇后逼死。摘星楼逼死黄飞虎的妻子,他又悔之不及。当黄飞虎的妹妹黄妃指着他大骂"昏君"时,他"默默无言"。显然,他也感到愧疚。但当黄妃打妲己误打了他一拳时,他一怒之下又将黄妃扔下楼摔死。事后,他再一次后悔。正当他"在龙德殿懊恼,无可对人言说"时,黄飞虎找他理论。他不仅不认错,反拿黄飞虎出气:"好匹夫,胆敢如此欺侮朕躬。"正因为他既抵御不了色欲的诱惑,又不肯知错改错,所以,尽管干坏事后一次次地后悔,后悔之后还是干坏事。他的这种性格一直到死都没有改变。当兵临城下,败亡已成定局时,他首先感到的不是痛失江山,而是痛失美人。他对妲己和另外两名妖姬说道："倘武王兵入内庭，朕岂肯为彼所掳，朕当先期自尽。但朕绝之后，卿等必归姬发，只朕与卿等一番恩爱，竟如此结局，言之痛心。"（第九十六回）最后，为了他的万乘之尊不被辱，他举火自焚。应该说，商纣王这个亡国之君的形象有其典型性：历朝历代的帝王们，无论如何昏庸，也都想让其江山社稷永传后世。他们之所以亡国，大都是因为不能居安思危，励精图治，而是利用自己至高无上的权力穷奢极欲，为所欲为。商纣王是这样，隋炀帝、李后主、宋徽宗、元顺帝，又何尝不是这样？《封神演义》尽管以讲述神怪故事为主旨，但商纣王形象的塑造，客观上总结了封建王朝兴败的教训。

《封神演义》中，黄飞虎与其父黄滚的形象也都塑造得比较鲜明。黄飞虎是个大智大勇的人，他身为武成王，拥有仅次于闻太师的兵权，又是皇亲国戚，世代忠良，在大臣中有很高的威望。他生性正直，对纣王的荒淫无道十分不满。纣王设炮烙之刑时他说："此炮烙不是炮烙大臣，乃烙的是纣王江山，炮的是成汤社稷。古云道得好：'君之视臣如手足，则臣视君如腹心；君之视臣如土芥，则臣视君如寇仇。'今主上不行仁政，以非刑加上大夫，不出数年，必有祸乱。"（第六回）正因为对纣王其人有清醒的认识，所以他不像梅伯、比干、商容、杨任那样拼死进谏，也从不和纣王、妲己发生正面冲突，而总是想出切实有效的方法暗中保护受纣王迫害的人。殷郊、殷洪被纣王派人追杀，向大臣们求救，黄飞虎没有当着众人提出保护他们的方法。但当镇殿将军方弼、方相保护两位殿下反出朝歌时，别人都大惊失色，他却"若为不知"。晁田、晁雷助纣为虐，但武艺平常。他知道他们不是方氏兄弟的对手，偏偏派他二人去追赶方氏兄弟和两位殿下。纣王下旨要他亲自追赶殷郊兄弟，他赶上以后，没有将他们捉回朝中，而让方氏兄弟带两位殿下去找东伯侯姜桓楚和南伯侯鄂崇禹，"教他两路调兵，靖奸洗冤，我黄飞虎那时自有处治。"（第八回）然而，姜桓楚在女儿惨死、外孙被害的情况下，没有兵谏，只是向纣王上本陈词，结果被醢尸；鄂崇禹因诤谏也被枭首。黄飞虎和众大臣费尽心机，也只保住了姬昌的性命。在许许多多血腥的事实面前，黄飞虎更清醒了。当妻子、妹妹被纣王害死时，他略迟疑了一下，毅然决然地选择了造反。当他造反遭到父亲的反对时，他没有恪守孝道，无原则地迁就父亲，而是听任部下设计逼父亲和他一块造反。和诸多愚忠愚孝白白送命的大臣相比，黄飞虎显得格外清醒、通达。他这种看似不忠不孝的举动，不但保住了他全家的性命，也保住了他一世英名。而他的父亲黄滚，是个贪生怕死、不明事理的老头儿。听说儿子造反，他大骂儿子不忠不孝，坚持要儿子"早早下骑，为父的把你解往朝歌，使我黄滚解子有功，天子必不害我。我得生全，你死还是商臣"（第三十三回），竟要拿儿子的命换自己的老命。黄飞虎的部下用计烧了他的粮草，在他不造反就得送命的情况下，他没有当忠臣以身殉君，也跟着造反了。但路上一遇强敌，又絮絮叨叨地抱怨："我若解你去朝歌，尚留我老身一命，今日一同至此，真是荆山失火，玉石俱焚。"（同上）直到西岐，文王让他们官居旧职，才安下心来。作者没有因为他是七世忠良的老将而将他描述成高大完美的人，他的这些缺点反倒让人感到这个形象有生活实感。

《封神演义》的后半部分成就不高。一是因为人物繁杂，围绕着商周之战，作品让三百六十五位封神榜上有名的人都出来表演，自然无法一一把这些形象都刻画得生动鲜明。后面出现的这些神仙们，读者读后很难有深刻印象，甚至连人名都记不住。写战争也失之于简略：法术强的人只要祭起他的法宝，弱者便立时败亡。这和《西游记》中写孙悟空与妖魔争斗时腾挪变化、斗智斗勇大异其趣。再有，《封神演义》也没有《西游记》的幽默诙谐。有时作者也想插进一些笑料，却又显得笨拙。例如，第九十五回写各路诸侯围着纣王厮杀，武王心有不忍，说："当今虽是失政，吾等莫非臣子，岂有君臣相对敌之理？元帅可解此危。"子牙说："大王既有此意，传令命军士擂鼓。"小说接着写："武王是个仁德之君，一时哪里想起鼓进金止之意，只见诸将听得鼓响，各要争先。"这一情节的确有些可笑，原本要解纣王之围，没想发错了号令，反令将士争先。然而，即便是不会打仗的平民百姓，也知道鼓进金退之理，厮杀半生的武王怎么可能犯如此幼稚的错误呢？这不能不说是作者的浅陋。

总之，《封神演义》部分章节写得相当精彩，但总体看来，与《西游记》还有相当大的差距。

明代的神魔小说，还有《三遂平妖传》《四游记》《三宝太监下西洋》等。

署名罗贯中著的《三遂平妖传》二十回，写宋代贝州的王则与其妻永儿造反之事，其成书年代比《西游记》还要早。宋话本中就有《贝州王则》，属"妖术之事"，可见当时这个题材就已经演变为神魔故事了。小说大体分三个部分，第一部分写狐精圣姑姑及其一子一女的身世。第二部分写蛋子和尚为学仙术从猿公处盗得天书，以及他与圣姑姑同习天书，修得仙术。第三部分写贝州王则携其妻——圣姑姑之女媚儿转生的永儿以妖术造反，蛋子和尚助朝廷剿灭反叛。书中王则造反的事件所占篇幅很少，主要是写妖异之事。小说的艺术形象颇为鲜明，圣姑姑对子女的慈爱，其子左黜儿的荒淫，其女媚儿之妖媚，都刻画得相当生动。

《四游记》是指：吴元泰的《东游记》，写八仙得道的故事；余象斗编的《南游记》，写华光救母的故事；同为余象斗编的《北游记》，写真武大帝得道降妖的故事；杨志和的《西游记》，系据吴承恩《西游记》删节而成。总体上看，这些作品情节粗略，文字拙劣，成就不高。其中《南游记》因情节的惊险曲折，颇具可读性。

罗懋登的《三宝太监下西洋》，借郑和下西洋的见闻，写海外怪怪奇奇之事。小说基本上由对话堆砌而成，既无鲜明的艺术形象，也无具体生动的情节，故此流传不广。

第二节 《狐狸缘全传》与《升仙传演义》

清代，神魔小说的创作走了下坡路，较具可读性的作品是《狐狸缘全传》与《升仙传演义》。

《狐狸缘全传》六卷二十二回，作者醉月仙人，身世不详。有光绪十四年（1888年）漱六山房刊本。

《狐狸缘全传》写人狐相恋的故事。青石山有个玉面狐精，清明节化作美女出游，与贵公子周信相遇，互相产生了爱慕之情。从此暮来朝去，纠缠不已。一次，狐精在院中被小厮延寿儿撞见，为了灭口，现出原形，吃了延寿儿。延寿儿之父是周府管家，见儿子被妖精所食，又见公子骨瘦形销，知道事情有异。遂请王半仙捉妖，王半仙法力不抵，反遭狐精痛打。最后，吕洞宾请来天兵天将，方将玉狐捉获。周信仍爱狐精，替她苦苦求情。吕洞宾念其情深，放了狐精，并让延寿儿起死回生。狐精感激周信，真心真意地爱上了他。

人狐相恋的故事，在以往的小说中屡见不鲜。尤其是《聊斋志异》中，塑造了许多狐女的形象，如婴宁、小翠、莲香、青凤等。小说把这些精灵写得非常可爱，她们虽然与正常的人稍有差异，但都有温婉的人性和真挚的爱情。《狐狸缘全传》却把狐精写得令人恐怖，她的外形就狰狞怕人："驴儿大，尾九节，身似墨，面似银。最轻巧，赛猢狲，较比那虎豹豺狼灵透万分。处洞穴，啸古林，假虎威，善疑心，郊行见，日色昏，他单劫那小孩子是孤身。……尖嘴岔，似血盆，牙若锯，齿儿匀。物到口，不囫囵，能把那日月光华往腹里吞。"①变化为人形以后，也不是温婉深情的女子。她与周信相遇，对他的印象是："先天真元充实，后天栽培健壮，满面红光一团秀，真是你我修炼难得的灵丹至宝。"（第二回）她甜言蜜语地勾引周信，既有爱慕之意，更重要的是为了采取真元以修道，同时也满足其淫欲。故此，她明明知道长此下去周公子肯定送命，但仍不肯放过他。读者读这个故事，一点也感受不到他们爱情的美满，而完全是民间传说中的令人恐怖的狐精作祟。故此，最后的团圆结局，令人觉得突然。可以断定，这个故事不是出于文人的笔下，而是出于民间传说。文人重情，民间传说重奇。

《狐狸缘全传》具有一定的可读性。首先，小说的人物塑造比较有特色。其中，延寿儿的天真烂漫，王半仙的装腔作势，都刻画得比较鲜明。狐精的形象尽管不可爱，但与民间传说中的"狐仙"的特点相吻合，也给人留下了深刻的印象。其次，小说的情节惊险离奇，故事不枝不蔓，生动曲折。此外，小说的语言韵散结合，生动流畅。例如第一回写延寿儿和他父亲陪周公子到青石山上坟：

> 二仆人，跟着跑，一个老，一个少。老年人，弯着腰，挎了个纸钱包。为利便，把衣衿儿吊。虽然是步下跑，汗淋漓，偏带笑，抖精神，不服老，走得他吁吁带喘汗透了土黄袍。小儿童，多轻妙，抖机灵，颠又跑，逞顽皮，蹿又跳。肩头上，把祭礼挑，他还学那惯

---

①《狐狸缘全传》，第 31 页，收入《中国近代小说大系》，南昌：百花洲文艺出版社，1989。其后该作引文均据此本，仅在行中标明回数。

挑担子的人儿叉着那腰。

这一段描写,非常鲜明地刻画出了父子二人陪主人春日上坟时欢快的景象,也抓住了不同年龄段的人各自的性格特点,很有生活气息。

《升仙传演义》八卷五十六回,题"倚云氏著",作者不详。现存最早的版本是道光二十七年(1847年)文锦堂重刊本。

小说写明嘉靖年间,辽宁蒲阳秀才济小塘,因卖弄才华为奸相严嵩所嫉,科举屡试不第。后见忠臣杨继盛被杀,看破红尘,愤而出家。他经吕洞宾的点化,并得到了吕洞宾的五鬼葫芦,云游四海,除恶助善。北京的徽承光和"神偷"苗庆,都是劫富济贫的好汉。济小塘收他们为徒,共同行侠仗义,除暴安良。他们的主要矛头对准奸相严嵩。先是以仙术大闹严府,使得严嵩一家战战兢兢;继而救出了遭严嵩迫害、要被处死的莫怀古;救出了被严府管家霸占的民妇于月英;最后设法术引诱严嵩骂嘉靖皇帝"昏君",使他被抄家流放。他们也劫富济贫。他们盗了扬州府的库银,赈济高邮的灾民;骗西秦王的钱,接济山西受灾的百姓。京师世袭怀宁侯孙豹,霸占民女多人,济小塘以法术救出了民女,惩治了孙豹。他们也清除那些害民的妖怪,斩了清江浦天妃闸三个化为美女迷人的鱼精;除掉夔州府作怪的九尾狐、白面狐。最后,济小塘等人升仙,同归真洞。

《升仙传演义》的人物形象并不鲜明,但故事情节新奇生动。作者的想象力比较丰富。例如,济小塘把狗变成仙女,戏弄严氏父子;给鸭子吃带有金屑的食,让它屙金,然后高价卖给西秦王;用纸画的仙境将孙豹引到察院的公堂受审,都写得饶有趣味。写济小塘解救被孙豹霸占的民妇,用了八回的篇幅,将这个故事写得高潮迭起,引人入胜。小说的语言也生动酣畅,富有民间色彩,是一部可读性较强的作品。

《八仙全传》,又名《八仙得道传》,一百回。题"无垢道人撰"。从此书的《原序》看,无垢道人是清道光、同治年间京西白云观的道士。

《八仙全传》写铁拐李、钟离权、吕洞宾、何仙姑、蓝采和、张果老、韩湘子、曹国舅得道成仙的故事。作品具有明显的惩恶劝善的倾向,认为"神仙本是凡人作,只怕凡人心不坚"。而凡人得道的根基是"善",这个"善"没有太多的政治色彩,主要是指孝与仁,即对父母尽孝,对社会广为善事。善人经过几世修行,便能成仙。铁拐李的前世,是个"一生好善，未做一丝歹事"的老道；何仙姑的前身，是个备受恶婆婆虐待，而孝心不改的贤妇；曹国舅身处高位，却无一点势利之心；东海的火龙，乃是孝子平和所化……不仅人行善可望修成大道，物也是一样：张果老的前身，最早是灌口地方的一只老鼠，"从来不损坏人家器物，偏能朝斗拜星，精修勤炼"，后来，老鼠化为蝙蝠，蝙蝠化为孝子，几世行善，终于修炼成仙；田螺化女子报恩，也成正果；七里泷的一根篾缆，修炼成龙，从不害人，又投生为孝女飞龙，后成为龙王夫人。善与恶也是神与魔的分界，灌口的老蛟，也修炼得神通广大，因作恶多端，只能是个恶魔。与明代《八仙出处东游记》相比，《八仙全传》更具可读性。《东游记》叙事简略，《八仙全传》则将故事写得有声有色，曲折生动。另外，小说又增加了一些生动感人的民间传说，如：望娘滩、田螺姑娘、白蛇与许仙、嫦娥奔月、孟姜女哭长城、宝莲灯，及狗咬吕洞宾等等。这些故事，写得很有人情味，也很感人，至今仍在民间流传。

《八仙全传》的文笔酣畅，想象丰富。如第二回写七里泷的一条绝粗绝大的篾缆，"早通灵性，夙种善根"，慢慢地修成绳龙，最后修成了真龙：

> 它却得了天地自然之陶成，居然也成了一种龙体，浑身鳞甲和口鼻须鬣无不完全，只差未曾把眼目修炼出来。所以升沉出入，虽然活灵活现是一条生龙，却究竟苦于张不开眼，瞧不见花花世界，芸芸众生。每天饥下来时，只瞎冲瞎撞价摸点水产物类充腹。因它庞然大物，修炼有素，那些普通鱼虾之类，怎能和它一抗？每逢这瞎龙张口之时，少不得大批儿送到它肚子里去。……可喜它早通灵性，夙种善根，除了饱食鱼虾外，从没吞舟伤船和噬食生人之事。不过身子太大，偶一转侧，就免不了作浪兴风。有时因瞎眼之故，瞧不见世上人物，碰到舟船过此，略一现形，也尽够吓破人类的魂胆，这是无可如何之事。瞎龙虽无心闯祸，而受害之人也很不在少数。①

见过七里泷水湍流急的人，再看看这种描写，又不能不佩服作者的想象力。那湍急狭长的水流，确实像一条巨大的龙，无心作恶，但又时常

---

①《八仙全传》，第 10 页，长沙：岳麓书社，2011。

给人带来灾难。

和《西游记》等名著相比，《八仙全传》的不足之处也很明显。首先，小说没有塑造出鲜明的艺术形象。作品从道德观念出发塑造人物，人的善恶很分明，但没有鲜明的个性。其次，小说仍未创造出神奇瑰丽的神仙世界，所写的神仙洞府和人间没有太大的区别。此外，小说的结构松散，各种传说故事之间没有必然的联系。

第三节　辅教之作《绣云阁》与《金莲仙史》

前文我们把神怪小说分为志怪与神魔两种，并把辅教小说归属于志怪类。

辅教之作，到了明清，发生了重大的演变。六朝的辅教之作，大都记载一些神异之事，用以证明仙灵鬼神的存在。其体例是文言短篇集，描写特点是粗陈梗概。唐代，寺院的僧人开始以说唱的形式进行宗教宣传。由于听众是下层民众，而且这种说唱也含有化缘的成分，所以他们根据宗教教义编成通俗易懂、生动感人的故事，以吸引听众，这就是变文。明清的辅教小说继承了唐代变文的衣钵，以白话故事的形式进行宗教宣传。

明清的辅教小说从内容上可分为两类：一是宣传佛教、道教的头面人物，或写他们历尽磨难，潜心修炼，或写他们利用法力为民消灾除难。二是宣讲宗教教义，或是劝人向善，或是度人成仙。

比较典型的辅教小说是明代的《二十四尊得道罗汉传》，全书六卷二十则，题"抚临朱星祚编"，现存明万历年间的刊本。小说写长眉罗汉、伏魔罗汉、聪耳罗汉、抱膝罗汉等二十四尊罗汉修成正果之事。这些罗汉国籍不同，有摩空罗国的，有中天竺国的，有东印度国的，也有中国的，但都潜心修行，一心向善。小说写了一些怪异之事，如伏魔罗汉讲经时，忽见一老人至经坛，仆地不见。俄而地裂，涌出一金人，化为美女，罗汉不为所动。紧接着风雨大作，有一金龙发神威摇撼罗汉，罗汉不惊，魔事遂息。显然，这只是他们修行中经历的考验，而不是神魔之争。为了表明故事的真实性，这些故事大都记载了尊者们圆寂的具体年代。

《达摩出身传灯传》，四卷六十四回，题"逸士朱开泰选修"，现存明万历杨氏清白堂刊本。

小说写达摩祖师出身及其传教之事。达摩原是南印度香至国三王子，有志沙门，师事般若多罗，战胜旁门小乘，坚持如来正宗。梁武帝时期，至少林寺修持，面壁九年，功德圆满。欲归天竺，未果，终为妒忌他的僧人毒死。后来有人见其白日升天。小说所写，多为实事，文笔简陋，宣传佛教的主旨表现得十分明显。

清代辅教小说主要有《绣云阁》《金莲仙史》。

《绣云阁》，一百四十三回。作者魏文中，身世不详。有咸丰三年（1853 年）刻本。小说的序言中说：

> 修仙之道，在乎先尽五伦。五伦克尽，圣贤可期，何啻仙术。然无以讲明切究，人多入迷途而不知。予也不揣固陋，编辑《绣云阁》一书，提纲挈领，不外敦伦、炼气、归神，端由诚意。其中虽有山精水怪散溢于字里行间，一则以见正心修身之诚，人不如物；一则以见澡身浴德之候，心杂如麻。①

显然，作品的主旨，在于助人修道。小说写王母因人间大道坏于野方外术，命紫霞真人派弟子降临凡界，普度众生，阐明道旨。又预修"绣云阁"，以待成仙之人居之。紫霞真人派虚无子降世，名三缄，历尽磨难，阐明大道。所遇之人之物，分为向道、坏道两类。三缄清除了许多坏道者，也度了不少向道的人或物成仙，自己终成正果。而紫霞真人的另一弟子虚心子，妒虚无子独当阐道大任，也随之下凡，名七窍，欲阻虚无子行道。后在紫霞真人及众仙的一再点化下，终于醒悟，也成正果。

《绣云阁》个别情节尚有深意。如第三十四、三十五两回，写"凤仪村"的习俗，是酷好男孩，不乐女婴。"凡生女者，每人只留其一，余则尽弃诸池水、江水中。始而稍有仁心，犹存片念不忍，久则习为常态，见多存一女者，非之笑之。习惯成自然，历年以来，所弃女婴不下数千之众。"结果"女魂相结为魔，吞食男孩，一众村人无法处此。凡家生男

---

① 《绣云阁》卷首，收于《中国近代小说大系》，南昌：百花洲文艺出版社，1989。其后该作引文均据此本，仅在行中标明回数。

孩者,日夜抱之手内,稍置榻间,则呱呱一声,为魔所食矣。久之,小孩食尽,即十一二之童子,皆被魔吞。是村之中,悲无后嗣者不知凡几。"男孩被魔吞食,固然残忍,但毕竟是乱杀女孩的报应。而该村溺杀亲生女儿的恶俗,确实令人发指。小说对重男轻女思想的抨击,至今仍有意义。再如,第十一回写蟹的产生:"先年有一雪姓,横不知理,乡邻族党遭彼横逆,敢怒而弗敢言。中有受害者,暗暗对天焚疏。竟遭雷劈,尸骸朽腐,化为小蟹,肖彼横行之态。"这也颇有机趣。但总体看来,作品情节怪诞,说教连篇,内容芜杂,结构松散。

《金莲仙史》四卷二十四回,有光绪三十四年(1908年)上海邑庙后翼化堂本。其作者是台南的潘昶。从小说的风格看,此人文化水平不高,不是道人就是笃信道教的人。

《金莲仙史》写"七真"修道的故事。小说写宋徽宗年间,上界神仙王升真人为重整玄纲,降临尘寰,托生为王重阳。王重阳不以功名利禄为念,潜心修行,终得大道,并收马钰、谭长真、丘处机、王处一、刘长生、郝太古、孙不二为徒,使他们也修成正果。这七人恰足七朵金莲之数,故书名《金莲仙史》。小说的创作主旨,是劝人修道。作者在《原序》中写道:"今且世衰道微,去圣日远,凡有真志者,不得其门而入,尽被旁门野教诱惑;无凤根者,以虚情幻境上认真,酒色财气中取乐,蜗角争名,蝇头夺利,岂知光阴有限,转瞬无常。幻梦觉时,事事非真;傀儡收处,般般是假。苦海无边,回头是岸矣。"他还自称这部小说,是"事事有证,语语无虚,乃登天之宝筏,渡世之慈航"。这说明,《金莲仙史》是一本正经地宣讲修道门径的。

《金莲仙史》在描写神仙道化的时候,特别强调它的真实性。小说为了取信于人,将七子修道的故事和宋史糅杂在一起:写一段史上大事,再写一段修道故事,但两者之间毫无联系。常宝子的《跋》中云:"世人之垢病玄宗也,动曰:'修仙成道,均属无稽之谈。'今观《金莲仙史》,则朝代、地址、年月、姓名悉斑斑可考,岂尚不足谓为信史耶?"小说所写的修道人,除了王重阳是上界的王升真人降世外,其他都是平凡的人;即使是王重阳,在修炼之前也没有表现出多少异于常人的地方。作者坚信,只要心虔志诚,苦心修炼,凡人可以成仙。其修炼的方法也是人人可以做到的,即修身养性,去掉贪欲和杂念。例如,王重阳在地穴中练习辟谷十二载，其穴被称为"活死人墓"；孙不二因为美貌，不利于修炼，用烧滚的油将脸皮烧得熟烂，奇丑无比，然后装作疯婆去乞讨，以磨炼身心。总之，修道的关键是苦其心志，清除杂念，并无了不起的武艺和奇异的法术。

尽管《金莲仙史》要人去除私念，但其修炼完全出于自身的利益。修炼的目标，仅为个人的长生不老，得道成仙："跳出天外之天，与太虚同体，日月同明，天地有坏，而吾身不坏。"七子都没有侠客们的那种济世思想。他们修炼的时候，正是南宋灭亡的时候，尽管小说将两者糅杂在一起，而得道成仙的七子，没有一人念及国事，更不用说以其术报国了。小说还振振有词地说，他们所以这样做，是因为"明于盛衰之道，通乎成败之数"。"若时至而行，则能极人臣之位，得机而动，则能成绝代之功，如其不遇，没身而已。"（第十九回）但是，这些说教，不能掩盖他们的自私、冷酷。尤其是最后，丘处机因为向成吉思汗讲述"卫生"之道，七子全受到元朝的封赠。这种举动很难得到人们的赞许。

《金莲仙史》语言粗俗，情节平淡，说教连篇，几令人难以卒读。但这部小说对后来的武侠小说产生了一定的影响。这主要在于：首先，小说中所说的神仙并不一定有什么根底，凡人经过苦练也可以得道的观点，为武侠小说家所接受。后来武侠小说中的武林高手，也大都是平凡的人苦炼而成。其次，王重阳度其他六人成仙并结为帮派，在后来的武侠小说中也演变为帮派之争。现代著名武侠小说家金庸还把七子作为名门正派写进了《射雕英雄传》。不过，这部作品中已把他们改造为具有高超的武艺、富有正义感的侠客，故事情节也变得惊险生动了。

总体上看，辅教小说的艺术水平都不高。作者大都粗通文墨，写作的目的又在于倡教。他们只会讲述修行的道理，缺乏神奇瑰丽的艺术想象，从而使得这些作品既没有塑造生动鲜明的人物形象，也没有设置引人入胜的故事情节，语言也干巴枯燥，令人读来味同嚼蜡。

第八章
公案小说与侠义公案小说

公案小说，是指以狱讼为题材的小说。小说中的人物，必须有作案人、受害人和执法者；所描述的，也必须是执法者审理案件的故事。侠义公案小说，是公案小说与英雄传奇小说的合流，写侠客在清官的率领下侦破案件、除暴安良。

毫无疑问，公案小说是我国古代小说中最薄弱的环节。鲁迅《中国小说史略》中，认为有侠义公案小说，而无公案小说；各类文学史基本上都不把公案小说列入研究范畴；胡适称赞《三侠五义》，赞的是其中对于侠客的描写，而非公案故事。而且，其他类别的小说，都有一流小说作品作为代表作，而公案小说连二流的也没有。

公案小说又是受下层民众欢迎的小说。据灌园耐得翁的《都城纪胜》和吴自牧的《梦粱录》记载，宋代说话中就有很多公案故事。试想，如果听众不爱听，说书人能说它吗？明代出现了许多描写公案故事的章回小说，主要作者有安遇时、李春芳，还有余象斗。从作品的水平、风格推测，安遇时、李春芳很像是说书艺人，而余象斗是书商，则是学术界公认的。如果此类小说不好销售，他能亲自编写这类小说吗？至于侠义公案小说受欢迎的程度，这只要看看《施公案》《三侠五义》问世后续书之多，就可以明白。

文学娱乐不是知识阶层的专利,广大民众喜爱的作品,我们就应该认真地加以研究。当然,这并不是说,民众喜欢的作品就是好作品,都应该无原则地赞美,而是说,应该把这类作品放在它所产生的历史背景之下,实事求是地分析其优劣得失,为今天的文学创作和文学欣赏提供经验教训。

第一节 清官情结的确立与公案小说的生成

公案小说是古代故事型小说中一个比较特殊的品类。其特殊之处在于,其题材处于故事型小说与世情小说之间。由此,小说的生成、特点,也与其他故事型的小说不同。

探求公案小说的生成,须先看看公案故事的产生。笔者以为,公案故事产生于封建社会的初期。人生活在群体之中,难免会发生摩擦,发生一部分人侵害另一部分人的利益之事。在原始社会的初民阶段,这样的事件由社会成员自行解决,或以暴抗暴,或容忍姑息;原始社会进入到氏族社会阶段,此类事件由氏族首领及族长、家长们解决。奴隶社会中,奴隶主决定生杀大权,应该也无所谓"公案""理狱"之说;只有到了封建社会的初期,设官以为"民牧"之后,这类事件才由官吏们解决。而由官吏决断民事纠纷、刑事案件的故事,就是公案故事。

公案事件有一定故事性,却不易成为文学作品的素材。原因就在于,这类事件太过于平凡。请看《魏书·循吏传》中所载傅琰断案的故事:

> 傅琰字季珪。……齐高帝辅政,以山阴狱讼繁积,复以琰为山阴令。卖针、卖糖老姥争团丝来诣琰,琰挂团丝于柱,鞭之,密视有铁屑,乃罚卖糖者。又二野父争鸡,琰各问何以食鸡,一人云粟,一人云豆。乃破鸡得粟,罪言豆者。县内称神明,无敢为偷。[1]

傅琰无疑是古代的断案高手,所举二例之所以能载入史册,自然也是

---

[1] 《南史》卷七〇,第 1706 页,中华书局标点本。

他所断的高明的案例。这类事件用来写故事,则其情节不够惊险离奇;用来写情,其情致也不感人。故此宋元以前真正以公案为题材的文学创作少而又少,这类事件大都被作为政绩附于那些清官循吏的传记中。

宋元时期,以公案故事为题材的文学创作渐成气候。其原因,首先在于清官情结的确立。

我们知道,宋代是我国封建社会里最为孱弱的朝代之一。一方面是统治阶层荒淫腐败,横征暴敛,搞得民不聊生,纷纷揭竿起义。另一方面,外患与整个宋王朝相始终:先是宋辽对峙,接着又是金兵入侵,最后由蒙古部落入主中原。无论是在宋、金时期金人占领的地区,还是后来的元帝国,汉族百姓都处于社会底层。据《元史·百官志》记载:"其牧民者,则曰路、曰府、曰州、曰县,官有常职,位有常员,其长则蒙古人为之。"民族压迫非常惨重,吏治也异常黑暗。因为这些"牧民者",既不懂得汉族人民的法制、习俗,甚至也听不懂汉话。由这样的人断案,结果可想而知。在这种情况下,吏治成为民众心目中至为重要的问题,以公案为题材的小说戏剧也就应运而生。据《醉翁谈录》《梦粱录》等记载,当时公案故事已经成为说话艺术的一个门类。而元杂剧中的公案戏更多,除了包公戏之外,现存六种"水浒戏"中有五种同时也是公案戏。这一时期的小说、戏剧,有的直接宣泄对黑暗吏治的不满:话本《错斩崔宁》《错认尸》《错勘赃》《简帖和尚》等,写的都是冤假错案。杂剧《窦娥冤》更是把一个大冤案写得感天动地。也有的作品表现出了渴望清官与民申冤的理想。他们请出了包公,也请出了梁山好汉,由他们断案折狱,为民申冤。值得注意的是,元杂剧里的梁山好汉都是以盗匪的身份出现的。由他们来平反冤狱,显然是在说:官不如匪。

明初的统治者大力提倡程朱理学。朱元璋规定以"四书""五经"为国子监的功课,制定八股取士制度。而八股文专从"四书""五经"命题,并只能依朱注解释。朱棣又命胡广、杨荣等人修"四书""五经""性理大全",引导全国的读书人,学习、奉行理学教义。最高统治阶层的提倡,程朱理学的熏陶,使得明代确实出现了一批清官,海瑞就是其中的一员。据《明史·海瑞传》记载,海瑞"素疾大户兼并,力摧豪强,抚穷弱,贫民田入于富室者,率夺还之。徐阶罢相里居,按问其家无少贷。下令彪发凌厉,所司惴惴奉行,豪有力者至窜他郡以避,而奸民多乘机告讦,故大姓时有被诬负屈者。"①海瑞抑富济贫虽然有点过头,却大大减轻了穷苦百姓受豪强摧残的苦难。这使得当时的百姓有一种拥护清官、颂扬清官的情结。故此,自明代始,公案小说就成为歌颂清官的小说。

第二节　《包龙图判百家公案》与《龙图公案》

明代,随着章回小说的产生,长篇公案小说也大量涌现。有安遇时的《包龙图判百家公案》(以下简称《百家公案》),无名氏的《龙图公案》,李春芳的《海刚峰先生居官公案》(以下简称《海公案》),余象斗的《皇明诸司廉明公案》和《皇明诸司公案》,等等。

我们知道,古代故事型小说所写的大都是非常之人,非常之事,追求惊险离奇的审美效果。但公案故事不具备这种特点,而且由于其情节简单,无法由一个主要事件构成长篇,故此,宋元的公案小说均为短篇。明代的长篇公案小说,实际上是由一个个相对独立的短篇故事集结而成,由一个不平凡的清官,将这类平凡的事件连缀起来。

明代的公案小说中,有的故事是作者创作的,但也有相当一批故事来自宋元的话本、杂剧和社会上流传的公案故事。以《百家公案》为例:二十三回《获学吏开国材狱》、二十七回《拯判合同文字》,分别据杂剧《绯衣梦》《合同文字》改编;五十一回《包公智捉白猴精》、五十六回《杖奸僧决配远方》,分别据话本《陈巡检梅岭失妻记》《简帖和尚》改编;四十一回《妖僧惑摄善王钱》,据章回小说《三遂平妖传》中的有关情节改编。此外,各种公案小说之间相同题材的故事则更多。这使得明代公案小说内容芜杂,艺术风格又很接近。因此,我们很难总结出它们各自的特点,只得统而论之。

明代公案小说都对清官备加赞颂,作品写得最多的是宋代的包拯

---

① 《明史》卷二二一六,第 5931 页,中华书局标点本。

和明代的海瑞。书中的清官，全都清正廉明，刚直不阿。经他们判的案，无不确当公允；即使别的官吏判错了案，也必定由他们昭雪。在这些清官们眼里，达官贵人与小民百姓一律平等。无论什么样的人犯法，都依律制裁。小说还夸大了清官们的权力，无论是达官贵人还是皇亲国戚，只要他们犯罪，清官都可以将他们惩处甚而至于斩杀。即便是杀了皇帝庇护的人，皇帝也从不怪罪。一些作品还对这些清官加以神化，说他们是天上的星宿临凡，日审阳、夜审阴，连精怪妖魅也惧怕他们。在这些清官们身上，反映了平民百姓渴望政治清明的愿望。

封建社会等级森严，当时社会上存在着大量的以强凌弱的案件。这在明代公案小说中也有所反映。例如，《百家公案》中的《当场判放曹国舅》，写曹二国舅霸占张氏，将其夫勒死，大国舅做了帮凶。包公捉住两国舅，不顾仁宗皇帝、皇后求情，斩了二国舅，将大国舅下狱。直到仁宗大赦天下，包公才放了大国舅。《东京判斩赵皇亲》，写御弟赵王为霸占民妇刘都赛，杀其夫家满门。包公知道后诈病，将赵王诱入府中，擒而斩之。这类故事无疑是书中的精华，可惜数量既少，所反映的观念也比较混乱：一方面，作者反对强权的压迫，认为皇亲国戚杀害平民百姓，也应该偿命。另一方面，他们又崇拜强权，赋予清官极大的权力，由他来庇护平民百姓。高尔基在《谈谈小市民习气》中说："小市民心灵的特点之一就是奴隶性，是对权威的奴性崇拜。"①公案小说正反映了市井小民的这种矛盾的心情：他们深受强权统治之苦，又幻想着通过强权解除这种苦难。

明代公案小说写得更多的，是婚恋奸情案。这一方面是受宋元话本、戏剧的影响，另一方面，也因为这类内容比较为市民读者所喜爱。由于小说题材来源的不同，小说所表现出来的观念也是相互矛盾的。对未婚男女的恋情，作品是支持的。如《百家公案》中《辨心如金石之冤》，写了个情爱之心坚如金石的感人故事：李彦秀与妓女张丽容相爱。就在彦秀遣媒行聘，要娶丽容之际，周参政强行将丽容献给王丞相。彦秀死，丽容殉情。参政怒焚其尸，其心化作两个色如金石的小人，张心所化之小人似李，李心所化之小人似张。在这里，包公得知

---

① 转引自张稔穰《中国古代小说艺术教程》，第93页，济南：山东教育出版社，1998。

后，将周参政处死，王丞相罢职。在这里，包公成了自由恋爱的保护者。《龙图公案》中的《阿弥陀佛讲和》，写徐献忠与萧淑玉相恋，淑玉将一匹白布挂在楼枋上，每晚用白布将献忠拉进闺房交欢。一日，献忠晚至，淑玉误将一和尚拉至闺房。和尚欲强奸淑玉，淑玉不从而被杀。包公断清案件后将和尚处死，而献忠矢志不再娶妻。作品对二人备加赞扬，包公在判词中还称赞他们是"节妇义夫，两尽其道"，竟然没有把两人婚前的偷情视为失节。这种赞美"情"、否定"理"的观念，显然是受王学左派的影响。然而，有些作品，对以理杀人的事件又表示了极大的兴趣。《百家公案》中《判割停猴节妇坊牌》，写周安与汪氏，夫妇情笃。周安病死，汪氏矢志守节，孝敬公婆，州府为其建牌坊以表其节。一日街坊演《西厢》，汪氏观剧动情，与家中豢养之猴通奸。包公审出奸情，拆去牌坊，汪氏自缢。这一故事，表现了封建礼教对人性的残忍戕害。小说家们却对这个故事描述得津津有味，不仅《百家公案》写，《皇明诸司公案》《海公案》都写了类似的故事，这也反映了公案小说思想倾向的混乱。

明代公案小说中，还写了大量的精怪案。《百家公案》所写的一百个案例中，精怪案有二十多例，这里面还不包括鬼神显灵之类的事。值得注意的是，书中所写精怪有善有恶。《访察除妖狐之精》中的狐精，《除狄青家之花妖》中的花妖，《行香请天捉妖妇》中的妖妇，都美丽温婉，没有害人之心，并深得丈夫和家人的喜爱。然而，公案小说的作者，没有文人骚客那样的雅兴，凡属精怪，都格杀勿论。这类故事没有什么深刻的蕴含，但是以其新奇引起下层民众的喜爱。有的故事被后来的戏剧小说改编，至今流传不衰。如京剧《碧波潭》、越剧《追鱼》，都是据《百家公案》之《金鲤鱼迷人之异》改编的。《决戮五鼠闹东京》中的五鼠，被《三侠五义》改编成五位侠客，影响更为深远。

明代所有的公案小说，都有一个致命的弱点，就是勘破案件的手法幼稚、荒谬。绝大多数案例靠神鬼鉴察：不是菩萨显灵，就是阴魂告状，再就是神灵托梦。有的还根据偶然出现的自然现象确定凶手。如《龙图公案》中的《虫蛀叶》，写包公断失银案，大风吹来一叶，叶中被虫蛀一孔。包公就断言，昧银者名叶孔，严令差吏访察，案竟破。同书中的《蜘蛛食卷》，写包公正阅一杀人案卷。忽一蜘蛛从梁上坠下，食卷中几字。于是判定凶手姓朱,遍查被害人的亲戚乡里,并无姓朱者,只有姓萧名升的。包公又想,蜘蛛又名蛸蛛,姓萧也有嫌疑。又得知萧升靠宰猪为生,便确定了他是凶手。这类例子不胜枚举。出现这种情况并不奇怪,因为在我国封建社会中,历来都是重理念不重实际,重伦理不重科学,致使国民在逻辑学、自然科学诸方面都十分欠缺。那些靠"两耳不闻天下事,一心只读圣贤书"起家的官吏,不仅缺少专门侦破技术的训练,甚至不通世故人情。他们判那些明显以强凌弱的案件,或可胜任,但在疑难案件面前只能束手无策。前文所载《魏书》傅琰所断之案,断案方法如此原始、简单,竟被奉为楷模,载入史册。当时官吏们的断案水平,可见一斑。

既然明代的公案小说成就普遍不高,为什么又会受到民众的喜爱?笔者以为有这样两个方面的原因。首先是崇拜清官的情结。我们知道,封建社会的市井小民,对圣君贤相、忠臣良将大都持崇拜态度,对于执法严明、刚正不阿,又能使他们免遭法律条文许可之外的压迫和摧残的清官,更是奉若神明。其次,当时的读者自己也缺少推理判断的能力,他们听故事只图热闹有趣。所以他们并不在乎清官们的断案技巧如何,只要故事新奇、热闹,也就符合他们的审美情趣,他们也就乐于接受。

第三节　侠义公案小说的开山之作《施公案》

清中叶,公案小说与描写侠客的英雄传奇小说合流,产生了侠义公案小说。如鲁迅所云:"凡此流著作,虽意在叙勇侠之士,游行村市,安良除暴,为国立功,而必以一名臣大吏为中枢,以总领一切豪俊"①。其开山之作是《施公案》,代表作是《三侠五义》,此外还有《彭公案》《狄公案》《永庆升平》《七剑十三侠》《八剑七侠十六义全传》等。这些小说问世后,不仅大量故事被改编为戏剧上演,还引出了众多的续书:《施公案》续至十集,《彭公案》续至十七集,《三侠五义》续至二十四集。这

①《鲁迅全集》第9卷,272页,北京:人民文学出版社,1981。

些小说,最初产生于北方,后来渐渐风靡全国,据黄人《小说小话》中说:"南人本好言情小说,前十年间,忽自北省传入《三侠五义》一书,社会嗜好为之一变。由是而《彭公案》、《施公案》、《永庆升平》诸书,皆从燕齐人。"①总之,公案故事在侠客加盟以后才变得有声有色,在全国范围内产生了重大影响。

侠义公案小说的产生,有其历史背景。清代自乾、嘉以来,政治日益黑暗。一个突出的表现就是官僚制度丧失了道义和行政活力。整个统治阶级奢侈腐化,众多官僚贪赃枉法,刑赏失措。他们为了最大限度地追求私利而又保住自己的官位,建立了以亲属关系、同乡关系、师门关系为轴心的庇护制网络。有了这种"护官符",他们更是置王法于不顾,肆无忌惮地聚敛财物,霸占土地,军队也到处横行抢掠,普通百姓的生命财产安全毫无保障。因此,尚未冲破封建思想藩篱的下层民众,渴望清官出现,匡救时弊,以减轻他们的苦难。当时,朝廷对地方的控制力越来越弱。一些将领、地方官员,拥兵自重,不听号令。自清初就大量存在的帮会,如红帮、青帮、天地会、哥老会、致公堂等,又各立山头,与朝廷对抗。有的仍坚持抗清复明的宗旨,纪律严明,不害百姓;有的开始堕落,专以杀戮抢掠为事。还有一些地痞流氓、社会渣滓,也乘乱聚集而为非作歹,社会秩序空前混乱。这样的社会现实,使得封建统治当局中的开明人士启用草泽英雄安邦定国,既有可能性,也有必要性。可能,是因为草野中确有许多主持正义的英雄;必要,是因为没有一支有力的正义之师与之配合,清官就不能顺利地执法。这就形成了侠义公案小说中让侠客在清官的统率下治国平天下的模式。在下层民众的想象中,清官与侠客的结合,是最理想的政治结构:清官清廉刚正,爱国爱民,但没有武艺,在与邪恶势力作斗争时,常因受到他们的武力反抗而束手无策,须借助侠客的武艺;而侠客武艺高超,胆识惊人,但没有职权,没有合法的地位。只有托靠清官,才能使他们行侠仗义、除暴安良的行为合法化。清官的明察秋毫、不徇私情,保障了政治的清明;侠客的智谋武艺、侠肝义胆,保障了国家的太平与强盛。

侠义、公案两类小说的交叉,又是对明代以来的公案小说的改进。

---

① 陈平原、夏晓虹编:《二十世纪中国小说理论资料》,第 246 页,北京:北京大学出版社,1989。

前文已经说过,社会上的公案事件,文学作品描写的公案故事,都平凡、简单,无法敷衍成长篇,更不易取得惊险离奇的艺术效果。侠客的介入恰恰弥补了公案小说的这一缺陷,因为侠客的行侠仗义、除暴安良,历来都是故事型小说的绝好素材。公案与侠义结合起来,侦破案件、抓捕凶犯,便成为侠客除暴安良的由头;侠客们高超的武艺,飞檐走壁的本领,又的确有利于清官的执法与案件的侦破。尽管这些小说描写侦破手法没有得到真正的改进,破案故事却被描写得惊险离奇,生动曲折。

《施公案》,又名《施案奇闻》《百断奇观》,四百零二回。小说取材于清代的现实,书中的清官施仕伦实有其人,他是靖海侯施琅之子,真名为世纶,《清史列传》中有比较详细的传记。施世纶出任过泰州知州、湖南布政使、安徽布政使、顺天府尹等职,最后做到漕运总督。施世纶做官突出的特点,是清廉、刚直,比较爱护下层百姓。康熙皇帝这样评价他:"施世纶朕深知之,其操守果廉。但遇事偏执,百姓与生员讼,彼必庇护百姓;生员与缙绅讼,彼必庇护生员。夫处事惟求得中,岂可偏私?如施世纶者,委以钱谷之事,则相宜耳。"①看来,康熙对他并不十分赏识,只是利用他清廉的特点,"委以钱谷之事"。但是,下层民众从自己的生活体验出发认可了他,施世纶爱民的事迹,在民间广为流传。陈康祺《郎潜记闻》,阮葵生的《茶余客话》,及佚名的《花朝生笔记》等,都记载施世纶为官清正的事迹。现存《施公案》最早的版本,是嘉庆庚辰(1820 年)厦门文德堂藏版《绣像施公案传》。从小说的风格看,它当出于文化水平不高的说书艺人之手。

与明代的公案小说不同,《施公案》对清代社会现实的反映相当深刻。小说所描写的案件,摒弃了精怪作祟之类的内容,也没有描写忠奸斗争,基本上都是发生在市井中的刑事案件。

《施公案》中用相当的篇幅,写了与上层人物有关联的大案,即恶霸豪绅罗似虎、黄隆基、关升欺压百姓的案件。罗似虎等人自身的地位并不是很高,但他们都有强硬的后台和盘根错节的关系网。关升的父亲做过本朝的监院,罗似虎的哥哥是有权势的太监,黄隆基是皇粮

---

① 《圣祖仁皇帝圣训》,文渊阁《四库全书》本,卷二二。

庄头。他们"上交王公侯伯,五府六部";下面的州府官员又"与他都是朋友相交,兄弟相称"。因为有这些人的庇护,他们敢于明火执仗地霸占别人的田产,抢掠人家的妻女,连打死人都不许领尸,用来喂狗。百姓深受其害,却投诉无门:"哪怕你告遍衙门,总不准情。"不光百姓如此,就连朝廷命官也奈何不了他们。有的州官接了状告他们的呈状,尚未审理,就丢了差事。施仕伦访察他们的罪行时被他们抓获,打得死去活来,全靠侠客救助,才幸免于难。而当施仕伦与众侠客捉住关升后,马上就有"州尊"传书庇护;他们好不容易把罗似虎和匪首石八捉拿归案,很快又有皇上宗亲带着二千岁的谕旨令施仕伦放人。最后,施公上靠当镇海侯的父亲撑腰,下靠众侠客的帮助,才除掉了这些恶霸。值得指出的是,以往的公案小说描写上层人物之间的斗争时,往往从忠奸对立的角度去写,即把对皇帝忠诚与否作为判定是非的标准。而《施公案》却总是从爱民还是害民的角度去写,作者又总是站在受害的下层百姓一方。处决罗似虎时,一方面是内宫太监传八王爷的旨意放人;一方面是百姓喊冤叫屈,要求为他们报仇雪恨。施公坚定地站在百姓一边,处死了这个害民贼。

小说中还有的案件属于下层社会的民事纠纷,如开汤羊铺的洪德的两吊"血本铜钱"被表兄图赖,寡妇崔氏种的茄子经常被偷,卖豆腐王二的一盘豆腐被路人挤翻打碎等等。按说,这些东西所值至微,不值得立案。但作品对这类案件的描写颇为郑重,总是让施公想方设法把案件审个水落石出,使受害者得到应有的补偿。它向人们表明:老百姓的寸丝粒粟都来之不易,都应该受到保护。尽管这样的故事情节平淡无奇,但市井小民从自己的生活体验出发,读来会感到格外亲切。比如,同是写石狮子,明代的《龙图公案》所写的故事与《施公案》中的故事截然不同。《龙图公案》中的"石狮子"篇,是个劝善惩恶的故事。它写登州某镇的乡民作恶太多,上天将降灾惩罚。神仙化为僧人告诉一个行善的人,赶紧准备船只,只要看见街头的石狮子眼中流血,马上乘船逃生。届时,大水骤至,善人逃走,其余两万多人全部丧生。《施公案》第二十九回则写行人挤倒了街头的石狮子,石狮子又砸翻了卖豆腐王二的一盘豆腐。施公假称审问石狮子,引来许多看客;又以"擅入衙门,吵吵闹闹"为由,罚每人交一文钱给王二做资本。显然,这两个故事的意蕴大不相同。前者宣扬教化，却不以民生为念，对两万多人被淹死无动于衷；后者则对穷苦百姓的财产表示了关切。

《施公案》中还有许多案件，是发生在下层社会的刑事案件。如：土豪郎如豹私造地契，霸占农民的土地；地主佟六，害死佃户白富全，奸污了他的妻子；李咸夫妇为谋家产，毒死侄子，嫁祸于侄妇；开黑店的张豹夫妇先后害死四个过往客商；赶脚的车乔用刀扎死江南陈姓客商，抢走了他的银子；小生意人刁祖谋为独吞本利，害死伙计李成仁……施公也总是千方百计地侦破案子，严惩凶手。这也反映了当时下层百姓的心愿。清自乾、嘉以后，由于人口骤增，统治当局又肆无忌惮地搜刮民财，民不聊生。清政府对地方的约束力日益衰弱，社会秩序非常混乱，广大民众的生命财产毫无保障。民众热切地希望官吏剪除邪恶，维护治安，以保障他们生命财产的安全。

《施公案》还能站在下层百姓的立场上，否定不合理的法令条文。例如，清代的法律特别强调主子对奴仆的统治权。主人对奴仆可以百般虐待，却不许奴仆有任何反抗行为，甚至也不许告官。《大清律》明文规定："凡奴仆首告家主者，虽所告皆实，亦必将首告之奴仆照律从重治罪。"《施公案》对这一律令不以为然，小说对含冤受屈的仆人，表示了深切的同情。曹翰林疑心仆人曹必成与其妾有染，就以"黉夜勾引强盗入宅打劫主人"的罪名将其押送官府，问成死罪。曹必成之妻李氏拦路告状，施公初时也说："以仆告主，我却不准。"但当他知道曹必成确为冤枉时，还是为他洗清了冤枉，怒斥曹翰林，并给将此案判成冤案的县官记大过三次。而对于首告家主的李氏，不仅未加惩罚，反而好言嘉奖。《大清律》还规定："妻妾告夫……虽得实，亦杖一百徒三年。"而《施公案》中写一老妇冯氏，状告后夫。施公开始不准状："自古及今，妻告夫者，先有罪的。律有明条，难以容恕。"①但当他知道冯氏的后夫是杀死她前夫的凶手时，就无条件地准了她的状，并为她报仇申冤。《施公案》的作者，明明知道这些律令，却偏偏与它唱反调，说明了下层民众对不平等的法律的反抗和对自身利益的关注。

《施公案》中还有些案子判得不合法度，却合乎人情。第二十八回

---

① 《施公案》上，第19页，宝文堂书店，1982。其后该作引文均据此本，仅在行中标明回数。

写农民李自顺在外做生意挣了钱,为了试探妻子,把银子藏在土地庙的香炉里,自己假扮乞丐回家,结果丢失了银子。施公设法为他找到银子,怒斥他"不念糟糠之妻,反怀疑心",并对其进行了惩罚。以穷富试探妻子之贞,在古代文学作品中屡见不鲜。刘知远、薛平贵、吕蒙正等在发迹之后,都曾对为他们吃尽苦头的妻子进行过这样的试探,传为佳话。《施公案》的作者却反对这样做,认为随便怀疑与自己患难与共的妻子是有罪的,反映了封建观念相对淡薄的下层民众的思想感情。《施公案》还能突破礼教传统,判令那些所嫁非人的妇女改嫁。第一百廿回,写地痞无赖赵三被人杀死,凶手又嫁祸于良民金有义。施公审明此案,惩办了凶手,又判赵三善良的妻子改嫁金有义:"赵三为人,也当不起尽节之妇。"封建社会里总是教导女子"嫁鸡随鸡,嫁狗随狗";明、清两代,更是把妇女"从一而终"强调到极致。封建官吏即使不强制妇女守节,也决不至于反而判令其改嫁。这样的故事,只能出于那些善良的、富有人情味的市井小民的虚构。

《施公案》另一个重要的特点,就是把解除下层百姓苦难的理想,更多地寄托在了侠客的身上。小说中所写的帝王将相,已经失去了以往的威严。文官平庸,将帅无能,"至圣至明"的皇帝,在治理国家方面也没有任何作为。莲花院十二盗公然声称:"江都文武官员,何畏之有? 如有风吹草动,战马撒开,杀得他个江都县天昏地暗。"(第二回)很明显,靠帝王将相们已难以把国家治理好,必须起用在野英雄。施仕伦启用侠客之前,没办一件大案。在与"九黄""七珠"对垒时,靠衙役在强盗饮酒时偷偷下了蒙汗药才侥幸取胜;大盗毛如虎咆哮公堂,一个人就把衙役们打倒一大片。启用了黄天霸等人之后,才开始剪除贪官污吏、恶霸豪绅,剿灭江湖盗匪,为百姓解除苦难。

长期以来,人们对《施公案》的批判,主要是因为这部小说描写了"镇压农民起义"的问题。笔者认为,小说研究,应该以作品本身提供的内容作为依据,而不应该望文生义,借题发挥。从小说的具体描写看,施仕伦和众侠客所剿灭的"反叛"中,并没有以推翻清王朝为目的的农民起义军,而大都是占山为王、靠劫掠为生的人。这些人大体可分三类:一是江湖盗匪,如:冒充知县的大盗毛如虎,恶僧"九黄",奸尼"七珠",采花大盗谢虎等。这些人倚仗武艺杀人越货,奸淫妇女,为所欲为。虽然他们也和官府对抗，但受害最深的还是普通百姓，老百姓比官府更恨他们。镇压这些人，是顺应民心的。事实上，在任何时代，镇压暴力犯罪、维护社会治安的行为都有其合理性。第二种人，是追随贪官污吏的黑道人物，如：老人会的会首、窃家头众显道神石八，真武庙的六和尚，聚夹峰的铁头和尚等。这些人和贪官污吏、不法豪绅勾结，更是有恃无恐，肆无忌惮地残害百姓。从小说的描写看，这种官与匪的勾结害民最甚。不除掉这些害民贼，百姓们便永无宁日。第三类人，是那些和官府作对、不害百姓的造反英雄，如连环套的窦耳墩，海州摩天岭的余成龙等。这些人与侠客的冲突是江湖恩怨：窦耳墩盗御马不是为了反王室，而是要嫁祸于黄天霸的父亲黄三太，因为黄三太曾经在比武时打败过他，损害了他的威名；余成龙盗施仕伦的印信，也不是要和施仕伦本人过不去，而是要害黄天霸，因为黄在凤凰岭招亲出尽了风头，他心里不服。尽管这些英雄好汉的被杀令人惋惜，但是并无政治原因在内。值得指出的是，《施公案》不像以往的小说，凡是被镇压的"强盗"都被写成是十恶不赦的人。作品对窦耳墩等人的描写是充分客观的，明确地交待出他们"不劫往来客人，专劫富贵人家"的义举。窦耳墩至死都是一条铮铮好汉；小说也一再称颂余成龙"为人最好，摩天岭左近一带，凡那没衣没食的穷民，山上的大王还有时给他们衣食，从来不与人为难"。（第二百九十三回）这种对不肯接受招安的造反英雄的赞扬，反倒是以往的小说中不曾有过的，就连《水浒传》也不例外。因此，将《施公案》定为描写镇压农民起义的反动作品的做法是站不住脚的。

总之，由对圣君贤相的期盼，到对下层社会力量的认可；由宣扬仁义道德的儒学传统，到张扬尚武精神；由歌颂清官循吏，到对自己命运的关注，正是《施公案》高于明代公案小说之处。

在艺术风格上，《施公案》最大的特点是贴近市井生活，富有世俗气息。

《施公案》的这一特点，首先表现在人物形象的塑造上。以往的小说，所写的大都是历史人物和历史事件。巨大的时间距离，容易使人们对这些人物和事件理念化，并产生神秘感。因此，人物形象的塑造也往往具有偶像化、模式化的倾向。《施公案》取材于现实，人物形象的塑造较多地保留了原型人物的特点;再加上市井小民又按照自己的生活经验,对清官、侠客的形象进行加工改造,这就使得书中的清官与侠客都具有浓郁的世俗色彩。

例如,施仕伦是本书中备受赞扬的清官的形象,他的主要特点是不畏强权,清正爱民,但他也有许多常人的特点。第一,他的长相很不体面:"长脸,细白麻子,三绺微须,萝菔花左眼(像京剧丑角画的那种十字状的眼),缺耳,凸背,小鸡胸……","左带矮拐,右带点脚,前有鸡胸,后有斜肩,身材瘦小歪斜,十分难看"。(第九十一回)因为"长得不够本",得了个外号叫"施不全"。这种描写符合人物原型,邓之诚的《骨董三记》中,也说施仕伦"腿歪、手瘸、足跛、口偏",因此人称"施不全"。第二,施仕伦也有市井小民的狡黠。第九十一回,写索御史和众臣拿他的残疾开心,提出以射箭赌钱。施仕伦因铜钱上有"康熙"二字,便故意引索御史用脚踩铜钱,然后又要办他欺君之罪。拿残疾人开心,固然不道德,然而施仕伦报复的手段也未免刻毒。第三,施仕伦也像常人那样胆小怕死,他私访被坏人识破抓起来吊打时,也常吓得"真魂出窍"。小说写罗似虎抓住他,要害他的性命时,土地、城隍两个神仙挡着他的魂灵,才没有真的出窍。但在办案时他不屈不挠,总是想尽一切办法战胜对手,为民除害。此外,施仕伦也没有包拯、海瑞那样威严,他手下的侠客,不仅敢于反驳他的意见,有时还拿他开心。第一百七十五回写皇帝令施仕伦高擎茶碗,让黄天霸施展"甩头一子"的武艺。施仕伦大喊:"黄壮士,依我说,你再打别的罢,可可的单打茶碗,还叫人举着,你想这不是叫人出丑么?"黄天霸想和他开个玩笑,说:"老爷,何必这样害怕担惊,一个手罢,纵然是打掉了,也不过慢慢地长出,又要不了命。"说得施仕伦更加害怕,大出其丑。总之,《施公案》把明、清公案小说中被神化了的清官,还原为现实社会中的人。

《施公案》中侠客的形象,也是充分世俗化了的。这些侠客武艺高超,但也没有神奇之处,甚至也都不是常胜将军。他们不像古代的侠客那样超凡脱俗,而有常人的情态,也有对功名的强烈追求。这种特点在黄天霸的身上表现得尤为明显。黄天霸狂傲、褊浅,有勇无谋,打了胜仗洋洋得意,打了败仗又羞得恨不能寻死。施公派遣他做事,总要用激将法。第三百零七回写施公要抓一个专抢妇女的采花大盗,需要用会武艺的美人作诱饵,黄天霸的妻子是最佳人选。如果明说要黄妻当诱饵,黄天霸肯定不答应,因为这是失身份的事。于是众人只说美人难找,黄天霸马上吹嘘自己的妻子能胜任。别人越是阻拦,天霸越是坚持,致使他的妻子真的当了捉拿强盗的诱饵。作品写得比较多的,还是他对功名的强烈追求。投靠施公后,由于对他的提拔不够及时,他曾两次闹情绪,要离开施公。他甚至为了功名杀死了自己结拜的兄弟濮天雕、武天虬。作品对此多有微词,一再指责他"失了江湖信义之真"。显然,这是个有缺点的英雄。其他侠客也都是武艺高超的凡俗的人。这使得书中的形象,虽然不够高大完美,却显得更加亲切可信。

在情节结构上,《施公案》比以往的评书体小说有所发展。描写断案故事时,改变了以往章回小说"欲知后事如何,且听下回分解"的那种链状结构,而是采用穿插腾挪、蟠曲回旋的手法,使判案故事案中套案,案案勾连。例如,小说开篇写的是侦破"九黄""七珠"及莲花院十二盗抢劫案。办案过程中又插进李志顺状告土地、朱有信状告母舅、哑巴诉冤及老妇冯氏状告后夫等案。一个案件侦破之后,其他案件仍没有破,始终给读者留有悬念。再如,李志顺告土地案在十七回开始出现,十八回方讲明案情,二十八回才结案。这样一个接一个的悬念,吸引着人们一回接一回地读下去,直至终篇。

《施公案》的语言,具有民间说书底本的特点。其叙事语言粗糙、陋俗,"几不成文",但人物对话流利、酣畅,具有浓郁的民间色彩。如第一百零八回写一个强盗抢了东西,非常高兴,说晚上"会会我那得意的人儿去"。一个同伙这样反驳他:"四哥,你真也算越老越少心咧,那么一个养汉老婆,也值得这样挂在心上。这算什么事情,还要说出口来。就是那样猪八戒的破货,也称'得意人儿'? 要真好,古来说的西施、昭君,生成一朵鲜花样儿的,还许买张八仙桌弄在家里当香花供养呢! 你这才叫'情人眼里出西施'。今日说的这好话,比作'见了骆驼容长脸,抱着母猪唤貂蝉。'"话语刻薄、粗俗,但也生动、形象,并且很符合说话者的身份。有些对话纯为市井中的用语,第一百五十一回写真武庙里的六和尚,听说破庙里的强盗与他作对,满脸的瞧不起:"我打量哪来的两脑袋的大光棍呢,原是他们……若提起破庙里这伙强盗来,全是酒囊饭桶。亚油墩子李四,小银枪刘虎,这些晚秧子扬风乍刺,身上未必有猫大的力气。非我说大话,瞪瞪眼他们就得变了颜色。"既表现了六和尚的狂傲,也使得作品具有浓郁的民间色彩。

《施公案》的缺点也是非常明显的,这首先表现为破案方法简单幼稚。应该看到,作者似乎已经认识到明清公案小说中神鬼鉴察之类描写的荒诞不经,也意识到定案不能只靠口供,应该取证。所以作品中基本摒弃了妖异鬼神之类的描写,也由描写单一的堂审改为堂审与私访结合,这在认识上是个进步。但在具体描写清官的侦破手段时,又明显地表现出力不从心。其破案手法或是荒诞不经,或是平淡无奇。例如,在写破九黄、七珠案时,施公因为梦到九只黄雀、七头小猪,就逼着差役们捉拿"九黄七猪"。其实,不光是差役,就连施公自己当时也不知"九黄七猪"是人还是物。再如,第十七回写李志顺状告土地,引发了人们的好奇心;施公又口口声声说要审问土地,引起了人们更大的好奇心。审问的结果却是犯罪嫌疑人见施公装模作样地审土地,不觉冷笑,自己说出了作案情由。这种雷声大、雨点小的写法,往往令读者大失所望。其次,《施公案》叙事语言粗糙鄙俗,尽管说书人讲述故事时,可以其高超的口才弥补这种缺陷,但作为文学读本来看,是个明显的缺点。

第四节　《三侠五义》与其他侠义公案小说

《三侠五义》是在说书艺人创作的基础上,经文人加工改写而成的小说,也是侠义公案小说中文学成就最高的一部作品。

《三侠五义》一百二十回。作者石玉昆,是咸丰、同治年间红极一时的说书艺人。有人这样赞扬他的说书艺术:"高台身价本超群,压倒江河无业民。惊动公卿夸绝调,流传市井效歌唇。编来宋代《包公案》,成就当时石玉昆。是谁拜赠先生号,直比谈经绛帐人。"①经他说唱的书词,被称为"石韵书"。显然,这是个充分掌握了评书艺术的特

---

① 转引自《中国近代文学论文集·小说卷》,第 324 页,北京:中国社会科学出版社,1988。

点,而又富于创造的人。石玉昆在长期演唱包公断案故事的基础上,进行了艺术创新:将公案故事改写成侠义公案小说——《三侠五义》。《百家公案》与《龙图公案》中都有一则《玉面猫》的故事,写五只鼠精作怪,包公请来了神猫——玉面猫,除掉了五鼠。《三侠五义》中,五只鼠精演化为五位侠客,仍以五鼠名之,而神猫演化为御猫展昭。开始他们也是敌对关系,后来共同辅佐包公,除暴安良。这样一来,就将一个神怪故事演变为侠义故事,并生发开来,以此为全书的主干。根据石玉昆说书内容整理的《龙图耳录》,已经是名副其实的侠义公案小说了,人物形象的塑造、情节构造都已相当成功。清同治十年(1871年),问竹主人对《龙图耳录》进行文字上的加工,写成一百二十回本的《三侠五义》,又名《忠烈侠义传》。光绪元年(1875年),入迷道人又对问竹主人的修订稿进行加工,并于光绪五年(1879年)出版,这就是现存《三侠五义》最早的版本。十年后,俞樾再一次对《三侠五义》进行修订,以第一回的“狸猫换太子”的故事不合于正史,重新撰写;又以小说中南侠、北侠、双侠,已为四侠,加上小侠艾虎、黑妖狐智化、小诸葛沈仲元共有了七侠,遂改名为《七侠五义》。此外,将清官颜查散改为颜眘敏,还对个别文字进行了修改。然而,《七侠五义》的行文,反不如《三侠五义》生动;被它删掉的“狸猫换太子”的故事,又深受广大民众的喜爱。所以,后来社会上流行较广的仍是《三侠五义》。

《三侠五义》的前二十七回,主要写包公断案的故事。这些故事大都见于元、明旧作。《三侠五义》将这些故事进行加工改造,并把它们定型化。例如,包拯断的第一大案——狸猫换太子案,就是综合了历史传说和各种戏剧小说中的故事写成的。《宋史》卷二百四十二记载:仁宗的生母李氏原是刘后的侍儿。仁宗出生后,襁褓之中便被刘后收为己子。仁宗即位后,李氏畏刘后,不敢与其子相认。她病重时进位宸妃,死后被刘后以太后冠服殓葬,并用水银养之。刘后死后,朝臣才敢于将李宸妃的事告诉仁宗,并疑心她死于非命。仁宗开棺哭奠,见宸妃面色如生,知其并非为刘后害死,仍厚待刘氏家族。显然,这是一个以强凌弱的事件,但并未形成忠奸两派之争,和包拯也没有任何关系。后来,仁宗认母的事被编为戏剧、小说,在社会上广为流传。元杂剧《抱妆盒》为了加重刘后的恶,把刘后将太子收为己子,改为要害死太子,太子为宫人寇承御和太监陈琳所救,交八王抚养。并将结局改为太子登基后真相大白,母子相认,剧中也没有出现包拯。将仁宗认母一事和包公联系在一起的,是明代的小说《龙图公案》。小说写刘后和六宫大使郭槐定计,用自己的女儿换了李妃所生的儿子。李妃被打入冷宫,后流落在外。最后由包拯审清此案,仁宗母子相认。《三侠五义》综合了戏剧、小说情节设置的优点,将这个故事写成以刘后、郭槐为一方,李妃和陈琳、余忠、秦凤、寇承御为另一方的忠奸两个营垒的斗争。李妃产下太子,刘后买通产婆,以狸猫置换太子,并要将太子害死。寇承御和陈琳冒死救出太子,交八王抚养。刘后又诬李妃产下妖孽,李妃先被打入冷宫,后被赐死。余忠替李妃死,秦凤将其救出宫。最后由包拯审明此案,惩罚了恶人,仁宗母子相认。故事写得一波三折,惊险动人,很有传奇色彩。此后,这个故事得到人们的广泛认可,根据这个故事改编的戏剧《狸猫换太子》和《打龙袍》等,至今仍备受人们的喜爱。

书中其他断案故事写得多不成功。清官侦破案件,大都是靠神鬼鉴察、阴魂告状。断案因为无所不知的神的介入而变得格外简单。小说还详细描写了包公断案所用的种种酷刑,如什么"五子开花""满天星""御铡三道"等。请看对"御铡"的描写:"三口御铡上面俱有黄龙袱套,四位勇士雄赳赳、气昂昂,上前抖出黄套,露出刑外之刑,法外之法。真是光闪闪令人毛发皆竖,冷飕飕使人心胆俱寒。正大君子看了尚可支持,奸邪小人见了魂魄应飞。"①由于包公是清官,这种酷刑似乎总是无一例外地会落到坏人的头上。单就断案故事而言,《三侠五义》比不上《施公案》。

第二十八回以后,小说主要写侠客除暴安民、为国除奸的故事。例如:郑新霸占了岳丈周老的财产并将他赶出家中,双侠之一的丁兆蕙,将郑新的银子偷了个精光,全部送给了周老;搜刮民脂民膏的凤阳太守孙珍,将黄金千两藏于八盆松景中,送给奸臣庞太师庆寿,蒋平、柳青等人盗走了金子,并留下了写有"无义之财,有意查收"的象牙签子,使其事败露;太监头子马朝贤叔侄倚仗权势欺压百姓,智化便到皇

---

① 《三侠五义》,第71～72页,北京:人民文学出版社,2001。其后该作引文均据此本,仅在行中标明回数。

宫里盗取九龙珍珠冠给他栽赃，将他参倒；襄阳王招兵买马，想要篡夺皇位，也是众侠客齐心协力，将其剿灭。侠客们出山以后，清官的作用便越来越小，也许作者也觉得这样写有损于包公的形象，所以小说的后半，将清官改为没有什么名气的颜查散和倪继祖，由他们给侠客当配角。小说将这些侠客的故事写得惊险曲折，引人入胜。应该说，《三侠五义》的文学成就，主要体现在第二十八回以后的故事中。

《三侠五义》的艺术成就，主要表现在对侠客的描写方面。

《三侠五义》人物形象的塑造很具特色。书中的侠客，既有作为"侠"这种社会角色的同一性，又有鲜明的人物个性。其中白玉堂就是一个比较典型的形象。白玉堂首先是个侠客，他和其他的侠客一样武艺高超，任侠好胜。他初次亮相是在安平镇的酒楼上与展昭相遇，作品通过展昭的视角写他"武生打扮，眉清目秀，年少焕然"。作为游侠的展昭，阅人既多，也不轻作许可，一见白玉堂就赞叹不已，可见白玉堂气度的轩昂和风采的出众。紧接着发生的事，更令展昭钦佩。第一件事，是白玉堂发现一个富翁逼一穷老汉以女儿抵债，他当场替老汉偿还债款，撕毁债券；夜间潜入富翁家中，将他的银子全部偷走。因这件事，展昭既推许他的侠肝义胆，也看出他的武艺不在自己之下。第二件事是他对项福的态度。项福是白玉堂的亡兄接济过的人。在酒楼初遇时，他对项福的态度相当客气，"还礼不迭"，"彼此谦逊"。但当项福得意地说出他投靠了庞太师之子——安乐侯庞昱时，他"登时怒气喷喷，面红过耳"，拂袖而去，又表现了他鲜明的是非观念。总之，他第一次出场就给人留下了深刻的印象。白玉堂第二次出场，是帮助进京赶考的穷书生颜查散的故事，白玉堂古道热肠、乐于助人的性格得到了更为充分的展示。如果小说一直这样写去，白玉堂就成了我国文学作品中比比皆是的全德的英雄形象。但接下来，小说却着重揭示他性格的另一个侧面，也是他致命的弱点——心高气傲、气量狭小。展昭被皇帝封为"御猫"，虽非有意和"五鼠"作对，但是有损于他们的声誉，引起他强烈的不满。他遂采取了一系列的报复行为：赶到京城，先是大闹开封府，继而又闹皇宫，显示自己的本领，并逼着展昭和他比个高低。后来，在众位侠客，也包括他结义的兄弟卢方等人的帮助下才化解了这个矛盾。他败在北侠欧阳春手下，竟羞愧得要自杀，为北侠劝止。最后,他到底吃了心高气傲的亏。襄阳王的人使了计谋,在他的眼皮子底下将巡抚的官印盗走,令他觉得无地自容。为了找回面子,他在毫无把握的情况下去闯铜网阵,结果被乱箭穿身,死得极惨。总之,这是个有缺点的英雄,也是个十分感人的形象。之所以感人,是因为他的个性没有被社会属性和道德规范所湮没,是个鲜活可感的人。诚如胡适在《三侠五义·序》中所云:"白玉堂的为人很多短处:骄傲、狠毒、好胜、轻举妄动——这都是很大的毛病。但这正是石玉昆的特别长处。向来小说家描写英雄,总要说得他像全德的天神一样,所以读者不能相信这种人材是真有的。白玉堂的许多短处,倒能叫读者觉得这样的一个人也许是可能的,因为他有这些近情近理的短处,我们却格外爱惜他的长处。"此外,卢方的忠厚笃实,赵虎的鲁莽淳朴,智化的机警诙谐,艾虎的聪明胆大、天真活泼,都给人留下了深刻的印象。

《三侠五义》人物刻画的另一特点,是作者完全进入作品所描写的角色,代人立言、代人立心。第一百十二回写智化与丁兆蕙扮作渔夫王二、李四,察看襄阳王部将钟雄的水寨时说:"凡事到了身临其境,就得搜索枯肠,费些心思。稍一疏神,马脚毕露。假如平日,原是你为你,我为我。若到今日,你我之外又有王二、李四。他二人原不是你我,既不是你我,必须将你之为你,我之为我,俱各撇开,应是他之为他;既是他之为他,他之中决不可有你,亦不可有我。能够如此设身处地的做去,断无不像之理。"这是智化假扮渔夫王二的体会,也应该是作者刻画人物的体会。作者正是完全从角色出发设置人物的言、行,所以写一人肖一人,把人物刻画得活灵活现。例如,第十回写"愣爷"赵虎突然心血来潮,为了侦破一桩杀人案要微服私访,让手下的人给他换上了一套叫化子的衣服,穿上没脚跟的榨板鞋;左手提个黄磁瓦罐,右手拿一根打狗棒,出了开封府衙。

　　走着走着,觉得脚趾扎得生疼。来到小庙前石上坐下,将鞋拿起一看,原来是鞋底的钉子透了。抢起鞋来,在石上拍搭拍搭紧摔。好容易将钉子摔下去,不想惊动了庙内的和尚,只当有人敲门,及至开门一看,是个叫化子在那里摔鞋。四爷抬头一看,猛然问和尚:"你可知女子之身,男子之头,在于何处?"和尚闻听道:

"原来是个疯子。"并不答言,关了山门进去了。四爷忽然省悟,自己笑道:"我原来是私访,为何顺口开河?好不是东西!快些走吧。"自己又想道:"既是扮作化子,应当叫化才是。这个我可没有学过,说不得到哪里说哪里,胡乱叫两声便了。"便道:"可怜我一碗半碗,烧的黄的都好!"　　　　　　　　　　(第十回)

微服私访,是细心、机密之事,原本就不适合于粗鲁爽直的赵虎。小说正是根据赵虎的身份、个性特点,设置他私访的情节。赵虎虽然身穿叫化衣,手拿打狗棒,但一开始并没有进入角色,见到和尚就把要私访的内容和盘端了出来。碰了钉子以后,才想到自己此刻的身份是叫化子,并想到应该叫化。他原是个"大称分金,扒堆使银子"的大盗,又嗜酒如命;以他的粗鲁,平日也不会留意叫化们都化些什么,便想当然地把酒当成第一需要,"可怜我一碗半碗,烧的黄的都好!"这一情节饶有趣味,又凸现了赵虎性格的淳朴可爱。

《三侠五义》人物形象的塑造还有一个特点,就是俞樾在《三侠五义·序》中所说的"闲中著色,精神百倍"。即通过一些看似无关紧要的细节的描写,把人物性格刻画得十分丰满,富有立体感。例如《龙图公案》和《三侠五义》都写到"乌盆案"的故事。两部作品对为乌盆诉冤的老汉的描写就很不同。《龙图公案》中持乌盆告状的是王老,当乌盆中的鬼魂向他诉说了被害的经过后,他"听罢悚然,过了一夜,次日,遂将这盆子去府衙首告"。王老的形象并不鲜明。《三侠五义》中持乌盆告状的是张三,作品对他去告状的经过作了详细的描写:"老头儿为人心热,一夜不曾合眼,不等天明,爬起来,挟了乌盆,挂起竹杖,锁了屋门,竟奔定远县而来。出得门时,冷风透体,寒气逼人,又在天亮之时。若非张三好心之人,谁肯冲寒冒冷,替人鸣冤!及至到了定远县,天气过早,尚未开门,只冻的他哆哆嗦嗦,找了个避风的所在,席地而坐。喘息多时,身上觉得和暖,老头子又高兴起来了,将盆子扣在地下,用竹杖敲着盆底儿,唱起《什不闲》来了。刚唱句'八月中秋月照台',只听的一声响,门分两扇,太爷升堂。"将一个古道热肠、淳朴、乐观的乡下老汉的形象刻画得活灵活现。

《三侠五义》还善于通过个性化的语言来突现人物的性格。其中,又以市井小民的语言最为生动、形象,富有生活气息。例如第三十七回写颜查散遭柳员外陷害，被关进监狱。贾牢头见他没钱打点，就要赶他的跟随小厮雨墨出去："小伙子，你今儿得出去了。我不能只是替你耽惊儿。再者你们相公，今儿晚上也该叫他受用受用了。"雨墨泪流满面，苦苦哀求，贾牢头只是不答应。但当白玉堂送了一百两银子以后，贾牢头的口气马上改变了："老雨呀，你怎么不禁呕呢？说说笑笑，嗷嗷呕呕，这有什么呢！你怎么就认起真来？"称一个十来岁的孩子为"老雨"，固然可笑；把原来赶雨墨出去的举动说成是"说说笑笑，嗷嗷呕呕"，仿佛是和雨墨闹着玩，又说明了他的圆滑。这种前倨后恭的态度和并不高明的掩饰，反映了牢头贪图财物的势利相，以及和其身份、素养相称的鄙俗、朴拙。这既很好地刻画了人物，又使得作品具有浓郁的生活气息和世俗色彩。

《三侠五义》的情节生动、曲折，扣人心弦。小说的作者已经认识到悲剧的艺术感染力，并成功地加以运用。作品最感人的一个情节，就是写白玉堂之死。第一百零三回，写白玉堂中了对手的计谋，丢失了巡抚大印，又被公孙策无意中说破，羞愧无比，悄然离去。众人深知他的脾气："除非有了印，方肯回来；若是无印，只怕要生出别的事来"，焦虑异常。第一百零四回，卢方等从敌方的小头目口里听到了白玉堂的死讯，但不知详情，且真假难辨。第一百零五回，才详细叙述了白玉堂遇难的经过："这段情节不好说，不忍说，又不能不说。"整个故事采用了倒叙法，一环紧扣一环；惊险紧张，扣人心弦。应该说，这种震撼人心的悲剧场面的描述，是《三侠五义》对以往说书体小说的一大发展。

《三侠五义》的情节设置，往往和人物性格的刻画紧密地联系在一起。白玉堂和颜查散、雨墨相遇的一段故事，就写得十分精彩。颜查散是个穷书生，进京赶考时不仅盘费是借的，连跟随的小厮雨墨也是借的。当他们和白玉堂邂逅时，三个不同性格的人，产生了一系列的富有戏剧性的冲突。白玉堂武艺高超、仪表堂堂，却故意做出一副邋遢、无赖的样子试探颜生；雨墨小心、机灵，又自以为见多识广，处处替颜生设防，但在特殊的情况下总是弄巧成拙；颜生厚道、热情，而又不通人情世故，却歪打正着，经受住了白玉堂的考验，后来在关键时刻一再得到他的帮助。通过这个故事，小说将三个人的性格刻画得十分鲜明。情节又因为符合人物的个性显得合情合理，真实可信。

总之，《三侠五义》在人物形象的塑造、情节的设置、语言等方面，都有很高的成就。著名学者俞樾很欣赏这部小说，给予了很高的评价："其事迹新奇，笔意酣恣，描写既细入毫芒，点染又曲中筋节。正如柳麻子说武松打店，初到店内无人，蓦地一吼，店中空缸空甏皆瓮瓮有声。闲中著色，精神百倍。如此笔墨，方许作平话小说；如此平话小说，方算得天地间另是一种笔墨。"①

《施公案》《三侠五义》之外，影响较大的侠义公案小说还有《彭公案》。

《彭公案》二十四卷一百回，署"贪梦道人撰"。存光绪十八年（1892年）立本堂刊本。但周明泰《道咸以来梨园系年小录》中记载，道光四年（1824年）庆升平班戏目里，有据《彭公案》改编的《左青龙》《盗金牌》等剧。此书当作于《施公案》之后，《三侠五义》之前。

《彭公案》中的清官是彭朋，书中说他"姓彭名定求，更名彭朋，字友仁，乃镶红旗满洲五甲喇人氏。……康熙三十九年庚辰科进士，散官之后，特受三河县知县"②。查《清史列传》卷六十六，彭定求是江苏人，康熙二十五年（1686年）进士。但他并非镶红旗人，也没有当过三河县令。而《清史列传》卷十记载，康熙二十三年（1684年）授三河县知县的是彭鹏，他是福建莆田人，因为"居官清正，不受民钱"，受到过康熙皇帝的赏赐。但他也不是镶红旗人，且从没有领兵打过仗。另据《清史稿》列传六十七记载，康熙十五年（1676年）任蒙古副都统的朋春（一作彭春、彭椿），为满洲正红旗人，并曾经征讨过罗刹（即俄罗斯），但他又没有出任过三河县令。显然，《彭公案》的作者，捏合了康熙时期三个官员的事迹写成了《彭公案》：用了彭定求的名字；其断案部分，是以当三河县令的彭鹏为原型；"征西下"部分，是以任蒙古副都统的朋春征罗刹（俄罗斯）事为素材。

《彭公案》所写的故事，和《施公案》相类似。但此书经过文人加工改写以后，文从字顺，却失去了《施公案》古朴纯真的风格。其具体的不同之处在于：一、小说中的公案故事所占的比重比《施公案》小得

---

① 转引自黄霖《近代文学批评史》，第521页，上海古籍出版社，1983。
② 《彭公案》，第1页，宝文堂书店，1986。其后该作引文均据此本，仅在行中标明回数。

多，而这些故事所表现的封建观念也比较浓重。例如，第十四回写张应登看上了仆人武喜之妻甄氏，并与她约会。届时，张悔悟，不赴约会；甄氏被人杀死，只有尸身，而无人头。前任官判定，待找到人头之后，方能释放张应登。管家张得力，杀死自己的女儿，献上人头，救出了主人。彭公断清案子后，认为："张得力杀女救主，忠义堪嘉，赏银五百两。"这样断案，不近人情，亦不符合市井细民的心愿，因此，这类故事在《施公案》中是不会出现的。二、小说中侠义故事的比重大大增加。《彭公案》中的侠客，比《施公案》中的更重义气，重是非。如：朝廷怀疑黄三太盗走"九龙杯"，降旨捉拿。彭公知其冤枉，竟违抗圣旨，给他通风报信，令他逃跑。再如，欧阳德捉住劫牢反狱的窦耳墩（书中为窦二墩），又放了他："他也是一条好汉，我听见他的所作所为，并无奸盗邪淫之事，前者劫牢，是因为贪官害他兄长，人所皆知，这样英雄，你我要拿他送官治罪，深为可惜。"（第六十九回）这类描写，当是针对《施公案》中的侠客过于重功名轻信义而发。特别需要指出的是，《彭公案》中还涉及抵御外患的问题，小说中让彭公率领众侠客用从"西洋"学来的"削器"破阵，打败滋事挑衅的十路番王，透露出鸦片战争时期广大民众反对外来侵略、忧心国事的心态。三、作品个别地方出现了神化侠客技艺的倾向。如写欧阳德跟千佛山真武顶红莲长老学"鹰爪力重手法、一力混元气、达摩老祖易筋经，练的骨软如绵，寒暑不侵"。这对后来的武侠小说产生了一定的影响。

《彭公案》假托是《施公案》的前传，作品把江湖好汉的征战厮杀写得惊险曲折、扣人心弦；加上《施公案》原有的影响，使得这部小说继《施公案》之后，又一次在社会上引起了很大的轰动。

描写清官海瑞的作品有《海公小红袍全传》。作者不详，全书二十四回，最早的版本是道光壬辰（1832 年）厦门文德堂刊本。它的创作时间当在《彭公案》之后，《三侠五义》之前。作品的内容承接明代的《海公大红袍》而作。《海公大红袍》写海瑞与奸相严嵩及其党羽进行斗争的故事，没有涉及侠客。《海公小红袍》则写严嵩垮台后，海瑞同张居正的斗争。受《施公案》等作品的影响，小说的后半部分也写清官与在野英雄联手侦破案件、安良除暴的故事。不过，书中用宋代的杨家将置换了侠义公案小说中的侠客。原来，佘太君等人都没有死，生活在一个小岛上。当海瑞办案遇到武力抵抗时，便把他们请出来帮忙。也许作者认为，清官与忠臣良将的结合，总比招安"草寇"更好，殊不知，这样一改，却失去了侠义公案小说的新意。而且，小说违背历史真实，把宋代的杨家将请到明代，又给人不伦不类的感觉。所以，尽管这部小说故事情节比较生动，有的故事如《三上轿》《孙安动本》等，被改编为戏剧上演，但其清官与忠臣良将结合的创作模式不被人们认可，故此，这类小说的创作也难以为继。

此外，还有写侠客直接隶属于皇帝的作品，如《永庆升平》和《圣朝鼎盛万年清》。

《永庆升平》前传十二卷九十七回，是郭广瑞根据姜振名、哈辅原的说书编撰而成；后传十二卷一百回，题"都门贪梦道人撰"，与《彭公案》当出自一人之手。作品写康熙皇帝微服私访时结识了侠客马成龙、马梦太，后来这两人为王前驱，会同众侠客，平定天地会、八卦教，也杀贪官污吏。小说把和清王朝作对的人统统视为"妖逆"、"匪徒"，主张"勿分首从"将他们斩尽杀绝，表现了浓重的封建正统观念。不过，作品的情节生动曲折，结构巧妙，个别人物形象也比较鲜明，具有一定的可读性。另外，小说将侠客技艺的较量和两军对垒的争战厮杀结合起来的写法，是对侠义公案小说的一种创新。

《圣朝鼎盛万年清》，一名《万年清奇才新传》《乾隆巡幸江南记》。八集七十六回，不题撰人。存光绪十九年（1893年）至光绪二十二年（1896年）上海书局石印本。作品写乾隆皇帝私巡江南，结识侠客周日青等，诛杀贪官污吏，扶困救厄的故事。作品对晚清社会的黑暗现实有比较真实的反映，但书中的皇帝被理想化了，是集皇帝的职权、侠客的武艺、平民百姓的意愿为一身的人物。由这样的人来主持正义，除暴安良，自然所向披靡，更加令人快意。小说还描写了武当、峨嵋、少林之间的门派之争。对于侠客的武功，如梅花桩、八卦掌等也有较具体的描写，对后来的武侠小说具有一定的影响。

第九章
公案小说的演变

鸦片战争以后,我国传统观念和传统文化受到极大的挑战。人们越来越清楚地看到,礼乐教化、伦理纲常,在抵御西方的坚船利炮时,显得是那样虚弱无力;而那些死读"四书""五经"的士人,在国家危难之际,更是拿不出任何切实可行的办法。魏源把这看作是"人材之虚患",并认为这是当时社会的一大弊端。左宗棠也把中国的人才和外国作比较,结论是:"中国之睿智运于虚,外国之聪明寄于实。中国以义理为本,艺事为末;外国以艺事为重,义理为轻。"①在此以后,严复比较系统地输入了西方实证主义的哲学思想,整个社会开始崇尚实学,反对空谈心性。此后的公案小说,开始对清官提出了新的要求:清官不仅要清正廉洁,还要有高超的侦破能力。

戊戌变法前后,西方侦探小说大量译介进入我国。侦探小说复杂、诡秘的案情,巧妙睿智的侦破手段,缜密的逻辑推理,对于我国广大读者具有很强的吸引力,也使公案小说相形见绌。在这种情况下,有人热衷于对公案小说进行改进,有的描写公案故事时模仿侦探小说。公案小说的创作发生了重大的变异。

---

① 转引自龚书铎《中国近代文化探索》,第 34 页,北京:北京师范大学出版社,1988。

第一节 《狄公案》对清官断案的反思

据现有的资料看，最早对以往的公案小说进行反思的，是《狄公案》。

《狄公案》，原名《武则天四大奇案》，又名《狄梁公全传》。六卷六十七回，著者不详。最早的刊本是光绪十六年（1890 年）上海书局石印本。小说名为"四大奇案"，实际上只写了三个断案故事。第四个故事写的是狄仁杰同武则天的亲信武三思、张昌宗、怀义的斗争。

狄仁杰是唐代的名相。据《旧唐书·狄仁杰传》记载，他是并州太原人，武则天执政时位至宰相，睿宗时追封梁国公。狄仁杰的功绩，主要表现在三个方面：一是举贤任能，他所举荐的张柬之、桓彦范、窦怀贞、姚崇，都是国家的栋梁。二是爱护百姓，所到之处，关心民瘼，百姓们"相与立碑以纪恩惠"。三是劝则天归政，奏对"无不以子母恩情为言，则天亦渐省悟，竟召还中宗"。至于狄仁杰断案折狱，《旧唐书·狄仁杰传》中语焉不详，只是说他为大理承时，"周岁断滞狱一万七千人，无诉冤者"①。由此可知，《狄公案》所写的内容有一定的历史依据。

从故事框架上看，《狄公案》仍是清官与侠客合流的小说。但书中的侠客，如同虚设，基本上都是写狄仁杰侦破案件的能力。小说对清官的界定，对断案折狱的要求，都发生了变化。第一回的开场诗中就开宗明义地说："世人但喜作高官，执法无难断案难。"明确指出，断案折狱，难在侦破案件，而不在执法、量刑。紧接着，小说又对清官作出了与前不同的界定："官之清，不仅在不伤财不害民而已。要能上保国家，为人所不能为不敢为之事；下治百姓，雪人所不能雪不易雪之冤。无论民间细故，即宫闱细事亦静心审察。有精明之气，有果决之才，而后官声好，官位正，一清而无不清也。"②明确指出，清官不只是指品质上的清廉，也要有相应的智慧和才干。小说还对官吏断案滥用刑罚进

①②《狄公案》，第1页，济南：齐鲁书社，2008。其后该作引文均据此本，仅在行中标明回数。

行了指责：

> 一代之立国必有一代之刑官，尧舜之时有皋陶，汉高之时有
> 萧何，其申不害、韩非子，则固历代刑名家所宗祖者也。若不察案
> 之由来，事之初起，徒以桁杨刀锯一味刑求，则虽称快一时，必至
> 沉冤没世。　　　　　　　　　　　　　　　　　（第一回）

也就是说，断案固然要用刑法，更要讲求破案手段。如果不问青红皂白，严刑逼供，肯定会造成许许多多无法昭雪的冤案。这是对历史上官吏断案的反思，同时也对公案小说的写作提出了新的要求。即小说的侧重点，不在于表现官吏品质上的清廉，而在于表现他断案的智谋与才干。

《狄公案》所写的案件，不再是以强凌弱的案件，而是疑难案件。小说所写的三个案件，一是湖州的丝绸商人邵礼怀杀死同伙徐光启案，一是周氏因奸情杀死丈夫毕顺案，一是新妇黎姑被毒死案。小说在描写这些案件的时候，善于设疑点，布迷阵，使故事情节扑朔迷离，令人难以判断。邵礼怀杀人案，有许多疑点。最初，地方告店主杀死前来投宿的江南客商，店主是第一个嫌疑犯。紧接着，店主又告地方公报私仇，移尸陷害，狄公查明属实，地方又有杀人的嫌疑。但经进一步查证，两人都被排除。后来，差役从商人赵万全那里找到赃物，读者都以为凶手是赵万全。进一步侦破，发现真正的凶手是死者的伙伴邵礼怀。案情错综复杂，稍有疏忽，便会错判。这样的案件，单靠官员的清廉不行，必须有高明的侦破手段。小说重点写的，是狄公运用自己的智慧侦破案件的经过。

《狄公案》写清官审案，比较注重实证。例如，周氏谋害本夫案，虽然一开始就被狄公看出破绽，但由于周氏泼辣善辩，宁死不肯认罪，所以破案大费周折。起先狄公也曾称有毕顺的阴魂告状，若在以往的公案小说中，这一着犹如灵丹妙药，能够立时见效。但在这里失灵了，周氏不信此说："你说我丈夫身死不明，告了阴状，这事谁来作证？他的状呈现在何处？"（第二十九回）口口声声要求拿出真凭实据来。后来，狄公又采用了《三侠五义》中包公审郭槐的办法，深夜乘周氏神志不清，假扮阎王提审她。虽然当时吓出了口供，但第二天便被她推翻了："太爷又用这无稽之言前来哄骗……若说我在阴曹认供，我又未尝身

死,焉能得到阴曹?"(第二十九回)这就迫使狄公进行实地探查:先是找出了通向周氏卧室的暗道,并由此找到了她的奸夫,揭穿了她居家守节的假相。周氏杀害丈夫时,她的女儿在场,后来被她以药致哑。狄公设法治好了她的女儿,又有了人证,周氏才被迫认罪。这个故事中虽有梦兆、显灵之类的内容,但没有起主要作用,结案主要靠实实在在的证据。

《狄公案》的故事情节,也比较细致缜密。例如,黎姑被毒案,一开始案情似乎非常明朗:新婚之夜,黎姑的公公华国祥因胡秀才闹房越分,曾与他发生过争执。胡扬言:"三朝内定叫你知我的厉害便了。"三日后,果然发生此案。由此,华国祥一口咬定胡是凶手,其作案动机一是挟嫌报复,二是见新娘貌美而生妒。应该说,这种判断有一定的道理。胡秀才辩称:闹新房越分是实;"知道厉害"云云,乃是大庭广众之下受到训斥,感到下不了台而说的"转圜之话";况且第二天便又言归于好,不至于冒着触犯刑律的危险杀人。即便是妒嫉,也该是谋占谋奸,而不是毒死。胡秀才的话,更合乎人情。勘察现场时又发现尸首有一般被毒死者所没有的腥臭。循着这条线索,再经实地考察,才得知新娘由于偶然的原因死于蛇毒。整个破案过程的描写,合情合理,经得起推敲。

此外,《狄公案》描写案件不再是粗线条地勾勒故事情节,对作案现场多有细致入微的呈现式的描写。如,第三回写仵作验尸:"无名男尸一具,左手争夺伤一处,宽径二寸八分;背后跌伤一处,径三寸,宽五寸一分;肋下刀伤一处,宽一寸三分,径五寸六分,深二寸二分,致命;死后胸前刀伤一处,宽、径各二寸八分。"很像侦探小说的写法。这样的描写,既使情节显得真实可信,又能引导读者关注破案的过程,而不是仅仅满足于了解大概结局。

上述这些方面,都使《狄公案》不同于一般的公案小说,而具有侦探小说的某些特点。正因为这部小说具有这样的基础,所以荷兰人高罗佩翻译出版了《狄公案》的前三十回之后,创作了一部侦探小说《狄公断案大观》。

《狄公案》后三十四回,写狄仁杰整顿朝纲的故事。作品指责武则天所用非人,致使她的亲信武三思、男宠张昌宗、怀义依仗权势,祸国殃民。狄公与武三思等人进行斗争，最后迫使武后归政于太子。这是影射现实之笔。在戊戌变法被镇压、光绪皇帝被囚禁时，小说口口声声说："四方扰乱，朝政孤悬，将一统江山败坏在妇人女子之手"，"太子受屈，贬至房州，率土臣民无不惋惜……国有明君，正宜禅位。"（第三十二回）显然是要慈禧归政于光绪。

笔者以为，《狄公案》后三十四回是后加上去的，且与前三十回不是出于一人之手。首先从小说的结构上看，前三十回写断案时案中套案。第一回写邵礼怀杀人案，第三回便已插进了周氏杀夫案。至第十九回写邵礼怀案有了眉目，周氏杀夫案还在侦破时，又插入了黎姑被毒案。至第三十回，所有的线索一并收束，三个案件全都水落石出，作品中再没有任何悬念、伏笔。故此，第三十回的"赴杀场三犯施刑"当是全书的结尾。后三十四回是另起炉灶。从风格看，小说的前三十回写的都是侦破疑难案件，作品描写断案折狱，比以往的公案小说有明显的突破，行文细致、缜密。而后三十四回，写的仍是以强凌弱、仗势欺人的案件，这一部分的写法，与《施公案》等侠义公案小说没有多大区别，行文粗俗直露。显然，前三十回与后三十四回不像是同一个人所作。高罗佩翻译《狄公案》时只译前三十回，是独具慧眼的。

《狄公案》前三十回的人物形象比较鲜明，狄仁杰的精明审慎、刚强果断，周氏的泼辣、凶悍，周氏的婆婆唐氏的猥琐、糊涂，都给人留下了深刻的印象。作品还能把人物形象的塑造和破案故事情节的发展结合起来。如，周氏谋害丈夫案，破案故事是情节的冲突，同时又是人物个性的冲突。周氏的凶悍、泼辣、精明，给案件的侦破设置了一道又一道的难关，逼得狄公使出了浑身的解数来破此案。人物的性格冲突促使故事情节层层推进；而情节的步步发展，又使人物性格显现得更为鲜明。

《狄公案》的情节也比较生动曲折，作者善于用伏笔，设悬念，把故事写得扑朔迷离，引人入胜。小说还善于用生动细致的细节描写创造氛围，使故事写得更为惊险、紧张。如第三回写店主孔万德辨认尸首："孔老儿到了场上，低头才看，不禁一个筋斗吓倒在地，眼珠直往上眇，口中喃喃地直说不出来。狄公在上面见了这样，知道有了别故，赶着让洪亮将他扶起，等他醒过来，说明了再验。尸场上面，那许多闲人团团围住,恨不得立刻验毕,好回转城去。忽见孔老儿栽倒地下,一个个也是猜疑不定,反而息静无声,望着孔老儿,等他醒来究为何事。此时洪亮将他扶坐在地下,忙令他媳妇取了一盏糖茶灌了下去。好容易方醒转来,嘴里只说到:'不、不、不好了,错、错了……'"孔老儿受到的惊吓来自两个方面:一是尸首本身给人的恐惧感,二是因为原先不曾细看,认错了尸身,怕担干系,所以竟然昏死过去。紧接着又从狄公的反应,闲人的反应,烘托出当时气氛的紧张。看似闲来之笔,却使得故事情节更加扣人心弦,且具有真实感。

尽管《狄公案》在观念、内容、表现方法上,对以往的公案小说有较大的突破,但和后来的侦探小说相比,仍有很多不同之处。首先,《狄公案》赞颂的仍是清官的睿智和清正爱民,其断案带有居高临下的性质。小说的开篇从理论上反对"以桁杨刀锯一味刑求",但审案时仍不可避免地要用刑罚作为辅助手段。在审理周氏杀夫案时,尚未定案就把周氏打得死去活来。审理邵礼怀杀人案,一开始也曾对地方施以大刑。其次,侦探小说靠严密的科学推理取胜,而《狄公案》仍以人物形象的塑造和情节的生动曲折取胜。作品对断案故事的描写带有很强的感情色彩。例如周氏杀夫案,周氏一出场就让人觉察到她是坏人,案子未破,读者也已经把她看作凶手,问题只在于狄公如何制伏她。书中对作案现场,虽有一些细致的呈现式的描写,但大都没有从中择绎出破案的线索;有些线索,仍是从梦兆中得到。总体看来,《狄公案》仍未脱公案小说的窠臼。

第二节 《九命奇冤》对公案小说的改造

戊戌变法前后,大量的西方侦探小说传入我国,并很快引起了广大民众的喜爱。对此,晚清著名小说家吴趼人不以为然,为"塞崇拜外人者之口",他决心改造公案小说,以和西方侦探小说一比高低。《九命奇冤》是他改造得比较成功的一部作品。

《九命奇冤》三十六回,光绪三十年(1904 年)至光绪三十一年(1905 年)连载于《新小说》,光绪三十二年(1906 年)广智书局印出单行本。作者吴趼人，是晚清著名的谴责小说家。他的身世我们将在分析谴责小说时介绍。

《九命奇冤》写清雍正年间，广东番禺县发生的凌贵兴伙同强盗，纵火烧死梁天来一家八口（内有一人怀孕）之事。由于官吏贪赃枉法，这一案件迟迟不能破。后来，梁家冲破重重阻碍，告准御状，才得以申冤。

《九命奇冤》打破了传统公案小说的写法，兼有公案小说、谴责小说、侦探小说的部分特点。胡适评这部作品说："他用中国讽刺小说的技术来写家庭与官场；用中国北方强盗小说的技术来写强盗与强盗的军师；但他又用西洋侦探小说的布局来做一个总结构。"①

在内容上，《九命奇冤》与明、清公案小说的不同之处，首先在于以往的公案小说重在歌颂清官的清廉爱民，《九命奇冤》则重在抨击地方官吏的腐败。凌贵兴勾结强盗，明火执杖地火烧梁家的石室，致九人死；乞丐张凤事前听到他们要杀人放火的消息，并勇于作证。按说，这个案子并不难破。但破案的阻力恰恰在于地方官的贪赃枉法。案发之前，凌贵兴就多次寻衅闹事，梁天来也多次告官，然而，官府只要得了钱，就置之不理。② 案发后，梁天来告到番禺县，黄知县收了凌贵兴一千两黄金，不仅不准梁天来的状，还把证人张凤毒打了一顿。梁天来又告到广州府，凌家花六千两银子贿赂鲍师爷，在鲍师爷的操纵下，州官不准梁天来的状，又一次把张凤打得死去活来。梁家告到臬台衙门，凌贵兴花了两万两银子上下打点，焦臬司不仅不为受害者申冤，为杀人灭口，还打死了张凤。……当时广东有一首童谣："广州城里没清官，上要金银下要钱。有钱就可无王法，海底沉埋九命冤。"

《九命奇冤》还彻底清除了以往公案小说中所表现出来的封建迷信思想，并对这种思想进行了批判。小说将这一惨案的起因，归罪于迷信思想。凌、梁两家原来是姑表亲，两人的父辈又长期在一起经商，亲戚情分原本是好的。凌贵兴考科举不利，算命先生马半仙说是梁家的石屋妨碍了凌家的风水。否则，凌家应有一名状元，三名进士，举

---

① 转引自《中国近代文学论文集·小说卷》，第17页，北京：中国社会科学出版社，1988。
②《吴趼人小说四种》下，第60页，长春：吉林文史出版社，1986。其后该作引文均据此本，仅在行中标明回数。

贡、秀才,保屡代不绝。正因为此,凌贵兴竟然以烧死梁家九条人命为代价扒平了石屋。而事情的结果,凌家不仅没有出什么状元、进士,反而家破人亡。小说的结尾说:"可怜凌贵兴财雄一方,却受了这般结果,都是'迷信'两个字种的祸根。"正是由于《九命奇冤》揭露和抨击了黑暗的社会现实,所以这部小说具有谴责小说的某些特点。作品以冷嘲热讽的笔触,揭示了凌贵兴一伙的愚昧、狂妄、利令智昏,抨击了地方官吏的昏庸、贪婪。

在艺术风格上,《九命奇冤》对西方侦探小说多所借鉴。作品打破了传统小说的顺时序叙事的方法,将这个案子的最关键的一节——凌贵兴率众假扮强盗,攻打石室,酿成八尸九命的大案放在开头,并用对话与相应的象声词将当时的场面写得惊心动魄,一开始就能将读者的注意力紧紧抓住:

> "唅,伙计,到了地头了。你看大门紧闭,用甚么法子攻打?"
> "吓,蠢才,这区区两扇木门,还攻打不开么? 来,来,来,拿我的铁锤来。"呼訇,呼訇,"好响呀。""好了,好了,头门开了。呀! 这二门是个铁门,怎么处呢?"轰!"好了,好了,这响炮是林大哥到了。林大哥,这里两扇铁牢门,攻打不开呢。""嗯,俺老林横行江湖十多年,不信有攻不开的铁门,待俺看来。吓! 这个算甚么,快拿牛油柴草来,兄弟们一齐放火。铁门烧热了,就软了。""放火呀!"劈劈啪啪,一阵火星乱迸。……
> (第一回)

郭延礼先生认为,这种以对话开头的写法,是受了周桂笙翻译的法国作家鲍福的侦探小说《毒蛇圈》的影响①,这是很有见地的。

《九命奇冤》有一部分内容改变了传统小说那种全知全能的叙事方法,从书中人物的视角叙事,还善于设置伏笔,使情节曲折有致。例如,第三十回写南雄朱怡和的客栈里出现了一个神秘的人物——苏沛之。在梁天来的眼里,他是个"义气勃勃""专好管闲事"的过往客人。在他的指点下,梁天来躲过了凌贵兴爪牙的追杀,顺利地到京告御状。在凌贵兴的爪牙区爵兴和凌喜来眼里,他是个卦无不灵的算命先生。凌喜来带了凌贵兴的三万两银子,来南雄买通刘千总截杀梁天来,苏

---

① 参看郭延礼《中国近代文学发展史》第二卷,第 1265～1266 页,济南:山东教育出版社,1993。

沛之算他要受官刑，吓得他卷款而逃；区爵兴到南雄打听梁天来的踪迹，苏沛之算他近日有牢狱之灾，打发他到湖南去躲灾。支开了这两个杀手，使得梁天来在南雄幸免于难。在凌贵兴的眼里，苏沛之又是区爵兴荐来的活神仙，凌贵兴听了他关于讼事吉凶的一番话，深感相见恨晚，把所有的案卷都拿给他看。此人在凌贵兴处部署了一番之后，又神秘地失踪了。直至最后审案时，人们才发现，他原来是微服私访的陈臬台。清官微服私访，是公案小说中常见的关目，但那都是用全知全能的叙事方法，正面描写私访过程。那些微服的清官，只瞒过被查访的人，而读者心中了然。像《九命奇冤》这样善用伏笔，把情节写得如此扑朔迷离，不能不说是作者借鉴西方侦探小说的结果。

《九命奇冤》的结构也比较有特色。当时流行的谴责小说，大都有结构散漫的特点，《九命奇冤》的布局严谨，不枝不蔓。胡适对此大加赞赏，说它"用西洋侦探小说的布局来做一个总结构。繁文一概削尽，枝叶一齐扫光，只剩这一个大命案的起落因果做一个中心题目。有了这个统一的结构，又没有勉强的穿插，故看的人的兴趣自然能自始至终不致厌倦。故《九命奇冤》在技术一方面要算最完备的一部小说了"①。

应该承认，《九命奇冤》和侦探小说相比，仍有很大差距。首先，小说对地方官吏的贪赃枉法多所揭露，但对雍正皇帝，清官孔大鹏、李时枚、陈臬台是歌颂的。最后也是靠皇帝支持清官，才断清案件，基本上没有突破公案小说的藩篱。其次，侦探小说描写破案，先写犯罪的结果，再层层侦破，最后交代犯罪的真相。《九命奇冤》写案件发生时就交待出了事情的真相，以后的侦破过程就不像侦探小说那样具有悬念。再有，侦探小说重在写侦破技术的高明，以严密的逻辑推理取胜；《九命奇冤》重在描写人物命运，仍靠情节的曲折生动取胜。此外，侦探小说的语言客观、平实，不露声色；《九命奇冤》的语言带有鲜明的感情色彩，甚至也具有谴责小说那种"辞气浮露，笔无藏锋"的缺陷。因此，我们只能说《九命奇冤》是带有侦探色彩的公案小说，而不能称之为侦探小说。

---

① 转引自《中国近代文学论文集·小说卷》，第17页，北京：中国社会科学出版社，1988。

　　光绪三十二年（1906 年），吴趼人又推出了一部直接以侦探命名的小说——《中国侦探案》，由上海广智书局出版。此书仍为抵制西方侦探小说的广泛流传而作。作者在《弁言》中说："近日所译侦探案，不知凡几，充塞坊间，而犹有不足以应购求者之虑。"他对这种现象感到不可思议，认为这是"崇拜外人，至矣尽矣，蔑以加矣"。鉴于此，他编著《中国侦探案》，以证明我国有更好的侦探小说。《中国侦探案》是部短篇小说集，共有三十四则故事，全系由中国古代、近代笔记小说中的公案故事改编而成。由于作者的目的是与西方侦探小说抗衡，所以他在改写时有意识地运用了侦探小说的某些创作手法，但成就都不如《九命奇冤》。

第三节　模仿侦探小说而作的《春阿氏》

　　《春阿氏》十八回，作者冷佛。小说是根据光绪末年发生的一件实事加工写成的。光绪三十二年（1906 年）五六月间，北京小菊儿胡同发生了一桩凶杀案。死者春英，系夜间被人用菜刀砍死。原告是春英之父文光，被告为死者之妻春阿氏。此案疑点很多，刑部未经认真调查，就对春阿氏及其母严刑逼供，拖延了两年，草草结案。1906 年正是清王朝被迫搞假立宪，并提出废除刑讯的时候。在全国范围内，改良政体、还政于民的呼声很高，民主风气明显增强。人们对这个案件的审理反响很大，《京话日报》发表了大量的文章，披露民众对审理此案的议论和谴责。《春阿氏》的作者冷佛，据说即《京话日报》披露审理小菊儿胡同案件的撰稿人。小说的作期，当在 1909 年前后，距此案结案不久。现存最早的版本，是高阳齐氏（如山）百舍斋收藏的题为《时事小说春阿氏》抄本。

　　《春阿氏》是一部集侦探、公案、言情小说为一体的作品。小说的开头说："人世间事，最屈枉不过的，就是冤狱；最苦恼不过的，就是恶婚姻。这两件事若是凑到一齐，不必你身临其境，自己当局；每听见旁人述说，就能够毛骨悚然，伤心坠泪。"①显然，作品的主旨，既写一个千古冤案，又写一个凄惋的爱情悲剧。正因为此，这部作品的主角不是清官，也不是侦探，而是作为一桩冤案的受害者和一个爱情故事女主角的春阿氏。

《春阿氏》所写的，首先是一个催人泪下的爱情悲剧。春阿氏原是北京一个旗人的女儿，姓阿，乳名三蝶儿。自幼父亲早逝，随母投靠姨母，和表弟聂玉吉青梅竹马，两相爱悦，双方家长也有联姻之意。后来，玉吉之父病死，家道中落，三蝶儿之母悔婚，并逼着女儿嫁给家境富裕的春英。三蝶儿与玉吉旧情难断，出嫁后又备受丈夫、婆婆折磨，生不如死。对三蝶儿情深义重的玉吉，见三蝶儿备受虐待，愤而杀死了春英。官府以杀夫的罪名将三蝶儿下狱，对她百般折磨，三蝶儿至死也没有供出玉吉。玉吉见连累了三蝶儿，悔恨不已，又怕玷污了三蝶儿的名声，不敢自首。大侦探张瑞珊访出了玉吉杀人的原委，但出于对他的同情，没有把他缉拿归案。最后，三蝶儿病死于狱中，玉吉也吊死在三蝶儿坟前。

《春阿氏》所描写的，同时又是一个公案故事。小说深刻揭露了官吏们对犯人的非人的摧残。春英被杀后，审理此案的是提督衙门和刑部。官吏们审讯犯人，靠严刑逼供。三蝶儿被关押在刑部，"每逢提审的日子，不是受非刑，就是跪铁锁。……有时因受刑太过，时常扑倒堂前，昏迷不醒。有时因跪锁的次数多了，两膝的骨肉碎烂，每遇提讯日子，必须以笪箩搭上。"(第十五回)作品还揭露了监狱里生存环境之恶劣："此时正值瘟疫流行，狱内的犯人，不是生疮生疥的，便是疔疮腐烂、臭味难闻的。又遇着天旱物燥，冷暖无常，一间房内，多至二十口人犯……那一分肮脏气味，不必说久日常住，就是偶然间闻一鼻子，也得受病。你望床上一看，黑洞洞乱摇乱动，如同蚂蚁打仗的一般，近看，乃是虮子臭虫，成团树垒，摆阵操练。嗳呀呀，什么叫地狱？这就是人间的活地狱。"(第十八回)官吏们尸位素餐，根本断不清案件，折磨死了三蝶儿以后就糊涂结案。

《春阿氏》又具有侦探小说的某些特点。侦探小说通常是先介绍

①《春阿氏》，第1页，长春：吉林文史出版社，1987。其后该作引文均据此本，仅在行中标明回数。

侦探，再描写犯罪事实，由侦探择绎出侦破线索，然后层层推进地描写案件的调查和分析，最后宣布侦破结果，并解释疑点。而《春阿氏》中最早登场亮相的，是后来参与侦破案件的苏市隐和原淡然，表明作品主要是写平民侦探破案。紧接着，小说写案件的发生。写作案时用的是第三人称的限知叙事：被害人的祖母瑞氏，"忽听院子里一路脚步声音，又听阿氏屋中'哼'的一声，有如跌倒之状"。紧接着又听说阿氏跳进水缸寻死。至于具体的作案经过，作者没有明写。而在案件发生之前，作品又详细描写两组矛盾：三蝶儿与春英之间的矛盾；春英的庶母范氏与三蝶儿之间的矛盾。这两组矛盾在案发后都成为疑点。小说写了春英对三蝶儿的打骂、凌辱，春英被杀，令人觉得有可能是三蝶儿对他的报复。作品写得更多的，是范氏和三蝶儿之间的矛盾。范氏原是妓女出身，后来成为文光的妾。她行为不端，自己心虚，总疑心三蝶儿"查寻"她，口口声声说三蝶儿要"出事"。案发的当天，三蝶儿本来与婆婆、小姑去舅舅家吊丧，范氏却三番五次地催文光将她接回："无论怎么样也得叫她回来。"当晚就发生了这桩命案。这又令人觉得此案的发生，是范氏预谋陷害。也像侦探小说一样，案情具有种种疑点。再有，尽管审理此案的是提督衙门、刑部，但真正侦破此案的是天津"熟悉侦探学的名侦探、足与福尔摩斯姓名同传"的张瑞珊，大律学家谢真卿，教育家苏市隐、原淡然、闻秋水。他们经过反复分析论证后，先是审讯范氏及其情夫普二，排除了他们作案的可能；张瑞珊又顺藤摸瓜，进行察访，终于找到了真正的凶手玉吉。在公案小说中，凶手必定是恶人；然而，此案中玉吉是作者同情的对象。这一点也和有些侦探小说相同。

然而，和真正的侦探小说相比，《春阿氏》则又存在着明显的不足。最根本的一点，是侦探小说重在描写侦破过程，靠科学、严密的逻辑推理取胜；而《春阿氏》重在描写人物命运，所设置的情节错综复杂，但有的地方经不起推敲。比如，故事的结尾说此案与范氏没有关系，但为什么她在案发的当天口口声声说阿氏要"出事"，夜间便真的出了命案？再如，案发那天，本来阿氏和婆婆去舅舅家行人情，范氏又为什么一再催促文光把她接回？由于这些疑点得不到解释，小说交待作案的真相时，人们不仅没有恍然大悟的感觉，反而觉得这个结论难以置信。

再有，小说最后一回，写阿氏死前，"梦见个金身女子唤她近前，道：'孽缘已满，今当归去'……只见聂玉吉穿着圆领僧服，立在自己面前，合掌微笑"。她的母亲此时也梦见"阿氏披着头发，貌似女头陀打扮，笑容可掬，手执拂尘……从着个金身女子一同去了"（第十八回）。这更是与侦探小说的科学精神背道而驰。

在晚清小说中，《春阿氏》是颇具艺术感染力的一部作品。其文学成就，首先表现在人物形象的塑造上。

《春阿氏》中的人物形象比较鲜明。其中以女主角三蝶儿的形象最为感人。三蝶儿是个林黛玉式的女孩儿，温柔、美丽，多愁善感，而又体弱多病。她与表弟自幼相爱，但由于他们的母亲都是"拘谨朴厚，顽固老诚的一派人"，所以两人的爱情只能深藏在心底，不敢有丝毫表露。后来双方家长透出口风，将来把她许配玉吉，这种爱情才得以发展。母亲悔婚后，她大受刺激，一度神经失常，但为了不使母亲伤心，她委屈地嫁给春英。到婆家后，她难以适应这个家庭："论她的举止，很趁个福晋格格，到了这二半破子的人家儿，就算完啦。"（第一回）春英鄙俗粗鲁，不仅不懂得怜香惜玉，还动辄打骂她。她弱不胜衣，动作迟慢；文家却总是让她干粗活、重活。洗衣服时经常洗得"纤纤十指，肿得琉璃瓶儿一般，又经粗布一磨，十分难过。"婆婆不仅不怜恤，反而大加斥责。更令她难以忍受的，还是范氏对她的折辱。范氏原是名妓，绰号"盖九城"，不仅举止轻佻，还与地痞无赖普二有私。范氏怕被儿媳识破告发，先发制人，整天指桑骂槐，寻衅吵闹。生性柔顺的三蝶儿只能忍气吞声，终日以泪洗面。三蝶儿的痛苦，还因为她与玉吉的爱情令她难以忘怀，她愈是思念玉吉，便愈是憎恶春英，因而也就愈招来春英的打骂。玉吉要杀死春英，她是竭力反对的。但此事一旦成为事实，无论对她施用何种酷刑，她抵死也不肯供出玉吉。最后，她病死于狱中，临死时的情状，令人目不忍睹："阿氏浑身是疥，头部浮肿红烧，可怜那一双素手，连烧带疥，肿似琉璃瓶儿一般。揭起脏被服一看，那雪白的两弯玉臂俱是疥癣，所枕的半头砖以下，咕咕咙咙，成团论码的，俱是虱子、臭虫。"（第十八回）这样悲惨的结局，更增加了人们对她的悲悯之情。作品将这个美丽、痴情、温顺、善良而又备受磨难的少妇的形象，塑造得真切感人。

　　小说对三蝶儿的太婆婆瑞氏、婆婆托氏和小婆婆范氏的形象，也塑造得各不相同，而且，对人物性格的把握很有分寸。瑞氏是个豁达、慈祥、通情达理的老太太。她看不上两个儿媳妇对孙媳的挑剔、苛求，但批评她们的态度很不相同。她对托氏这样说："娶着好媳妇，作婆婆的也得会调理；婆婆不会调理怎么也不行。——我那时候若是这们说你，管保你的脸上也显着下不来。是了也就是了，那孩子鲜花似的，像咱们这二半破的人家，终天际脚打脑勺子，起早睡晚，做菜做饭的，就算是很好了。"（第一回）这里面有教诲，有劝告，严厉之中透着慈祥、亲切，因为托氏毕竟是跟她多年的媳妇。对来路不正、品行不端的范氏，她毫不留情面。当范氏倒打一耙，说阿氏为人不正派的时候，她立刻识破了她的用心："你说的这话，我又有点不爱听。幸亏这孩子老实，若换一个旁人，因为你这一张嘴，就得窝心死。好端端的，这是图什么呢？归总一句话，这孩子心志过高，你们娘儿们的外面儿，她有些看不起。"（第二回）有规劝，有警告，言辞锋利，而又不失长辈的身份。这又反映了瑞氏的精明、干练。托氏的特点是"碎嘴子"，对媳妇的一举一动都要挑剔、唠叨。有时候她是有口无心，数落媳妇纯粹是为了显示婆婆的身份。当三蝶儿跟着她去舅舅家行人情时，亲戚们纷纷夸奖三蝶儿，"托氏听着，因是婆婆身份，虽旁人这样夸赞，然当在自己面前，不能不自作谦词。……于无心之中说出几句屈心话。什么'不听话'咧，'起的晚'咧，'作活计太慢'咧，'做事颟顸'咧。这一些话，虽说是谦逊之意，本是作婆婆苦心，欲在戚友面前施展当人训子的手段。殊不知这宗谶诮最容易屈枉人。"（第十四回）这种"碎发"虽然令人厌烦，却是一般老太太通常有的毛病。她和三蝶儿之间的矛盾，也是一般婆媳之间常有的矛盾。因此，她从不像范氏那样，在丈夫面前诬陷儿媳；当儿子欺负媳妇时，她还能训斥儿子，袒护媳妇。范氏则全然不同，书中说她"言容举动有些轻佻，外场其实是精明强干——按着新话儿说，是位极开通、极时派的一流人。说话是干干脆脆，事事要露露头角。简断截说，就是有点儿抓尖卖快"。（同上）她本来就看不上三蝶儿的古板、软弱，再加上自己出身低贱，行为不端，又想维护自己在这个家庭中的地位，所以她总是以欺负三蝶儿树立自己的威风，对三蝶儿的攻击格外恶毒。其他如文光、春英的形象，也都比较鲜明。

　　《春阿氏》的叙事方法也富于变化。小说用的是第三人称，但不是用全知全能的叙事方法正面描写事情的经过，而是对叙事人的视觉加以限制。小说根据情节发展的需要，不断变换视角。故事开头揭示春阿氏的家庭矛盾，主要是通过与范氏有染的普二的视角来看的。写犯罪经过，先是从老祖母瑞氏的视角来写眼前发生的一切；后来，又通过文光、范氏之口进行补充。但他们都没有见到全过程，因而也不可能把所有的问题都说清楚。写勘察现场，又主要是通过苏市隐的眼来看的。这样的叙事方法，既为侦破案件提供了一定的线索，又留下许多未知的因素，给读者造成悬念，使得作品情节神秘曲折。尽管比起侦探小说来仍有欠缺的地方，但它在公案小说中也算是难得的佳作。

　　总之，自 1907 年西方侦探小说大量传入以后，到辛亥革命之前，是我国公案小说向侦探小说的演变期。当时，断案的还是封建官吏。尽管有人提出了改良刑律的问题，但这些主张在审案断狱中没有得到实施，断案方法主要还是堂审和刑讯。以翻译侦探小说著名的周桂笙说："侦探小说，为吾国所绝乏，不能不让彼独步。盖吾国刑律狱讼，大异泰西各国，侦探之说，实未尝梦见。"[1]社会生活决定文学创作，这一时期的公案小说，虽然借鉴了侦探小说的某些特点，但从根本上说，还很难脱出公案的窠臼。

---

　　[1]《歇洛克复生侦探案·弁言》，《新民丛报》第 55 号(1904)。

第十章
公案小说的终结与侦探小说的勃兴

　　鸦片战争前夕,我国古代小说的两个流派——侠义小说和公案小说合流,产生了侠义公案小说。民国成立前后,侠义公案小说又发生裂变:其公案部分演变为侦探小说,侠义部分演变为武侠小说。这两类小说由分到合,又由合到分,绝对不是一个简单的循环,而是一种质变。从内容上看,由对封建专制政权的依托到对它彻底鄙弃,由尊崇礼义到崇尚科学,反映了社会的发展与进步。从形式上看,它又基本上完成了由古代小说向现代小说的演变。

第一节　公案小说的终结与侦探小说的繁荣

　　民国成立前后,清官断案模式的公案小说基本上已告终结。这类小说的消亡,主要有这样两个原因。

　　首先,从思想观念上看,公案小说的终结,缘于清官情结的消解。

　　前文已经说过,在我国的封建社会里,执掌刑律的是行政官员。他们缺少专门的训练,长期以来理学思想的熏陶,又使他们只注重修身养性,而不注重实际才能的培养。因此,他们断案水平之低下是可以想见的。然而,处在同样思想文化熏陶下的广大民众,对此已习以为常。他们衡量官员的唯一标准,是品质。只要官吏们不贪污受贿,能公正地处理那些明显的以强凌弱的案件,就是清官,就值得赞扬。

19世纪后期,声光电化的自然科学东渐,实证主义也被引进中国,这些都对我国产生了很大的影响。无论是洋务派的"道器之论",还是严复的"实测内籀之学",都对性理之学产生了很大的冲击。此后,人们对我国狱讼方面的弊病,有了越来越清醒的认识。庚子之变的第二年(1901年)六月,两江总督刘坤一、两湖总督张之洞,所上的一道有关变法事宜的奏折中,"恤刑狱"条占了很大的篇幅。它对当时狱讼的弊病进行了批评:

> 州县有司,政事过繁,文法过密,经费过绌;而实心爱民者不多,于是滥刑株累之酷,囹圄凌虐之弊,往往而有。虽有良吏,不过随时消息,终不能尽挽颓风。外国人来华者,往往亲入州县之监狱,旁观州县之问案。疾首蹙额,讥为贱视人类。驱民入教,职此之由。盖外国百年以来,其听讼之详慎,刑罚之轻简,监狱之宽纾,从无苛虐之事。以故民气发舒,人知有耻,国势以强。夫中外情形不同,外国案以证定,中国案以供定。若照众证确凿,即同狱成之例,罕有不翻控者。故外国听讼,从不用刑求,重罪罕至大辟两端,中国遽难仿照。①

总之,国人终于明白,原来我国官吏断案,竟使得外国人"疾首蹙额";原来还另有一种听讼详慎,重证据、轻刑罚,由专职的官员审案的方法。光绪三十一年(1905年),修律大臣伍廷芳、沈家本为改良刑律连上十疏,提出废除凌迟、枭首、戮尸、缘坐、刺字等刑罚,改善监狱羁所的生活条件,禁止刑讯,设立法律学堂,修改法令等项条款。此类奏折,在朝野引起更大反响。当人们换了一个思路再去审视我国的狱讼时,清官情结自然而然地消解了,代之而起的是对吏治腐败的痛恨。谴责小说揭露社会弊端时,官场成为众矢之的。诚如阿英《晚清小说

---

① 转引自《中国近代史料丛刊》第三十五辑,第1630~1633页,台北:台湾文海出版社,1973。

史》中所说："从题材方面说,晚清小说产生得最多的,是暴露官僚的一类。"①刘鹗的《老残游记》,第一次把清官推向历史的审判台。李伯元的《活地狱》,也是一部专门描写我国狱讼黑暗、用刑惨毒的作品。

辛亥革命推翻了清王朝,建立了民主共和政体,封建官吏已经退出了历史舞台。南京临时政府在提倡平等、自由和保障人权的前提下,强调了对刑法的改革。临时政府颁布的《临时约法》中,明确提出了行政、立法、司法三权分立的原则。1912 年 3 月 2 日颁布的《大总统令内务司法两部通饬所属禁止刑讯文》中,明确规定:"不论行政、司法官署,及何种案件,一概不准刑讯。鞠狱当视证据之充实与否;不当偏重口供。其从前不法刑具,悉令焚毁。"社会体制的变化,使得公案小说完全失去了生存土壤。

其次,公案小说的终结,也和西方侦探小说的输入有关。戊戌变法前后,梁启超等为了宣传资产阶级政体改良,提倡引进西方的政治小说。令他始料不及的是,人们却根据自己的心理期待和欣赏趣味引进了西方的通俗小说,而其中最多的是言情小说和侦探小说。诚如恽铁樵所云:"吾国新小说之破天荒,为《茶花女遗事》、《迦茵小传》;若其寝昌寝炽之时代,则本馆所译《福尔摩斯侦探案》是也。"②侦探小说和公案小说,都写侦破案件;也都以案件的奇异构造情节,使作品引人入胜;又都对断案是否公正、准确作道义评判,表现了对人们的生命财产的关注。所不同的是,侦探小说写侦破案件,靠的是破案手段的高明,注重科学和实证精神;而我国公案小说写断案,靠的是荒诞不经的神鬼鉴察。两者的高下,自不待言。尽管有吴趼人这样的小说家,为"塞崇拜外人者之口",尽心竭力地改造公案小说,但他所写的公案小说还是无法和侦探小说抗衡。更多的小说家没有对公案小说采取敝帚自珍的态度,而是改弦易辙,开始创作侦探小说。这使得我国公案小说在民国成立前后销声匿迹。

我国侦探小说的创作,是在 20 世纪初开始的。据现有的资料看,我国最早的侦探小说,是 1905 年在《江苏白话报》第一期上刊载的署

---

① 阿英《晚清小说史》,第 147 页,北京:东方出版社,1996。

② 恽铁樵《作者七人·序》,陈平原、夏晓虹编《二十世纪中国小说理论资料》,第 502 页,北京:北京大学出版社,1989。

名挽澜的《身外身》(未见)。1907 年,《月月小说》上又刊出署名"吉"的《上海侦探案》。同年,上海商务印书馆出版了吕侠的《中国女侦探》。1909 年,署名南风亭长作的侦探小说《罗斯福》,又在上海环球社的《图画时报》上连载。这类小说,大都是对西方侦探小说的机械的模仿。情节过于简单,破案过程缺少令人信服的推理,文学成就普遍不高。

范烟桥在《民国旧派小说史》中说:"写侦探小说大概需要一种特别的才能,不能随便可以下笔的。即使有人试写也不易显出特色,站不住。"①范烟桥的这种认识很有见地。与传统小说相比,侦探小说是一种全新的艺术创作。单靠文采不能胜任,加上当时作者的生活体验还是不能胜任。侦探小说的创作,需要作家熟悉逻辑推理,并具有丰富的自然科学常识。而中国小说家自身所受的封建教育,不可能培养这种才能。社会,也没有为他们提供写侦探小说的素材。即使他们满怀热情地创作侦探小说,也会因为这些因素而力不从心。

我国侦探小说创作的成熟,是在辛亥革命以后。奠基人是程小青。程小青能够成为我国侦探小说的奠基人,一个关键问题,就是他对侦探小说的喜爱和努力进行知识结构的更新。

程小青(1893—1976),别号青心,上海人。他幼年丧父,靠母亲的针线手工维持生计。1905 年还在读私塾的时候,一个偶然的机遇,他得到一本英国柯南道尔的《福尔摩斯探案》,爱不释手,从此迷上了侦探小说。1909 年之后,由于家庭经济的困难,他到上海亨得利钟表店当学徒,又遇到了一个家中藏书丰富的师兄吴某。在这位师兄的家里,他阅读了大量的书籍,阅读之余,便开始自己创作小说。

1914 年秋,上海《新闻报》副刊《快活林》举办征文竞赛,程小青受到《福尔摩斯探案》的启发,写了一篇侦探小说《灯光人影》应征,结果被选中刊载。只是文中的侦探,原为霍森,刊印出来成了霍桑。他将错就错,后来所写的侦探小说中的侦探,都名为霍桑。这一次成功,给了他极大的鼓舞。但是,通过创作侦探小说的实践,又使他清醒地认识到创作侦探小说的难度:写这样的小说,单靠面壁虚构不行,要有相应的知识和生活资源。当时国内的学校,学不到写侦探小说所需要的

---

① 转引自魏绍昌编《鸳鸯蝴蝶派研究资料》上卷,第 337 页,上海:上海文艺出版社,1984。

逻辑推理方法;社会上的执法机构,也不能为他描写具有高超侦破水平的案例提供素材。程小青没有知难而退,他要从侦探小说的发源地寻求他所需要的东西。1915 年,他任东吴大学附中的临时教员时,向美国教员刻苦学习英文。很快,他就能独立地阅读英文书籍。1916 年和周瘦鹃等人翻译《福尔摩斯探案全集》,为他后来侦探小说的创作提供了借鉴。1924 年,他又通过函授学习了美国某大学的"犯罪心理学"、"侦探学"等课程。他还比较注重学习自然科学,并在《学生杂志》上发表过《怎么试验空气的压力》①《人类学上的新发现》②等文章。应该说,程小青的种种努力,不仅更新了知识结构,也弥补了现实社会的某些缺失,为他创作侦探小说打下了比较扎实的基础。从这个意义上说,中国的小说家创作侦探小说,比西方的小说家创作这类小说,付出了更多的艰辛。

后来,程小青陆续创作出几十篇探案小说。1931 年,由文华美术图书公司出版了《霍桑探案汇刊》一、二集。1946 年,《霍桑探案全集袖珍丛刊》陆续由世界书局出版,计有《珠项圈》《黄浦江中》《八十四》《轮下血》《裹棉刀》《江南燕》《舞后的归宿》《案中案》等三十种。这些小说,大部分都情节跌宕起伏,推理严谨缜密,大受读者欢迎,出现了许多"霍迷"。《江南燕》还被上海友联影片公司拍成电影上演。

在程小青的带动下,民国初年出现了一大批侦探小说家。能与《霍桑探案》相颉颃的,是孙了红的《侠盗鲁平奇案》。孙了红(1897—1958),原名咏雪。祖籍浙江宁波,迁居上海宝山县。他生性豪爽,广交游,不拘小节。除著有《侠盗鲁平奇案》外,他还和周瘦鹃、沈禹钟翻译过《亚森罗苹案全集》。如果说,《霍桑探案》明显地是以英国作家柯南道尔的《福尔摩斯探案》为范本的话,那么,《侠盗鲁平奇案》则脱胎于法国作家玛利瑟·勒白朗的《侠盗亚森罗苹案》。鲁平,是中国化的亚森罗苹,他具有超人的智谋和胆略,又富于正义感。有时候,他以大盗的身份劫掠富人的财物,惩治那些为富不仁的人;有时候,又以他超人的智慧侦破一些盗案、诈骗案,为受害者讨回公道。但是,他不是我国侠义小说中所写的那种超凡脱俗的侠客,他在做这种侠义之事时也

---

① 《学生杂志》1921 年 3 月 8 卷 3 号。
② 《学生杂志》1922 年 9 月 9 卷 9 号。

索取报酬,称自己是"吃角子的老虎"。但这种报酬不取之于良善之人,而是"黑吃黑"。小说的情节神秘、曲折,笔调轻松、幽默,富有喜剧色彩,情节设置也比较合情合理,经得起推敲,深受广大民众的喜爱。

此外,陆澹安的《李飞探案》,俞天愤的《中国侦探谈》,张碧梧的《宋悟奇探案》,也都在社会上产生了较大的反响。继言情小说热之后,掀起了侦探小说创作的高潮。

第二节　民国侦探小说的文学成就

上文已经讲过,与传统小说相比,侦探小说是一种全新的艺术创作。它的内容,它的审美风格,与以往的小说都有明显差别。我们在评论这类小说时,也应该跳出传统小说理论的窠臼,把它放到它所产生的历史背景之中,尽可能客观、准确地看待它在当时社会上产生的实际影响,以及它所蕴含的美学价值。

侦探小说产生以后,在当时的社会上产生了两种截然不同的反响。一方面,广大民众对它非常喜爱,掀起了"侦探热",另一方面,由于它属于广义的"鸳鸯蝴蝶"派小说,长期以来一直遭到评论家的批判。原因在于,人们总是从反映论的角度看待文学的功利性。侦探小说没有反映出当时社会的阶级矛盾、民族矛盾,因此就被认为没有意义,没有价值。更何况,它也像其他"鸳鸯蝴蝶"派小说一样,讲求小说的娱乐性、趣味性、消遣性。

程小青自己这样强调侦探小说的文学价值:"我承认侦探小说是一种化妆的通俗科学教科书,除了文艺的欣赏外,还有唤醒好奇和启发理智的作用。在我们这样根深蒂固的迷信和颓废的社会里,的确用得着侦探小说来做一种摧陷廓清的对症药啊。"①这不是什么深奥精湛的大道理,但是客观、准确地道出了侦探小说对当时社会文明的发展所起到的积极影响。

---

① 程小青《侦探小说多方面》,转引自姜维枫《近代侦探小说作家程小青研究》,第234页,北京:中国社会科学出版社,2007。

我国封建社会,重理念而不重科学。理学蒙昧主义长期笼罩整个社会。晚清思想家大张旗鼓地掀起启蒙运动,就是要"鼓民力,开民智,新民德","五四"新文化运动,也呼唤"德先生""赛先生"。侦探小说对于开启民智,确实起到了好的作用。当然,这不等于说,我们可以通过侦探小说去学习声光电等自然科学;也不是说,通过侦探小说去了解西方哲学、逻辑学。而是说,侦探小说对于宣传民主观念,清除愚昧落后的思想意识,建立新的社会文明,起到了积极的作用。如果我们把这类小说与公案小说对照,侦探小说的价值就会显现得更为分明。

从我国古代文学作品看,最能反映理学蒙昧的,是公案小说。我国的公案小说,从产生直至消亡,内容和形式基本上没有发生重大变化。它们都写小民百姓受到冤屈后,诚惶诚恐地匍匐于清官大老爷们的脚下,求他为自己做主。官吏断案,靠的是堂审和刑罚,也靠冤魂告状,鬼神鉴察。凶手作案手法既拙劣,断案方法更是简单、蠢笨。尽管有的小说家也认识到这种不足,也试图改进,但由于历史准备的不足,都未能进行有效突破。

而侦探小说则与此相反。首先,民初侦探小说的主角,完全由平民侦探取代了清官。这些小说,有的模仿《福尔摩斯探案集》,采用双搭挡探案的模式展开情节:《霍桑探案》中的侦探是霍桑,助手为包朗,《中国侦探谈》中的侦探是金蝶飞,助手是阿拜端;有的是侦探独自行动,如《李飞探案》中的李飞,《宋悟奇探案》中的宋悟奇等。书中的侦探,是人们生活中随处可以见到的那种人。他们没有官吏的权势,也没有侠客的武艺,在他们的身上甚至也没有清官和侠客那种"替天行道"和"治国平天下"的政治负荷。他们像普通人一样住在平民区,过着常人的生活,侦探只不过是他们所从事的一种职业。他们在侦破案件方面的驱动力,出于对这类事情的兴趣,也出于正义感。确如霍桑所云:"我们探案,一半在满足求知的兴趣,一半凭着服务的使命,也是维持正义。"(《请君入瓮》)他们虽然有超众的洞察力和判断力,却不是万能的。侦破案件对于他们来说并不轻松,他们必须细致入微地勘察;大胆、谨慎,甚至是绞尽脑汁地思考;偶有不慎,也会像常人那样犯错误。当案子的谜底揭穿时,人们尽管钦佩他们的智慧,但并不觉得有什么神奇,甚至也不觉得这种智慧是高不可攀的,仿佛他们只是比别人更细心、更周密、更肯动脑筋。应该说,这种对平民侦探的赞美,让平民侦探在处理人命关天的事件中充任主角,反映了近代民主精神、平等意识的增强。

其次,侦探小说写侦破案件,更是与公案小说大相径庭。侦探小说所写的,是近代都市生活中所发生的案件,涉及赌博、诈骗、绑架、仇杀等许多方面。程小青的《黄浦江中》写黑社会绑架儿童案,《白衣怪》写复仇案,《舞宫魔影》写广寒舞厅的舞女被杀案,《一只鞋》写某银行的经理炒股破产,慌乱之中误杀其妻案,孙了红的《燕尾须》写珠宝商联合会会长被绑架案,俞天愤《白巾祸》写诈骗案。这些案件中,被害者不一定是好人,杀人者也不一定是坏人,作案的动机、手段、工具更是五花八门。近代社会里比较先进的武器和科学技术,也被用于作案之中。案件本身就具有鲜明的时代色彩。

侦探侦破案件,靠科学手段,靠严密的逻辑推理。案件发生后,侦探及其助手首先勘察作案现场,择绎有价值的线索,锁定可疑的人以后追踪勘察,直到弄清真相。侦破方法严谨而巧妙。程小青在《科学的侦探术》中,提出足印、头发、神秘信、血迹、碎纸片、灰尘、神秘墨水、指印,都可能为破案提供有价值的线索,现场勘察时也都应引起人们的注意。此外还讲到"状态鉴别力",即从人们的眼神、表情、动作中捕捉有价值的东西。当然,这不是清官断案时的相面,而是从心理学的角度出发,观察能反映人物内心世界的外在。试以程小青的小说《一只鞋》为例。作品写杭州一个银行经理的妻子,在上海自己家里被杀。现场勘察发现如下线索:一、被杀少妇长得很美,且和丈夫至少相差十五六岁。二、死者躺在床上,面目安详,妆台的血迹比床上多。三、现场有一只陌生男人的鞋,还有一堆纸灰。四、案发时管家被死者支走,女佣人被锁在别的房间。如果是公案小说,必定判少妇因奸情被杀。然而,经过普遍调查,霍桑的助手包朗就排除了这种可能。因为邻居都说死者生前非常安分,因居室光线暗,常到阳台做活。而阳台临街,楼下常有不三不四的人对她进行骚扰;但她自己对骚扰她的人非常反感。况且,如果是她与人通奸,就不应当被杀死;若说她被强奸,她又不该支开管家、佣人。霍桑却注意到另一线索,妆台血迹多,说明死者在妆台被杀又被移尸床上。若是奸情,无论是强奸还是顺奸,奸夫都无暇看她梳妆。死者面目安详,说明她死于不备,凶手当是她熟悉的人。复对纸灰进行调查,得知死者刚收到一封信,却又很快烧掉。于是认定死者的丈夫有作案嫌疑。去调查她丈夫时,才知道他因挪用银行的款项炒股破产在逃。抓住她丈夫之后真相终于大白:原来,她的丈夫在逃后,写信约她单独见面,为此她支开了管家、佣人。见面时,恰好一个流氓喝醉酒后扔进一只鞋。她的丈夫此时本来就像惊弓之鸟,发现这只鞋后,误以为妻子不贞,做好了圈套缉拿他,慌乱中杀死了妻子。这样错综复杂的案情,这样科学睿智的侦破方法,是公案小说无论如何也达不到的。

有些作品,还用先进的自然科学辅助破案。在《血手印》中,霍桑提到用淡亚马尼亚溶液鉴别血迹;《案中案》中,用提取人指印的方法寻找凶手;还能运用化验侦破大量服用安神药水致死案。这就更进一步保证了破案的准确性。

总之,侦探小说用文学的形式,宣传了民主,也宣传了科学,对于廓清当时社会上还大量存在的落后愚昧的观念起到了积极的作用。

侦探小说也表现了与传统小说不同的审美价值。

第一,它改变了传统小说以故事情节的惊险离奇、人物形象的鲜明生动吸引读者的做法,而以严密的逻辑推理取胜。公案小说往往着眼于奇,其鬼神鉴察情节的运用,固然是为掩盖侦破方法的拙劣,同时也为了增加作品情节的奇异,以满足当时读者耽奇好异的审美情趣。侦探小说的内容必须贴近现实,它容不得任何超现实的想象,容不得夸张,就连过分的巧合都是败笔。侦破案件,只能靠扎扎实实的勘察、取证,精密细致、实事求是的分析。不仅如此,小说家还必须注意使他的作品符合科学精神,具有逻辑推理的力量。侦探小说的这种科学精神和实证主义精神,不仅仅是反映了文学观念上的创新,还反映了近代社会人生格调和价值观念的变化。

第二,传统小说注重情与理的交融,也就是人们常说的"动之以情,晓之以理"。读者则被当作完全被动的接受体。传统小说是如此,用以"新民"的政治小说更是如此。侦探小说则注意调动读者的智慧,让读者积极地参与作者的思维活动。程小青谈到他的创作体会时说：

> 譬如写一件复杂的案子，要布置四条线索，内中只有一条可以通到抉发真相的鹄的，其余三条都是引入歧途的假线，那就必须劳包先生的神了。因为侦探小说的结构方面的艺术，真像是布一个迷阵，作者的笔尖，必须带着吸引的力量，把读者引进了迷阵的核心，回旋曲折一时找不到出路，等到最后结束，突然把迷阵的秘门打开，使读者豁然彻悟，那才能算尽了能事。为着要布置的这个迷阵，自然不能不需要几条似通非通的线路，这种线路，就需要探案中的辅助人物，如包朗、警官、侦探长等等提示出来。他提出的线路，当然也同样合于逻辑的，不过在某种限度上，总有些阻碍不通，他的见解，差不多代表了一个有健全理智而富好奇心的忠厚的读者，在理论上自然不能有什么违反逻辑之处的。①

读程小青的侦探小说，的确像被引入迷宫。例如，《案中案》写一个年轻守寡的女医生朱仰竹，夜间吊死在自己家的后门上。警厅侦探长汪银林认为是自杀，因为她脖子上一条缢痕，两端不交。而霍桑的助手包朗，认为她是被人勒死后吊上去的，因为她两足离地四五寸，地上只有一把竹丝扫帚，她没法把自己套进环里去。两者都有道理，两者又都有说不通的地方。这就一下子引起了人的好奇。锁定犯罪嫌疑人，又有两条线索：一是据女仆说，死者当天晚上被沈家的女仆接走为小姐沈吟秋看病；二是霍桑从死者的口袋里，发现了名叫薄一芝的男子对她表示关切的信。经过调查，沈吟秋与薄一芝是一对情侣；薄一芝在事发的那天晚上曾外出。汪银林认为，这是一个"酸溜溜的问题"，沈家小姐出于嫉妒，害死女医生后又移尸；包朗则认为，薄姓男子当夜去对女医生实行非礼，遭拒绝后将她勒死，又自造自杀假象。两者也都有道理。但是，他们的判断被法医尸检所否定，死者生前被奸污，系上吊而死。读者此时更不得要领。霍桑却锁定第三条线索：出诊记录中，另有名叫孙仲和的男子请朱仰竹看过病。据薄一芝揭发，孙仲和

---

① 转引自范伯群《中国近现代通俗作家评传丛书》（之三），第14～15页，南京：南京出版社，1994。

是他的同学,家中富有而行为不端,曾向他透漏要非礼朱仰竹。霍桑经过周密的调查取证,最后认定,当晚是孙仲和派人以看病为由,将朱仰竹接到家中,用安神药水将其迷倒,奸污了她,致使朱仰竹醒来后愤而上吊。孙仲和又找人移尸。一切真相大白。读者读作品时,都会情不自禁地被带进作者所布置的迷宫,对每一条线索都仔细推敲,并力图从中找出正确答案。如果说,读旧小说就像听人讲述一个古老的故事的话,那么,读侦探小说就像参加一个具有近代色彩的智力游戏。正是这种对读者智慧的启迪,这种令读者置身其中的参与精神,使得侦探小说对于广大读者,尤其是青少年读者,更具吸引力。这种艺术魅力,也是我国传统小说所不具备的。

第三,侦探小说对于读者的吸引力,还在于它特有的神秘气息和恐惧色彩。程小青说过:"人们都说侦探生活是一种冒险生活。是的,这句话我自然承认。不过,据我的经验所得,我的意识中的冒险的定义,也许和一般人的有些差别。我觉得在侦探生活的冒险之中,往往使人的神经上感受到一种欣羡紧张的特殊刺激。这是一种神经上微妙的感觉,原不容易用文字的方式表示的。举些具体的例子罢。譬如,黑夜中从事侦查,或捕凶时和暴徒格斗,或是有什么狡黠的宵小和我们角智斗胜,用计谋来对抗计谋,处处都觉得凛凛危惧,而神经上同时可以感受到一种兴奋的刺激。这样的刺激,至少在我个人的主观是很有兴味而足以餍足我的需求的。"①应该说,从文化人类学的眼光来看,由冒险而产生的恐怖感、紧张感,是不受欢迎的东西,却又是人们与生俱来的一种感觉。它与悲、欢、爱、恨一样,是普遍存在于人类心底的常情常态。因而它也必将和喜怒悲欢一样,成为文学创作的一个母题。人们平时总是喜欢平静、欢乐,但有时也需要神秘甚至是恐怖的刺激。尤其是长期生活在相对平淡的环境中的人,偶尔受到某种程度的恐怖感的刺激,不仅不觉得痛苦,反而会感到某种快意。近代的都市文明,已使得谈狐说鬼、神奇古怪的故事黯然失色。侦探小说用丰富的想象、严密的推理编织的十分逼真的凶杀案件、冒险故事,正好

① 《霍桑探案》,第 4 册,第 152 页,北京:群众出版社,1986。

弥补了人们的这种情感的期待。这也是侦探小说受到市民读者广泛欢迎的重要原因。

第四，在具体的艺术技巧方面，侦探小说也有很大的创新。先看看叙事角度的变换。传统小说大都是用说话人的口吻来写的，是一种全知全能的叙事方式。这种方式对于中国古代小说讲述一个完整的故事来说是合适的，但不适用于侦探小说。因为侦探小说需要布迷阵，然后用推理的方法破绽。全知全能的叙事方法无法布迷阵，也无需推理。因此，我国的侦探小说基本上都借鉴了西方侦探小说的叙事方法，采用自叙法，即用第一人称"我"的口吻叙事。这样，就对叙事人的视觉进行了限制。而且，这个"我"还不能是名探，因为名探知道得太多，仍不利于布迷阵，而其他人又难以贯穿侦破工作的始终，故此，这个"我"多是侦探的助手。也有少数作品，虽然仍用第三人称，对叙事人的视觉加以限制。如孙了红的《燕尾须》，写珠宝商联合会的会长杨小枫，为了自己财产的安全，发誓要与警方联手除掉侠盗鲁平。鲁平知道后设计报复他，先把杨小枫装扮成自己的模样，并诱使警方把他当作自己抓起来；再到杨小枫的家里，声称杨被自己绑架，诈去了五万元。小说的前一部分，是通过杨小枫的感觉、视角写的；后一部分，则通过杨小枫家人的视觉写。虽然是第三人称，却不是全知全能。既写出了事情的经过，又留有部分悬念，使得情节引人入胜。

再看看叙事时序的变化。我国古代小说，大都是顺时序的叙事方法。逆时序叙事虽然也有，但大都用于多种情节线索交叉时的次要情节。比如，《水浒传》中写鲁智深在野猪林救林冲一节中，就用了这种方法。当林冲就要被害的一刹那，鲁智深似从天而降，救下了林冲，然后才补叙了鲁智深从何而来。林冲被逼上梁山是故事的主干，用的是顺时序的叙事方法；鲁智深的拔刀相助，是次要情节，用的是逆时序的叙事方法。这种逆时序的运用，主要是使主要情节集中、紧凑，而不是制造悬念。晚清时期，受西方小说的影响，我国小说开始利用逆时序的叙事方法制造悬念，如前面提到的《九命奇冤》《春阿氏》，都对逆时序叙事方法的运用作了可贵的尝试。到了侦探小说中，这种方法得到了普遍、熟练的运用。这一方面因为侦探小说是推理小说，必须先有悬案,然后再一步一步地进行推理,解开悬念,另一方面是因为经过对西方小说的较长时间的模仿、借鉴,我国小说家在这方面也积累了一定的经验。

侦探小说的环境描写更加细致。传统小说的环境描写,大都是用于对人物形象的烘托,或是某种氛围的创造;侦探小说的环境描写,是组成情节的有机部分,是推理的依据。请看《一只鞋》中对死者居室的描写:"我们到了楼上,看见靠街的前一进是个宽大的卧房,房中一切家具都是西式的红木质。地板上还铺着软绵绵的地毯,看上去十分富丽。前面有两扇长窗,左右另有短窗,因为窗上都是蓝色玻璃,光线不很明亮。长窗外就是靠街的阳台,也安放着藤椅茶几之类。"这一段环境描写具体、详细,且都潜伏着破案的线索:房间的富丽、新潮,合乎死者丈夫银行经理的身份;蓝色玻璃导致室中光线不明亮;阳台上藤椅茶几的设置,又表明阳台是被害少妇时常活动的场所。而阳台的临街,致使少妇经常受到骚扰,才会有陌生男人的鞋子扔进来,酿成血案。总之,环境与案件的发生有密切关系。没有这种环境描写,故事情节便无法进展。

侦探小说的语言风格有了很大变化。这首先表现在词汇的变化上。侦探小说所写的是近代都市的生活,从办案机构到作案的工具、侦破的方法,都与公案小说有了明显的不同。因此,小说的词汇也有了较大的更新,如侦探、警署、商会、手枪、定时炸弹等,都出现在侦探小说家的笔下,使作品具有鲜明的时代色彩。其次是语言风格的变化。民初的侦探小说,基本上都把对偶句式的回目改为通俗、醒目的标题;行文又完全摆脱了说话人的口气,使得叙事语言书面化、文人化,严密、平易、通俗。再次,侦探小说的语法灵活多变,有欧化倾向。仍以《一只鞋》为例,写上海警所的探员倪金寿为破案向霍桑求助:"'霍先生,包先生,又要劳你们的神了,很抱歉。'金寿瞧着我们俩的脸,嘴角上似笑非笑地牵一牵,像一个做错了算题的小学生向老师答话。'老交情了,用不着客套。'我笑一笑。"这种倒装式的语法在传统小说中是找不到的。但由于这种句式和它要表现的内容比较协调,所以读者读来并不感到别扭。今天读来,甚至连欧化倾向也不易觉察了。

民初的侦探小说虽然模仿西方侦探小说,但具有自己的特点。这主要表现在,小说所写的故事,所反映出来的思想观念、世俗人情,完全是中国式的。如我国的传统小说比较注重教化,喜欢描写善恶报应,民初的侦探小说也大都没有突破善恶报应的框架。程小青在《案中案》中借霍桑之口说:"'天道好还',这句话在现代人看来,也许已认为迂阔迷信,其实也是合得上自然的因果律的。"张碧梧也说:"侦探小说的情节大概不外乎谋杀陷害和劫财等等,读者读了之后,试问发生甚么感想呢? 恐怕不过只在脑中留下这个恶印象罢了。这岂是小说的本旨? 所以我以为在这种情节当中务必使他含蓄着劝善惩恶的意思才好。"①因此,这些小说如果写坏人杀死好人,必定要让凶手受到法律的惩处;写好人杀死坏人,就千方百计地替杀人者开脱。有时为了达到这个目的,不惜损害逻辑推理的严密性。如程小青的《夜半呼声》,写田文敏留学归国后另有所爱,与发妻徐慧芳离婚。作者对这个陈世美式的人物十分反感,谴责他"利用那神圣的'自由'的名词,满足他的私欲"。徐慧芳找田文敏理论,双方搏斗时田文敏被枪杀。小说结案时竟说,田文敏在搏斗时忽然良心发现,在徐向他举起手枪之际自己开枪自杀。这样一来,凶手就成了田文敏自己。作者又认为徐慧芳"替一般柔弱的女子们除掉一个害物"。前后矛盾,不合逻辑,也表现了中国小说重感情而不重法制的特点。

民初侦探小说家中,尤以俞天愤的侦探小说最具中国特色。他的小说中所写的生活习俗,人物特点及语言风格,都是充分中国化的。如《白巾祸》中一个犯罪团伙成员的名字是:扬州老八,橡皮汪六,吴二小鸡,王七拐子,陆麻皮等,就很像评话小说中的人名。作案手段也是明争暗斗、诈骗,破案时还经过了一场激战,受传统小说的影响更为明显。

总之,我国的侦探小说虽然是舶来品,却并非是对西方侦探小说的简单模仿,它继承了我国古代小说某些思想艺术传统,又借鉴了西

---

① 转引自范伯群《中国近现代通俗作家评传丛书》(之三),第 338 页,南京:南京出版社,1994。

方侦探小说某些成功的审美经验和创作手法，形成了独特的艺术魅力。

因为民国侦探小说没有讲述民主科学的大道理，因为这类小说作品具有较强的趣味，符合"鸳鸯蝴蝶派"小说家所提出的注重作品的娱乐性、趣味性、消遣性的创作主张，所以长期以来它被列入"鸳鸯蝴蝶派"小说而被批判，被声讨。但是，我国小说，尤其是故事型小说，自打产生之日起，就比较注重作品的娱乐性、趣味性、消遣性，这是不争的事实。故此，笔者以为，只要作品的内容有益于社会，有益于人心，艺术魅力越强，作品的文学价值就越高。正是从这个意义上看，侦探小说不仅为我国的公案小说画上了一个漂亮的句号，也对当时的启蒙运动起到积极的作用。实际上，它的文学成就超过了谴责小说和政治小说。

第二编
世情小说

概　说

明中叶以后，我国的小说创作开始了一个新的里程——产生了描写人生的小说，这就是人们所说的世情小说。

一、世情小说的界定及其特点

世情小说是鲁迅命名的："当神魔小说盛行时，记人事者亦突起，其取材犹宋市人小说之'银字儿'，大率为离合悲欢及发迹变泰之事，间杂因果报应，而不甚言灵怪，又缘描摹世态，见其炎凉，故或亦谓之'世情书'也。诸'世情书'中，《金瓶梅》最有名。"①鲁迅所说的"世情书"，亦即我们所说的世情小说，一称人情小说。其最大的特点是"描摹事态，见其炎凉"。鲁迅把明末清初的才子佳人小说，清之《红楼梦》，都归入这一类。

鲁迅之前，人们对这类小说的特点也作过阐述。清人刘廷玑评《金瓶梅》时说："若深切人情世务，无如《金瓶梅》，真称奇书。……其中家常日用，应酬世务，奸诈贪狡，诸恶皆作，果报昭然。"②更为明确地说，世情小说所描摹的世情，主要在于"家常日用，应酬世务"。清人浮罗居士在《蜃楼志·序》中诠释小说时说得更具体："其事为

①《鲁迅全集》第九卷，第 179 页，北京：人民文学出版社，1981。
②《在园杂志》卷二。

家人父子日用饮食往来酬酢之细致,是以谓之'小';其辞为一方一隅男女琐碎之闲谈,是以谓之'说'。"也是说,世情小说写琐屑小事,写普通男女的日常生活。

结合《金瓶梅》《红楼梦》等作品看,世情小说有如下特点。

首先,由故事型小说发展为世情小说,作品的审美对象发生了变化。小说家把笔触,由读者陌生的、奇异的故事天地,转向了人们熟悉的、平凡的现实社会。平凡的人,普通的日常生活,成为作品描写的对象。可以说,世情小说开拓了新的审美领域。小说的审美意识,不再从金鼓震天的战场和超凡脱俗的圣贤身上搜捡,而是在平凡的人,普通的日常生活中去捕捉。

其次,世情小说家把审美焦距对准了平凡的人,描写他们的生活、情感、命运。作者开始把自己的智慧放到人物形象的塑造上,把人物性格的发展作为情节发展的基本动力。小说家不只是根据情节的需要描写人物,也为塑造鲜明的人物形象设置情节,情节变成为塑造性格服务的手段,成了性格的载体。这类作品一改故事型小说中人物描写类型化、脸谱化的倾向,注重揭示人们丰富、复杂的感情世界,凸现鲜明的人物个性。围绕着人物性格的刻画,细节描写、环境描写、人物心理的刻画都被广泛运用。

世情小说写的是男女日常饮食生活,这就决定了其情节的朴素、平凡。小说家必须调动一切艺术手段,发掘这类平凡事件的不平凡的蕴意,以情真理切引人入胜。例如,《红楼梦》中的宝玉挨打,系老子管教不肯读书上进的儿子,是平常不过的事。但小说把这件事写成两种人生观、价值观的较量,并围绕这件事,将贾政、宝玉、黛玉、宝钗的形象刻画得更为鲜明。这种情节不仅感人,而且耐人寻味。再比如,元春省亲,要算贾府少有的大事。若在故事型小说中,这一情节肯定写得荣耀、显赫、热闹,说不定还会有龙飞凤舞之类的奇兆。《红楼梦》却一再写元春的哭,展示蟒袍玉带下的痛苦孤寂的心灵,给人以更加强烈的心灵震撼。这种既不离奇也不曲折的情节,却具有更强的艺术魅力。

再有,世情小说在注重描写人性和人物命运的同时,不能不对人生活于其中,并对人物性格和命运产生重大影响的社会现实进行审美观照,努力发掘、展示对人物个性、命运起重要作用的社会环境和文化氛围,亦即鲁迅所说的描摹世情。茅盾说过:"要一篇小说出色,专在情节布局上着想是难得成功的,应该在人物与背景上着想。情节的方式是有限的,凡恋爱的悲剧无非是一男一女或数男数女,恋爱终之以悲或欢。这是无往而不如此的。两篇好的恋爱小说所以各有其面目,各能动人,就因为他们中间的人物的个性是不同的,背景的空气是不同的。"①正是由于世情小说在人和背景上着力,《金瓶梅》《红楼梦》等作品在刻画人物个性,展示人文景观、世风世俗方面,是故事型小说所无法比拟的。

由于世情小说深刻而又真实地揭示普通人的感情世界,所以它具有更高层次的审美价值。它使小说的读者在读作品的时候能联系自己的思想、感情和人生体验,并和作品中的人物产生感情上的共鸣。《红楼梦》能使那么多的青年男女如痴如迷,以至于人们把现实生活中某一类人称为贾宝玉,某一类人称为林黛玉,就是因为很多人的情感可以从这些形象身上找到对应点。这种艺术魅力,靠讲述惊险离奇的故事无论如何也无法取得。应该说,小说发展到描写人生的阶段,才算是进入了真正成熟的阶段。《红楼梦》更是把我国古代小说的创作推向顶峰。

二、世情小说的产生

一种文学样式的产生,总会有适合于它的土壤,这包括时代的特点、社会思潮、文学发展自身的原因。丹纳在《艺术哲学》一书中说过:"要了解一件艺术品,一个艺术家,一群艺术家,必须正确地设想他们所属的时代精神和风俗概貌。这是艺术品最后的解释,也是决定一切的基本原因。"我们了解世情小说产生的原因,也就有必要对那个产生

---

① 《茅盾文艺杂论集》(上集),第138页,上海:上海文艺出版社,1980。

这类小说的时代作一番考察。

世情小说产生的明中叶，是我国历史上一个值得注意的时期。从总体上看，当时我国仍是一个古老的封建帝国。但是到了明万历年间，商品经济发展迅速，在东南沿海一带，局部地区出现了中国早期的资本主义生产关系的萌芽。应该说，这是我国历史发展中的一个重大事件。生产关系的变化，往往导致意识形态领域的变化。明中叶，思想界出现了一个新的学派——王学左派（又称泰州学派），创始人是王艮，代表人物是李贽和以袁宏道为首的公安派。他们的主张大体如下：第一，肯定人与生俱来的权利，提出"穿衣吃饭，即人伦物理"。我们知道，人的自然属性，如感情，欲望，对食、声、色、味的需求等等是与生俱来的，是人的天性，应该得到满足，这是人类存在和繁衍的必要条件。但是，人生活在群体社会中，又必须具备某种社会属性。也就是说，人类社会又需要建立道德观念，对情欲加以节制和约束，否则，社会就不能安定。这，同样是人类社会生存和发展的条件。这两种关系既互相依赖，又互相排斥，这就是情与理的矛盾。中国封建社会里，理远远压倒了情。孔子在创立原始儒学时，便提出了"克己复礼"的原则，社会就已经偏重于理，抑制情。宋儒则完全否定情欲，提出了"存天理、灭人欲"的信条，还特别强调妇女的贞操节烈观念。人正常的情欲，被视为一种耻辱，人性、人情受到无情的摧残，社会上出现了大量以理杀人的事件。明中叶新的哲学思潮，对情欲大加肯定，认为，"食、色，性也"。也就是说，情欲是人的本性，人们对情欲的追求是天经地义、合情合理的。因此，满足人的情欲，才符合天理。正是由于这种社会思潮的冲击，明中叶以后，人性有了某种程度的复苏。第二，新的社会思潮既然主张尊重人与生俱来的权利，就必须要向剥夺这种权利的传统观念、伦理道德宣战。新思潮的代表人物非常猛烈地攻击儒家经典，否定圣人与常人的差别。他们认为，圣人是人，常人也是人，没有高下尊卑之分。圣人没有权力用他们的思想道德观念约束常人，而常人也没有必要尊奉圣人的教诲，而应该率性而为。这就有力地冲击了摧残人性的封建伦理道德，反映了个性解放的要求。第三，在文学主张上,李贽提出了"童心说"。童心,即真心,即不受任何文化的熏陶和世俗观念影响的赤子之心。这种童心,也就在最大程度上包含了人与生俱来的自然属性。他认为,文学作品不应该载道,而应该表现童心。他还在《答耿司寇》一文中举例说:"市井小夫,身履是事,口便说是事,作生意者但说生意,力田者但说力田,凿凿有味,真有德之言,令人听而忘倦。"也就是说,文学作品应该写自己熟悉的东西,表现自己的真情实感,这样的作品才能感人。袁宏道也说:"出自性灵者为真诗","情至之语,自能感人"。这里所说的"性灵"和"情",也都指人的喜怒哀乐,以及各种本能的感情欲望。世情小说之所以能够把审美观照由非常之人、非常之事,引向普通人平凡的生活,之所以敢于描写长期以来被封建伦理道德视为洪水猛兽的人的自然情欲,得力于明中叶的这种社会思潮。

总之,世情小说是在一次大的思想解放运动之后产生的。没有这种新观念的产生,没有这些启蒙思想家鼓励作家说真话、写真情,很难产生描写人性人情的世情小说。

文学的发展还有其自律性。世情小说的产生,也和文学创作自身的发展有关。这首先在于,世情小说要展示人丰富复杂的个性,揭示人物的命运,并真实地再现对人物性格、人物命运有重大影响的社会背景,必定具有相当宏伟的体制。明初长篇章回小说的产生,为它提供了合适的形式。而小说创作到了明中叶,艺术技巧已日趋成熟。一些故事型的小说,在表现世俗生活方面,为世情小说的创作提供了宝贵的经验。例如,《水浒传》从总体上看不是世情小说,但和《三国演义》相比,对世俗人情的描写明显增多。武松杀嫂,是武松被逼上梁山的原因。杀嫂的原因、经过,本来是可以一带而过的。但小说家把西门庆勾引潘金莲、害死武大郎的经过描写得非常细,用了近万字的篇幅。西门庆、潘金莲、王婆等人的形象也刻画得相当鲜明。正是这种情节,为世情小说的产生提供了可贵的借鉴。大概正因为此,第一部世情小说《金瓶梅》,就是从这个故事引发出来的。而宋元的短篇白话小说,尤其是鲁迅说的"银字儿"一类,出现了许多对世俗生活的描写。

在人物塑造和表现世俗生活方面，也为世情小说的创作提供了宝贵的借鉴。其次，在小说评论方面，人们对小说的认识和要求，也越来越接近于小说自身的艺术规律。这一时期，人们开始要求小说表现平凡的生活。李贽说："天下之至新奇，莫过于平常。"（《焚书》）明中叶后的另一作家张岱也说："布帛菽粟之中，自有许多滋味，传之久远，愈久愈新。"一些小说评论家还指出小说创作中人物形象刻画的重要。李贽评点《莺莺传》时说："尝言吴道子、顾虎头只画得有形象的，至如相思情状，无形无象，微之画来，的的欲真，跃跃欲有，吴道子、顾虎头又退数十舍矣。"高度评价了《莺莺传》中的人物形象刻画。所有这些，都为世情小说的产生奠定了基础。

就在这种背景下，第一部描写人生的小说《金瓶梅》问世了。

第十一章
我国第一部描写人
生的小说——《金瓶梅》

　　《金瓶梅》是我国世情小说的开山之作，也是第一部以家庭生活为题材的小说。这部小说以抄本的形式在社会上秘密流传时，就引起文人们极大的兴趣。读到的人感到"甚奇快"，并"怂恿书坊以重价购刻"；未读到的人又"恨未得见"，四处求索。（沈德符《万历野获编》）当时被认为不登大雅之堂的小说，能引起文人如此的重视，说明它的艺术魅力超乎寻常。

　　《金瓶梅》的问世，又引来全新的探索、评论。索隐派探索小说写的是谁家的事。有人说，西门庆影射严世蕃。这一方面是因为严世蕃妻妾众多，生活腐化，另一方面是因为严世蕃的字为"东楼"，正好与"西门"对举。也有人说，京师有西门千户，延一绍兴老儒于家。老儒无事，遂记其家淫荡之事。这类捕风捉影的索隐，不足采信，但是说明一个问题，即这部小说的内容贴近生活。

　　《金瓶梅》的内容，还引发了读者的争议。毁之者认为它是"坏人心术"的"淫书"，誉之者说它"云霞满纸，胜枚生《七发》多矣"。这又说明小说作者主体意识的增强。他创作小说，没有任何功利的目的，也不再考虑被公众接受的程度，只是为了描叙自己的所见所闻，抒写自己的生活体验。

所有这些，都说明《金瓶梅》与它之前的小说有明显的不同之处。

第一节 《金瓶梅》的作者与版本

由于小说的类别不同，《金瓶梅》的成书情况与故事型小说也有明显的不同。

《金瓶梅》成书的具体时间，难以断定。现在发现的资料中，有两条有助于推测《金瓶梅》成书的大体时间。一是万历二十四年（1596年）袁宏道给董其昌的信。信中问："《金瓶梅》从何而来？"二是沈德符《万历野获编》卷二十五对于《金瓶梅》流传情况所作的具体说明："袁中郎《殇政》以《金瓶梅》配《水浒》为外典，余恨未得见。丙午（1606年）遇中郎京邸，问曾有全帙否？曰第睹数卷，甚奇快。今惟麻城刘涎白乘禧家有全本。盖从其妻家徐文贞录得者。又三年，小修上公车，已携有其书，因与借抄，挈归。"可见，万历二十四年，袁宏道刚知道有《金瓶梅》这样一部书；十年之后，他才搜寻到部分章节来读。又过了三年，沈德符才从袁中道那里借来《金瓶梅》抄阅。袁宏道、沈德符，都是广闻博识的人。他们四下求索《金瓶梅》而不得，说明那时《金瓶梅》刚刚成书，流传不广。故此，《金瓶梅》问世，当在万历二十四年前不久。

《金瓶梅》是世代积累而成，还是文人独创的小说，这个问题学术界颇多争议。认为《金瓶梅》是世代积累而成的，有这样两个依据。一是有人考证出，《金瓶梅》中有些韵语、故事有所本。二是有人从这部小说的写作体例和语言风格上看，认定它与说书艺术有关，并进而判定它是世代积累而成的。判定《金瓶梅》是文人独创的小说，是因为迄今为止，人们并没有发现有哪一个《金瓶梅》的主要人物和主要情节世代流传过。

笔者同意后一种观点，即认为《金瓶梅》是文人独创的小说。文人独创小说，完全可以借鉴以往小说的体例抒写崭新的内容，也完全可以借用流行歌曲、流传故事以丰富自己的作品。只要小说的人物、情节没有被记载过，没有在民间流传过，就应该视为作者独创的小说作品。更何况,只有故事性强的事件才会被说书艺人演唱,也才会在民间广泛流传。《金瓶梅》中,只有潘金莲杀夫等个别情节具有这类特点,其他大都不适合当作故事讲,故此也很难在社会上流传。故此,笔者还认为,只有故事型小说,才有在世代积累的基础上,再由文人创作成书的情况。世情小说、问题小说,都不具备这种特点。

《金瓶梅》的作者,更是众说纷纭。由于这部小说赤裸裸地描写了性欲,虽然有晚明新的社会思潮为其开路,但是创作者还是要承受巨大的社会舆论的压力。作者有勇气写了这部书,却没有勇气承担后果,于是就主动放弃了著作权,并且把自己的姓名埋藏得很深。明代,就在这部书刚刚传世的时候,人们就开始寻找它的作者,竟然毫无结果,只留下两条线索:一是书中所署的化名:兰陵笑笑生。(兰陵:当地名讲,一为山东峄县,一为江苏武进。)一是明人沈德符《野获编》中所说:"闻此为嘉靖间大名士手笔。"围绕这两条线索,许多人在挖空心思地找,找出一大群,如王世贞、李开先、冯惟敏、贾三近、屠隆等等,但都没有提出令人确信不疑的根据。

笔者以为,考证《金瓶梅》的作者,最重要的是要结合小说所表现的思想倾向和作品所展示的生活画面。也就是说,小说作者应该是受王学左派思想影响很深的人,同时也是亲身经历过,或耳闻目睹过像西门庆那样妻妾众多、荒淫无度的生活的人。上面所说的那些文人,都不具备这一特点。因此,很难相信他们中的一个是《金瓶梅》的作者。《金瓶梅》的作者,很可能是历史上一个解不开的谜。

《金瓶梅》最初以抄本的形式在社会上流传。现存刊本,有两个系统:词话本和诗话本。今见最早的刊本是万历丁巳(1617年)年署刊的《新刻金瓶梅词话》,人称"词话本"或"万历本"。崇祯年间,又有《新刻绣像批评金瓶梅》,人称"诗话本"或"崇祯本"。词话本从武松打虎写起,诗话本以"西门庆热结十兄弟"作为开端;前者的回目字数参差不齐,后者的回目对仗工整;前者的韵语多为词,后者多为诗。一般认为,诗话本为词话本的评改本。清康熙年间,张竹坡以崇祯本为底本,将正文的个别文字加以修改,加上详细的评点,以《张竹坡批评金瓶梅第一奇书》之名行世,人称张评本。1926年,存宝斋将张评本中所有色情描写删去后排印出版,称《真本金瓶梅》(后改为《古本金瓶梅》),世称"洁本"。本书分析引用,据张评本。

第二节 《金瓶梅》对商人家庭生活的描写

一部文学作品,要想取得成功,首先题材就必须有吸引力。而题材具有吸引力,又有许多因素:其一,所反映的问题最好是人们普遍关心的问题,至少也应是感兴趣的问题。其二,题材新颖,或者题材虽不很新,但能写出新意。其三,具有一定的审美内蕴。而《金瓶梅》的题材,完全符合上述的三条标准。

《金瓶梅》写了什么? 张竹坡作了一个比较令人信服的概括,他说:笑笑生写这部作品,"独罪财色",也就是说,写财与色给人带来的坏影响。而财与色,正是李贽等人所推崇的人的自然需求。不仅商贾、市民对它感兴趣,正人君子,甚至理学先生也感兴趣,只不过有的人自觉地用传统道德对其进行制约,有的人为了维护自己的形象,不愿承认对它的追求。而由于封建禁欲主义把财、色视为禁物,从文学创作上看,财色又是文学描写的禁区,没有人敢真正放手写这些东西,因此,《金瓶梅》的题材,既使人感到新鲜,又适应了当时深受禁欲主义之苦的人们感情宣泄的需要,这是这本书禁而不绝的原因之一。

《金瓶梅》题材新,还新在它以一个商人的家庭为主要描写对象。而商人在封建社会里地位一直很低,是贱民,士农工商中排在了最后。有人说最早的商人产生于周朝。周朝的政权建立后,商朝的遗民叛乱,周的统治者就不给他们地种,他们只好做买卖,又因是商朝遗民,所以叫商人。商人的历史本就不光彩,加上他们重利的观念与封建意识格格不入,无论是儒家的"重义轻利",佛家的"清心寡欲",还是道家的崇尚自然,都和商人的崇拜金钱的观念截然不同。所以商人在封建社会里普遍被人们歧视,很少有文学作品把他们当主角。而《金瓶梅》要表现财色对人、对社会的影响,自然是商人的家庭最具典型意义。而商人的冒险经商、发财致富,又迎合了人们渴望富贵的心态;几房妻妾的争风吃醋,也比较符合市民的审美趣味。《金瓶梅》获得成功,选材就比较好。

《金瓶梅》把社会现状浓缩在家庭范围之中,通过描写家庭兴衰和人物命运,描摹世态人情,多层面地反映了明代中叶拜金主义和早期人本主义思想对整个社会的冲击。作者成功地塑造了一个崭新的人物形象——西门庆的形象。通过描写他的心态、素质、思想观念、人生目标,以及他所进行的一系列商业活动,小说全面而又真实地反映了明代中叶的世态人情和商业发达的情况。

西门庆祖上是清河县一个破落户财主,到了他这一代,也只是在门前开一个生药铺。他文化水平很低,平时连信也念不下来;会几套拳脚,但也很蹩脚。《水浒传》中写武松在狮子楼杀西门庆时,那个西门庆还抵挡了一阵子,《金瓶梅》中的西门庆连这点功夫也没有,一听说武松来报仇,吓得他躲在人家厕所里,根本不敢露面。后来武松杀错了人,被发配了,他才侥幸地活了下来。按封建社会的标准,这个人根本不具备出人头地的条件。但他身上有一种非常突出的特点,就是卓越的经营才干,疯狂的占有欲和强烈的冒险精神。正是围绕着这些特点,作者写了他的飞黄腾达,也写了他的败落。

我们先看看他对财产的占有欲。

西门庆有着强烈的商人意识,处处想着发财,连家庭的组成也不例外。西门庆后来成为商业大户,但他第一步发的是妻财。他娶了一妻五妾,固然为满足他的情欲,但在很大程度上,也是为了占有妻妾的财产。他的妻子吴月娘,是吴千户的女儿,和他也算是门当户对。第二房妾是李娇儿,长得并不美丽,二十九回相面的说她"额尖鼻小,肉重身肥"。但她善于积蓄,在妓院攒了三千两银子,西门庆娶了她,人财两得。娶了李娇儿后,他又和潘金莲打得火热,但一听说富商的遗孀孟玉楼"手里有一分好钱"时,马上丢开潘金莲,去追求孟玉楼。孟玉楼姿色不如潘金莲,年龄比西门庆还大两岁。媒婆对西门庆说:"妻大两,黄金日日长。妻大三,黄金积如山。"于是他不顾孟玉楼夫家的反对,更不管什么公众舆论,抢着把孟娶到家,做了第三房。接着,又让善于做五鲜汤水的孙雪娥做了四房,让她亲临厨房,管理全家的就餐事宜。美貌风流的潘金莲只做了五房。第六房李瓶儿,原是《水浒传》中所写的贪官梁中书的妾,广有积蓄。梁中书被杀后,她带着自己的积蓄逃了出来,嫁给了花老太监的侄子花子虚。而花老太监又特别喜欢她，把自己所有的财产都给了她，这些财产连花子虚都不知道。李瓶儿和西门庆私通时，就利用两家仅有一墙之隔的便利条件，瞒着花子虚，把六十锭大元宝、四大箱子珠宝古玩转移到了西门庆家。后来正式成亲，她带来的东西就更是难以计数了。第六十四回写李瓶儿死后，西门庆大哭，小厮玳安说："俺六娘嫁俺爹……他带了多少带头来，别人不知道，我知道：银子休说，只金珠玩好，玉带、绦环、鬏髻，值钱的宝石，也不知有多少，为甚俺爹心里疼，不是疼人，是疼钱。"①不是疼人，这话不准确，西门庆对李瓶儿有真感情。但他们的结合，金钱确实起了相当的作用。西门庆对待妻妾的态度，也渗透着商人意识。李娇儿为人吝啬，西门庆就让她管全家的银钱出入。潘金莲最穷，又好占便宜，西门庆在她住的楼上存放生药。李瓶儿见过大世面，一般的东西看不到眼里，人也厚道，西门庆把值钱的珍珠古玩存放到她的楼上。所以，这种家庭组合，既不是封建式的相敬如宾、举案齐眉，又不是才子佳人那种郎才女貌，一见钟情，而是一个渗透着浓重的商人意识的家庭。

　　如果作品只描写西门庆发妻财，自然够不上典型的商人形象。小说用更多的篇幅，描写西门庆强烈的竞争意识、冒险精神，以及他不同寻常的经营才干。他不像封建社会的大小财主一样，把手中的财产囤积起来。他认为，钱财是"好动不喜静的，怎肯埋没在一处？也是天生应人用的，一个人堆积，就有一个人缺少了。因此，积下财宝，极有罪的。"（第五十六回）这里面有的话言不由衷，"一个人堆积，就有一个人缺少了"，他决不会拿出自己的钱来均贫富。但这一段话里也隐含着一种新的观念，即主张货币流通的思想。西门庆把他得来的财产，首先用在了扩大经营范围上。有了钱以后，他除了生药铺之外，又开了绒线铺、绸缎铺、解当馆等五六处铺子，还敢于"千里走标船"，即搞长途贩运。走标船是当时最赚钱的生意，这种生意一是要有足够的经济实力，二是要能应付沿途关卡的收税，三是需要有保标，敢冒险。西门庆就多次走标船，他曾经到湖州买绸子，到松江贩布。有一次，光从杭州贩运的一万两银子的绸缎，就可增十倍之利。直到他死，他的商船

---

① 兰陵笑笑生：《金瓶梅》下，第 865 页，济南：齐鲁书社，1989。其后该作引文均据此本，仅在行中标明回数。

队还航行在临清的运河上。总之，他是个敢冒险，有竞争精神，也相当有魄力的商人。

作者比较详细地写了西门庆的经营才干。他经商要同别人竞争，不仅需要有人为他具体管理、经营，更重要的是要得到重要的商品信息。西门庆除了雇伙计之外，还结交了一批三教九流的帮闲：应伯爵、吴典恩、白赉光等。表面上看，西门庆对他们慷慨大方，总是接济他们，但实际上他们也为西门庆帮了很大忙，争相给他提供商品信息，也为他勾引女人通风报信。作者塑造这一形象时，没有脱离具体的生活背景。明中叶，尽管社会上出现了资本主义生产因素，但从总体上看，还是封建制度起决定作用。社会还没有为商业发展提供公平竞争的条件，官府对商业发展一直在阻碍、限制。这使西门庆看到，要发展自己的事业，不能单凭自由竞争，还必须借助于封建政权为自己的事业铺平道路。一开始，西门庆的家乡清河县有绸缎店三十二家，因税收太苛，倒闭了二十一家。西门庆贿赂税官，总能用比较少的钱应付这种局面。搞长途贩运，关关卡卡的税收是个严重问题，西门庆给了税吏一些好处，就能偷税漏税。例如第五十八回写西门庆从杭州贩运绸缎时，给了守关的税吏一些银子，结果他贩运的货物，两箱报一箱，三停报两停，绸缎报成不值钱的茶叶，十大车货只交了三十两五钱银子，关吏对货物连点也没点就把车"喝"过来了。再后来，西门庆干脆自己买官做，他给蔡京送生辰纲，当了蔡京的干儿子，蔡京给了他个五品官，还带他去朝见了皇帝。这以后，他接下了许多从朝廷和官府下来的大生意，成了巨富。直到临死，他还拉着妻子吴月娘的手，向她交待清楚各处的财产，嘱咐她以后如何经营。

西门庆不光疯狂地占有财产，对女人也有强烈的占有欲。对于占有女人，他有他的理论："天地尚有阴阳，男女自然配合。"在他看来，男女之事不是伤风败俗的事，而是天经地义、自然而然的事。他还说："咱闻那佛祖西天，也止不过要黄金铺地；阴司十殿，也要些楮镪营求。咱只消尽这家私广为善事，就使强奸了姮娥，和奸了织女，拐了许飞琼，盗了西王母的女儿，也不减我泼天富贵。"（第五十七回）他有的是钱，有钱就可以占有女人。他对女人的占有欲，也同对财产的占有欲一样，多多益善，永不满足。家中娶了六房妻妾，又把各房长得较好的丫环一律收用,还霸占了伙计韩道国、小厮来旺儿等人的妻子。这还不算,外面又包占了妓女李桂姐、吴银儿等。据日本汉学家盐谷温统计,两年内西门庆占有过十九个女人,还有两名男宠。西门庆三十二岁就死了,他临死还遗憾两个目标没到手,一是干儿子王三官"灯人儿似的"媳妇,再就是同僚何千户的妻子。如果他能活到七八十,还不知要霸占多少女子才肯罢休。

西门庆占有女人,不像权豪势要、花花公子那样强取豪夺。他总能用各种办法取得女人的欢心;他所占有的女人,也都是心甘情愿地跟着他。这又是作品花大笔墨展示的内容。作为一个男人,西门庆有讨女人欢心的资本。首先,他身材魁梧、仪表堂堂。小说第二回从潘金莲眼中看他:"也有二十五六年纪,生得十分浮浪。头上戴着缨子帽儿,金玲珑簪儿,金井玉栏杆圈儿,长腰材,身穿绿罗褶儿,脚下细底陈桥鞋儿,清水布袜儿,手里摇着洒金川扇儿,越发显出张生般庞儿,潘安的貌儿。可意的人儿,风风流流从帘子下丢与个眼色儿。"这种相貌,这种风流浮浪的举动,一下子便赢得了潘金莲的芳心,第一次见面就使她产生了留恋之情。孟玉楼也是因为"见他人物风流,心下已十分中意",不肯嫁给尚推官的儿子尚举人为继室,却到西门府当了他的小妾。其次,他又是一个老于风月,"头上打一下脚底板响"的人,对女色的追求十分在行。家里的丫环,只要他肯收用,不必费什么力气。小厮来旺儿的妻子宋惠莲穷,又虚荣,好打扮,他用绸缎、金钱,小恩小惠笼络;伙计韩道国的妻子王六儿,因与小叔子通奸,被邻居扭送官府,他动用他的权势庇护了她。这两个女人很快就投入他的怀抱。追求潘金莲,他买通了她的邻居——老谋深算的王婆,靠王婆之力达到目的。而追求李瓶儿则全靠他自己的攻心战术:他深知女人都不愿自己的男人卧花眠柳,竟以帮助瓶儿管束花子虚为由取悦瓶儿。第一次与瓶儿碰面时,恰值花子虚约他与妓女吴银儿过生日,他把花子虚灌得大醉,回来煞有介事地对瓶儿说:

> 方才哥在他家,被那些人缠住了,我强着催哥起身。走到乐星堂儿门首粉头郑爱香儿家,小名叫做郑观音,生的一表人物。哥就要往他家里去,被我再三拦住,劝他说道:恐怕家中嫂子放心不下,方缠一直来家。若到郑家,便有一夜不来。嫂子在上,不该

> 我说，哥也糊涂，嫂子又青年，偌大家室，如何就丢了，成夜不在家，是何道理？ （第十三回）

他说的全是谎话，但被他灌醉的花子虚无法替自己辩解。在卧花眠柳方面，他自己比花子虚有过之而无不及，诚如吴月娘所说："你自顾了你吧，又泥佛劝土佛，你也成日不着个家，在外养女调妇，反劝人家汉子。"（第十三回）但在瓶儿跟前，他俨然是个顾家的、有责任心的丈夫，瓶儿对他由感激到爱慕，最后投向他的怀抱。

还有，西门庆对所爱的女人，体贴入微，软语温存。在满足自己性欲的同时，也能极大限度地满足她们的欲望。就在他纵欲而死之后，吴月娘祭奠他，说："我的哥哥，我和你做夫妻一场，想起你那模样儿并说的话来，是好感伤人也。"（第八十九回）说完还掩面大哭。确确实实，他对于女人，尤其是对那些封建观念相对薄弱的市民阶层的妇女来说，很有些吸引力。再加上他"生来秉性刚强，做事机深诡谲"，有阳刚之气，在外也算是做了一番事业，又能赢得女人的钦佩。由此，他追逐女人几乎是百发百中。

《金瓶梅》中主要描写了西门庆的贪财好色，抓住了他的商人本质，这也构成了这一性格的主调。西门庆当然不是正人君子，但也不完全是邪恶小人的形象。在作者的笔下，这一形象很有人情味。比如，正妻吴月娘比较正派，他并不宠爱她，但很尊重她。家中正经大事，都只和吴月娘商量；宠妾们说吴月娘的坏话，他都不放在心上。只有一次，他受了潘金莲的挑拨，有一段时间不理月娘，但发现错怪了妻子时，竟跪下求她宽恕。还有一次，潘金莲仗着西门庆的宠爱去招惹吴月娘，吴月娘大发脾气，西门庆一连几天陪着月娘，不敢到潘金莲房中去。对于儿子，他是个慈父，这里面掺杂着"无后为大"的传统观念，也有认为儿子给他带来好运的迷信，瓶儿生子时正是家庭得官进财的鼎盛期，但更多的还是亲子之情。他本性那么好色，但不管潘金莲如何以色相引诱，都要天天到瓶儿房中看儿子。儿子病后求神问卜，磕头磕得满身是汗。对于朋友，他出手大方，经常拿出数目不少的钱接济穷朋友。尽管这是互相利用，但毕竟和那种欺贫爱富的吝啬鬼不同。所以从家庭看，大概因为有个更邪恶的潘金莲，读者从感情上还不完全把他当坏人，甚至希望他能多了解一点潘金莲的奸计，制裁潘金莲。总之,这是一个有血有肉,性格多维多向,富有生活实感和人情味的形象。这个形象,没有理想色彩,没有亮色,只有自私自利,赤裸裸地追求官能享受的一面,但它毕竟写了真正的人。尽管这个人的灵魂不美,格调不高,但我们毕竟从他身上看到了被理学所淹没的那种原始的人性,而不是封建伦理道德压制下的畸型心态,也看到了金钱物欲对封建伦理道德观念的冲击。

《金瓶梅》要写西门庆一家的兴败,就不能不对这个家族所处的社会大环境加以关注。作品通过西门庆这个亦官亦商的家庭,把笔锋伸向社会的各个层面,反映了金钱物欲对整个社会的影响。首先,西门庆是个有雄心、有才干的商人。而在当时,商人要使自己的事业顺利发展,必须和官府打交道。小说就借此反映了封建吏治在金钱的冲击下加速腐败,等级制度受到重大冲击的情形。例如,封建社会里,皇帝的地位至高无上,圣旨是谁也不能违抗的。第十八回,就让西门庆的金钱和圣旨作了一番较量。四大奸臣之一的杨戬被参倒,皇帝下旨要严办其爪牙,爪牙中有西门庆的名字。西门庆拿着五百两银子去打点当朝右相、礼部尚书李邦彦,让他从爪牙名单上去掉自己的名字。李邦彦很痛快地答应了:"五百两金银只买一个名字,如何不作分上?"马上令左右抬过书案,取笔将文卷上的名字改作贾庆,一面把礼物收了进去。皇帝的圣旨在金钱面前吃了败仗。那些达官贵人,又卖官鬻爵,官和地位都可以用金钱买,又大大增加了金钱的作用。比如,第三十回写西门庆派人给蔡京送生辰担时,恰好碰见一个新参的守门官。一听说清河县西门员外的家人求见,大骂:"贼少死野囚军! 你那里便兴你东门员外、西门员外,俺老爷当今一人之下,万人之上,不论三台八位,不论公子王孙,谁敢在老爷府前这等称呼? 趁早靠后!"他并没有说错,当朝太师和一介平民,地位实在太悬殊。然而,曾几何时,西门庆又给蔡京送了生辰纲,蔡京竟认了他做义子,接待格外隆重。做生日时,"第一日是皇亲内相,第二日是尚书显要,衙门官员,第三日是内外大小等职。只有西门庆,一来远客,二来送了许多礼物,蔡太师倒十分喜欢,因此就是正日,独独请他一个……两个喁喁笑语,真似父子一般。"(第五十五回)蔡京接待西门庆的礼节,竟高过了皇亲内相。后来蔡京还把西门庆升做五品官,领着朝见了当今皇帝,金钱又压倒了权势、地位。

　　其次，西门庆是个有经验的商人，他要同别人竞争，就要有人为他提供商业信息，为此他结交了一批三教九流的人物。通过这些人物，小说又展示了市井生活中的形形色色。小说的第五十六回"常时节得钞傲妻儿"，生动地说明了拜金主义对普通家庭的影响。常时节是西门庆的义弟，穷得交不起房钱，只好出去躲债。不想西门庆知道后一下子就接济了他十二两银子。他满面喜色地回家，一进门，就听浑家高声大骂："梧桐叶落满身光棍的行货子！出去一日，把老婆饿在家里，尚兀是千欢万喜到家来，可不害羞哩！房子没的住，受别人许多酸呕气，只教老婆耳朵里受用。"常时节胸有成竹，只不开口；等她骂够了，才轻轻地把袖子里的银子摸将出来，放在桌儿上，打开瞧着说："孔方兄，孔方兄！我瞧你光闪闪响喳喳无价之宝，满身通麻了，恨没口水咽你下去。你早些来时，不受这淫妇几场气了。"他的浑家赶忙改口："我的哥，难道你便怨了我？我也只是要你成家。"于是甜言蜜语，似乎对他有说不尽的恩爱。更有甚者，蔡京的管家向西门庆要一房妾，西门庆把伙计韩道国的女儿用五十两银子买来，送给他。女儿能卖这样的好价钱，韩道国夫妻对西门庆千恩万谢。就在韩道国送女儿进京时，西门庆又去"照顾"了他的妻子。韩道国回家后，妻子竟然把和西门庆通奸得到许多钱财的事，一五一十告诉了丈夫。韩道国非常高兴，赶忙嘱咐妻子："等我明日往铺子里去了，他若来时，你只推我不知道，休要怠慢了他，凡事奉他些儿。如今好容易撰钱，怎么赶的这个道路！"其妻还居然表功道："贼强人，倒路死的，你倒会吃自在饭儿，你还不知老娘怎样受苦哩！"（第三十八回）如果说，一个家庭夫妻之间为金钱闹矛盾，还算不上大惊小怪的事，但是像这样，夫妻之间公开商量靠妻子出卖肉体作为生财之道，也确实够触目惊心的了。这都说明，封建的传统道德观念在金钱面前已经开始崩溃。

　　此外，小说还通过西门府的兴衰，深刻地揭示了封建社会的炎凉世态。西门庆曾经"热结十兄弟"，当时是模仿《三国演义》里的桃园结义进行的，也都表示，不能同日生，但愿同日死。西门庆在时，肯大把花钱，这九个兄弟对他确实热情，"如胶似漆，赛过同胞兄弟"。尤其是老二应伯爵，更是百般趋奉：李娇儿带三千两银子嫁给西门庆，是他说合的；西门庆当官后营私舞弊，也几乎桩桩件件都少不了他；李瓶儿死了，西门庆大哭"有情有义的姐姐"，他马上也跪下大哭"有情有义的嫂子"，看样子真比亲兄弟还亲。但西门庆一死，他知道这个家必定要衰败，再没有什么油水可捞，马上投靠了清河县第二富户张三官家，又把李娇儿介绍给张三官为妾；还想把潘金莲也介绍过去，张三官嫌金莲口碑太差不要，才作罢。此后他还帮着那些借西门庆银子的人赖账，自己从中得一点好处，人情完全变了。西门庆另一个结义兄弟吴典恩，受西门庆差遣给蔡京送生辰担时，为了表明自己和西门庆关系近，谎称是吴月娘的弟弟，得了个小官。西门庆死后，他抓住了从西门庆家偷钱跑出来的小厮，逼着他诬告吴月娘同另一小厮通奸，以诈取吴月娘的钱物。而西门府上的女眷的行为，也表现出了这种炎凉世态，当初西门庆在时，都争风吃醋，争着拥入西门家。西门庆临终时，一再嘱咐她们守着吴月娘即将生下来的孩子度日，休要失散了，吃外人笑话。但西门庆刚死还没入殓，李娇儿趁吴月娘生孩子昏迷之机，从箱子里拿了五锭元宝放到她屋里，后来又偷了许多钱财，先归原来的妓院，又瞒了六岁年龄，嫁给清河第二富户张三官当了二房。潘金莲在西门庆的灵房和女婿陈经济偷情，孟玉楼改嫁李衙内，孙雪娥与小厮私奔，人情尽失。

总之，《金瓶梅》没有描写任何重大的历史事件、奇闻逸事，它是从描写一个家庭入手，深刻地、多层面地揭示了财、色在当时社会上产生的影响。看来，社会的发展的确有它自身的规律。在我国封建社会里，人们接受一个新观念非常之难。自汉代就有人提出了无神论，但至今还有人不接受。而王学左派新的社会思潮的产生，距离作者写这部书的时间很近，但当时的社会那么快地自上而下地接受了它。可以想象，在当时还没有产生更进步的思想的情况下，大概只有这种金钱物欲的观念，可以和当时非常强大的封建观念抗衡。恩格斯在《路德维希·费尔巴哈和德国古典哲学的终结》中说过："自从阶级对立产生以来，正是人的恶劣的情欲——贪欲和权势欲，成了历史发展的杠杆。"

第三节　《金瓶梅》中的女性形象

《金瓶梅》除刻画了新型商人西门庆的生活命运之外，也详尽地描述了与他相关的几个女人的命运。

恩格斯说过："在任何社会中，妇女解放的程度是衡量普遍解放的天然尺度。"[①]明中叶，我国局部地区出现了资本主义生产关系的萌芽。随之而产生的新的社会思潮，虽然还不足以使人的个性得到真正的解放，却唤起了个别人包括一些下层妇女在内的人性觉醒。《金瓶梅》的作者，以其敏锐的生活感受力，捕捉到了这个信息，并用生动逼真的艺术形象反映了出来。这部小说，一改以往小说以描写男性为主的做法，刻画了大量的女性形象。这里，我们重点分析本书用以命名的潘金莲、李瓶儿、庞春梅的形象。这三个形象很具典型意义：都是卑贱的出身，人性都开始觉醒，有着相似的追求，但由于她们性格的不同，在追求理想的人生道路上所采用的手段、方法又各不相同，最后是殊途同归，都是被毁灭的命运。可以说，在这三个人身上，概括了那个时代刚刚觉醒的妇女的共同命运。

凡读过《金瓶梅》的人，几乎没有不恨潘金莲的。她自私、狠毒、淫荡、贪心，作者不喜欢她，书中人不喜欢她，读者也不喜欢她，这是个邪恶的形象。但《金瓶梅》的作者，不像以前的人那样，讲述一个肤浅的恶有恶报的故事，而是通过这一形象，揭示出一个比较深刻的问题，也就是那个历史时期一部分妇女的人生、命运问题。潘金莲的出身是令人同情的，她是个穷裁缝的女儿，美貌、伶俐。父亲死了，无法度日，她被卖到了王招宣府中当丫环。在那里，她学会了描鸾绣凤、品竹弹丝，弹得一手好琵琶，同时也学会了"做张做势，乔模乔样"。她虽不是妓女，却也是富贵人家有意为自己培养的寻欢作乐的对象。王招宣死后，她被卖给一个年近六旬的老翁——张大户。张大户的妻子不能容她，她又被转送给"三分像人，七分像鬼"的武大。尽管前几年人们从

---

① 恩格斯《反杜林论》，第 257 页，北京：人民出版社，1970。

阶级论出发，强调武大是个善良、朴实的劳动者，但不能不承认，这种现实非常残酷。潘金莲生得美貌、风流，被接到西门家时，吴月娘看她："从头看到脚，风流往下跑，从脚看到头，风流往上流。"武大却那么矮小丑陋。潘金莲心高气盛，武大又懦弱得在社会上无法立身。这两个人，无论是才、貌、性格，都有天差地别。尽管"自古才子佳人相凑着的少，买金的偏撞不着卖金的"，但像她这样的婚姻在当时也是罕见的，以至于王婆让西门庆猜她是谁的娘子时，西门庆猜了半天都没猜对。在这种情况下，如果潘金莲遵照"嫁鸡随鸡，嫁狗随狗"的古训，窝窝囊囊地度过一生的话，那么她不过是千千万万封建观念的牺牲品中的一个。但是，潘金莲偏偏不肯认命，她要找一个和自己般配的男人，过比较美满的家庭生活。这反映了她人性的觉醒，说明她不甘做男人的附属物，已经有了自我意识，有了起码的生活追求。应该说，作为一个女人，她应该有这种权利。但是在当时那个社会里，男人可以休妻，妇女却没有和丈夫离异的权利，她要实现自己的目的，所迈出的第一步必定是罪恶的，即除掉丈夫。她残忍地毒死武大，被西门庆一顶小轿抬到家中，做了他的第五房小妾。嫁给西门庆以后，如果像西门庆原先许诺的那样，夫妻恩爱，举家和睦，也许她就不会像后来那样堕落、邪恶。她没有想到，西门庆用情不专，已经有了一妻三妾，还要在外面拈花惹草。看来这是西门庆骗了她，但仔细想一下，就会发现这里面有其必然性：如果西门庆不是个放荡的人物，当初怎么会勾引她这个有夫之妇，又怎么会伙同她害死武大呢？她先看上的武松不是正气凛然地拒绝了她吗？而西门庆既然是一个荡子，那就不会因为有了她就那么容易收心。而且，她在西门庆众妻妾中，处境也不妙：西门庆的正妻吴月娘是明媒正娶的，人又正派、干练，家中上上下下都尊敬她，连西门庆也让她三分；李娇儿、孟玉楼为西门庆带来大宗的钱财，也没有人敢小看。惟独她身无分文，又有一个先奸后娶、谋死亲夫的恶名，连管伙房的那个最不受宠的妾孙雪娥也瞧不起她，常在背后说三道四。李瓶儿进府后，她的处境更不妙，瓶儿美丽，又有钱，不仅讨西门庆喜欢，在西门府的人缘也比她好。尤其是后来李瓶儿又为西门庆生了儿子，更非她所能比。如果她像李娇儿、孟玉楼那样审时度势，甘受冷落，结果可能会好一些，但这意味着她谋杀前夫，冒着生命危险所追求的生活理想不能实现。她不甘心，还要抗争，西门庆在外嫖妓，她就在家和小厮通奸，"知君是荡子，贱妾亦娼家"。但西门庆不许，用鞭子把她抽了一顿。她又和西门庆的女婿陈经济偷情，但这种偷偷摸摸的乱伦关系也并非她的初衷。于是，为了争夺西门庆的宠爱，她开始在西门府发狠争斗，兴风作浪。潘金莲打击的第一个目标是最不受宠的孙雪娥，撺掇西门庆打骂她，借以抬高自己的身价。第二个目标是有可能成为西门庆第七房的宋惠莲，潘金莲撺掇西门庆迫害她的丈夫，逼她自尽。然而，潘金莲最大的情敌是李瓶儿，自瓶儿进府，直到瓶儿死去，小说几乎每回都写到潘金莲和瓶儿的争风吃醋。最初，她还只是到西门庆和吴月娘那里说瓶儿的坏话。深于心计的吴月娘对此不予理睬，而她每次在西门庆跟前说瓶儿的坏话，又都要受到西门庆的训斥。她压不倒瓶儿，就拿丫环秋菊出气，经常折磨得秋菊"杀猪也似"地叫喊。后来，她把对瓶儿的嫉恨转到了官哥儿身上。作为一个女人，潘金莲对白白胖胖的官哥儿不是没有一点爱心，书中写有一次没人时潘金莲还抱着官哥儿亲嘴。但是，这官哥儿又实实在在是她夺得西门庆宠爱的一大障碍。只要瓶儿抱着孩子在西门庆跟前出现，西门庆就会眉开眼笑；因为有这个孩子，西门庆老往瓶儿房里跑，她无论如何以色相引诱，也都无效。终于，她想出了一个极为恶毒的计策害死了官哥儿。当李瓶儿因丧子痛不欲生，病得奄奄一息的时候，她不仅没有同情，没有内疚，反而每天得意洋洋，精神抖擞，指桑骂槐地骂瓶儿，终于使瓶儿悲愤而死。李瓶儿死后，她并没有得到专房之宠。西门庆爱屋及乌，和官哥儿的奶母如意儿有染。潘金莲生怕如意儿再给西门庆生儿子，找着茬儿和如意儿打架，而且专门打如意儿的肚子。但西门庆在外面拈花惹草，她也就鞭长莫及了。她也曾求神问卜，想为西门庆生个儿子，而吴月娘无意之中坏了她的好事。她为此事打滚撒泼地大闹。但是，吴月娘是主人，又比她有心计，她在吴月娘身上没有得到便宜，不仅跪下给吴月娘赔礼，还为后来被赶出家门埋下了祸根。这件事看似偶然，其实也有其必然性。一方面，像西门庆这样酗酒纵欲的人，不利于生育，另一方面，就像潘金莲嫉妒李瓶儿生子一样，西门府的妻妾也都不愿看到别人生子。潘金莲还是不甘寂寞，明知西门庆刚在外嫖过女人，还是为满足自己的性欲加倍给他吃春药，致使西门庆一命呜呼。西门庆一死,她先被吴月娘赶出家门,后来又被回来寻仇的武松杀死。潘金莲为追求自己理想的生活不计利害,不择手段,更不怕什么报应,"随他明日街死街埋,倒在阳沟里就是棺材"。但她至死都没有实现自己的理想。

有人认为,文学作品中人物的行为包括两个方面:一是人物的行为现实,二是人物的行为动机。就潘金莲的行为动机来说,她是想选择一个理想的丈夫,并得到他全部的爱,这无可厚非,而且是作为一个女人最起码的权利。就行为现实来说,她的种种做法又不能不说是阴险恶毒,野蛮凶残。而在当时那种社会条件下,这样的行为动机,又无法选择另外的行为现实。这使得潘金莲的形象可憎,但也可怜。

如果说,潘金莲的悲剧人生与她阴险狠毒、爱抓尖儿、咬群儿的性格有关的话,李瓶儿的人生悲剧则和她的软弱忍让、委曲求全有关。李瓶儿尽管身份卑贱,却比潘金莲有钱。无论是作为梁中书的外室,还是作为花子虚的正妻,她过的几乎都是雍容华贵的生活。幸而不幸,和潘金莲相比,李瓶儿的经历太简单了:作为梁中书的外室,她不必和嫡妻相处;在花家,她是正头妻子,又有花老太监的庇护,更是颐指气使惯了的。正是这个原因,她不像"拳头上立得人,胳膊上走的马"的潘金莲那样泼辣、刁钻。张竹坡的评论中,一再说她"醇厚","迂","浅","老实"。李瓶儿确实浅薄。花子虚在外眠花卧柳,对她不知温存体贴,但家中毕竟只有她一个妻子;西门庆妻妾成群,还在妓院鬼混,其品行不问而可知。第一次见面,瓶儿竟然托西门庆替她约束丈夫,还对西门庆诉苦,说丈夫在外胡行,她"气了一身病痛","往后大官人但遇他在院中,好歹看奴薄面,劝他早早回家,奴恩有重报,不敢有忘",把家中的矛盾,以及她希望得到男人爱抚的迫切心情全抖搂了出来。这无疑是给西门庆"开了一条大路,教他入港"。(以上见第十三回)西门庆在她面前花言巧语,把自己装扮成一个有爱心的丈夫,轻而易举地赢得了她的好感。此后,西门庆明里信誓旦旦地对她表示要约束花子虚,暗中却教应伯爵等人绊住花子虚在妓院里饮酒过夜,自己屡屡在瓶儿面前卖弄风流。瓶儿经不住引诱,开始与西门庆偷情。在西门庆帮她赢得花家为争夺财产引发的那场官司以后,她对西门庆更是钦佩有加,对无能的花子虚心生厌恶,竟然在婚姻之事尚无着落的情况下,把大宗财产转移到西门家。她与西门庆联手气死花子虚,一心要嫁西门庆。尽管西门庆一再告诉她"俺吴家的这个拙荆,他倒是好性儿哩",但她偏偏看上潘金莲,想拜她做个姐姐,还要求把娶她的房子和潘金莲的盖在一处,"奴舍不得她好个人儿",为潘金莲日后害她,害官哥儿提供了便利。她也优柔寡断,与西门庆打得火热之时,听蒋竹山说西门庆是"打老婆的班头,坑妇女的领袖",后悔得"暗中跌脚",招赘了蒋竹山。后来嫌蒋竹山猥琐懦弱,又和西门庆里应外合地赶走了蒋竹山,给西门庆做了第六房妾。为嫁蒋竹山,李瓶儿付出很大的代价。被娶进西门府后,西门庆先是不与她同房,又令她脱光衣服用鞭子抽她。她又后悔当初不听蒋竹山之言,"今日大睁眼又撞入火坑里来了",想上吊自尽。后来西门庆尽管原谅了她,但这场折辱使得她在西门府抬不起头来。请看她被鞭打的第二天拜见吴月娘时的情景:

> 金莲在旁拿把抿子与瓶儿抿头,见她头上戴着一副金玲珑草虫儿头面,并金累丝松竹梅岁寒三友梳背儿,因说道:"李大姐,你不该打这碎草虫头面,有些抓头发,不如大姐姐戴的金观音满池娇,是揭实枝梗的好。"这李瓶儿老实,就说道:"奴也照样儿要教银匠打恁一件哩!"落后小玉、玉箫来递茶,都乱戏她。先是玉箫问道:"六娘,你家老公公当初在皇城内哪衙门来?"李瓶儿道:"先在惜薪司掌厂。"玉箫笑道:"嗔道你老人家昨日挨的好柴。"小玉又道:"去年许多里长老人,好不寻你,教你往东京去。"妇人不省,说道:"她寻我怎的?"小玉笑道:"他说你老人家会告的好水灾。"玉箫又道:"你老人家乡里妈妈拜千佛,昨日磕头磕勾了。"小玉又说道:"昨日朝廷差四个夜不收,请你往口外和番,端的有这话么?"李瓶儿道:"我不知道。"小玉笑道:"说你老人家会叫的好达达。"把玉楼、金莲笑的不了。……把个李瓶儿羞得脸上一块红,一块白,站又站不得,坐又坐不住。半日回房去了。

(第二十回)

看来李瓶儿也确实老实。潘金莲戏弄她,丫环奚落她,她要么听不出来,即便是听出来,也不会反击。西门庆的一顿鞭子,打掉了她对他的依赖,她从不在西门庆面前学舌告状;争风吃醋的西门府的女眷、丫环，又个个伶牙俐齿，欺软怕硬，她不是她们的对手，只有默默忍受。昔日的情敌——花子虚包占过的妓女吴银儿，反倒成了她的知心人。然而，命运又一次惠顾了她，她为西门庆生了个儿子，得到了西门庆的宠爱。此时，她不再和命运抗争，退而想当一个贤妻良母。她承认男权，对西门庆百依百顺。西门庆在外搞女人，她不闻不问；有时西门庆到她房里，她还把他让给潘金莲。她也承认了宗法制度，承认吴月娘女主人的身份，对吴月娘恭敬有加：吴月娘没有的衣服她不穿，没有的首饰她不戴。她怜恤下人，肯大把地拿体己的钱物送人。看起来，她表现得几乎无可挑剔。但是，她占有了这个家庭中争夺得最厉害的东西——丈夫的宠爱。尤其是她有了儿子，使除吴月娘之外的其他几房妾都感到自危。这样一来，无论她在这个家里表现得多么好，她都不能被这个家庭所容。潘金莲处心积虑地要将她置于死地；孟玉楼虽未直接露面，实际上也是站在潘金莲一边的；精明干练的吴月娘，如果真心庇护她和官哥儿，她是有这个能力的，但她也只是坐山观虎斗。西门庆虽然喜欢她和官哥儿，却不能很好地保护他们：他要应付外面亦官亦商的诸多事务；更重要的是，他还要到处寻欢作乐。孩子处境的危险她是知道的，但是拿不出有效的办法保护他，只会一味求神问佛，让官哥儿象征性地出家做小道士。最后，孩子还是被潘金莲算计死，李瓶儿自己也因痛子而亡。临死前她拉着吴月娘的手哭着说了几句话，倒是对潘金莲惟一的一次反击："娘到明日好生看养着，与他爹做个根蒂儿，休要似奴心粗，吃人暗算了。"（第六十二回）这对于后来潘金莲被吴月娘赶出府，起了一定的作用。李瓶儿的爱情理想很朦胧，她想掌握自己的命运，又承认男权；她和封建礼教抗争，却又把美好的生活愿望寄托在封建传统中，幻想着在那个妻妾成群的家庭里当个贤妻良母。但这恰恰是她败亡的重要原因。她的"好性儿，有仁有义"，也只赢得了死后体面的葬礼，而她生前所受的精神折磨比西门府里所有的女眷都要重。

庞春梅的悲剧与潘金莲、李瓶儿又不相同。她的身份比潘金莲、李瓶儿还要低贱，最初只是吴月娘房里的普通丫头。吴月娘并不怎么喜欢她，连最没时运的孙雪娥都敢于打骂她，"那顷这丫头在娘房里，着紧不听手，俺没曾在灶上把刀背打他？"（第十一回）她跟了潘金莲以后,潘金莲为了笼络西门庆,让他收用了她。即便是如此,她也只是一个通房丫头,达不到小妾的地位。她没有潘金莲的美貌风流,只是"有几分颜色",更不像李瓶儿那样有钱。但是,她聪明伶俐,心计很深。在这一点上,不要说李瓶儿、潘金莲,就是整个西门府的女眷都比不上她。身为女奴,她并不自卑自贱,也很少奴性。吴神仙来西门府算命,别人的命相都一般,唯独她"必得贵夫而生子,必戴珠冠,定然封赠"。别人都把这看成笑话,吴月娘说,就有珠冠,也轮不到她。她事后对西门庆说:"常言道,凡人不可貌相,海水不可斗量。从来旋的不圆砍的圆,各人裙带上的衣食,怎么料得定? 莫不长远只在你家做奴才罢!"(第二十九回)可见,她尽管身份低贱,心志却很高。她不像西门府的那些丫环仆妇,低三下四地向西门庆献媚取宠;在吴月娘面前,她也不卑不亢,既不巴结她,也不招惹她。她举止大方,言谈得体,诚如吴大妗子所云,"他比众丫环行事儿正大,说话儿沉稳","是个材料儿"。(第九十回)

　　然而,当时的社会,没有为女子提供施展才能的场所。作为西门府的女奴,庞春梅只能把她的聪明才智,用于和西门庆及其妻妾们的周旋上。以她的身份,她还没有资格像潘金莲、李瓶儿那样,千方百计地争得西门庆的宠爱。而她最初的奋斗目标,也只是改变自己低贱的地位。她不像潘金莲那样邪恶狠毒,虽为潘金莲的心腹,但潘金莲害死宋惠莲、官哥儿,气死李瓶儿,她都没有参与。她也不像李瓶儿那样浅薄软弱。她对于自己的处境,周围的环境,人与人的利害关系,都看得很清楚,经常审时度势,主动出击,既使自己得到好处,又不致惹出太大的麻烦。她得到西门庆宠爱后,第一个报复的对象是孙雪娥,因为孙雪娥曾经打过她,还经常说潘金莲的坏话。她还知道孙雪娥名为四娘,在西门府的地位还比不上有头有脸的丫环。于是,她就以烙饼动作迟缓为借口,调唆西门庆打了她一顿。孙雪娥有冤无处诉,潘金莲解了气,众人也都知道了她的地位不同于一般的丫环。她第二个打击对象是李娇儿,因为李娇儿与孙雪娥曾告发潘金莲与小厮通奸,致使潘金莲被打。一次,李娇儿的兄弟——乐工李铭,喝醉了酒,教她弹琵琶,把她的手略按重了些。她怪叫了起来,硬说李铭调戏了她,千王八万王八地把他骂跑,还一再表示"我不是那不三不四的邪皮行货"。

（第二十二回）她还公然给李娇儿以难堪，说："着量二娘的兄弟，哪怕他？二娘莫不挟仇打我五棍儿！"（同上）使得潘金莲快意，更重要的是，她给西门府的人留下了为人正派的印象。她这样做，实际上是借潘金莲的势，抬高了她自己在西门府的地位。她尽管没有妾的名分，势力却比那些不得势的妾还大：丫环仆妇们敢于欺负孙雪娥，也敢于欺负李瓶儿，却没人敢欺负她。在那样一个尔虞我诈的大家族中，庞春梅以一个女奴的身份赢得了这样的待遇，确实不易。

以西门庆之淫滥，潘金莲之妒悍，庞春梅周旋于二人之间，其难可知，但她总能应付得巧妙周全。她不能得罪潘金莲，这不仅因为潘金莲深受西门庆的宠爱，也因为在西门府，只有潘金莲肯抬举她。她更不能失去西门庆的欢心，如果她失去了西门庆的欢心，也必定会失去潘金莲的欢心。因此，每当西门庆和潘金莲闹矛盾，把她夹在中间时，她总能想出两全其美的方法加以调解。例如，第十二回写西门庆听说潘金莲与小厮私通，用马鞭子抽潘金莲，又问春梅："淫妇果然与小厮有首尾没有？"她先是坐在西门庆怀里"撒娇撒痴"，后来说："我和娘成日唇不离腮，娘肯与那奴才？这个都是人气不过俺娘儿们，做作出这样事来。爹，你也要个主张，好把丑名儿顶在头上，传出外边去好听？"撒娇撒痴，是她劝解西门庆最好的手段。因为西门庆发怒时，连吴月娘都不敢正言相劝，何况是她？她也知道，此刻她在西门庆跟前撒娇，潘金莲决不会吃醋。下面的话更有分量，一是证明潘金莲绝无此事，二是指出提供这一消息的人别有用心，三是提醒西门庆，不要轻易地往自己头上戴绿帽子。一席话，使得这场风波云消雾散。潘金莲感激她，西门庆也更加信任她。

庞春梅性格中还有一个亮点，就是她没有别人身上的那种炎凉世态。西门庆去世后，潘金莲失了势。她记着潘金莲对她的好处，对潘的态度一点也没有改变。潘金莲被杀后，也是她设法收葬。当初，吴月娘因为她是潘金莲的心腹，将她卖掉，临走还特别嘱咐"不许带一件衣服，只教他罄身儿出去"。后来，她当了守备的小夫人，西门府却败落了。清明节与吴月娘相遇，她竟一点也不念旧恨，向吴月娘"插烛也似磕头"。这种宽容、大度，与西门庆的那些得势便趋奉、失势便糟践的结义兄弟、婢妾们，形成了鲜明的对比。

　　然而,尽管庞春梅的聪明才智超过了潘金莲和李瓶儿,尽管她比她们都正气,但处在当时那个大环境中,她也不可能有更高的生活理想。她曾经对潘金莲说:"人生在世,且风流了一日是一日。"看见犬儿交媾,又感慨地说:"畜牲尚有如此之乐,何况人而反不如此乎?"(第八十五回)当初在西门府,她的心思都花费在了提高自己的地位上,为人还比较检点、谨慎。后来,她嫁给周守备,并为他生了儿子,一跃而成为戴珠冠、受封赠的守备夫人,改变地位的目的达到了,她开始追求"风流一日是一日"的生活。周守备年老,又是武官,不会风流,且常在外征战,无法满足她的情欲,她先是把被赶出西门府的陈经济接到守备府,假称姐弟,重续旧情。他们的奸情被周守备手下发现后,陈经济被杀。春梅又和仆人之子周义通奸,二十九岁竟因纵欲而死。

　　《金瓶梅》重点为我们描写了上述三个妇女的悲剧命运。对于这些悲剧的形成,作者还不能从理论上作出正确的解释,只是一股脑儿地归罪于财色,并在小说结尾安排了因果报应的命运。当时的评论家也说金莲死于奸,瓶儿死于孽,春梅死于淫。但形象大于思维,我们可以通过它的具体描写认识到下列问题:第一,在明中叶,由于商品经济的冲击,传统观念的动摇,在一定程度上打破了套在人们头上的精神枷锁,使人性在某些方面获得了某种程度的解放。而那些市民阶层的妇女,较早地接受了这种思想,开始有了自我意识,有了自己的人生追求。第二,由于历史准备的不足,当时的社会还不可能为一些有才智的妇女提供在社会上发挥才能的场所。这使得这些妇女的自我意识非常原始:她们还不可能想到要在社会活动中实现自己的人生价值,甚至找不到女性美在生活中的位置。她们的自我意识、生活理想,就是从满足自己的情欲出发,找一个体貌风流,也肯赏鉴她们的美色的男子。用今天的标准看,这种理想并不高尚,在表现上,也太多肉欲的目的而太少性灵的色彩。但她们毕竟迈出了自己挑选男性的关键的一步。第三,尽管她们的生活理想不高,但明中叶仍以封建制度为主体的现实社会,没有为她们安排通往理想的路。她们想要实现理想,手段必定是破坏性的,行为现实也必定是恶的。如恩格斯在《路德维希·费尔巴哈和德国古典哲学的终结》中所说:"恶是历史发展动力借以表现出来的形式,每一种新的进步,都必然表现为对某一种神圣事物的亵渎,表现为对陈旧的、日渐衰亡的、但为习惯所崇奉的秩序的叛逆。"对于上述三个人物形象,我们不能简单地用善或恶的标准衡量,必须把它放到历史发展的链条上,去探究其深刻内涵。第四,明中叶中国局部地区所出现的资本主义生产关系的萌芽,影响了社会生活和社会意识,但这种新的观念,还不可能战胜并取代封建的思想意识。因此,那些刚刚觉醒的妇女形象,虽然有了自我意识,想要自己掌握自己的命运,但不可能真正摆脱封建压迫,因此,她们对理想人生的追求,只能以失败告终。

总之,《金瓶梅》通过三个妇女与命运抗争的故事,反映了中国历史上一个特殊的历史时期的某些妇女的共同命运。它是晚明时期甚至是整个古代小说史中,对于描写人生、反映人的命运最具自觉意识的一部小说。

第四节 《金瓶梅》对中国小说艺术的创新

《金瓶梅》内容上的创新,要求它必须有相应的表现手法。小说要描写商人、市民,写他们平凡的日常生活,写他们特有的忧愁烦恼和感情波澜,就不能一味因循旧有的创作方法,而要创造新的表现形式。从总体上看,《金瓶梅》的艺术创新主要表现为,它的重心开始由讲述故事转向刻画人物。

《金瓶梅》中没有描写惊险离奇的故事,却塑造出了鲜明的艺术形象。《金瓶梅》中的人物,已完成了由超常性到平凡性的转变。《三国演义》和《水浒传》中的人物,都有超人的特点:有的会呼风唤雨,有的能神机妙算,有的力大无穷,有的能日行千里。就是偷儿的本领,也决非一般的偷儿所能及。而《金瓶梅》中,没有一个超凡的人:西门庆、应伯爵、花子虚、蒋竹山、王三官、张二官……都是芸芸众生。就连《水浒传》里的打虎英雄武松,到了《金瓶梅》中也逊色了不少。《水浒传》里的武松杀西门庆、潘金莲,是何等机敏利落,先找证人,再录口供,然后才杀人,无一差错。到了《金瓶梅》中,武松要杀西门庆时,却因西门庆往人家厕所里一躲,就糊里糊涂地杀了个姓李的,结果被发配充军去了。等他回来后,潘金莲被吴月娘赶出府去,就住在王婆家里。对于武松这么个英雄来说,要杀潘金莲是何等简单!但他还要先跑到王婆家,当着王婆向潘金莲求亲,议定身价,交了银子,娶进家门,初更时分没人时才杀了潘金莲和王婆。杀了人后,武松又不顾侄女儿的死活,到王婆家劫了银子和潘金莲的钗环首饰,逃向梁山去了。英雄具有了常人的特点。武松尚且如此,其余的人就更不用说了。《金瓶梅》在人物刻画方面之所以有由超常到平常的转变,有两种原因,一种原因如鲁迅在《华盖集·战士与苍蝇》中所说:"要估定人的伟大,则精神上的大和体格上的大,那法则完全相反。后者距离愈远即愈小,前者却见得愈大。"①也就是说,那种超凡脱俗的人,只能在距离现实社会很远的古代,或者是幻想世界里才能找到,在现实生活当中是找不到的。《金瓶梅》取材于现实,写的是世俗的人,所以人物形象具有平常人的特点。另一个原因是,故事型小说写人物,着眼点在于奇,所以写非常之人;世情小说描写人物,为了自鉴,则要求人物合乎生活的实际。

《金瓶梅》还突破了以往长篇小说中人物塑造类型化、脸谱化的框框,塑造了复杂的、多维的人物性格。吴功正的《小说美学》中称这是"明代个性主义对古典主义的挑战"。以前,儒家的理性美学影响了小说的创作,作家对生活素材的审美感受,蕴含着十分确定的伦理观念和道德要求。因此,在小说创作中,作者总是自觉不自觉地按照伦理道德的观念,把人物分成规范化了的几种类型,使之成为某种观念的负载物。例如《三国演义》中,刘备的仁,关羽的义,曹操的奸,都说明这是以不同的观念为出发点来塑造人物的。这样的形象能反映人的本质特点,突出人物的性格主调,却很难产生丰富多彩、有血有肉的形象。明中叶,随着要求个性解放的社会思潮的出现,作家冲破了伦理观念的束缚,开始按照生活的真实来塑造人物形象。《金瓶梅》的作者在塑造人物时,写的是现实生活中那种有血有肉的人,而不是按照伦理观念分门别类的人。例如,西门庆的正妻吴月娘,就是一个颇为复杂的形象。她既不是好的典型,又不是坏的典型,而是一个普通、世俗的人。

---

① 《鲁迅全集》第 3 卷,第 38 页,北京:人民文学出版社,1981。

　　吴月娘是个干练、泼辣、老谋深算的女人。她有正妻的地位,人也正派。但是,在那个勾心斗角的大家族中,仅仅靠这一点资本是不行的。她之所以能够成为这个家庭的名副其实的女主人,靠的还是她的心计。她很会辖制人,在西门庆的几房妾面前处处摆出正妻的架势,平常的言谈话语中,又总是有意无意地揭几个妾的短。第十八回写潘金莲和孟玉楼私下里议论李瓶儿改嫁蒋竹山的事,孟玉楼说:"论起来,男子汉死了多少时儿,服也还未满就嫁人,使不得的。"月娘马上接茬道:"如今年成,论的甚么使得使不得,汉子孝服未满,浪着嫁人的,才一个儿?"表面上是顺着孟玉楼的话茬说的,但实际上是说着了玉楼、金莲的心病,因为孟玉楼与潘金莲都是寡妇再嫁,也都是丈夫孝服未满嫁了西门庆的。月娘的一番话令她们无话可答,"各人怀着惭愧归房"。她的这种做法,使得几房妾都不敢不把她放在眼里。作为一个女人,她也希望得到丈夫专一的爱,对于潘金莲、李瓶儿的得宠十分恼火。但她不像几房妾那样公然吃醋,而是很讲究策略。对于李瓶儿的受宠,她不动声色,因为李瓶儿有儿子,她知道儿子在西门庆心中的分量,不仅从未表现出嫉妒之情,表面上看,她甚至很疼爱瓶儿的孩子。但在潘金莲和瓶儿争宠时,她坐山观虎斗,听任潘金莲害死官哥儿,气死李瓶儿。对于潘金莲,她就不免要假以颜色。有一次,在潘金莲叫西门庆到她房里歇的时候,她就是不许西门庆进潘金莲的房:骂潘金莲"没廉耻的货";责备西门庆不能一视同仁,"要冷灶着一把,热灶着一把儿才好",要他去照顾生病的孟玉楼。这既打击了潘金莲的气焰,又显出了正妻的公正。她有时候又很虚伪、做作。西门庆听信了潘金莲的挑拨不理她,她扬言一辈子也不与西门庆和好。但是,有一次西门庆很晚回家时,却听见她在月下为他祈祷。西门庆回心转意,并主动向她认错。她却装模作样地不许,再三地要将西门庆赶出房去,直到西门庆向她下跪,才肯罢休。其实,月下祈祷,是月娘有意为之,如潘金莲所说:"一个烧夜香,只该默默祷祝,谁家一径倡扬,使汉子知道了,有这个道理来?"(第二十一回)瓶儿临死时,告诉她官哥儿被潘金莲害死的真相,但她当时不露声色。直到她自己也怀上身孕后,才和因专宠而越来越狂的潘金莲大闹一场。闹后她又扬言要流产,吓得西门庆一连几天陪着她,不敢进潘金莲的门。她知道,潘金莲再受宠,也抵不过她正妻的地位和她肚子里的那个西门府惟一的继承人。果然潘金莲被她痛骂了一顿,事后又不得不给她磕头赔礼。西门庆死后,潘金莲和陈经济偷情。丫环秋菊向她告密,她欲擒故纵,把秋菊打了一顿,说她诬告主子。潘金莲的胆子更大了,她又出其不意地捉了奸,先打发了潘的心腹春梅,又把潘金莲、陈经济赶出家门,最后把秋菊给卖了。总之,这个人正派、干练,也虚伪、阴险。她自己没有干什么丧天害理的事,却和丧天害理的西门庆相处得很好,西门庆一直尊重她。她和潘金莲作对,尽管令读者感到快意,但她们的矛盾也构不成善、恶的矛盾。从伦理观念上说,这个人的性格是模糊的,我们说不上她是好是坏,但这又是现实社会中随处可见的有血有肉的、活生生的人。其他人物,如李瓶儿、宋惠莲、孟玉楼以及西门庆在外结交的花子虚、常时节等,都是这种性格颇为复杂的形象。

《金瓶梅》的人物刻画,还由描写人物的外在命运,转向描写人的内心世界、个性特点。故事型小说,重在写人物外在的际遇,很少描写人的内心世界。例如,《三国演义》里比较重要的女性是貂蝉。司徒王允利用她的美丽,让她用连环计去离间董卓和吕布的父子关系。这对于貂蝉来说是件很不寻常的事:首先她要牺牲自己的青春、幸福,用自己的美色、身体去服侍名义上是父子的两个坏人。其次,这件事极为危险,一旦被董卓或吕布中的一人识破,她可能会死得很惨。按说,她在做这件事时内心应有强烈的矛盾冲突,但作品一点也没有写,只写她按照王允给她提供的环境,按照王允给她规定的做法完成了任务。又如,《水浒传》中的女英雄扈三娘,三打祝家庄时被林冲擒获,由宋江做主嫁给了矮脚虎王英。这时,她全家除了哥哥逃跑外,都死在梁山好汉手下。而王英又身材矮小,其貌不扬,与她很不般配。她嫁给王英时,心情也应该是十分矛盾的。她对于这件事的想法,读者不得而知,因为小说没有为读者展示这方面的内容。《金瓶梅》在描写人物命运时,侧重描写了人物的感情、理想、追求,揭示了他们的内心世界。尤其在描写妇女悲剧命运时,写了时代的悲剧,也写了性格悲剧。时代悲剧我们在本章第三节中已经讲过,性格悲剧最典型的形象是宋惠莲。

宋惠莲在《金瓶梅》中属于争议比较大的一个人物。她是西门庆的小厮来旺儿的妻子,自己又是西门府的女仆,后来成了西门庆的情妇。一开始,与其说是西门庆勾引她,不如说是她引诱西门庆,并很主动地与西门庆通奸。从这一点来看,她是传统小说中所写的"淫妇"。但是,后来西门庆陷害她的丈夫,要娶她为第七房时,她拼死反抗、上吊而死,又很有些气节。如果作品以描写人物外在际遇的方法写她的故事,很容易写得前后矛盾。但《金瓶梅》紧紧围绕宋惠莲的个性去写,揭示了她的内心世界,结果这个形象写得真实可信。宋惠莲的性格是多维的,她的本质特点是有爱心、倔强、勇于反抗,但还有两种不怎么可爱的特点:虚荣、浅薄。她原来是个卖棺材人的女儿,从小被卖到蔡通判家做丫环,因和大婆"作弊养汉",后被打发出来嫁给厨子蒋聪。和大婆"作弊养汉",主动权显然不在她一边,还不能说明这个人多么坏,但说明她和潘金莲一样,自幼受到的环境影响不好。从另一个角度来说,这种人的封建意识也比较淡薄。嫁给蒋聪后,宋惠莲又和来旺儿私通。后来蒋聪和人打架,被人打死,她央来旺儿求告西门庆出面替丈夫报了仇,后嫁给了来旺儿。应该说,来旺儿是她自己看中的丈夫,她是爱他的。她之所以和西门庆私通,是她性格的另一侧面决定的:虚荣、浅薄。宋惠莲很美,又很虚荣,书中一再写她在西门府显示自己的美:西门庆的女眷去打秋千,潘金莲刚上去就笑得摔了下来,李瓶儿在上面吓得怪叫,腿也软了。唯独宋惠莲,毛遂自荐地站了出来,"手挽彩绳,身子站的直屡屡的,脚跐定下边画板,也不用人推送,那秋千飞起在半天云里,然后忽地飞将下来,端的却是飞仙一般,甚可人爱。"(第二十五回)她也为此出尽了风头。她的脚比潘金莲还小,在正月十五走百病时,预先向潘金莲借了双鞋,把自己的鞋穿在里面,把潘的鞋穿在外面,走到外面,又大呼小叫地说她老是掉鞋。她为了显示自己的脚小,竟不惜得罪潘金莲。她很羡慕西门府的女眷们豪华的生活,而且处处效仿,学潘金莲的样子"把鬏髻垫得高高的,梳的虚虚笼笼的头发,把水鬓描得长长的"。但是,她没有经济实力,穿了个红袄,配了个紫裙子,"怪模怪样不好看"。在这种情况下,西门庆仅仅用了一匹翠蓝缎子就占有了她。以后她每和西门庆来往,不是要绸缎衣服,就是要香茶,再就是直接要银子。很明显,她与西门庆私通,不是出于爱,也不是出于情欲,而是为金钱,想用美色换回一些物质享受。她相当浅薄，相当愚蠢。她既没想到这样做会在感情上对丈夫造成伤害，也没想到那些争风吃醋的女眷，尤其是潘金莲，能不能放过她。成为西门庆的情妇后，她不仅不隐藏这种关系，还处处卖弄，让伙计们给她叫来卖花卖粉的，故意拿出大块银子给人家瞧；小厮得罪她，她以"看我进里头对他说不说"相威胁。在月娘等人玩骨牌的时候，她逞能，乱插嘴，被孟玉楼羞辱了一场："你这媳妇子，俺们在这里掷骰儿，插嘴插舌，有你什么说处？"这已经是在警告她，她们那个地位不是她容易达到的。她尽管当时羞得满面通红，但还是没品出味儿来。看潘金莲同陈经济勾搭，她竟然当着潘的面也和陈经济调情，使潘金莲醋意大发，一定要将她置于死地。然而，当西门庆在潘金莲的调唆下陷害她丈夫时，她的爱心战胜了虚荣心，完全站到丈夫一边，当面指责西门庆"怎活埋人，也要个天理"。丈夫被下到监狱，她头不梳、脸不洗，茶饭不吃，整天关着门哭泣。后来，丈夫被毒打一顿，押解原籍徐州，她大骂西门庆："你原来就是个弄人的刽子手，把人活埋惯了。害死人，还看出殡的！"这时，西门庆又令女仆利用她的虚荣心打动她："守着主子，强如守着奴才"，"往后贞节也轮不到你了"。她却口口声声说："一夜夫妻百日恩"，"相随百步也有个徘徊意"。（第二十六回）最后，宋惠莲上吊而死。显然，她的死，不是出于什么贞操观念，而是出于对丈夫的感情。宋惠莲的形象，从总体上看是个令人同情的形象，是个有爱心、勇于反抗的女性。她的自杀，是西门庆自勾引女人以来惟一一次失败。这证明了在这个世界上，毕竟还有金钱所买不到、权势所压不垮的东西。但是，作者没有净化她，更没有把封建的贞节观念加给她，而是如实描写了她在那个人欲横流的社会环境中染上的恶习，也写了她的痛苦挣扎。这一人物性格尽管复杂、矛盾，却合情合理，更有真实感。《金瓶梅》这种描写人的方法，无疑奠定了世情小说刻画人物的基础。

从描写人物的外在的机遇，到描写人物的内在感情、人的个性，这在小说创作中自然是个了不起的进步。一方面，从小说观念上看，以往的小说受封建专制主义的影响，把人物的言行规定在封建统治者所允许的范围之内，谈不到还有属于人物自己的、独特的思想行为和自由发展的性格。正如英国19世纪的批评家赫士列特所说："在专制的国家里,人类天性还没有重要到需要人去研究和描写的程度。"(《论英国小说家》)《金瓶梅》却开始对人的天性加以研究、描写。另一方面,从认识论上来看,人类在认识客观世界的同时,也在不断地认识自我,人类的自我认识是随着社会的发展而不断深入的,人类文化越往后发展,这种内向观念也就越显著。

世情小说以琐屑平凡的日常生活作为描写对象,其情节提炼也就成为一个难题。作为小说的情节,总要有引人入胜之处,而不能平淡无味。而世情小说所描写的都是日常的普通生活,题材本身既没有神怪小说的那种离奇,也没有偶然巧合所造成的意外之奇,怎样才能使情节引人入胜呢?《金瓶梅》的作者对这个问题作了可贵的探讨。它是依靠故事情节对人物性格的表现力和对生活底蕴的穿透力来引人入胜的,我们称之为"平中出奇",或"无奇之奇"。也就是说,事件本身不奇,但因为具有深刻的生活蕴意和性格蕴意,让人读来觉得新奇。

举例说,生孩子,属于日常生活中平凡无奇的事,以往的小说一般不写。即使非常重要的人物降生,也只写梦日入怀,或是梦月入怀,再加上异香满室、经久不散之类的话,一笔带过。因为题材本身不奇,也无法描写得离奇。但《金瓶梅》第三十回写李瓶儿生子,用了大量的篇幅,写得很生动。因为作者紧紧抓住了这件事的蕴意:西门庆万贯家财,只少一个继承人。几房妻妾又争风吃醋,谁为西门庆生了儿子,谁在这个家庭里就有了主动权。作者抓住了这一点,生发开来,用它去表现这个家庭中的矛盾冲突,让种种人物都在这件事上亮相。

作品先正面写瓶儿阵痛发作后西门庆与吴月娘的表现,以显示这个小生命的重要性。李瓶儿肚子疼得在炕上打滚,月娘慌了,吩咐西门庆:"还不唤小厮来,快请老娘(接生婆)去。"西门庆马上命小厮来安儿:"风跑,快请蔡老娘去!"接生婆迟迟不来,吴月娘骂另一个小厮玳安:"这囚根子,你还不快迎迎去!"又骂西门庆:"平白没算计,使那个小奴才去,有紧没慢的。"西门庆一听,忙又叫玳安骑骡赶了去。西门庆真心着急,但毕竟是个男人,遇到这样的事手足无措。吴月娘是正妻、内当家的,本来就该料理,况且瓶儿生子对她威胁不大,将来孩子再怎么样,也要把她这个嫡母放在生母之前。西门庆越急,越手足失措,也就越表明这个孩子对他的重要性。而吴月娘的急,则有点做作。

平时她还是怕西门庆的，并不敢骂。西门庆娶潘金莲、李瓶儿，她那么反感都没敢骂，现在西门庆并没什么错，她偏挑这个时候骂。因为她明白，她越是着急、越是骂，就越显得贤惠，西门庆也越感激她，吴月娘一直是以她的贤惠、善于持家固宠的。这一层写足以后，作者马上变换视角，从对这件事最反感的潘金莲的眼中看瓶儿生子。潘金莲自己尽管也来看热闹，但一见瓶儿那里有那么多人围着，"未免有几分气"，拉着孟玉楼走到房檐柱子底下说话："紧着热刺刺的挤了一屋子里人，也不是养孩子，都看着下象胆哩！"尽量想否认这件事的重要。紧接着，她又千方百计地考证这个孩子的根基是否正，对玉楼说："我和你怎算：她从去年八月来，又不是黄花女儿，当年怀，入门养。一个后婚老婆，汉子不知见过了多少，也一两个月才生胎，就认作是咱家的孩子。我说：差了！若是八月里孩儿，还有咱家些影儿。若是六月的，蹀小板凳儿糊险道神，还差着一帽头子哩！失迷了家乡，哪里寻犊儿去？"本来，瓶儿入西门府，整整十个月后才生儿子，是正常情况。潘金莲出于妒意，胡搅蛮缠。按照她的说法，只有黄花闺女才能十个月生孩子，像瓶儿这样的后婚老婆就不能那么快。而且，即使再迟两个月，满十二个月再生，也只是"有咱家些影儿"。出于利害关系，她极力否认这个即将降生的小生命的血统。瓶儿没经验，事前没把小孩子用的东西准备好，月娘命丫环拿出了她为自己生孩子准备的东西应急。潘金莲一看，自然又想到此时吴月娘也怀着孕，就更是气不打一处来。她自然不能说吴月娘的孩子不是西门庆的，就发狠道："一个是大老婆，一个是小老婆，明日两个对养，十分养不出来，零碎出来也罢。俺每是买了个母鸡不下蛋，莫不杀了我不成！"又说："仰着合着，没的狗咬尿胞虚欢喜。"这些话很符合潘金莲的性格，为了争宠，她什么坏话也说得出，什么坏事也做得出。孟玉楼听潘金莲这么说，马上制止她："'五姐是甚么话。'以后见她说话儿出来有些不防头脑，只低头弄裙带子，并不作声应答她。"孟玉楼看见瓶儿生孩子，心里肯定也不是滋味，但她没有潘金莲那么狠毒，而且为人又八面玲珑，明哲保身，所以不作声应答她。"甚么话"，说明孟觉得潘太过分；"不防头脑"，又说明她低头不说话是防着别人听了惹是非，又刻画了孟玉楼的性格。作者还写孙雪娥听说瓶儿养孩子，从后面慌慌张张走来观看，不防在黑影里险些被台基绊了一跤。潘金莲又叫玉楼:"你看,献勤的小妇奴才! 你慢慢走,慌怎的? 抢命哩! 黑影子绊倒了,磕了牙也是钱。……养下孩子来,明日赏你这小妇一个纱帽戴。"孙雪娥本来就不受宠,即使瓶儿不生孩子,西门庆也宠不到她头上,因此她对瓶儿生孩子基本没有多少醋意,况且她本来就没心计,只知道慌慌张张地赶来看热闹,差点被绊一跤。但孙雪娥无意识的举动,在潘金莲眼里又有了新的含意:孙雪娥是想在瓶儿那里献殷勤;自然,这越发显出潘金莲的失势。良久,这个孩子才降生,而偏偏又是个哥儿,慌得西门庆连忙洗手,叩拜神灵。吴月娘款待接生婆,并四下里托人找奶母。而潘金莲越发生怒,"走去了房里,自闭门户,向床上哭去了"。事件极为普通,情节非常平凡,但由于作者把这件事的底蕴发掘得很深,而又围绕这件事刻画了许多人物,使得这个情节生动、形象,很吸引人。

故事型小说,无论是人物刻画,还是情节描写,都是粗线条的。因为作品重在描述故事,过于细腻,反倒琐碎。《金瓶梅》旨在描写普通人的日常生活,题材本身并不惊险、离奇,因此也就必然大量运用细节描写,以增加作品的形象性、生动性,以人物、情节描写的生动感人取胜。

细节描写不等于细碎的描写,它是要为小说的主旨服务的。小说创作的第一要素是刻画人物形象,因此,细节描写应合情合理,有助于人物性格的刻画。《金瓶梅》的细节描写就做到了曲尽人情。例如第十四回写李瓶儿和西门庆通奸后,整天思念西门庆。潘金莲的生日那天,瓶儿借口为潘做生日,到西门府与西门庆吃酒,结果吃得东倒西歪。最后,西门庆到月娘房里问打发瓶儿在哪里安歇。吴月娘说:"他来与那个做生日,就在那个儿房里歇。"言外之意,她又不是为我来的,我管不着,明显地表明了对瓶儿的反感,也为潘金莲招来了瓶儿这种人表示不满。西门庆又问:"我在那里歇宿?"这一问就反常了,往常西门庆在哪里歇,从不请示吴月娘,现在这么说,显然是心虚。吴月娘本来并不知道瓶儿与西门庆有私,但看他们一块喝酒的样子,已料到几分,现在又听西门庆这么问,更有把握,说:"随你那里歇宿,再不,你也跟了她一处去歇罢。"表明了对瓶儿的醋意和对西门庆做法的反感。西门庆忍不住笑道"岂有此理",说着就要在吴月娘房中歇。这又表明了西门庆的尴尬和对吴月娘的讨好,想让她消气。吴月娘说:"就别要汗邪,休要惹我那没好口的骂出来,你在这里,他大姊子那里歇?"吴月娘不是潘金莲,每次吃醋后又要保持正房的尊严。不让西门庆住,是要表明:我不稀罕你。这一细节,合情合理,极为自然,把人物形象刻画得很鲜明,又使整个故事情节饶有趣味。

　　《金瓶梅》的情节平中见奇,并具备对社会生活的穿透力,细节描写自然、生动、曲尽人情,即重视情节内涵的深刻性和外在表现的生动性,这些后来就成为中国小说美学的稳态结构。然而,我们还必须注意到,从接受美学看,读者的审美心理是流动的,读者不能长久地处在一种审美状态之中,沉湎于一种审美感受中。也就是说,流动的审美心理要求情节时时转换,人们总是希望在审美实践中不断发现审美对象的新的特征。另一方面,读者在审美过程中,并不完全是被动的,而要积极地思考,推求作品的蕴意,并用自己的生活体验去品评它,甚至是补充它。作者和读者的思维,既不能相距太远,又不能相距太近。相距太远,脱离了读者的生活体验,读者认为不着边际,不感兴趣;太近了,作者想说的,读者也想到了,失去了新鲜感,这更是小说家创作的大忌。《金瓶梅》在这一点上也作了可贵的探索。它经常转换读者的审美趣味,时而写西门庆的眠花卧柳,时而写众妻妾的争风吃醋,时而写西门庆在商场、官场的周旋,时而写帮闲宾客的势利。即使写家庭生活,也时而和平宁静,欢声笑语,时而乌云压城,风浪大作。而所有这些,又都无一不出人意料之外,又入于情理之中。

　　比如,第七十五回写潘金莲与吴月娘的一场大闹就很具这种特点。事情的起因很小,因为种种意外,掀起了轩然大波,也就是人们所说的"勺水起洪波"。潘金莲按照尼姑指定的日子吃了药,必须这一天的晚上和西门庆同房,才能生子。这本来是不成问题的,李瓶儿死后,西门庆基本上都住在潘金莲房中。但是,由于有求子的想法,潘金莲性急,又仗着有宠,等西门庆不来,就擅自到了吴月娘房中去叫西门庆。不想这种举动惹恼了吴月娘:又不是你一个人的汉子,去得晚了一点,还要到上房来叫,就偏不让西门庆去。恰好这时孟玉楼生病,吴月娘又卖个人情,让西门庆去照顾孟玉楼,使潘金莲的计划落空。潘金莲自然着恼,而在这之前,潘金莲向西门庆要了一件李瓶儿的遗物,使当家人吴月娘不高兴;春梅又骂跑了给吴月娘唱曲儿的申大姐,吴月娘向丈夫告状时,被丫环玉箫听到,又告诉了潘金莲。潘金莲怒冲冲地去找吴月娘时,又偷听到吴月娘和吴大妗子说她的不是。种种小事集结在一起,酿成了轩然大波。潘金莲和吴月娘大吵大闹,吴月娘决不像李瓶儿那样软弱可欺,她大骂潘金莲是"趁汉精","你害杀了一个,只少我了"。金莲占不了上风,就打滚撒泼,自打嘴巴,寻死觅活。看到这里,人们不仅为吴月娘捏一把汗。因为此前潘金莲连着除掉几个情敌,一直是旗开得胜,而且李瓶儿死了以后,西门庆一直宠潘金莲,就连春梅把给吴月娘唱曲的申大姐赶走后,吴月娘一再告状,西门庆总是护着春梅,何况又是潘金莲呢!会不会真的像吴月娘自己说的"待等那汉子来,轻学重告,把我休了就是了"?没有想到的是,西门庆回家一看吴月娘躺着生气,先就慌了,原来吴月娘正怀着孕,又口口声声嚷因为生气,肚子疼,像是要掉胎。西门庆只顾为月娘消气、请医,自然顾不得潘金莲了。这就表明,西门庆再好色,也是把正妻、嫡子放在首位的,潘金莲落了下风。而西门庆在吴月娘面前口口声声骂潘金莲,表示要去惩罚她,在给吴月娘挣足了面子之后,背地里又去甜言蜜语地哄潘金莲,因为他宠的还是潘金莲。读者在读小说的过程中,处处感到意外;回过头来一想,又处处在情理之中。而且,潘金莲除掉宋惠莲用的是诡计,正面冲突是宋惠莲对西门庆;和李瓶儿斗是单方面逞强,李瓶儿一直是忍气吞声;这一回和吴月娘是双方撒泼大闹,风格全不一样。这使得小说的情节总能给人新鲜感,总能抓住读者的注意力。

《金瓶梅》在语言艺术上也有很大创新。《三国演义》用浅显的文言写成,简洁、典雅,比较有利于描述重大历史事件,但用以描写世态人情,显得不够生动、活泼。《水浒传》用白话写成,而且能根据人物的身份、气质设计人物的对话,比《三国演义》进了一大步。《金瓶梅》不仅用白话,还运用了大量的口语、谚语、歇后语,更贴近现实生活,也更富表现力。

《金瓶梅》语言最突出的一个特点,是张竹坡所评的,"从一个人心中讨出一个人的情理"。也就是说,作者在设计人物语言时,能潜入人心灵深处,根据人的心理、性格设计语言。例如,第十八回写西门庆听说李瓶儿嫁了蒋竹山，气不打一处来。当他喝了酒进家时，吴月娘、孟玉楼、潘金莲、西门大姐儿都在跳百索玩。别人一看西门庆脸色不对，赶紧躲起来了。只有潘金莲想争宠，不仅不躲，反而假装提鞋儿，望着西门庆笑，被西门庆赶上踢了两脚，骂："淫妇们闲的声唤，平白跳什么百索儿！"事后吴月娘埋怨潘金莲："你看见他进门有酒了，两三步权开一边便了。还只顾在跟前笑成一块，且提鞋儿，却教他蝗虫蚂蚱，一例都骂着。"吴月娘埋怨潘金莲，是潘招得西门庆骂人，而且"淫妇"后加了个"们"字，带累她这个正妻也挨骂。在吴月娘看来，踢了潘金莲事小，带累她这个正妻挨骂却不应该。吴月娘尽管埋怨，话说得还平和。孟玉楼心眼最活，又八面玲珑，一下子便听出吴月娘"蝗虫蚂蚱""一例骂"的含义，说："骂我每也罢，如何连大姐姐也骂起淫妇来了？没槽道的行货子？"表面上是替吴月娘抱不平，实际上是把吴月娘感到丢脸的事描得更黑，指明骂大姐姐是淫妇，表现了孟玉楼的心机。潘金莲说："这一家子，只我是好欺负的。一般三个人在这里，只踢我一个儿，那个偏受用着甚么也怎的？"潘金莲争宠，咬群儿，整天和人攀比。西门庆骂，她不在乎，反正三个人都有份；她耿耿于怀的是，三个人都在这里，只踢了她一个，这不公平。而且潘金莲也没有孟玉楼那种心机，刚才吴月娘还埋怨她带累自己挨骂，她又说了这种话。果然，吴月娘就恼了，说道："你头里，何不叫他连我也踢不是？你没偏受用，谁偏受用？怎的贼不识高低货。我倒不言语，你只顾嘴头子哔哩礴喇的！"嫌潘金莲咬群儿太过，连她这正妻也敢于攀比，带累她挨骂还不算，竟然还攀着她也挨踢。勾心斗角的矛盾冲突，人物的身份性格，都通过人物的对话刻画得非常鲜明。

其次，由于小说主要描写商人和市井小民的生活，所以经常选用一些泼辣、酣畅的世俗语言。例如第六十回写李瓶儿的儿子死了后，潘金莲不仅没有罪恶感，反而百般称快，每天精神抖擞、指桑骂槐地骂瓶儿："贼淫妇，我只说你日头常晌午，却怎的今日也有错了的时节？你班鸠跌了弹，也嘴答谷了！椿凳折了靠背儿，没的椅了！王婆子卖了磨，推不的了！老鸨子死了粉头，没指望了！却怎的也和我一般？"几乎全用歇后语，把潘金莲妒、悍的性格，刻画得入木三分。其他如吴月娘、春梅等人的话，也都有泼辣、酣畅的特点。

《金瓶梅》的语言很有表现力,如《红楼梦》中用"水葱儿似的"形容女子的清秀水灵,用"烧糊了的卷子"形容人的丑陋,一直为人们所称道。其实,这些词语最先见于《金瓶梅》。应伯爵说西门庆家"有四个水葱儿似的好姐姐"(指玉箫、春梅等)。春梅向西门庆撒娇,不肯去见客人:"娘们都新裁了衣裳,陪侍众官户娘子,便好看,俺们一个个只像烧糊了的卷子一般。"(第四十一回)此外,《金瓶梅》里的语言非常自然。第六十二回,写常到瓶儿跟前帮衬的冯妈妈,去看病了的瓶儿。奶母问冯妈妈何以那么长时间不来看六娘,冯妈妈说:"说不得我这苦。成日往庙里修法,早晨去了,是也直到黑,不是也直到黑。"过了一会,西门庆问她同样的话,她又说:"这两天腌菜的时候,挣两个钱儿,腌些菜在屋里。"到底因何没有来,书中没写,这也并不重要。一个有口无心,随口瞎应付的孤老婆子的形象却活现在人们面前,使得《金瓶梅》的描写像生活自身一样自然。

总之,《金瓶梅》是一部成就卓著的小说。它不仅深受国内读者的喜爱,也受到国外学者的高度重视,被翻译成英、法、德、意、拉丁、瑞典、芬兰、俄、匈牙利、捷克、南斯拉夫、日、朝、越、蒙等多种文字,在国外出版流行。美、法、日等国的大百科全书都给予此书以很高的评价:"它在中国通俗小说的发展史上是一个伟大的创新"。有的美国学者还把它和《红楼梦》相提并论,并认为"中国的《金瓶梅》与《红楼梦》二书,描写范围之广,情节之复杂,人物刻画之细致入微,均可与西方最伟大的小说相媲美。"(王丽娜《中国古典文学在国外》)

第五节 《金瓶梅》的续书及其他

《金瓶梅》问世后,在社会上产生了很大影响。此后,描写人生的小说大批涌现。一类是《金瓶梅》的续作,另一类是受《金瓶梅》影响的其他题材的小说。

《金瓶梅》的续书,我们知道的有两种,其一是《玉娇李》,亦作《玉娇丽》,作品久佚。据沈德符的《万历野获编》记载,这部小说仍出于《金瓶梅》作者之手,袁宏道了解这部书的大体情节。《玉娇李》给《金瓶梅》中的人物各自都设置了因果报应:武大后世化为风流潇洒的淫夫,上烝下报。西门庆后世化为一个骏憨男子,坐视妻妾外遇。潘金莲化为河间妇,最后被处以极刑,"以见轮回不爽"。沈德符说这部书"秽黩百端,背伦蔑理"。可见内容上仍有很多色情描写。沈德符又说《玉娇李》影射了明代的现实,写的是元代的皇帝,大臣却又是明代的(夏言、严嵩),还指出这部书"笔锋恣横酣畅,似尤胜《金瓶梅》"。因为书不传,只据这些记载我们很难作出准确的评价。下面,我们主要谈谈另一种续书——《续金瓶梅》。

《续金瓶梅》,作者丁耀亢(1599—1669),字西生,号野鹤,又号紫阳道人、木鸡道人等。山东诸城人。出生于书香门第。父惟宁,从兄自劝,皆为进士,仕宦有声。弟耀心,侄子大谷,崇祯年间也中乡举。惟独耀亢怀才不遇,仅为诸生。明代末年,他来到江南,从董其昌游,从董其昌那里阅读了《金瓶梅》。回家乡后,丁耀亢郁郁不得志,于是取历代吉凶事,作《天史》十卷。这说明,他年轻时就有了因果报应的观念。

丁耀亢是个有爱国心的人。明末政治黑暗,国事凋零,使他愤慨不已,他的小说《续金瓶梅》、传奇《蚺蛇胆》,都抨击了明朝君臣的荒淫腐败。清兵南下时,耀心、大谷倾家保国,兵败遇害。另一侄子矛佳为清军所伤,跛一足。国仇家难,使他痛心疾首,民族情绪也油然而生。清顺治九年(1652年),丁耀亢由顺天籍拔贡充镶白旗教习。顺治十一年(1654年)任容城教谕。五年后迁惠安县令。他不愿从政,退而著述。《续金瓶梅》成书于顺治十八年(1661年),也就是他六十二岁左右。因为书中有关宋金战争的描写暗含反清思想,故此书问世不久,就惹下了文字祸:康熙四年(1665年),丁耀亢因此书入狱,出狱后"奉旨"把书稿焚毁。这件事对他刺激很大,曾写诗道:"帝命焚书未可存,堂前一炬代招魂。心花已化成焦土,口债全消净业根。……"(《焚书》)经历一系列的打击、磨难,晚年他双目失明,生活得很悲惨。

《续金瓶梅》共十二卷六十四回。最早的版本是顺治本,大概刊刻于顺治十八年。

《续金瓶梅》与《金瓶梅》的不同之处在于:《金瓶梅》对于人的自然情欲基本持肯定态度,"独罪财色"只不过是一个幌子。而《续金瓶梅》

则真的认为贪财好色有罪,是要遭报应的。作品第一回讲创作这部书的目的时说:《金瓶梅》这部小说原是"替世人说法"的,西门庆正因为贪色图财,胡作非为,尽管后来白手起家,倚财仗势,得官生子,花天酒地,但这不过是一场春梦。不久,西门庆纵欲而死,妻妾田产散尽,现世现报。但是,有些人读了《金瓶梅》,"倒把西门庆像拜成师父一般",见了财色,拼命亡身,就是活佛也劝不回头,致使这部书反做了导欲宣淫的话本,真是一番罪案。续书作者为了劝世,才续了一部《金瓶梅》,讲阴曹报应,现世轮回,使看这书的人知道阳有王法,阴有鬼神,"这西门大官人不是好学的"。

对于《金瓶梅》的故事,作者是这样续下去的。西门庆贪色图财,恶贯满盈,受两世报应:一世托生给沈通为子,名金哥,家巨富,却双目失明。遇到战乱,沦为花子,饿死街头,这是他贪财之报。又一世托生在汴京厂卫衙门里的一个班头节级家,乳名庆哥,因家贫,被送入宫中当太监,自然是报其好色。李瓶儿死后,托生为袁指挥之女常姐,因长得漂亮,被李师师看中,矫旨取来身边学艺,改名银瓶。她长大后嫁与一个奇丑的富翁,后随意中人郑玉卿出逃,郑玉卿把她卖了,银瓶被逼上吊而死。这郑玉卿,就是李瓶儿的丈夫花子虚托生的。潘金莲和春梅,死后一个托生为黎指挥之女,名金桂,一个托生于孔千户家为女,名梅玉。两个人从小在一起,依旧要好,但在婚事上也都遭报应。金桂嫁给了又丑又瘸的女婿,是陈经济的后身。梅玉嫁给贵族金二官人为妾,偏这金二官人正妻妒悍异常,对她百般虐待。金桂央人搭救,后出家为尼,原来金二的正妻是孙雪娥托生。当初春梅当守备夫人时,曾把私奔的孙雪娥买作丫环,折磨致死,至此春梅也受到报应。只有吴月娘和孟玉楼身经离乱,受了许多苦,俱得善终。

如果单单是这样一个善恶报应的故事,小说的作者不会遭遇文字祸。与《金瓶梅》相比,《续金瓶梅》明显增强了现实批判精神,并将批评的矛头指向了封建社会的上层人物。作者认为,如果单单是西门庆和金、瓶、梅三个女子荒淫无耻,于整个世风并无大碍。"即如西门庆不过一个光棍,几个娼妇,有何关系风俗?看到蔡太师受贿推升,白白地做了提刑千户;又有那蔡状元、宋御史因财纳交,全无官体。自然要纲纪凌夷,国家丧灭,以致金人内犯,二帝北迁。"①作者把道德败坏、人欲横流的风气归罪于上层统治者。是皇帝和大臣的鲜廉寡耻,荒淫腐化,不仅导致了世风的堕落,也导致了国家的败亡。小说中多处批评宋徽宗"自己不肯修德",宠信蔡京、王黼、杨戬、高俅、童贯、朱勔六大奸臣,不顾百姓的死活,一味享乐。他不理朝政,听信林灵素等求神修仙;他大兴土木,修建宫苑;他又在全国范围内搜求奇花异石,搞得民不聊生;他宠爱李师师,使得她敢于矫旨胡为,以道君皇帝选贵人为名骗了袁指挥的女儿给她当粉头。正是因为徽宗"为君不惜民力,不畏皇天,一味胡弄",南宋君臣又"总是奢靡浮华、上下偷安"(第十三回),才导致了亡国之祸,致使天下百姓妻离子散,家破人亡。因此,作品让蔡京、童贯等人受到比西门庆更狠的报应。西门庆转世,尚为人身。"童贯杀人太多,阴魂问成阿鼻十八层地狱,一世变马,二世变牛,三世变犬,四世变鸡,俱以杀偿报,散入化生,不得人道。蔡京父子,高俅、杨戬、王黼等,同奸误国,阴魂问成饿鬼地狱,三世俱托生阵亡兵卒,罪完方许托生。"(第七回)因果报应,固属荒诞,然从中可以看出作者对那些亡国罪人的愤懑之情。

更为重要的是,小说借描写宋金战争,影射清兵南下时对汉族人民残酷的杀戮。小说第一回就写金兵攻进济南、清河一带时"真是杀的这百姓尸山血海,倒街卧巷,不计其数。大凡行兵的法,杀的人多了,俘掳不尽,将这死人堆垛在一处,如山一般,谓之'京观',夸他用兵有威震敌国之胆。这金兵不知杀了几十万人民,筑成'京观'十余座而去。"清兵南下时,对汉族人民也大肆杀戮,"扬州十日""嘉定三屠",至今还是令人心碎的故实。《续金瓶梅》如此愤怒地揭露、谴责了那些"北方鞑子"残害汉族人民的罪行,无疑是揭了清王朝统治者的疮疤,使他们恼羞成怒地迫害这位小说家。《续金瓶梅》还赞扬了抗金英雄。这里面有宋朝的忠臣良将宗泽、岳飞,也有以王善为首的太行山义军。在外敌入侵、国家危亡的情况下,他们尽弃前嫌,精诚团结,一再给金兵以重创。虽然由于昏君奸臣的阻挠,他们没能收复中原,但他们以自己的血肉之躯,谱写了一曲感天地、泣鬼神的正气之歌。而这种情

---

① 《金瓶梅续书三种》,上,第314页,济南:齐鲁书社,1988。其后该作引文均据此本,仅在行中标明回数。

况，也和清兵南下时全国上下的抗清斗争极为相似。这类描写，使得《续金瓶梅》这部小说具有深刻的社会历史认识价值。

《续金瓶梅》缺点也十分明显。从内容上看，首先，书中的因果报应的观念大大削弱了本书社会批判的力度；其次，本书的作者一再对《金瓶梅》中的秽笔表示反感，但他的续作仍有不少色情描写。从艺术形式上看，小说中插入《太上感应篇》的经文和大量游离于主要情节之外的因果报应故事，使得作品结构松散。

《续金瓶梅》被奉旨毁版，但流传于世的作品还是被有心人保留了下来。小说遭禁不久，社会上就出现了一个改编本，书名为《隔帘花影》，四十八回。小说删去了原书中犯禁的内容，即将宋金战争、金兵屠杀汉人之类的事一笔带过，也删除了原书中的经文，只留下西门一家善恶报应的故事，而且把原书中的人名也改了。例如，西门庆改为南宫吉，吴月娘改为楚云娘，小玉改为细珠，孝哥改为慧哥……而有关这个故事的情节基本忠于原作。这样一改，其现实批判精神自然大大削弱，但故事情节却相对集中了，似乎更具可读性。然而，作者煞费苦心的改编，也未能改变这部小说的命运，不久《隔帘花影》也被列入了"禁毁书目"。民国期间，又出现了《续金瓶梅》的改编本——《金屋梦》六十回。当时清王朝刚刚被推翻，小说的改编者不仅用不着担心触犯清王朝的忌讳，出于政局的需要，还要利用这类内容进行政治宣传。《金屋梦》恢复了《续金瓶梅》中的宋金战争的描写，把书中人的姓名也改了回来，删去了《太上感应篇》的经文，也删节了因果报应的内容和说教。例如，将原作第一回的回目"普净师超劫度冤魂，众孽鬼投胎还宿债"，改为"生前造孽好色贪财，死后报应孤儿寡妇"；又将正文中两千多字的阴森恐怖的果报故事，改写为只有两三百字的吴月娘的梦境。应该说，这种删节比起《隔帘花影》要合理得多。也许《金屋梦》改编所用的底本，不是原本的《续金瓶梅》，所以改编后的本子虽然主要情节忠于原著，描写故事却粗陈梗概，不如原著那样生动细致。

《续金瓶梅》的美学价值远逊于原作，但这些作品的出现，使世情小说这一文学样式得到了巩固。它从形式上继承了世情小说的创作特点，即通过一个家庭的兴衰，重点描述下层社会的生活。它也和《金瓶梅》一样，假托写宋代的故事，真正反映的是当时的社会现状：明王朝的君昏臣庸,荒淫腐败,清兵入关时对汉族人民的杀戮、劫掠,广大民众抗击外来侵略的感人精神,在这部小说中都有鲜明的反映。这部小说也用白话写成,其语言虽然比不上《金瓶梅》的生动流畅,但也通俗易懂,委婉曲折。作品对男女之情的描写明显减少,而侧重对现实社会进行道德上、政治上的批判。这一点对后世的小说影响颇大,后来的《醒世姻缘传》《歧路灯》等作品,也都重点揭示封建末世的衰败景象。

第十二章
侧重于反映世风世俗的世情小说(上)

《金瓶梅》以后,世情小说的内容开始有所侧重,有些作品侧重于反映人物的命运,尤其是反映封建社会里某些妇女的命运,《金云翘传》和《林兰香》即属于这一类;有的则侧重于描摹世态,反映世风世俗,《醒世姻缘传》与《歧路灯》就是这样的作品。

第一节　反映世风堕落的《醒世姻缘传》

《醒世姻缘传》又名《恶姻缘》,成书于清顺治年间,是我国小说史上较有影响的一部作品。原书题为"西周生辑著,燃藜子校定"。西周生是谁,目前有不同的说法。其中影响比较大的是蒲松龄说。清人杨复兴以及胡适、孙楷第,都持这种观点。此外还有丁耀亢说、贾应宠说,然都缺少过硬的依据。其版本有清代同治庚午木刻本。本书分析引用,据齐鲁书社 1980 年的校订本。

《醒世姻缘传》一百回,写冤冤相报的两世姻缘的故事。二十二回以前,主要写前世姻缘。山东武城县秀才晁思孝,三十三岁生了个儿子晁源,晁源娶计处士的女儿计氏为妻。计氏中等之姿,但嫁资颇丰,为人又泼辣。晁源不怕父母,独怕计氏。后来,晁秀才中举,任华亭县知县,单是收人情礼物,就成为富翁。于是晁源便开始嫌弃计氏卑琐,丈人村贫,花八百两银子娶戏子珍哥为妾。晁源与妾围猎时,误伤狐仙。晁源纵妾虐妻,二人做圈套,诬陷计氏私通和尚,致使计氏上吊而死。计处士告官,因晁家有钱有势,官府只将珍哥收监,晁源依旧胡作非为。后晁源因与皮匠之妻通奸,为皮匠杀死。

后世姻缘,则写晁源托生为绣江县明水镇狄员外之子希陈,被晁源射杀的狐仙转世为薛教谕之女薛素姐。因两家大人有通家之好,由父母做主,狄希陈娶薛素姐为妻。素姐自小见了希陈就有气,二人成亲后,便对他囚禁、棒打、针扎、烟熏、火烧,无所不至。后来,新皇帝登基,要视察国子监察院,命两千里以内的监生都要进京。狄希陈捐了个监生,借机逃到京里,又娶了计氏转世的童寄姐为"两头大",买了珍哥转世的丫环小珍珠。寄姐初时还好,买了小珍珠后,不仅虐待小珍珠,牵带与狄希陈反目,后来竟逼得小珍珠上吊而死。狄希陈花钱买了个成都府经历的官,带寄姐赴任。素姐自己找了去,被寄姐降服,从此奉迎寄姐,两人一道折磨狄希陈。上司嫌狄希陈"不能齐家,致妻妾时常毒打辱骂"。狄希陈自行解职。后由高僧点明因果,让狄希陈念一万遍《金刚经》,素姐病死,寄姐回心,冤孽解脱。

假如只是这么个因果报应的故事,自然价值不大。但小说借两世姻缘为线索,深刻而广泛地反映了我国封建社会日趋解体时期的社会状况,被徐志摩比作一幅大气磅礴、一气到底的"长江万里图"。

《醒世姻缘传》所写的历史背景,为明正统、成化年间。这是新的社会思潮——王学左派诞生的前夕,封建吏治更加腐败,儒家的伦理纲常观念,已经渐渐失去了维系人心的力量。从理念上,作者认为当时世风日下:父不父、子不子、夫不夫、妻不妻,希望用因果报应去维护封建伦理观念。但是,由于作者的创作忠于生活,其笔下的艺术形象突破了作者认识上的局限,显示出了自身的意义。如果我们去掉作品的宿命论的外壳,就能更清楚地看出这部作品的认识价值和艺术成就。

《醒世姻缘转》反映了封建末世的黑暗政治,客观上揭示了产生贪官污吏的社会根源。我国封建社会的君主专制制度,发展到明初得到了进一步的强化。朱元璋上台的第一件事是强化君主专制,首设廷杖,擅杀功臣,使得君臣关系有如主奴。这样做的结果,是使国家的权力机构呈宝塔型:君主是塔尖,其次是少数掌握大权的臣僚,再次是大小官吏,最底层的是平民百姓。在这个机构中,大臣不敢劝谏皇帝,下僚不敢违背上司,平民不敢冒犯官吏。大臣惟一的护身之法是取得皇帝的欢心,而官吏只要得到大官僚的支持,无论如何横行也无妨害。小说对此反映得很深刻。第九十四回写道:"常说:朝里无人莫做官,又说:朝里有人好做官。大凡做官的人,若没个依靠,居在当道之中,与你弥缝其短,揄扬其长,夤缘干生,出书讨荐,凭你是个龚遂、黄霸这等的循良,也没处显你的善政;把那邋遢货荐尽了,也荐不到你跟前;把那罢(罴)软东西升尽了,也升不到你身上。……若有了靠山,凭你怎么做官歪憋,就是吸干了百姓的骨髓,卷尽了百姓的地皮,用那酷刑尽断送了百姓的性命,因那峻罚逼逃避了百姓的身家,只管有人说好,也不管甚么公论。只管与他保荐,也不怕甚么朝廷。有了靠山做主,就似八只脚的螃蟹一般,竖了两个大钳,只管横行将去。"①

前世姻缘中,晁源的父亲晁思孝,做华亭县知县时,"一身的精神命脉,第一用在几家乡宦身上;其次又用在上司身上。待那秀才百姓,即如有宿世冤仇的一般,当不得根脚牢固,下面也都怨他不动"。他花两千两银子买通当权的太监王振升通州知州时,持了王振的名帖,到吏部大堂的私宅里一说,马上批准,"就如焌灯在火上点的一般,也没有这等快"。当时的通州知州尚未任满就被挤掉。后世姻缘中,浪荡子弟狄希陈依靠表弟相主事的势力,花钱买了个成都府经历的官,到成都断了一个案子,就几乎把买官的本儿捞回来了。由于他胡作非为,致仕还乡时,苦主们拦住他,恨不能都抢回银子。但受了相主事之托照顾狄希陈的吴推官,把那些苦主抓来,又诈了许多银子,最后倒楣的还是百姓。这样一来,贪官污吏多如牛毛,他们只要能找到权贵作为靠山,只要能讨好上司,就可以毫无顾忌地诈取钱财、坑害百姓。

政治腐败的另一表现,就是官吏的贪赃枉法。仁义礼智信的封建理念,为拜金主义湮没,官府中上上下下只认得钱。前世姻缘中,计氏

---

① 《醒世姻缘传》下,第 1229 页,济南:齐鲁书社,1980。其后该作引文均据此本,仅在行中标明回数。

明明被晁源、珍哥逼死,晁源暗中行贿七百两银子后,官府竟然判原告被告,有理没理,一例罚钱。后世姻缘中,小珍珠被逼死后,其父母将狄希陈、童寄姐告到官府,南城察院知道狄希陈是相主事的亲戚,竟判被告无罪,把原告下狱。拜金主义不仅表现在打官司方面,还表现在公开卖官鬻爵方面,而且是由朝廷下指标,地方摊派。小小的明水镇就给了十六个“纳监”的指标。一字不识的农民侯小槐,因为娶了一个富有的寡妇,给他带来了百两银子,地方上看不过,就报他纳监。侯小槐再三说明自己不识字,花了一百多两银子,才免了纳监。自然,这个指标还会落到他人头上。

《醒世姻缘传》也反映了当时“纲常不振”的人伦关系。小说中反映得最多的,是封建伦理关系中的一些反常现象,其中包括父子、夫妻、兄弟、朋友、师生等关系的变异。

孝道是封建社会中很重要的一个观念,但在当时,这条原则被许多人抛弃。父不慈、子不孝的事情大量出现。薛素姐三番五次当着婆婆的面毒打丈夫,气死婆婆,又气死自己的亲生父亲。她见公公纳了一个妾,生怕妾生了儿子争夺财产,几次想趁公公睡觉时阉割了他:一来不能再生儿子,二来可以送去做太监,好为她再挣家产。单于民的儿子单豹,生得极是标致,身材不甚长大,白面长须,大有一段仙气。但他管父亲叫“老牛”,管母亲叫“老狗”。父亲死了,他不肯花钱买棺材,硬要拉出去光着埋。陈六吉的儿子,四十多岁的人,百伶百俐,无所不知,“子曰诗云”也颇通晓。陈六吉教训父母,倒也不肯姑息,把爹娘推两个跟斗,时常打两下子,遇衣夺衣,遇食夺食。陈六吉的儿子又从老子那里秉承了家风,想要母亲的钱,估计不会给,装皮狐压人。母亲叫儿子不应,拿床头的剪刀把儿子当皮狐戳死了。

师徒如父子,这也是封建社会里极为重要的伦理关系。但书中所写的师徒关系也极不正常。教书先生汪为露授徒极不负责,教狄希陈五年,狄希陈只学了句“天上明星滴溜溜转”,还只记得这句话,并不认得字。学生宗昭自己发奋考中举人,他又居首功:布政司送宗昭八十两银子他要了一半;学道资助宗昭一百二十两银子进京应试,他又要全拿。宗昭自己用了其中的一些银子,算是向他借的都不行,只得卖地给他银子。后来,汪为露病死,儿子、继室都不肯埋他,尸体被雷震烂,几个弟子看不过,凑钱埋他。哭奠时只有两个人掉了泪:一个是宗昭,一个是狄希陈。宗昭哭是想起前几年被他害得太苦;狄希陈新近爱上的妓女从良嫁给了别人,一直没机会哭,他哭的是那个妓女。

朋友关系就更为淡薄。一群朋友平时称兄道弟,一旦有机会就勾心斗角,投井下石。当初为晁思孝买官进京打通王振关节的,是戏子梁安期和胡君宠。别人买通州知州的缺要花五千,他俩只用了两千。晁思孝自然感谢他,让晁源与他们结义为兄弟。王振倒台之后,朝中官员大肆捉拿其党羽,连两个戏子也算党羽之数,被悬赏捉拿。晁源一则怕连累,二则也贪悬赏的一百两银子,再三派家人出首二人。家人不肯做这种没有天理的事,他大发雷霆,说家人“开起口来就是甚么天理,就是甚么良心,又是人家的甚么好处。可说如今的世道,儿还不认得老子,兄弟还不认得哥哩,且讲什么天理哩,良心哩?……该受人掐把的去处,咱就受人的掐把;人该受咱掐把的去处,咱就要变下脸来掐把人个够。”(第十五回)于是,他先向两个结义兄弟借了六百三十两银子,又谎称厂卫来拿,哄他们换上破烂衣裳,将好衣服留下,然后说带他们到一个绝对秘密之处躲避几天,实际上是将二人扫地出门。两个戏子不曾防备,连点零花钱、多余的衣服都没有了,走投无路,只好出家为僧。

名为《醒世姻缘传》,书中写得最多的,自然还是夫妻关系的不正常。封建社会讲究“妇以夫为天”,在这个基础上,做到夫妻“相敬如宾”。可《醒世姻缘传》所写的“恶姻缘”,夫妻之间倒像仇人一样。第七十五回写狄希陈纳监进京,临别时妻子这样嘱咐丈夫:

> 你若行到路上,撞到响马强人,他要割你一万刀子,割到九千九百九十九下,你也切不可挣扎;走到甚么深沟大涧的所在,忙跑几步,好失了脚掉得下去,好跌得烂酱如泥,免得半死辣活,受苦受罪;若走到悬崖峭壁底下,你却慢慢行走,等他崩坠下来,压你在内,省得又买箔卷你;要过江过河,你务必人合马挤在一个船上,叫头口踢跳起来,好叫你翻江祭海;寻主人家拣那破房烂屋住,好塌下来,砸得扁扁的;我听见那偺参说,京里人家多有叫臭煤薰杀了的,你务必去买些臭煤烧;又说街两旁都是无底的臭沟,专常掉下人去,直等掏阴沟才捞出臭骨拾来,你千万与那淹死鬼

做了替身……

想得很周到,把途中种种险恶的情况都想到了。可惜不是要他留神,保重,而是要他选择死法,"你只拣着相应的死就好"。可以想象得出,这样的婚姻,对男女双方都是很痛苦的事。据小说的描写看,这种现象还不是个别的。第九十一回,写吴推官考察属下是否惧内,令众官北向中立,一个个点名。惧内的站在月台东,不惧内的站在月台西。东站的十有八九,西站的只有两人,一是八十七岁的府学教官,妻死已有二十年;一是仓官,未带老婆出任。狄希陈居中朝北站,因为惧内一般指怕妻,他连妾也怕,所以不知道站在哪里好。

为什么会有如此多的恶姻缘?小说的作者把它归结为因果报应。但形象大于思维,小说所作的具体描写,揭示出产生恶姻缘的原因主要是人性的觉醒,尤其是女性自我意识的增强。恶姻缘首先是包办婚姻造成的恶果。封建社会里男女的结合,完全取决于家长的意愿,不考虑当事人的感情。狄希陈与薛素姐之所以联姻,是因为两家的大人关系好,但两个当事人之间彼此都没有好感。素姐早就给父母说过,她看不上狄希陈,一看见他就有气;狄希陈喜欢的,是妓女孙兰姬。父母听不进儿女的意见,硬是让二人成亲。若是素姐听从"三从四德"的教诲,委委屈屈地度过一生,恶姻缘自然也就显现不出来。偏偏她有了独立意识,不甘做男子的附属品,要以自己的标准要求丈夫。而狄希陈又是个被父母娇纵坏了的孩子:他不求上进,和素姐的两个弟弟一块读书,两个弟弟大有长进,但他读来读去只是那句"天上明星滴溜溜转"。他没有男子汉的阳刚之气,遇见大事一点主见没有,连夫妻打架也只晓得喊爹妈救命。他还游手好闲,爱搞恶作剧捉弄人,人见人嫌。素姐要管教这"有老子生没老子管"的"东西"。公婆护短,薛素姐顶撞公婆:"又没瞎了眼,又没聋了耳朵,凭着他,不管一管儿。别人看拉不上,管他管儿,还说不是。"(第五十二回)母亲说她:"你通长红了眼,也不是中国人了,婆婆是骂得的?丈夫是打得的?你都是犯了那凌迟的罪名哩。"素姐说:"破着一身剐,皇帝也对打。"(第四十八回)对这些教训一句也听不进。薛素姐最终也没有教育好她的丈夫,这一恶姻缘最后以素姐病死告终。

《醒世姻缘传》还揭示出,造成恶姻缘的另一原因,是封建的一夫多妻制。童寄姐和狄希陈自愿结合,原来感情还是好的。夫妻反目是因狄希陈用情不专,爱上标致的丫环小珍珠。同样,吴推官本来有个标致的妻子,又娶了两个妾:荷叶、南瓜。妻子吃醋,打骂妾时也时常累及丈夫。郭总兵娶了权奶奶、戴奶奶,两人经常争风吃醋,也闹得夫妻不和。爱情是排他的,妇女也有权得到专一的爱情。封建社会里实行一夫多妻制,还要求妻妾和睦、情同姐妹,实际上也是对广大妇女人性的压制。有了自我意识的妇女,自然不甘忍受这种感情折磨,而用自己能够采用的方式,进行抗争。

小说还写出,当时的妇女还能走出闺房,有组织地进行一些社会活动。薛素姐和一伙"会友",搭伴去泰山进香,后来又搭伴朝普陀,上武当,登峨眉,游遍天下。这说明封建礼教已不能像过去那样束缚妇女的手脚了。

总之,继《金瓶梅》之后,《醒世姻缘传》是揭露人情世态最深刻的作品之一。小说以北方农村生活为题材,重在揭露封建末世传统伦理道德观念的沦丧。作者自己对于这种礼崩乐坏局面的出现感到愤慨,感到无奈。而在实际上,这种人性觉醒对封建伦理纲常的冲击,对社会的发展是起到了积极的作用的。《醒世姻缘传》具有很高的社会历史认识价值。

《醒世姻缘传》艺术上也很有特色。

《醒世姻缘传》最大的特点是情节生动,富有戏剧性。书中写了神怪报应的故事,但情节的艺术魅力不在于那些怪异的情节,而是在于那些反映平凡而又多彩的日常生活的细节方面。一些看来平常的事件,一经作者描摹,便显得妙趣横生,很有戏剧性。例如,狄希陈带了童寄姐赴任,后来素姐自己找上门来。一家人相会,这本来是极平常的事。但在这之前,小说极写素姐的凶悍,又写尽寄姐的泼辣,两人到一起自然会有一场好戏。先是,狄希陈一听素姐来到,吓得两眼往上一直,即刻不省人事。素姐得知狄希陈背地里又娶一妻,且生了两个儿子,如火上浇油,撒泼大闹。童寄姐见素姐来势凶猛,未免有几分胆怯,她手下的仆人的媳妇为她出谋划策:"她就是条活龙,也不过是一个,咱是一统天下的。……你越软越欺,越硬越怕。……他打,你就和他打;他骂,你就和他骂。……你要打过他,俺众人旁里站着看;他要打过你,俺众人装着劝解,封住他的手,你可拣着去处,尽力的打。"寄姐得主意之后,反倒找素姐的茬。素姐先动手,寄姐打他不过,众人一拥而上,把素姐抱的抱,扯的扯,封手的封手,寄姐得空,从地上爬起来,一顿鞭子打得素姐递了降书降表。这个家庭闹剧写得很生动,但不离奇。争斗的结果,也合乎情理,即总是人多势众的占上风。

也有的情节平中出奇,使人不能预料其发展的走向。如张茂实知道狄希陈惧内,故意捉弄他,请他吃饭,并叫妓女作陪。目的是让素姐知道后惩罚他。素姐使小丫环再三叫,狄希陈吓得面无人色,但张硬拉住他不放他回家,吓得狄希陈用刀割臂,挣脱了张的拉扯回到家中。此时,读者原以为狄希陈回家会备受素姐的折磨,同时也觉得张的恶作剧太过分。没有想到,这一回素姐没有折磨丈夫,却拿一双棒锤赶来找张算账,吓得伙计、妓女跳到水里逃命,张被打得动不得,使人感到痛快。

《醒世姻缘传》还继承并发展了我国讽刺文学的创作方法,用以揭露封建社会变形世界的世态人情。小说题材构思诙谐、幽默,用渲染和夸张的方法,把本来极普通的生活现象写得引人发笑,并产生强烈的感情色彩。如狄希陈怕老婆,就是用夸张的、漫画式的方式勾画出来的。第十回写素姐顶撞婆婆,被婆婆的娘家人相大妗子带着丫环、媳妇痛打一顿。她怀恨在心,不敢对着相大妗子发作,只拿狄希陈出气。就在狄希陈到屋里来拿东西时,被她"监禁"起来,老子喊,表弟闹,都没一点动静。相大妗子去拉狄希陈,他扳着床板往里挣,说:"大妗子且消停着,她还没吩咐哩。"出来后,表弟取笑他,"如今这样年成,儿子不怕爹娘,百姓不怕官府的时候,你倒真成了个良民,连狱也不反一反,昨天我去找你,你在监里分明听见,何不乘我的势力,里应外合地打出来",狄希陈说:"毕竟我还老成有主意,若换了第二个没主意的人,见你进去,仗了你的势,动一动身,反又反不出狱来,这死倒是稳的。"挨老婆打骂,还吹嘘自己"老成有主意",令人发笑,取得了较好的讽刺效果。

小说还善于把矛盾的事物同时表现在一个人物身上,让人物自己处在自我暴露和自我嘲讽的地位,从而取得强烈的讽刺效果。第七十三回,薛素姐进香被辱,恼怒之下咬了狄希陈一口。狄员外一怒要休素姐。素姐生母龙氏先是让两个儿子出面讲情,儿子不肯,只好自己出马,被亲家奚落了一顿:"要我说你闺女该休的罪过说不尽,说不尽。如今说到天明,从天明再说到黑,也是说不了的,只是看着去世的两位亲家的情分动不得这事。""黑了,你家去吧,你算不得人呀"。龙氏被抢白得"雌没答样",回家去了。一进家,她马上转败为胜,对素姐说:"我一到大门,人就乱往里传说:薛奶奶到了。你家那老调,一手拉着裙子,连忙跑着接我。……你公公躲在里间,甚么是敢出头,说:'天黑了,不敢见罢,有甚么话,请凭分付。'"甚至还说狄家摆了酒席给她赔罪。这把一个好惹事生非,而又备受人歧视的庸俗、浅薄的妇女形象刻画得活灵活现。

《醒世姻缘传》用山东中部的方言写成,生动朴实,极富民间色彩。例如,第四十八回写素姐因打骂丈夫,顶撞公婆,被娘家接回。龙氏不仅不劝导,还火上浇油,被薛教授打了一顿。她躲到屋里,闩上门,在里面哭骂:"贼老天杀的,怎么得天爷有眼,死那老砍头的,我要掉眼泪,滴了双眼。从今以后,再休指望我替你做活! 我抛你家的米,撒你家的面,我要不豁邓的你七零八落的,我也不是龙家的丫头。""抛你家米,撒你家的面","豁邓"家产,是山东农村说那些不安分过日子的妇女最典型的话。这生动形象地描写了龙氏的撒泼,也写了她作为农村妇女的村俗质朴。即便在气头上,她也没想出更为激烈的报复手段。

《醒世姻缘传》的缺点也是明显的,最主要的是言浅意露,笔无藏锋,影响了小说的审美深度。如上面所说的龙氏到狄家讲情一事,写了狄家对她的态度,又写了她的说谎,已经很明白了。作者生怕读者看不出来,又让跟去的仆妇揭破她的谎言,作者又站出来对此事品评了一通,不仅没给读者留下回味余地,还给人重复啰嗦的感觉。

第二节　反映封建教育失败的《歧路灯》

《歧路灯》一百零八回,作者李绿园(1707—1790),字孔堂,号绿园。原籍河南新安,后父母逃荒到河南汝州的宝丰县定居。他出身于一个下层文人家庭,三十岁中过举,后来屡试不第,晚年在贵州思南府印江县做过一任知县。后来告归，在家乡新安县教过书，八十四岁死于宝丰。作品除《歧路灯》外，尚有《绿园文集》《绿园诗钞》《拾搥集》《家训谆言》等。《歧路灯》成书于清乾隆四十二年(1777)，靠辗转传抄流传。现存最早的刊本是1924年洛阳清义堂的石印本。1980年，中州书画出版社又出版了由栾星校注的本子。本书引文，都出于后一种版本。

有人把《歧路灯》和《红楼梦》相比较，有一定的道理。因为它和《红楼梦》一样，都反映了封建世家后继无人的问题。但是，这部作品的成就远逊于《红楼梦》。这首先是因为李绿园的思想达不到曹雪芹思想的高度。《红楼梦》否定封建伦理观念对人性、人情的残害。贾宝玉不肯走读书做官的老路，是因为他产生了与封建伦理观念相背逆的新思想、新观念。《歧路灯》则从卫道的角度出发，感慨古道不行于世。小说主人公谭绍闻由于不读圣贤之书，交接匪类，致使堕落。两者的蕴意恰恰相反。从美学价值看，这部作品也无法和《红楼梦》比肩。

李绿园创作上有一条原则，即"内容上必须载道，形象上必须写实"①。尽管他有浓重的封建正统观念，但客观的艺术形象带来了作者没有预料到的效果，这就是作品在客观上揭露了在新的形势下封建教育的失败。

特别突出教育问题，是《歧路灯》这部小说在题材上的开拓。小说的开头就写："话说人生在世，不过是成立、覆败两端。而成立覆败之由，全在少年时候分路。"②因此，父母一定要注意管教孩子，管教孩子又一定要从小时候做起，择师而教，要立一个根底。但是，尽管书中的那些世家，都注意对子弟的教育，但还是有那么多子弟堕落了。这不能不看做是封建教育的失效。

小说主要写出身于书香门第的谭绍闻的堕落。谭绍闻是河南开封贡生谭孝移的儿子。他聪明伶俐，又是谭孝移四十岁上得的独子，因此被父母看作命根子。十来岁前，父亲对他管束很严，不惜重金请一位端方正直的先生娄潜斋当塾师。那时他认真读"四书"，做八股

---

① 栾星《歧路灯·校本序》，第7页，郑州：中州书画社，1980。
② 《歧路灯》上，第1页，郑州：中州书画社，1980。其后该作引文均据此本，仅在行中标明回数。

文。十二岁时参加考试，因能默诵"五经"被目为神童。后来，父亲被保举"贤良方正"上京引见；老师中举后也进京应试。母亲王氏给他找了个滥秀才当老师。这个老师好赌，教学生不是看风水，就是讲《西厢记》《金瓶梅》，致使谭绍闻学业荒废。谭孝移回来后深为忧虑，不久病死。王氏溺爱绍闻，又没有主见，放松了对他的教育。后来，当小商人的表兄王隆吉荐引他结交了盛希侨、夏逢若。盛希侨是个不务正业的贵家子弟，夏逢若是个地痞。在他们的蛊惑下，谭绍闻开始堕落。他参与赌博，玩戏子、逛妓院，将家产荡尽，债台高筑。就在他走投无路的时候，丹徒老家的堂兄谭绍衣到开封做官。谭绍衣将夏逢若发配，对谭绍闻严加管束，让他和自己的儿子同窗读书。后来两人一块中试，入了国子监。最后谭绍闻随堂兄到浙江平倭有功，当了黄岩知县。小说给了他一个浪子回头的结局。

作品还揭示出，像谭绍闻这样的世家子弟堕落，并不是个别现象。当时那些世家子弟们，成才的十无一二，堕落的倒是十有八九。谭绍闻的义兄盛希侨，出身比谭绍闻还高贵：祖父做过云南布政使，父亲做过广西向武州的州判，给他弟兄二人留下了四五十万银子的家产。他的父祖在时，担心子孙走下坡路。祖父六十岁大病缠身时，拼着老命写了一副木对联："绍祖宗一点真传克勤克俭，教子孙两条正路曰读曰耕"，挂在大厅两边，当中是当朝尚书赠的匾"古道照人"。十分滑稽的是，这些东西出现在读者的面前时，那个大厅做了盛希侨的戏台，帮闲夏逢若还说："这匾与戏台意思相近。"在"慎思亭"，盛希侨又喝酒，又打牌，又玩妓女，结果将家产荡尽。开赌场的张绳祖，在书中出现时已是个地地道道的地痞流氓。但是他原先是个知县的儿子，家产"也够十几辈子吃用的"。只因他爱赌博，输光了家产，便自己开赌场，再去坑害别人。无赖夏逢若，父亲也当过官，也有过钱。只因他好吃懒做，又好嫖妓，花光了钱，毛病却一样也没改，诈骗别人的钱财满足他的生活欲望。书中所写后来成才的人，只有两个，一是娄潜斋的独生子娄朴，也只是个秀才；另一个是谭绍闻的儿子，是个生下来见书就喜，又过目不忘的人，是作者理想的化身。

作品还进一步揭示出世家子弟堕落的原因。首先，封建阶级教育的内容，即仁义礼智信，在当时复杂的环境中，已经失灵。这一点，在谭绍闻堕落的过程中，表现得尤为明显。谭绍闻的父亲谭孝移是个正人君子，也是谭绍闻的表率。但他自己也不能适应当时那个环境。他唯一的办法是守在家里，只交结和自己同一个类型的人。他被推举为"贤良方正"，进京引见时，在路上雇了一个长随，几句话后，就在长随心中印下了一个"迂"字。以后，他就像个傀儡一样，凡事都听长随的。后来，朝廷给他个六品官，他也不敢做。因为如果遇到坏人坏事，他不直言进谏对不起君父，也对不起祖宗，父祖给他取了个字"忠弼"，就是叫他忠心于王室的；如直言进谏，惹怒了君父，杀头他是不怕的，就怕廷杖，因为"士可杀不可侮"，而且惹怒了君父本身也是一种不忠。左思右想，不得主意，原先考了许多年也没考中功名，现在给了一个官，又不敢做，就告病回家了。回家之后，见王氏给谭绍闻请的老师不是正经人，又愁得没了主意。按仆人王忠的意思，干脆辞掉老师。他却想了整整一夜，说：这事行不得，祖上也没做过这样刻薄的事。就这样进亦忧，退亦忧，最后郁闷而死，至死他也未能给孩子换一个好老师。谭孝移是仁义忠信观念的信奉者、实践者。他的碰壁，说明这一套道德观念在那个社会里，已没有多少实用价值了。

谭绍闻本质上也不是个坏人。在堕落的过程中，他几次想改，有时就像一个落水的人一样，想抓住一个牢固的东西，不让自己下沉，但他没有能抓住什么。有一次，他花了很大的功夫，请来了一个名师智周万，恳切地告诉他，自己想改好，却管不住自己，求他做一份浅显易懂、读来顺口的铭文，自己天天读，以抵御外界的诱惑。果然，夏逢若等来找他，他闭着眼睛念铭文，居然抵抗了一阵子。这伙光棍知道是智周万作的铭文，略施小计，就把智周万赶跑了。对付智周万比对付谭绍闻还简单：一个尚未成亲之人说智周万偷看他媳妇解手，智周万便以为自己近视，回避得不彻底，含羞告病而归。可见，名师也不是无赖的对手。谭绍闻遇到难题时，如戏子讹诈他，一个商人因赌吊死，他为此受牵连，自己没有办法。那些正人君子的前辈和义仆王忠，除了训斥外，谁也拿不出切实可行的办法来。在这种情况下，谭绍闻明知夏逢若结交不得，但还得去找他。这都说明，儒家仁义忠信那一套，和当时的现实距离太远了，恰如盛希侨的管家满相公所云："您这些读书的憨瓜，出了门，除非是坐到车上，坐到轿里，人是尊敬的；其余若是住

到店里,走到路上,都是供人戏玩摆布的。"(第四十四回)

其次,封建阶级的人生理想,诸如光宗耀祖、青史留名等,对青年也已经失去了吸引力,追求今世的享乐成为最重要的人生目标。第二十一回夏逢若的一番话说得很明白:

> 人生一世,不过快乐了便罢,柳陌花巷快乐一辈子也是死,执固板样拘束一辈子也是死。若说做圣贤道学的事,将来乡贤祠屋角里,未必能有个牌位。若说做忠孝传后的事,将来《纲鉴》纸缝里,未必有个姓名。就是有个牌位,有个姓名,毕竟何益于我?所以古人有勘透的话,说是"人生行乐耳",又说是"世上浮名好是闲"。总不如趁自己有个家业,手头有几个闲钱,三朋四友,胡混一辈子,也就罢了。所以我也颇有聪明,并无家业,只靠寻一个畅快。若是每日拘拘束束,自寻苦吃,难说阎罗老子,怜我今生正经,放回托生,补我的缺陷不成?

夏逢若这样想,其他子弟也是这样想,这只要看他们只顾眼前花天酒地地取乐,不思其余,就可以看出。这充分说明,以往的封建阶级传统的人生理想,已无法抵制社会上因商品经济发展而越来越盛的奢华的风气。

再有,封建社会里,传统的教育方法是"两耳不闻窗外事,一心只读圣贤书"。《歧路灯》对此也进行了反思。谭绍闻之所以堕落得那么快,和谭孝移封闭式的教育方法有重要关系。谭绍闻七岁之前,还不曾出过大门。一次,从老家丹徒来的人,见小孩子可爱,想抱出去玩玩,家里大人赶忙阻止。因是远客,不好太驳他的面子,只是在大门的楼门底下站过一站。如王氏所说:"把一个孩子,只想锁在箱子里,有一点缝丝儿,还用纸条糊一糊。"(第三回)儿子十几岁时,谭孝移上朝晋见。临走前,只求王氏一件事,就是把儿子看管起来:把先生请到家里来吃饭,在家里上学;放了学母亲赶紧接管,"离了老师,休叫他离了你",因为"这城市之地,是了不成的,你不懂得"。(第六回)城市环境复杂,整个社会人情险恶,这都是事实。但是,像这样把孩子看守起来,不叫他经风雨、见世面,是个长远的办法吗?谭绍闻后来吃亏,一个重要的原因是没见过世面,没有社会经验。谭绍闻走错的第一步是结识盛希侨,但他的表兄王隆吉认识盛希侨比他还早。表兄比他只大一岁,因是个小商人,见过世面,和什么样的人都打过交道。尽管开始结交这些人也感到新鲜,等新鲜劲儿一过就变得很理智,什么人可交,什么人不可交,什么事对自己有利,什么事不利,一下子就看得清清楚楚。后来,王隆吉借故店里忙,退出了这个是非之地。谭绍闻刚和盛希侨等人一块饮酒、看戏时,也感到脸红、心跳,甚至感到内疚。但是他阅历浅,脸皮薄,挣脱不开那些坏人的纠缠。无赖夏逢若,又看准了这一点,把他死死地缠住,再也不容他脱身。赌场老板张绳祖一见谭绍闻也认定他:"是个初出学屋的人,脸皮儿薄,那是罩住的鱼,早取早得,晚取晚得。"(第三十四回)总之,传统的教育方法在复杂的社会环境下也失灵了。

作品还将市民文化给人的精神教育和封建教育作了对比。谭绍闻的发妻孔慧娘出身于诗礼之家,接受的是三从四德的教育。婆婆糊涂,丈夫不务正业,但遵循"妇以夫为天"的古训,她连劝也不敢认真地劝,后忧郁而亡。后娶的巫翠姐是商人的女儿,最爱看戏,她的道德观全是从戏上来的。她对庶出的儿子兴哥儿很疼爱,这是因为"那戏上《芦花记》,唱那'母在一子单,母去三子寒',那《安安送米》这些戏,唱到痛处,满戏台下都是哭的。……我不看那《芦花记》,这兴相公就是不能活的"。还说:"从来后娘折割前儿,是最毒的,丈夫再不知道。你没见黄桂香吊死在母亲坟头上么?"她对谭绍闻的姜冰梅也比较平和,因为从戏文里,她知道"大妇折割小妻,也是最毒的,丈夫做不得主,你没见《苦打小桃》么?"(第九十一回)正人君子张类村的宠妾杜氏就没看这些戏,所以见丫环杏花儿为丈夫生了个儿子,要用刀子捅死她。相比之下,戏曲对巫翠姐的教育显然起到了好的作用。第七十一回还写,盛希侨的妻子和他兄弟争家产闹矛盾。盛希侨就让戏子来家演《杀狗劝夫》,一边演一边让小丫环到后面看太太看戏了没有。演到感人的地方,又是叫好,又是叫人赏钱。还怕妻子看不懂,悄悄让演员添上两句:"这是俺丈夫家兄弟,不是俺娘家孩子他舅。"这种生动活泼的教育,反倒比那种"圣人云"有效得多。

总之,封建伦理观念的衰败,传统教育方法的失灵,社会的混乱,世情的险恶,使得大批世家子弟堕落,而这些世家子弟的堕落,又使得世道更加险恶。正是从这个意义上,《歧路灯》揭示出了封建阶级后继无人,从而也揭示出封建社会的必然没落。

《歧路灯》写了封建贵族的没落,也写了商人阶层的勃兴。从书中的描写看,当时的商品经济非常繁盛。第三回写祥符县的一个集市,是黑鸦鸦连着七八里一大片人。演戏、马戏、杂技、魔术,应有尽有。最多的还是做买卖的:"饭铺前摆设着山珍海错,跑堂的抹巾不离肩上;茶馆内排列着瑶草琪花,当炉的羽扇常在手中……绫罗绸缎铺,斜坐着肥胖客官;骡马牛驴厂,跑坏了刁钻经纪;饴糖炊饼,遇儿童先自夸香甜美口;铜簪锡纽,逢妇女早说道减价成交",各行各业都在竞争,市场显得生机勃勃。作品还揭示出,商人子弟精明强干,一心一意地营利,这使他们对那种邪门歪道的引诱,有很强的免疫力。谭绍闻的表兄王隆吉,十三四岁就在家中管账。后来,父亲跑外,儿子管店里经营,越学越精明。他结交盛希侨,是生意需要。盛希侨马鞭子坏了,到他店里买,他把上好的鞭子拿出来,还不要钱,"怕耽误了少爷的大事"。等盛希侨回来,又热茶热水地照应,完全是为着拉拢一个阔主顾。盛希侨以为他讲义气,和他结为兄弟。作为一个社会地位低下的小商人,能和贵家子弟结义,他开始也有受宠若惊的感觉,也曾经跟着盛希侨饮酒看戏,醉得不省人事。但后来发现这样不利于生意,他也没有空专干这事,没用大人教育,自己就改过来了。至于赌场、戏子、妓女,他连边也没有沾过。到后来,在众多的世家都败落时,他家却成为巨富之家。此外,作品还写了绸缎铺的丁丹从,海味铺的陆肃瞻,煤炭店的郭怀玉,当铺的宋绍祁等,都是些新发家的商人。过去是这些人向别人借债,后来别人向他们借,而且是贵族子弟向他们借,受他们的气。封建官僚子弟和商人在地位上的转化,又从另一个层面揭示了封建社会的穷途末路。

《歧路灯》所描写的内容,覆盖面很广:官吏衙役的胡作非为,官绅子弟的骄奢淫逸,市井无赖的欺诈毒辣,三教九流的诱骗奸刁,及道学先生的迂腐无能,都表现得淋漓尽致。从行业上来看,戏班、赌场、尼庵、商场、官衙、学署等,也都写到了。从人物看,官绅、豪吏、清客、帮闲、商人、纨袴子弟、牙行经济、师姑道婆、赌场打手、人贩子、假道学,也是应有尽有。小说对生活的反映真实、自然,没有把生活理想化,也没有用夸张、讽刺的手法去刻画那些丑恶的人物、丑恶的现象,而是十分平实地去反映。小说所写的人物、情节,就像生活本身一样自然,毫无雕凿的痕迹。这使得《歧路灯》具有宝贵的文献价值。

《歧路灯》的艺术价值,前后不平衡。小说前十三回主要写谭孝移教子,说教气息很浓。对谭孝移及其他正人君子形象的刻画,也不鲜明。作者塑造这一类人物,极力理想化,小心翼翼,生怕不高大,结果成为正确观点的化身,文学价值不高。这是这部作品不能吸引人的原因。第十四回往后,直到第八十五回,写谭绍闻的堕落,写那些三教九流,才见特色。看来作者熟悉这些东西,写时又很少顾忌,所以就写得深刻、生动,人物形象也比较鲜明。如,同样是糊涂、不知劝诫谭绍闻上进的人,王氏与巫翠姐不同。王氏是护短、溺爱不明。听说一个姓窦的青年因还不起赌账自杀,牵涉到她儿子,说:"这窦家小短命羔儿,输不起钱就休要赌,为什么吊死了,图赖人。"一听说谭绍闻要吃官司,赶快跪下求人帮忙,"要亲戚做啥哩,我就是这一个孩子,千万休叫他受累"。(第五十一回)巫翠姐是市民习气,好热闹。谭绍闻在家设赌,她看着热闹、好玩。把妓女送到她那里,她不仅不嗔怪,反动了"犹怜"之心,天天和这几个妓女打牌。再如,同是堕落的世家子弟,盛希侨、谭绍闻、管贻安也有所不同。谭绍闻幼稚、软弱,他的堕落,主要是由于外面恶势力的引诱拉拢;盛希侨身上有股匪气,也有义气、豪气,他的堕落,是因为自己的恣情任性,挥霍无度;管贻安身上有野蛮气,也有乡气,他的败亡,既有自己的恶行,也因为环境的险恶。同是坑害人,夏逢若害人又满口义气话,张绳祖则比较赤裸裸地害人。总之,这些人物都刻画得很有特色。

李绿园驾驭文字的能力很强,《歧路灯》的行文如行云流水,自然流畅。如第三十五回写绍闻的儿子兴官儿,就很见特色。孔慧娘、冰梅摆了酒菜,想规劝丈夫。只见睡着的兴官动了动,"把绿袄襟掀开,露出银盘一个脸,绑着双角,胳膊、腿胯如藕瓜子一般,且胖得一节一节的。绍闻忍不住便去摸弄,冰梅笑道:'休动他,他不是好惹的。'那兴官早已醒了,哭将起来。"等吃完奶不哭之后,"看桌上果盘,便用小指头指着,说出两个字儿的话头:'吃果。'慧娘接将过来,剥了几个松子、龙眼、瓜子儿,吃不尽的都扣在手中。绍闻道,'就不与娘吃个儿',兴官便拿一个瓜子儿,塞到慧娘口里。冰梅道:'爹就不吃个?'兴官下得怀来,便把一个松子塞向绍闻口中。绍闻张开口,连小指头儿嚼住,兴官慌了,说:'奶奶打。'慧娘说:'今晚奶奶与你一块鸡肝儿,叫你唱喏,你硬着小腰儿,白要吃,如今却叫奶奶哩。'"写小孩子长相,没用什么天庭饱满、地阁方圆之类的套话;写小孩子的可爱,也没用什么聪明伶俐、天真可爱之类的词语。一段白描,却把兴哥儿的童趣刻画得尽相穷神。

第十三章
侧重于反映世风世俗的世情小说(下)

清王朝自乾嘉以后,开始走下坡路,明显的标志就是吏治腐败,社会黑暗,世风浇薄。产生于谴责小说之前的《蜃楼志》《镜花缘》,产生于谴责小说繁盛时期的《孽海花》,以及稍后的《广陵潮》,都反映了这种社会现实。四部小说都属于世情小说,又都具有谴责小说的某些特点。

第一节 《蜃楼志》对洋商生活的描写

《蜃楼志》又名《蜃楼志全传》,二十四回,题"庾岭劳人说,禺山老人编"。两人身世俱不详。据此书的《序》说:"劳人生长粤东,熟悉琐事。"可知作者为广东人,对广东的人情世态比较了解。现存《蜃楼志》最早的版本是嘉庆九年(1804年)的刊本。

《蜃楼志》的题材非常新颖,富有时代特色。它通过广州十三洋行商总苏万魁和他儿子苏吉士的经商生涯,揭示了以往任何一部小说均未触及的一个社会侧面——海关。

中国对外贸易起步甚早。在唐朝,就已专设市舶司负责对外贸易。宋代,对外贸易制度已经比较完备,广州、宁波、杭州、泉州置市舶司,掌管征收关税及商人贸易等一切事务。当时的对外贸易完全是官府独占,由"舶牙"充当货主与商人的中介人。元、明仍承宋制。康熙四十一年(1702年),鉴于宋以来的官商制度流弊很多,改为公行制度,即由一人独占的官商,分而为若干行,共同担负对外的贸易。外国商货入境,中国货物卖出,都要经"公行"鉴别、许可。当时人们便把公行称洋行,这类商人称为"洋商"。乾隆二十二年(1757年),封锁其他海港,专由广州同外国经商,这种公行制度才得以确定下来。当时的洋行有二十六家,至乾隆四十七年(1782年)前后,定为十三家①。《蜃楼志》所描写的,主要就是晚清洋商的生活。

《蜃楼志》描述了清中叶广州海关通商的景象,塑造了我国早期买办资产阶级的形象。作品的开篇就写道:"广东洋行生理,在太平门外。一切货物,都是鬼子船载来,听凭行家报税,发卖三江两湖及各省客商,是粤中绝大的生意。"②小说中男主角苏吉士的父亲苏万魁,是广东十三行商总。由于洋商们仰仗政府的特许,垄断对外贸易,所以在外商和中国商人进行贸易时,他们两头取利:"欺鬼子之言语不通,货物则混行评价;度内商之客居不久,买卖则任意刁难。而且纳税则以多报少,用银则纹贱番昂。一切羡余,都归私囊。"因此,这些人极为富有。苏万魁妻妾众多,家里的"花边番钱,整屋堆砌,取用时都以箩装袋捆",洋货更是不计其数。同外国商人不同,苏万魁所得的资产,并不用于扩大贸易或兴办产业,而是用来放高利贷。"放债七折八扣,三分行息,都要田房货物抵押。"所以,"经济内如兄若弟的固多,乡邻中咒天骂地者亦不少"。(以上均见第一回)

然而,在中国官本位的封建社会里,官僚们是不会把这样的好处白白送给商人的,海关官吏对洋商经常进行敲诈勒索。海关监督赫广大一上任就把苏万魁和其他商人关起来毒打,一次就诈去了三十万两银子,其他用来打点的还不算在内。连苏万魁的小儿子苏吉士行酒令都说:"最怕见……粤海关差虎狼面。"苏万魁受不了海关监督的淫威,为了早求自全,他主动放弃了这样的肥缺,在城外买田,建别墅,成了

---

① 参看向达《中西交通史》,民国丛书第五编,第27册,上海书店据上海中华书局1934年版影印。

②《蜃楼志》,第1页,济南:齐鲁书社,1988。其后该作引文均据此本,仅在行中标明回数。

一方的大富翁,后来遭强盗抢劫,惊惧而死。总之,小说真实地再现了我国早期买办资产阶级的生活,揭示了他们既依附于封建政权,又受封建政权压迫的特殊地位,以及他们身上封建性和买办性并存的双重人格。

《蜃楼志》对清中叶吏治腐败的揭露更为深刻,这在小说中占了很大的比重。作品中抨击最多的,是海关官吏的贪婪专横。粤海关监督赫广大,是个"又爱银子,又贪酒色"的人,慕粤东富艳,仗着身为工部侍郎的岳父撑腰,谋得了这个肥缺。他一上任,就给洋商们一个下马威,以"蠹国肥家,瞒官舞弊"的罪名把他们都关押起来。应该说,赫广大所说的这种罪名是成立的。然而,他关押他们,不是要改变他们的恶习,而是为了敲诈他们。"苟自新有路,庶开赎罪之端"。(以上见第一回)赫广大的总管包进财,知道这些洋商有钱,开价是五十万两银子,"少一厘不妥"。后来,还是洋商们走了赫广大的老师、监督广粮厅申晋的门路,才以三十万两银子结案。这些银子,自然都落入赫广大私人的腰包。而广东十三家洋行,经他一番敲诈,倒闭了六家。除了敲诈洋商外,赫广大还擅自提高关税。"一切正税之外,较前加二,名曰'耗银',其未当税之物,如衣箱、包裹、什用、器物等类,也格外要些银子。名曰'火浊银'。"(第六回)这样一来,赫广大每年又有大笔银子落入腰包。赫广大为了聚敛财物,根本不顾他人死活。惠州某口岸的书办施材,押送关税时被洋匪抢走,他自己也受伤。赫广大令其用家私赔偿,逼得这个书办自杀。赫广大自家为求子嗣,养了个骗子——僧人摩刺,被摩刺拐走了四个爱妾和一些银子。他故意声称摩刺卷走了关税,诬赖盈库大使乌必元串通作案,罚乌必元交纳十万两银子。赫广大初上任时,是打着整顿海关的旗号向洋商搜刮的。可等他势败以后,从他家里抄出来赤金四万二千零十二两,白银五十二万二千一百零三两,其他金银宝器,价值更昂,而关税却亏空一百六十四万零五百两银子。在"蠹国肥家"方面,他又远远超过了洋商。赫广大因为有钱,也便势焰熏天。他想选美妾,番禺县河泊所官吏乌必元赶忙送了四十四名妓女和蛋户之女供他挑选。他又看上了乌的女儿,乌也赶紧把女儿送到赫府,供他蹂躏。当时,就连州府的大员们也都惧他三分。后来,他的失势是因为他和地方官吏的矛盾引起的:巡抚曲强,谎报军功,说是洋匪已被他剿净,结果官升一级;而赫广大为贪污关税,又上本说由于洋匪横行,关贸萧条,两家由此结怨。最后,总督、巡抚两家合力,将赫广大参倒。但对于这么一个大贪污犯,朝廷的处分仅仅是革职和没收财产,让他的四个家人当了替罪羊。

地方官吏也同样腐败。他们用人惟亲,顺我者昌,逆我者亡。山东豪杰姚霍武的哥哥,是个下层武官——协镇。他做官认真,武艺出众,仅仅是因为"与督抚不甚投契",竟被诬为"私通洋匪"而遭处斩,把姚霍武逼得铤而走险。他们也同样见钱眼开,当官的不仅吞没乡勇们的粮饷,也贪污他们的军功:乡勇们拼着性命捉住洋匪,这份功劳也会被当官的卖掉。因为当时有人专门花钱买这种军功以谋职,致使抓一名洋匪的功劳,能卖数十两银子。带兵的人大发其财,军队却人心涣散,有不少人弃甲归田。对于百姓,他们更是专横跋扈,无法无天。钱典史看上了开店的何老汉的寡媳管氏,就要买来做妾。管氏不答应,钱就强行逼婚,管氏投水而死,何老汉也被逼上吊身亡。也许正是因为作者看清了当时官场腐败的程度,所以让书中的理想人物苏吉士为国立功,却不让他踏进官场。总之,《蜃楼志》打破了以往小说描写忠奸斗争的模式,对清朝吏治的抨击深刻有力,诚如郑振铎所云:"因所叙多实事,多粤东官场与洋商的故事,所以写来极为真切;无意于讽刺,而官场之鬼蜮毕现;无心于谩骂,而人世之情伪皆显。在这一方面,他是开创了后来《官场现形记》、《二十年目睹之怪现状》诸书之先河。"[1]

小说还塑造了一个理想的商人形象——苏吉士,这是作者极力美化的洋商形象。在他的身上,淡化了商人那种追逐利欲的竞争意识,而增加了疏财仗义、惜老恤贫的特点。苏吉士接受了父亲苏万魁的教训,认为"父亲一生,原来都受了钱银之累",所以他不仅不像父亲那样精于算计,反而仗义疏财。父亲去世后,他在家中进行了一番改革。把债户召集到一起,当众宣布:"诸位中实授穷苦的,本利都不必还;其稍为有余者,还我本钱,不必算利。"(第九回)并当众烧了债券。他父亲放债时收押的房屋、田产,也挨户给还。他还宣布,旧的地租一概免

---

① 郑振铎著《中国文学研究》,第 1294 页,北京:作家出版社,1957。

除,新的地租按九折交纳。在广州天灾,又遇战乱的情况下,他还把积年余粮十三万石以平价卖给难民,救人无数。作品对他的这种做法大加赞扬:"吾愿普天下富翁,都学着吉士才好。"然而,海关官吏同样不会放过他,赫广大被自己豢养的骗子拐走了妾和财产,却蛮不讲理地向他索赔。苏吉士比他的父亲灵活得多,他利用地方官和海关官吏之间的矛盾,巧妙周旋,得以免祸。

苏吉士又风流多情。他既像贾宝玉,又像西门庆。他聪俊多才,却不求取功名,只以亲近女色为事。对于有才有貌的女子,他温柔体贴,一往情深。但不像贾宝玉,是"闺阁中之良友",而是满足自己的色欲。自幼父母为他聘温盐商次女温蕙若为妻,但婚前他就与妻姊温素馨偷情。后来素馨移情于乌必元之子乌岱云,并成为乌必元的儿媳,他又与乌必元之女小乔有了私情。小乔被赫广大蹂躏、遗弃后,最后还是成了他的妾。除了一妻四妾外,苏吉士还和好几位女子发生过关系。作品以赞赏的态度写苏吉士的风流多情,并认为这样的生活胜过做官为宦、争权夺利。赫广大势败后,苏吉士也因为招安草泽英雄姚霍武等建功立业。但当朝廷让他进京供职时,他推辞了,在家终生和几个心爱的女子相伴。小说高度评价他的这种生活方式,说他"嗜酒而不乱,好色而不淫,多财而不聚"。(第二十四回)应该说,把商人当作主角,大加赞颂,在我国古代小说中本来就不多见,而把流连诗酒美人当作人生的追求,更是与传统儒学相悖逆。这反映了晚清时代,在西方资本主义的冲击下,一部分人的价值观念的变化。

《蜃楼志》的人物形象比较鲜明,例如:苏吉士的风雅多情、淡泊名利,温春才的蠢笨朴实,乌岱云的刻薄寡恩,都给人以深刻的印象。女孩子中,温素馨的轻浮,其妹蕙若的庄重平和,苏吉士之妾小霞的干练,也都刻画得鲜明生动。此外,《蜃楼志》对人物的褒贬比较有分寸,不像后来的谴责小说,一味夸大其词。比如,河泊所的官吏乌必元,无疑是作者批判的一个形象。这是个专管妓女的官职,这本身就被人瞧不起。他又贪财好色,善于阿谀逢迎。赫广大要选美妾,他赶忙挑了四十多个女孩,亲自押送到赫府;赫广大又看上了他的女儿,要买为妾媵。尽管当时有"官之女,不可为妾"的规定,他满可以据理抗争。"无奈这势利小人,就是海关不要,他也巴不得自己献出;况有人来说了一声,自然双手奉送。"(第七回)无气节,无人格。但是,当他儿子伙同地痞流氓,敲诈和他既是亲戚又有恩于他的苏吉士时,他良心发现,很过意不去,当众表示:"我乌必元还要留着脸面见人,决不累着诸位。"主动见官,揭穿了儿子的恶行,要求惩罚儿子。当儿子真被打得肉烂皮开,并要押解还乡时,他又心疼儿子,花钱款待解差,求他们等儿子治好伤后再上路。这样的人物不是脸谱化的,有人情味,有真实感。

《蜃楼志》的结构颇为巧妙。小说的侧重点在于揭露社会的弊端,所涉及的人和事比较繁杂。但它不像《儒林外史》和后来的谴责小说那样,采用"虽云长篇,颇同短制"的结构。全书以苏吉士一家的升沉荣辱为中心,引出三条线索。一条深入赫广大的府邸,写海关官员的骄横奢侈,反映吏治的黑暗;一条又深入下层社会,描写官逼民反,社会动荡的现实;一条写苏吉士和几个女孩子的家庭生活。三条线索相互勾连,又紧紧围绕苏吉士这个轴心,把众多的头绪、丰富的内容,结构得井然有序。这正如罗浮居士《序》中所云:"无甚结构而结构特妙。"

《蜃楼志》的语言生动、酣畅,富有讽刺意味。如第八回,写一个叫冲抑的中极殿大学士,营私舞弊,胡作非为,在他得势时各大臣都钳口不言。但皇帝发现他的劣迹,将他赐死后,"可笑那班科道,平时不见风力,到了冲抑赐死之后,拿着一张绵纸搓就的弓,灯心做好的箭,左手如抱婴儿,右手似托泰山,对着那死虎乱射。说有什么依附的小妖,又说有什么伏戎的余莽,乞亟赐诛殛以彰公道"。语言尖刻、辛辣,将那些大臣见风使舵、趋炎附势的丑态刻画得入木三分。

《蜃楼志》的缺点也比较明显。同《金瓶梅》一样,小说在描写男女之情时有许多色情描写。此外写英雄豪杰的征战厮杀也流于俗套。

第二节 《镜花缘》对妇女问题和世风世俗的思考

《镜花缘》一百回,作者李汝珍(1763?—1830?),字松石,直隶大兴(今属北京市)人。从他的《李氏音鉴》等著述中,可以看出他是个学识渊博的人。他通经史,尤长于音韵;其他如医学、算学,乃至于吟诗作画,猜谜行令,无所不能。他一生没有取得大的功名,只在河南做过县丞之类的小官。《镜花缘》是他所作的唯一的一部小说。此书在他生前就已刊行,今存原燕京大学过录的抄本一百回、道光十二年广州芥子园重刻本等。

《镜花缘》完稿于1815年。当时,在西方国家的刺激下,人们强烈要求开放海外贸易,清朝长期奉行的闭关锁国政策开始受到冲击。因此,对海外世界的探索,成为注重实学的知识分子普遍感兴趣的问题,《镜花缘》中就明显表现了作者对海外世界的憧憬。此外,社会的黑暗、世情的险恶,也引起了小说作者的分外关注。《镜花缘》正是借写想象中的海外游历的见闻,反映晚清的社会现实和人生百态。

《镜花缘》深受《儒林外史》和《红楼梦》两部小说的影响,同时具有描写人生和反映社会问题两类小说的特点。

《镜花缘》描写了唐小山一家悲欢离合的故事。作品以唐代为背景,写武则天称帝,酒醉后于严冬季节令百花齐放,众花神只得遵命,却又因违背花时触怒天帝,被贬入人间为百位才女。其领袖百花仙子降生在岭南秀才唐敖家,名小山。唐敖科举受阻,绝意仕进,随妻兄林之洋、舵工多九公邀游海外,后入小蓬莱修道,不返。唐小山寻父至小蓬莱,得到唐敖托人转交的信,命她参加女试,中过才女后再相见。武则天开女科,录取百名才女,小山亦在其中。后来中宗复位,仍尊武则天为"则天大圣皇帝"。武则天下诏,宣布明年再度开女试,并命前科才女重赴"红文宴"。

《镜花缘》所反映的社会问题,主要集中在两点,一是反映妇女问题,一是借写海外见闻,抨击世风世俗。

和《红楼梦》一样,《镜花缘》也以一大群女孩子为描写对象,所反映出来的观念,也有相通之处。首先,两部小说都流露出作者为妇女扬眉吐气而创作的动机。《红楼梦》自称写此书是"为闺阁昭传",而《镜花缘》也说"哀群芳之不传,因笔志之"。其次,《红楼梦》在反对男尊女卑观念时,表现了一种女尊男卑的思想:"女儿是水做的骨肉,男子是泥做的骨肉。"《镜花缘》也表现了这样的思想,第四十五回写妖怪用活人酿酒的时候说:"女傑之味必清,男傑之味必浊",酿时要男女分别,免得酿出酒来,好赖不分。此外,《红楼梦》除了充分展示女性美之外,也赞扬她们的品格和才气。而《镜花缘》在赞扬女子的才能方面,超过了《红楼梦》。百花降生的众才女人才济济:文的有满腹才学的红红、亭亭,有画家阳墨香、祝题花,有书法家林书香、谢文锦,有音乐家井尧春、吕尧萱。此外,还有懂得三十六种外语的枝兰音,精通数学的米兰芬。武的有打虎壮士骆红蕖,有惯使连珠枪,被林之洋称为"枪神"的魏紫樱,有剑侠燕紫绡、燕紫琼,也有"路见不平,拔刀相助"的徐丽荣。

小说对女儿国的描写,实际上是要说明男女平等的道理。但作者没有正面描述这种主张,采用了"以其人之道,反治其人之身"的办法,将我国男子对妇女的种种折辱、摧残,统统加到女儿国的男人们身上。在这个国度里,"男子反穿衣裙,作为妇人,以治内事;女子反穿靴帽,作为男人,以治外事"①。国王、大臣都是女的,男人们则穿耳、缠足、涂脂抹粉地侍奉女人。小说还让"天朝上国"的林之洋亲自领略穿耳缠足之苦:"众宫娥知他畏惧,到了缠足时,只图早见功效,好讨国王欢喜,更是不顾死活,用力狠缠。屡次要寻自尽,无奈众人日夜提防,真是求生不能,求死不得。不知不觉那足上腐烂的血肉都已变成脓水,业已流尽,只剩几根枯骨,两足甚觉瘦小。"(第三十三回)这种痛苦、折辱,对于林之洋来说是飞来横祸,却是长期以来我国封建社会里广大妇女都要经受的痛苦。小说还对封建社会里男女婚姻方面的不平等进行了抨击。第五十一回写一个强盗想纳妾,被妻子打了二十大板,并斥骂道:"假如我要讨个男妾,日日把你冷淡,你可喜欢?你们做男子的,在贫寒时原也讲些伦常之道,一经转到富贵场中,就生出许多炎凉样子,把本来面目都忘了。不独疏亲慢友,种种骄傲;并将糟糠之情,也置度外。……我不打你别的,我只打你只知有己,不知有人。"以一个闹剧的形式,深刻地反映了一个严肃的社会问题。

《镜花缘》还主张设女学,开女科,让女子和男人一样受教育,一样发挥社会作用。这主要是通过对黑齿国、女儿国和武则天开女科的描写来体现的。以男性为中心的中国封建社会,一贯把女子视为玩物、附属品。女子被剥夺了受教育的权利,为她们制定的标准是"无才便

---

① 《镜花缘》,第162页,郑州:中州古籍出版社,1998。其后该作引文均据此本,仅在行中标明回数。

是德"。她们的人生价值,只是以色相取悦于男子,成为他们传宗接代的工具。黑齿国的女子则截然相反。她们"不买脂粉,倒要买书",因为"他们风俗,无论贫富,都以才学高的为贵,不读书的为贱。就是女人也是这样。到了年纪略大,有了才名,方有人求亲。若无才学,就是生在大户人家,也无人同她婚配"。(第十七回)王后每十年左右还要举行一次"观风盛典",专门考试能文处女,考中的人能给她的家族带来荣耀。因此,"他们国中不论男女,自幼都要读书。"(同上)这种描写是相当深刻的,女子受教育的权利,是和她们的人权、人生价值紧密相连的。作品还主张女子和男人一样发挥社会作用。之所以选择武则天执政时期作背景,一方面是因为武则天的雄才大略本身就证实了女子可以胜任社会职责,另一方面,也想借这个女皇帝让天下的才女扬眉吐气。小说让武则天下诏开女试,因为"天地英华,原不择人而畀,帝王辅翼,何妨破格而求?丈夫而擅词章,固重圭璋之品;女子而娴文艺,亦增蘋藻之光。……况今日灵秀不钟于男子,贞吉久属于坤元。"(第四十二回)这样一来,女子经过县试、郡试、部试、殿试之后,一样可以取得功名,一样可以光大门楣。小说没有让才女们在中原任职(只允许她们做内廷供奉),因为那样写,太不真实了。但武则天封了阴若花为文艳王,让她治理女儿国,并封才女枝兰音、黎红薇、卢紫萱为少师、少傅、少保辅佐她,体现了作者让女子参政的主张。故此,胡适认为:"李汝珍所见的是几千年来忽略了的妇女问题,他是中国最早提出这个妇女问题的人,他的《镜花缘》是一部讨论妇女问题的小说。他对于这个问题的答案是,男女应该受平等的待遇,平等的教育,平等的选举制度。"[1]

《镜花缘》还通过唐敖等人在海外的所见所闻,表现出对其他社会问题的思考。与《儒林外史》不同的是,作品在进行社会批评时,不是对社会上实有的人和事进行剖析,而是用想象中的异国奇闻加以影射。《镜花缘》对封建社会的一些丑恶风习进行了批判。例如,犬封国的"酒囊饭袋"们,只在吃喝方面讲究,每日伤害无数生灵,想着方儿、变着样儿吃喝,此外一无所能。这就讽刺了那些荒淫奢侈、不劳而获

---

[1] 《胡适论中国古典小说》,第 433 页,武汉:长江文艺出版社,1987。

的寄生虫。无肠国的人吃下东西后马上通下来,他们就让仆婢吃这种粪便,不仅不让吃饱,而且还要吃通过三四回的粪便,谴责了统治者对下层民众的虐待。此外,毛民国的人一毛不拔,长了一身的长毛。结胸国的人好吃懒做,吃下去的东西不消化,人人胸前都高出一块。长臂国的人心贪,见什么都伸手,手越来越长,竟达两丈。翼民国的人爱戴高帽,久而久之,头长五丈。豕喙国的人爱撒谎,被罚长成猪嘴,常年吃糠咽菜。最可怕的还是两面国的人,见了阔人,现出前头的脸:"和颜悦色,满面恭谦","令人不觉可爱可亲",对着穷人的却是一张极凶极恶的脸。所有这些,都影射了晚清人心欺诈、世情险恶的世风世俗。

《镜花缘》也对封建士人的虚伪迂腐进行了辛辣的嘲讽。白民国的国民,本来没有学问,却摆出一副盛气凌人的架式。学馆里"诗书满架,笔墨如林",那里的塾师也是一副饱学的面孔,吓得连中过探花的唐敖都不敢承认自己是读书人。但这位塾师讲学的时候竟然错字连篇,居然把《孟子》中的"幼吾幼以及人之幼"读成"切吾切,以反人之切",将"求之与,抑与之与"读作"永之兴,柳兴之兴",听来令人喷饭。淑士国人人都穿着儒服,戴着儒巾,连日常生活中说话也满口"之、乎、者、也",令人听了"不觉浑身发麻"。跂踵国的人喜欢摆读书人的酸臭架子,连在河里抓鱼都要"以脚趾行走,脚跟并不着地,一步三摇,斯斯文文,竟有宁可湿衣,不可乱步的光景"。作者最为反感的,大概要算是假道学了。第一回写众仙给王母拜寿时,百果仙子道:"那位嘴上无须,脖儿长长,脸儿黑黑,行动迂缓,倒像一个假道学。仔细看去,宛似龟形,莫非乌龟大仙么?"这就不是一般的讽刺,而是嘲骂了。

在批判社会弊端的同时,《镜花缘》也提出了自己的政治理想。这表现在对君子国的描写上。首先,在这个理想的国度里,没有贵贱贫富的差别,更没有作威作福的官吏。帝王将相也和平民一样和蔼可亲,丞相府第也是"两扇柴扉"。国门上大书"唯善为宝"。国家规定,如有向国王献珠宝的,不仅焚毁,还要惩罚献宝之人。其次,这个国家民风淳朴,这里没有狱讼,没有争执。"耕者让畔,行者让路","举止言谈,莫不恭而有礼"。买卖场中,更是卖者要低价,买者给高价。整个国家没有三姑六婆扰乱人心,也没有虐待儿女的后父后母,一片祥和礼让的景象。再有,此地的人民,不讲迷信。父母安葬,不看风水;父母也不把儿女送入空门,免得他们失去天伦之乐。妇女不缠足穿耳,婚嫁不信天命……反映了作者可贵的平等观念和唯物主义思想因素。

应该说,《镜花缘》对社会现实的批判,所表现的妇女解放的思想,对后来的谴责小说、政治小说都产生了重要的影响。

《镜花缘》有自己的艺术特色。小说最引人入胜的,是写唐敖等人的海外游历。三十多个国度的奇风异俗,各类奇形怪状的人物,还有珍禽异兽、奇花异草,林林总总,令人目不暇接。这类故事大都来源于《山海经》《博物志》《述异记》等作品,加上作者的丰富想象,绘声绘色的描写,几乎成为童话世界,读来令人感到奇异有趣,又能引发人们对现实社会中的某些现象进行反思。

《镜花缘》的语言特点也是冷嘲热讽,嬉笑怒骂,但它既不像《儒林外史》那样含蓄,也不像后来的谴责小说那样浅陋。风格幽默、风趣、夸张,而又意蕴深刻。请看小说对女儿国里的那些带着耳环、涂满了脂粉的男子的描写:"裙下都露小小金莲,行动时腰肢颤颤巍巍,一时走到人烟丛杂处,也是躲躲闪闪,遮遮掩掩,那种娇羞的样子,令人看着,也觉生怜。"(第三十二回)这些须眉男子表现出来的女儿情态,令人觉得滑稽可笑,但作品所折射的妇女们的生存状态,复又令人觉得可悲。

《镜花缘》艺术上的不足之处,是它有炫才的倾向。首先,小说用了几乎三分之一的篇幅写才女们的咏诗作画、猜谜行令,甚至是研讨学问,烦琐枯燥,损害了作品的美学价值。其次,小说写百位才女,只强调她们的才能,却忽略了对人物形象的刻画。书中的人物个性,大都不够鲜明。

第三节　以科场状元与花榜魁首的爱情纠葛为中心反映时代变迁的《孽海花》

《孽海花》最初署名"爱自由者发起,东亚病夫编述",前者是金天翮,后者为曾朴。金天翮(1874—1947),一名天羽,字松岑,爱自由者是他的笔名,江苏吴江人。他早期思想非常激进,和章太炎、邹容等一起,积极宣传资产阶级革命。曾朴(1872—1935),字孟朴,笔名东亚病夫,江苏常熟人。他曾在同文馆学习法文,后结识了谭嗣同等人,接受了改良思想。戊戌变法失败后,他仍主张政体改良,也赞成革命,曾经参加过抗议清政府杀害秋瑾的活动。《孽海花》由金天翮发起,基本上是由曾朴完成的。全书原拟写六十回,其实只完成了三十五回。金天翮撰写了前六回,曾朴完成了后二十九回,并对前六回加以修改。这三十五回也分三段完成:前二十回成书于 1905 年,由上海小说林社出版发行;1907 年在《小说林》月刊上又陆续刊出了该书的第二十一到二十五回;事隔二十年后,1927 年在《真善美》杂志上,才开始将第二十一到三十五回的内容陆续刊载出来。像《孽海花》的作者这样,在一部小说中花费如此大的精力和如此长的时间,在近代小说创作中当是绝无仅有的。1959 年中华书局上海编辑所再版了曾朴修改之后的《孽海花》增订本。1993 年上海书店出版社又再版了小说林社和《小说林》月刊上刊载过的二十五回本。两相对照,可以比较清楚地了解这部小说创作的全貌。

以前,人们将《孽海花》,与《官场现形记》、《二十年目睹之怪现状》、《老残游记》并列,称为"四大谴责小说"。这有一定的道理,因为四部书都注重对黑暗社会现实的冷嘲热讽。但四部书的风格又有着明显的不同。相比之下,《孽海花》与《老残游记》在揭露社会弊端时,比较重视小说艺术自身的规律,注意情节的连贯,讲求艺术趣味。

《孽海花》的发起者金天翮,在选题的时候就别具手眼。他创作《孽海花》时,正是中俄关系紧张的时期。他写这部小说的目的,是要唤起人们对强俄侵我中华的警觉。也就是说,他要写的是政治小说。但他没有像梁启超所号召的那样,利用小说"发胸中之议论",也不像一般的谴责小说,把大量能够说明同一问题的事件堆砌在一起。他选择了两个中心人物,一是出使过俄国的洪钧。他在任驻俄国的使节时,曾以重金从俄国人手中买过一张地图。根据这张地图,帕米尔高原地带的一大片领土被划给俄国。这引起言官的弹劾,也引起了世人的注意。另一人物是洪钧的妾——名妓赛金花。赛金花在洪钧死后重操旧业,因虐待雏妓致死下狱。同一时期下狱的还有名将苏元春,名士沈荩,时人号为"三名狱"。赛金花在当时也有很高的知名度。以这样两个众人瞩目的人物绾结全书,无疑会大大增加人们对这部小说的兴趣。

金天翮注重的是现实的表层政治,他创作《孽海花》,原想写一系列的政治事件,引导人们投入政治斗争。曾朴的小说创作观念又更胜一筹,他更注重的是历史的深层文化。他创作《孽海花》是为了反映新旧时代的变迁:"一方面文化的推移,一方面政治的变动。"目的是唤起人们对历史演进方向的思考。在他看来,以洪钧的文士、官僚、驻外使节的身份,在表现政治文化的变迁方面,比起让他来贯串一系列的政治事件,写起来更为得心应手。于是,他改变了金天翮创作的初衷,将《孽海花》写成一部全面反映从同治时期到光绪三十年(1904年)来社会历史变迁的作品。这就使得《孽海花》同时具有历史小说、谴责小说与世情小说的特点。作为历史小说,《孽海花》对当时社会上发生的重大事件,诸如中法战争,甲午战争,台湾的战事,帝党后党之争,强学会、兴中会的建立,改良派和革命派之间的党争,以及发生在柏林、圣彼得堡的外事纠纷等等,都有比较真实的反映。作为谴责小说,它对西方列强的侵略野心,清政府的腐败无能,官僚士夫的愚昧平庸,揭露得也相当深刻。而上述内容,又是通过科场状元金雯青和花榜魁首傅彩云遇合的故事展现的。需要指出的是,金雯青和傅彩云,绝不像有的谴责小说所设置的那种可有可无的线索人物,而是书中的主角。小说把这个富有传奇色彩的艳遇故事,写得旖旎委婉,颇有吸引力。基于此,本书把《孽海花》列入世情小说一类。

在揭露社会现实方面,《孽海花》作者的眼界是相当开阔的。小说以高屋建瓴之势,向人们展示了近代社会风云突变的局势。首先,作品揭露了西方列强侵略中国的野心。它没有将侵略者描述成杀人放火的恶魔,而是看到了列强侵略、扩张的本质:"现在各国内力充满,譬如一杯满水,不能不溢于外。侵略政策,出其天然。"[1]具体描写中法战争、中日战争和俄国蚕食我东北三省时,也都能准确地揭示出列强发动这些侵略战争的真正用心,并鲜明地揭示出当时中国所面临的亡

---

[1]《孽海花》,第157页,上海:上海古籍出版社,1979。其后该作引文均据此本,仅在行中标明回数。

国、灭种的危机。这使得那些一般地谴责晚清官僚惧洋媚外的小说，难以望其项背。

《孽海花》也鲜明地表现出反对封建专制制度，提倡民主政体的立场。第一回，就以奴乐岛为喻，指出当时中国民众崇拜强权，甘做奴隶的可悲现实。第十八回又通过曾出使德国的李台霞之口，说出了西方民主政权的优越："西国富强的本原……却不尽在这些治兵、制器、惠工、通商诸事上头哩，第一在政体。西人视国家为百姓的公产，不是朝廷的世业。一切政事，内有上下议院，外有地方自治，人人有议政的权柄，自然人人有爱国的思想了。"正是因为作者站在了反对封建专制制度的高度，小说在揭露政府腐败时，不再像《官场现形记》等作品，只揭露社会上的一些腐败现象，不触及腐败的根源，而是把矛头直指封建政体。小说对封建专制制度的揭露，又主要是通过对封建独裁者慈禧太后的抨击体现出来的。小说中的慈禧是个权势狂。她大权独揽，独断专行。耿义献给她三万个新铸银元，她便赏他做军机大臣。光绪有不同意见，她竟打他的嘴巴，把牙也打掉了。她不仅在国事上搞专制，也搞家庭专制。她强迫光绪立自己的侄女为皇后，并限制他和宝妃在一起。慈禧太后又是个享乐狂。中日战争期间，她置国家的安危于不顾，念念不忘自己的六十大寿，多次挪用"一国命脉所系"的海军经费建造颐和园，为自己庆寿做准备。小说通过马美菽之口说，中日战争的失败，责任"不在天津（李鸿章），全在京师"。国家大权掌握在这样的人的手中，是中国衰败的主要原因。

基于上述认识，小说认为国家应有大的变革。在革新政治方面，作者既歌颂资产阶级革命，又歌颂资产阶级改良。在他看来，革命和改良"虽然主张各异，救国之心总是殊途同归"。因此，作者笔下的孙汶（孙中山）、戴胜佛（谭嗣同）都是叱咤风云、勇于献身的英雄。应该说，这种看法有一定的道理。在今天看来，当时的立宪和革命，都是实现建立资产阶级民主共和政体的手段。

在反映文化推移方面，《孽海花》推崇西学、新学，对以儒家为主体的传统文化提出了质疑。这主要是通过国家危难之时，一些文士的愚昧、疏狂、矫情表现出来的。小说的正文从"辛酉乡试"写起。当外国联军已经把圆明园焚为瓦砾，政府签订了丧权辱国的条约时，广大士子们竟然毫不把国家的安危放在心上,仍在如痴如迷地醉心科举。此外,还置酒高会,卧柳眠花,纳男宠,娶小妾,浑浑噩噩。列强瓜分中国在即,一些文人不思抗争,而与争宠于权门的同伙,倒像是有不共戴天之仇。请看袁尚秋写的讨钱冷西的《檄文》:"钱狗来,告尔狗,尔狗其敬听!我将剚狗腹,刳狗肠,杀狗于狗国之衢,尔狗其慎旃!"(第五回)可见麻木、卑污到了什么程度。在揭露人才匮乏时,《孽海花》不像《二十年目睹之怪现状》那样,夸张地嘲讽士人的不学无术,而是从更深的层面,揭示封建教育和传统文化不能适应新形势的需要。鸦片战争以后,中国在和列强的武力较量中屡战屡败,但封建教育没有赋予士子们力挽狂澜的智慧和勇气,他们只会用华丽的词语歌功颂德。光绪十三年(1887年),正当"海外失地失藩,频年相属"时,翰林院献的《平法赋》,"文章辞藻,比着康熙年代的《平滇颂》,乾隆年代的《平定金川颂》,还要富丽"。面对列强的坚船利炮,他们感到茫然,"含英社"的英才何珏斋,作了几张《孙子十家疏》,刻了篇《枪炮准头说》,便以三国的陆伯言自况。而最为典型的,还数庄仑樵。他学着古代清官的样子,一心当个忠直的大臣。他连着上本参奏官僚们的种种劣迹,成为"清流党"六君子之一。如果是在以前,他可能会名标青史的。但是,他遇到了近代的对外战争。在中、法"马江之战"中,他所学的那一套完全失灵,打了大败仗:"笔管儿虽尖,终抵不过枪杆儿的凶;崇论宏议虽多,总挡不住坚船大炮的猛。"(第六回)本书的男主角金雯青,倒是注意了新学、实学,想研究我国的疆界,却又不得门径,还是用传统的读古书的方法,整天抱着《元史》读。他又从俄国骗子那里花重金买了一张假地图,结果他所绘制的地图,将帕米尔高原八百里的领土划给了俄国。鉴于此,小说迫切地主张借鉴西方,更新文化、更新学问。第二回通过冯桂芬之口说:"现在是五洲万国交通时代,从前多少词章考据的学问,是不尽可以用世的。……我看现在读书,最好能通外国语言文字,晓得它所以富强的缘故,一切声、光、化、电的学问,轮船、枪炮的制造,一件件都要学会,那才算得个经济。"第十八回写的上海味莼园的谈瀛盛会,更是把学习西方富国强兵的主张表述得相当深刻、全面。

　　总之,《孽海花》有关政治、外交、思想、文化诸方面的见解,都远远高过一般的谴责小说。

在艺术风格上,《孽海花》与谴责小说最大的不同,首先在于它的结构。《孽海花》要揭露某些社会弊端,难免要写一些独立性很强的事件。但它没有采取当时谴责小说的那种"虽云长篇,颇同短制"的方法,而是以科场状元金雯青和花榜魁首傅彩云的感情纠葛来绾结社会历史的重大事件。作者对于这两个人物的选择很巧妙。一方面,金雯青是江南才子、新科状元,通过他的交游,可以展示出当时士林的思想状况和西方思想文化对我国传统文化的冲击。另一方面,他又是清王朝的官吏,出使过德国和俄国,又可以通过他的仕宦经历反映当时国家的内政和外交情况。小说正是围绕着这个人物,将中法战争、中日战争、宫廷之争、官场状况、文人聚散,以及海外虚无党等历史事件贯串起来,情节紧凑而又井然有序。而傅彩云是名气很大的妓女,通过金雯青纳她为姜,可以反映官僚士子们生活的放荡;她随雯青出使德、俄,又从另一个侧面反映了清王朝外交方面的情况。总之,这两个人就像蜗牛头上的一对触角,伸向了当时政治、思想、文化生活的方方面面。而小说所写的官僚、名士和一些重要的政治事件,大都有生活的原型。即使是金、傅之间的爱情故事,尽管有虚构成分,但亦非子虚乌有之事。而科场状元和花榜魁首之间的风流韵事,又是市民们感兴趣的话题。由它结构全篇,自然会大大增加这部小说的可读性。

《孽海花》以这两个人物贯串全书时,不像《二十年目睹之怪现状》中的"九死一生"那样,简单地把一个一个的故事串到一起,而是穿插得非常巧妙。如,小说从第五回就开始写金雯青研究西北地理。第十二回,写他在德国时从俄国骗子毕叶手里购买地图,想通过研究地理,建不世之功。第十四回写他派人将地图由俄国送往北京。直至第二十回,才写出他的上当受骗。这件事几乎贯串了他整个的外交生涯,其间又穿插了许许多多其他的事件,说明了这个驻外使者的昏庸误国,故事情节的进展也十分自然。曾朴曾把《孽海花》的结构和《儒林外史》等书作过比较:"虽然同是联缀多数短篇成长篇的方式,然组织法彼此截然不同。譬如穿珠,《儒林外史》等是直穿的,拿着一根线,穿一颗算一颗,一直穿到底,是一根珠练;我是蟠曲回旋着穿的,时收时放,东西交错,不离中心,是一朵珠花。"①鲁迅赞扬《孽海花》"结构工巧,文采斐然"②,诚非虚誉。

《孽海花》与谴责小说的另一不同,表现在人物形象的刻画方面。谴责小说一般只注重对所揭示的社会问题的表述,而不注重人物形象的塑造。《孽海花》则比较注重人物形象的塑造,其中傅彩云的形象塑造得尤为鲜明。

傅彩云是个"放诞美人"的形象。书中借德国飞蝶丽皇后之口说:"天地间最可宝贵的是两种人物,都是有龙跳虎踞的精神,颠乾倒坤的手段,你道是什么呢? 就是权诈的英雄,与放诞的美人。英雄而不权诈,便是死英雄;美人而不放诞,就是泥美人。"(第十二回)小说的作者,从品质上不欣赏这样风流放荡的女人,在作品中一再对她进行指责,但他认可了"放诞美人"形象的美学价值,精雕细刻,把这一艺术形象刻画得非常鲜明。

傅彩云是个轿夫的女儿,后来又流落风尘,"三从四德"的古训既加不到她的身上,高雅情操的熏陶更是与她无缘。这是一个美艳、机巧、恣情纵欲的女子的形象。自幼卖笑的生涯,使她练就了机巧、伶俐,会讨人喜欢的性格,同时也使她养成了恣情纵欲的坏习气。她一开始出现,便把新科状元金雯青迷得神魂颠倒,但这还只是一个普通的才子美人的艳遇故事。后来她以大使夫人的身份,随雯青出使德国,才使她的性格充分展现出来。应该说,傅彩云的习性,如果做一个贞静端庄的夫人,不会称职,但以大使夫人的名义到西方社会去应酬,她又远胜那些饱受传统文化熏陶的名门闺秀。雯青的正妻正是因为"闻得外国风俗,公使夫人,一样要见客赴会,握手接吻,妾身系出名门,万万弄不惯这种腔调"(第八回),才把诰命补服暂时借给傅彩云,让她顶替大使夫人的名义出洋的。在驶往德国的轮船上,傅彩云已崭露头角,跟着夏雅丽学德语不到十日,就"已略能通晓"。夏雅丽因受到雯青、毕叶的合伙捉弄,恼羞成怒,拿着手枪找雯青算账。雯青吓得瘫在榻上发抖,又是傅彩云出面交涉,让雯青花钱了结此事。然而,因雯青不懂西语,夏雅丽要一万马克,傅彩云却说成是一万五千,那五千

---

① 转引自魏绍昌编《孽海花资料》,第 130 页,上海:上海古籍出版社,1982。
②《鲁迅全集》第 9 卷,第 291 页,北京:人民文学出版社,1981。

马克落入她自己的腰包。到德国后,五光十色的西方文化使她的状元丈夫感到眼花缭乱,显得冥顽不灵,她却占尽了春光。她本来就生得美,又机巧伶俐,将自己打扮得像"蔷薇娘肖像,茶花女化身",很快打进了德国的上流社会,成为名噪一时的"中国第一美女",不仅受德皇和皇后召见,还和皇后合影留念,得到了连大使都得不到的殊荣。傅彩云的识见也的确超过了雯青。雯青花高价从俄国骗子手里买那张假地图时,她是不以为然的:"你一天到晚,抱了几本破书,嘴里咭唎咕噜,说些不中不外的不知什么话,又是对音哩,三合音哩,四合音哩,闹得烟雾腾腾,叫人头痛。倒把正经公事搁着,三天不管,四天不理。不要说国里的寸土尺地,我看人家把你身体抬了去,你还摸不着头脑哩。我不懂,你就算弄明白了元朝的地名,难道算替清朝开了疆拓了地吗?依我说,还是省几个钱,落得自己享用。"(第十三回)她没有什么学问,说这些话也不是出于公心,但竟无意中道出了当时深受理学蒙昧主义毒害的知识分子的通病。

小说也写了她性格的另一方面,即恣情任性,无所顾忌:"天生就我这一副爱热闹寻快活的坏脾气,事到临头,自个儿也作不了主。"(第二十六回)在驻俄使馆的阳台上,她竟然高声唱"十八摸"这样的淫词艳调,引来许多人听"中国公使夫人的雅调"。她和家中的小厮阿福偷情,和德国军官瓦德西打得火热;回国的船上,她又和船主调情;到家以后,又勾引上名伶孙三。虽然她有时候也觉得这样做对不起丈夫,但是约束不住自己。况且,她觉得丈夫也不值得让她付出全部的爱。在她和阿福通奸的事被丈夫发现后,她公然地对他说:"你们看着姨娘,本不过是个玩意儿,好的时抱在怀里,放在膝上,宝呀贝呀的捧;一不好,赶出的,发配的,送人的,道儿多着呢! 就讲我,算你待我好点儿,我的性情,你该知道了;我的出身,你该明白了。当初讨我时候,就没指望我什么三从四德,七贞九烈,这会儿做出点儿不如你意的事情,也没什么稀罕。……若说要我改邪归正,啊呀,江山可改,本性难移。老实说,只怕你也没有叫我死心塌地守着你的本事嘎。"(第二十一回)雯青死后,她更不可能跟在雯青正妻之后做个心如枯井的节妇,只能是重操旧业。

表面上看来,傅彩云的形象,与《孽海花》中所揭示的政治问题、文化氛围,离得比较远,致使许多人分析这部作品时,忽略了这个塑造得最鲜明的人物形象。其实,作者塑造这个形象是大有深意的。在她的身上,鲜明地体现了作者对封建理学、传统文化的思考:正是因为远离传统文化的熏陶,使得傅彩云没有变成麻木怯懦的"泥美人",在才干方面,她甚至胜过了读书万卷的文人才子。

小说对一大批文人士夫形象的塑造,也很有特色。金雯青的迂腐、庸俗而又不失为厚道,李纯客的虚伪、矫情,庄小燕的阴狠,庄仑樵、何珏斋的大言无实,都给人留下深刻的印象。

《孽海花》的语言也兼有谴责小说和世情小说的特点:描写朝政大事、士林丑闻,辛辣明快,也有言过其实之处。而描写男女之情,如夏雅丽与克兰斯,雯青与彩云,光绪与宝妃,则委婉流畅,颇为生动。

《孽海花》的不足之处,是有的地方内容芜杂。第十六回写夏雅丽使酒性,戏弄逼她成婚的加克比,明显模仿《红楼梦》中尤三姐对调戏她的贾珍、贾琏嬉笑怒骂的那一段描写。但瑕不掩瑜,总起来看,《孽海花》是我国小说史上的佳作。

第四节 反映清末民初社会现实的《广陵潮》

民国初年,谴责小说已基本上由世情小说所代替。《广陵潮》《歇浦潮》《上海春秋》等作,都以描写人物命运、家庭兴衰,反映社会现实。后两部小说的作期较晚,这里,我们只分析《广陵潮》。

《广陵潮》,又名《过渡镜》。作者李涵秋(1874—1923),扬州人,家境贫寒,当过私塾先生、小学教师及报馆编辑。所著长篇小说达数十种,比较有名的除《广陵潮》外,还有《双花记》《雌蝶影》《侠凤奇缘》《怪家庭》《近十年目睹之怪现状》等。

《广陵潮》共一百回。最初在汉口《公论报》、《趣报》上连载,1914年出版该书的初集,后来每十回一集连续出版,1919年出齐全书。小说以扬州一带为背景,描写云、伍、田、柳四个家族的盛衰荣辱、悲欢离合的故事。小说的男主角云麟,与表妹伍淑仪青梅竹马,两相爱慕,双方的家长也默认了他们的婚事。后来淑仪的祖母听信算命先生的话,拆散了这一对恋人。云麟被母亲包办娶了柳家的姑娘为妻,又收了一直与他相爱的妓女红珠为妾。然而,他和表妹的爱情悲剧成了他终生的遗憾。女主角伍淑仪,出生于一个没落官僚的家庭。父亲伍晋芳有三位妻子,正妻是云麟的姨母,淑仪的生母;次妻朱二小姐原是淑仪的家庭教师,因为有心计成了这个家中实际上的当家人;其妾小翠子倒是伍晋芳初恋的对象,因备受朱二小姐的虐待而自尽。淑仪听从父母之命嫁给姑母的儿子富玉鸾,不久,富玉鸾因投身革命被官府杀害。她青年守寡,又不能冲破礼教的藩篱改嫁云麟,郁郁而亡。柳家则是云麟的岳家,重点写的是云麟的妻舅柳春和他的女友明似珠两个"新派"人物。一个借口平等,不孝父母,一个打着自由的旗号恣情纵欲,人尽可夫,最后也都没有好结果。田家的田涣夫妇,原是云麟家的店伙,云父死后,他们吞没了云家的财产,还把云麟的姐姐绣春夺去当童养媳,对她百般虐待。除绣春外,田家几乎没有好人。小说正是通过这四个家族的兴衰,反映了从鸦片战争直至五四运动前夕扬州一带的社会现实和人生百态。其间经历过英人侵犯广东、百日维新、武昌起义、洪宪帝制、张勋复辟,以"五四"前夕的抵制日货、国民演讲大会结束。在我国小说中,能涉及如此众多的重大事件的作品,是不多见的。

《广陵潮》继承了谴责小说的某些传统,对清末民初的社会现实进行了广泛的揭露和尖锐的批判。西方列强的入侵,各种政治力量的斗争,使得国家的局势风云变幻,人心惶惶。人民的不觉悟,一些社会渣滓的泛起,又使风雨飘摇的时局更为混乱。在扬州,县官毕升和劣绅石茂椿狼狈为奸,擅自巧立名目,收刮苛捐杂税;县学教官王景仁,为了逐个敲诈考生,在考试时要"全行摘结"(摘结,是将考试中有可能作弊的卷子挑出来审查,有的试官便借机敲诈)。大烟鬼林雨生,专靠告密为生,朝廷势力大时就告发革命党,革命党势力大时又告发保皇派。教民顾阿三,倚仗洋人的势力,娶亲时搞"掉包计",硬是把自己丑陋的未婚妻和别人美丽的妻子调换。……所有这些,构成了大革命时期异常复杂混乱的社会背景。

《广陵潮》在反映重大的历史事件时,不直接描写事件本身,而是写这些事件在市井生活中的投影。描写辛亥革命胜利、清帝退位时,作者安排了一出自缢殉节的闹剧。何其甫等一批腐儒,听说宣统小皇帝退位,相约到"明伦堂"上吊,表示"死当为厉鬼以杀共和而击民国"。他们上吊时你推我让,谁都不肯死,出尽洋相后又都活着回家了。作品以辛辣的笔触,讽刺了封建遗老们的沽名钓誉、愚昧无知,也表现了作者对封建帝制的反感。写袁世凯称帝,是通过扬州的"乞丐劝进队"反映的。袁世凯复辟前,一再宣称自己决无称帝之心,但暗中指使其爪牙"劝进"。扬州的叫化子们生怕"袁皇帝登极"之后,对不曾劝进的乞丐们打击报复,也用讨饭攒下的钱买酒菜请人写劝进表。这深刻地揭露了袁世凯复辟时所制造的"民心所向"的假象,并有力地抨击了这个独夫民贼强奸民意的罪行。写张勋复辟,作品又通过书中男主角云麟之口说:"在前清时代,人民脑筋中,尚不知共和为何物,虽然受了专制之毒,惟敢怒而不敢言。如今政体既改了共和,忽然又复行专制,人民即无实力与之反抗,我逆料那些爱国的伟人,必有提一旅义师殄此小丑者。"①反映了数千年来深受专制制度之苦的广大民众,对封建专制制度的反抗。

《广陵潮》表现了拥护资产阶级革命的倾向。作品塑造了一个资产阶级革命的先驱人物的形象——富玉鸾。他本是官宦子弟,读了《民约论》后,先搞家庭革命,后又散尽家产,留学日本,回国后到处发表演讲,策动起义。后来,由于坏人告密,他被清政府杀害。作者的原意,是要塑造一个叱咤风云的革命先烈的形象,但写来写去总是变形走样。写他的家庭革命,是称母亲为"女同胞";宣传救国的道理,也只是说:"我们救死的计策,只有一着,便是出洋留学。"在组织革命力量时,富玉鸾有思想而没有武力,于是就和有武力而没有思想的人结合,里面掺杂着一些盗匪、地痞、盐贩子……闹了许多笑话。这说明,当时的民众拥护资产阶级革命,主要是出于对封建专制制度的反感;而对于资产阶级民主共和政体,对于资产阶级革命者的理想与追求,他们还不理解。这反映了作者的思想局限,也反映了辛亥革命时期的实际问题,即缺乏群众基础。

对于西方列强的侵略,《广陵潮》中也有反映。小说的开头,就描写了英人进犯广东的消息传来时,在扬州地方引起的骚动。人们纷纷

---

① 《广陵潮》下,第1178页,天津:百花文艺出版社,1986。其后该作引文均据此本,仅在行中标明回数。

到乡下避难,而一些强盗、骗子,趁火打劫,拐卖妇女儿童。第十六回又写洋教会在中国发展教民,一些地痞流氓参加了教会,成为连官府也不敢管的特权阶层。他们杀人放火,欺男霸女,无恶不作,"便杀了人,也只算解解闷的玩意儿"。作品没有正面描写侵略与反侵略的斗争,却展示了西方列强的入侵给中国人民造成的灾难。

小说还反映了新旧过渡时期的人才匮乏问题。作品对新形势下传统儒学的虚泛无用进行了揭露。民族危亡在即,何其甫等一批儒生对国家的局势一点也不了解,只知寻章摘句。他们成立什么"敬惜字纸"会,规定走路不能直着走,以防成为"一"字;睡觉也要三折弯儿,以防成为"大"字。他们表面上道貌岸然,实则精神空虚、道德败坏:年已七十的杨古愚强奸了自己嫡亲的外孙女,逼得她含羞自尽;他的儿子杨靖整天混迹于妓院、尼庵,因狎侮一个官家子弟害死两条人命。这些儒生还一味守旧,把革命党人、科学,统统看成"妖孽",因而成为社会进步的绊脚石。而学习西方的新派人物,又只学皮毛,不学根本。明似珠打着"文明"、"自由"的旗号,恣情纵欲,人尽可夫;柳春借口"平等",称父亲为"男同胞",稍不如意,就掏出小手枪进行威胁。贾鹏翥嫌贫寒的父亲丢脸,硬是让他充当自己的仆人,还对他朝打暮骂。……这样的人,同样无益于国家和社会。小说还写了创办新学的艰辛。第五十一回写柳春兴办新学堂,却苦于请不到教员,因为当时的读书人都是八股出身,不仅不懂声、光、电、化,连本国的地理、历史也不懂。无奈,柳春请了风水先生教地理,说评书的艺人教历史。作品写说书先生上历史课:

> 这一天他上了讲台,学生正是在那里交头接耳。他却冷不防从腰里掏出一块非金非玉的顽意儿来,狠命地向桌上一拍,果然将那些学生喧嚣镇住。他遂整顿喉咙,从赵子龙当阳救主说起,一直说到张翼德用树枝子系在马尾上,向密树林中来往驰骋,假作疑兵。……讲到此处,忽然耸着肩儿,咧着口儿,顿时从舌尖上迸出一个春雷:"呀,曹贼快来纳命!"……有几个胆小的学生,早吓得哭起来。

这类描写不无夸张,但也确实反映了腐朽的科举制度给国家造成人才匮乏的危害。

　　此外,《广陵潮》还广泛地反映了扬州一带的社会民俗、闾巷风习,为我们研究近代的历史、民俗提供了可贵的资料。

　　《广陵潮》在反映清末民初的社会现实时,不像谴责小说那样,用同类性质而独立性又很强的小故事集结成书,而是通过四个家庭的兴衰和有情人的悲欢离合来贯穿全书的。在描写爱情故事时,它猛烈抨击了封建包办婚姻的残酷无情和假道学对人性的摧残。美丽文雅而又自负的美娘,立誓要嫁一个“绝好的人物”,“模样儿、才调儿、性情儿,一件也少不得”,而且还要是个“读书种子”,只因听了尊长之命、媒妁之言,结果嫁给老丑而迂腐的学究何其甫。婉丽温顺的绣春嫁给地痞流氓田福恩,备受公婆虐待。对这些深受“专制家庭之摧残”的青年男女,作品表示了极大的同情。然而,作者提倡婚姻自由,又生怕自由过火,有碍世风,对某些新派人物的过火行为,也提出非议。明似珠是个受过学校教育的“文明”女性。她反对父母之命,坚决不嫁“獐头鼠目”的表兄朱成谦,爱上了新派人物柳春,没有和柳春正式结婚就生活在一起。后来,她又先后爱过云麟和富玉鸾,最终做了上海都督真济美的妾。作者对这类人极为反感,说:“便是这般样儿就叫做文明,照这样看起来,原来妓女们的文明风气,还开在她们之先了。”(第五十二回)如果孤立地看待这种观点,不无道理。但在封建观念还很强大的晚清时期,笼统地反对朝秦暮楚,客观上会对那些希望通过自己的努力摆脱痛苦婚姻的人造成压力。

　　《广陵潮》在艺术风格上有独到之处。首先,它兼有言情小说和谴责小说的特点。在描写爱情故事时,文笔清丽、细腻,注重对人物内心世界的发掘,把一个个爱情悲剧描述得凄婉动人,而又毫无雷同之感。在揭露黑暗的社会现实时,文笔犀利、酣畅,富有讽刺意味,不仅展示那些魑魅魍魉的丑行,也深刻地揭露他们卑污的灵魂,并且把下层社会的人情世态刻画得入木三分。清末民初著名小说家毕倚虹说过:“肥艳浓香之笔,典质简朴之词,吾视之不难;独尖酸隽冷之言,刻画社会人情鬼蜮,吾不如涵秋。”①另一著名小说家周瘦鹃也认为,李涵秋的小说,“对于中下社会说法,确是极嬉笑怒骂的能事。《广陵潮》因为是

---

　　① 转引自范伯群主编《中国近现代通俗作家评传丛书》(之九),第24页,南京:南京出版社,1994。

记他故乡的情事,本地风光,见闻较切,所以更为出色"①。

其次,《广陵潮》的人物形象的塑造也很有特色。小说中的人物大体可分为三类:一是寄寓着作者理想的人物,如富玉鸾、云麟、伍淑仪。二是社会上的芸芸众生,如卜书贞、小翠子、朱二小姐等等。再就是作者着力批判的人物,如何其甫、田福恩、林雨生等。对于第一类人物,作品刻画得并不成功。他热情讴歌的资产阶级革命英雄富玉鸾,实际上被写成了劫富济贫、主持正义的江湖好汉;作为正面的新派人物的云麟,又被刻画成风流才子;女主角伍淑仪是个典型的封建淑女,这个人物的刻画毫无新意。在刻画第三类人物时,作者又用冷嘲热讽、嬉笑怒骂的方式,揭露他们卑污的灵魂和丑恶的行径,读来痛快淋漓,但也有夸张失实之处。作品塑造得最成功的,是第二类人物形象。作者在塑造这类形象时,突破了类型化、脸谱化的模式,展示了丰富、复杂的人物个性。

卜书贞的形象,是《广陵潮》中刻画得最好的人物形象之一。她是伍淑仪祖母的侄女儿,前任山东兖州知府的遗孀,革命者富玉鸾的母亲。她聪明、干练、正直、豪放,并且也带有贵夫人的骄纵。她还是少女的时候,曾和家庭教师的儿子相爱,并把此事告诉了母亲。母亲狠狠地惩罚了她之后,赶走了家庭教师,并且不许她再到书房。她寻死觅活地闹了许久,还是被迫另嫁了人。出嫁之后,她还是逼着丈夫找到了家庭教师的儿子,并替他捐了个试用巡检才算罢休。后来,她和丈夫建立了深厚的感情,但她绝对不是三从四德的妻子。她忠于丈夫,也绝不许丈夫对她三心二意:"先夫在日,任是咱养着这些粉头,他也不敢染一染指儿。咱对他常讲,咱说你若爱上她们,你也要让咱选一班男子开开心儿。他听了这话,他也舍不得将咱让给人,咱也老实不肯将人让给他。"(第二十八回)丈夫去世后,她仍然过着颐指气使、灯红酒绿的豪华生活,但内心深处的孤独、悲哀是无法排遣的。她和三姑娘等人月夜游江酒醉后的那场嚎啕痛哭,就深切地表现了她的这种悲哀。显然,她是个性情中人。卜书贞的可爱,还在于她的满身侠气。她同情那些不得团聚的恋人,访到流落江湖的小翠子之后,不顾

---

① 转引自范伯群主编《中国近现代通俗作家评传丛书》(之九),第22页,南京:南京出版社,1994。

朱二小姐的反对,硬是让晋芳娶小翠子为妾。后来,拈酸吃醋的朱二小姐仗着为伍晋芳生了唯一的儿子,得到婆婆的庇护,对小翠子百般虐待。卜书贞顶撞了姑母,硬是把小翠子解救出来,并让她随伍晋芳到湖北的任所"双飞双宿"。她初到伍府,看见淑仪生得秀美,便将她聘为儿媳。但当她听说了淑仪与云麟自幼的恋情,而儿子又执意要把淑仪还给云麟后,不仅没有生气,反而夸赞道:"孩儿,你这件事做得很好,咱愿意成全你这意思。"(第三十四回)她甚至还怕儿子舍不得淑仪,把自己初恋的故事讲给儿子听,好让他理解男女至情。她亲自到伍府退婚,却碰了钉子,她气得"面色铁青"。原来在那个时候,退婚就等于女子被休弃;更何况,伍家听信了算命瞎子的胡话,不肯把淑仪许配云麟。后来,富玉鸾反对"家庭专制",称母亲为"女同胞",生性好强的她一时急怒攻心,一病而亡。笔者认为,《广陵潮》中刻画卜书贞形象的第二十八回到第三十八回,是整个小说写得最精彩的部分。

朱二小姐也是《广陵潮》中刻画得比较成功的形象。小说中把她作为反面形象刻画,却没有把这个人物简单化,而是结合她的身世,深入地揭示了这个人物的内心世界。朱二小姐原是官宦人家的女儿。其父为人很好,仕途落拓,负气而终,家境败落。她姿容秀美,能诗会画,还能写小说,这在当时不能不算是个才女。她也接受了一些新思想,第二十七回写她反对缠足的那段话就很有见地:"你们做男子的,看见女人裙底下露着一双尖瘦瘦的红菱,只晓得啧啧爱玩。你哪里知道,这红菱都是泪水儿长出来的呢!虽然这不许缠足的事情,是能说不能行的罢咧,如若果然有这一日,倒是世界上一件功德事呢!"因为姐姐所嫁非人,最初她立誓不嫁,二十八岁时还单身一人。但在伍家,她遇到了风流倜傥的伍晋芳,芳心难以自持。后来,在伍晋芳的一再挑逗下,她竟然与他未婚先孕。像朱二小姐这样的才貌、心志,自然不甘于做一个普通的侧室,她要的是丈夫全部的爱。伍晋芳的正妻三姑娘,从来都得不到丈夫的爱,她同三姑娘尚能平和相处;小翠子是伍晋芳初恋的情人,因而也是她最大的情敌。她肆意折磨小翠子,卜书贞从她手下救走了小翠子,并让小翠子随同伍晋芳到湖北的任所共同生活,她敢怒不敢言。卜书贞死后,小翠子失去了靠山,她便开始不择手段地除掉这个分去丈夫爱情的人。她串通丫鬟小顺子和地痞林雨生,诬陷小翠子与林雨生通奸,逼死了小翠子。然而她也并没有因此得到幸福。先是林雨生以小翠子的事要挟她,玷污了她的身子;后在武昌战乱时失去了爱儿;再后来伍晋芳和她反目。她深居佛堂,在青灯黄卷的陪伴下悉心忏悔,苦度余生。朱二小姐对待小翠子确实狠毒,然而,她要求得到丈夫全部的爱情,又是一个女人应有的权利。她是杀死小翠子的凶手,而她自己又是封建一夫多妻制的受害者。

《广陵潮》中的其他人物,如小翠子的痴情天真,三姑娘的善良柔顺,柳氏的书卷气,田氏的粗俗暴戾,都给人留下了深刻的印象。

《广陵潮》的情节富于变化,故事的发展常出人意表。如第六十二回写无赖林雨生出卖了接济过他的恩人富玉鸾后,所得的赏钱很快花光。革命成功后,他又到上海督署诬告伍晋芳为"宗社党"。当他把禀帖呈上以后,都督真济美一见"林雨生"三字,眉开眼笑,告诉手下:将姓林的留在署里,说完拿着禀帖到里面去了。手下以为大人喜欢姓林的,赶忙奉承林雨生,而林雨生自己更是洋洋得意。不料,只过了一会儿,真都督便派人把他抓了起来,押赴刑场正法,故事的结果出人意料。原来,真都督的小妾明似珠与富玉鸾的妻子伍淑仪要好。伍淑仪一再托付明似珠为丈夫报仇,而明似珠自己也曾对富产生过爱意,便撒娇作痴地逼着真都督抓林雨生。真都督正苦于大海捞针,无下手处,林雨生恰好自己送上门来,真都督自然格外高兴,告知明似珠以后便把他枪毙了。情节的发展合情合理。诚如骆无涯所说,《广陵潮》"情节奇突,如石破天空,令人不可捉摸"。①

《广陵潮》的语言生动流畅,富于表现力。如第十四回写朱二小姐教女弟子淑仪念书的情形:

> 朱二小姐懒懒地倚在一张睡椅上,只见淑仪抱着一本《女儿经》,坐在帘前,嘴里只管嚷:"大媳妇,小媳妇,我做婆婆均看顾。……"再要往下念,朱二小姐好没情绪,沉着脸说:"你一个女孩儿家,满口里甚么婆婆媳妇的,也不害羞,亏你还喊起来。"淑仪笑嘻嘻道:"我是女孩儿不做婆婆,让先生去做婆婆好不好?"朱二小姐也被她说得笑起来,说:"越说越不好了,你把书拿来,下次不许念

---

① 转引自范伯群主编《中国近现代通俗作家评传丛书》(之九),第25页,南京出版社,1994。

这几句。"遂伸手取过一支朱笔重重抹了,叹口气又翻几页。看见
两句,是"层层衣服二三重,好如云锁巫山岫"。又用笔密密圈了,
更旁注了几个小字,说此是佳句,无精打彩地捽给淑仪。

这一段文字,首先表现了淑仪的天真无邪。"嘴里只管嚷",说明她是
在一本正经地读书,而且是有意读给先生听的,以表现自己的用功,却
不懂得那几句话的含义。而已近"而立"之年,却还是个单身女子的朱
二小姐,"虽是因忿制欲,却不免触境生情",感到"婆婆""媳妇"之类的
字眼特别刺耳。此时她已对伍晋芳有了感情,这种感情和她以往所抱
定的终身不嫁的志向有了矛盾;而侧室的位置,又不是生性好强的她
能轻易接受的。所以她表现得心烦意乱,无情无绪。她最后为淑仪圈
定的"佳句",也和她此时的心态一样,看来是禁欲,其实内中透着色
情。这样的语言,不仅把故事描写得细腻生动,也很好地展示了人物
的性格。

《广陵潮》在艺术手法上有其明显的不足。它也具有谴责小说的
那种"辞气浮露,笔无藏锋"的特点。有时又为了迎合市民读者的口
味,描述一些趣味低下的笑料。此外,这部小说也有东拼西凑的毛病,
如:第四十三回写鲍橘人让三十一岁的妻子认崔观察十七岁的小姜为
干娘,取材于《官场现形记》第三十八回;第二十二回写乔家运的恶德,
又几乎是照搬《醒世姻缘传》第六十二回写的狄希陈的故事。这无疑
削弱了它的文学价值。

总起来看,在晚清的小说中,上述几部作品都是颇为成功的。一
方面,作者的思想相当前卫,对现实社会的剖析也相当深刻;另一方
面,小说的创作比较尊重小说艺术自身的规律,比较注意作品的美学
价值。

第十四章
自觉反映妇女悲剧命运的小说
——《金云翘传》与《林兰香》

　　《金瓶梅》问世后,产生了很大的反响。作品对于饮食男女日常生活的描写,对女性命运的反映,引起人们极大的关注。欣赏之余,人们又觉得它所描写的人的情欲过于原始,过于淫滥;其对女性美的认识,也是浅层次的。明末清初的才子佳人小说,对于女性美,对于情与欲的区别,进行了探讨。而《金云翘传》与《林兰香》,又一改《金瓶梅》中关于女子贪欢纵欲的描写,侧重于反映特定历史条件下妇女们的悲剧命运。这类小说自身的文学成就不是很高,但在世情小说由《金瓶梅》向《红楼梦》的过渡中,起到重要作用。

第一节　世情小说的雅化

　　研究我国古代小说戏剧,可以发现这样一个有趣的现象:一部具有重大影响的作品出现后,紧接着会出现许多续书和仿制品。如《西厢记》之后,有《南西厢》《北西厢》《翻西厢》《锦西厢》;《三国演义》之后,有《反三国演义》;《水浒传》之后,有《后水浒传》《水浒后传》《荡寇志》;《金瓶梅》之后,有《续金瓶梅》;《红楼梦》的续书则更多,这里我们不一一列举。仔细阅读和研究这些续书和仿制品,又会发现,这些作品不外乎两种情况:一种是读了某一作品后,感情上受到震撼,余兴未尽,提笔作续。而更多的则是,人们读某一名著后产生许多感想、体会,或者是对书中某些重要问题有不同的看法,找不到合适的形式发表,就通过续书的方式发表出来。例如,《水浒传》的续书,大都表现对招安结局的不同看法;《红楼梦》的续书,又大都是想改变宝黛爱情的悲剧结局。《金瓶梅》以后,有些小说虽然不以续书的名义出现,却对《金瓶梅》所写的内容作了反思,这就是明末清初的才子佳人小说。

《金瓶梅》以前,很少有描写市井生活、炎凉世态的小说,却有大量描写男女爱情的作品。

笔者认为,情,大体可以分为三个层次:最低层次是欲,这是人正当的生理需求,也是人类繁衍所必不可缺的自然情感。就性欲的底层面来说,它是人和动物所共有的本能。而作为万物之灵的人,不能只满足于感官的愉悦,还必须满足精神和情感的需求,欲得到升华后即变为情。情不仅包括人的生物生理需要,也包括精神上的彼此爱悦和感情上的默契,还要受到一定思想情操的陶冶。它开始兼具“肉”与“灵”两个方面的内容,这才是人类所独有的爱情。严格地说,欲与情,都还属于人的自然情感。生活在社会群体中的人,还必须具有社会性情感。社会性情感就是把个体的情移向社会,使之成为符合某种社会理性规范的情愫,即理性情感,也称为理。欲、情、理虽各属于不同层次的感情,但彼此之间不应是割裂的,而应是融会在一起的。情以欲为基础,理性情感则应该对情和欲起规范、陶冶、净化的作用。

《金瓶梅》以前的作品,大都只表现情与理,很少描写欲。《诗经》中的情歌,大都是表现“有女怀春,吉士诱之”之类的较为原始的情愫。宋玉的《高唐赋》和《神女赋》,写的是对女色的赞美和艳羡。汉魏六朝的作品,如古诗十九首、古乐府、《玉台新咏》中的情诗,唐代如白居易的《井底引银瓶》、李义山的《无题》诗、刘禹锡的《竹枝词》,以及唐五代的一些词,大都把情写得缠绵悱恻,委婉感人,从不直接描写性爱。小说戏剧如《卖胡粉女子》《莺莺传》《碾玉观音》《西厢记》等,基本上也都是描写情的作品。这些作品对情的描写有其共同特点,这就是男女之间的相悦相恋,主要靠才、貌等外部条件的吸引,没有表现出彼此之间感情的交融和精神的默契。因此,一见钟情,传书递信,便是这类爱情产生的基础和感情交流的主要方式。应当说,这类爱情描写充满诗意,却又是表层的,缺少生活基础的。这类小说,虽然也涉及了男女之间的结合,却没有正面展开性爱的描写。这主要是因为,长期以来,封建伦理道德对人的情欲主要不是进行陶冶和制约,而是压制和摧残。为"情"争得一席之地已属不易,写"欲"自然更是堕入恶趣。《金瓶梅》率先进入这个禁区,它所描写的男女情感,是不受道德约束的、毫无亮色的肉欲,尽管对封建理学起到冲击作用,但其自身的缺点也是不言而喻的。才子佳人小说对《金瓶梅》描写的男女之间的情欲进行了反思。这是才子佳人小说虽不属于白话小说,但我们又不得不研究它的原因。

才子佳人小说,在鲁迅《中国小说史略》中归入"人情派"一类。具体作品有《好逑传》《玉娇梨》《平山冷燕》《定情人》《两交婚》等。《玉娇梨》《平山冷燕》都是以人名书,可以看出受《金瓶梅》的影响。这些作品探讨婚姻爱情的理想,着重思考"情"的问题。由于这些小说是从探讨问题出发,而不是从生活出发,而且小说的作者也未必有写小说的才能,使得这些小说作品美学价值普遍不高。但作为小说的群体,它们所反映出来的新的婚姻爱情观念,对后人的思想意识,对后来世情小说的创作都有着很大影响。

首先,才子佳人小说肯定爱情在生活中的地位,这些作品都尊重人性、人情,把男女间的真心相爱作为婚姻的唯一基础。《定情人》中的男主角双星,反对门当户对的观念,也反对天命观,认为"若论门户,时盛时衰,何常之有? 只要其人当对耳"。还说:"天心茫昧,无所适从,而人事却有妍有媸,活泼泼在前,亦不能尽听天心而自不做主。"①坚持婚姻要以情为本。他四处访求佳偶,到了父亲旧日的同僚江章家中。江章无子,只有一女蕊珠;江章因喜欢双星,就认他为义子养在家中。双星在与蕊珠朝夕相处中,产生了爱情,一旦定情之后,又"情在

---

① 《定情人》,第2页,沈阳:春风文艺出版社,1983。其后该作引文均据此本,仅在行中标明回数。

一人，死生无二"。小丫环开玩笑说当义子就不能当女婿时，他竟然吓得精神错乱，"白瞪着一双眼，昏昏沉沉，口也不开"。（第五回）李渔的《十二楼》中有一篇叫《合影楼》，强调情的力量。小说开头就说，一旦男女之间有了情，是任何力量也制止不了的："家法无所施，官威不能慑，就使玉皇大帝下了诛夷之诏，阎罗天子出了缉获之牌，山川草木尽作刀兵，日月星辰皆为矢石，他总是拼了一死，定要去遂了心愿。"①作品写元至正年间的屠观察和管提举，被同一个岳丈招赘在家。但两个人性格不同：屠为风流才子，管是道学先生。岳父母一死，两个人便把一个家分为两个家。管提举怕屠观察偷看他的妻妾，凡是两家交界之处都筑了高墙，就连后园的一个水池，也不惜人力物力，在水下立了石柱，水面上架起了石板，"使他的眼光不能相射"。不想，屠家的儿子珍生和管家的女儿玉娟，都到水池乘凉，互相在水池中看见了对方的影子，一来二去，以诗赠答，产生了强烈的感情。两个人都得了相思病，病得要死要活。经人帮助，成全了这门亲事，推倒石壁石墙，盖了个"合影楼"让小夫妻居住。这说明，要让男女之间不产生爱情，是极难的事。管提举防闲防到这种程度，他女儿还是在他眼皮子底下与人相爱了。明末清初的才子佳人小说，尽管情节不尽相同，但都不信天命，反对门第观念，把男女之间的爱情当作婚姻的唯一的条件。男女双方冲破了"授受不亲"的礼教规范，要在当面相看、互相了解的基础上产生感情。《定情人》中，男女主角生活在一个家庭里，以兄妹相称，朝夕相处，建立了感情。《玉娇梨》中，不仅男主角苏友白四处寻访可意的对象，女主角卢梦梨也女扮男装，去寻找意中人。《好逑传》中，男主角铁中玉和女主角水冰心是患难之交。《两交婚》中，男主角甘颐听说扬州多才女，男扮女装，跑到扬州参加了女子诗社，找到了意中人。应该说，这种观念有明显的反封建意义，它把婚姻基础由门第观念、天命观引向以情为基础，又把情由一见钟情式的外部条件的吸引引向深层次的感情的契合。这些，都为《红楼梦》的创作提供了一些可贵的借鉴。

其次，才子佳人小说开始对女性美进行审视，强调女性美在生活中的价值。封建社会里，妇女是男子的附属物。因此，女子不必有才

---

① 《十二楼》，第1～2页，上海：上海古籍出版社，1986。

情,"无才便是德";也不必美貌,用《红楼梦》里王夫人的话来说:"美人儿似的人,心里必不安静。"他们强调的,是妇女对男人的服从,也就是"妇德"。他们树立的妇女典范孟光,是个黑而胖的丑女人。之所以为典范,是因为每次给丈夫端饭都要"举案齐眉",以示敬重。后来,流传于民间的俗文学中,开始把妇女的"貌"放在第一位。《西厢记》中张生一见莺莺,就钟情于她,是因为"颠不剌地见了万千,似这般可喜娘的庞儿罕曾见",莺莺长得美。《金瓶梅》中西门庆看上的女子,必定也要有几分姿色。重貌,比起重服从来还是进了一步,因为这毕竟发现了女子自身的美。但是,这种对女性美的认识还是表层的。才子佳人小说开始给妇女一定的社会地位,承认女子独立的人格,对女性美进行了多方面的探讨。

什么样的女子才算是真正美呢?上述作品中有不同的表述。归纳起来,大体有这样几个方面:女子之美,不专在于眉目,还要有高雅的气质。《平山冷燕》中说:"女子眉目秀媚,固云美矣。若无才情发其精神,便不过是花耳、柳耳、莺耳、燕耳、珠耳、玉耳,纵为人宠爱,不过一时。至于花谢、柳枯、莺衰、燕老、珠黄、玉碎,当斯时也,则其美安在哉?必也美而又有文人之才,则虽犹花柳,而花则名花,柳则异柳,而眉目顾盼之间,别有一种幽俏思致,默默动人。虽至莺燕过时,珠玉毁败,而诗书之气,风雅之姿,固自在也。"[①]《定情人》中也说,女子单是长得美,"眉目间无咏雪的才情,吟风的韵度",便"不足定人之情"。[②] 都强调女子不仅长相要美,风度、气质也要优雅。这些作品也开始强调女子的才情和独立人格。才子佳人小说中的女子,大都有诗才。《平山冷燕》中的女主角山黛,七岁时做了一首《白燕诗》,压倒了明初以《白燕诗》名世的袁凯。皇帝欣赏她的才,赐给她玉尺一条,以量天下之才。她的父母为她盖了个楼叫玉尺楼,让她在上面吟诗作画。另一女主角冷绛雪虽出身贫寒,也出口成章,被卖到山家当丫环,山黛小姐爱她的诗才,就认她为姐妹,同在楼上吟诗。她们的才貌,令那些须眉男子自惭形秽:"天地既以山川秀气尽付美人,却又生我辈男子何用。""如此闺秀,自是山川灵气所钟。"两个才子平如衡、燕白颔慕名来赛

---

① 《平山冷燕》,第 152~153 页,沈阳:春风文艺出版社,1982。
② 《定情人》,第 4 页,沈阳:春风文艺出版社,1983。

诗,四人不相上下,成就了两对好姻缘。《两交婚》还写扬州这些繁华的地方,"仕宦家的小姐,皆不习女红,尽以笔墨生香奁之色,题咏为娥眉之荣"。她们还"结成诗社,每逢花朝月夕、佳节芳辰,都聚在一处,分题限韵,向胜争奇。吸引得这些少年公子如醉如狂"。这些女子的诗才都压倒了男子,因为"如今的少年,能做两篇时文出来,便要算作才子了,哪里会做诗词,与这班美人比并? 故扬州美人的声价一发高了"。① 这很有点像《红楼梦》里所写的大观园中的诗社。有的作品又赞扬女子处理实际事务的能力,《好逑传》中的水冰心,简直料事如神。显宦之子过其祖要霸占她,先将其父陷害入狱,使她孤立无援,又买通她的叔叔,让他为霸占哥哥的财产出卖侄女。水冰心在这样险恶的环境下应付自如,并多次捉弄对手。这种才情,使才子铁中玉大为敬服,把她看成良师益友。《铁花仙史》也写了个才女夏瑶枝,是礼部侍郎夏英的独生女儿。瑶枝不仅美貌,还有才情,父亲遇有疑难公事,反来请教女儿。瑶枝与父亲筹划,井井有条,"决断来一些不差"。《画图缘》中的女子柳蓝玉,有军事才能,帮助丈夫立了军功。确如鲁迅所云,才子佳人小说"皆显扬女子,颂其异能"。

女子仅有才有貌还不行,男女之间还必须志趣相投。《画图缘》中提出:"偶者,对也。既曰对,必各有类。……梁鸿乐高隐,惟孟光布素之服,合其高隐,故称贤也。若嫁孟光为石崇之妇,而金谷中置此布素,谓之佳偶可乎? 西子,千古之美妇人也,孟夫子谓之不洁,范蠡载之五湖,又不知作何品题。大都贤与贤为偶,色与色为偶,才与才为偶,各有所取耳。"②《玉娇梨》中的男主角苏友白也说:"有才无色,算不得佳人;有色无才,算不得佳人;即有才有色,而与我苏友白无一段脉脉相关之情,亦算不得我苏友白的佳人。"③这种"脉脉相关之情",指的是志同道合的爱情。综上所述,男子心中最理想的女子应有才、有貌、有优雅的风度,还要和自己志趣相投。需要指出的是,既然提出了志趣相投,就表明已经把妇女看成了独立的人,而不再是男子的附属物。这要求女子要有自己的生活追求,自己的兴趣爱好,有独立的人格。

①《两交婚》,第22页,沈阳:春风文艺出版社,1985。
②《画图缘》,第6页,沈阳:春风文艺出版社,1985。
③《玉娇梨》,第55页,沈阳:春风文艺出版社,1981。

完全依附于男人的女人，在生活中是玩物、傀儡，也就没有情趣的合与不合的问题了。

才子佳人小说对女性美的深入探讨很有意义。以往的文学作品写女性美，往往只限于写她们的容貌。而她们的人生价值，似乎也只在于容貌的美和对男子的服从。才子佳人小说，把妇女看作具有独立人格的主体，发现了她们除了相貌以外，还有才华、识见、情趣、气质以及性格等方面的不同。才子佳人小说没有能够塑造出丰满鲜明的女性形象，但《红楼梦》中描写的多姿多彩、个性鲜明的女性形象，不能不说和才子佳人小说这种对女性自身的审视有很大关系。

才子佳人小说严格区别情和欲的界限。小说中所写的情，基本上指心灵的沟通和精神上的爱慕，而不是那种原始的色欲。用《金云翘传》里的一句话概括，就是"极才子佳人情致，而不堕淫妇奸夫恶派"。这类小说都大力肯定情在现实生活中的地位，但对于欲则严加限制。男女之间应该恋爱自由，婚姻也应该以情为基础，但双方爱得再深也不能发生苟合之事。性爱必须在他们的婚姻被社会、父母认可之后才能进行。《定情人》中的双星，对江蕊珠爱到了近乎虔诚的程度，"感之为益友，敬之为名师"。双星对两人能否结合也没有把握：一则自己的门第配不上女方，二则蕊珠小姐忽冷忽热地试探他，并不向他表明心迹。但即使这样，他还是愿意长住江府，"虽不能欢如鱼水，尚可借雁影排走，以冀一窥色笑"。显然，这不是封建社会里那种男人对女人的占有欲，也不是从色欲出发，而是一种感情上的需要。他因为"做过儿子做不得女婿"这句话吓出了病，蕊珠小姐瞒着父母亲看他，双星唯一的希望是尽量留蕊珠多谈一会儿，两人始终都没有发生苟合之事。《合影楼》里的玉娟和珍生，更是一对"影子里的情人"，他们双方得相思病，病得要死要活，显然也只能是精神上的爱慕。《好逑传》中的铁中玉和水冰心是患难之交。铁中玉被奸人暗算，中毒后水冰心侍奉他。两人共处一室，彻夜长谈，但没有丝毫淫乱之事。总之，男女相爱是男女双方自己的事，是完全自由的。但是，他们必须在这种爱情得到家长的允许，社会的认可，正式结成夫妻之后才可发生两性关系。应该说，这对于《红楼梦》的创作也产生了明显的影响。

明末清初才子佳人小说所表现出来的婚姻爱情观，也有明显的局限，就是未能突破一夫多妻制的观念。男女之间，只要有情，男子可以娶几个妻子，女子却必须从一而终。而这种局限在后来的小说中也大都没有突破，直到晚清鸳鸯蝴蝶派小说中，才提出一夫一妻的主张。

总之，明末清初的才子佳人小说，侧重于描写男女双方精神上的爱恋，而不像《金瓶梅》那样描写性欲。这说明，这些小说已经把以往言情文学所描写的人类低层次的性欲，升华为高雅圣洁的爱情，世情小说也由此而开始雅化。

第二节　慨叹红颜薄命的《金云翘传》

《金云翘传》，又名《双奇梦》《双和欢》，二十四回，署青心才人编次。"青心"，暗寓一"情"字，其真名不得而知。有人说，小说的作者即晚明著名戏曲家徐渭，但至今没有发现令人信服的依据。《金云翘传》当成书于明末，版本比较多，最早的版本为"本衙藏版"，题"圣叹外书"。这是一部相当感人的小说。金圣叹称它为才子之书。清嘉庆年间，越南诗人阮攸把它移植为长诗，初名《断肠心声》，后名《金云翘传》，一时在越南家喻户晓，脍炙人口，出现了许多"翘迷"。这部长篇叙事诗被列入世界名著中。

《金云翘传》是根据真人真事改编的。女主角王翠翘，是明中叶大海盗徐海的侍妾。徐海原是杭州虎跑寺的僧人，叫明山和尚。其叔勾结日商，搞走私买卖，把徐海交给日商做人质。后来其叔在走私时被明将所杀，日商向徐海讨债。徐海善战，就当了海盗，抢东西还债，成为当时最有势力的两大海盗之一（另一大海盗是王直）。浙闽总督胡宗宪招降徐海，而徐海的宠妾王翠翘极力劝徐海投降。徐海缴械投降时，官兵不守信用，乘机杀害了他。王翠翘被督府奸污后，赏给永顺酋长。她感到对不起徐海，路过钱塘江时投水自杀。这个事件在当时流传很广，许多作品作了记载。由于人们普遍痛恨明政府的腐败，这个题材进入文学创作中，就把海盗写成受害的英雄，把王翠翘写成有爱国心的女子。

《金云翘传》像《金瓶梅》一样，以三个人的名字合为书名：翘是女主角王翠翘,金是与王翠翘相爱的书生金重,云是王翠翘的妹妹翠云。小说的主旨,是通过描写王翠翘的悲惨遭遇,反映封建社会里"红颜薄命"的现实。

小说的开头写一首"月儿高"的曲子,曰:"薄命似桃花,悲来泥与沙。纵美不足惜,虽香何足夸。东零西落,知是阿谁家。……从来国色招人妒,一听天公断送咱。"①这分明是一首慨叹女儿薄命的曲子。接着又以历史上的美人西施、貂蝉、王昭君、杨玉环、李清照、朱淑真、蔡文姬等人的悲剧命运为例,说明广大妇女都是薄命的,而且是"有了一分颜色,便受一分折磨;赋了一段才情,便增一分孽障。"(第一回)也就是说,妇女遭遇人生悲剧,不是个别的,而是封建社会普遍存在的现象。而且,越是美丽的,有才情的女子,命运越是悲苦。看来,作品的立意,原本就比一般才子佳人小说高。

《金云翘传》没有拘泥于史实。小说的重心,不是写朝廷诱杀徐海之事,而是结合社会的黑暗和人情的险恶,写王翠翘的悲剧人生。

王翠翘是北京王员外之女,才貌双全,也多愁善感。清明节与弟弟王观、妹妹翠云同去扫墓,遇一无主荒冢,乃京师名妓刘淡仙之墓。她同情这个美丽女子的不幸遭遇,赋诗凭吊,恰值才子金重也至此凭吊。后来,两人相爱,约为嫁娶。然而,一个偶然的事件改变了王翠翘的命运。王员外去亲戚家做客时,与两个装扮成好人的强盗相遇,后来强盗被捉,竟诬指王员外为窝主。官府根本就不问青红皂白,只借此敲诈钱财。他们先是抄家,将家中"凡可值数分者,尽皆搜去",连女眷们的新鲜衣服、钗环首饰"也尽行剥去",然后对王员外父子施以酷刑,把王员外手脚四下里吊起,使他背朝天,面朝地,再往身上压大石头,直压得王员外"三百六十骨节,节节皆离;八万四千孔毛,孔孔皆汗,面如土色"。(第四回)为了救出父亲、弟弟,王翠翘只得卖身,并让妹妹翠云代替自己践金重之约。

如果说,贪官污吏的逼迫,使得王翠翘陷入悲剧人生的话,那么,险恶的世情,又将她推入了无边苦海,万丈深渊。王翠翘卖身,原是给人家做妾,没想到买她的人是妓院的老板,把她带到临淄后逼她当妓

---

① 《金云翘传》,第1页,沈阳:春风文艺出版社,1983。其后该作引文均据此本,仅在行中标明回数。

女。给人当婢妾，无奈之中的她还可以接受，但是，当妓女是她万万不能忍受的。这一方面是碍于自己的名声，另一方面，从刘淡仙的身上，她也认识到妓女的命运最苦。"生时易作千人妇，死后难求无主坟。人生最苦是女子，女子最苦是妓身。为婢为妾俱有主，为妓生死无定凭。"（第十一回）一开始，她曾经自刎。但被鸨儿发现，将她救活。随后，鸨儿买通了一个风流的书生勾引她，约她私奔。翠翘果然上当，被抓回后，鸨儿折磨得她求生不得，求死不能，只得当了妓女。后来，她的美貌又吸引了书生束守，为她赎身，并将她纳为妾。束守真心爱她，无奈其妻凶悍泼辣，对她百般折磨，而束守此时也真的是束手无策。在束守的帮助下，她逃出束家。经人说合，她又嫁给薄幸为妻。不料薄幸是个人贩子，娶她也是一个骗局，她又被卖入妓院。总之，对于王翠翘来说，社会上处处是陷阱，无论她怎样挣扎，都无法摆脱被蹂躏的命运。

后来，王翠翘结识了海盗徐海，两相爱悦，互为知己。徐海先是为她赎身，后来又兴兵为她报仇雪恨。妓院老鸨以及后来迫害过王翠翘的人，都受到应有的惩罚，王翠翘成为徐海的夫人。然而，英雄美人的遇合，没有改变王翠翘的命运，等待着她的，是更大的灾难。朝廷任命的守备空混，总兵阴谋，游击将军裴饶，参将卜济，在和徐海的较量中，屡战屡败。于是，他们再三地表示诚意，招降徐海。王翠翘劝说徐海以国家大局为重，归降朝廷。然而，就在徐海放下武器，诚心诚意地归降时，官军却出其不意地用乱箭将他射死。督府还毫无心肝地侮辱了劝降徐海有功的王翠翘，并把她赏给一个酋长。王翠翘深悔对不起徐海，自己又落了个这样的下场。舟泊钱塘江时，她投江自尽以谢徐海。按照史实，按照作品前面的预示，王翠翘最后的结局，都应该是投水自尽。但是，作者不忍心给他所喜爱的女主角这样悲惨的结局。小说的最后，写王翠翘投水遇救，而已经中进士的金重不忘前情，坚持要娶她为妻。王翠翘考虑到自己已经失节，答应和金重结为夫妻，但终生不行男女之事。其实，以王翠翘的经历，以她对徐海的负疚感，以她在丈夫面前的自惭形秽，这种大团圆结局并不能改变王翠翘的悲剧命运。

诚然，王翠翘的父亲被诬良为盗，是偶然的遭际，但是红颜薄命，是封建社会里公认的社会现象。《金云翘传》对妇女悲剧命运的关注，引人深思,也为世情小说的创作,提供了可贵的借鉴。此后的《林兰香》、《红楼梦》、《兰花梦奇传》及《海上花列传》等,都反映了特定历史条件下广大妇女的悲剧命运。

《金云翘传》与《金瓶梅》有重大差别。《金瓶梅》对人物、情节的描写,比较平实。而《金云翘传》在表现手法、创作手法上作了许多可贵的尝试。

《金云翘传》在刻画人物形象的手法方面,多所创新。小说的开始,运用了近似于今天"意识流"的方法,来刻画女主角王翠翘的思绪、情怀和心灵波动。小说中多次出现梦境的描写,而这些梦,总能很好地揭示人物的心情,烘托人物的性格,预示人物的命运。第二回写王翠翘清明节去哭吊名妓刘淡仙,夜里就梦见刘淡仙来找她,对她说:你我都是断肠会中的人物,我如今奉了断肠会教主之命,给你送来断肠题目十个:《惜多才》《怜薄命》《悲歧路》等,你按题目写好诗,好入"断肠册"。王翠翘做好诗后,刘淡仙连连称好,"入在断肠册中,当为第一",又约她若干年后,在钱塘相见。这种种描写,与《红楼梦》中所写的太虚幻境、薄命司非常相似。

从结构方面,它预示了故事的发展、结局。王翠翘与刘淡仙同是断肠会中人,预示她后来将步刘淡仙的后尘,沦为妓女。断肠册中名列第一,又预示王翠翘的命运比刘淡仙还悲惨。在钱塘相见,预示十五年后,王翠翘将在钱塘投水而死。这个梦又很好地揭示了王翠翘的性格。她多愁善感,在那个险恶的环境中,时时担心自己的命运,平时老有一种不祥的预感,心中总有一种不能消释的郁结。哭吊刘淡仙时她又想了很多,柔肠寸断,"梦随心生,心随念起"。从现代心理学分析,她做这种梦,也是合情合理的。而这个梦境的描写,又揭示了她平日战战兢兢、如履薄冰的心态,使得这种悲剧性格更加鲜明。

与《金瓶梅》相比,小说中的心理描写明显增多。王翠翘凭吊刘淡仙的墓,以及卖身之后,从良之时,都有大段的心理描写,把她落入火坑的痛苦心情,一次次受骗后的疑惧心态,刻画得形象、细腻。既反映了环境的险恶,也把人物的性格、感情写得真切动人。在塑造王翠翘的形象时,小说还能够用诗歌烘托人物性格,传递人物难以言表的复杂感情。如第四回,翠翘决定卖身救父后,夜里梦见自己掉入一个没天没地大的火坑,醒后写了《惊梦觉》九首,把她凄苦、惨痛、疑惧的心情刻画得非常充分。寒夜的凄凉,来日的惨别,前途的叵测,对于她这个多愁善感的女子来说,简直难以承受。但是,为了不增加父母弟妹的痛苦,她又不能向亲人倾诉,只好夜深人静时诉诸笔端。而且,用韵文抒情,比散文更有优势。《金云翘传》之所以被越南诗人阮攸移植成长篇叙事诗,除了人物性格塑造得好之外,这些韵文也起了相当的作用。小说本身就具有改编为叙事诗的基础。

小说中的次要人物,如束守的妻子宦氏,也刻画得相当成功。宦氏是吏部天官的女儿,美丽、聪慧,"只是有些酸性,却是酸得有体面,不是人家妒妇一味欺压丈夫:既能存丈夫的体面,又能率自己的性情,不肯分爱于人,却又使人不能分其爱,有一付奇妒奇才。"(第十一回)她寡于言笑,大怒不形于色,大喜不现于形。尽管平时对丈夫恭恭敬敬,一点也没有失礼处,却使丈夫畏之如虎。束守在外娶王翠翘为妾,一直不敢告诉她。后来,她听到风声,尽管很生气,却一点也没表现出来,假装不知,而且不希望束守告诉她,说:"正要他瞒我,若他明对我说娶了一妾,我倒要体贴丈夫志气,惜我自己体面。他既瞒我,我便将计就计。"(第十二回)家中一个仆人讨好她,告诉她主人在外纳了妾。她登时大怒,说丈夫为人,她最信得过,决不会在外讨小而不告诉她,狠狠惩罚了仆人。就在束守大意,出门把王翠翘留在家中时,宦氏派娘家的家丁把王翠翘劫持到娘家,再由娘家将翠翘赠送给她当丫环。于是她就故意当着丈夫的面,千方百计地折磨王翠翘。如果王翠翘有妾的名分,束守还可以护着她,宦氏这样做还会被认为不贤惠。然而,束守没有告诉她自己娶妾,宦氏只不过折磨自己娘家送来的丫环,束守再心疼也无权过问,宦氏却一点失礼之处也没有。作者塑造这个形象时,心情是矛盾的:既憎恶她的阴狠,又欣赏她的杀伐决断之才。在写她阴狠的同时给她留了个退路:王翠翘从束家逃跑时,她网开一面,没有追赶。当王翠翘利用徐海的力量报仇时,她表现得有骨气,表示一切由自己担当,不愿连累母亲,也不连累家丁。作者让王翠翘严惩她,却没有杀掉她。这个形象尽管不如《红楼梦》中的王熙凤那样丰满,但在以往和同时的文学作品中,似乎还找不出第二个来。

《金云翘传》的语言通俗、生动,富有抒情色彩。不足之处是语言的风格比较单一，才子、才女、鸨儿、奴仆，说话都是一个腔调，有的地方不够凝炼。如王翠翘卖身救父几回，写得比较拉杂。然而这部小说无论是在内容上还是在艺术手法上，都为《红楼梦》的创作提供了可贵的借鉴。

第三节　为妇女怀才不遇鸣不平的《林兰香》

在《金瓶梅》之后、《红楼梦》之前的世情小说中，《林兰香》是写得最好的一部作品。

《林兰香》共六十四回，题"随缘下士编辑"，"寄旅散人评点"。作者的情况，我们尚不清楚。但是，从作品本身的成就看，作者肯定是一个思想比较深刻、文字功底也比较深厚的人。

《林兰香》的成书年代，说法不一。笔者认为，《林兰香》应是明末清初的作品。小说的卷首麟燧子所作的《序》中有这样一段话："近世小说脍炙人口者，曰《三国志》，曰《水浒传》，曰《西游记》，曰《金瓶梅》。皆各擅其奇，以自成一家。惟其自成一家也，故见者从而奇之。使有能合四家而为一家者，不更可奇乎？"它提到世上脍炙人口的小说，只提到明代的几部，没有提到影响更大的《红楼梦》，说明它当产生于《红楼梦》之前。

《林兰香》对《金瓶梅》艺术风格的继承是明显的：它也以女性名字名书；也是通过家族兴衰和人物命运，反映社会现实。不过，它写的不再是商人家庭，而是一个贵族之家。它通过这个家族的兴衰史，描摹世态人情，慨叹妇女怀才不遇的悲剧命运。

书中所写的家族，是明代开国元勋泗国公耿再成的后人。男主角耿朗，因祖上的荫德，封了个六品官——兵部观政。他有一妻四妾：正妻林云屏，二房燕梦卿，三房宣爱娘，四房任香儿，五房平彩云。书名《林兰香》，林指林云屏，兰指燕梦卿，香指任香儿。小说中重点刻画的是燕梦卿，为她的怀才不遇，也为她得不到丈夫的宠爱鸣不平。

可贵的是，《林兰香》没有孤立地写燕梦卿婚姻爱情的不幸，而是通过描写一个家族的兴衰，反映了许多社会问题。

首先,小说揭露了明中叶朝政的腐败和社会的混乱。耿朗的家庭是个贵族之家,但他的几房妾都各有其不幸。如果说,西门庆家庭的组成反映了金钱色欲对社会所产生的影响的话,耿朗这个家庭的组成,则直接抨击了社会的黑暗。

耿朗原聘夫人本来是燕梦卿,她原本是官宦人家的小姐。就在他们即将成亲时,梦卿的父亲燕玉在典试浙江时遭人陷害,说他在科举取士时收受贿赂。事发后,尽管有许多同僚了解他的为人,为他担保,但皇帝昏庸不明,硬是要治他的罪。梦卿自请入宫为奴,代父领罪。等到冤案平反时,燕玉已死,耿朗已另娶林云屏。梦卿坚持一女不嫁二夫的古训,到耿家做了二房。耿朗的第三房妾宣爱娘,也是官宦人家的小姐。父亲宣节,原是个主事,因可怜族弟家贫,接济了他一些银子。不想族弟在考科举时,瞒着他用这些银子打通关节,被人告发;同僚又乘机落井下石,致使他为此被革职受审,被活活气死。而一个行为不端的权贵之子,又乘机要强娶爱娘。为了求得庇护,爱娘不得已给耿朗做了第三房妾。四房任香儿的身世更为可怜。其父是个商人,虽为贱民,但很有钱。不想因伙计吃酒不小心,失了火,家产烧尽。而失火的时间,又恰恰是仁宗皇帝驾崩之时,被认为有意制造混乱,其父下狱。为了结交权贵,救出父亲,香儿之母把香儿送到耿府当丫环。后来香儿被耿朗看中,成了第四房妾。五房平彩云的父亲也曾做过官,平彩云因父母早逝,和姨母相依为命。后来一个歹徒看上了她,用熏香把她熏昏过去,将她劫走。幸好一个侠客救下了她,因她昏迷不醒,侠客无法得知她家在何处,又不愿落瓜李之嫌,天快亮时把她置于一热闹的庭院而去,这正是耿朗家的庭院。被人劫持过的女孩子,身价大降,她只好给耿朗做了妾,且排在最后。除了林云屏以外,这个贵族之家的女眷,都有一部血泪的历史。给她们造成不幸的,不是朝政黑暗,就是社会的混乱。

耿朗及其子耿顺两代人的遭遇,也反映了皇帝昏庸、朝政混乱。耿朗曾出生入死地率兵打仗,平定了异族的叛乱。耿顺在太监谋反、皇帝面临危险的关头挺身而出,救下了皇帝。但事过之后,皇帝仍然任用那些邪恶的小人,致使耿氏父子常年托病在家以远害。后来耿朗披发入山,连亲生儿子也不知他的去向。再后来,耿朗妻妾的遗物,也被一阵大火焚毁，不留任何痕迹。他们的遗事，开始还供梨园弹唱，后来连这种弹唱也很快消歇，一无所存，很像《红楼梦》"好一似食尽鸟投林，落了片白茫茫大地真干净"的结局。这表明了作者对生活的一种哲学上的思考。

其次，《林兰香》也深刻地反映了封建社会里女子怀才不遇的处境。本书最主要的内容，是为贤德而又才貌双全的女子燕梦卿怀才不遇而鸣不平。作者开始意识到，当时那个社会里，妇女的地位是可悲的。才子佳人小说提出女子必须有才有貌的主张，但社会并没有为女子施展才能提供条件，甚至连女性美也往往被埋没。燕梦卿是个德才兼备的妇女形象，但她的德、才，不仅没有创造出任何有价值的东西，反而给她造成了不幸。

燕梦卿是个奇女子，出嫁前就表现了超人的识见。她本来是幸运的，未婚夫耿朗不到二十岁就封了六品的官职，各方面的条件也很理想。但是后来父亲含冤下狱，要被发配到边远的地方受苦，她深知父亲年迈体弱，经受不了这种折磨，于是就毅然决然地舍弃自己的幸福，向皇帝上疏，请求代父领罪，入宫为奴。她很有才华，奏疏写得十分得体：既为父辨冤，又称颂圣上恩德，结果感动了皇帝，准其所请。父亲平反后，她获得了自由。因耿朗已经娶妻，人们劝她另议亲事。但她坚持"从一而终"的古训，到耿家做了二房。这不仅得到了亲友的交口称赞，连皇帝也赏给她一块"孝女节妇"的牌匾。这是她一生中最为辉煌的一件事。然而，靠这样的事来表现德、才，应该说还是比较可怜的，因为这到底和男人们的建功立业无法相比。

到了耿家以后，她的才能更无处可施。她有很强的识鉴能力，能准确地判断人的好坏，但自己不能也没有必要广交朋友，只能劝丈夫择人而交。耿朗听了她的劝告后所交之人，果然德才兼备；绝交之人，也都是些邪恶小人。然而，梦卿这种做法，并没有使耿朗宠爱她，反而冷落了她。因为传统的做法应该是"妇以夫为天"，女子再有才能，也不可以对丈夫指手划脚。燕梦卿有理家之才，但是没有理家的名分。作为二房，她只能协助林云屏理家。尽管她对家中的仆人知人善任，账目管理得清清楚楚，却因有"越位"之嫌，引起了香儿、彩云的嫉妒。后来在香儿的怂恿下，耿朗把协助理家的权力交给了平彩云。燕梦卿能诗会画,字写得也漂亮。然而,女子的这种才能,大约也就是在才子佳人小说中所写的男女定情时才派得上用场,现实生活中讲求的是"女子无才便是德",有才反倒容易惹是生非。燕梦卿从来不显露这种才能,即便如此,她的知名度还是引起了丈夫的警觉。耿朗认为:"妇人最忌有才有名,有才未免自是,有名未免欺人。我若不裁抑二三,恐将来于林、宣、任三人不能相下。"①于是故意冷落她,甚至当众给她难堪。有一次,耿朗的妻妾在一块做诗时,因燕梦卿的字写得好,宣爱娘请她把自己做的诗写到扇面上。后来小丫环不留心,这把扇子落到耿朗的族弟手中。耿朗发现后,认为她行为不端,从此不理她。痛苦、孤寂耗去了燕梦卿年轻的生命,她很快就含冤负屈而死。

为什么燕梦卿的才能无处施展,反而给她带来不幸呢? 作者不能找出其社会根源,只认为,是云屏作为正妻地位,掩蔽了燕梦卿施展理家才能的机会;是任香儿的柔情美色,夺去了丈夫的爱心。尽管作者的这种认识是肤浅的,而这个问题的提出,却是很有意义的,封建社会压根儿就没给女子发挥才能提供条件。这本来是封建社会里一个非常普遍的问题,只是由于自古以来男尊女卑的封建观念的惯性,使人们长期以来对它视而不见。才子佳人小说只讲理想,闭眼不看现实,大讲什么女子之才。《林兰香》的作者却清醒地揭示了这个问题。

《林兰香》既然是为燕梦卿的怀才不遇和不受丈夫喜爱鸣不平,燕梦卿自然是作者歌颂、同情的正面形象。而用柔情美色夺走丈夫之爱的任香儿,也自然是作者指责的对象。但是,作者创作作品时是从生活出发,而不是从理念出发,他没有用简单化的手法,把任香儿写成一个掩袖工谗的狐狸精,而是把梦卿和香儿写成两种不同性格、不同生活情调的人。耿朗选择了香儿,尽管作者对此一再指责,客观上却又描写得入情入理。小说对这个问题的描述是发人深省的,在客观上,表达了和作者的原意相矛盾的观念。

燕梦卿和任香儿是两个对立的艺术形象。按当时的标准看,燕梦卿哪一方面都比香儿占优势:燕梦卿出身高贵,而且"天子知名,公卿敬重";任香儿是商人的女儿,当时,商人的社会地位是低贱的,故此香

①《林兰香》,第50页,北京:华夏出版社,1995。其后该作引文均据此本,仅在行中标明回数。

儿被斥为"小家女"。燕梦卿能诗会画；任香儿略识之无，梦卿过门后才跟着梦卿学诗学字。梦卿贤惠；香儿嫉妒。即使是貌，梦卿也高过香儿，何况梦卿又是最早为耿朗生子的妾。但是几房妻妾中，香儿是最受宠的，其次是彩云，梦卿是最受冷落的。第二十二回写平彩云的姨母背地里问彩云："我前日细看燕家姑娘，面庞儿比你四个都好。言语温柔，行事大方，姑爷为何反合他不甚和好？"平彩云也说不出所以然来，说："只是房次太多，他又不甚活泼，故觉有些差池。"从平彩云的眼中看，"不够活泼"是她的直觉。每回耿朗到香儿和平彩云的房中，都大笑大闹，没上没下；在梦卿房中，梦卿对他相敬如宾，连耿朗也活泼不起来。但这还并不是根本原因。第五十一回，写任香儿死后，耿朗悲痛欲绝。作者所发的议论，倒是值得我们深思的："大概男女之间，情为第一，理居其次，理乃夫妻之正理，情是儿女之私情。耿朗与香儿私狎处最多，故情最深。"这恰恰说中了问题的实质，耿朗之所以冷落梦卿，是因为梦卿待之以理；之所以爱香儿，是因为香儿感之以情。

　　燕梦卿是个理性原则很强的女子，是个典型的封建淑女。严格的封建教育，传统文化的熏陶，使这个女孩子失去了天性，失去了正常人的感情，失去了生活情趣，满脑子冰冷的理学原则和圣贤之道。她不仅拿这些冰冷的原则来律己，也去要求别人。她处理一切事情，包括对丈夫的态度，都是从理出发，而很少流露真情。我们很少看到她有感情激动的时候，是个典型的冷美人。当初她与耿朗定亲，完全是父母之命，媒妁之言。耿朗倒是爱慕她的才貌，梦卿却没有任何感情流露。燕玉含冤下狱，梦卿代父领罪，致使耿朗另娶云屏为妻。父亲平反后，梦卿坚持到耿家做二房，也并不是出于情，而是出于"理"，要"从一而终"，"生为耿家人，死为耿家鬼"。过门后，她对丈夫恭敬有加。一次丈夫病重，香儿、彩云恨人怨鬼，泪眼愁眉，她却按照古训断指为丈夫治病，想的是："古来割股救病，十好八九，虽不可尽信，然至诚感神，理或不虚。且我一介妇人，生不为多，死不为少，若耿朗一死，则姑舅之血食绝矣。"（第三十二回）她为丈夫治病，主要不是出于夫妻情爱，而是尊奉"不孝有三，无后为大"的古训。因诗扇的事被丈夫误会后，本来她可以向丈夫解释清楚，但她认为："口巧舌能，就使辨得干净,然令丈夫怀羞,自己得志,亦非为妇之道。"(第三十四回)竟不作任何说明。平时她总是遵照幽闲贞静的古训,"遇着可喜的事,从不见她大说大笑;遇见可忧的事,也不见她愁眼愁眉。纵然身体清爽,从不见她催酒索茶,胡游乱走;就是疾病深沉,也不见她蓬头垢面,迟起早眠。"(第三十八回)总之,在任何情况下,她都是一副面目,一种形象,一味的恭敬贤良。

直接导致她和丈夫不和的,是她对丈夫诚心诚意的规劝。梦卿刚过门时,耿朗对她的爱慕远过于香儿,"初见梦卿代父领罪,生了一番敬慕之心;次见梦卿甘为侧室,又生了一番爱慕之心;后见梦卿美貌风雅,复生了一番可意之心"(第十四回)。梦卿刚过门不久,耿朗和她一块饮酒赏菊,情意绵绵,说:"饮香醪看名卉,已是人生快事;况又国色相对。各在芳龄,志愿足矣。"(第十六回)梦卿却怕他醉心于温柔之乡,失了圣贤之道,赶紧正言相劝。后来,只要丈夫到她房中,她总是一劝再劝,生怕尽不到相夫之责。初时耿朗对她的劝听着还新鲜,觉得梦卿是他的良师益友。但劝来劝去,耿朗就有些不耐烦了:"耿朗有过,云屏是在劝与不劝之间;爱娘虽亦常劝,但加上些耍笑,又像不甚劝的光景;香儿、彩云全不知劝;惟有梦卿,事事皆劝,因此耿朗是又爱听又怕听。"(第二十八回)试想,如果妻子总是板起脸来教训人,做丈夫的和她相处还有何意趣? 第二十八回还写,耿朗在梦卿房中喝醉了酒,将梦卿的一件绿衫吐脏了,满屋酒气,"心内大觉不安,只恐又有谏劝言语",一连几天不进她的门。再往后,耿朗就已经对她的劝谈虎色变了。第三十回写,耿朗久不到梦卿房中,也觉得心里不安。耿朗到她房中去时,恰恰看见上回酒醉吐脏了的绿衫挂在那里,以为梦卿要借这个为题目再劝,不禁"幡然变色,茶不饮、汤不用,怏怏然走了出去",从此不再登梦卿之门。尽管"相夫成名"是封建社会的妇女应尽的职责,尽管作者对燕梦卿的德是赞扬的,但从他的具体描写中,我们总觉得这种家庭生活恐怕谁都难以忍受:处理完政事,回到家里,再由妻子板着脸说教,这样的妻子再美似乎也不是理想的配偶。

任香儿是作者否定的形象。作者指责她的,是她的任性和不遵从妇德。但从具体描写中,我们看不出她有多少失德的地方,反倒觉得这个形象比燕梦卿更有人情味。香儿出身于商人家庭,封建意识比较淡薄。加上是个独生女儿,从小被父母娇纵,她养成了娇憨、任性的特点。任香儿最大的一个特点是爱美、活泼、爱热闹。她"无日不耍笑,无夜不耍笑"。所居"百花厅内,百花亭外,无花不有"。她还爱修饰打扮:"使不了的豆蔻花粉,用不了的蔷薇露。"(第六十二回)几房妻妾一块饮酒时,她不知节制,常被灌醉失态。平时任香儿喜欢和彩云抓子儿、放风筝,无所不为。这种活泼的个性,是封建妇德所不允许的,就像平彩云的姨母所说的:"五房妻妾都活泼起来,那还了得。"(第二十二回)但和那些被封建礼教约束得像木雕泥塑的淑女们相比,这恰恰又是她的可爱之处。香儿的任性,也表现为她的不知礼。耿朗父亲的忌辰,事事留心的燕梦卿自觉地穿了素服,婆母看了很高兴。香儿、彩云却依旧艳装。有人责备她们时,彩云分辩说自己没提前备下素服,也没有人提醒过她。香儿却说:"人已早死,又未见面,行那虚礼何用。"(第十八回)燕梦卿要去祭奠她自己的父亲,香儿本不想去,但听说婆母也去,只得同去。但她没有像别人那样陪哭,而是"折柳簪花,寻青斗草,骋怀游目,极快心思"(第十八回)。任香儿的这种做法,不能不说是失礼之举。但她对根本没见过面的公公,对和她没有什么相干的燕梦卿的父亲,也不可能会有什么感情。故此,她的失礼,又说明她的真率。此外,商人家庭的影响,使她常常患得患失。她不像燕梦卿那样温厚和平,而是常怀嫉妒,她主要嫉妒的对象是燕梦卿。当初燕梦卿没有过门时,香儿和正妻林云屏相处还是融洽的:"任香儿又千伶百俐,深得正室之心,善取丈夫之意。"(第七回)燕梦卿过门之后,她才开始嫉妒起来。这除了爱情的排他性之外,社会对于她也确实不公正:燕梦卿为救父入宫为奴,成了名扬天下的孝女;任香儿为救父被送到耿家当丫环,处境更惨,但人们对她从没有一句同情的话,更不用说赞美。燕梦卿甘居侧室,人们觉得她受了很大委屈;任香儿是耿朗最早纳的妾,论年龄也比梦卿大,本应该是二房,后来一再往后排,竟然做了四娘。如果平彩云不是遭人劫掠过,有来历不明的污点的话,恐怕她要排到最后。在耿府,婆母和族中的长辈都器重知名度高的梦卿,而歧视出身低微的她,就连下人都看不起她,嫌弃她。当时合府上下经常说的一句话就是"宁娶大家奴,不娶小家女",这大家奴是指梦卿的丫环春畹,小家女说的就是任香儿。确确实实,五房妻妾中,她的处境最可怜。她曾经对耿朗哭诉："我是何人？在你身边能生一男半女，不落人下就是万幸；须要长得你的欢心，方不受人作弄。"（第十三回）她经常说一些拈酸吃醋的话，这当然不是什么美德，却是人的天性，是不平之鸣。对于丈夫，她待之以情。她没有把丈夫当作"天"来敬奉，而是看作知心人：有了委曲向他倾诉；高兴时又和他游戏打闹，没上没下。有时她还嫌两个人不热闹，把彩云也叫来一块玩。耿朗在她那里，总感到开心，也感到感情上的贴近。作者塑造燕梦卿和任香儿两个形象时，感情和理智是矛盾的。从理智上，他赞美贤者梦卿，否定香儿，书中所有的议论，都褒梦卿，贬香儿。但从感情上，作者似乎又认为，典型的封建淑女，完全被封建理学淹没了天性，并不是那么可爱；相反，封建观念比较淡薄、性格上较多保留天性、较富于人情味的女子，似乎更可爱些。所以作为具体的艺术形象，任香儿反倒比梦卿可爱，这就形成这两个形象的矛盾性。作者似乎也发觉了这个矛盾，又塑造了一个兼两者之长的人物——梦卿的丫环春畹。她既不像梦卿那样古板、处处遵从妇德，又不像香儿那样嫉妒、任性。结果这个形象却不鲜明。看来这两种性格特点是难以调和的。

《林兰香》对燕梦卿、任香儿两个形象的塑造很有意义。以往人们讲"情"与"理"的矛盾，往往指两种外在的势力的对立：一种用礼教约束人的天性；一种要冲破这种阻力，尊崇人的天性。还没有哪部作品从人的思想深处探讨这个矛盾。《金瓶梅》写的是商业家庭，几乎所有的人封建观念都比较淡薄；才子佳人小说力主佳人要有才貌、风度，也没有涉及观念形态的问题。只有后来的《红楼梦》，刻画人物时写了各人的才貌、气质，也写了她们的观念、意识。与《林兰香》相比，《红楼梦》对人物形象的褒贬倒了个个儿：作品无限深情地赞美了小心眼儿、行动爱恼人、又爱拈酸吃醋的林黛玉；虽没有明显贬斥贤德的、饱学多才的薛宝钗，却让贾宝玉遗弃了她。这不能不说是曹雪芹思想意识上的一种超越。

《林兰香》的人物形象比较鲜明。除了燕梦卿、任香儿之外，林云屏的平和通达，宣爱娘的诙谐，平彩云的天真烂漫，都给人留下了深刻的印象。作者还用象征性的手法，揭示人物的命运。如第三十五回写燕梦卿之梦：

> 梦卿梦至一处，真是山明月秀，土软沙绵。沿山一带，茂林凌

云蔽日,好似座叠翠屏风。绕过树林,见一块燕石,石边一丛兰花,蜂衔不扰,蝶梦方酣,湛露常凝,卿云时护。石后种满萱草,芳馥堪闻,婀娜可爱。沐赤松子之沾濡,胜十八娘之潇洒。其余闲地,都是些荏苒柔茅,含烟带露,虽亦有香,而蚁子、蛇儿又觉可厌。水内一派浮萍,忽东忽西,行散行聚,轻似彩霞,烂如云锦。梦卿坐在石上,但见那树林枝枝挺秀,叶叶生辉,樛乔异势,葛藟千条,不亢不随,堂堂正正。那一丛兰花,披风绿叶,长细而不柔;含露紫葩,清华而不艳;端庄幽静,世外仙姿。那一派萱草,居九般之仙品,夏首即芳;开六出之奇容,深秋不落;岂但忘忧,且能解毒。那些柔茅,纵横满地,披拂连天,细蕊呈娇,似同萱草争雄;微香矜异,如向兰花比美。那水内浮萍,团团碎碎,正正斜斜,随波流而上下;疏疏密密,止止行行,傍堤岸以徘徊。……忽喇一声巨响,如地裂天崩,一切树林、兰花、萱草、柔茅、浮萍等,化为乌有,却变作一块平田。

梦境揭示了书中几位女主角的品行,预示了她们的命运,也表明作者对所描写生活的思索。《林兰香》的主旨,在于描写燕梦卿的怀才不遇。如果只写燕梦卿的才能得不到发挥,又得不到丈夫的爱,这对生活的反映是浅层次的,作者还要问一个为什么。这一段梦境,正是对上述问题的解答:茂林蔽日,好似座叠翠屏风,这是象征林云屏的地位盖住了众妾。大树下的燕石,石边的兰花,又象征梦卿处在大树之下,掩蔽了才能的发挥。含烟带露的柔茅,细蕊呈娇,微香矜异,如向兰花比美,这又是写香儿。茅草不如兰花那么高贵,但也有其动人之处。蚁儿、蛇儿,指她嫉妒的品质。这样一来,燕梦卿的怀才不遇,又失爱于丈夫,便得到了解释。一声巨响,眼前的树林、兰花、柔茅化为乌有,却变作一块平田,又表明了作者对生活真谛的思考:人生世上,寿夭穷通,终归乌有。不仅耿朗的几房妻妾如此,整个人生都是如此。小说的结尾又感慨地说:世上的人,无论是贵者、贱者、贫者、富者、长寿者、夭折者、劳者、逸者,总皆是梨园中人,弹词中人,梦幻中人。这种思想,显然是道家的观念。道家把人同自然看作一体,把生死看作一种转化:生是一种自然形态,死也是一种自然形态,生是虚幻的,死是虚无的,一切都是空的。《红楼梦》中的太虚幻境,"好就是了,了就是好"

的观念，以及其"落一片白茫茫大地真干净"的结局，都说明作者的生活见解和《林兰香》的作者是一致的。这种象征手法，使得小说创作避免了平直浅露的特点，使故事情节虚实相济，带有一种神秘的、富有诗意的色调，而又不至于削弱小说的现实主义特色。

此外，《林兰香》的情节、语言都比较有特色。作品情节是从生活出发，而不是从理念出发，显得真实可信，合情合理，也比较曲折、生动。语言通俗，也比较典雅。

第十五章
世情小说的顶峰之作《红楼梦》

清乾隆年间,伟大的小说家曹雪芹创作了《红楼梦》这部杰作,把世情小说的创作推向了顶峰。《红楼梦》不仅是世情小说中成就最高的作品,也是我国古代小说中成就最高的作品。

第一节 曹雪芹与《红楼梦》

《红楼梦》的艺术魅力是惊人的。从它问世以后,一直风靡于世,使得一些不同思想、不同信仰、不同层次的人都对它发生兴趣。那些原先思想上就肯定"情"、否定"理"的人,认为《红楼梦》是"亘古绝今一大奇书",希望人们"能识奇书,评奇书,使天下后世皆知为奇书,不致以奇书为淫书而误于奇书"(孙桐生《复妙轩评石头记叙》)。而那些受道学影响比较深的人,口头上贬低它,实际上也欣赏它。清代学者潘德舆,在《金壶浪墨》中就记载了他读《红楼梦》时的矛盾心理,"吾非不知《红楼梦》为小说之卑者也",但一读起《红楼梦》来总要被感动得下泪,而且"虽泪渍书数寸,而终不能舍书而不读"。《红楼梦》还引起了不同国度的人研究它的兴趣。我国自光绪年间起,研究《红楼梦》就成为一种专门的学问——"红学";日本人爱读《红楼梦》,在他们国家还出现了《红楼梦》的仿制品;美国也召开《红楼梦》国际讨论会,最先用计算机考证《红楼梦》版本的是美国人。这种现象,证明人的审美意识有个性,也有共性,同时也表明《红楼梦》审美蕴味的丰富性、广泛性。

《红楼梦》之所以能具有如此大的艺术魅力,其作者曹雪芹思想的深邃及文学功底的深厚无疑是个关键。

曹雪芹是个世代簪缨之家的子弟,"生于繁华,终于沦落"。他的先世原为汉人,明末入满洲籍,属正白旗。后来祖上随清兵入关,建立军功,受到朝廷的宠信。曾祖曹玺,是顺治皇帝的亲信侍臣;其妻孙氏又是康熙的奶母。而曹雪芹的祖父曹寅很小就入宫当了康熙帝的"伴读",是和康熙帝一起长大的小伙伴。由此,曹家受顺治、康熙两代皇帝的宠信。曹玺、曹寅以及曹雪芹的父辈頫、颙,三代四人相继任江宁织造达六十多年之久。江宁织造,名义上是为皇室在外采办绸缎,实际上控制着江南的丝织业,是个肥缺。而且,织造又是皇帝的耳目,负有秘密向皇帝汇报地方官情况的任务。所以,当时曹家的兴盛可想而知。曹雪芹的少年时代经过了一段富贵繁华的生活。雍正皇帝继位后,对他的兄弟及康熙的亲信横加打击,曹家也在其中。雍正五年(1727年),曹頫被革职抄家,曹家衰落,曹雪芹也开始了贫困、坎坷的生活。尤其是他人生最后的十几年,他流落到北京西郊香山脚下的一个小村庄里,生活更加困苦。就在他凄凉的晚年,他开始创作他的不朽名著《红楼梦》。乾隆二十七年(1762年),因为爱子夭折,在《红楼梦》还没成书时他就"泪尽而逝"。

曹雪芹这种坎坷的身世,虽然给他晚年的生活带来极大的痛苦,但是也给他创作《红楼梦》提供了好的条件。第一,曹雪芹的童年是在商品经济相当发达的江南地区度过的,使他能够较多地受到新的社会思潮的熏陶。《红楼梦》所反映出来的观念,许多方面是和晚明王学左派的代表人物李贽的思想观念相通的。第二,曹雪芹生活在世代簪缨的贵族之家,他熟悉贵族生活的方方面面。家境的败落,生活的剧变,又加深了他的生活体验。这使得他写《红楼梦》有很强的生活实感。第三,曹雪芹的家庭,除了富贵的一面,还有文化教养的一面。他自幼受过良好的教育，他的祖父曹寅是当时很有名气的学者，藏书很多。这使他不仅在思想认识上高过以往世情小说的作者，在审美趣味的高雅，文化修养的深厚方面，也非一般的作者所能比并。

《红楼梦》最初以八十回抄本在社会上流传，本名《石头记》。传抄本中大都有署名脂砚斋、畸笏叟等人的评语，故此人们称之为"脂评本"。属于这个系统的本子，陆续发现了十多种。早期的本子如甲戌本（1754 年）、己卯本（1759 年）、庚辰本（1760 年）俱为残本。直到1784 年才有了八十回、书名也题为《红楼梦》的版本。

《红楼梦》的排印本，有乾隆五十六年（1791 年）程伟元、高鹗刊印的《红楼梦》，一百二十回，通称"程甲本"。第二年，程、高二人又对甲本略作修订，重新排印，通称"程乙本"。

一般认为，《红楼梦》前八十回，是曹雪芹所作；后四十回是高鹗增补。也有人认为，高、程是收集了曹雪芹部分佚稿后增补的。笔者更相信后一种说法，而且认为，高、程收集到的佚稿在后四十回中所占比例还比较大。这是因为，后四十回所表现的思想倾向，与前八十回基本相符。尤其是贾宝玉、林黛玉、薛宝钗等几个主要人物的思想性格，以及大多数人物的结局，大都与前相符。在艺术描写方面，虽小有瑕疵，但总体成就也不是一般的小说作家所能达到的。尤其是黛玉的迷本性、焚诗稿、魂归离恨天，元春之死，妙玉被劫等，写得非常感人。后来，诸多的续作，以及现在电影、电视剧的改编，都远没有达到后四十回的水平。

《红楼梦》后四十回的内容，与前八十回确有不吻合的地方。产生这种不吻合的原因是复杂的。这首先缘于作者在创作过程中思路的更改。作家着手创作前，会有一个大体的规划，但在创作过程中，其思路也会不断完善。作品前八十回，就有与"太虚幻境"判词相矛盾的内容，这就是众所周知的秦可卿之死。这实在是一个重要的改动，也是成功的改动。秦可卿是"金陵十二钗"正册中的人物，又兼有宝钗、黛玉之美。如果将其写成与公公扒灰的淫滥之人，不仅会使钗、黛及整个十二钗黯然失色，也与作者满怀同情地赞美女儿、抒写贵族女儿人生悲剧的创作主旨不相合。据此，我们也不能因为后四十回与前面不同，就认定是高鹗的蛇足之笔。其次，在原稿缺失的情况下，为了使人物有一个完整的结局,高鹗确实作了一些增补。但这类增补都在一些次要人物身上,对于全书的风格影响不大。即便是最为人所诟病的"兰桂齐芳"的结局,其实也是一笔带过,并未展开描写。况且,贾兰后来的发达,第五回李纨的判词"晚韶华"和"飞鸟各投林"也都有所暗示。总之,笔者认为,后四十回的风格,与前八十回的差距不大。高鹗、程伟元收集补充《红楼梦》功不可没。

第二节　贾宝玉——贵族之家的叛逆者

《红楼梦》写什么,多年来这个问题一直众说纷纭。我们先看看作者自己是怎么说的。小说开卷的"作者自云"写道:

> 今风尘碌碌一事无成,忽念及当日所有之女子,一一细考较去,觉其行止见识皆出于我之上,何我堂堂须眉诚不若彼裙钗哉,实愧则有余,悔又无益之大无可如何之日也。当此时,自欲将己往所赖天恩祖德,锦衣纨绔之时,饫甘餍肥之日,背父兄教育之恩,负师友规谈之德,以致今日一技无成半生潦倒之罪,编述一集,以告天下人:虽我之罪固不能免,然闺阁中本自历历有人,万不可因我之不肖,自护己短,一并使其泯灭也。[①]

显然,作者写这部书有两个目的:一是自曝其不肖之罪,二是为闺阁立传。毫无疑问,自曝其罪是以贾宝玉的形象体现的;为闺阁立传,就是描写金陵十二钗等众多女子的悲剧人生。下面,我们先看看贾宝玉形象的蕴意。

曹雪芹的祖父曹寅,晚年居扬州时写过一首长诗《巫峡石歌》。诗中的巫峡石,是女娲补天时"用不得"而遗留下来的。它玲珑剔透,色彩绚丽,但徒有其表,百无一用。曹寅写这首诗,目的在于告诫后世子孙,千万不要做这样有其表而无其实的"巫峡石"。但是,在他的身后,他的子孙偏偏怀着矛盾、复杂的心情,描写了一个无才补天的顽

---

① 《红楼梦八十回校本》上,第1页,北京:人民文学出版社,1958。其后该作引文均据此本,仅在行中标明回数。

石——贾宝玉的形象，表现了与他的祖父截然不同的思想观念。

贾宝玉是青埂峰下女娲补天剩下的唯一一块顽石的幻象，因此衔玉而生。第一次从美学角度研究《红楼梦》的王国维认为，贾宝玉的那块玉，指的是人欲。从胎里带来，说明人的欲望是与生俱来的。由于人欲在那个社会里被压抑，所以他痛苦不堪，有出世思想。另一位红学专家王昆仑则认为，这个"玉"表明贾宝玉的怀才不遇。女娲补天时炼就三万六千五百零一块石，用了三万六千五百块，唯独这一块被剩下。而这一块宝石本和其他宝石一样，灵性已通，到了尘世，就变成可怜而无用的顽石了。这两种看法有相通之处，即贾宝玉的秉性得不到世人的认可，他的才能也不为世所用。

贾宝玉降生之时，贾府已现衰败之兆，而衰败的原因是后继乏人。小说第二回，通过冷子兴之口，说荣、宁两府"萧条"，是因为"儿孙一代不如一代"。第五回又写贾府的创业者宁、荣二公之灵，对警幻仙子也说："吾家自国朝定鼎以来，功名奕世，富贵流传，已历百年。奈运终数尽，不可挽回。我等子孙虽多，竟无可以继业者。"总之，这个世代簪缨之家，迫切需要一个能够力挽狂澜、振兴祖业的人。其他人都不具备这种资质，只有聪明灵慧而又含玉而生的宝玉，"略可望成"。因此，贾府的家长们把振兴祖业的希望，都寄托在贾宝玉的身上。

然而，贾宝玉偏偏是小说卷首所说的"背父兄教育之恩，负师友规训之德"的不肖子孙。而他的不肖，既不像《歧路灯》中所写的贵家子弟那样，由于外界险恶环境的引诱而堕落，也不像《醒世姻缘传》中的男主角那样蠢笨无能。他的不肖，与他的禀赋有关，也与他自己的人生哲理相关。

贾宝玉出生后的第一次亮相，是贾政为他安排的"抓周"。他没有像父亲希望的那样抓文房四宝之类，偏偏抓脂粉钗环来玩，被贾政认定"将来不过酒色之徒"。无知无识的时候，他就做错了事情，失去了父亲的欢心。读者也许认为这是刚满周岁的婴儿偶一为之，不足以说明什么问题。然而，晚明的王学左派认为人在无知无识的情况下做的事情，最能表现人的天性。抓脂粉钗环，说明贾宝玉的天性爱美。这种爱美的天性，又导致了他价值观的不同。

封建传统观念认为，人的价值和人的等级、地位密切相关。最高典范是古圣先贤,其次是王侯将相,而贫贱者最没有价值。这是当时社会相当普遍的一种观念。《红楼梦》中的其他人物都未能突破这种观念,贾探春不认母亲赵姨娘,就因为赵姨娘是"奴才"。史湘云说一个唱小旦的戏子化上妆很像林黛玉,使林黛玉淌眼抹泪地伤心了好久,也是认为戏子是贱民,将戏子与自己比较是轻慢了自己。贾宝玉突破了这种观念,他鉴别人的标准只有两个,一是相貌俊美,一是具有赤子之心。用他这个标准衡量,封建社会里的先圣先贤,失却赤子之心,"沽名钓誉"。他们的书,也都是"混编"出来蛊惑人心的。那些"文死谏、武死战"的忠臣烈士,在贾宝玉的眼里,不过是些"须眉浊物"。为了邀忠烈之名,"浊气一涌,即时拼死"。他还认为,"死谏必定有昏君,死战必定有刀兵",要"死谏""死战",就是为了自己得忠烈之名,不惜让君王当昏君,让百姓受刀兵之苦。他更讨厌贾雨村那些"士大夫诸男人",认为他们是书蠹、禄鬼。贾雨村和他讲谈"仕途经济",他总是想方设法推脱;即便是见面,也总是"萎萎缩缩的,没有半点慷慨挥洒的谈吐"。总之,贾宝玉不喜欢那些利欲熏心的名教中人物。他推崇的,是北静王、柳湘莲、蒋玉菡、秦钟等人。这些人不仅人物俊美,也都不拘于礼俗。北静王虽是王爷,但不为"官俗国体所缚";秦钟在许多问题的看法上和宝玉相近;柳湘莲身为世家子弟,却敢于登台演戏;蒋玉菡身为戏子,不慕富贵,不甘受玩弄,三番五次地从忠顺王府逃跑。不管他们的社会地位如何,宝玉对他们都引以为知己,视为至交,"就是为这些人死了,也是甘心情愿的"(第三十四回)。

　　用贾宝玉的标准衡量,女孩儿人品普遍高于男子。这首先是因为她们大都年轻美丽。其次也因为封建社会里,读书做官是男人的事,封建文化的熏陶也重在男子,女孩子则比较多地保留了人的天性。因此他发明了一套"女尊男卑"的理论,"懒与士大夫诸男人接谈,又最厌峨冠礼服贺吊往还等事","却每每甘心为诸丫环充役"。(第三十六回)在他的怡红院里,女孩儿的等级和美丽的程度有关。第五十八回写,晴雯教芳官给宝玉吹汤,芳官的干娘见了,三步两步闯进来,说"她不老成,看打了碗,等我吹罢",结果被晴雯赶了出去。小丫环埋怨她:"我们到的地方儿,有你到的一半儿,还有一半到不去的呢!何况又跑到我们到不去的地方。"在外面侍候的婆子们也打趣说:"嫂子也没有用镜子照一照，就进去了。"可见，怡红院中的等级，貌是基础。贾宝玉对待女孩子，除了看她们的外貌，也看重她们的天性。同样才貌双全的女孩子，贾宝玉对她们的态度又有所不同。对于黛玉、妙玉，他爱中有敬：黛玉与他志同道合，妙玉也是个不安于礼俗、教规束缚的人。而对于宝钗、湘云，他爱她们的貌，慕她们的才，却又鄙薄她们身上所沾染的世俗观念，非常惋惜"好好的一个清净洁白女儿，也学的沽名钓誉，入了国贼禄蠹之流。……真真有负天地钟灵毓秀之德"（第三十六回）。对于丫环们也如此，芳官天真烂漫，晴雯为捍卫自己的人格尊严顶撞他，他和她们的感情越来越深。花袭人侍候他最为尽心，但由于她庸俗、世故，他和她越来越疏远，终于抛弃了她。贾宝玉对那些老婆子们，其中包括他的奶娘，没有半点爱心。这也是因为这些老婆子老丑而且世故，全无赤子之心，"比男人还可杀"。总之，贾宝玉用一种新的标准来认识人的价值。他的这种标准突出了人自身的因素，尽管用今天的眼光看来，这种标准显得浅薄、片面，但和当时人们奉为天经地义的封建等级观念相比，无疑是有进步意义的，因为他已经从带有神圣色彩的封建观念的笼罩中，注意到了人的因素，肯定了人的原质：外貌和天性。

价值观的改变，又引起了人生观的改变。贾宝玉对那些先圣先贤、忠臣烈士不以为然，他自然不会把他们当作典范。在儒学经典中，他又只赞成"四书"中的一句话，即"明明德"，说："除明明德外无书。""明明德"是《大学》中的一句话："大学之道，在明明德。"明德，本来是指封建伦理道德；明明德，就是要人们明白封建伦理道德。但李贽对它作了新的解释：明德是指人的本性，物的本有；明明德是要人们尊重人的本性，物的本有。本来是用来束缚人的个性的封建伦理道德，经李贽一改换，成了提倡个性解放的理论。贾宝玉赞成的，显然是后者。这在他的"爱物论"上能得到证明。晴雯失手摔破了扇子，他大动肝火。后来晴雯说喜欢听撕扇子的声音，他又拿出大把扇子由他去撕。在他看来，"这些东西，原不过是借人所用，你爱这样，我爱那样，各自性情不同。比如那扇子，原是扇的，你要撕着顽，也可以使得，只是不可生气时拿它出气。就如杯盘，原是盛东西的，你喜欢听那声响，就故意的碎了，也可以使得，只别在生气时拿它出气。这就是爱物了。"（第三十一回)也是说,要人尽其才,物尽其用。至于人有什么样的才,物如何去用,由各人的性情而定。他又非常赞成庄子的"保性全真""自然本性"。第二十回写贾环和莺儿玩牌,输了钱赖账,还哭。贾宝玉这样教训他:"大正月里,哭什么? 这里不好,到别处顽去。你天天念书,倒念糊涂了。譬如这件东西不好,横竖那一件好,就弃了这件取那个。难道你守着这个东西哭会子就好了不成?"认为人的生活应该适情任性,顺其自然。

贾宝玉和贾政的冲突,主要也在这一点上。贾政要宝玉读圣贤之书,走仕宦之路,以重振贾府;贾宝玉偏要"全性保真",按自己的意愿生活。这种矛盾贯穿全书。贾宝玉上学之后,贾政规定《诗经》、古文都不用学,只把"四书"讲明背熟,最是要紧。显然,这是着眼于举业,因明清科试内容全从"四书"中来。但"四书"讲的又恰恰是用来束缚人性的伦理道德,故贾宝玉最怕读"四书",一部"四书"读了多年,还是"大半夹生,断不能背"。他喜欢的是吟诗作画,"大观园试才题对额"时,他对于每一处景致的评点,他所题之对额,所作之诗,足使贾政及其门客汗颜。他更喜欢读《西厢记》《牡丹亭》,读这一类的书他能一目十行,过目不忘。在当时,这种才华是不被承认的。贾政说他在大观园题诗,"只不过学了些精致的淘气";宝钗说他"杂学旁收的";袭人认为他"最不喜务正";连丫环婆子们也说他是"中看不中用"。从一开始,贾宝玉的言行就不入正轨。他又"恣情任性",不听教诲,无论是贾政的板子,王夫人的眼泪,都劝不回头。即使他平时比较爱慕的宝钗、湘云劝他,他也要和她们反目。第八十二回还写,贾代儒为了教育宝玉,故意让他诠释孔子的一句话:"吾未见好德如好色者也!"这是孔子发牢骚的话,他为有些人好色而不好德而感到愤慨。贾代儒想借圣人的教诲,让宝玉反省自己。贾宝玉认为,这"是圣人看见人不肯好德,见了色便好得了不的",才说了这样的话。还说"德乃天理,色是人欲,人哪里肯把天理好得像人欲似的!"[①]在贾宝玉看来,连孔圣人都认为人应该好人欲,而不好天理。贾代儒的这种教育自然也失效。宝钗见宝玉读《庄子》,对宝玉说:自古圣德,以人品根柢为重。要好好用功,

---

[①]《红楼梦后部四十回》,第 15 页,北京:人民文学出版社,1993。

即使能博得一第,便从此而止,也就不枉天恩祖德了。宝玉只坚持一条:古圣贤也说过,"不失赤子之心"。他答应了宝钗的要求:"博得一第,从此而止。"中举之后他便出家了。贾宝玉在现实生活中的抗争,他的出家,说明他已认识到封建传统观念对人性的扼杀。他反对封建家长为他规定的读书做官的人生道路,追求实现自我价值,并朦胧地提出了个性自由的要求。

但是,贾宝玉的这种新的观念,在他所生活的那个时代,是不易为人们所接受的。贾府中只有林黛玉真正理解他。而别的人,还只能是按照传统的思维模式去看待他的行动。他和蒋玉菡交朋友,别人便断定他和忠顺王爷一样玩弄戏子;他和女孩儿接近,贾政便认为他是色鬼,王夫人则说他被狐狸精勾引坏了。老于世故的贾母,倒是看出宝玉和女孩子交往不是出于性爱。第七十八回贾母说:宝玉"别的淘气都是应该的,只他这种和丫头们好却是难得。我为此也耽心,每每冷眼查看他,只和丫头们闹,必是人大心大,知道男女的事了,所以爱亲近他们。既细细查试,竟不是为此,岂不奇怪。"贾母还说:此事"我也解不过来","想必原是个丫头,错投了胎不成?"贾母说"解不过来",其识见倒远远高过自以为是的贾政。然而,她保护他,溺爱他,也并不真正理解他。这使得贾宝玉十分孤寂,常感受一种深沉的、人性被压抑的痛苦:"时常没人在跟前,就自哭自笑的,看见燕子就和燕子说话,河里看见了鱼,就和鱼儿说话,见了星星月亮,他不是长吁短叹的,就是咕咕哝哝的。"甚至表示死后要化灰化烟,再不托生为人了。最后导致贾宝玉出家的,黛玉之死是一个原因,但另一个原因就是他不能在那个家庭里保全真性。贾宝玉出家了,贾府也终于因为后继无人而衰落。

笔者认为,贾宝玉不是那种政治上反封建的形象,但他是一个新人的形象。他新就新在具有和封建传统相悖逆的人生观和价值观,并以这种新的观念,和几千年积淀下来的正统的思想文化观念相对抗。这个形象体现了作者对社会、对人生的思索,反映了人们摆脱封建传统观念羁绊的愿望和对新生活的朦胧追求。

第三节　贵族女子的悲剧命运

　　《红楼梦》另一重要内容，是为闺阁女子立传。小说第五回中又以超现实的情节，把为闺阁立传的意思表现得更具体：《红楼梦》中的女子，都是太虚幻境薄命司中人。她们饮的茶名"千红一窟（哭）"，酒为"万艳同杯（悲）"，她们的判词也暗示这些女子都是悲剧命运。由于这类女子人物众多，记录在册的就有金陵十二钗正册、副册、又副册。这使得这部小说无法像《金瓶梅》《林兰香》那样以人名名书，于是就以《红楼梦》名之。红楼，通常指贵族女子的居所，此书写的是贵族之家女子的悲剧命运、如梦人生。小说描写了各种各样的人生悲剧，其中有大梦初醒后感到无路可走，追求实现自己的人生价值而不可得的悲剧；有处于蒙昧之中，无缘无故被她所生活的那个时代断送的悲剧；也有自觉地把自己和行将灭亡的旧事物融为一体，从而成为封建观念的牺牲品的悲剧；还有为名利角逐而身败名裂的悲剧。

一、宝、黛爱情悲剧

　　《红楼梦》中对宝、黛爱情的描写，虽然不是作品的主题、主线，却是这部书中很重要的内容。这里面涉及黛玉、宝钗两个不同类型的女子的悲剧人生。应该说，在我国文学史上，《红楼梦》第一次把封建社会里的男女爱情写得这么深刻、真实、细腻、感人，第一次接触到爱情生活中的许多问题，显示出爱情与友情、爱情与性爱的差异；也是第一次把爱情与人生的道路联系起来，并通过爱情描写接触到许多重大的、整体性的社会问题。这使得《红楼梦》中所写的爱情，高于以往任何作品中的爱情描写。

　　《红楼梦》描写宝、黛爱情，大体上有以下几个特点。

　　第一，《红楼梦》中所描写的宝、黛爱情，不是一见钟情，而是在共同生活的基础上产生的真挚圣洁的爱情。封建社会里规定男女"授受不亲"，男女之间彼此隔绝，很难产生真正的爱情。以往的戏剧、小说所描写的一见钟情，是男女之间邂逅相遇产生的感情，而这种感情只能是彼此的才、色等外部条件的吸引和爱慕。贾宝玉、林黛玉是个例外,他们从小生活在一块,青梅竹马相伴长大,很自然地产生了爱情。这不能不归功于贾母的大意,贾母溺爱宝玉,也怜惜幼年丧母的黛玉,就把他们都放到自己的身边。这里面,除了大意之外,也过于相信她那个诗礼之家的影响,低估了爱情的力量。第五十四回《史太君破陈腐旧套》中,就把这一层意思说得很清楚。贾母平素最讨厌那种才子佳人的故事。她不喜欢,是因为她根本就不信,认为这些故事"编得连影儿也没有了"。她说,既是佳人,是官宦人家的女儿,就必定是"通文知礼"的,怎么会见了一个清俊的男人就会想起终身大事呢?既然是大家闺秀,自然是丫环奶妈一大群人跟着,有这么多人监护,怎么会发生那种越轨的事呢?因此,她认为这些书的作者,都是因为嫉妒人家富贵,所以要故意编派人。她还说:"别说他那书上那些世宦书礼大家,如今眼下真的,拿着我们这中等人家说起,也没这样的事,别说是那些大家子,可见是诌掉了下巴的话。"她的这一番话,确实指出了以往才子佳人故事在情节上的疏漏,但也表明了她对爱情的不理解。似乎是有丫环婆子跟着,就不会出现爱情。但是,就在贾母说这话的时候,就在她的身边,就在她最钟爱、亲自关照、时时保护的人的身上,这种爱情早已产生了。确实,宝、黛爱情不像贾母所说的那种一见钟情。以林黛玉的性格而言,我们也相信她决不会见到一个清俊的陌生男子,就会想起终身大事的。他们的爱情是在不知不觉中产生的。最初,他们"日则同行同坐,夜则同息同止,真是言和意顺,略无参商。……那宝玉亦在孩提之间,况自天性所禀来的一片愚拙偏僻,视姊妹兄弟皆如一意,并无亲疏远近之别,其中因与黛玉同随贾母一处坐卧,故略比别个姊妹熟惯些,既熟惯,则更觉亲密。"(第五回)这种孩提之间的"熟惯""亲密",还只是他们爱情的基础。后来,在长期的相处之中,爱情悄然而生。贾宝玉生性聪慧、面貌清秀,对黛玉又十分关心、体贴。黛玉成为一个寄人篱下的孤女之后,她在贾府的地位每况愈下,渐渐地陷入冷漠、孤独之中,她生命之中唯一感到慰藉的,就是宝玉对她的关心。她对宝玉对她的这份感情看得比生命还宝贵。而宝玉也因为"从小时和黛玉耳鬓厮磨,心情相对,及如今稍明时事,又看了那些邪书僻传,凡远亲近友之家所见的那些闺英闱秀,皆未有稍及林黛玉者,所以早存了一段心事"(第二十九回)。当然,封建礼教的压力确实十分强大,即便没有丫环奶妈一大群跟着,他们也不会发生苟且之事。他们甚至彼此之间不敢表白爱情,都是"或喜或怒,变尽法子,暗中试探"。这形成了《红楼梦》爱情描写的特点,即用口角、眼泪描述刻骨铭心的爱。但是,无论如何,我们都不能否认这种爱情的真切与执着。

第二,宝、黛爱情,不是以郎才女貌为基础,而是以共同的思想情调、生活情趣作为基础。为此,《红楼梦》的作者给自己出了个很大的难题,他选择了一个才貌双全的封建淑女——薛宝钗作为贾宝玉否定的对象。而且,这位天才的艺术家在反映社会生活时,又总是天然无饰,不露人工痕迹。曹雪芹对黛玉、宝钗的描写中,没有直接表露自己的褒贬爱憎,一切让读者自己去思考。结果,人们接受了林黛玉,也接受了薛宝钗。仁者见仁,智者见智。对生活持不同态度的人,对这两个人物的看法也就不同。据清人记载,两个老朋友争论宝钗、黛玉的高下,"一言不合,遂相龃龉,几挥老拳"。这不是作者的失败,而是很大的成功,说明他没有把对生活的认识简单化。

我们今天分析宝钗、黛玉形象时,要注意两个方面的问题。一是我们必须把书中的人物,放到他们所生活的那个特定的历史环境和具体的生活环境之中加以分析,对黛玉的形象的分析尤其要注意这一点。按说,这是分析古典文学起码的常识,但由于《红楼梦》反映社会生活很深刻,也很逼真,所以人们往往把书中人物认作自己身边的人,当作现代人分析。如:有人认为"娶妻当娶薛宝钗",因为黛玉"多愁善感""喜怒无常",与周围的环境难适应。这就把林黛玉硬拉到我们现在的这个生活环境中了。鲁迅先生说过:"健全而合理的好社会中人",将不会懂得"林黛玉型"的人。① 二是分析人物应力图客观,应以作品所提供的内容为依据,而不应凭自己的感情去杜撰故事。这又是针对薛宝钗的评论而言的。读《红楼梦》的人大都同情宝、黛的爱情悲剧,有不少人因而迁怒于宝钗,因此对宝钗形象的评论有些偏颇。如:有人把薛宝钗的肖像描写中的"脸如银盆"想象成大圆脸,认为不美;

---

① 《鲁迅全集》第5卷,第531页,北京:人民文学出版社,1981。

林黛玉"行动如弱柳扶风",才是真美。也有人说宝钗十分奸诈,戴的金锁是假的,入宫待选也是假的,到贾府所做的一切都是为了争夺宝玉。甚至有人说宝钗与宝玉先已有了苟且之事,所以宝玉只得和她成亲。这已经不是分析人物形象,而是杜撰故事。

薛宝钗确实是作为与林黛玉对照的形象来塑造的,但就她们先天的条件来说,两人都是美的,是不同类型的美:一个如捧心的西子,是一种病态美;一个如妩媚娇艳的杨妃,是一种健康美。就容貌之美来说,二人分不出上下高低。两人都很有才,在姐妹中举行的诗会上,又总是轮流夺魁。黛玉悲悲切切地葬花,固然常赢得人们的同情之泪;宝钗娇喘吁吁地追赶一对玉色蝴蝶时,那种天真烂漫的情趣也非常动人。在这一方面,作者故意不让你分出高下来,第五回两人的判词也是合写的"可叹停机德,堪怜咏絮才,玉带林中挂,金簪雪里埋"。第一、四句写宝钗,第二、三句写黛玉。就郎才女貌而言,贾宝玉选择谁都比较理想。但是贾宝玉为什么选择林黛玉,遗弃薛宝钗呢?这才是《红楼梦》作者所要重点表现的内容:两个人先天的条件都是好的,但由于后天所接受的教育不同,所以使她们的思想性格、生活情趣大不相同。薛宝钗的形象,是作者根据传统的封建道德理想塑造的人物。也就是说,用封建道德去衡量薛宝钗,她无一不美。贾母说:"从我家的四个女孩儿算起,都不如宝丫头。"居然把那位贤德妃也比下去了。林黛玉的形象,是作者按自己个性解放的理想塑造的人物,目的是要向人说明,世上还有比正统风范更美、更动人的妇女形象。

小说具体而细致地揭示了这两个人的经历,自幼所受的教育,及对她们性格的影响。林黛玉生于清贵之家,父母膝下无子,黛玉自己又娇弱多病,父母对她比较娇纵,她也因而比较任性。母亲去世后,黛玉来到贾府,虽得到贾母的怜惜,但别人也都只是尽大面,没有人真正关心她,也没有人认真教育她。一次在她行酒令时顺口说出《西厢记》《牡丹亭》的句子,宝钗指责她,她说:"颦儿年纪小,只知说不知道轻重,做姐姐的教导我。"还说:"我长了今年十五岁,竟没有一个人像你前日的话教导我。"没有人教导,黛玉自己觉得这很不幸。然而,不幸而幸,这使她比较多地保留了少女纯洁的天性。她以自己的眼光看待社会,按照自己的理想去生活。她初进贾府的时候,贾母把她搂在怀里"心肝儿肉"地叫着大哭,后来又几乎把她和宝玉一样看待,"把三个孙女倒且靠后了"。凭着血缘关系,她要讨得贾母欢心应该比宝钗容易;更何况,贾府的上上下下,有谁不在争着奉迎这位至高无上的老祖宗呢? 然而,黛玉只会任其自然地表现自己的性灵,不肯违背自己的天性,去顺应世故人情。她从未奉承过贾母,更没有讨好在荣府掌权的王夫人,渐渐地失去了贾母的欢心。当家境剧变以后,她由一个千金小姐变成了寄人篱下的孤女,冷酷、势利的贾府对她的态度也渐渐冷漠起来。长期养成的自尊的个性与她在贾府的实际地位的矛盾,扭曲了她的性格。她变得多愁善感,喜怒无常,尖酸刻薄。对于被她视为情敌的宝钗、湘云,这种尖酸刻薄的话更多。话虽刻薄,却都是她真性情的流露。她不承认男尊女卑的社会现实,不肯顺从封建礼教加在妇女身上的三从四德的教育。而对于宝玉所厌恶的"四书"、八股,她也同样厌恶。最可贵的,是她坚持自己的人生理想,大胆地追求爱情和幸福。她不像封建社会里的一般妇女,追求郎才女貌,夫贵妻荣;她追求的是知己之爱。然而,生活在那样一个社会里,林黛玉受的教育再少,也懂得女孩子自由恋爱是为礼教所不容的。所以,她和宝玉的爱情,既是她生活中唯一的精神支柱,又使她承受了很大压力,给她带来极大的痛苦。最初这种压力还不是来自封建家长,而是来自她自己头脑中的封建意识的烙印。她想爱,又不敢爱,而又不能不爱,这使她变得喜怒无常。她常常以金玉良缘之说试探宝玉,逼着宝玉对她表白爱情,一旦宝玉向她表白,她又悲哀、生气,认为宝玉欺负了她。但是,林黛玉身上的爱情,最后毕竟冲破了理性的束缚,很快发展起来。当宝玉送给她定情之物——两方旧绢帕时,她虽然感到恐惧,却含泪在上面题了诗把它们珍藏起来。后来,双方都经受不住感情的折磨,互相表白了爱情。当他们的爱情被封建家长们知道之后,"风刀霜剑"就更为残酷地逼向了林黛玉。贾母等人不仅偏偏为宝玉选择了宝钗,连病也不给黛玉治了。黛玉就在宝玉和宝钗办喜事的鼓乐声中悲惨地死去。显然,她赢得了贾宝玉的爱情,却为此付出了年轻的生命,成为感人至深的悲剧形象。

薛宝钗的经历和她所受的教育与林黛玉不同。她出身于皇商家庭,虽有一个哥哥,却不成器,父亲就把自己的心血都花在教育女儿身上。薛宝钗原先也曾经是个"淘气的""够个人缠的"女孩儿,也曾经背着家长偷看《西厢记》《琵琶记》之类的书。后来大人知道了,打的打,骂的骂,烧的烧,从此她改邪归正。后来她父亲是怎样教育她的,书中没有写,但从她到京应选"公主郡主入学陪侍,充为才人赞善之职",也就可以看出,她父亲要她走的是封建社会里的女子最高的人生之路。要到宫里去当女官,就要达到封建社会女性最高的标准——贤孝才德兼备。可见,她的起点就不平凡。可是,她父亲过早地去世了,这在宝钗的人生道路上,不能不说是个转折。父亲一死,哥哥又不能安慰母亲的心。所以,她不再以读书识字为念,只留心针黹家计之事,好为母亲分忧代劳。这样一来,宝钗比别的女孩儿又多着一份运筹谋画、理财治家的本领。在《红楼梦》中,她的才能是最全面的。她自幼所受的那种一般女孩子得不到的封建社会里最严格、最高等的教育,使她能自如地使自己的言行适合于正统的风范;过早地当家,又使她善于把握现实利益。善于把握现实利益的人必须能控制自己的感情,所以她能够永远以平静的态度、精细的方法处理她所遇到的一切事务,用心机适应贾府这个腐败的贵族之家的环境。尽管贾府内部一个个像乌眼鸡一样,恨不得你吃了我,我吃了你,但一提起薛宝钗,却能众口称颂。这就是她的行善、齐家、立德、守礼的结果。这里面有虚伪、做作,有对下人的冷酷无情,但是薛宝钗却是把它们都当作美德去认真地实践。薛宝钗给人的另一印象,是无情,"任是无情也动人",是冷美人,不像黛玉那样见花流泪,对月伤怀,大自然中美的东西很少能引起她感情的波动。小说写她常服用一种叫"冷香丸"的药,用以克制先天带来的热毒,其含义是深刻的。她是在用冰冷的理性原则,压制她那纯洁少女的天性。她常向宝玉、黛玉灌输那些封建的大道理,对宝玉则劝其立身扬名,对黛玉则教以女德,完全是一副道学家的面孔,以至于宝玉说她"入了国贼禄鬼之流"。她明明有才,却恪守"女子无才便是德"的封建教育,只好"装愚、守拙"。她毕竟是一个妙龄女子,而贾宝玉又是她生活圈子里唯一可以接近的年龄相近的男子,而且生性聪慧,仪表俊秀,对女孩子又温存体贴,她不可能对他全然不动心。但是,按照她所信奉的封建道德,女孩子不能自己选择男人,更不能有男女私情,所以她又极力克制这种感情。她喜欢宝玉,却又因为有金玉姻缘之说"总远着宝玉";贾元春赏赐东西,只有她和宝玉的一样,她"心里越发没意思起来"。她的爱情表现得最明显的一次,是宝玉挨打之后,她去送药,脱口而出地埋怨宝玉:"早听人一句话,也不至今日。别说老太太、太太心疼,就是我们看着,心里也疼"(第三十四回)刚说了半句,忙又咽住,不觉眼圈微红,双腮带赤,低头不语了。可是等她再抬起头来时,却说出了一番宝玉应该读书上进的大道理。这其间显然有一个克制自己感情的过程。总之,宝钗是严格地按照封建礼教去思想、去行动的女孩子。她得到了贾府家长的认可,却没有得到爱情。贾宝玉之所以否定她,实际上是否定她理学化的性格。当然,薛宝钗也是一个悲剧人物,是自觉地把自己和行将灭亡的旧事物融为一体,从而成为封建观念的牺牲品的悲剧。

第三,宝、黛爱情不仅仅是男女青年在婚姻爱情方面的叛逆,而且是叛逆者的爱情。《红楼梦》的读者,大都愿让贾宝玉和林黛玉终成眷属。许多续书写成大团圆结局就是证明。然而,尽管宝玉是贾母、王夫人的命根子,尽管贾母、王夫人都知道,宝玉爱黛玉爱得很深,如果硬要拆散他们,后果难以预料,尽管她们用调包计为宝玉操办婚事时,一个个紧张得冷汗淋漓,但她们还是坚定地选宝钗做宝玉的妻子。这是不是如有些研究者所云,是出于家世的考虑,实现四大家族联姻?应该不是。第二十九回写张道士要给宝玉提亲时,贾母就明确表态:"不管他根基富贵,只要模样儿配的上就好,来告诉我。便是那家子穷,不过给他几两银子罢了,只是模样性格儿难得好的。"看来,贾母还算是开明的,着眼点在于模样性格,而不在于门第。宝钗、黛玉的模样、才情都无可挑剔,关键问题也就在于性格了。第九十回写贾母、王夫人为宝玉选择配偶时,贾母说:"林丫头的乖癖虽也是她的好处,我的心里不把林丫头配他,也是为这点子。""是她的好处",是面子话,即便是为了自己的面子,她也不会当众说外孙女的缺点。因为黛玉的"乖癖"而不将她许配宝玉,才是贾母真实的意思。

林黛玉的乖癖,在于她违背了封建礼教,和宝玉产生了爱情。贾母对这类事件,极为反感。在批评才子佳人小说的"陈腐旧套"时,她就说过,那些看见一个清俊的男子便想起终身大事的女子,"鬼不成鬼,贼不成贼,哪一点儿是佳人? 便是满腹文章,做出这些事来,也算不得是佳人了。"(第五十四回)她当然不允许自己家里的女孩儿有这样的事。紫鹃试探宝玉,说林黛玉要回苏州,宝玉先是吓得"死了大半",后来又闹了个翻天覆地。老于世故的贾母比谁都清楚发生了什么事。偏偏这个时候薛姨妈又说:"宝玉本来心实,可巧林姑娘又是从小儿来的,他姊妹两个一处长了这么大,比别的姊妹更不同。这会子热剌剌地说一个去,别说他是个实心的傻孩子,便是冷心肠的大人也要伤心。"(第五十七回)薛姨妈真这样认为吗?应该不是。因为事后她又对黛玉说,要替她和宝玉做媒。以薛姨妈的老成持重,又明知黛玉小心眼儿,如果不明白黛玉的心愿,断不会自讨没趣。显然,"便是冷心肠的大人也要伤心"之类的话是为贾母遮掩。可以想象,贾府的这位老祖宗当时是颇为失脸面的。至于王夫人对黛玉的反感,更是溢于言表。第七十四回她对凤姐说:"上次我们跟了老太太进园逛去,有一个水蛇腰,削肩膀,眉眼又有些像你林妹妹的,正在那里骂小丫头,我心里很看不上那狂样子。"她说的是晴雯,但如果不是对黛玉反感,也不至于用她作比。

更为严重的是,贾宝玉和林黛玉不仅在爱情问题上违背封建礼教,他们又都是封建的人生道路的叛逆者,他们的爱情,本来就是建立在共同的叛逆思想之上的。贾宝玉厌恶"四书"、八股,不愿走读书做官之路,宝钗、湘云、袭人都劝诫过,惟独黛玉不说那样的"混账话"。林黛玉是理解并支持宝玉的所作所为的。这一点在宝玉挨打一节里就体现得很清楚。宝玉挨打之后,林黛玉第一次悲悲切切地说:"你可都改了吧。"宝玉却说:"你放心,别说这样的话,我就是为这些人死了,也是情愿的。""你放心"三个字,表明黛玉并不真心希望他改,只是不忍心看他吃苦才劝的,也说明她的劝对宝玉反而起了鼓励作用。贾府的家长们最大的期望,就是让宝玉重振贾府。如果为宝玉选择黛玉,只能使宝玉在叛逆的道路上走得更远。贾宝玉、林黛玉这对叛逆者,同封建家长的矛盾是无法调和的。等待着他们的必然是悲剧的命运。

总之,《红楼梦》中的宝、黛爱情描写,向人们展示了封建意识、封建伦理道德扼杀人们的天性、摧残青年人身心的罪恶,反映了人们希望从封建伦理观念的束缚下解放出来的理想和要求。

二、贾府"四春"的人生悲剧

《红楼梦》写得比较多的，还有贾府"四春"的悲剧。按照常情常理，这些出身高贵、锦衣玉食的小姐们，是人们羡慕的对象。第七十一回探春却说："小人家人少，虽然寒素些，倒是欢天喜地大家快乐。我们这样人家，外头看着我们不知千金万金小姐，何等快乐，殊不知我们这里说不出来的烦难更厉害。"她们反倒羡慕那些小户人家的女孩儿。《红楼梦》的作者，以他的如椽之笔，描写了这些贵族女儿的人生悲剧。这不是啼饥号寒的悲剧，而是精神备遭磨难的悲剧。

先看看大姐元春。

一提起元春，人们脑海里会浮现出一个身穿黄袍、腰围玉带的皇妃的形象。元春的道路，是封建社会的妇女们最理想的道路。薛宝钗最初进京，就是应选女史而没能实现。薛宝钗之下，其他女孩子对此可能连想也不敢想。按说，元春的这种际遇，和悲剧命运是无论如何也联系不到一起的。但是，元春在薄命司中居于四春之首。贾府其他三春，尽管在生活中有无穷的烦恼，结局也是悲苦的，但在大观园姐妹们聚会时，总还有一些欢乐，而元春自始至终都是忧郁、哀怨的。书中元春的三次出场：省亲、省宫闱、病死，一次比一次凄惨、悲凉。

省亲是元春最得意的时刻。书中对元春省亲的场面铺写得很详尽：场面是那样肃穆庄严，仪仗是那么显赫，笙箫鼓乐吹奏得那么热闹。按说，这位贵妃娘娘不知该是怎样春风得意才好。但是，身穿黄袍、腰裹玉带的元春见了亲人，却只想哭。元春在家只待了四个时辰，在这短短的半天时间里，她却哭了六次。初见贾母时，她说："当日既送我到那不得见人的去处，好容易今日回家，娘儿们一会，不说说笑笑，反倒哭起来，一会子我去了，又不知多早晚才回来。"可见元春的原意是在这很可珍惜的时间里，娘儿们说说笑笑，不能哭。但她"一手搀贾母，一手搀王夫人，三个人满心里皆有许多话，只是俱说不出，只管呜咽对泣"。尽管她一再"忍悲强笑"，却还是没有能笑出来，情景反倒显得格外凄惨。（第十八回）

为什么身为皇妃的元春会有那么多抑制不住的眼泪呢？原因是元春一再说的那句话：当初把我送到了那个"不得见人的去处"。称皇宫为"不得见人的去处",这是元春独特的生活体验。外人总爱把富丽堂皇的皇宫看成洞天福地,元春经过自己的亲身体验,才知道它是与世隔绝的牢狱。《红楼梦》第五回为元春写的判词头一联就是:"二十年来辨是非,榴花深处照宫闱。"第一句是说元春对其处境的认识有个过程,第二句典出于曹寅的《榴花诗》,其中两句:"未了红裙妒,空将绿鬓疏。"是说她所生活的那个皇宫内院,是皇后嫔妃们为了争宠,互相嫉妒、倾轧、争斗得很激烈的场所。元春在宫内的具体生活,书中没有写,但联系到其他的文学作品,我们可以想象得出来。描写宫廷生活的戏剧《长生殿》,对此揭示得相当深刻。杨玉环是个千古美人,也是历史上少有的宠妃。但从《长生殿》的具体描写来看,杨玉环的感情从来没有轻松过,因为"后宫佳丽三千人",人人都想得到皇帝的宠爱,而且"君心无定",喜新厌旧。所以杨玉环一直战战兢兢地生活,最后仍落了个悲剧下场。从《红楼梦》的描写看来,元春没有那种专宠,她是靠"贤孝才德"选为贵妃的,基本上属于受冷落的一类。受冷落的嫔妃毕竟也是有血有肉的人,而且是妙龄女子。长期受冷落,难免会有这样那样的想法,做出些感情冲动的事,于是皇宫里对嫔妃们的生活严加防范。她们不能随便与外人接触,更不能把宫廷里的生活传到外面去,具体做法是把她们同外界完全隔离。嫔妃、宫女一旦入宫,很少有活着出来的。如唐人顾况《宫词》所说:"君门一入无由出,惟有宫莺得见人。"唐人朱庆余《宫词》也说:"含情欲说宫中事,鹦鹉前头不敢言。"可见惶恐、孤寂到什么程度。没有夫妻之爱,没有天伦之乐,也没有人可以倾吐心事,交流感情,她们只能默默地独自忍受这种孤寂之苦。回家省亲,是元春一生中的大事,可以想象,是她盼望已久的。她所渴望的,是娘儿们在一起说说笑笑,享受一下天伦之乐。这种要求已经够可怜了,但帝王的威严,皇家制度,在她与她的家庭之间筑起了一道无形的墙。她虽然回到家中,却无法亲近家人,家人也无法亲近她。一家人见面,做的是矫揉造作的动作,说的是不近人情的套话。白发苍苍的老祖母,要对她行君臣大礼。父母和其他亲属,要"排班朝见"。自己最喜爱的弟弟,因为是"无职外男",不敢朝见。在这种气氛中,哪里还有一点家庭的温馨呢?在她的父亲隔着帘子向她请安时,她终于忍不住,含泪说了几句心里话:"田舍之家,虽齑盐布帛,终能聚天伦之乐,今虽富贵已极,骨肉各方,然终无意趣。"身为皇妃,她竟然和探春一样,反倒羡慕田舍之家的女孩儿。她向父亲倾诉痛苦,自然希望亲人理解她,宽慰她。不料,她的这番话,引来的却是父亲一大篇极不近人情的套话。贾政称女儿为"贵人",自称是"草芥寒门";把元春比为"凤鸾",把自己全家比为"鸠群鸦属";不说自己养育女儿,而说元春"上锡天恩,下昭祖德,此皆山川日月之精奇,祖宗之遗德,钟于一人,幸及政夫妇",劝她"勤慎肃恭以侍上"。这根本就不是父亲应该对女儿说的话,元春也不可能从这些冷冰冰的套话中感受到一点儿亲情。可以想象,长期闷在宫中的元春,来省亲时积攒了一肚子的话想对亲人诉说,但最后又原封不动地带回了宫中。

　　元春的悲苦,远不止于此,还在于她时时都在为自己的命运、家族的命运担忧。第五回中预示她生平的曲子叫"恨无常",题目本身就有生死不测、福祸难定的意思。"喜荣华正好,恨无常又到。眼睁睁,把万事全抛……故向爹娘梦里相寻告:儿命已入黄泉,天伦啊,须要退步抽身早。"说明这种荣华富贵是不会长久的。宫里的嫔妃,说穿了只不过是皇帝的玩物。皇帝喜欢她的时候,她是尊贵的;一旦皇帝玩厌了,或是出于某种需要,她随时都会有杀身之祸,而且株连家族。历史上的嫔妃,有红极一时的,却很少有得到善终的。所以元春除了正常的生活欲求不能满足,感情长期受压抑外,还总有一种祸福未卜、战战兢兢的感觉。这在省亲中表现得也很充分。她来到大观园正殿,一见石牌坊上题着显眼的"天仙宝境"四字,便"忙命换'省亲别墅'四字"。原来,旧时曾有人把宫室比仙境,元春怕有僭越之嫌,换成"省亲别墅",便无可挑剔。其实,民间也多有把美好景致比仙境的,并未构成僭越之罪。元春之所以要换,是怕招灾于万一。她将"杏帘在望"改为"浣葛山庄",后又觉不妥,改为"稻香村"。原因是"浣葛"典出《诗经·周南·葛覃》:"薄浣我衣。"旧说此诗是"颂后妃之德"的。按说,"后妃"中也包括妃,她正是皇帝的妃,用"浣葛山庄",应该没有什么错处,但她还是怕有僭越之嫌,不如改为"稻香村"平稳,因这是取"五谷丰登民安乐"之意。这与其说是谨慎,不如说是疑神疑鬼。如果宫廷环境不是那么险恶,她不至于被吓成这个样子。一个人怎么能经受得了这样的精神折磨呢?尽管元春第一次省亲还没有结束就盼着第二次省亲,但是她没等到第二次省亲就逝世了。省宫闱写她初次染病,贾母、邢夫人、王夫人、凤姐被恩准进去看望。而贾政、贾赦等人,连隔帘请安也不能够了,只能在宫外递进职名请安。贾妃又泪流满面地说:"父女弟兄,反不如小家子得以常常亲近。"(第八十三回)第八十五回写她临终前的情景,更为凄惨:贾母、王夫人被宣进宫去时,元春已"痰塞口涎,不能言语",见了贾母只有悲泣之状,却少眼泪。贾母、王夫人在这种情况下,也不敢表示出亲近之情,还是规规矩矩地请安,说些宽慰的话。而贾政等人的职名再送进来时,"元妃目不能顾,脸色渐渐改变"。此时,为了怕影响其他嫔妃来看视,只许贾母等在宫外等消息。"贾母、王夫人十分不忍心,但无奈国家制度,只得下来,又不敢啼哭,惟有心内悲戚。"应该说,元春至死也没能真正享受天伦之乐、夫妻之情。

作为一个独特的悲剧典型,元春的形象有着与众不同的光彩,其内涵是极为丰富、复杂的。元春成了她贵族之家的牺牲品。尽管她的入宫,曾经为贾府这个将要败亡的家族注入了一针强心剂,也只是延缓了衰亡的时间。但她本人付出的代价是惨重的。在宫中,从地位上来说是富贵尊荣的,从精神上来说,她不过是一个狱囚,完全失去自由,人的正常的精神生活也得不到满足。有的评论者指出:元春明知自己是丝笼里的小雀,时时有被虐杀的危险;面对提笼者,却又得欢快跳跃,嘤嘤鸣啼,甚至还希望笼丝能坚固些,这就是她的悲剧所在。《红楼梦》通过这一形象,反映了社会生活中一个不大为人所注意的侧面——嫔妃的生活,写出了皇权对妇女人性的摧残、扼杀。

再看看探春。

在追求实现自己的人生价值而不可得的悲剧中,探春是个比较特殊的个案。她没有产生和封建礼俗相违背的"情",却大胆地向"女子无才便是德"的古训宣战。

贾探春是一个有才干、有志向的女子。她没有林黛玉那种多愁善感的诗人气质,也没有薛宝钗那种无所不知的学问。在她的身上,较少女孩儿的温柔娇弱,却分明表现出一种压倒须眉的才干和坚毅明敏的政治家风度。她生得"俊眼修眉,顾盼神飞",房间的装饰也格外大气:"三间屋子并不曾隔断,当地放着一张花梨大理石大案。上磊着各种名人法帖,并数十方宝砚,各色笔筒;笔海内插的笔如树林一般。那一边设着斗大的一个汝窑花囊，插着满满一囊水晶球的白菊。西墙当中挂着一大幅米襄阳《烟雨图》。左右挂着一副对联，乃鲁颜公墨迹。"（第四十回）整个环境给人一种高旷开朗的景象。她的为人行事也与一般的女孩子不同。论诗才她不如宝钗、黛玉，但首先在大观园发起诗社的是她："孰谓莲社之雄才，独许须眉？直以东山之雅会，让余脂粉。"从此，大观园的女儿们的生活中增添了一点社会性的、男性化的色彩。这又分明显现了她的组织才能和压倒须眉的志气。探春在贾府的知音不是贾宝玉，也不是林、薛，而是王熙凤。在王熙凤看来，这位三姑娘"心里嘴里都也来得。……他又比我知书识字，更利害一层了"。王熙凤是不肯轻易推许人的，却独独推许探春，更说明了探春出类拔萃的才干。

　　探春不像王熙凤，心甘情愿地把自己的聪明才干用于这个贵族之家的争权夺利。她的志向大得多："我但凡是个男人，可以出得去，我早走了，立出一番事业来，那时自有一番道理。"她若是个男子，她的确是建功立业、振兴贾府的最合适的人选。但她偏偏是个女孩儿，而且是个庶出的女儿。当时的社会没有为女子提供施展才能的场所；庶出的女儿又不是正牌的主子，在家中甚至也不具备理家的资格。但探春不肯认命，她要尽一切力量与命运抗争。她不承认嫡庶的差别，对宝玉说："姐妹兄弟跟前，谁和我好，我就和谁好，什么偏的、庶的，我不知道。"（第二十七回）她又十分强调主奴的差别，因为庶出的主子，总比奴仆的地位高。在贾府，她是经常把"主子"二字挂在口头的人。迎春为累金凤的事受仆妇的气，探春感到"物伤其类，唇亡齿寒"，替迎春兴师问罪："咱们是主子，自然不理论那些钱财小事，只知想起什么要什么，也是有的事。"她还令侍书找来平儿，质问："还是他原是天外的人，不知道理；还是有谁指使他如此，先把二姐姐制伏，然后就要治我和四姑娘了。"（第七十三回）"原是天外的人，不知道理"，强调主奴界线的天经地义；把嫡出的四姑娘和自己并列在一起，又取消了嫡庶之别。她以凤姐治家不严，纵容奴才欺负小姑子为由，逼着凤姐出面干涉此事。抄检大观园时，贾府上下都没有意识到这件事意味着什么。唯独她想到了："可知这样大族人家，若从外头杀来，一时是杀不死的，这是古人曾说的，'百足之虫，死而不僵'，必须先从家里自杀自灭起来，才能一败涂地呢!"(第七十四回)故此,她对这次抄家十分反感。偏偏王善保家的仗着自己是有头有脸的管家,认为探春"哪里一个姑娘家,就这样起来?况又是庶出",故意拉了一下她的衣角,作了个搜身的表示。她登时大怒,打了王善保家一记响亮的耳光后,亲自解纽子,拉着凤姐儿翻,"省得叫你们奴才来翻我"。她是主子,即便是搜身也只能是凤姐搜,决不能让奴才搜。有时候,为了显示自己的高贵,她不惜把那些丫环仆妇说得那么卑贱。当赵姨娘和芳官等人打架时,她这样教训赵姨娘:"那些小丫头子原是些顽意儿,喜欢呢,和他们说说笑笑;不喜欢便可以不理他,便他不好了,也如同猫儿狗儿抓咬了一下子,可恕就恕,不恕时,也只该叫管家媳妇们说给他去责罚。"(第六十回)

许多研究者对探春的这一特点颇有微词,认为探春维护名分等级,站到了封建阶级的立场上。但是,如果我们看问题不停留在表面的话,就不难发现:她口口声声称自己是主子,恰恰因为她不是硬气的主子。真正对奴才颐指气使的王夫人、凤姐这样的正牌主子,是用不着这样说的。况且探春并没有耀武扬威地作践过奴仆,她打王善保家的,骂柱儿媳妇,不是主子压迫奴仆,倒是奴才仗势欺负庶出的主子。她称自己是主子,只是想通过名分等级对自己有利的一面来捍卫自己的人格尊严。

在维护自己的人格尊严方面,探春比迎春更多了一个障碍,就是她的生母赵姨娘。赵姨娘在贾府很不得人心,且和王夫人、凤姐之间矛盾很深。对此,探春无法回避,要么站在王夫人一边反对生母;要么和弟弟贾环一样,站在生母一边反对王夫人。探春选择了前者,她抛弃自己生身的血统而承认正统,认王夫人为母亲:"我只管认得老爷太太两个人,别人我一概不管。"探春平时对赵姨娘不予理睬。我们知道探春是赵姨娘所生,并不是因为她们之间关系的亲密,却恰恰是因为她与赵姨娘之间时常爆发矛盾。确如探春所云:"何苦来,谁不知道我是姨娘养的,必要过两三个月寻出由头来,彻底来翻腾一阵,怕人不知道,故意表白表白!"(第五十五回)探春理家时,这种矛盾达到了非常尖锐的程度。理家是探春很得意的事,因为这满足了她的自尊,有了能让她施展才能的机会。但从名分上来讲,她没这个资格,所以王夫人让她理家还要挂一个协助李纨的名义。对于这样一点可怜的权限,她看得十分郑重。她那不识趣的生母想要她利用手中的权力拉扯自己时,她不惜拿她开刀,"谁家的姑娘,拉扯奴才了"。当奴才的生母不是母亲,当奴才的舅舅更不是舅舅。的确,探春这样做是有些残忍,有些不近人情;但如果她不这么作,要么她会像迎春一样被人作践,要么像弟弟贾环那样做个身份卑微、心术不正的人。她的才干、心志都使她不屑于做那样的人。

探春也在自觉地维护家族利益,甚至想重振贾府。然而,她唯一施展才能的机会也就是那一次理家。她深知贾府的弊病,理家的总的宗旨是节约开支,除了免去一些重复的开支外,还把大观园承包给丫环仆妇。理家这件事可以看出她卓越的才能,但理家收效又甚微。一则,她的权力太有限了,只能从丫环、婆子身上省几个钱;苦心经营,也不过为贾府省几百两银子。这对于骄奢成性的贾府的主子们来说,是杯水车薪,无济于事。探春最后的结局是远嫁,但是无论她嫁得有多么远,她要"出去立一番事业"的理想,也只能是个梦想。探春的悲剧,是封建制度摧残、压制妇女才干的悲剧。

迎春和惜春,是《红楼梦》着笔较少的形象,但这两个形象,也很具典型意义。

迎春的特点是软弱,她是《红楼梦》中唯一的一位连丫环婆子的气都得受的主子。这自然是和她"心活面软"、秉性懦弱有关。但是,贾宝玉不也是心慈面软吗?为什么他被看成"菩萨哥儿"无人敢惹呢?这又要归结到他们不同的处境。迎春受气,从最根本上说是还是由她的处境、地位决定的。迎春是贾赦的姨娘所生,贾赦妻妾很多,对迎春的母亲未必有感情,对女儿也没有骨肉之情。贾母真正疼的是元春、宝玉,对家中三个孙女也只是尽尽大面。况且贾母不喜贾赦,长房、二房又矛盾重重,迎春得不到贾母、王夫人的庇护。邢夫人秉性愚弱,儿女奴仆,一人不靠,一言不听,只知奉承贾赦,克扣钱财。她对迎春不仅没有感情,还有憎嫌之意。迎春的奶母聚赌获咎,邢夫人、凤姐、管家婆林之孝家的,责任都比迎春大,但邢夫人独独训斥了迎春,而且还是当着丫环仆妇的面训斥的。邢夫人的嫂子,带了女儿岫烟投靠邢夫人,邢夫人竟把岫烟的消费一股脑儿地"摊派"给迎春,还要她每月省出一两银子给自己的嫂子。因此,别人的丫环仆妇都能从主子跟前得点好处,唯独迎春这里,丁是丁,卯是卯,甚至还要"亏欠下人"的。这使得丫环婆子们和迎春争闹起来有恃无恐。在这种境遇之中,胆小怕事的迎春只能事事退让:邢夫人的克扣、训斥,她逆来顺受;柱儿媳妇无理取闹,她无法辖制;抄家时,司棋获罪,要被赶出大观园,她起初舍不得,因为这个家中,只有司棋、绣橘真正关心她,而周瑞家的向她施加压力,说司棋"把姑娘都带得不好了",她又含泪和司棋告别。每当遇到矛盾冲突时,她就读《太上感应篇》,用相信因果报应的方法求得心理平衡。但是,她的退让并没使她免于灾难。她父亲欠了孙绍祖五千两银子,明知孙绍祖人品很坏,还是把她嫁给孙绍祖。孙绍祖不把她看成妻子,而看成抵债的,对她百般凌辱。不到一年,她就被活活折磨死了。临死,她开始埋怨命运对她太不公平。"我不信我的命就这么苦。"按说,迎春出嫁时,贾府虽然开始衰败,但贾赦此时仍是妻妾成群,花天酒地,没有到卖女儿的地步。用她抵债,说明这个色鬼对她没有一点骨肉之情,贾府也没有把她看成正经主子。母亲被玩弄,女儿被抵债,她和她的母亲都是这个贵族之家的牺牲品。

惜春是"四春"之中年龄最小的一个,小说第二回通过林黛玉的眼看她是"身量未足,形容尚小",显然,她还是个孩子。然而,贾府上下很少有人关心"四春"之中这个年龄最小的女孩。她身在荣府,却是宁府的人,是贾敬的女儿,贾珍的胞妹,"因史老夫人极爱孙女,都跟在祖母身边"。惜春似乎比迎春、探春幸运些,是个嫡出的女儿。但从作品的具体描写看,她也是个"没人疼、没人顾"的女孩儿。她自幼失去母亲,父亲一心求仙修道,自然不会顾及儿女;哥哥是贾府最荒淫下流的男人,很少能记起有她这样一个妹妹;嫂子尤氏也同她合不来。贾母收养了她,但也并不真正疼爱她。请看第五十四回写过节放鞭炮的细节:"林黛玉秉气柔弱,不禁'劈拍'之声,贾母便搂他在怀中。薛姨妈便搂着湘云……王夫人便将宝玉搂入怀内。凤姐笑道:'我们是没人疼的',尤氏笑道'有我呢,我搂着你。'"但谁都没有想到保护那个年龄最小、胆子也小的惜春。在那个险恶的环境中,她所受到的惊吓自然远不止于此。抄检大观园时,凤姐等人从她的丫环入画那里搜出了银钱之类的东西,"惜春胆小,见了这个也害怕,说'……二嫂子要打他,好歹带出他去打罢,我听不惯的'"。无爱的环境又养成了她冷僻的性格,没人关心她,她也谁都不关心。这使她常常以局外人的眼光看待贾府,也使她清醒地认识周围的一切。她看出了贾府中某些人灵魂的卑劣肮脏,对尤氏说:"我清清白白的一个人,为什么叫你们带累坏了。"她更是从三个姐姐的遭遇中,看到当时女子遭际悲剧命运的必然,"勘破三春景不长"。于是,她决心跳出这是非之地,出家为尼,终生与孤灯古佛相伴。

其他如晴雯、司棋、芳官、龄官、尤二姐、尤三姐,无一不是悲剧结果,就连那个横行无忌的王熙凤,失势后也被丈夫休弃,"哭向金陵事更哀"。对此,我们不再一一品评。

在描写人生悲剧方面,《红楼梦》与以往的小说相比,也是最深刻、最形象的。《金瓶梅》写妇女的悲剧,只是扣紧妇女对爱情与幸福的追求。人欲以其原始的、世俗的方式,同压制它的"理"进行抗争。《金云翘传》写妇女的悲剧,是黑暗社会里的大奸大恶对美丽女性的迫害。《林兰香》只写了妇女的怀才不遇。只有《红楼梦》,写了各式各样的人生悲剧。其思想蕴意的深邃性,艺术形象的鲜明性,情节描写的真实性、生动性,都是空前绝后的。

第四节　《红楼梦》的艺术美

歌德说过:"古人的最高原则是意蕴,而成功的艺术处理的最高成就是美。"(《论拉奥孔》)《红楼梦》之所以成为古代小说的顶峰,之所以拥有这么多读者,最根本的原因在于它创造了美。我们爱读《红楼梦》,最初的动机往往还不是从中得到这样那样的思想教益,而是像面对清风、明月、绿柳、春花那样,感到赏心悦目,一句话,是它的美吸引了我们。

中国传统的美学理论偏重于伦理内容的和谐,因此,我国以往的小说,即使描写悲剧冲突的,也往往以大团圆收场。《红楼梦》则一反中国传统的美学理论,将人生有价值的东西毁灭给人看,具有动人心魄的悲剧美。这是《红楼梦》主要的美学价值。下面具体谈谈《红楼梦》的艺术美到底体现在哪些方面。

一、人物形象的形体美

清中叶诗人袁枚写过这样一首诗:"莫唱当年长恨歌,人间亦自有银河。石壕村里夫妻别,泪比长生殿上多。"这首诗所说的有他的道理,应该说,石壕村里的那对老夫妻,命运比李隆基、杨玉环更悲苦,更值得同情。时至今日,人们总是喜欢把《长恨歌》的内容改编成戏剧,却没听说有谁把《石壕吏》所写的故事改编成戏剧小说。原因就在于,后者不容易产生美感。诚然,形象美决不等于外貌美,但是外貌、精神、气质美的形象,更容易产生美感。

《红楼梦》的艺术美,首先体现在形象美上。《红楼梦》所写的主要不是贾母、贾政,或其他什么人,而是贾宝玉和林黛玉,以及大观园"女儿国"中的那些年轻美丽的女孩子。这在《红楼梦》第一回就交待得很清楚,记几个"异样女子","使闺阁昭传"。主角是痴情的"怡红公子",清秀的外貌,纯真的天性,美好的感情,似乎都凝聚在这个人物的身上。他被那个无情的社会视为异端,而他愤世嫉俗,自己也以异端自居,从许多年轻貌美的女孩儿身上找精神寄托,以赢得众多女孩子的芳心作为自己终生的愿望。发愿他死后,众多女孩子哭他的眼泪把他的尸首漂起来,"送到那鸦雀不到的地方"。女主角则是袅娜风流的"绛珠仙子"转世的林黛玉。绛珠,血泪也,这个女孩子以"还泪"作为自己的终生使命。在她的一生中,她的眼泪是"秋流到冬,春流到夏",直到泪尽夭亡。此外,作者还描写了一个充满风情的女儿国世界——大观园,描写了一个女孩子们的乐园——怡红院。一大群清秀俊美,有绝世的风姿和才华的少女,在大观园里或者行酒令,或者举行诗会,或者追求爱情,总之,她们向往自由的天地,憧憬美和诗的境界。可以说,题材本身,就容易产生美感。

其次,在作者描写这些形象时,使用了多种艺术手法,把这些人物塑造得有血有肉,有各自的才情,各自的容貌,各自的风韵。我们读《红楼梦》时,谁也不会把这些年龄相近、经历又大体相同的女孩子混淆起来。以林黛玉为例。书中塑造林黛玉的形象,先写了一个三生石畔的绛珠仙草"还泪"的神话,使得这个形象超凡脱俗、清幽可爱,还具有一种震撼人心的悲剧美。写她的体态突出了她的娇弱多病,"泪光点点,娇喘微微",和她的性情身世相和谐。写她的神态又抓住她的哭和笑。哭也不是号啕大哭,而是淌眼抹泪;笑更不是开怀大笑,而是抿着嘴笑,而且这种笑,往往不是心中愉悦,而表示要嘲讽人。这构成了林黛玉独有的特征,把林黛玉的形体美表现得异常充分。她与竹为邻,住的是"凤尾森森,龙吟细细"的潇湘馆;以花为伴,写的是悲悲切切的《葬花词》。行占花名的酒令,她得的是芙蓉花,取其中通外直,出污泥而不染之意。花签上写着"风露清愁"和"莫怨东风当自嗟"的诗,又表现她的高洁、脱俗。这还不算,作者还用诗文进行烘托,无论是她"孤标傲世偕谁隐,一样花开为底迟"的《问菊》诗,还是她"冷月葬诗魂"的联句,都哀感顽艳,充溢着灵气。她的笔名"潇湘妃子",采用了娥皇、女英泪染湘竹之说,以与那个神奇美丽的"还泪说"相呼应,也有一种凄冷的色调。总之,多种手法成功地塑造了林黛玉这样一个超凡脱俗、高洁清雅的悲剧形象。对薛宝钗形象的塑造,也用了多种手法。小说多次把她与千古美人杨玉环相比,以形容她容貌的丰美妩媚。而她的判词,她居住的环境,都被皴染成冷色调的,且多与雪有关。判词中说"金簪雪里埋",插图是"一堆雪,雪下一股金簪"。判词后面的曲子中,称她是"山中高士晶莹雪"。她住的蘅芜苑"两滩的衰草残菱,更助秋兴",房间布置得"雪洞一般,一些玩器全无"。写雪,暗含她的姓,喻示她冰雪般的聪明,还揭示了她感情上的冷。她时常服用一种叫"冷香丸"的药,来消除先天带来的"热毒",作品一再写她具有很强的理性原则,很少动真感情。她不仅自觉地克制爱情,也限制自己的才情。超人的美貌与冰凉的理学原则,在她的身上达到和谐统一,使得她"任是无情也动人"。其他形象如湘云、探春、妙玉等,也都塑造得很有特色。

二、情趣美

以情动人,寓教于乐,是文艺作品的主要美感特征。一个高明的文学家,就必须能够用饱含着浓情妙趣的生动具体的感性形象,从感情上作用于读者和观众。才子佳人小说之所以不够美,是理性色彩太重,光给人讲大道理,道理再正确也不为读者所喜爱,而《红楼梦》的描写就极富人情美和情趣美。

曹雪芹不愧为言情巨子,将宝、黛的爱情描写得非常感人。宝、黛爱情是不能公开的爱情,不能直接表述。作者把这种爱情高度浓缩,并通过他们的日常言行体现出来。没有写情,而胜于写情;没有写爱,而胜于写爱。比如,第六十七回,写黛玉因宝钗送她一些家乡的土产,引起了思乡之情,又由思乡勾起了身世之感,在那里淌眼抹泪。宝玉来了,明知为此,却又不敢提头儿,说:"想来不为别的,必是宝姑娘送来的东西少,所以生气伤心。妹妹,你放心,等我明年叫人往江南去,给你多多的带两船来。"接着又挨着黛玉坐下,将那东西一件一件拿起来,摆弄着细瞧,故意问这是什么,叫什么名字。那是什么做的,这样整齐,这是什么,要它做什么使用。又说,这一件可以摆在面前,又说,那一件可以放在条桌上,当古董儿倒好呢。没一句劝慰的话,却从更深的层面表现了宝玉对黛玉的关心、体贴。如果正面劝,总不能将无说有,越劝黛玉会越伤心。故意东拉西扯,分散她的注意力,淡化她的愁思,装作不理解黛玉的心,更反映了他对她的关切和对她的理解之深。作者这么写,看似平常,实出新意。

《红楼梦》中有些细节,看似写琐屑小事,也富有情趣美。例如,第四十六回写邢夫人带着凤姐向鸳鸯提亲,要凤姐保密,凤姐回来偏偏告诉了平儿。凤姐怕一会儿邢夫人回来说话不便,又把平儿打发了出去。谁知邢夫人刚到,就遇见鸳鸯的嫂子金家的找凤姐告状:原来平儿、袭人在花园里碰见金家的劝鸳鸯许亲,给鸳鸯帮腔,骂了她。在凤姐面前,金家的告状只说鸳鸯骂她,没敢提平儿。偏偏邢夫人动疑,问"还有谁在跟前",金家的脱口而出"还有平姑娘"。眼看着矛盾就要爆发,凤姐先发制人:"你不该拿嘴巴子把他打回来,我一出门,他就逛去了,回家来,连一个影儿也摸不着他,他必定也帮着说什么呢。"这自然是说谎,目的是向邢夫人表明:我没有和平儿碰过面,不可能把此事告诉她。"必定也帮着说什么呢",看似猜测,实际上是向金家的发出警告。金家的这才意识到问题的严重性,她惧怕凤姐,但刚才的话已说出,现在想完全收回也难,只得说:"平姑娘没在跟前,远远地看着倒像是他,可也不真切。不过是我白忖度。"邢夫人素来多疑,此时平儿还不能完全脱去干系。丰儿忙上来回道:"林姑娘打发了人下请字儿,请了三四次,他才去了。奶奶一进门,我就叫他去的。林姑娘说,'告诉你奶奶,我烦她有事呢。'"丰儿是凤姐第二个得用的丫环,事前对这件事一点也不知道。但从几个人的对话中,她不仅很快弄清了真相,还编了这套谎话:证明凤姐的确没有和平儿碰面;也说明既然平儿是在林姑娘那里,肯定是金家的看走眼了,替凤姐把这事遮盖得严严实实。可见她聪明、机灵,又有些邪气,颇有凤姐的风格。

再如,史湘云是外客,贾家的矛盾冲突她都不参与,凡写到她的多是琐屑小事。第三十一回写她的贴身丫环翠缕见一棵石榴树,"接连四五枝,真是楼子上起楼子",不明所以,就问湘云。湘云就给她讲天地万物都是阴阳二气所生的道理。这种道理对翠缕来说太复杂了,讲来讲去她也不明白,湘云就给她举例,从天地日月的阴阳,讲到飞禽走兽的阴阳。最后翠缕恍然大悟,说"姑娘是阳,我就是阴",并得意地补充说:"人规矩主子为阳,奴才为阴,我连这个大道理也不懂得?"湘云豁达,不拘小节;换了宝钗、黛玉,都不会讲飞禽走兽的阴阳。她的丫环也天真烂漫,傻中有俊,可谓有其主必有其仆。这使得《红楼梦》的情节看似平凡,读来却情趣盎然。

三、意境美

《红楼梦》的悲剧美,还在于作者创造了优美动人的意境。所谓意境,就是人与自然、物与我、景与情巧妙融合的产物。作者的主观之情,与客观之境互相触发、互相渗透,电光石火似的展现出一种空灵鲜活、深邃幽远的艺术世界,从而使得作品富有浓郁的抒情性和鲜明的艺术美。创造意境,一般是作为表现文学的诗、词、绘画等艺术的表现手法。小说是一种再现艺术,在意境的创造方面与诗画有所不同:小说主要借书中的人物形象说话,而不是作者自我抒情。所以,小说中的意,不是作者感情的直接流露,而是书中人物形象的感情世界的呈现;小说中的境,也是作品中的人物所历之境。因此,小说的意境是艺术典型的生命情调与其生活场景的巧妙融合,其中也渗透着作者的情感意趣。应该说,小说创作创造意境的难度更大。而《红楼梦》在这方面造诣很高。作品一个很重要的内容,是描写宝、黛美好的爱情。但是,在那个社会里,这种爱情是不能轻易表露的,也就是说,不能直接抒写。作者便以宝、黛的活动为中心,以大观园为背景,创造出许多优

美动人的爱情场景。第二十三回《西厢记妙词通戏语》,写宝玉、黛玉共读《西厢》便是一例:

> 那一日正当三月中浣,早饭后,宝玉携了一套《会真记》,走到沁芳闸桥那边桃花底下一块石上坐着,展开《会真记》,从头细玩。正看到"落红成阵",只见一阵风过,把树上桃花吹下一大斗来,落的满身满书满地皆是。宝玉要抖将下来,恐怕脚步践踏了,只得兜了那花瓣,来至池边,抖在池内。那花瓣浮在水面,飘飘荡荡,竟流出沁芳闸去了。

故事发生的背景是大观园沁芳闸桥的桃树底下。大片的桃花随风飘舞;沁芳桥下碧水长流,环境优美且春意盎然。"杂学旁收"的宝玉和前来葬花的黛玉不期而遇,坐在石上共读《西厢》,人物之美益增场景之美。《西厢》所描写的美好爱情故事,使得这对恋人"越看越爱","虽看完了书,却只管出神";《西厢记》曲词中的"落红成阵"四字,与眼前之景又巧妙融为一体。主人公的心境,沁芳桥的物境,《西厢记》的曲境,构成了一个非常优美动人的意境。然而,"落花流水",容易使人想到"春去也",他们的爱情还没有被认可,故优美意境之中又能感受到一点惆怅的意绪。当然,我们读作品时不一定体味得如此细腻,但这种意境在不知不觉中打动你,吸引你,给予你美的享受。"憨湘云醉眠芍药裀"更是一幅绝美的图画。史湘云醉后纳凉,"卧于山石僻处一个石凳子上,业经香梦沉酣。四面芍药花飞了一身,满头脸衣襟上皆是红香散乱。手中的扇子在地下,也半被落花埋了。一群蜂蝶,闹穰穰地围着他。又用鲛帕包了一包芍药花瓣枕着。众人看了,又是爱,又是笑"。(第六十二回)花瓣蜂蝶与美人映衬,更显人美;睡姿醉态,又写尽了人的娇憨豁达。此外,写林黛玉去怡红院被拒门外时的悲泣,也做到了情景交融,物我两忘。这种意境美,使得整部作品具有诗化的特点,有浓郁的抒情色彩。

四、悲剧美

《红楼梦》最感人的,还是那种回肠荡气的悲剧美。

文学作品表现人的情感,往往是写喜最为平淡,写悲最易感人,写恐惧最为刺激。在雅文学的诗文创作方面,人们很早就认识到这一点。韩愈说过："夫和平之音淡薄,而愁思之声要妙,欢愉之辞难工,而穷苦之言易好也。"①辛弃疾《丑奴儿》词这样写道："少年不识愁滋味,爱上层楼,爱上层楼,为赋新词强说愁。"我国古代诗词,写悲愁的远过于写喜庆的。就叙事诗而言,《孔雀东南飞》,杜甫的"三吏""三别",白居易的《长恨歌》《琵琶行》《卖炭翁》,吴伟业的《连昌宫词》等,都具悲剧色彩。

然而,我国古代的戏剧小说,则多团圆结局。研究者多认为,这是受儒家中和思想的影响。笔者以为,儒家思想首先应该影响作为正统文学的诗文。既然诗文写悲苦多于写欢庆,民间的俗文学更不必把中和观念视为创作的圭臬。应该说,戏剧、小说多团圆结局,主要取决于戏剧小说的文化品位和观众、读者的文化素养。梅兰芳在《舞台生活四十年》中说:"花钱听个戏,目的是为了找乐子来……到了剧终,总想着一个大团圆的结局,把刚才满腹的愤慨不平,都可以发泄出来,回家睡觉也安甜。"②梅兰芳的这段话十分中肯。小说、戏剧属于俗文学,人们欣赏它是出于消闲娱乐;它们的主要欣赏者——市民群众,文化素养大都不高,他们追求惊险离奇的刺激性的低层次的审美感受,而不喜痛苦、思索。而《红楼梦》和传统的小说、戏剧不同。它不再是为满足广大市民的文化娱乐要求而作的通俗读物,而是文人作家抒写自己的人生体验、表现自己情怀的内容典雅的小说。故此,作者在把小说诗化、雅化的同时,也改变了小说的审美风格,赋予小说以悲剧美。

鲁迅说:"悲剧将人生的有价值的东西毁灭给人看。"③这十分切合《红楼梦》的内容。《红楼梦》所写的,主要是贵族之家的青年男女美好的青春、爱情乃至生命被摧残、被毁灭的悲剧。显然,这不是啼饥号寒的人生悲剧,而是人性、人情被压抑的悲剧。《红楼梦》悲剧美的深邃,正在于它展示了一个个悲剧人物灵魂所受的煎熬。

《红楼梦》所写的悲剧,首先是封建礼教对男女爱情摧残的悲剧。贾府的统治者将淫欲视为儿戏。贾琏与鲍二媳妇偷情,贾母竟然笑着说:"什么要紧的事。小孩子年轻,馋嘴猫儿似的,那里保得住不这么

---

① 《荆潭裴均杨凭唱和诗序》,《五百家注韩昌黎文集》卷二十。
② 转引自吴功正《小说美学》,第 462 页,南京:江苏文艺出版社,1987。
③ 《鲁迅全集》第 1 卷,第 192~193 页,北京:人民文学出版社,1981。

着。从小世人都打这么过的。"（第四十四回）胡须苍白的贾赦，买了个十七岁的小妾，更被视为理所当然的事。唯独把未婚男女的爱情，视为洪水猛兽。贾母从不许女先儿讲述才子佳人的故事；有人在大观园拣了个绣春囊，竟吓得王夫人两泪交流，兴师动众抄检大观园。金钏儿和宝玉说了句玩笑话，竟然被王夫人视为勾引宝玉，被羞辱得投井而死。在这种情况下，作为爱情主角的宝玉和黛玉所经受的压力就可想而知了。人的天性，自幼青梅竹马、耳鬓厮磨的生活，使他们不期而然地产生了爱；然而，他们爱得那样痛苦，那样绝望，这不仅是因为他们清楚地知道他们的长辈绝不会允许他们产生这种爱，也因为从理性上他们自己也否定这种爱。他们想爱不敢爱，又不能不爱。这使得《红楼梦》的爱情描写与以往任何作品都不同：他们既试探，又遮掩；希望真心相爱，又惧怕听到真心相爱的表白。他们的恋情，不表现于情义缠绵的话语，而表现于无止无休的争闹。在强大的封建礼教面前，他们败得很惨：贾宝玉被折磨得疯疯傻傻，与假扮黛玉的宝钗拜堂成亲，林黛玉则在他们成亲的鼓乐声中咽了气。她一生最怕的两件事：失去爱情和世人的白眼，临死时都一一品味到了。第九十六回"泄机关颦儿迷本性"，第九十七回"林黛玉焚稿断痴情"，写得惊心动魄，令人回肠荡气。

其他人物的悲剧，也写得很有特色。美丽、直率的晴雯同宝玉没有儿女私情，抄检大观园时从她那里也没有找到任何违禁的东西。她之所以获罪，是因为"太太是深知这样美人似的人，心里是不能安静的，所以很嫌她"。因此，就在她四五天水米不粘牙，病得气息奄奄的时候，蓬头垢面地被两个下人架出了大观园。她是被活活气死的："我虽生得比别人好些，并没有私情勾引你，怎么一口死咬定了我是个狐狸精？"（第七十七回）天真烂漫的芳官还是个孩子，她同藕官、蕊官被逼出家，是因为她是戏子："唱戏的女子，自然更是狐狸精了。"当初因为元春省亲，为了场面的热闹，她们被"采买"来专门学戏，现在学戏却又成了她们的罪名。作者怀着极大的同情写了她们的美，她们的聪明伶俐，也写了她们的悲惨结局，读来催人泪下。

与黛玉、晴雯相比，元春是另类悲剧人物。她悲剧人生的形成不是出于多情，而是缺少应有的人情。元春悲剧形象的塑造很有特色：

喜中写悲，乐中写苦，显赫繁华中写孤独凄凉，艺术效果相当强烈。作品截取人物思想性格的横断面，来揭示人物思想性格特点及其形成原因，犹如观察树木时通过年轮看树木的生长情况。没有写她平时的生活，也没有写生活的整个过程，只选了三个片断：省亲、病、死，把这个人上人的孤寂凄苦揭示得非常深刻。

　　总之，《红楼梦》的悲剧美感人至深。王国维认为《红楼梦》是"悲剧之中之悲剧"①，鲁迅称《红楼梦》"悲凉之雾，遍被华林"②，都对小说的悲剧美作出很高的评价。

---

　　① 王国维《红楼梦评论》，引自郭绍虞等主编《中国近代文论选》下册，第 754 页，北京：人民文学出版社，1959。
　　②《鲁迅全集》第 9 卷，第 231 页，北京：人民文学出版社，1981。

第十六章
《红楼梦》的续书和仿《红》之作

《红楼梦》问世后，在社会上产生了很大影响。它所描写的儿女真情，极大地震撼了人们因封建礼教桎梏而变得麻木的感情世界。此后，续作和模仿之作大量涌现。在这些作品中，人们都按照自己的思想观念和审美情趣改写这个故事，形成了清中叶以后言情小说的一个特别的流派。

第一节　平庸乏味的《红楼梦》续书

《红楼梦》的续书，从乾、嘉以后就不断涌现，多达三十余种，从内容上大体可分为以下三类。

一、有感于宝、黛情真，希望二人成为眷属的，主要有《后红楼梦》《红楼梦补》等。

《后红楼梦》约作于嘉庆元年（1796 年），三十回，逍遥子撰，作者身世不详。作者声称，作此书是"为黛玉晴雯吐气"。小说写贾政在毗陵驿和宝玉及一僧一道相遇，救醒了宝玉，将僧、道交地方处治。黛玉原体回生，晴雯借五儿之尸还魂。此时，贾、林两府的地位发生了变化，黛玉堂弟林良玉考中进士，林府振兴；贾、薛二府却渐次衰败。贾政十分欣赏黛玉之才，屡次为宝玉求亲，黛玉一再拒绝。后来宝玉因思念黛玉病重，黛玉才答应了亲事，并替宝玉收晴雯、紫鹃为妾。婚后，夫妻感情不和谐，婆媳关系也颇为紧张。这是因为黛玉将全部心血花费在理家上，不以儿女之情为念。晴雯则是她的得力助手。后来，宝玉考中进士，贾府得以振兴。

　　归锄子的《红楼梦补》，四十八回，成书于嘉庆二十四年（1819 年）。作者不详。小说的开头写道：“《红楼梦》一书，写宝、黛二人之情，真是钻心呕血，绘影镂空。还泪之说，林黛玉承睫方干，已不知赚了普天下人之多少眼泪。阅者为作者所愚，一至于此。余欲再叙数十回，使死者生之，离者合之，以释所憾。”①作品接《红楼梦》第九十六回《瞒消息凤姐设奇谋》而作，写林黛玉起死回生，被做官的叔叔接回苏州的家中。她不再是个寄人篱下的孤女，林家的势力比贾家还大。凤姐对宝玉封锁黛玉复活的消息，然宝玉终不能忘情于黛玉，入大荒山出家，宝钗怨愤而死。经禅师指点，宝玉知黛玉未死，后经北静王为媒，皇帝赐婚，两人终成眷属，并收晴雯、紫鹃为妾。此时的黛玉，比原来的宝钗还“会做人”。她拿着贾府的账簿子，把家政搞得井井有条；她不再尖酸刻薄，对所有曾经得罪过她的人都讲恕道；她也不在意别人分去宝玉对她的爱，只要觉察到宝玉对哪个丫环有意，她就想方设法将其收房。她甚至还得到了金锁，“木石前盟”完全蜕变为新的“金玉良缘”。后来，宝钗也借尸还魂，与黛玉姊妹相称，共事宝玉；黛玉又替宝玉收莺儿、袭人为妾。宝玉、贾兰高官厚禄，贾府兴盛。总之，凡是这类作品，大都让宝玉“改邪归正”，变得热衷于仕途经济之道，而黛玉更是被改造得面目全非，由一个生性纯真、多愁善感，具有林下风致的女子，变为一个世俗的，能持家、相夫的女强人。这就使得宝、黛团圆的同时，他们的爱情也变了味儿。然而，在众多的续书中，这类作品还要算是好的。

　　二、不愿看到贾府衰败，要重振贾府的，如《续红楼梦》《红楼续梦》。

　　海圃主人的《续红楼梦》，一百回，存嘉庆十年（1805 年）刊本。小

_____

① 《红楼梦补》，第 1 页，北京：华夏出版社，1995。

说写宝玉死后，上帝得知他"待人无伪，驭下能宽"，"惟有情痴，并无淫恶"，又得知宝钗"静守女箴，克娴妇道，理宜笃赐麟儿"，于是让金童玉女下凡成此善果。金童投生为宝钗之子，取名贾茂；玉女投生为宝琴之女，名梅月娥。贾茂自幼苦读，中头名状元。皇帝得知他为贾府之后，赐御前金莲宝炬，迎娶月娥；又将其幼姑仲春（惜春）册为凤藻宫尚书，加封贤德妃。后来，贾茂拜相，仲春产下太子。贾府显赫无比。

《红楼续梦》，一名《绮楼重梦》、《蜃楼情梦》，四十八回，无名氏撰。小说接高鹗的续书而作，写宝玉为一僧一道勾去，未能忘情，至青埂峰下探望绛珠，警幻仙子命二人下凡完前世姻缘。宝玉投生为宝钗之子，名小钰，黛玉投生为史湘云之女，名舜华。小钰中文武状元；宝琴之女碧箫中武状元，第二名是薛蟠族侄女蔼如。小钰率众平倭寇、乌龙党，屡建奇功，位极人臣，并娶了舜华、碧箫等五位妻子。贾兰有两个女儿被选为太子妃。贾府声势赫赫，热闹非凡。惟晴雯转世的薛蟠之女淡如，因与小钰有染，罚嫁一四十多岁的麻脸汉子，苦恼终生。这类续书，没有反映出封建末世的社会现实，完全是没落文人的繁华梦。

三、宣扬因果报应的作品，如秦子忱的《续红楼梦》、陈少海的《红楼复梦》等。

这些作品大都写到了贾府的人在冥界受到的报应。《续红楼梦》中写鲍二家的因淫行转世为畜，夏金桂死后在酆都城外为娼……正因为它鬼话连篇，世人称之为"鬼红楼"。因此类作品殊为不伦，这里不详细介绍。

总之，《红楼梦》的续书，虽然是在《红楼梦》的影响下产生的，但都阉割了《红楼梦》批判现实的精神。其中，言情的作品将宝玉、黛玉由封建叛逆者，改为热衷于仕途功名的孝子、贤妇；将他们违背封建礼教的儿女挚情，篡改为封建伦理之情。描写家族兴衰的作品，又将《红楼梦》反映的封建末世衰落景象，改为表现文人士子对荣华富贵的渴望和追求。等而下之者，还描写荒诞无稽的旁门邪术、神鬼报应，从而使这类的小说创作滑入了泥坑。

第二节 仿《红》之作《一层楼》与《泣红亭》

尹湛纳希的《一层楼》和《泣红亭》,是现在所知道的最早,也是比较成功的摹仿《红楼梦》的作品。

尹湛纳希(1837—1892),汉名宝衡山,字润亭,蒙古族人,系元太祖成吉思汗的后裔,出生在卓索图盟土默特右旗的忠信府,这是个贵族世家,也是书香门第。他的父亲旺钦巴拉兼通蒙、汉语言,致力于历史研究,特别喜爱收藏蒙、汉、藏、满文的图书。这使得尹湛纳希自幼就受到文学艺术的熏陶。旺钦巴拉去世后,忠信府渐次衰落。1891年,尹湛纳希因家乡发生金丹道起义,逃亡锦州。次年,他病逝于锦州药王庙。其著作除完成了其父的遗稿《青史演义》外,尚有小说《一层楼》、《泣红亭》和《红云泪》。

《一层楼》和《泣红亭》系姊妹篇,《一层楼》在前,《泣红亭》在后。两部作品的作期不详。现存《泣红亭》最早的版本刊于光绪四年(1878年),《一层楼》的作期当更早一些。

尹湛纳希酷爱《红楼梦》,曾用蒙文翻译过这部名著。他的小说《一层楼》明显有模仿《红楼梦》的痕迹。小说的男主角璞玉,是累代世袭侯爵贲府的公子。他的姑表姐圣如,姨表姐琴默、炉梅,都有才有貌,他和她们也都相爱,尤其爱炉梅。璞玉的祖母陶氏,想为他聘娶圣如;母亲金夫人,又想让他娶琴默或是炉梅。后来,他的父亲贲侯为他聘娶了苏节度使的女儿苏己。不久,苏己病死,炉梅等人也都离散,爱情故事以悲剧告终。《泣红亭》是承接着《一层楼》写的,璞玉成亲后,琴默、炉梅、圣如也都被父母包办定了亲。炉梅定的是老而丑的朱洋商,琴默定的是又丑又傻的宋衙内,圣如许配给一个病入膏肓的人。结果,炉梅逃婚出走,琴默投水自尽,圣如未婚而寡。后来,璞玉终于找到了炉梅、圣如和投水遇救的琴默,同时娶了这三位美人。

《一层楼》和《泣红亭》,揭示了封建观念对人性人情的压制。小说对封建包办婚姻进行了抨击。璞玉的几位家长为他选择配偶,都是从各自的利益出发:陶氏想聘自己嫡亲的外孙女,金夫人想聘娘家侄女,考虑的都是要加强自己在家庭中的力量;贲侯为儿子聘上司之女,也是为了家世利益;却没有一个人想到当事人自己的感情和心愿,硬是把有情人活活拆散。女主角的家长更是专横,炉梅之母因为朱洋商送的彩礼格外珍贵,"什么王公大人也不能和他相比",竟不顾女儿的死活,应承了这门亲事。琴默之母明明知道她给女儿定的亲事令女儿痛苦不堪,不但不安慰她,还借炉梅出走(当时以为是投井)之事指桑骂槐地教训她:"女孩子应在从小不懂事的时候,早早许配人家,就算了事。等稍大一点儿懂了事儿,就挑呀选呀,噘嘴甩手,越发不懂规矩。拿死活吓人,一点也不顾父母的脸面。古话说:'嫁鸡随鸡,嫁狗随狗。'说的是知书识字,晓古通今;可是就不知道眼前的什么叫'三从',什么叫'四德'。只有大太太(指炉梅之母)才给那个不成器的丫头念经祈福,要是我的丫头那样,不用说念经,连纸都不烧。"①这样的管束,使得琴默连自杀的勇气都没有,只得装作失足落水的样子自尽。总之,小说以血淋淋的事实,揭露了封建礼教的残酷。最后虽然也是大团圆结局,但这是几个青年人拼死反抗取得的胜利,而不是出于封建家长的恩赐。所有这些,都使《一层楼》和《泣红亭》比起当时那些《红楼梦》的续作来,要高出一筹。

《一层楼》和《泣红亭》的艺术成就也比较高。首先,小说中有的人物形象比较鲜明。其中,又以琴默的形象刻画得最好。琴默是仿照《红楼梦》中薛宝钗的形象刻画的。她的身上,也确实有薛宝钗的某些特点。比如,她的学识渊博,二十回写她和璞玉的一次谈话中,竟一口气引了《黄帝内经》、《养生论》、《习学记言》、《茅亭谚语》等一般女孩不易接触的文献中的话,使得璞玉对她好生敬重。她也比较"会做人",对贲府的那些家长阿谀奉承。在陶氏生病时,她居然和丫环们一起尽心服侍,"一时也不离老太太",并且说:"我承受着老太太亲孙女般的疼爱……慢说是劳乏一点身子,纵使为老太太赴汤蹈火,也是在所不辞。老太太的疼爱是不消说了,就是老太太不认得我,我侍奉有福有

---

① 《泣红亭》,第50页,呼和浩特:内蒙古人民出版社,1981。其后该作引文均据此本,仅在行中标明回数。

寿的尊长,也只是积我阴骘罢了。"①她也很会小恩小惠地笼络贾府的下人,无意中听到丫环代小儿对同伴抱怨丫环们苦乐不均,不仅像薛宝钗那样用"金蝉脱壳"的方法开脱了自己,而且后来当璞玉需添丫环时,她马上推荐了代小儿。因此,她在贾府极有人缘。连陶氏的丫环妙鸾也在陶氏面前说她的好话:"老太太若不信,问众人,我们这府内上下、大小、老少,哪一个不说琴姑娘好,哪一个不说琴姑娘贤。"(《一层楼》,第十五回)因此,她成了贾府里人人都可以接受的匹配璞玉的人选。而琴默毕竟又不是宝钗。这首先表现在长相上。她不像宝钗那样富态——"脸若银盆,眼如水杏"。小说中一再写她的长相是:"温玉般娇嫩的容长脸儿,春山般两道浅浅弯眉。如雕似琢的中长鼻子,若言若笑的樱桃嘴唇。"(《一层楼》,第二十三回)这活脱脱是个蒙古族美人的形象(汉族姑娘一般不以中长鼻子为美)。和薛宝钗另一根本的不同是她大胆地追求爱情。刚到贾府时,她并没将璞玉放在心上。当炉梅因璞玉与圣如近、与自己远而伤心流泪时,琴默这样开导炉梅:"你也忒心窄了,这也当成一回事,淌眼抹泪的。你把璞玉看成甚么阿物儿,不过是个白吃饭的蠢货罢了。他们近就近,我们远就远,多不过两个月,少则几天,都是各回各家的人。谁还在这里住一辈子呢!"(《一层楼》,第六回)在贾府和璞玉共同生活了一段时间后,她的感情发生了变化,竟然爱上了这个"白吃饭的蠢货"。她经常和他眉目传情,将自己心爱的戒指送给他,还为他抚琴,唱新制的情歌《楚江清》。结果,惹起了璞玉"见一个羡一个的可厌的老毛病儿,睡里梦里也不忘琴默"(《一层楼》,第十六回)。她也开始对炉梅生出妒意:炉梅为丫环结子改名"爱玉",她偏偏要改为"灵玉",还当着璞玉的面打趣炉梅的爱哭。而最能表现她的这种爱情的,是《一层楼》第二十八回她写的一首《燕哭竹枝》。这是她得知炉梅将来贾府,而自己又将离去时写给璞玉的一首情诗。诗中她将自己比作哭竹之燕,将璞玉比作遮云之竹。描写"燕"不能自主地"栖止"于"竹"的悲哀,实际上是担心他们之间的爱情夭折的悲哀。后来,贾侯攀附权贵,为璞玉聘娶了苏己,她深恨璞玉薄情,但自己又不能忘情于他,在母亲为她聘下了又丑又傻的宋衙

---

① 《一层楼》,第 146 页,呼和浩特:内蒙古人民出版社,1978。其后该作引文均据此本,仅在行中标明回数。

内时,决定以死抗婚,"一则可以摆脱进那活地狱,二则也可以报答知己的深情"(《泣红亭》,第五回)。为此,她赢得了璞玉的心,后来,当她历尽坎坷和璞玉团聚时,新婚之夜,璞玉将第一杯酒敬给了她这位第二夫人。

毫无疑问,尹湛纳希对他笔下的琴默是同情的、赞颂的,但并没有将她的性格写得完美无缺,也写了她的小心眼儿和报复心理。这主要表现在她对待炉梅的态度上。她同炉梅是堂姐妹,又是一块长大的,感情本来比较好。但当后来两人都对璞玉产生了爱情以后,她们之间的情谊也因各怀嫉妒日渐淡漠。炉梅病重时,琴默送给她的人参"都是些叉芽"。当她知道炉梅许配给一个丑陋无比的商人后,不仅不同情她,还画了那个丑男人的像打趣她。作者对此没有明显地提出批评,但紧接着让琴默也摊上了一个丑陋的丈夫,或许这里面隐含了作者对她的惩罚。总之,琴默是一个美丽、深情、富有心计而又骄纵成性的女子形象。

《一层楼》《泣红亭》中塑造的另一比较成功的形象,是炉梅的丫环画眉。这个形象本来是以紫鹃为范本的。但在画眉的身上,既有紫鹃的忠诚,也有晴雯的桀骜不驯。她生性粗犷、豪放,见义勇为,本是炉梅的丫环,却成了炉梅事实上的保护者。她对于琴默不顾姐妹情谊,同炉梅争夺璞玉极为不满:"甚么好姐姐,哪里有甚么好意!奴才不是敢离间姑娘们,她在嘴头儿上说得虽好,谁知她背地里又怀着甚么心呢?眼见得如今她已如鸳鸯双飞,直抛得姑娘你似秋风孤雁;她如今已是琪花入名院,我们却似嫩苞弃路旁;她又如舞蝶喜花前,岂不叫我们做阶前寒露蟋蟀了。"(《一层楼》第二十二回)这连珠炮儿似的话语,表现了她对琴默横刀夺爱的愤怒。她也看不惯璞玉的用情不专。《红楼梦》中写"焚稿断痴情"的是黛玉本人,而《一层楼》中是画眉替炉梅焚烧璞玉的情书:"那璞玉看来虽似亲热,据奴才看,终是个无用之人。凡事都没个一定的主意,为人又二性不定,今日像和这人好了,明日又似同那人和起来。……他只以这封信当个无比聪明的奇文罢了,我把他这奇文燎在火里,叫他天生的聪明才智依然归天去吧。"(《一层楼》,第二十四回)当炉梅之母将炉梅许配给丑陋的商人,炉梅身处绝境时,又是她一手策划了易装出逃的计划。如果没有画眉,贵族小姐炉梅根本没有冲出家门的可能。总之，这是个热心、善良、豪放而又略带鲁莽的少女形象。

《一层楼》的故事情节，模仿的痕迹比较明显。开头模仿《镜花缘》中百花仙子被贬谪下凡的故事。后面则多处模仿《红楼梦》：几乎是照搬了邢夫人逼鸳鸯成亲，薛宝钗指责黛玉行酒令用了《西厢记》中的词语、甄宝玉、贾宝玉，以及刘姥姥游大观园等情节。这影响了它的艺术感染力。

《泣红亭》的故事情节比较生动感人。作品摆脱了对《红楼梦》故事的模仿，作者能够放手去写，将琴默、炉梅拼死反抗包办婚姻的故事写得颇为感人。小说写这些故事时，采用了倒叙手法，并对叙事人的视角加以限制：先是让璞玉从他的姐姐德清那里，听说炉梅逃婚出走的消息，但不得其详。后来他的母亲又听说琴默嫁给了宋衙内。当璞玉到宋家去看琴默时，见到的竟是她的丫环。丫环说琴默投水而死，她是顶替琴默嫁过来的。小说写到这里，才详细叙述琴默、炉梅抗婚的经过，设置了悬念，又使故事具有真实感。此外，小说的语言平易、委婉，颇有《红楼梦》遗风。在晚清众多的《红楼梦》的续书和模仿之作中，《一层楼》和《泣红亭》要算是写得较好的作品。

第三节 《兰花梦奇传》对夫权的抨击

仿《红》之作中，比较特别的作品是《兰花梦奇传》。作者吟梅山人，身世不详。小说共六十八回，现存最早的版本是光绪乙巳年（1905年）上海文元阁术庄石印本。

《兰花梦奇传》是模仿《红楼梦》和《林兰香》两部作品而成的，个别情节还受了弹词《再生缘》的影响。小说深得《红楼梦》的神理，而又不模仿其形貌。作品的主旨，是反对夫权对妇女的压制，揭示封建社会里妇女的悲惨命运。小说认可贾宝玉"女儿是水做的骨肉，男儿是泥做的骨肉"的那一套理论，其开场词曰：

> 男子赋形最浊，女儿得气偏清。红闺佳丽秉纯阴，秀气多教占尽。崇娥连科及第，木兰代父从军。一文一武实超群，千古流

传名姓。①

紧接着,作者又发议论道:

> 从来天地绮丽之气,名花美女,分而有之。红闺佳丽,质秉纯
> 阴,性含至静。聪明智慧,往往胜过男人。所以词上说男子重浊,
> 女儿纯清。贾宝玉道得好:男子是泥做的,女儿是水做的。足见
> 女胜于男,昭然不爽。至于椒花献颂,柳絮吟诗,那些曹大家、贾
> 若兰等人,我也记不清楚。单看这词上一文一武,留名千古,又有
> 哪个男人及得她?　　　　　　　　　　　　　　　　　　(第一回)

和《红楼梦》一样,小说反映的也是秉承了天地绮丽之气的女子的悲剧
命运。

《兰花梦奇传》的具体情节,又是模仿《林兰香》的。《林兰香》写梦
兰而生的奇女子燕梦卿,因为声誉才情压倒须眉,反倒被丈夫折磨至
死的悲剧。《兰花梦奇传》的女主角松宝珠,也是梦兰而生的奇女子,
遭遇也大体和燕梦卿相同,只是她的才能更胜过梦卿:先是女扮男装
考中了探花,被授翰林之职;后又统兵十万,平定苗疆之乱,成为封疆
大吏。还女儿之身后,她嫁与状元许文卿,结果被丈夫活活折磨死。

《兰花梦奇传》为女子鸣不平的主旨,主要是通过对松宝珠和许文
卿两个艺术形象的刻画体现的。松宝珠是这部作品中塑造得相当感
人的形象。她是个自幼女扮男装、文武全才的奇女子。她的女扮男
装,并不像木兰从军、黄崇嘏中状元那样浪漫,那样富有诗意,而是由
于父亲对女孩子的歧视。宝珠的父亲松晋,具有极严重的重男轻女的
倾向。正妻为他生的第一个孩子是个女儿。后来,其妾怀孕,他因为
梦见有人送他一束兰花就断言是个儿子,而且还"逢人夸张"。结果,
生下来仍是个女儿。他将错就错,告诉人生了儿子,"皆因望子心殷,
不过聊以自慰"。(第一回)这个孩子就是宝珠。因此,宝珠从一生下
来便被剥夺了做女孩子的权利。后来,松晋有了儿子,仍不许女儿改
装,"不许裹脚梳头,依然男装束,除了几个亲人之外,一概不知,都叫
她做大少爷"。(第一回)不仅如此,父亲羡慕别人的儿子考中科名,硬
是给她改名松俊,要她也去应试,结果考中举人。然而,中举并没有给

---

① 《兰花梦奇传》,第1页,北京:华夏出版社,1995。其后该作引文均据此本,仅在行中标明
回数。

宝珠带来欢乐,她在暗暗为自己的终身大事发愁。贴身丫环紫云也说:"小姐今年岁数不小,虽说中了举人,究竟有个叶落归根。老爷太太俱不想到此,只图眼前热闹,不顾小姐日后终身。"(第一回)父亲死后,当家的姐姐宝林生性严厉,见弟弟年幼,仍让她着男装,支撑门面,她在外面的应酬更多了。姐姐还令她去考"恩科",这一次,她中了探花,被授予翰林之职。这给松家带来了更大的荣耀,而家中对她光耀门楣的要求也一发而不可止。她是个情窦已开的少女,悄悄地爱上了和她一起应试的许文卿。夜间,她情不自禁地改了女装,并题了一首情诗,被姐姐看见,竟将她毒打了一顿。无奈,她只得继续乔装打扮,混迹于官场。

然而,一个弱女子要瞒过世人的眼睛,奔波于仕途,又谈何容易!同窗好友聚会戏耍,涉及淫邪之事,使她羞涩、尴尬;相府刘三公子见她美丽娇弱,疑心她是女子,百般试探、调戏,令她又惊又怕,抑郁而病;老名士张山人为她看病时看出她是女子,又一次使她惊恐莫名。还亏得张山人同情她,只悄悄告诉了许文卿一人,以成就他二人的姻缘。许文卿是她暗暗爱着的人,但当他真的向她求婚时,她拼命遮掩、抵赖,抵死不肯接受他的爱。因为在她的身上,除了封建礼教的枷锁之外,还有女扮男装的隐私。而这一层一旦被捅破,不光母亲、姐姐会惩罚她,还有足可置她于死地的"欺君之罪"。所以,当许母暗地里向她的母亲提亲时,她"卧在床上,哭得如醉如痴……一点子饮食都不进"。(第十九回)婚事定下来后,没有给她带来终身有靠的欣慰,反而更把她推向痛苦的深渊。因为,她作为妻子的身份被定位以后,随之而来的便是夫权的压迫。以后她和许文卿在一些场面上相遇,"宝珠羞惭满面,口都不敢多开,就如见了上司一般,不知不觉的心里怕他。文卿待她亦甚倨傲,有些装模作样"。(第二十回)文卿一再在她面前显示男儿的威风,宝珠却只能听任其欺辱,因为"妇以夫为天",女子再强,也要听命于丈夫。原先,她曾热切地希望还她女儿之身,憧憬着美好的爱情,此时已隐隐约约感到夫权将给她的一生带来灾难。她对紫云说:"人看我虽然安富尊荣,不知我的命苦恼不过。自从十四岁去了父亲,把我矫揉造作,弄得我欲罢不能,几年之内,不知受了多少风波。只说故人情重,堪托终身。谁知好事未谐,初心已变。日后的好景,尚

何忍言？细想起来，还不知如何结局。"（第三十八回）

松宝珠毕竟是有才干的，不仅案件审理得好；在苗疆作乱时，她所上的"平叛十策"竟大受皇帝赏识，并派她领兵出征。疆场厮杀，对于她这个弱女子来说，自然是更大的考验。还好，她冒着九死一生的危险平定了叛乱，班师回朝。若是男子，这种功劳足以使他扬眉吐气，终生飞黄腾达。然而，她则因为要还女儿之身，战战兢兢地向皇帝请罪，并屈辱地听任皇帝亲自点守宫，验她是否守住了女儿之身。从金殿回家后，她"对镜照见容颜，叹道：'固一世之雄也，而今安在哉？'"（第五十回）显然，她已明白，就在她失去了男子装束的同时，也就失去了昔日的尊荣。后来，尽管皇帝赦了她的罪，还封她为公主，尽管她给丈夫和兄弟都挣来了功名，却仍然摆脱不了男尊女卑的世俗观念对她的压迫。婚后，这个出将入相的巾帼英雄，却不得不无条件地忍受丈夫对她的轻薄和折辱。而且，她的才华，令丈夫妒忌；她为丈夫挣来的功名，反倒成了丈夫虐待她的原由。因为在男性为中心的社会里，靠妻子求取功名是失面子的事。文卿为找回面子，反而冷酷无情地摧残她。昔日的尊荣，使她比别的女子看重自己的人格尊严，而文卿折磨她，又恰恰是要完全摧毁她的那点人格尊严。他赠给她淫狎轻薄的对子侮辱她，还像对待下贱的优伶、粉头那样逼着她当众给他唱曲儿，甚而至于对她拳脚交加，大打出手。而昔日八面威风的宝珠，此时却只能慑服于夫权的淫威之下。她万分感慨地对紫云说："你是知道的，我在戎马丛中，出令如山，杀人如草，也没有怕过一个人，还不知多少人怕我呢？就连那些蛮寇，都是亡命之徒，见了我个影儿，无不亡魂丧魄。到如今威风使尽了，也不知什么缘故，见了他好像怕他似的，一点都不敢强。"（第五十三回）显然，宝珠虽然女扮男装，能在社会上轰轰烈烈地干一番事业，却无法改变因循千年的男尊女卑的世俗观念。她因忍受不了这非人的凌辱，婚后不到一年就含恨而死。松宝珠是男尊女卑观念的挑战者，又是这一观念的牺牲品。

男主角许文卿的形象也塑造得颇为鲜明。他既不是张生、贾宝玉那样的"多情种子"，也不是陈世美、王魁之类的喜新厌旧的恶人。这是一个以前的文学作品中从未有过的形象。他折磨死了宝珠，不是出于厌恶，而是出于一种特殊的"爱"。这是个自私、浅薄的人。

　　许文卿相貌俊美,风度翩翩,同宝珠一起应试时一举夺魁,赢得了宝珠的芳心。他也深爱宝珠,甚至一时一刻也离不开她。但这种爱,既不是张生对莺莺的那种怜香惜玉之爱,更比不上贾宝玉和林黛玉的知己之情,这是庸俗浅薄的文人对美人的占有欲。这在小说的开头就可以看出来。他初见宝珠时,就为她的美丽所倾倒:"目不转睛,越看越爱,拍桌狂言:'奇哉秀卿(宝珠的字),娇媚如此,若是女,吾即当以金屋贮之。'"(第三回)这里,作者引用金屋藏娇的典故是含有深意的,这个典故是指男人对美人的占有,而非男女挚情。当他得知宝珠真的是个女子时,他求爱的方式也与那些才子佳人故事不同:

　　　　文卿忍不住,就在宝珠身边坐下来,笑道:"妹妹,我爱煞你了。"宝珠忙起身道:"你今天酒吃醉了。"文卿道:"我酒倒没有醉,色倒迷住了。"宝珠已惊得无话可说,只得冷笑道:"时常混闹,也觉无趣。"文卿正色道:"谁同你再强口,我着人来验你,看你脸面何存?"宝珠吓得半晌无言,低低的道:"你疯了。"文卿道:"你不必赖,你的隐事,我都知道。不如爽快认了,还于你有益多着呢!"宝珠道:"认什么?"文卿道:"你别糊涂,一定要我说明白吗?你放心,我都不替你传扬。"宝珠此刻也就低着头,不敢言语。文卿道:"怎么样?你认是不认?"问了几声,宝珠总不回言,泪珠满面。文卿心里颇为不安,倒安慰道:"你别要伤心,你我是至交,我难为你吗?"　　　　　　　　　　　　　　　　　　　　(第十八回)

这哪里是求爱?简直是要挟!当他和宝珠暗地里定婚以后,就开始在她面前显威风。宝珠既假扮男子,就难免要和男人接触。他见了,一点也不顾及宝珠的脸面,总是要打要骂,"我总不能眼睁睁的看你同人相好"。(第二十回)宝珠奉旨出征苗疆,他认为凶多吉少,当着众人就哭得如醉如痴,想的是:"好容易费多少心机,才算是我口中之食,谁知倒送把苗子顽去了。再想我天上少世间无的美人,到何处去找。"(第三十回)就在宝珠九死一生地征战沙场的时候,也总是收到他醋意十足的信。宝珠凯旋后,积劳成疾,想在家中养病。文卿却迫不及待地要娶她:"不能由她罢了,我费了许多心机,才定下的。这种文武全才的美人,哪里去寻第二个?我死也丢不开她。"(第四十九回)而当宝珠终于嫁给他后,他却又百感交集:他庆幸终于得到了这个天下奇才,旷古美人，而妻子的地位、声誉又使他这个须眉男子汗颜。更何况成亲的那天，同年、朋友七嘴八舌地讲什么"怕老婆的大帅"，"给夫人跪地板、舐脚丫"之类的笑话，使他大感难堪。由此，他对宝珠的感情更为复杂。他依然深爱宝珠，尽管娶宝珠的同时还娶了三房美姜，但是他的心始终只在宝珠一人身上，一时一刻也离不了她。而他和宝珠在一起的时候，他又情不自禁地折磨她，羞辱她，以维护他大男子的尊严。然而，论地位，妻子比他高；论才能，妻子更强过他。唯一能给他找回面子的，是那个社会里的不合理的夫权。于是，他身上的这种夫权便膨胀到极致，残酷无情地摧残妻子的人格尊严。他只顾利用夫权残忍地凌辱、折磨妻子，试图以此抹去她往日的辉煌，使她心悦诚服地匍匐于自己的脚下，并没有想到这对于宝珠是怎样的伤害。宝珠被他活活折磨死以后，他竟接受不了这个事实：

> 许文卿分开众人，飞步上床，看了看，顿了两脚，往后便倒，闷绝于地。……方才醒转，他就推开绿云，又扑上床，抱尸大哭，一滴眼泪都没有，只管干号。哭了一会，跳起身来大恨道："宝珠，宝珠！你太狠心。一年未满，你就撇下我去了。我偏不依，定要跟了你去！"顿了几脚，顺手从床栏上拔出宝剑，望项下一横，亏松勇眼快，飞步上去，一把夺住道："姑老爷不可如此。"文卿还是大哭大闹的，口口声声，要相从于地下。　　　　　（第六十四回）

"一滴眼泪都没有，只管干号"，绝不是说他不痛，这是急、怒、痛几种情绪的集结。"要相从于地下"，也是他真实的想法：他不能容忍已经到手的美人就这样离他而去，就是死，也要牢牢地把她抓住，更真切地反映了他对宝珠强烈的占有欲。至此，小说成功地塑造了一个既使我们感到生疏，又令我们感到真实的人物形象；展示了当时的社会上大量存在，而文学作品中很少描写的一种特殊的男女之情。我们为文卿摧残宝珠而发指，但也不能否认，这一形象给我们留下的思索是深刻的。许文卿是男尊女卑观念的信奉者、执行者，实际上也是这种观念的受害者。从某种意义上讲，松宝珠和许文卿都称得上是典型环境中的典型形象。

《兰花梦奇传》中也塑造了两个生性泼辣，不讲什么"三从四德"的女子，就是松宝珠的姐姐松宝林和许文卿的妹妹许银屏。在以往的作品中，欺负丈夫的"妒妇"或"悍妇"，都不是正面形象，是"醋罐子""河东狮"。然而，本书的作者对他笔下这两个女性形象是欣赏的。

宝林是本书开篇提到的另一奇女子。在父亲死后，她和宝珠一文一武，一个主内，一个主外，共同把家庭治理得兴旺发达。她是家里的长女，又是嫡出，家庭地位比宝珠高，加上持家严正，所以家中上下没有不怕她的。小说的前半部分，她留给人的印象并不是很好。作者侧重于展示她理家的才干和威严，但理家毕竟比不上宝珠的断案折狱、驰骋疆场。有时候，她的这种威严用的不是地方，尤其是对宝珠的管束甚至毒打，令人觉得不近人情。后来，这个人物身上的光彩渐渐显示了出来。她其实比宝珠更有主见，对宝珠在文卿面前逆来顺受的态度十分不满："图个贤惠虚名，不知受多少委屈。"（第五十六回）她自己则来了个矫枉过正，对丈夫墨卿十分厉害。她借着为妹妹鸣不平，曾对墨卿说："天下事是这样的，不是东风压了西风，就是西风压了东风。人是贱的，况男人更不是东西，给一点脸就象意了。"还告诫丈夫："在我面前却要小心些，我是听不得一句话。我做了一世的兽医，难道狗肚皮里那点肠子都看不出来吗？"（以上第五十七回）孤立地看她对墨卿的态度，人们完全有理由指责她的泼悍，但这是对照着宝珠的受气来写的，在那个特殊的氛围中，她的这种泼悍反倒令人快意。

许银屏是文卿的胞妹，又是宝珠的弟媳。她的父亲是个书呆子，家中之事悉听命于母亲。母亲又十分娇惯她，使她养成了天不怕、地不怕的性格。她不仅不怕丈夫，不怕兄长，连父亲也不放在眼里。第六十二回写松宝珠被许文卿折磨得奄奄一息时她和哥哥的一场打闹，很能反映她的这种性格："银屏站起身，抢到文卿面前，一把掴住衣领，双顿金莲，放声大哭道：'你还我二姐姐来。'……'我二姐姐哪件事亏负你家？你将她气得这般模样！我今日预备一条性命，不拼个你死我活，也不得甘休。'"对哥哥又打又咬。她的父亲闻声赶来时，她"不顾什么尊长，竟跳起身来，掴住许公的胡须哭骂。许公摇头：'无父无君，是禽兽也。'"而在整个过程中，许夫人一直偏袒骄纵、刁蛮的女儿，虽然"护短"，却能持正：银屏是因为嫂嫂受气而撕打亲哥哥；银屏的母亲许夫人又是支持女儿为媳妇打抱不平。被骂为"无父无君"的"禽兽"的银屏，反倒极有人情；听任儿子折磨媳妇的许公，却令人觉得麻木不仁。作者正是在这些人物的塑造上，表现了他对"男尊女卑"和"三从四德"观念的否定。

值得指出的是，以往的小说对女子的同情，大都是从婚姻爱情入手，反映她们对爱情自由的追求。而对于封建社会中妇女的地位，男权对妇女的压迫，却很少有人问津。《林兰香》涉及了这个问题，但作者又把燕梦卿塑造成了一个道学气很足的人物，并不怎么可爱。造成她和丈夫之间隔阂的不完全是男权的压迫，性格差异也是个重要原因。《兰花梦奇传》则深刻地反映了男女之间地位的悬殊，描写了一种被男尊女卑观念扭曲了的爱情。这部作品审美视野的拓展，表明了小说作家审视现实社会具有了更强的穿透力。《兰花梦奇传》产生于近代妇女解放运动的前夕，其进步意义是不言自明的。

《兰花梦奇传》有相当高的艺术技巧。这首先表现在人物形象的塑造上。尽管是仿《红》之作，但也只是生发《红楼梦》反对男尊女卑观念的精神，却不是亦步亦趋地模仿《红楼梦》的人物刻画，塑造出了蕴涵深厚而又令人耳目一新的艺术形象。如前面所述，宝珠、宝林、文卿、银屏的形象，都塑造得很有特色。

小说的情节生动细腻，善于闲处着墨。一些看似游离于主要情节之外的细节描写，对于营造氛围，乃至深化主题，都起到重要的作用。例如，文卿与宝珠成亲时，一个名叫竹林的同年讲了一个笑话：龙王征服了兴风作浪的大鳅鱼后，没有寸功的王八也来请封典，说是要"锦衣荣龟"。龙王大怒，吩咐将他撵出。王八不肯走，侍卫用乱箭射他。王八头上中了两箭，得意洋洋地出去，道："我也沾个光，弄枝双眼花翎去戴戴。"孤立地看，这是个风趣诙谐的寓言故事。没有寸功却"锦衣荣龟（归）"，"沾个光，弄枝双眼花翎去戴戴"，显然是取笑文卿沾老婆的光，得了个伯爵的封赠。竹林讲这个笑话，未必出于恶意。但它分明地使文卿感受到巨大的压力。这说明，文卿对宝珠的那种复杂感情，还不完全出于个人的品质，而与那个男尊女卑的大环境密切相关。

此外，《兰花梦奇传》的语言生动流畅，曲尽人情，把一个文武全才的奇女子的悲苦命运，写得十分感人。这部作品，在我国小说史上是不可多得的佳作。

第十七章
晚清时期的"泛情论"小说

　　言情小说到了晚清时期发生了重大变化,当时,占主导地位的是"泛情论"小说。其最大的特点,是以封建伦理观念偷换情的概念,宣称忠孝节义才是儿女真情。而这类小说也描写家族兴衰,人物命运,有世情小说的特点。但是由于它所描写的那些忠孝节义的典范又是非常之人,所行之事又是非常之事,故又有故事型小说的某些特点。它是世情小说与英雄传奇小说的交叉。比较典型的作品是文康的《儿女英雄传》。这类小说的出现,和当时社会理对情的压制密切相关。

第一节　特定历史条件下"理"对于"情"的压制

　　晚清时期,理对于情的压制不仅没有松弛,反而更加严酷。这种观点不易为人们认可,但又是无情的事实。据大量资料记载,以理杀人的悲剧在当时的社会上大量存在。例如,在明代,归有光就提出,女子未嫁,夫死不必守节。当时,这种观点也为多数人认可。然而到了晚清,这一主张就大受讥讽。笔者翻阅晚清桐城派的文章,发现了不少指名道姓批评归有光这一主张的文章。他们认为,男女既有婚约,便有了夫妇之礼;如果夫死,女子也就必须循礼守节。俞樾《右台仙馆笔记》记载,当时,不仅丈夫死去,妻子必须守节;未婚之女死了未婚夫,也要守节,称为"守清";甚至还有为得贞节之名,故意让女子缔婚于已死之男子者,谓之"慕清"。书中还记载:"湖北咸宁乡间有毛氏女,未嫁而与人私,父母怒而杀之,弃其尸于野。……又有顺宝者,咸宁范氏女,亦未嫁而私于人,为父母所杀。"这是多么骇人听闻的事件。林纾《技击余闻》中也这样记载他亲身的见闻:

> 闽中少妇丧夫,不能存活,则遍告之亲戚,言将以某日自裁。而为之亲戚者,亦引以为荣,则鸠资为之治椟。前三日,彩舆鼓吹,为迎神人,少妇冠帔衮服,端坐舆中,游历坊市,观者如堵。有力者,设筵饮之。少妇手鲜花一束,凡少年之未诞子者,则就其手中乞花,用为生子之兆。三日游宴既尽,当路结彩棚,悬绳其上,少妇辞别亲戚,慨然登台,履小凳,以颈就绳而殁。万众拍手称美。余七八岁时,老媪曾抱余观之。迨年十九时,翁学本为抚分民府,恶其事,乃大张告示以谕众曰:"为严禁贞烈事。"余观而笑曰:"然则劝导淫奔耳?"闻者大笑。俗吏之不通,往往令人喷饭。①

多么令人发指的礼俗! 多么无情的亲戚、麻木的看客! 偶值稍有人心的官吏对这种惨无人道的事件加以制止,却又被包括作者在内的人众嘲笑。可见封建礼教猖獗到何等程度,残忍到何等地步。

晚清社会封建礼教之所以更为严酷,和当时的历史背景有关。

早在清初,我国社会思想意识就已经开始发生逆转。清王朝统治者入主中原,摧折了晚明时期的资本主义萌芽,受王学左派冲击的封建意识又开始回归。一方面,康熙皇帝在政权稳定后,大力提倡宋明理学,组织编写了大量的理学教科书,又大兴文字狱,残酷镇压异端思想。另一方面,顾炎武、黄宗羲为首的经世派,从增强民族的凝聚力,恢复故国出发,在反对宋明理学空谈心性的同时,也反对王学左派贵己重身、放纵情欲的主张。尽管经世派与康熙帝的出发点、目的大相径庭,但是造成了同样的后果:人的自然情欲再一次受到压制。晚明的人文主义思潮日渐衰微,传统的封建观念又成为当时社会的精神

---

① 《近代文学大系》第 19 册,第 646 页,上海:上海书店出版社,1995。

支柱。

　　鸦片战争以后,在西方列强的侵略面前,民族危亡成了社会的主要矛盾。一些进步的思想家,为了能使人们全身心地投入救亡图存的斗争,也提倡以社会性情感克制人的自然情欲。在这种情况下,人性自由、个体意识,再一次受到压制。洋务派、改良派、革命派,所侧重的是引进西方的科学技术,或变革中国的政治体制,都未对封建道德扼杀人性作过深入的批判。因此,封建道德观念,尤其是妇女的节烈观,在晚清社会仍根深蒂固。辛亥革命以后,袁世凯颁布的《褒扬条例》中,还明文规定:"妇女节烈贞操,可以风世者",给予匾额、题字、褒章等奖励。而道光二十一年(1841年)建立的寡妇集中营——松江全节堂,一直持续到民国二十六年(1937年)。

　　由于上述原因,晚清的世情小说发生了变异。作品不再抨击封建礼教对情的压制,而是以"理"置换了"情",提出"忠君孝亲方是儿女真情",而真正的儿女情又被说成"痴",说成"魔"。情成为伦理道德理性内容的感性显现。

第二节　以忠孝节义置换儿女真情的《儿女英雄传》

　　《儿女英雄传》,一名《侠女奇缘》《金玉缘》《儿女英雄评话》。原作五十三回,因后十三回"残缺零落,不能缀辑,且笔墨弇陋",疑为他人所续,故刻印时删去,存四十回并《缘起首回》。书前有托名雍正阏逢摄提格(甲寅,1734年)的序和乾隆甲寅(1794年)的弁言。然而,书中提到了《施公案》,还提到了《品花宝鉴》中的人物徐度香和袁宝珠,《施公案》作于嘉庆庚辰年(1798年)后,《品花宝鉴》作于道光己酉年(1847年),则这部小说不可能产生于雍正、乾隆年间,而是近代初期的小说。现存最早的版本是光绪四年(1878年)北京聚珍堂活字本,西湖书社于1981年重版。

　　《儿女英雄传》的作者文康,姓费莫氏,字铁仙,号燕北闲人,满族镶红旗人,嘉庆中大学士勒保次孙,约生于乾隆、嘉庆之际,死于同治四年(1865年)前。文康的家族是累代簪缨的八旗世家。从康熙中至咸丰初，他家"三代四大学士"，门庭显赫。至文康时，家道渐衰。文康本人做过理藩院员外郎、天津道台、安徽凤阳通判，晚年诸子不肖，家境贫寒，乃作《儿女英雄传》以自遣。

《儿女英雄传》的主角，一个是官宦子弟安骥，另一个是女侠何玉凤。安骥的父亲安学海因奸臣陷害下狱，他变卖家产，到父亲的任所淮安营救父亲。路上雇的两个骡夫见钱起意，想谋害他，为女侠十三妹所察，一路暗中保护他。后来，安骥又误入能仁寺的凶僧之手，十三妹弹毙凶僧，救了他和被凶僧抢来的民女张金凤。十三妹真名何玉凤，也是官宦人家的女儿，父亲被权奸纪献唐害死，她拜师学艺，伺机报父仇。因朝廷目下正倚重那个权奸，她以国事为重，一直没有对仇人下手。她救安骥，完全是出于扶困救厄的侠义心肠。救了安骥后，她又撮合安骥聘张金凤为妻。再后来，安骥救出了父亲。何玉凤在仇人受到朝廷制裁后，也嫁给安骥。金凤、玉凤情同姐妹，各生一子；安骥科场得意，位极人臣。

有的研究者把《儿女英雄传》归入侠义公案小说的范畴，笔者却认为它是一部言情小说，理由是：一、书中没有公案的描写，侠也主要写十三妹一人，而且是个半截子的侠；写她行侠仗义，也只围绕着姻缘做文章，不是一般意义上的除暴安良。二、整部小说是写情的，小说作者自己也说："诸家小说大半是费笔墨，谈淫欲；这《儿女英雄评话》，却是借题目写性情。"①

胡适说："《儿女英雄传》与《红楼梦》恰是相反的。曹雪芹与文铁仙同是身经富贵的人，同是到了晚年穷愁的时候才发愤著书。但曹雪芹肯直写他和他的家庭的罪恶；而文铁仙却不但不肯写他家所以败落的原因，还要用全力描写一个理想的圆满的家庭。曹雪芹写的是他的家庭的影子；文铁仙写的是他的家庭的反面。"②胡适的看法固然有道理，但他没有指出更为核心的问题，即《儿女英雄传》主要是在对儿女之情的看法上与《红楼梦》唱反调的。

《儿女英雄传》对儿女之情作了新的界定。作者在《缘起首回》中

---

① 《儿女英雄传》，第 388 页，上海：上海古籍出版社，2001。其后该作引文均据此本，仅在行中标明回数。
② 《胡适论中国古典小说》，第 458 页，武汉：长江文艺出版社，1987。

说得很清楚，儿女之情就是英雄至性，就是忠孝节义："有了英雄至性，才成就得儿女心肠；有了儿女真情，才做得出英雄事业。譬如世上的人，立志要做个忠臣，这就是个英雄心，忠臣断无不爱君的，爱君这便是个儿女心；立志要做个孝子，这就是个英雄心，孝子断无不爱亲的，爱亲这便是个儿女心。至于'节义'两个字，从君亲推到兄弟、夫妇、朋友的相处，同此一心，理无二致。……这纯是一团天理人情。"显然，这种"情"和《红楼梦》所歌颂的真挚爱情迥然不同，它实际上是"理"的翻版。作品从情节到人物形象的塑造，都是针对这一问题而发的。

从故事情节上看，《儿女英雄传》通过一个家庭的兴旺发达，歌颂忠孝节义之情。小说中的安骥是个孝子，安学海是个忠臣，张金凤是个孝妇，何玉凤是个侠女。一家忠孝节义俱全，家境鼎盛。第三十四回作者借题发挥道：世人爱读《红楼梦》，是"为曹雪芹所欺"。《红楼梦》中没有写一个好人，而他这部《儿女英雄传》中的人物，个个比《红楼梦》中的好。安骥和贾宝玉，都是翩翩公子，安骥功成名就，贾宝玉却弄到死别生离；安学海和贾政，看去虽同是一样的道学，安学海是实实在在的穷理尽性的功夫，贾政却丢开正经，终日和单聘仁等不三不四的人厮混；安夫人和王夫人看上去一样慈祥，安夫人是真正的慈母，王夫人却偏向娘家的侄女和甥女，一味地在家庭中植党营私；张金凤、何玉凤和黛玉、宝钗，虽同样艳丽聪明，但金凤、玉凤毫无嫉妒之心，同心合意，相夫成名，而宝钗和黛玉，一个"把着自己的金玉姻缘，暗里弄些阴险"，一个"妒着人家的金玉姻缘，一味肆其尖酸"，这样的人又何能"宜其室家"？就连安骥的妾长姐儿，也比花袭人强。长姐儿在安骥离家应试时，虽然偶尔也像《西厢记》中长亭送别的莺莺一样"减了玉肌，松了金钏"，有些用情不正，但她毕竟还能"发乎情，止乎理"，不像袭人那样试什么云雨情。总之，安公子本来就得性情之正，再加上有这样的家人相助，自然也就成为儿女英雄。其家族也因而兴旺发达，"子贵孙荣，至今书香不断"。小说正是用这样一个大团圆的故事，向人们表明，忠孝节义才为"性情之正"。

小说人物形象的塑造，也紧紧围绕《红楼梦》做翻案文章。其中最明显的是何玉凤的形象。何玉凤除了聪明、美丽和林黛玉相似之外，其他几乎处处和黛玉相反。第一，林黛玉弱不禁风，行动仰赖于人，又多愁善感,爱耍小性儿,而何玉凤体格强健,武艺高超,吃起饭来也是"风卷云残",一顿饭"吃了七个馒头还找补了四碗半饭"。她豪气满怀,以助人为乐,从不计较小事。"虽是细针密缕的一个心思,却是海阔天空的一个性气,平日在一切琐屑小节上本就不大经心。"第二,林黛玉和贾宝玉情意绵绵,把情看得比性命还重,因为爱情得不到家长的认可,竟含恨而死。何玉凤连一点儿女私情也没有,她救安骥完全是出于古道热肠。她不仅能做到没有尊长之命不会爱上一个男人,即使是她的师父(此时她父母已死)、安学海夫妻、张金凤都劝她嫁给安骥,在既有尊长之命又有媒妁之言的情况下,她还要推来推去。小说从第十九回到第二十七回,整整用了八回的篇幅写她的拒婚,比写她行侠仗义的篇幅还长,几乎把联姻写成了逼婚。等把这一层意思写足了,才写她的就范。小说通过安夫人之口说:"你方才要没有那番推脱,也不是女孩儿的身份;如今要没有这番悔悟,也不是女孩儿的心肠。"这"女孩儿的心肠"到底指什么,实在令人费解:若说她与安骥有爱情,她的拒婚显得过分矫情;若没有爱情,她又大可不必悔悟。因为如果实现她的初衷——出家,一点儿也不违背礼教和人情。令作者始料不及的是,他的这种描写,恰恰显示了黛玉的真,何玉凤的假。第三,林黛玉孤高自许,有林下风致,从来不对宝玉说什么仕途经济的"混帐话"。何玉凤克尽妇德,念念不忘相夫成名。第三十回写她新婚之后,安骥对名花,酌旨酒,和她一块行酒令。她的酒令是:"赏名花,名花可及那金花? 酌旨酒,旨酒可是琼林酒? 对美人,美人可得做夫人?"简直是利欲熏心。第四,林黛玉因爱生嫉,对宝玉的爱情不专一深感痛苦,而何玉凤则大度得不近人情。从整个作品的描写看,张金凤并非本书的主角。但作者正是为了显示何玉凤的不妒,让家世、能力都不及她的张金凤也成为安骥的妻子,且位在她之上。对于丈夫,金、玉二凤你推我让,有时竟使得安骥无所适从。后来,安骥放了外任,在侍奉丈夫和侍奉公婆不能两全的情况下,二凤又主动求公婆为丈夫纳妾,让妾去服侍丈夫,她们服侍公婆。第五,林黛玉不耐俗务,不会理家。而何玉凤持家井井有条:第三十三回写她改革家政,活像大观园"兴利除宿弊"的探春;第三十六回写她惩罚因受水灾没有催上租来的管家,又绝类协理宁国府的凤姐:

　　"你有此时才催的,早做什么来着? 交代这差使的第一天,我当着老爷太太的面告诉过,你们大家办好了,老爷太太自有恩典,是大家的脸面;倘然误了老爷太太的事,那一面儿的话我就不说了,临期你们大家可得原谅我。不想大家都知道原谅我,倒是从你第一个先不原谅我起! 很好。"说着,把小眉毛儿一抬,小眼睛儿一瞪,小脸儿一扬,望着张进宝叫了声"张爹!"说道:"你把他带到外头老爷书房里头,请出老爷的家法来,结结实实打他二十板子再带进来见我。"

总之,在作者看来,清高、多病的林黛玉,绝对不能当个好妻子,何玉凤才是作者心目中的完人。其他人物形象,也都有各自的针对性。

　　《儿女英雄传》观念的落后不可否认,但它有较高的表现技巧,同样也是不可否认的。

　　由于小说以"英雄至性"置换"儿女真情",它的女主角就不是个平凡的女子,而是个武艺超群的侠女;小说的描写也就离开了饮食男女的日常生活,写这位奇女子行侠仗义之事。这使得这部作品某些方面又具有英雄传奇小说的特点。小说中侠女何玉凤的形象,塑造得比较可爱。写武打,写老侠客邓九公的江湖争端,都绘声绘色,生动鲜活。请看第六回写十三妹大战赤面虎的描写:

　　　　那女子(十三妹)冷笑道,"这等不禁插打也值的来送死? 我且问你,你们庙里照这等没用的东西还有多少?"言还未了,只听脑背后暴雷也似价一声道:"不多,还有一个!"那声音像是从半空里飞将下来。紧接着就见一条纯钢龙尾禅仗撒花盖顶的从腰后直奔顶门。那女子眼明手快,连忙丢下杠子,拿出那把刀来往上一架,棍沉刀软,将将的抵一个住。她单臂一攒劲,用刀挑开了那棍,回转身来,只见一个虎面行者,前发齐眉,后发盖颈,头上束一条日月渗金箍,浑身上穿一件元青缎排扣子滚身紧袄,下穿一条元青缎兜裆鸡腿裤,腰系双股鸾带,足登薄底快靴。好一似蒲东寺不抹脸的憨惠明,还疑是五台山没吃醉的花和尚。……一个莽和尚,一个俏佳人,一个穿红,一个穿黑,彼此在那冷月昏灯之下,来来往往,吆吆喝喝,这场恶斗,斗得来十分好看。

这一段描写,不仅情节惊险生动,还具有一种苍莽雄壮的美感。两个形象反差既大,连色泽也形成鲜明对比,至今这个故事还被编成戏剧、搬上屏幕以飨观众。

《儿女英雄传》的人物形象比较鲜明。小说设置人物时,是从忠、孝、节、义的伦理观念出发的。但在塑造人物时,并没有把人物当作诠释这些观念的工具,而是给每一个人物设计了一个主导性格,安骥的傻气,安学海的迂阔,及作为女侠时的十三妹的豪气,都表现得非常鲜明。其中,尤以安骥的傻气写得尤为精彩。例如,第三十一回写安府遭贼时安骥的表现:"公子毕竟是个丈夫,有些胆气,翻身起来,在帐子里穿好了衣服,下了床,登上靴子,穿上皮袄,系上搭包,套上件马褂儿,又把衣裳披起来,戴好了帽子,手里提着嵌宝钻花拖着七寸来长大红穗子的一把玲珑宝剑,从卧房里就奔出来了。恰好何小姐完了事,将进西间门。看见,笑道:'贼都捆上了,你这时候拿着这把剑,刘金定不像刘金定,穆桂英不像穆桂英的,耍作什么呀?'"安骥迂阔无能而又装腔作势的情态跃然纸上。而何玉凤把他这种装模作样的举动比为唱戏,又把他比为戏中的女将,进一步凸显了他迂阔无能的特点。诚然,安骥的形象远不如贾宝玉的形象蕴涵深厚,也不如贾宝玉可爱,但比起才子佳人小说中那种才高八斗、学富五车的千人一面的才子形象,丰满得多,也鲜明得多。

小说还善于利用人物的性格矛盾展开情节,制造误会。其中十三妹和安骥在悦来老店的相遇写得最为精彩:安骥是个初次涉足江湖的书呆子,奶公病倒,他独自携带银子上路,很快就钻入了两个想谋财害命的骡夫的圈套。在悦来客店,他又遇到许多不三不四的人,难以应付,因此住在店中犹如惊弓之鸟。而老于江湖、古道热肠的十三妹,得知骡夫要害安骥的阴谋后,决计要抱打不平,对这个受害者自然格外关注。而她越是关注,安骥对这个神秘的女子越抱有戒心,引出了一系列的富有喜剧性的误会和冲突,既使故事情节妙趣横生,也充分展现了人物个性。

小说作者观念的落后,毕竟还是损害了艺术形象的塑造,确如鲁迅在《中国小说史略》中所云:"欲使英雄儿女之概,备于一身,遂致性格失常,言动绝异,矫揉之态,触目皆是矣。"①张金凤的形象,何玉凤做安家媳妇以后的种种描写,都能说明这一点。

小说的结构也比较有特色。在写何玉凤的身世时,用了逆时序的叙事方法。第四回刚出现时,读者只知道她是个骑黑驴的绝色女子。第八回,知道她叫十三妹。第十九回,才补出了她的身世。因此,作为女侠的十三妹,一直给人一种神秘的感觉。故事情节跌宕起伏,引人入胜。对于这种方法的运用,作者也很得意,称自己用了"西洋法子"(第十六回)。

《儿女英雄传》用北京方言写成,语言酣畅幽默,富有调侃的意味。小说写一个被凶僧霸占的妇人,向何玉凤诉说她劝张金凤依从凶僧反遭唾骂的事:

> "人家大师傅拔出刀来就要杀她呀!你打量怎么着?我好容易救月儿似的才拦住了。我说,人生面不熟的,别忙,你老等我劝劝她。谁知越劝倒把她劝翻了,张口娼妇,闭口蹄子。"说着,又对那穿月白的女子说道:"你瞧,娼妇头上戴这个,身上也穿这个,你怎么说呢?" （第七回）

显然,在她看来,"头上戴这个","身上也穿这个",才是最重要的,至于是不是娼妇,倒无关紧要。这就活画出了一个贪婪、浅薄、不知廉耻的女人的形象。胡适很欣赏《儿女英雄传》的这种语言风格,认为:"他的特别长处在于语言的生动、漂亮、俏皮、诙谐有风趣。这部书的内容是很浅薄的,思想是很迂腐的;然而生动的语言与诙谐的风趣居然能使一般的读者感觉愉快,忘了那浅薄的内容和迂腐的思想。"②由此,我们可以看到,文学作品的思想性与艺术性,既互相联系,又有一定的独立性。能启迪人们觉悟的作品,在艺术上有所欠缺也会得到许多人的认可;思想浅薄而能使人感到愉悦的作品,有时也会受到许多读者的青睐。然而,这样的作品,都不可能成为拥有大量不同层次读者的、经得起时间考验的名著。

---

① 《鲁迅全集》第9卷,第270页,北京:人民文学出版社,1981。
② 《胡适论中国古典小说》,第464~465页,武汉:长江文艺出版社,1987。

第三节 《野叟曝言》《绿牡丹》所描写的英雄性与儿女情

"泛情论"小说还有《野叟曝言》和《绿牡丹》等。这些作品的问世，都比《儿女英雄传》要早。书中虽然没有明确地宣讲泛情论的道理，但其内容都把爱情故事和建功立业联系在一起。

《野叟曝言》二十卷一百五十四回。作者夏敬渠（1705—1787），字懋修，号二铭，江阴人。据说他"英敏积学，通史经，旁及诸子百家礼乐兵刑天文算术之学，靡不淹贯"①。然而他的一生郁郁不得志，曾参加博学鸿词科的考试，不第，又被推荐参加修《八旗通志》，不果，只得奔走名门，充当幕僚。他晚年著《野叟曝言》，以表现自己的人生追求和满腹学问。《野叟曝言》成书于1779年前后，现有光绪七年（1881年）毗陵汇珍楼本和光绪八年（1882年）申报馆本。

《野叟曝言》虽然不像《儿女英雄传》那样公然和《红楼梦》唱反调，但总体精神和《儿女英雄传》一样：把功名利禄作为人生的第一追求，同时又让儿女之情服从于英雄至性。小说托言明成化年间事，男主角文素臣，是个文武全才。他游荡江湖，除暴安良；抗衡权奸，平定景王之乱；破倭寇，征蒙古、安南、印度；甚至还派人航海至欧罗巴洲，征服二十余国。由此，他位极人臣，被天子称为"素父"。另一方面，文素臣是个正人君子，但由于种种机遇，他又和许多女子肌肤相亲，并得以近宫中嫔妃们的芳泽，享尽艳福。最后，他威震四海，妻妾成群。他母亲百岁大寿时，前来祝寿的有七十余国的使节。他的子孙百余人，也都因他而得高官厚禄。"凡人臣荣显之事，为士人意想所能及者，此书几毕载矣。惟尚不敢希帝王。"②

作品想塑造最完美的人格，描写最高尚的理念，表现最理想的人生，结果却形成了作品与其意念上的分裂，所描写的内容矛盾、混乱，不近人情。

---

① 光绪年间《江阴县志》卷十七《文苑传》。
②《鲁迅全集》，第9卷，第243页，北京：人民文学出版社，1981。

这种作品与其意念的分裂,首先表现在人物形象的塑造上。书中写文素臣"是铮铮铁汉,落落奇才。吟遍江山,胸罗星斗。说他不求宦达,却见理如漆雕;说他不会风流,却多情如宋玉。挥毫作赋则颉颃相如;抵掌谈兵则伯仲诸葛。力能扛鼎,退然如不胜衣;勇可屠龙,凛然若将陨谷。旁通历数,下视一行;闲涉岐黄,肩随仲景。"①硬是把鲁莽灭裂的江湖好汉,多愁善感的文弱书生,道貌岸然的大儒,和左道旁门的术士的才能、性格糅合到一起,使得这个人物不伦不类。

其次,小说崇尚儒学,排斥佛、道。小说谓:"儒家即有败类,尚不至无父无君,全乎禽兽。释氏不识天伦,不服王化,弃认亲父,灭子求徒。其下者,行奸作盗,固国典所必诛,其上者,灭类绝伦,亦王章所不宥。至若支遁、智永之徒,流连山水,模仿钟、王,略谙吟哦,稍为朴实,然大本已亏,其余安取?"②小说中谤僧骂道,不仅欲对国内的和尚道士斩尽杀绝,还使得印度等拜佛之国都改而崇尚儒学。儒家不语怪力乱神,这部小说中却连篇累牍地描写神怪故事,什么毒龙、神猿、夜叉、妖狐等等,不一而足。为了表现文素臣的无所不能,他对释、道两家的邪门异术样样精通,降妖伏魔,总是手到擒来。这都令人觉得它自相矛盾。

最令人觉得滑稽的是小说对情欲的态度。一般说来,我国的言情小说津津乐道地描写情欲,卫道的作品道貌岸然地维护风化。《野叟曝言》却通过极为淫秽的描写来谈禁欲。书中的文素臣是个崇尚理学的正人,但他和女子肌肤相亲的机会特别多。他二妻四妾,除了发妻田氏及公主之外,其余女子由于种种的原因,婚前都曾赤身露体地和他单独相处,有的还相偎相抱。但他都能"坐怀不乱",直至有了非娶她们不可的理由时,他才和她们结为夫妻。显然,作者是想把封建理学和人的自然情欲捏合到一起,以编织他认为最理想的人生,结果却写出这样自相矛盾的情节来。

此外,小说还描写了作者所提倡的忠君孝亲之情,但对这种情的描写也因夸张太过而令人感到肉麻。如文素臣对母亲的孝,每次游历回家必定是"真如久离母乳之羊,跪在地下,捧足呜咽,悲喜非常",而

①②《野叟曝言》,第2页,长春:时代文艺出版社,2002。

且还必定宿于其母房内。母亲生病,全家人轮流"割股疗亲"。真切的母子之情,却一点也没表现出来。

有的读者认为,《野叟曝言》中出现的情节矛盾,反映了作者夏敬渠的精神分裂①。笔者认为,出现上述现象,当是他把小说中的内容过分的理想化,夸张得不着边际所致。同时也说明,封建理学违背正常的人性,它和人的自然情欲是捏合不到一块的。

在艺术风格上,《野叟曝言》最大的特点是炫耀学问。书中谈诗论文,疏、辩、考据,比比皆是,令人难以卒读。而个别情节写得生动有趣。如第三回的文素臣诛毒龙,写得很有层次感,小说让文素臣最先看到的是:"北山云势黑阵阵直拥而上,雨点愈密,一股腥风裹紧云头,东穿西扑,隐隐望见鳞爪飞舞。"紧接着写龙身出现:"蜿蜒夭矫,全身都现,忽然张牙舞爪,直奔素臣。头上却被腥气一扑,几乎跌倒。"等文素臣接近毒龙和它搏斗时,又发现它"周身涎沫,滑不可立",还写它"两颗龙睛,巨如栲栳,睒闪有光;口若箕张,腥涎喷溢,颏下鬐粗如绠",把鱼类的某些特点加到龙的身上,写得非常形象、逼真。但总体上看,《野叟曝言》的文学成就无法和《儿女英雄传》相比。

《绿牡丹》一名《四望亭全传》,又名《宏碧缘》。作者不详。全书共六十四回,现有道光二十七年(1847年)的版本。浙江古籍出版社1985年重版了这部小说。

《绿牡丹》以唐武则天称帝为背景,重点写将门之子骆宏勋和江湖侠女花碧莲之间的情缘。骆宏勋文武全才,任侠重义,和英雄豪杰任正千、鲍自安、余谦等以除暴安民为己任。花碧莲是江湖上有名的花老英雄花振芳之女,仪表秀美,武艺超人,因不肯与等闲之辈缔婚,与父母哥哥以耍把戏为名,四处访求佳偶。她对骆宏勋一见钟情,得知骆已聘贵州总兵之女桂小姐为妻,甘为侧室。但骆宏勋不是一个多情公子,当花振芳托人向他提亲时,他一口回绝,理由是"未有正室未曾完姻,而先立侧室之理"。其实,骆宏勋对于桂小姐并没有多少感情,他这样做,无非是守礼而已。后来,花碧莲替人去捉一只爬到四望亭顶端的马猴,因梁木衰朽折断,跌了下来,恰好骆宏勋在场,救了她。

① 侯健:《〈野叟曝言〉的变态心理》,见《台湾中国古代文学研究文选》,第357页,北京:人民文学出版社,1988。

她感念他的救命之恩，再萌爱心。花振芳再次替女儿求亲，又一次遭
到骆的拒绝。碧莲仍不死心，因思念宏勋成疾，花振芳第三次托人议
婚时，宏勋仍一口拒绝。最后，花振芳劫持了骆母和桂小姐，又和江湖
同道鲍自安等救出了遭奸臣陷害的骆宏勋，骆才和桂小姐、碧莲同日
完婚。第五十五回以后，写众英雄为国立功。先是武三思在海外寻得
一株绿牡丹，则天皇帝认为：花属女，既有奇花，天下必有奇才之女，因
而要开女考。鲍自安之女鲍金花、花碧莲考中魁元。后来众英雄又追
随薛刚、骆宾王等人除掉朝中奸臣，迎庐陵王归政。英雄、侠女俱受封
赠。总之，骆宏勋是个一心建功立业、除暴安良，却不以女色为念的英
雄。在作者看来，只有这样的人才值得爱，所以让才貌双全的碧莲无
条件地爱上了他。显然，这和《儿女英雄传》中所说的忠君孝亲方是儿
女真情的观点如出一辙。

《绿牡丹》还特别注重妇女的贞节观念。书中塑造了一个淫妇的
形象——贺氏。她原是个妓女，骆宏勋的义兄任正千为她赎身并娶为
妻。任正千"黑面暴眼、相貌凶恶"，她看上的只是他的财产，而不是他
本人。后来，"面貌俊雅，体态斯文"的吏部尚书之子王伦看上了她，经
她哥哥撮合，二人勾搭成奸，并陷害任正千，将他打入大牢。小说第五
十四回之前，骆宏勋与众好汉的主要对头就是这一对奸夫淫妇。诚
然，贺氏的所作所为有伤天理。但一部六十四回的小说，有五十几回
写众英雄除奸夫淫妇，书的倾向性是不言而喻的。书中还描写了一个
节妇——修氏。修氏是个抚孤守节的年青寡妇，丈夫的侄子要霸占
她，她极力抗拒，为骆宏勋所救。江湖英雄鲍自安要她嫁给骆宏勋为
妾，修氏不肯；又让她陪宿，以报骆宏勋救命之恩，修氏仍不肯，宁可自
尽。这时，众人才极力赞扬她的节烈，而此前的做妾云云，乃是对她的
试探。鲍自安收她为义女，后来，她还被朝廷封为节义夫人。修氏的
故事和全书的主要情节毫无关系，之所以要写她，也正是要和贺氏形
成鲜明的对比，以表明作者的爱憎。

《绿牡丹》构思精巧，情节惊险曲折而不落俗套。花振芳、鲍自安、余
谦等草莽英雄的形象塑造得虎虎有生气。语言也比较生动流畅。此书
问世后，在社会上流传颇广。据此书改编的剧目有《大闹桃花坞》《四望
亭》《嘉兴府》《宏碧缘》《巴骆和》等，也深受下层民众的喜爱。

由上述作品可以看出，晚清理学思想的回潮，极大地影响了言情小说的文学成就。

第四节　结合国家危难描写爱情悲剧的《恨海》与《劫余灰》

《恨海》与《劫余灰》，都是吴趼人的小说。作者的生平事迹，我们放到"谴责小说"有关部分中讲。吴趼人是位具有强烈的爱国心，力主改良的小说家。然而，他片面地把社会现实的黑暗归罪于道德沦丧，主张靠恢复旧道德改良社会："以仆之眼，观今日之社会，诚岌岌可危；非急图恢复我固有之道德，不足以维持之。非徒言输入文明，即可以改良革新者也。"①仁义礼智信的古训，对于提倡公德，限制私欲的恶性膨胀，稳定社会秩序，有一定的作用。但在列强入侵的危急关头，靠恢复传统道德来救国，又显然是行不通的。他所作的言情小说，表现了较大的思想局限，即以传统的伦理道德压制情。《恨海》《劫余灰》都在一定程度上宣扬了封建节烈观念。

《恨海》十回，标为"写情小说"。光绪三十二年（1906 年）广智书局以单行本首次出版。小说主要写张棣华和陈伯和的爱情悲剧。陈伯和、陈仲蔼兄弟，和张棣华、王娟娟自幼生活在一起，建立了感情。双方父母做主，将棣华许配伯和，娟娟许配仲蔼。庚子之变时，伯和随棣华母女到棣华父亲经商的上海避难，不幸途中失散。等棣华找到伯和时，他已经堕落，流落街头。棣华对伯和矢志不二，把他接进家中，劝他改过自新。但伯和此时已积习难改，终至于病死。棣华不顾父亲劝阻，落发为尼。而仲蔼也到处寻找失散的娟娟，后在上海的一家妓院和她不期而遇，原来娟娟已沦为妓女。仲蔼万念俱灰，散尽家产，披发入山。

《恨海》对"情"作出了新的界定："人之有情，系与生俱来。未解人事以前，便有了情。大抵婴儿一啼一笑，都是情；并不是那俗人说的'情窦初开'的那个'情'字。要知俗人说的情，单知道儿女私情是情。

①《上海游骖录》，第 545 页，收于《中国近代小说大系》，南昌：百花洲文艺出版社，1988。

我说那与生俱来的情,是说先天种在心里,将来长大,没有一处用不着这个'情'字,但看他如何施展罢了。对于君国施展起来,便是忠;对于父母施展起来,便是孝;对于子女施展起来,便是慈;对于朋友施展起来,便是义。可见忠孝大节,无不是从'情'字生出来的。至于那儿女之情,只可叫着'痴'。更有那不必用情,不应用情,他却浪用其情的,那个只可叫着'魔'。"①

应该承认,人是有一种与生俱来的情,这就是我们今天所说的自然情欲。但是,作者把人的自然情欲同"忠孝大节"等同起来,对男女恋情大加诋毁,实际上也是用封建伦理观念偷换情的概念。

然而,尽管《恨海》开篇的那套关于情的议论,和《儿女英雄传》毫无二致,但小说的具体描写和《儿女英雄传》大不相同,与作者自己卷首的那套理论也十分矛盾。

首先,《恨海》并没有写男女主角的忠君孝亲,建功立业,而是写国家的灾难对爱情的影响。棣华和伯和,仲蔼和娟娟这两对恋人,既有感情基础,又得到双方父母的认可。如果是在太平的环境中,他们无疑将有比较美满的婚姻生活。是庚子之乱使他们家破人亡,并拆散了他们的姻缘。伯和本来是个"举止端方"的少年,对棣华也曾极尽体贴之情。因为战乱出逃时和棣华母女分散,孤身一人流落上海,又交了辛述怀(心术坏)这样的朋友,才导致堕落;而娟娟原本美丽聪慧,如果不是战乱中失去了父亲,如果不是她和母亲生活无着落,自然也不会沦为娼女。小说还通过在京的仲蔼、出逃的伯和之眼,极写庚子之乱中洋人的残忍,义和团的愚昧狂妄,以及京城和天津的人民横遭屠戮的惨象。这些都说明:个人的幸福和国家的安危是密切相关的,国家动乱是导致这两个爱情悲剧的总根源。可见,《恨海》所提倡的,是国家利益至上的社会性情感,不同于《儿女英雄传》所写的封建伦理观念。

其次,作品中具体描述并赞美的,也不是像《儿女英雄传》那样的"忠孝大节"的情,而恰恰是被作者称为"痴"、"魔"和"情窦初开"的那种男女的恋情。小说对男女爱情的认可,主要表现在对女主角张棣华形象的塑造上。

---

① 《吴趼人小说四种》上,第3页,长春:吉林文史出版社,1986。其后该作引文均据此本,仅在行中标明回数。

张棣华是个温柔、持重而又深情的少女形象。她自幼同伯和在一个院里居住，同窗读书："小孩子家，愈加亲密，大家相爱相让，甚是和气。"然而，棣华是颇为自觉地恪守封建礼教的。伯和的父母给两个儿子提亲时，这样评价两个女孩："王家娟娟，人倒甚聪明。近来我见她还学着作两句小诗，虽不见得便好，也还算亏她的了。说话举止，也甚灵动。张家棣华，似乎太呆笨了些，终日不言不笑的。"（第一回）明似夸奖娟娟的聪慧，实则褒奖棣华对"女子无才便是德"古训的遵从。两对年青人缔婚后，娟娟照常和仲蔼一起上学；棣华为了避嫌，另赁房子搬走，且不再读书，只跟着母亲学女红。后来，在和伯和逃往上海的途中，她牢记"授受不亲"的古训，处处不忘避嫌。兵荒马乱之时找不到别的房子，即便是有母亲陪伴，她也不肯同伯和同室而居，致使伯和因露宿而得病；她不肯和伯和同坐一车，一时又雇不到别的车，伯和只得随车步行，结果，遇到乱兵涌来，两人失散。这时，棣华才后悔："这都是我自己不好，处处避着嫌疑，不肯和他说话。他是一个能体谅人的，见我避嫌，自然不肯来亲近。我若肯和他说话，他自然也乐得和我说话，就没有事了。伯和弟弟呀，这是我害了你了！倘有个三长两短，叫我怎生是好？这会倘你回来了，我再也不敢避甚么嫌疑了。"（第三回）后来，棣华终于在上海找到了伯和，但伯和已染上吃喝嫖赌种种恶习，流落街头。棣华把这一切过失都归结为那一次失散，归罪于自己的矜持、羞涩，又是痛心，又是内疚。此后，她对伯和的爱护、关切，带有很大程度的补过的成分。她请求父亲把伯和接到家中戒烟，亲自对他进行规劝抚慰。伯和不肯回头，终于病入膏肓，棣华更是非体越分，尽起做妻子的职分来。她不仅改称伯和为"陈郎"，无日无夜地侍奉他，还嘴对嘴地给他吃药。此时，她不仅不再想到避嫌，还惟恐自己无意之中流露的羞怯加重原先的过失。这种越礼的行为，招来人们的议论："都知道伯和是个未成亲的女婿，棣华是个没出嫁的女儿。今见此举动，未免窃窃私议。有个说难得的，有个说不害臊的，纷纷不一。"（第十回）而此时的棣华，根本不再把这种议论放在心上，一心一意地尽妻子的责任。然而，她的种种努力无补于事，伯和还是一病而亡。棣华带着终生的悔恨削发为尼。她这样做，是在遵从"从一而终"的古训，也是出于对爱情的忠贞。许久以后，仲蔼探望她时，她还是大哭着对仲蔼说："我命犯孤辰寡宿,害了你哥哥,所以出家忏悔,想起来迄自心痛。"看来,她虽然遁入空门,并未能看破红尘,她将为自己的"避嫌"悔恨终生。棣华的形象是发展的,她由一个循规蹈矩的封建淑女,在惨痛的教训面前,变成一个为了争取爱情的幸福敢于越礼悖俗的女性。作品的文笔委婉细腻,又擅长心理描写,将这个深情少女的形象塑造得十分感人。

应该说,伯和的堕落,主要是由于他自己的意志不坚定。但设若当时棣华能够从权,让伯和途中与她同居一室,同乘一车,一块来到上海,有岳父的管束,家庭的温馨,他完全可能成为一个正派的人。棣华拘泥于礼节,导致他们途中失散,使这个少不更事的富家子弟,孤身一人来到上海这个大染缸,没有抵制住种种诱惑,彻底堕落。所以,害了棣华和伯和的,不是被作者说成是"痴"、是"魔"的情,反倒是那一套授受不亲的封建礼教。吴趼人创作小说时,是从维护旧道德出发的。他的原意,也是塑造一个恪守礼教的节妇的形象。但当他按照生活的真实来描述故事时,事与愿违,竟为他一再挞伐的儿女之情唱起赞歌来。而他作为美德加在女主角身上的舍情从理的生活准则,到头来却给她造成了终生的痛苦,终生的悔恨,在客观上又展示了封建礼教的罪行。这大约是作者始料不及的。他在《说小说》中说:"吾前著《恨海》,仅十日而脱稿,未尝自审一过,即持以付广智书局。出版后偶取阅之,至悲惨处,辄自坠泪,亦不解当时何以下笔也。"(《月月小说》)可见,他是凭着感情而不是理智创作小说的。如果我们去掉书中的议论,《恨海》还不失为是一部相当感人的言情小说。

《恨海》在艺术风格方面有很大的创新。作品淡化了故事情节,侧重于揭示人物的心路历程,重点刻画棣华对伯和的关爱之情,及对自己因拘泥于礼节导致不幸的悔恨之情。小说的叙事非常简略,写张、陈两家缔婚,庚子之乱爆发,伯和与棣华逃难,只用了两回的篇幅。从第三回起就开始写两人的失散和棣华的悔恨之情。越是往后,这种悔恨之情显示得越深,将人物的内心世界揭示得十分深刻、细腻。作品的结构相当严谨。小说以棣华和伯和的爱情故事为主线,以仲蔼和娟娟的故事为副线,反映了庚子之乱给中国人民带来的灾难。两条线索穿插巧妙,整个故事组织得有条不紊。此外,小说的语言平易流畅,颇具抒情性。

《劫余灰》十六回,光绪三十三年至三十四年间(1907—1908)连载于《月月小说》,广智书局首出单行本,标为"苦情小说"。

《劫余灰》是以列强拐卖华工为背景的言情小说。女主角朱婉贞是广东一个读书人的女儿,读书明理。父亲做主,将她许配给与她自幼"相和悦"的书生陈耕伯。耕伯中秀才后,尚未回家就被婉贞的叔叔仲晦当"猪仔"拐卖到新加坡做苦力。不久,丧心病狂的仲晦又把自己的亲侄女卖到广西苍梧的妓院中。婉贞拼死保住了自己的贞操,历尽磨难,回到家乡,并赶到婆家守节。二十年后,耕伯自新加坡归,并带来了从新加坡娶的妻子和儿女,合家团圆。

和《恨海》一样,《劫余灰》也宣扬一种极为宽泛的情。小说的卷首说:"大约这个情字,是没有一处可少的,也没有一时可离的……大而至于古圣人民胞物与,己饥己溺之心;小至于一事一物之嗜好,无非在一个'情'字范围之内。非独人有情,物亦有情,如犬马报主之类,自不能不说是情,甚至鸟鸣春、虫鸣秋,亦莫不是情感而然。非独动物有情,就是植物也有情,但看当春时候,草木发生,欣欣向荣,自有一种欢忻之色;到了深秋草木黄落,也自显出一种可怜之色。如此说来,是有生机之物,莫不有情。"①在这里,作品为情正名,得出了比《恨海》更宽泛的结论:凡有生命力的事物都有情。然而,作者可以肯定犬马报主之情,也可以肯定鸟鸣春、虫鸣秋之情,独独不能肯定男女之间的爱情:"自从世风不古以来,一般佻侻少年,只知道男女相悦谓之情,非独把'情'字的范围弄得狭隘了,并且把'情'字也污蔑了,也算得是'情'字的劫运。到了此时,那'情'字也变成劫余灰了。"(第一回)有人把书名《劫余灰》的"劫",理解为战乱,看来是错了,作者指的是欧风美雨对传统道德的冲击,以及当时社会上的人们对婚姻自由的追求。

同《恨海》一样,《劫余灰》也把爱情描写和反映国家的兴亡结合起来。如果说,形成《恨海》婚姻悲剧的,除了战乱以外,当事人自己的行为也有一定的失误的话,那么,朱婉贞和陈耕伯的失散,则完全是列强的压迫和人情的险恶。小说具体描写了耕伯被拐卖作猪仔的经过,对

① 《吴趼人小说四种》下,第195页,长春:吉林文史出版社,1986。其后该作引文均据此本,仅在行中标明回数。

被拐卖的无辜百姓所遭受的非人的凌辱和折磨表现了极大的同情：
"昏昏沉沉，也不知走了多少天，到了一处，把一众人驱赶上岸。到了
一处房屋，把我们一个个用麻布袋装起来，便有人来讲论价钱，逐个磅
过，又在袋外用脚乱踢。"（第十六回）显然，作者是要说明，生活在受人
欺凌的弱国，没有幸福的爱情可言。

在具体的爱情描写方面，《劫余灰》体现出来的封建观念比《恨海》
浓重得多。朱婉贞身上的情，在很大程度上的确带有"泛情"的性质。
她用情于父母，用情于公婆，用情于未婚夫，也用情于她丧尽天良的叔
叔。她和耕伯尽管自幼相识，但绝没有达到相爱的地步。耕伯失踪
后，她抵死保住自己的贞操，历尽磨难后，不顾婆婆的嫌弃，到陈家守
节。这并不是为爱情所使，而是出于对贞节观念的尊奉。婆婆嫌她是
个"克夫"的不祥之人，动辄迁怒于她；她绝不为自己辩护，逆来顺受，
尽心尽力地侍奉公婆，又是出于恪守孝道。她对于叔叔的情，更是从
伦理出发的。当她被叔叔卖入妓院后，告状时只告老鸨，却不肯把叔
叔说出："一来失了祖父体面，二来伤了父亲手足之心，三来叔父从此
也难见人，四来难女以自己一身之故陷叔父于罪，非但不忍，亦且不
敢。"（第八回）后来仲晦因胡作非为进了监狱，她和父亲也都已知道耕
伯的失踪和仲晦有关，她父亲认为自己的弟弟是"自作自受，罪有应
得"，不肯为他花钱打点，婉贞却哭求表叔搭救叔叔，显得毫无是非观
念。尤其是最后，她苦苦为耕伯守了二十年的节，但丈夫回来时带来
了妻子、儿女。她不仅没有怨言，反而欢喜非常，甚至还要让丈夫后来
娶的妻子为正室。而这正是吴趼人所说的"忠孝大节"。总之，朱婉贞
是个地地道道的封建节妇烈女的典型。

《恨海》从宣传作者的理念方面来看，是失败的，但从言情小说的
角度来看，又是成功的。反之，《劫余灰》很好地宣扬了作者所认可的
理念，从言情小说的角度看，却是失败的。

《劫余灰》较多地具有传统小说的特点，心理描写远逊于《恨海》，
但情节惊险生动，语言平易流畅，也颇具可读性。

《恨海》《劫余灰》把爱情悲剧和国家的苦难联系在一起，具有鲜明
的时代色彩。作品宣扬了封建道德观念，但也反映了一定的爱国
思想。

第十八章
揭示青楼女子命运的狭邪小说

狭邪小说，是世情小说的变异。作品由展示普通人家的人生命运，转向描写青楼女子的人生命运。狭邪小说自身，又经历过三次变化：对妓女从溢美，到写实，再到溢恶。《海上花列传》是其代表作。

第一节　狭邪小说的产生与演变

狭邪小说，特指清咸丰以来专以优伶妓女为描写题材的长篇小说。狭邪，原指狭窄弯曲的小巷，因旧时妓女多住在这种地方，后来遂以狭邪指妓院或妓女。

妓院，是一种丑恶、畸形的存在物。我国一贯自诩为"礼仪之邦"，一方面，封建禁欲主义残酷地摧残着人性，另一方面，它又为人们提供了一个最放荡、最淫邪，毫无理性束缚的场所——妓院。礼仪之邦的这个最无礼仪的地方，自然是为人们所不齿的。但文人士子出入这种场所，却又被人认为不失为风流韵事，连有的风流皇帝也有嫖妓的嗜好。在妓女的身上，也有双重的人格。一方面，她们的身份规定了她们必须以色相换取金钱，这使她们极易染上虚伪、欺诈，惟利是图，口蜜腹剑的恶习。尽管妓女的地位至为可怜,尽管她们的沦落是社会造成的,不应归罪于她们自身,但从主体上看,她们性格的主色调是恶的。另一方面,由于封建礼教加不到这些妓女身上,"三从四德"、"无才便是德",都不适用于她们;相反,她们要充分展示其女性美,展示自己的才华,并用柔情蜜意取悦于男子,否则便无法生存。因此,她们的才情、个性都能得到比较自由的发展;独立人格,女性特征,也都比当时的良家女子鲜明得多。妓院里没有封建礼教所要求的那种泥塑木雕的美人,反倒出现了一些比较突出的人物,如关盼盼、薛涛、梁红玉、李师师、马湘兰等。她们有的才貌双绝,有的识见惊人。总之,妓女有时候比当时的良家妇女更具魅力。

以妓女作为小说的描写对象,由来已久。鲁迅说:

> 唐人登科之后,多作冶游,习俗相沿,以为佳话,故伎家故事,文人间亦著之篇章,今尚存者有崔令钦《教坊记》及孙棨《北里志》。自明及清,作者尤夥,明梅鼎祚之《青泥莲花记》,清余怀之《板桥杂记》尤有名。是后则扬州、吴门、珠江、上海诸艳迹,皆有录载;且伎人小传,亦渐侵入志异书类中。①

鲁迅所举,还只是杂记琐闻之类。以妓女为题材的短篇小说,始于唐代。唐代有《李娃传》《霍小玉传》,宋代有《李师师外传》,明代有《杜十娘怒沉百宝箱》《卖油郎独占花魁》等。至清咸丰年间,又出现了大量描写妓女生活的长篇小说,如《青楼梦》《花月痕》等,此类长篇,被鲁迅名为狭邪小说。

狭邪小说中另有一类,是描写文人士夫狎优的作品,如《品花宝鉴》。这类小说之所以也称狭邪小说,是因为古代狎优与狎妓是同一性质之事。有人认为,和演员搞同性恋,比起狎妓来还要丑恶,但在当时人的心目中,狎优较之狎妓风雅。清光绪年间的何刚德《春明梦录》(下)载:

> 京官挟优挟妓,例所不许。然挟优尚可通融,而挟妓则人不齿之。妓寮在前门外八大胡同,麇集一隅,地极湫秽,稍自爱者绝不敢往;而优则不然。优以唱戏为生,唱青衣花旦者,貌美如好

---

① 《鲁迅全集》第9卷,第256页,北京:人民文学出版社,1981。

女,人以"像姑"名之,谐音遂呼为"相公"。……像姑或工画,或知书,或谈时事,或熟掌故,各有一长。故学士文人皆乐与之游,不仅以顾曲为赏音也。……盖优之风雅,远胜妓之妖冶。故禁令虽同,则从违不必一致也。①

晚清狭邪小说产生,原因是多方面的。这首先是因为士人生活的放诞不羁。清初的统治者,大都比较注重发展生产。至乾隆、嘉庆年间,城市经济繁荣,士人的生活也开始奢靡腐化。曾经被禁止的狎优嫖妓之风重又兴盛起来。尤其是在都市里,歌楼妓馆林立,无论是官妓还是私娼,都公然悬牌招客。据《清稗类钞》记载:"沪自嘉、道间名流踵至,提倡风雅,领袖章台者,如王月仙、褚云孙,固一时之秀也。其时朱某、陈某以财雄;丁某、王某以侠著;闽粤大贾固皆拥有巨资,不惜千金为此中生色也。道、咸之交,妓院皆在城中。虹桥左侧,鳞次以居;妍媸毕具,门户各分。以产于苏、常者为佳;土著次之;淮扬、江北又其次也。修容饰貌,争妍取怜,所著衣服,竞尚新裁。"②这是狭邪小说产生的现实基础。

狭邪小说的产生,又和《红楼梦》的影响有很大关系。吴趼人曾说:"世人每每看了《红楼梦》,便自命为宝玉。世人都做了宝玉,世上却没有那么多蘅芜君和潇湘妃子,他却把秦楼楚馆中人,看得人人黛玉,个个宝钗。拿着宝玉的情,对她们施展起来。"③鲁迅也有同样的看法。他对这个问题的论述,更为精湛:"《红楼梦》方板行,续作及翻案者即奋起,各竭智巧,使之团圆,久之,乃渐兴尽,盖至道光末而始不甚作此等书。然其余波,则所被尚广远,惟常人之家,人数鲜少,事故无多,纵有波澜,亦不适于《红楼梦》笔意,故遂一变,即由叙男女杂沓之狭邪以发泄之。……特以谈钗黛而生厌,因改求佳人于娼优,知大观园者已多,则别辟情场于北里而已。"④总之,狭邪小说,竟是由《红楼梦》引发出来的。

狭邪小说的产生,还和晚清时期理学盛行有关。上一章讲过,清

---

① 何刚德《春明梦录·客座偶谈》,上海:上海古籍书店影印本,1983。
②《清稗类钞》第十一册,第5161页,北京:中华书局,1986。
③《吴趼人小说四种》(上),第58页,长春:吉林文史出版社,1986。
④《鲁迅全集》第9卷,第263页,北京:人民文学出版社,1981。

中叶以后,社会上理对情的压制,不仅没有松弛,反而更为严酷。男女之间的正当爱情被视为洪水猛兽,而对于文人士夫的放荡淫邪颇为宽容。男女相爱是伤风败俗的事;文人士夫狎妓,却被视为名士风流。理学的压制使得言情小说不能畅所欲言地描写男女之情,小说家们便将这种情转移到妓院。

晚清狭邪小说的自身,又有一个演变过程,如鲁迅所说:"作者对于妓家的写法凡三变,先是溢美,中是近真,临末又溢恶"①。早期的狭邪小说,就是鲁迅说的"改求佳人于娼优","别辟情场于北里"的作品。把妓女视为佳人,主要写妓女和才子的恋情。后来,狭邪小说渐渐向写真的方面演变,《海上花列传》真实地展示了社会生活的一个特殊的侧面——妓女的生涯。民国初年的《九尾龟》《留东外史》,则又对妓女多所溢恶,大都写"嫖界英雄"降伏妓女的故事,成为嫖妓的"教科书"。发生这种变化的原因,并不像有些研究者所说,在于描写客体的变化,即妓女们由好变坏,而恰恰是描写主体的变化。早期的狭邪小说的创作,是《红楼梦》的余绪,把妓女想象成佳人,妓女自然是好的。而《海上花列传》,是文人写自己久处秦楼楚馆的真正的生活体验,所以这部作品对妓院生活的描写比较真实。而《九尾龟》等作品属于广义的"鸳鸯蝴蝶派"小说,作者描写狭邪故事,完全是从那些情趣鄙俗的市民的视角写的。他们原本就没有怜香惜玉的雅兴,所见到的,只有金钱与肉体的交易和妓女、嫖客的互相欺诈,所写妓女也只能是恶的。

第二节　《品花宝鉴》与《花月痕》——改求佳人于娼优的小说

《品花宝鉴》和《花月痕》,都是鲁迅所云"改求佳人于娼优"的小说,一写狎优,一写狎妓。

《品花宝鉴》,一名《怡情佚史》,又名《燕京评花录》,六十回。作者陈森,字少逸,号采玉山人,又号石函氏,约生于乾隆五十七年(1792年)前后,江苏常州人。他原是个热衷于功名的士子,喜爱古文诗赋,

①《鲁迅全集》第 9 卷,第 339 页,北京:人民文学出版社,1981。

厌薄稗史杂说,只因屡试不第,遂排遣于歌楼舞榭间,对声容伎艺、梨园生涯有了较多的了解。年过四十以后,他对科试不复抱有希望,愈感穷极无聊,在友人的劝说下,作《品花宝鉴》以自遣。

《品花宝鉴》的作期不详,书中提到过戏曲《施公案》,则此书当作于道光四年(1820年)后,今存最早的版本是道光己酉年(1847年)刊本。

作品写贵公子梅子玉和旦角男演员杜琴言悲欢离合的故事。梅子玉是个世代簪缨之家的公子。父亲梅士燮,官至吏部左侍郎。子玉是士燮的独子,仪表清俊,性情脱俗,又富有才华,被父母视为掌上明珠。杜琴言是江苏一个穷苦琴师的儿子,十岁时,父亲为豪贵凌辱,因气愤碎琴而死,不久母亲也悲痛而亡,琴言遂沦落为优伶。琴言色艺双绝而又洁身自爱,与梅子玉邂逅相遇后,互生爱慕之心。梅家严禁子玉狎优嫖妓,致使这一对相爱的人不能在一起。后来,卓尔不群的贵公子徐度香为杜琴言赎身;江西通判屈本立又认琴言为义子,琴言也就由一个任人欺凌的优伶,变为一个官宦子弟。屈本立病死,临死前,托他的至交梅士燮照看义子,琴言便顺理成章地来到了梅家。此时,梅子玉已经娶妻,且考中博学宏词科的榜首,授编修之职。于是二人得以长相厮守。

《品花宝鉴》把狎优的人分为两类:一类是广东阔佬奚十一、无赖潘三等,是些无耻野蛮的人,他们狎优,是对艺人进行肉体上的粗暴蹂躏和践踏。另一类人即梅子玉、徐度香、田春航,他们爱名伶之色,却不及乱。作品对后一种狎优行为多所赞美。徐度香曾说:"这些相公的好处,好在面有女容,身无女体;可以娱目,又可以制心,使人有欢乐而无欲念。这不是两全其美么?"①梅子玉也说:"声色之奉,本非正人,但以之消遣闲情,尚不失为君子。若不争上流,务求下品,乡党自好者尚且不为;我素以此鄙人,且以自戒,岂肯忍心害理,荡检逾闲?"(第十回)看似清高绝俗,实际上则仍是灵魂空虚卑污的表现。第十二回还通过田春航之口,把这种爱优伶之情说成是爱美之心,是人的真性情。应该承认,玩弄艺人的确是没落文人不顾礼教约束的恣情任性行为,

---

① 《品花宝鉴》,第151页,上海:上海古籍出版社,1990。其后该作引文均据此本,仅在行中标明回数。

是他们的"真性情"。但真的不一定就是好的。我们的批评术语中,总是把"真性情""天性",与美好的感情等同起来;在论及反对封建理学压制人性的时候,尤其如此。《品花宝鉴》作为一个反面典型,给我们的文学评论提出了鉴戒:在肯定人的情欲在反对封建礼教扼杀人性方面有进步意义的同时,也应当注重知识、情操、道德对情欲的规范与升华。

《品花宝鉴》反映了封建社会里艺人的悲惨遭遇。书中写的两种狎优的方式,其实都是对艺人人格的摧残和凌辱。许多艺人虽然技艺非凡,品格高洁,但是不能堂堂正正地做人。在封建等级制度的巨大压力下,他们注定要做有钱有势的人的玩物。社会无情地撕破了他们的人格尊严,也扭曲了他们的感情心态,使他们的举止言行异性化。应该说,艺人比妓女受的屈辱更甚,也更没有出路。这在客观上反映了封建等级制度的残酷、野蛮。

《品花宝鉴》的语言颇为生动流畅。由于作者熟悉歌楼戏院的生活,所以作品对这种生活的描述,具有一定的史料价值。如第九回写元宵节的放焰火:"猛听得台下云锣一响,对面很远的树林里,放起几枝流星赶月来。便接着一个个的泥筒,接接连连,远远近近,放了一二百筒。那兰花竹箭,射得满园,映得那些绿竹寒林,如画在火光中一般。泥筒放了一回,听得接连放了几个大炮,各处树林里放出黄烟来。随有千百爆竹声齐响,已挂出无数的烟火。一边是九连灯,一边是万年欢;一边是炮打襄阳城,一边是火烧红莲寺;一边是阿房一炬,一边是赤壁烧兵。远远地金镗鼓骤,作万马奔腾之势,那些火鸟火鼠,如百道电光,穿绕满园。"看来,道光年间的焰火已经颇为绚丽壮观。这里面提到的一些典故也值得注意:一般认为,"火烧红莲寺"是民国以后向恺然《江湖奇侠传》中的故事;但从上面的记载看,这个故事在道光年间就已出现了。

《品花宝鉴》对《红楼梦》的模仿是明显的。但它没有继承《红楼梦》积极健康的精神内涵,恰恰模仿并凸显了《红楼梦》的糟粕。应该承认,《红楼梦》里面也写了贾宝玉和优伶蒋玉菡的关系,尽管这不是对戏子肉体上的蹂躏,但二人交换汗巾子之类,也是一种不健康的情调。然而,这对于整部《红楼梦》来说,是白璧微瑕。《品花宝鉴》却把这种不健康的情调作为描写的中心,正面描写文人士夫的狎优行为,这就决定了这部小说境界的低下。尽管《品花宝鉴》的作者文笔不弱,且有一定的生活积累,但从小说的立意,到人物形象的塑造和情节的设置,都是不足取的。

真正描写才子与妓女相恋,且有一定文学成就的是《花月痕》。

《花月痕》,一名《花月姻缘》,署"眠鹤主人编次"。作者魏秀仁(1818—1873),字子安,一字伯肫,又字子敦,别号眠鹤主人、咄咄道人等,福建侯官(今福州)人。他出身于书香门第,少年时就很有才气,但科举仕进之路颇为蹉跎:二十八岁考中秀才,二十九岁中举,此后则屡试不第。曾先后在陕西、山西、四川做过幕僚,也曾主讲于渭南象峰书院、成都芙蓉书院。太平天国事起,南方战乱,魏秀仁流落关西。太原知府曹金庚赏识其才华,罗致门下。魏抑郁无聊,著《花月痕》以自遣。1873年返回家乡,途经山东莒县时病逝。魏秀仁著述颇丰,据谢章铤《赌棋山庄文集·魏子安墓志铭》记载有三十多种,大都是诗文、考据之类,今只传其小说《花月痕》一种。

魏秀仁是个性情中人,据1934年大达供应社本的《作者轶事》载:"先生少年放荡,生平独善袁随园。自怨迟生数十年,不获与之同时。随园纵情声色,先生亦如之。……先生恶礼教之束缚,乃著《老子考》一书,以毁弃道德为言,时年方弱冠,以此众皆以为狂逆。"这大概是在男女之情备受压制的晚清时代,魏秀仁能创作出比较感人的言情小说的原因。

《花月痕》五十二回,学《红楼梦》中甄、贾宝玉的写法,写了两个才子和两个名妓的爱情故事。杜采秋、刘秋痕,都是山西名妓,被称为"并州双凤",她们分别钟情于韩荷生和韦痴珠。韩荷生,"文章词赋,虽不过人,而气宇宏深,才识高远",加上他的恩师为三边总制,尽力提携,所以仕途腾达。他先为达官的幕僚,在平寇中建有奇功,被保举为兵科给事中,终至于封侯。杜采秋因而被封为一品夫人。韦痴珠,风流文采倾动一时,却怀才不遇,困顿羁旅之中。他和刘秋痕虽倾心相爱,却无力为她赎身。而秋痕也因钟情于痴珠,不肯接其他客人,而备受鸨儿凌辱。最后,痴珠贫病交加而死,秋痕自缢殉情。韦痴珠和刘秋痕是现实中作者的影子,而韩荷生和杜采秋则是作者理想中的人物。

《花月痕》的文学成就，首先表现在人物形象的塑造上。这是一部典型的"改求佳人于娼优"的小说。书中的两个女主角——刘秋痕与杜采秋，其实是两个佳人的形象。刘秋痕的身上，有林黛玉的影子；杜采秋的身上，有薛宝钗的影子。

刘秋痕是全书塑造得最成功的人物形象。她自幼失去了父母，靠祖母抚养长大。不想遇到灾年，祖母饿死，她被堂叔卖给有钱的人家当婢女，后又被牛氏与李裁缝夫妇拐骗至并州，逼良为娼。秋痕虽然沦落风尘，却清高脱俗。别的妓女都依门卖俏，追欢买笑，她却不屑以色媚人，常常为自己身份的低贱而伤心落泪。因此，在众人的心目中，她"脾气不好，不大招呼人"，"一语不合，便哭起来"。尽管色艺双绝，施利仁主持的并州花榜中她却排名第十，为此也备受牛氏夫妇及其子狗头的虐待。妓女被剥夺了爱情的权利，但是秋痕追求坚贞不二的爱情。她与痴珠的爱情，除了彼此倾慕对方的才貌以外，在很大程度上也是两个桀骜不驯、憎伪拔俗的人格的互相吸引，以及同是天涯沦落人的理解与支持。秋痕第一次见到痴珠，就想："他弱冠登科，文章经济，卓绝一时，平倭十策，虽不见用，也是轰轰烈烈，名闻海内。到如今栖栖此地，真是与我一样，有话向谁说呢？……瞧他那观剧的诗，一腔子不合时宜，受尽俗人白眼，怎的与我梧仙遭遇，竟如此相同！"①而当痴珠听人说秋痕脾气不好、爱哭时，也十分理解她的心情："美人坠落，名士坎坷，此恨绵绵，怎的不哭？"（第十四回）他们一旦相爱，便誓同生死。尽管困顿的痴珠不能为她赎身，甚至也支付不起她平日的开销，但她只和痴珠一人来往，无论鸨儿怎样打骂，都不肯接别的客人。她无时无刻不思念痴珠，但又怕痴珠耗费钱财，又时时违心地劝他少来。痴珠受牛氏等人的冷落，她和牛氏哭闹，为此她被打得遍体鳞伤，却至死不悔。后来，牛氏强行拆散了他们，将秋痕转移到正定府。在正定，先是狗头想霸占她，她拼死反抗，被打得奄奄一息；继而狗头出走，牛氏夫妇在一场火灾中丧生。秋痕虽然身边已一无所有，却也成了自由之身。她满以为从此可以和痴珠团聚，不料千辛万苦地赶到并州时，

---

① 《花月痕》，第64页，福州：福建人民出版社，1981。其后该作引文均据此本，仅在行中标明回数。

痴珠已经病死。她万念俱灰，也殉情而死。小说把这个美丽多情、出污泥而不染的形象刻画得颇为感人。

杜采秋的形象更加理想化。杜采秋出身雁门乐籍，鸨儿是她的亲生母亲，所以她不至于受秋痕那样的虐待。由于她聪慧美丽，十六岁上便声名大振，宾客盈门，家颇饶足。她学问渊博，才华惊人，成为并州有名的"诗妓"。她又生性豪爽，"千万金钱，到手则尽"。她所处的环境虽然龌龊不堪，但她的才干使她在险恶的环境中总是游刃有余：既能听从母命接待那些鄙俗不堪的客人，却又能保全自己的清白。总之，杜采秋是个薛宝钗式的佳人形象，她的性格有特点，但和她的妓女身份相差太远。因此，这个形象给人一种不真实的感觉。

人们总是认为，《花月痕》中的妓女形象，并非都是佳人的形象，书中也写了真正的妓女，比较典型的是原先花榜排名第一的潘碧桃。韩荷生对她的品评是："美而艳，然荡逸飞扬，未足以冠群芳也。"（第七回）潘碧桃是个感情被扭曲了的女性的形象，在如花的年华，她没有生活理想，没有对真挚爱情的追求，心目中只有金钱物欲。被秋痕拒之门外的富翁钱同秀进了她的门，她如获至宝，极力逢迎。两人见面，先是一通讨价还价："'似你这种人才，须几多身价呢？'春桃一面替他烧烟，一面笑道：'你估量看吧。'同秀道：'多则一千，少则八百。'碧桃点点头。……同秀躺下笑道：'怕她嫌我老哩。'碧桃笑吟吟的，将烟管递给同秀言道：'只怕老爷不中意，五十多岁人就算是老，那六七十岁的，连饭也不要吃了。……你再老二十岁，我也不给你走。'"（第十二回）显然，只要有钱，她是人尽可夫的。钱同秀这样的糟老头子，自然不能满足她的欲望，所以尽管钱同秀在她家里挥金如土，她还是背着钱同秀与施利仁私通。钱同秀发现后，同她断绝来往，另外花钱买了个妾。碧桃和她的母亲跑去大哭大闹，还要用小刀抹脖子，直到对方又拿出一千两银子，才算了结。小说把一个美丽妖冶、不知羞耻的妓女的形象刻画得非常真实。作者也并没有难为她，战乱之中她被迫嫁给了一个盗贼。后来盗贼投诚封官，她竟然做了一品夫人。应该说，潘碧桃的形象，对后来的狭邪小说的影响更大。

《花月痕》中两个男主角都不同于贾宝玉。贾宝玉反对科举仕进之路，而韩荷生与韦痴珠都有强烈的功名利禄之心，只是一个飞黄腾达，一个怀才不遇而已。而且，他们对爱情也都不如宝玉那样执着。贾宝玉尽管对大观园里的许多女孩有情，但是说到妻子，他认为非黛玉莫属。荷生除正妻柳氏外，又娶了红卿、采秋。痴珠家有妻妾，又钟情于娟娘和秋痕。另外，这两个形象塑造得也不够鲜明。作者为了展示他们的才华，一写诗词，二写征战，而他们的性格，却湮没于诗词与征战中。相对而言，小说中那些帮闲打杂的下人的形象反倒更鲜明些。如，戆太岁管士宽的豪爽仗义，鸨儿牛氏的狡诈凶悍，狗头的粗野蛮横等，都给人留下了比较深刻的印象。

其次，《花月痕》的细节描写比较成功，很好地揭示了人物的性格。如第十四回写秋痕在酒席筵上对痴珠的关切："入席以后，行了几回酒，上了几回菜，秋痕便向痴珠发话道：'白天你是闹过酒，如今只准清淡。我随便唱一折昆曲，给大家听，可好么？'荷生道：'好的。'秋痕道：'叫他们吹笛子，打鼓板，弹三弦的都在月台上，不要进来。'稷如道：'这更好。'秋痕又道：'只这痴珠的酒杯是要撤去的。'一面说，一面将痴珠面前的酒杯递给跟班。稷如、丹晕都说道：'不叫他喝就是了，何必拿开杯子！'"秋痕对痴珠体贴入微的关切和她天真无邪的性格，都刻画得相当真切。后来，《海上花列传》中备受人称赞的李浣芳用手捂住酒杯，不许陶玉甫吃酒的情节，很可能受上述描写的启发。

小说的心理描写也比较出色。尤其是对秋痕的心理描写，合情合理，丝丝入扣。此外，作品一改以往小说重在情节叙述的特点，注重生动细腻的形象描述。语言风格委婉缠绵，富有抒情意味。

《花月痕》的败笔也比较明显：一是小说的后半，写韩荷生建功立业时，用大量的篇幅描写平定太平天国及妖异之事，与前面的言情故事不相协调。其次，小说中夹杂了大量的诗词。《小奢摩馆脞录》说，魏秀仁"所作诗词骈俪，尤富丽瑰缛。……唯时念及早岁所为诗词，不忍割弃，乃托名眠鹤主人，成《花月痕》说部十六卷，以前所作诗词，尽行填入"[1]。孤立地看，这些诗词写得都不坏。人们常说的"卅六鸳鸯同命鸟，一双蝴蝶可怜虫"，就出自此书第三十一回。但将这些诗词嵌入小说中，反令作品有芜杂之感。

---

[1] 孔另境辑《中国小说史料》，第233页，上海：上海古籍出版社，1982。

晚清的狭邪小说较为有名的,还有《青楼梦》。

《青楼梦》六十四回,又名《绮红小史》,署"厘峰慕真山人著,梁溪潇湘馆侍者评"。厘峰慕真山人,即俞达(?—1884),一名宗骏,字吟香,别号慕真山人,江苏长洲(今苏州)人。他屡试不第,一生坐馆为业,好作冶游。除《青楼梦》外,他尚有《醉红轩笔话》《吴中考古录》等。《青楼梦》成书于光绪四年(1884 年),现存最早的版本是光绪戊子(1888 年)文魁堂刊本。

《青楼梦》的创作主旨,在于表现落拓文人追求功名与美人的理想。作者在第一回"提纲"中说:"当世滔滔,斯人谁与? 竟使一介寒儒,怀才不遇。公卿大夫,竟无一识我之人,反不若青楼女子,竟有慧眼识英雄于未遇时也。"①作者正是要借小说宣泄"名士漂零"的愤懑之情。小说写长洲的富家公子金挹香,才华横溢,又是个多情种子。他不应科试,亦不娶妻,定要"得天下有情人终成眷属"。于是,他结识了三十六名妓女。而这三十六名妓女,个个美貌风流,多情多义。后来,金挹香科举及第,出任余杭知府,娶其中的五个妓女为一妻四妾。他享尽了艳福和荣华富贵以后,看破红尘,修炼成仙。而三十六个妓女,原是三十六位花仙降世,至此,也都跟着他成仙去了。

小说从形式上是模仿《红楼梦》而作的:《红楼梦》中有三十六钗,《青楼梦》中有三十六妓;贾宝玉神游太虚幻境,金挹香便梦游清虚中院;就连金挹香与三十六妓流连诗酒的生活,也很像宝玉在大观园中的生活。但《青楼梦》的精神内涵和《红楼梦》大异其趣:首先,贾宝玉厌恶仕途经济之道,蔑视富贵荣华。他是因为生在世代簪缨之家,不能摆脱科举仕进之路而痛苦,最后不得不遁入空门,而《青楼梦》中的金挹香追求功名富贵,得到功名富贵、娇妻美妾后,再去成仙。其次,《红楼梦》中所赞美的,是体现在贾宝玉身上的情,它不同于男人对女人的占有欲,而是"闺阁之良友"。《红楼梦》对于"调笑无厌,云雨无时,恨不能天下美女供我片时之兴趣"的"皮肤淫滥之蠢物"是颇为反感的;《青楼梦》津津乐道的,正是那种想占尽天下美女的心态。尽管金挹香没有把众妓女视为玩物,书中也没有淫秽的描写,但这一个男

---

① 《青楼梦》,第 1 页,北京:北京大学出版社,1990。

人和三十六个女人的爱情,不可能是男女之间美好纯真的爱情。这种平庸的思想,影响了小说的文学水平。

第三节　写妓女从良的《梅兰佳话》与《绘芳录》

《梅兰佳话》和《绘芳录》,是晚清狭邪小说中别具风格的作品,小说不单写狭邪故事,而是把狭邪故事和描写世情结合起来。

《梅兰佳话》四卷四十段(回),清曹梧冈撰。作者的身世不详,从卷首赵小宋的序中,我们知道他是个落拓的读书人,《梅兰佳话》是他病中的游戏之作。小说写成,未及付梓,他即病故。《梅兰佳话》有道光辛丑年(1841年)至成堂刊本。

《梅兰佳话》写才子梅雪香与一佳人及一妓女的恋情。梅雪香和佳人兰猗猗,都住在罗浮,自幼由父母做主,为二人定婚。后来猗猗随父母回原籍郑州,为避奸人迫害,改姓贾,又迁居西泠,两家自此不通音信。西泠的无赖艾炙为了娶猗猗,对兰家谎称梅公子另娶,对梅家则说兰小姐改聘,致使两家都重新考虑婚事。先是,梅父往游西泠,许久不返,雪香到西泠寻父,改姓秦,与兰家邂逅,因才貌超群,被兰父看中,选为东床。后来兰父听说梅家没有另娶,立刻悔婚,并去罗浮重续前缘,才知秦生即雪香。至是,梅、兰两家联姻。雪香又与名妓桂蕊相爱,但鸨儿嫌雪香钱少,后来不许二人见面。而桂蕊非雪香不嫁,拒不接客,被鸨儿卖与富商。富商带她去西泠,她途中投水自尽,为商人山岚所救,将她认为义女,带到杭州经商,也在西泠与雪香相遇,嫁与雪香为妾。

《梅兰佳话》所描写的爱情故事,未脱出才子佳人俗套。但作品所反映的观念,值得人们深思。雪香和良家女子猗猗的婚姻,是恪守封建礼教的。二人的母亲怀孕时,都梦见一老人持绳牵两家,故此在他们周岁时,双方家长为他们订婚。后来,他们也没有经过青梅竹马的阶段,更不是一见钟情。他们的联姻,完全是遵从父母之命,遵从天意。当两家听信了奸人的挑拨,解除了婚约后,猗猗之父又为女儿选中了秦相公。猗猗自己也在丫环的怂恿下和秦公子约会,诗简往来,互相爱慕。但当她听说梅公子没有另娶,父母要她重续前缘时,她并没有为后来的这一段爱情而惋惜,却深悔不该与秦公子见面。显然,她是在无条件地听从父母之命,情绝对服从礼。后来,得知秦相公即梅公子,天意、父母之命、当事人的爱情,才得以统一。

雪香与妓女桂蕊之间,则是自由恋爱。作品对妓女的溢美,超过了以往所有的作品。桂蕊虽是个妓女,简直比大家闺秀还要矜持。她独居于销魂院里的延秋馆内:"举止端庄,性情幽静。不与群妓为伍,诗词歌赋,无一不佳,书画琴棋,无一不妙。只是欲求一见,便有两不得,两不能……非数十金不得,非文人才子不得……欲荐枕席不能,欲稍与亵狎亦不能。"①所居之处曲径通幽,文人骚客见她绝不像是嫖妓,简直是遇仙。更为难得的是,这个妓女贞静雅洁,与梅雪香一见钟情后,非他不嫁。在鸨儿和巨商的逼迫下,桂蕊宁肯以死殉情。桂蕊是个身处异境的佳人,她与雪香的婚姻,既无父母之命,亦无媒妁之言,完全是两情相悦。

总之,《梅兰佳话》写了两种婚姻观念:才子与良家女子的婚姻必须听从父母之命,媒妁之言,甚至还要有天命;才子与妓女的恋情却是自主的,他们的婚姻也由当事人自己决定。这恰恰说明了狭邪小说产生的原因:由于封建礼教的严酷,妓院成了男女之情的庇护所。

艺术风格上,《梅兰佳话》一味雅化、理想化,连人名、地名都有这样的特点。如:男主角姓梅,名如玉,字雪香,他的朋友也名松风、竹筠。女主角姓兰,名猗猗,字香谷,丫环名芷馨。妓女为桂为菊。就连他们的父亲也名癯翁、瘦翁,都是文人骚客的雅号。梅母冷氏,兰母池氏,暗合冷梅、池兰之意。地名一为罗浮山,一为西泠,都不是凡俗之地。情节则由于过分理想化,显得不真实。如梅雪香到西泠寻父,没有找到父亲,却一下子就和贾家(实为兰家)邂逅,未免过于巧合。而猗猗读了秦相公(实即雪香)的诗,竟说:"这姓秦的必不是西泠人,……西泠没有这样才子。"这又未免过于夸张。总之,这部小说儒雅有余,生动活泼不足。

《绘芳录》,又名《绘芳园全录》《红闺春梦》,八十回,西泠野樵著。

---

① 《梅兰佳话》,第 30 页,收入《中国近代小说大系》,南昌:百花洲文艺出版社,1987。

卷首有光绪戊寅年(1878年)始宁竹秋氏的自序。始宁为古代地名,故址在今浙江上虞县西南,可知作者当为浙江人,其余不详。

从狭邪故事的角度看,《绘芳录》主要写一对姊妹花的遭遇。聂慧珠和聂洛珠是同胞姐妹,其父为广东河泊所的巡检。不幸父亲病故,母亲带她们去投靠金陵的舅舅,不料舅舅也于不久前去世。母女三人被困金陵,生活无着,不得已,二珠都当了歌妓。由于她们生得美貌,技艺超人,很快在金陵红极一时。富家子弟祝伯青、王兰,分别爱上了慧珠、洛珠,二珠也非此二人不嫁。然而,他们的婚姻历尽坎坷。先是吏部尚书之子刘蕴,想霸占二珠,常常寻衅闹事。姐妹二人不得不避祸苏州。后来,王、祝二人科举得意,被授予官职,不再惧怕刘蕴;他们的家人又反对他们纳妓。王兰不顾岳父、妻子的反对,娶洛珠为侧室,后来同享富贵。慧珠心高,不屑为人妾;祝伯青之父又严禁儿子纳妓,慧珠心灰意冷,立志出家,后来怏怏病死。此外,小说还写了其他几个妓女的际遇:名妓林小黛归冯楚卿、小怜归江汉槎,都是圆满结局。而章如金身居娼门,不得不和一些不三不四的人应酬,引起意中人对她的猜疑,愤而吞鸦片自尽。

《绘芳录》对于妓女也是溢美的。妓女们个个美若天仙,才华横溢,宛然是纯洁无瑕的才女。与她们来往的,"不过词客骚人,一班名士,若是纨绔子弟,任他挥金如土,他正眼也不觑一觑"①。才子们也个个风流倜傥,仪表不俗,后来也都建功立业,飞黄腾达。小说还把妓女与那些良家女子作了对比,其结果,妓女处处占上风。妓女虽然与才子交往,但都是诗词往来,从不及乱。与伯青爱得要死要活的慧珠,病重时对伯青说:"你我自见面以来,不过臭味相投,迄今仍是文字姻缘,又无卑污苟且的事件。但是较之那耳鬓厮磨,尤高一地。"(第二十回)而官宦人家的小姐尤氏,却赶走不争气的丈夫,气死亲生父亲,又与管家通奸,不贤不孝,伤风败俗。对此,书中是这样解释的:"他们青楼中,阅人虽多,倒能参透情天欲海不过如斯,反可坚贞自守,惟有名目低微些;若论名门巨族的千金小姐,偶一失足,做出事来竟有不堪设想者。"(第三十一回)再有,妓女们大都经过名师调教,琴棋书画,无所不

①《绘芳录》,第42页,北京:北京大学出版社,1990。其后该作引文均据此本,仅在行中标明回数。

精;又风致翩然,善解人意。而良家女子恪守"无才便是德"的古训,缺少韵致,也没有什么情趣,只知絮絮叨叨劝丈夫博取功名。第二十五回写王兰的妻子洪静仪,终日絮絮叨叨引经据典地规劝王兰,要他"开口都要谈论经济学问,方是道理;不能终日啸傲佯狂,寻春玩月",致使王兰对她十分厌恶:"我这一个宝贝,貌仅中人,才亦平等,那倒也罢了,古云'娶妻重德不重色',又云'女子无才便是德'。但那腐儒的脾气,令人可厌。……又想到南京洛珠等人,他们虽是青楼,亦系才貌兼优,大家风范。间或也劝我巴干功名,不过偶而规谏,终不似这蠢妇逐日哓哃不休。"于是决心娶洛珠为偏房。正因为妓女们有如此优势,所以她们从良后大都受到男方家族的推重。

《绘芳录》没有单独写狭邪故事,而是把狭邪故事与家族兴衰、世情世态联系起来写的。小说写了王(兰)、祝(伯青)、陈(小儒)、云(从龙)、江(汉槎)、冯(楚卿)等家族的荣辱兴衰。写了他们的建功立业,为国除奸;也写了他们家人聚散,往来应酬;还写了妻妾们的争宠妒恨,生气斗口。例如,王兰娶洛珠为侧室后,正妻洪静仪与洛珠的较量,陈小儒的妾红雯与次妻兰姑之间的醋海风波,祝伯青妻子素馨对丈夫纳妓的防范等等,都写得趣味横生。将爱情故事和家族的兴衰联系起来写,显然是受了《红楼梦》的影响。然而,《红楼梦》所写的家族,是情侣们自己的家族,家族的兴衰是作为爱情悲剧的背景出现的,所以两者联系紧密。《绘芳录》中的爱情故事多发生在狭邪之间,和家族的描写有些脱节,故而显得有些杂乱。而且,《绘芳录》没有塑造出贾宝玉那样的封建叛逆者,它所赞颂的,仍是忠臣孝子、贤妻贞妇,思想上也没有达到《红楼梦》的境界。

从艺术技巧上看,《绘芳录》是晚清不可多得的小说。首先,小说作者比较注重人物形象的塑造。不少人物——尤其是女性形象,刻画得生动鲜明。慧珠、洛珠、小黛、红雯、如金等,都能给读者留下深刻的印象。作品塑造人物时,既注意凸显不同的性格特征,也能够刻画出性格相近的人物之间的细微的差别。如:同一个家庭中,洪静仪的凶悍、浅薄和洛珠的精明、通达形成很大的反差,红雯的"抓尖卖快"和兰姑的谦和也形成了明显的对比。而同是贤惠的侧室,洛珠柔中有刚,她制服了鄙视她的洪静仪后,才在她跟前表现得恭敬、谦和;而兰姑一味柔顺,在位于她之后的红雯的挑衅面前步步退让。素馨、洪静仪、尤氏都是拈酸吃醋的妻子,其分寸又有不同。素馨虽然因为丈夫伯青爱恋慧珠感到不快,但也仅仅是伺机讥讽,颇能顾全丈夫的体面。洪静仪听说丈夫另娶洛珠,便打上门去,结果却铩羽而归,但后来在洛珠的感化下尚能悔过。尤氏的丈夫在外游荡嫖妓,她一方面对丈夫大打出手,一方面和家中的小厮通奸,"知君是荡子,贱妾亦娼家",最后身败名裂。而这种性格差别,又都和她们自身的经历密切相关。素馨出身于相国之家,书香门第,有较高的文化素养,即使心中苦闷,也不会做有失身份的事。静仪自幼受父亲宠爱,一贯娇纵成性,丈夫与朋友宴聚她尚要干涉,背着她纳妓,也就免不了打街骂巷,对侧室以势相压。兰姑本是读书人的女儿,因为小儒把她从恶棍手中解救出来,为了报恩,她才甘当小儒的侧室,所以遇事处处退让。而红雯是小儒正室方夫人的心腹丫环,平素就娇纵惯了的;被收房后又自以为是"攀上了高枝",争风吃醋,恃宠压人,也是自然而然的事。这样的描写,使人物性格既鲜明,又可信。

《绘芳录》中人物的心理描写比较出色。作品为了使人物形象更加丰富、饱满,用大量的心理描写和细节描写,深入地发掘人物的内在感情,使人物形象更具立体感。请看第五十一回章如金临死前的心理描写和细节描写:

> (如金)又望着房外,低低说道:"我那不记得音容的亡过爹娘,你该早知道你苦命女儿今夜已到绝期。恐阴司路径生疏,不识行走;又怕有恶鬼欺凌,爹娘可来带你女儿一带吧。"又叫了声:"许春舫狠心冤家,你今日生气走了,纵然懊悔过来,明日再至,已见不着我了。只能恨你孟浪无情,不能怨我情薄,半路抛撇下你来。"又骂一声:"贾子诚,朱丕,你这两个该死的杀才,我与你们无仇无隙,平白地闹起干戈,坑了我的性命。……我在阳间不能奈何你们,到阴司做了鬼,即不肯饶你们了。常闻说到人善鬼不善,人怕鬼不怕,何况冤有头,债有主,好歹都要追了你们的命去,才得甘心。"……复想到自己具此一付容颜,虽非国色,也算二、三等的女子。每对镜自幸,将来倘得出头,戴上凤冠,穿上霞珮,也可以相称。谁意我空生此姿容,如此小小年纪,正当花开月满之时,

竟做了屈死冤魂。岂不可嗟可惜！一时间百脉沸腾，腹如刃绞，
几乎哭出声来。猛又自己发急道：呸！章如金你好生糊涂，你是
想寻死的人，并非在这里诉苦。人到死后，万事皆空，还忆这些做
什么呢？若被人来看见，不独不容我死，知我的说我情急舍命，委
系可怜；不知我的反说我轻狂，故意的诈称寻死吓人，落得他们背
后去议论。便咬咬牙，狠命的举起酒钟，伸着脖子一口吞下。

这段描写，非常真切地揭示了如金自尽前的复杂心情。许春舫与贾子
诚同时来会如金。如金与春舫情投意合，且准备日后嫁给他，自然愿
意接待春舫；而贾子诚是当地无人敢惹的恶棍，身为妓女的如金又不
得不和他虚与应酬。不想两人互相吃醋，同时离开章家。如金既怕贾
子诚日后生事报复，又怨许春舫无情，不理解自己，为此还招来了妓院
老板的辱骂。绝望之中她选择了自尽这条路。更何况，她还以为死后
能和去世的爹娘见面，可以无所顾忌地报仇雪恨。然而，一个如花少
女，不可能不爱惜生命，爱惜青春。如金死前的迟疑，对生的留恋，更
增加了故事的悲剧色彩。古代小说、戏剧中写女子殉情的故事很多，
但像《绘芳录》写得如此真切感人的并不多见。

《绘芳录》的情节平淡自然。小说中没有写多少惊天动地的大事，
多写日常生活场景，但仍情趣盎然，引人入胜。如第四十八回、第六十
四到第七十三回，写的主要是陈小儒妻妾之争，看来都是些平淡无奇
的琐事，但写来曲折、生动，对人物感情世界的描述尤为细腻感人。第
四十四回、第五十一回写慧珠、如金之死，也都用了较长的篇幅，将当
事人及其亲友的感情世界刻画得细致入微，大有《金瓶梅》《红楼梦》遗
风。小说的语言明显地受《红楼梦》的影响：以普通白话写成，风格既
清新典雅，又平易通俗、生动鲜活。如第六十六回，写刚被收为姨娘的
红雯，因丫鬟媚奴顶撞了她，指责媚奴不知道"主子下人的尊卑"。媚
奴答道："我是当丫头的出身，不明尊卑，还是个人吗？若一定要分什
么主子，什么下人，主子也是下人做的，下人也可做到主子，什么稀罕
的事？若是老爷同太太他们，才是生来做主子的呢！不叫人敬重，人
都不敢不敬重他们。其余柳木桌子柳木凳，一般的高下罢了。"这一
节，很容易令人想起赵姨娘和芳官等人的口角，想起"梅香拜把子，都
是奴才罢了"那句话。然而，这两个故事，读来又并无雷同之感。看来

作者自己有深厚的文字功底,对《红楼梦》的情节、语言是借鉴,而非简单模仿。

　　总之,《梅兰佳话》和《绘芳录》不再单纯描写妓院生活,而将妓女的故事纳入世情描写之中。但是,这些小说对妓女仍是溢美的。小说中的妓女,只有在身世的不幸这一点上有别于良家女子,却看不出妓院那个特殊环境对妓女人格产生的影响。

第四节　比较真实地反映妓院生活的《风月梦》

　　据现在所知,最早打破对妓女的溢美,比较真实地反映妓院生活的长篇小说是《风月梦》。

　　《风月梦》三十二回,清邗上蒙人作。作者的姓名、身世不详。现存最早的版本是光绪九年(1883 年)上海申报馆排印本。

　　《风月梦》是以过来人作现身说法的方式,写嫖妓的害处。在这部小说里,妓院不再是情场,而是引诱年青子弟堕落的罪恶场所。邗上蒙人在这部小说的《自序》中说:

　　　　夫《风月梦》一书,胡为而作也?盖余幼年失恃,长违严训,懒
　　读诗书,性耽游荡。及至成立之时,常恋烟花场中,几陷迷魂阵
　　里。三十余年所遇之丽色者、丑态者、多情者、薄幸者,指难屈计。
　　荡费若干白镪青蚨,博得许多虚情假爱。回思风月如梦,因而戏
　　撰成书,名曰《风月梦》。或可警愚醒世,以冀稍赎前愆,并留戒余
　　后人勿踏覆辙。①

第一回,又一次讲嫖妓的危害:

　　　　青年子弟若能结交良朋佳友,可以彼此琢磨,勤读诗书,谋干
　　功名,显亲扬名;士农工商,各自巴捷,亦可兴家创业。倘若遇见
　　不务正的朋友,勾嫖骗赌……必致成为下流。赌博的“赌”字虽
　　坏,尚是有输有赢;独有“嫖”之一字,为害非轻。

---

　　①《风月梦》,卷首,北京:北京大学出版社,1990。其后该作引文均据此本,仅在行中标明回数。

小说的主旨,就是通过写一个姓过名来仁(过来人)的老汉,根据自己的亲身见闻,专讲嫖妓的坏处。

小说的正文,写了一帮不务正业的子弟袁猷、贾铭、陆书、魏璧、吴珍,在扬州与妓女的恋爱瓜葛。陆书是带了大笔钱财来扬州买妾的,被朋友引到妓院,迷上了妓女月香。陆书有钱的时候,月香与他百般恩爱;当他把钱全都花在了月香身上后,月香把他逐出门外。陆书回到家中,既受父母斥责,又染上恶疾,不知存亡。吴珍被与妓女桂林相恋,得罪了常在妓院鬼混的无赖,无赖告发他吸食鸦片,吴珍被捕流放他乡。贾铭与妓女凤林情深意长,在凤林危难之时多次帮助她。贾铭有病时,凤林也曾衣不解带地侍奉他。但当她被一个有钱有势的人看上后,尽管她也知道这个有钱的人靠不住,还是高高兴兴地随阔人而去,对贾铭没有表现出丝毫的留恋。巧云对魏璧表现得恩爱缠绵,骗了他的钱以后卷逃而去。只有双林对袁猷是真情相待,做了袁猷的妾。袁猷死时,双林殉情。但由于双林的介入,也使得袁猷与发妻断情绝义。总之,小说描写的内容与以前的狭邪小说截然不同:男主角已不再是风流才子,他们或原本就是寻欢作乐、不肯上进的人,或是少不更事,被一些朋友引诱坏了的人。妓女绝大多数是靠色相和虚情假意骗人钱财的,妓院是个陷阱,一旦陷入,便难以自拔。应该说,《风月梦》对妓院生活的描写,已经比较接近于写实了。

在艺术风格上,《风月梦》开始把描写才子佳人的绮思丽想引向市井风尘。作品的内容不再那样高雅,那样理想化,而比较贴近现实。比如:小说中的妓女不像《花月痕》中写的那样一个个美如仙子,她们大都是一些寻常的人。"捆帐伙计"秀红,"人品不疤不麻,不足四寸一双小脚"。妓女凤林是"圆圆的脸,两道弯弯的眉,一对双箍子眼睛,脸上有几个浅白细麻子,讨喜不生厌"。巧云则是"鹅蛋脸,细眉,圆眼,焦牙齿"。她们也不像以前小说里写的妓女那样能诗会画,博学多才,大都只会唱几支淫词艳曲,以讨得那些文化品位不高的嫖客的欢心。小说对于她们的描写,既无溢美,亦无溢恶,只是客观地描写她们所处的地位和她们的生活方式。例如第二十五回写贾铭劝凤林戒掉大烟:

> 贾铭道:"你坐在家里,不晓得外面的事。现在扬城鸦片烟,
>
> 被各衙门差人以及委员不知捉了多少人去,打的打,枷的枷,收禁

问罪的问罪,四处搜拿。我是亏了一个朋友送了我戒烟方子,我赶着就合了一料膏子,吃了下去,就如同吃了烟一样,并不觉得哪里难过,如今可以不吃烟了。我代你焦愁,设若被人捉了去,如何是好?我为此事放心不下。我若叫你戒烟,我看你以烟为命友,是断不肯戒的。"凤林道:"你既能戒,怎么我就不能戒的?"贾铭道:"我看你这个瘾难戒。"凤林道:"凡事只要狠气。我同你拍个手掌,看我能戒不能戒。"贾铭道:"你若将烟戒了,我杀只鸡把你吃。"凤林道:"你不必说顽话,你合了膏子来,我吃就是了。"贾铭……也不知用了多少炭,费了多少功夫,方才煎熬成膏,用盖钵盛好,凡是贾铭在这里的时候,凤林总是吃的膏子,贾铭若不在这里,凤林偷偷藏藏仍是吃烟。

吸毒成瘾的凤林,显然不是佳人,而是沾染了某些恶习的下层女性。而她的恶习,也不只是嗜烟如命,还在于欺骗一心为她好的贾铭。她的一番假话竟然说得那样认真、圆熟、自然。假如我们不看最后那句话,很难看出这是一种欺骗。

此外,和以前的狭邪小说相比,《风月梦》的文化意识明显增强。作者不再满足于讲述故事,比较注重反映世风时尚、风土人情。作品以生动的笔触,比较真实地展示了封建社会里城市生活的一个侧面——烟馆妓院的生活情景。单是妓流就有清、浑堂子,捆账(即花钱包占暗妓),放鹰(以妻女为诱饵诈骗)等名目。作品还写了鸨儿压迫妓女,妓女坑害嫖客,地痞流氓勾结衙门里的差役到妓院寻衅闹事——打茶围、传签、打知单。此外,还有当时州府官吏流于形式的禁烟、禁娼等等。这些对于今天的人们了解当时的社会状况,有一定的史料价值。小说对人的服饰的描写过于详细、冗长,对于人物刻画来说,有喧宾夺主的感觉,但假如研究清代人的服饰,也可提供一定的借鉴,这类描写倒是难得的资料。

第十九章
狭邪小说的代表作《海上花列传》

《海上花列传》是狭邪小说中文学成就最高的一部小说，也是整个古代小说中的上乘之作。

《海上花列传》的作者韩邦庆（1856—1894），字子云，著《海上花列传》时曾署名为江陵渔隐、云间花也怜侬。江苏松江（今属上海市）人。他出身于官宦世家，屡试不第，后来旅居上海，靠撰稿、主编杂志谋生。韩邦庆风流倜傥，不仅能诗，能作游戏文字，在琴棋方面也有很高的造诣。在上海期间，他常和那些名士诗酒唱和，且年纪轻轻就染上了阿芙蓉癖。他又爱出入于青楼，"所得笔墨之资，悉挥霍于花丛"①。也许正是因为他生活的不检点，影响了他的健康，1894 年《海上花列传》出版不久，他即病逝，年仅 39 岁。

韩邦庆的性格、经历，都不足为训。和晚清那些有志于救亡图存的作家相比，高下更相悬殊。然而，这种生活经历使他对洋场、妓院的生活，都有深切的了解："阅历既深，此中狐媚伎俩，洞烛无遗。"② 这为他创作《海上花列传》提供了丰富的素材，使他在创作狭邪小说时，既能跳出"别辟情场于北里"，"改求佳人于娼优"的套数，又不堕

①②《谭瀛室随笔》，见孔另境《中国小说史料》，第 235 页，上海：上海古籍出版社，1982。

《九尾龟》等作品赤裸裸地描写金钱肉体交易的恶趣,真实而又生动地反映了社会生活的一个侧面。

《海上花列传》,一名《青楼宝鉴》、《海上青楼奇缘》、《海上花》、《海上百花趣乐演义》等。全书共六十四回。最初连续刊载于光绪壬辰年(1892年)二月创刊的《海上奇书》上。后来集结成书,共有二十多种版本。著名现代小说家张爱玲非常欣赏这部小说,把它译成英文版,又用普通白话改写了这部小说,以便那些不懂吴语的人阅读。由此,也可以看出这部小说的艺术魅力。

第一节 《海上花列传》所展示的特殊的生存环境

《海上花列传》的创作主旨是什么? 表面上看,这部小说为劝诫而作。作者自称是"以过来人为之现身说法",专讲嫖妓的坏处。他把妓院比为漂浮在海面的花丛,"又平匀,又绵软,浑如绣茵锦罽一般"。倘若人们只见花,不见水,一脚踏了进去,便会葬身于无底深渊。(第一回)小说写乡下青年赵朴斋,到上海谋生,为人引诱,出入于歌楼妓院不能自拔,后来,资财耗尽,流落街头。他的母亲、妹妹来上海找他,没有把他劝醒。妹妹二宝也经不住上海繁华生活的引诱,甘愿沦为娼妓。二宝先为苏州的贵公子史天然所骗,债台高筑,又因疏于应酬,被上海的恶棍癞头鼋连人带物打得落花流水。作品正是以赵朴斋一家为例,告诫人们不要出入歌楼妓馆。

然而,细读此书,又会发现,赵朴斋并不是书中的主角,他甚至也算不上真正的嫖客,是个只叫了一两次局就去拉洋车的小角色。小说主要写的是沈小红、张蕙贞与王莲生,黄翠凤与罗子富、钱子刚,李漱芳、李浣芳与陶玉甫,周双玉与朱淑人,赵二宝与史天然之间的种种感情纠葛。而且,书中的嫖客大都来历不明;而妓女的身世、经历、结局,"无一丝挂漏"。显然,这部小说"专叙妓家,不及他事"(《例言》)。书名《海上花列传》,也说明作者要为上海的青楼女子作传。

作者对这些青楼女子到底持什么态度? 我们再看看第一回中对漂浮在海面上的花丛的具体描写:

那花虽然枝叶扶疏,却都是没有根蒂的,花底下即是海水,被海水冲激起来,那花也只得随波逐流,听其所止。若不是遇着了蝶浪蜂狂,莺欺燕妒;就为那蚱蜢、蜮蝌、虾蟆、蝼蚁之属,一味的披猖折辱,狼籍蹂躏。惟天如桃,秾如李,富贵如牡丹,犹能砥柱中流,为群芳吐气;至于菊之秀逸,梅之孤高,兰之空山自芳,莲之出水不染,那里禁得起一些委屈,早已沉沦汨没于其间。①

这显然是说,漂浮在海面的花丛对于人来说固然是陷阱,但花自身是无辜的。它只不过是"没有根蒂","随波逐流",而且自身还要受到种种蹂躏和摧残。桃、李、牡丹这些花俗艳,在这种险恶的环境中还可以适应;而高洁的兰、梅、菊、莲,则经不起这种折辱,难免要香消玉陨。由此可知,小说的主旨,在于表现社会对下层妇女的摧残,对妓女的同情多于谴责。尽管小说中的妓女有善,有恶,有英敏,有凡庸,有泼悍,有柔顺,作者对待她们的态度也有不同,但从总体上看,小说是在描写一种特殊的人生,表现了对人的生存处境的悲悯之情。

《海上花列传》既然是为青楼女子立传,作者的审美观照就主要集中在妓女的身上。比较可贵的是,作者没有孤立地描写妓女的生涯,夸张地写她们美如仙女或恶如夜叉,而是把她们放到上海妓院这个特定环境中,真实地表现她们的身世、命运,被扭曲的性格、感情,以及她们的生活追求。

《海上花列传》真实地展示了 19 世纪末上海的繁华景象:令人眼花缭乱、眩目惊心的洋行;林立的酒楼、烟馆;游人如织的明园;喧闹的抛球场、剧院;屡禁不绝的赌场;能使全城夜如白昼的自来火;乃至英租界、法租界。而众多的妓院,也是这个繁华场地的一个景观。这里是那些官僚、买办、商贾、赌棍们的乐园,又是妓女、娘姨、杂佣们的地狱。

十里洋场的嫖客,大都不是以往的狭邪小说中所写的志诚多情的才子,而是腰缠万贯的富翁。他们精神空虚,品格低下,嫖妓纯粹是为了寻欢作乐。罗子富是江苏候补知县,久居上海,无所事事,终日泡在妓院里厮混。他在妓女面前打情骂俏,撒娇佯哭,出尽了洋相。王莲

---

① 《海上花列传》第 2 页,北京:人民文学出版社,1985。其后该作引文均据此本,仅在行中标明回数。

生是某局的职员,上海的阔佬,终日只干两件事:嫖妓和吃大烟。他花钱阔绰,又没主见。他负担了名妓沈小红的全部开销,又嫖上了次等的妓女张蕙贞,终日在两个妓女争风吃醋的风波中度日。令众妓女闻之皆丧魂失魄、花容惨淡的,是外号"癞头鼋"的赖三公子。他性格异常乖戾、粗暴,进妓院必定带一大群打手,稍不如意,不仅对妓女本人拳打脚踢,还要将房间里的一切物件尽行毁坏,"如有一物不破损者,就要将手下人笞责不贷"(第六十四回)。妓女们像躲避瘟疫一样躲避他,一旦被他碰上,乖觉的虚与应酬,稳住他以后再伺机逃走;死板一点的则连人带物,被他打个落花流水。他的来头很大,"麭要说啥县里、道里,连搭仔外国人见仔个癞头鼋也怕个末"(第六十四回)。号称"风流大教主"的齐韵叟,是以护花使者的面目出现的。他的势力可与癞头鼋抗衡,所以妓女姚文君、孙素兰遇到癞头鼋的纠缠时,都设法逃进了他的"一笠园"中;苏冠香原是宁波大户人家的妾,因大妻不容,沦落为妓,夫家又因她败坏门风而将她关进衙门,也是齐韵叟把她救了出来。然而,他这样做也不是出于怜香惜玉,而是为了满足自己的色欲。苏冠香被救出后就长期供他玩弄,姚文君、孙素兰也成为他一笠园中的小摆设。他还召集了一群妓女清客,在一笠园搞"群芳谱",撰写"秽史",淫乐无忌。其他如背盟弃信、负义辜恩的史天然、朱淑人,喜新厌旧的施端生,胆小自私的华铁眉等,都是对妓女"披猖折辱,狼藉蹂躏"的人。这些社会渣滓是娼妓制度存在的基础。在这样的环境中,妓女们即使真的是情真意切的佳人,也无处用其情。

秦楼楚馆,也不像才子们所描绘的那样富有诗意,而是人间地狱。妓女们无论是好是坏,都有一部血泪史。她们进入妓院,并不是她们自身的过错,而是社会将她们推入火坑。黄翠凤八岁上死了爹娘,无依无靠,落入老鸨黄二姐之手。沈小红父母兄弟好几口人,生活全无着落,靠她出卖色相维持生计。孙素兰父母死后,先是阿伯要将她以一百元洋钱的身价卖给人做丫头,她知道后向舅舅求救。舅舅倒是从阿伯手中救出了她,却又以五百元洋钱的身价将她卖入妓院。齐韵叟府上的两个艺伎琪官和瑶官,都从小没有爹娘,分别被兄嫂、后娘卖到齐府。赵二宝是个例外,她涉世不深而又贪图虚荣,留恋繁华的都市,这是她沦落的重要原因。但是,我们也不能否认,她沦为妓女的另一原因是贫穷。家中所有积蓄都被哥哥挥霍尽，到上海后，连回家的盘缠也无着落。总之，女子沦落为妓，大都是为生活所迫。妓院存在的另一个原因，是封建等级制度、剥削制度所造成的经济地位的巨大差别。

小说还清楚地揭示出，妓院是一个特殊的天地。对于外界来说，妓女们的身份都是低贱的。但是在这个天地里，同样也是等级分明。书寓和长三是上等妓女，幺二的地位等而下之，再往下依次是野鸡、花烟间。书中写黄翠凤、沈小红等长三，住的是豪华公寓，有大姐、娘姨侍奉，所接的客人也都是些有钱有势的体面人物。沈小红一年下来要耗费王莲生两三千块洋钱。王莲生一次高兴，给她买了一套齐全的翡翠首饰，就花了一千块洋钱。花烟间的王阿二，只能接小村、赵朴斋这样的小角色，自然进项不丰。而女佣阿巧，白天黑夜地干活，挨打受气不说，一个月只有一块洋钱，可见悬殊之大。妓女身份的不同，不仅体现在吃穿用度上，还表现在她们在妓院的地位上。上等妓女不仅不受鸨儿的气，鸨儿反倒要看她们的眼色行事；下等妓女不仅受鸨儿折磨，嫖客凌辱，还要受上等妓女的打骂。这就迫使妓女们不择手段巴结有钱有势的嫖客，以改变自己的地位。张蕙贞原来是"幺二住家"，住的是"黑魆魆的弄堂"，家中"空落落的没有一些东西"。她笼络住了阔佬王莲生后，马上"调头"，由幺二升为长三，住上了豪华的公寓，雇用了外场、大姐、娘姨。相反，沈小红姘戏子的事情败露后，王莲生离她而去，她门庭冷落，只得搬进小房子，大姐、姨娘也另谋生路。总之，妓女们想要生活得好一点，就要有笼络引诱嫖客的手段，就要当长三。黄翠凤就说过："做个馆人，总归自家有点算计，故末好挣口气。"（第四十八回）把倚门卖俏、利己损人称为"挣气"，在常人看来颇为荒谬，对妓女来说，却又合乎情理。

至于鸨儿对妓女非人的摧残，《海上花列传》也揭示得非常深刻。鸨儿是妓院里的统治者，靠逼着妓女出卖肉体谋得钱财，这就注定她们性格的贪婪残酷。确如黄翠凤所说："上海把势里陆里个老鸨是好人，俚要是好人，陆里会吃把势饭。"（第四十九回）对于那些挣大钱的名妓，她们百依百顺，"还要三不时去拍拍俚马屁末好"。而对于那些挣不来钱或挣钱不多的妓女，她们就百端肆虐。周兰买来的妓女双玉与双宝两人不合，周兰总是不分青红皂白地毒打生意不好的双宝，以

讨好红馆人双玉。诸三姐买的妓女诸金花,不会巴结客人,被她打得
"两只腿膀,一条青,一条紫,尽是皮鞭痕迹。并有一点一点鲜红血印,
参差错落,似满天星斗一般,此系用烟签烧红戳伤的。"(第三十七回)
而黄翠凤说,诸三姐还算是好的,她的无姆黄二姐还要厉害。诸十全
是诸三姐的亲生女儿,因被逼卖淫而患上了梅毒。做母亲的不仅没有
悔恨怜惜之意,还要隐瞒病情,逼着她继续卖淫。总之,鸨儿的摧残威
逼,嫖客的蹂躏玩弄,构成了妓女的特殊的生活环境,也扭曲了妓女们
的感情与性格。

第二节　《海上花列传》对青楼女子人生悲剧的描写

　　如果说,《红楼梦》是为闺阁女子立传,主要描写贵族女孩子的人
生悲剧的话,那么,《海上花列传》则是为青楼女子立传,描写妓女的人
生悲剧。《海上花列传》的一个突出的成就,是塑造了大量个性鲜明的
妓女形象。作品以平淡自然的笔调,结合她们所处的特定环境,描写
了她们悲惨的身世,被扭曲的感情、性格,以及她们的人生追求。为了
不破坏人物形象的完整性,我们不分门别类地分析其人物塑造所用的
具体方法,只围绕着这些妓女的人生历程、理想追求,来剖析人物形象
的个性特色。

　　《海上花列传》中的妓女形象,主要是围绕着她们在妓院中拉拢嫖
客、谋求生存而写的。黄翠凤是作者着力最多的一个人物形象。她精
明、干练,心狠手辣。她的这种性格的形成,和她所处的环境有关。黄
翠凤比一般的妓女更为不幸:当时上海的老鸨中,"七姊妹"的凶狠残
忍是出了名的,而黄二姐又是其中最狠毒的一个。翠凤八岁死了爹
娘,偏偏落入黄二姐的手中,所受的打骂折辱可想而知。但她生性刚
烈,有一次老鸨打骂她,她先是咬紧牙关,一声不响;等老鸨被劝开后,
她却趁机吞了鸦片。老鸨吓得请医抓药,连哄带劝,她硬是不肯吃药。
直到老鸨对她下跪磕头,百般央告,她才吃了药。从此,老鸨不敢再打
骂她。这在当时被当作奇迹传扬:"翠凤个老鸨,从娘姨出身,做到老
鸨,该过七八个讨人,也算得是夷场浪一挡角色哎。就碰着仔翠凤末,

俚也碰转弯哉。"（第六回）从此，黄翠凤也养成了冷酷刚硬的性格，是有名的"有仔脾气"的馆人。然而，她又明白，身为妓女，单靠寻死觅活来改变自己的境遇是不行的，只有多接客、多挣钱，才能摆脱鸨儿的凌辱。黄翠凤富有心机，她不像沈小红那样哭闹撒泼，也不像张蕙贞那样曲意逢迎，更不像陆秀宝那样轻浮淫荡。她是以深沉的心机，狡诈的手段，良家女子的风范笼络嫖客。她从不浓妆艳抹，"只淡淡施了些脂粉，越觉天然风致，顾盼非凡"（第八回）。她不像别的妓女，等着嫖客选择，而是主动选择嫖客。她这样做，既使她能基本满足老鸨的索求，又无形中抬高了自己的身价。当然，黄翠凤对嫖客的选择，不是出于感情，更不是看中对方的人品，而是像猎人选择猎物那样，看谁能给她带来更多的好处，谁更值得她去做。罗子富就是慕她的名而来的，他同时又是她看上的"猎物"，因为子富不仅有钱，而且是个草包。作品主要通过黄翠凤对待罗子富的态度，将黄翠凤的性格揭示得十分鲜明。

罗子富初识黄翠凤时，并没觉得她有什么与众不同的地方。随后，黄翠凤就对他施展了一系列的手腕。先是在罗子富叫局的时候，故意当众给他一个下马威，使他不敢看轻自己；继而又让黄二姐对他诉说黄翠凤择人之严，让他对自己有一种不敢企望之感。但当他真的到了她家，她不仅对他"嫣然展笑"，还唱自己最拿手的"荡湖船"全套，使罗子富大喜过望。她还口口声声表示自己不稀罕金钱，罗子富送她一对金钏臂做见面礼，她竟推辞不受，说："耐要晓得做仔我，耐勿看重来哚洋钱浪。我要用着洋钱个辰光，就要仔耐一千八百，也算勿得啥多；我用勿着，就一厘一毫也勿搭耐要。耐要送物事，送仔我钏臂，我不过见个情，耐就拿仔一块砖头来送拨我，我倒也见耐个情。耐摸着仔我脾气末好哉。"（第八回）何等超凡脱俗！这哪里是妓女说的话？这番话使罗子富大为钦佩，对她深深作揖。然而，她没有要子富的金钏臂，却扣留了他办理公事的拜匣。表面看来，她这样做是出于清高；其实，这恰恰反映了她的机诈。她知道，拜匣远比金钱重要，因为如果是一次性地给钱，再多也是有限的，更何况他们还是初交。抓住了拜匣，就等于整个儿地掌握住了罗子富，抓住了他的财产，因为罗即便是倾家荡产，也不敢使公文有差池。在此后的日子里，黄翠凤看上去对罗子富一片至诚,处处替他省俭。为了不让黄二姐随便诈他的钱财,她经常顶撞黄二姐。但等她赎身的时候,对子富来了个狮子大开口:要五六千洋钱。在这个事件中,子富花费多少,书中没有明言。我们只知道翠凤赎身后自己开妓院时,他"早晚双台,张其场面"。后来,黄翠凤苦于黄二姐不时向她借钱,暗中指使黄二姐将罗子富的拜匣偷走,自己又口口声声要和黄二姐拼命,结果诈去了罗子富五千洋钱,她自己一点形迹也没有显露。尽管罗子富这个形象一点也不可爱,但他那样志诚地为翠凤效力,翠凤却毫无良心地欺骗他、敲诈他,也还是让人觉得她过于阴险狠毒。黄翠凤的身世是令人同情的,以她的才干,如果有机遇,她也许能干一番大事业。但她不幸沦为妓女,把她的机智才能都用到妓院里的尔虞我诈之中,成为一个狡诈狠毒的人。黄翠凤最后没有从良,以她的见识、她的心机,她完全能预见到,社会习俗、妓女的出身、嫖客的品质,都决定着从良的妓女不会有好结果。她赎身之后,仍居青楼,将来多半成为上海滩凶狠更赛过黄二姐的老鸨。

张蕙贞和沈小红争夺王莲生的故事,则又把这两个妓女的形象刻画得非常鲜明。王莲生是个没有主见的人,他用情不专,又并非全然无情,在沈小红以后,又对张蕙贞产生了兴趣,后来又觉得对不起沈小红,一直在两个妓女之间徘徊。沈小红和张蕙贞则用自己的特有的方式争夺王莲生。沈小红是上海数一数二的红馆人,自然长相、手段都非同一般。她最大的特点是凶。她出场前,小说就通过他人之口一再铺垫她的这种特点。当小红得知王莲生和张蕙贞坐马车去游明园时,她竟然带了大姐、娘姨赶到明园,"拳翻张蕙贞":

> 沈小红早上楼来,直瞪着两只眼睛,满头都是油汗,喘吁吁的上气不接下气,带着娘姨阿珠,大姐阿金大,径往前轩扑来。劈面撞见王莲生,也不说什么,只伸一个指头照准莲生太阳里狠狠戳了一下。莲生吃这一戳,侧身闪过一傍。小红得空,迈步上前,一手抓住张蕙贞胸脯,一手抡起拳头便打。……蕙贞本不是小红对手,更兼小红拼着命,是结结实实下死手打的,早打得蕙贞桃花水泛,群玉山颓,素面朝天,金莲堕地。　　　　　　　　　　(第九回)

不仅对张蕙贞大打出手,还口口声声骂王莲生辜负了她。这使得王莲生过意不去,又大把地在她身上花钱。而张蕙贞的性格和沈小红截然相反,给人的印象是"满面和气,蔼然可亲"。她被沈小红痛打却不敢反抗、报复,许多人便以为她是凡庸的人。其实她比沈小红更有心计,当时她是不便同沈小红争风的。一则因为沈小红当时是"上海挨一挨二个红馆人";她则是个刚刚调头的幺二人家,不是小红的对手。二则王莲生和小红相处三四年,有一定的感情基础;王莲生到她这里来时,对小红总有一种负疚感。如果小红再受到伤害,王莲生有可能完全倒向小红。因此,她只能以柔克刚,做出一副温厚贤淑的样子。在明园吃了亏,她没有报复,却发狠说:"只要王老爷一径搭沈小红要好落去,故末算是耐沈小红本事大哉!"(第十二回)这句话自然暗藏杀机,她以与小红全然不同的方式争夺王莲生。王莲生托洪善卿给小红买两样翡翠头面,张蕙贞反倒劝他买全副的;沈小红不许王莲生到她那里,她反倒劝他到沈小红那里去。正因为沈小红以为她怕自己,对她不防备,她才访知沈小红和小柳儿的暧昧关系,并故作漫不经心地透露给莲生,结果使莲生产生了疑心,亲自捉了奸,她也由此彻底挫败了沈小红。就在她成为王莲生的妾,操办喜事那天,她偏偏叫了小红的局:"小红左右为难,不得不随众进见。张蕙贞笑嘻嘻地起身相迎,请坐讲话。沈小红又羞又气,绝不开口。"(第三十四回)这实在是比"拳翻"厉害得多的招数。

《海上花列传》中描写的妓女,年龄、遭遇、环境甚至是生活追求都大体相近,本来是不容易写出人物特色的。韩邦庆自己也意识到了这一点:"合传之体有三难:一曰无雷同,一书百十人,其性情、言语、面目、行为,此与彼稍有相仿,即是雷同。"(《例言》)小说用对比的方法,结合人物的经历、遭遇,通过对人物言谈举止、心路历程的描写,将人物的个性揭示得非常鲜明。例如,妓女从良是一个老话题,唐传奇《李娃传》《霍小玉传》,话本小说《玉堂春》《杜十娘》《卖油郎独占花魁》等,都是写妓女从良的故事。但这都是作为爱情故事来写的。妓女从良的结局,和妓女本身的性格关系不大,主要取决于所跟从的男子对爱情忠贞与否。《海上花列传》也写了几个妓女从良的故事。周双玉、赵二宝、李漱芳都想要嫁给自己的意中人,最后都以失败告终。小说通过写这几个妓女的婚姻悲剧,将不同的人物形象刻画得非常鲜明。

三人之中,周双玉的身世最为可怜。刚被周兰用五百洋钱买来的时候,她还是个娇羞纯真的少女。因为她生得标致,周兰尚能善待她,却时时软硬兼施地教诲她当个"红馆人"。她原本就聪明,内向,罕言寡语;到了这个险恶的环境中,渐渐地变得冷酷、骄横,工于心计。对于和她一样命苦的双宝,她毫无恻隐之心,时时挑唆周兰打骂她;对于周兰的亲生女儿,又是红馆人的双珠,她便"十二分要好"。表面看来,双玉对周兰教她巴结客人之类的话句句听从。但实际上,她并没有染上一般妓女轻浮贪婪的习气,出局时表现得相当羞怯,甚至可以说是端庄。小说中正面写她的出局只有一次,那是王莲生被沈小红、张蕙贞纠缠得不耐烦时,叫了她的局:"只见周双玉冉冉归房,脱换衣裳,远远地端坐相陪,嘿然无语,莲生自然不去兜搭。……莲生吸了两口烟,听那边台面上豁拳唱曲,热闹得不耐烦。倒是双玉还静静地坐在那里低头敛足,弄手帕子。莲生心有所感,不觉暗暗赞叹了一番。"(第十回)然而,当"眉清目秀,一表人才"的朱淑人出现在她面前时,两人一见钟情。在初次涉足妓院、羞涩不安的淑人面前,她眉来眼去地引诱他;淑人豁拳输了,要罚酒时,她又主动代饮。然而,双玉毕竟年轻,当杭州的老嫖客、有钱有势的黎篆鸿看出双玉对淑人的情愫,开玩笑说要替他们做媒时,她竟信以为真。后来她就费尽心机地筹划着嫁给朱淑人。她拐弯抹角通过双珠去求洪善卿为媒,让朱淑人梳拢她。淑人真的梳拢她之后,她又让淑人立下誓言:淑人娶她为正妻,否则宁可同死。她原以为自己是好人家的女儿,到妓院后也并未失身于他人,有资格做淑人的妻子。令她想不到的是,女孩子一入妓院,就已经不再是良家女子,无论如何也不可能被有身份的人娶为正妻的,况且朱淑人的幼稚懦弱也不足以成事。就在他们发誓不久,朱淑人的哥哥便为弟弟定了亲,所定的恰恰就是当初扬言要为他俩做媒的黎篆鸿的女儿。朱淑人知道这事后,并无非双玉不娶的意思,只是害怕双玉知道后和他寻闹,尽量对她隐瞒他定亲的事。然而,双玉终于知道了这一消息,而且是从她最看不起的双宝的嘲笑中得知的,这对于她的打击可想而知。但她竟能一点也不露声色,出完了局,到周兰房中说:"我做仔无姆个讨人,单替无姆做生意。除仔无姆也无拨第二个亲人,除仔做生意也无拨第二样念头。故歇朱五少爷定仔亲,故末就是无姆个生意到哉。无姆应该去请仔朱五少爷来,等我当面问俚,阿怕俚勿拿出洋钱拨来无姆。"(第六十三回)好像她同淑人的往来不是为着从良,而是为了故设圈套替周兰挣钱。实际上,她是想让周兰把朱淑人找来,要和他以死相拼。这一切她都安排得有条不紊:先是伺机报复,激怒周兰卖掉双宝;继而又放掉了淑人为她捕捉的、她自己一直精心伺养的促织儿;最后,派人请来了朱淑人,将大半杯生鸦片硬灌进他的口,自己吞下另一杯。被救过来后,洪善卿从中调解,要她嫁给淑人为妾,她断然拒绝,要朱淑人拿出一万两银子了结此事。从作者后来写的《跋》看,周双玉最后做了"贵媵"。

赵二宝则是个虚荣、浅薄而又不失厚道的乡下女子。她有母亲,有哥哥。她的家原本是个小康之家,只因哥哥来上海谋生,挥霍光了原本就不多的本钱,又不肯回乡,她才同母亲到上海来找哥哥。如果他们听了舅舅洪善卿的劝告,找到哥哥便回到乡下,她将来能过上正常农妇的生活。但她同样迷恋上了都市繁华的生活,乐而忘返。在纨绔子弟史端生的引诱下,她又是去听说书,又坐马车去白相,还到大观园看戏、吃大菜。她不仅对上海妓女的面目衣饰细细品评,自己也有意效仿。二宝一直是家里的当家人,原本是有些主见的。但是来到大上海后,这个乡下少女的那点见识就远远不够用了。她只看到上海生活的繁华,却没有想自己有没有久居上海的经济基础;只看到妓女光彩照人的衣饰,没有看到她们肉体、精神上所受的摧残、凌辱。因此,妓女们都在想方设法谋划从良,她却不顾舅舅的极力反对,自愿当起妓女来。明眼人一看就知道她这是自投罗网,她来到一笠园时,高亚白就曾问她:"俚自家身体末,为啥做馆人?"齐韵叟也说:"上海个场花,赛过是陷阱,跌下去个人勿少哂。"正因为她没有阴险老辣的鸨儿的管教,自己的生活经历又太简单,所以,她绝没有别的妓女的那种机心,对嫖客从不知防范。史端生玩弄她之后又抛弃了她,她并没有从中接受教训,又轻而易举地上了史天然的当。史天然为"漂局钱"(即赖掉嫖妓的钱),抑或更是出于玩弄少女感情的需要,假称要娶她为"两头大";她便真的幻想着要当这个"天下闻名极富极贵"的公子的夫人,而且还处处以夫人自居起来。史天然要走的时候,她不仅不收他的局钱,还借钱置办嫁妆,准备史天然来迎娶。就在她为办嫁妆债台高筑之后,才知道史天然从上海回去之后马上成了亲,根本就没有娶她的意思。偏偏在这个时候,癞头鼋又闯进了她的家。她不像别的妓女那样灵活,善于言词,结果被癞头鼋连人带物打得落花流水。小说正是在她走投无路中结束的。胡适评论说:"他们一家都太老实了,太忠厚了,简直不配吃堂子饭。"①但二宝的虚荣、浅薄、没有志气,仍令人反感。我们同情她的遭遇,又觉得她有点儿咎由自取,反不如冷酷无情的周双玉能拼死维护自己的人格尊严。

三人当中,李漱芳应该是最幸运的了。她的幸运,在于她是鸨儿李秀姐的亲生女儿,而李秀姐又是上海鸨儿中少有的平和人。因此,她不像别的妓女那样受鸨儿的欺凌。更为难得的是,她刚一入青楼,就遇上了与她真心相爱的人——陶玉甫。李漱芳是个自尊自爱、感情专一的人,她和陶玉甫相识后,两人情投意合,矢志不二。玉甫丧妻后,要娶漱芳做填房,李秀姐同意,但玉甫的族人不同意,只允许她当个侍妾。漱芳自忖自己虽是馆人,除玉甫外并未和别的客人来往,于大节无亏,陶家定要将她视为烟花,心里难免气愤,并因此得病。漱芳病后,玉甫对她更是爱怜,衣不解带地侍奉她,以致自己也累出病来。这种真挚的爱情,在妓院里实为罕见。诚如姚文君所云:"上海把势里,客人骗馆人,馆人骗客人,大家黪面孔。刚刚有两个要好仔点,偏偏勿争气,生病哉。"(第三十六回)再后来,漱芳竟一病而亡,玉甫痛不欲生,厚葬漱芳,誓不再娶。正因为漱芳得到了玉甫的真情,所以其身虽死,就其际遇来看,在青楼女子中要算是好的。

《海上花列传》写的这三个妓女从良的故事,无论是老成干练的还是浅薄幼稚的,无论是有情的还是无情的,最后都是悲剧结局。这说明,北里绝非情场,而且,妓女与嫖客"越是要好,越是受累"。由于双玉、二宝、漱芳三人的经历、性格不同,导致她们争取从良的手段、结局都不相同。而这种毫无雷同之感的妓女从良的故事,把三个人物的不同性格又刻画得十分鲜明。

除了上述人物以外,孙素兰、姚文君、周双珠、马桂生、陆秀宝等人的形象,也无不鲜明生动。单就人物形象的刻画而言,《海上花列传》是可以和《红楼梦》媲美的。当然,韩邦庆笔下的人物,不像《红楼梦》

---

① 引自《胡适论中国古典小说》,第 501 页,武汉:长江文艺出版社,1987。

中的大家闺秀那样可爱,但是一样生动鲜活。一部小说中,能把如此多的妓女形象刻画得如此鲜明、真实、生动,是难能可贵的。

第三节 《海上花列传》的语言风格和结构特点

《海上花列传》重要的艺术成就,还表现在它的情节结构方面。它的情节天然无饰,平淡自然。作品中所写的均为普通之人,平凡之事,全然没有超现实的描写,也没有因果报应之类的内容,甚至没有出现过任何偶然、巧合。作者在描述故事时,绝不加以评论,也不把自己的思想情趣直接投注到主人公身上,构筑自己的理想人格,而以平淡自然的笔触客观叙说,让读者自己去体味内中的含义。现实生活在这部作品中的再现,像行云流水一样自然。但这并没有削弱这部小说的艺术魅力。血肉饱满的人物,纷繁多姿的生活事件,扑面而来的生活气息,同样对读者产生了强烈的吸引力。

《海上花列传》的结构也很有特色。以往的小说,有的是一个人物一个人物地写,有的是一件事一件事地写。《海上花列传》则把人物、事件分解开来,按时间顺序穿插到各个章节中;又改变了全知全能的叙事方法,只写生活本身显示出来的意蕴,不再多加说明。如果孤立地读某一章、某一节,人物、故事都缺乏完整性;通观全书,则"并无一丝挂漏",这就是作者自己所说的"穿插藏闪之法"。(以上见《例言》)例如,李实夫染上梅毒的事,是分成若干章节完成的。这个故事旨在说明老鸨的狠毒,所以引嫖客上钩是故事的重点,第十六回整篇都是写诸三姐如何引实夫上钩的。在这一回中,读者只知道诸十全是"亮晶晶的一张脸,水汪汪的两只眼",而并不知道她患有性病。作品侧重描写的是李实夫的土气、无知,贪图小便宜;诸三姐的强拉硬扯,遮遮掩掩;诸十全的局促不安,暗中饮泣。到了第二十一回,又写诸十全请实夫讲解她求的签:"媒到婚姻遂,医到疾病除。"十全先是脱口而问:到哪里请医生?当李实夫说他有一个当医生的朋友,"随便耐稀奇古怪个病,俚一把脉,就有数哉"时,她又赶紧说自己无病。细心人才开始怀疑她有难以出口的病。第五十八回,李实夫已经"腮边额角尚有好几个疮疤"，人们才知道十全原来患有梅毒，且已经传染给了实夫。情节的发展极为自然。有时候，一些小事开始并未引起人们的注意，读到后来才知道这些情节绝非虚设。如第三回写洪善卿到沈小红处找王莲生，娘姨说小红去坐马车，人们并不会在意。第九回沈小红拳翻张蕙贞前，有个俊俏伶俐的后生——小柳儿出现过，同样不会引起人们的注意。第二十四回写王莲生从张蕙贞处出来到沈小红那里去，"只见一个小孩子往南飞跑，仿佛是阿珠的儿子，想欲声唤，已是不及"。阿珠是小红的娘姨，她的儿子何以会在张蕙贞的门口？又何以会见了莲生便飞跑？读者也是不得而知，作者也不作说明。直到小红和小柳儿被王莲生捉奸后，读者回想起前面的情节，才恍然大悟：小红声言坐马车，其实是去会小柳儿；小红拳翻张蕙贞，又是小柳儿给做的眼线；阿珠的儿子是在监视王莲生，为小红、小柳儿放哨。这样的结构使情节真实、自然，仿佛作者不是在写小说，而是漫不经心地把每天发生的事记载下来。其实，这正是作者独具匠心之处。

《海上花列传》是用吴语写成的。作者有意识地在这方面进行探索："曹雪芹撰《石头记》皆操京语，我书安见不可以操吴语？"[1]并据吴语的口音，自造了一些字。对此，人们褒贬不一。鲁迅说：《海上花列传》"所用的是苏白，如什么倪＝我，耐＝你，阿是＝是否之类，除了老上海和江浙的人们之外，谁也看不懂。"[2]而胡适则称《海上花列传》"是吴语文学的第一部杰作"。他认为："方言的文字所以可贵，正因为方言最能表现人的神理。通俗的白话固然远胜于古文，但终不如方言能表现说话人的神情口气。古文里的人物是死人；通俗官话里的人物是做作不自然的活人；方言土语里的人物是自然流露的活人。"[3]其实，韩邦庆这样做也的确是得失参半：对于不懂吴语的北方人来说，这种吴语小说的确令他们读起来很吃力，影响了这部书在相当一部分读者中的流传；然而，方言的运用又的确使这部小说的人物描写格外生动传神。尤其是对于南方读者来说，这种吴侬软语有一种用通俗官话传达不出的韵味。笔者认为，能为一部分读者格外激赏的作品，远胜让所

---

① 引自《胡适论中国古典小说》，第 508 页，武汉：长江文艺出版社，1987。

②《鲁迅全集》第 4 卷，第 294 页，北京：人民文学出版社，1981。

③ 引自《胡适论中国古典小说》，第 508～509 页，武汉：长江文艺出版社，1987。

有读者感到平平的作品。

就语言风格来看，《海上花列传》综合了《红楼梦》的委婉细腻和《儒林外史》的幽默辛辣。请看第三十五回写李漱芳和陶玉甫照顾生病的浣芳：

> 浣芳……尚不即睡，望着玉甫，若有所思。玉甫猜着意思，笑道："我来陪耐。"随向大床前来亲替浣芳解钮脱衣。浣芳乘间在玉甫耳边唧唧求告，玉甫笑而不许。漱芳问："说啥？"玉甫道："俚说教耐一淘床浪来。"漱芳道："再要起花头，快点困！"浣芳上床，钻进被里，响说道："姐夫，讲点闲话拨阿姐听听。"玉甫道："讲啥？"浣芳道："随便啥讲讲末哉呀。"玉甫未及答话，漱芳笑道："耐不过要我床浪来，啥个几花花头，阿要淘气。"说着，真的与玉甫并坐床沿。浣芳把被蒙头，亦自格格失笑，连玉甫都笑了。浣芳因阿姐、姐夫同在相陪，心中大快，不觉早入黑甜梦乡。

浣芳的活泼娇憨，漱芳、玉甫对浣芳情同手足的关爱，表现得至为真切。赵景深先生对这一段描写特别激赏，说它："用吴语写作，尤能逼肖说者的神态。"①

而最能表现小说语言风格幽默辛辣的，是第十回写沈小红的撒泼。王莲生赌气下楼时，"忽听得当中间板壁蓬咚蓬咚震天价响起来。阿金大在内极声喊道：'勿好哉！先生撞煞哉呀！'"紧接着又看见小红"把头狠命往板壁上磕"。读者不禁暗暗为小红担心，以为她一定要磕得头破血流了。妙在阿珠察看她的头时，竟然"没甚损伤"，又妙在阿金大还要说"险"。看似纯客观的描写，却把小红和娘姨、大姐们虚张声势、放刁撒泼的情态描绘得穷神毕相，大有《儒林外史》"无一贬词，而情伪毕现"之妙。

第四节　狭邪小说的堕落

清末民初，狭邪小说开始堕落，变为描写狎优嫖妓的教科书。《九

---

① 赵景深《读海上花列传》，转引自《中国近代文学论文集·小说卷》，第 235 页，北京：中国社会科学出版社，1988。

尾龟《海上繁华梦》《留东外史》是当时比较有影响的作品。

《海上繁华梦》，署海上漱石生著。漱石生真名孙家振（1859—1936），字玉声，上海报人，因喜爱日本名作家夏目漱石的小说，故署名漱石生，亦署警梦痴仙。所著小说多种，《海上繁华梦》是其代表作。

《海上繁华梦》共一百回，分初集、二集、后集。原刊于《采风报》和《笑林报》、《图画日报》。最早的版本是光绪二十九年（1903年）上海笑林报馆排印本。《海上繁华梦》的书名，已经没有了青楼文化的标志。其最大的特点是不专写狭邪，而是写近代上海社会的五花八门。诚如郑逸梅所云："孙玉声的《海上繁华梦》为其代表巨著，记录民初时代种种社会学家，多为其人其事，对研究此时历史背景甚有价值。……许多乃孙亲身经历，作为小说内容。"①

《海上繁华梦》一、二两集主要写杜少牧、谢幼安的故事。杜少牧是苏州人，因向往上海的繁华，和朋友谢幼安一同到上海观光。上海的繁华里面隐藏着种种陷阱，少牧在上海，先是被流氓恶棍计十全、刘梦潘等拆梢，硬是要讹诈他二百块钱，多亏朋友凤鸣岐把他解救了出来；后又在赌场被"翻戏"的暗算，一夜之间输掉了一千多两银子，又是鸣岐拆穿了赌棍们的伎俩，把钱找了回来。最难过的还是秦楼楚馆这一关，少牧先是迷上了名妓巫楚云，在她身上大把花钱。当他得知巫楚云把从他那里得的钱倒贴在了小白脸潘少安身上时，便转而去嫖颜如玉。谁知，颜如玉也和潘少安暗中勾搭，只是花言巧语地骗杜少牧的钱。少牧得知此事时仍不悔悟，又去嫖巫楚云。直到后来，他的兄长少甫亲自到上海劝他回家，而他也亲眼看到了诸多嫖客的悲惨下场，终于醒悟，回到了家乡。小说中也写了一个好的妓女，这就是桂天香。她原本是好人家的女儿，被逼为娼后，非常厌恶追欢买笑的生活，后来嫁给了谢幼安为妾，贤达安分，妻妾和睦。

小说的一、二集中，故事情节叙述得已经比较圆满，主要人物也都有了归结。小说问世后，引起了许多读者的兴趣，在读者的要求下，作者又写了续集。因此，续集中让正集原有的人物再次露面，有的甚至起死回生，继续敷衍他们的故事。小说详细描写了颜如玉染上梅毒，发疯而死；巫楚云穷途末路，冻死在马路上。续集也写了桂天香从良

---

① 郑逸梅《民初小说家孙玉声》，见《艺海一勺》，第64页，天津：天津古籍出版社，1994。

后端庄贤惠,后因服侍病重的幼安,受传染而死。续集还写了下一代人,如温玉如、戚祖诒等人的青楼风波,以及流氓、恶棍的骗人伎俩,与正集中大同小异,只是增加了贾维新招摇撞骗,花小龙假称开矿骗钱,金子富斗蟋蟀赌钱等名目。

在所有的狭邪小说中,《海上繁华梦》是文化氛围最浓重的一种。小说展示了十里洋场的五光十色,如:热闹非凡的夜市,林立的歌楼酒馆,名伶荟萃的剧院,每年两次的赛马,城隍庙会上的龙灯、台阁、花十景牌。此外还有拆梢、翻戏、仙人跳等。写京剧写到了名演员谭鑫培、孙菊仙、汪笑侬、汪桂芬、夏月润、何家声;昆曲写了周凤林、邱凤翔;梆子调写了"七盏灯""一千元",以及烟台的"天娥旦"。此外还有髦儿戏、苏滩、杂技和话剧前身的文明戏等。写拆梢、仙人跳,戳穿了作案者们假扮的身份和惯常用的伎俩。写翻戏时详细介绍了作弊的种种手段和拆穿这种伎俩的方法。写妓女写到长三、书寓、幺二人家;嫖客中有"瘟生",有无人敢惹的洋嫖客,还有风流漂亮的少年专门骗妓女钱的,上海称为"倒贴小白脸"等等。这些对于我们了解20世纪初期大上海的社会现实提供了可贵的资料。

由于《海上繁华梦》把嫖妓和赌博、拆梢等相提并论,都作为洋场中害人的罪恶行径来表现,所以作品中开始出现了对妓女溢恶的倾向。小说描写妓女时,不再把她们写成佳人,也不像《海上花列传》那样以同情的笔调描写她们的悲惨身世,而是直接描写她们害人的伎俩,对她们的谴责多于同情。巫楚云、颜如玉、阿珍、媚香、艳香、杜素娟、许行云等,一个个都是毒如蛇蝎的人物。巫楚云和颜如玉,硬是把初来上海观光的杜少牧拉进了陷阱,表面对他柔情似水,实则只为掏他的腰包。媚香、艳香分别嫁给了郑志和、游冶之,却又乘他们不备卷逃了一切值钱的东西,使他们有家难归,一个流落街头唱莲花落乞讨,一个气恼得病,差点送命。阿珍嫁给屠少霞,挥霍完他的家产后便"屡屡寻事,吵得他上天无路,入地无门",只得听任她改嫁。杜素娟、许行云淫荡成性,嫁人之后,仍姘戏子、马夫。作者所同情的只有被恶鸨虐待致死的花小桃和屡遭毒打的花好好两人。总之,《海上繁华梦》已基本表现了狭邪小说对妓女由溢美到溢恶的转变。

从艺术风格上看,《海上繁华梦》长于叙事。由于许多事件乃作者亲身经历,所以写来曲折生动,娓娓动听。尤其是戳穿恶棍们行骗的种种伎俩时,很能激发人们的好奇。然而,也正是因为作品的主旨在于揭示旧上海生活的五花八门,而不是为妓女立传,所以小说比较注重叙事,却不注重人物性格的刻画。书中的人物,多有叙好人一切皆好,写坏人则一切皆坏的类型化的倾向。小说的结局,也难超出善恶报应的观念。

《海上繁华梦》用普通白话写成。尽管描写的内容涉及赌场、妓院,但语言醇正雅洁,生动传神。请看二集第二十五回对乡下婆子严氏初进上海桂天香住的公馆时的一段描写:

> 严氏同着上楼,见这房间铺设得甚是整齐,中间一只外国铁床,楼板上铺着地席,二梁上挂着保险洋灯,妆台上摆着台花、自鸣钟等物,壁上一边挂着一面大衣镜,一边是天香拍的放大小照。……严氏在房中东也张张,西也望望,因见那张外国铁床褥子铺得甚高,走到床沿上去一坐,恰恰坐在弹簧上面,往下一软,往上一攻,心里着慌,几乎翻下床来。天香见了,忍住了笑,叫他大胆坐下,断没要紧。严氏摇摇头道:"这种床,亏你怎样睡法。"连忙扒起身来,跑至靠窗口的一张外国摇椅上坐下。岂知那摇椅也甚欺生,没有坐过的人坐上去好像要跌将下来。严氏又吃了一惊,暗说怎的绝好一间房间,那家生都甚蹊蹺巧样。①

这段描写,颇像《红楼梦》中刘姥姥进大观园。由于晚清西风东渐,洋场的时髦和乡下妇女见识的反差更大,所以严氏进洋公馆的描写,更具时代特色和喜剧色彩。

值得一提的是,在语言的运用方面,作者孙家振和《海上花列传》的作者韩邦庆是有分歧的。据孙家振《退醒庐笔记》记载:"云间韩子云明经,别篆太仙……出其著而未竣之小说稿相示,颜曰《花国春秋》,回目已得二十有四,书则仅成其半。时余正撰《海上繁华梦》初集,已成二十一回,舟中乃易稿互读,喜此二书异途同归,相顾欣赏不置。惟韩谓《花国春秋》之名不甚惬意,拟改为《海上花》。而余则谓此书通体皆操吴语,恐阅者不甚了了;且吴语中有音无字之字甚多,下笔时殊费研考,不如改易通俗白话为佳。……逮至两书相继出版,韩书已易名曰《海上花列传》,而吴语则悉仍其旧,致客省人几难卒读,遂令绝好笔墨竟不获风行于时。"②此说不无道理。《海上繁华梦》以其语言的适用

---

① 《海上繁华梦》,第400～401页,济南:齐鲁书社,1995。
② 转引自《胡适论中国古典小说》,第497页,武汉:长江文艺出版社,1987。

范围广而争取了相当数量的读者。然而,在人物形象的塑造方面,在人物个性化语言方面,《海上繁华梦》终较《海上花列传》大为逊色,艺术成就远不如彼。

《九尾龟》二十四集三百八十四回,署漱六山房著。漱六山房,真名张春帆(1872—1935),原名炎,字春帆,笔名漱六山房。江苏常州人。早年在南京的海关任职,后为上海的报人。作有小说《黑狱》《宦海》《未来世界》《烟花女侠》《九尾龟》等,其中以《九尾龟》最为有名。《九尾龟》前十二集出版于1906—1910年,后十二集出版于1924年。

书名《九尾龟》,是从书中的一个嫖客康中丞一家的作派概括出来的。"大凡妇女不端,其夫便有乌龟之号",康中丞的五房姨太太,两个姑太太,两个少奶奶一共九人,行为都不端。康中丞便有了"九尾龟"之号。其实,康中丞并不是此书的主角,全书是围绕着"嫖界英雄"章秋谷做文章的,写章秋谷在嫖场如何主持公道、抱打不平。

小说的作者对当时的社会现实极为不满,既不满于朝中的官僚,也不满于新党,看不到前途,悲观颓废,玩世不恭,就把心思用到了秦楼楚馆之中。

《九尾龟》描写妓院生活,也不同于《海上花列传》。作者认为妓女们全是坏的。第九回就慨叹嫖界的人心不古:

> 古来教坊之盛,起于唐时。多有走马王孙、坠鞭公子,貂裘夜走,桃叶朝迎,亦有一见倾心,终身互订,却又是红颜薄命,到后来,免不了月缺花残。如那霍小玉、杜十娘之类,都是女子痴情,男儿薄幸。文人才子,千古伤心。至现在上海的馆人,情性却又不然,从没有一个妓女从良,得个好好的收梢结果。不是不安于室,就是席卷私逃。只听见妓女负心,不听见客人薄幸。那杜十娘、霍小玉一般的事,非但眼中不曾看见,并连耳中也不曾听见过来。①

因此,这部小说极写妓女之恶:许宝琴、花云香、金黛玉、林黛玉、周凤林、张书玉、陆兰芬、陈云仙等,都把嫖客当"瘟生"宰。林黛玉得了邱八的两万多银子后嫁给他做妾,尽管邱八对她宠爱有加,但她耐不住寂寞,对着邱八打滚撒泼,寻死觅活。无奈,邱八只得听任她回到上海

---

① 《九尾龟》,第66~67页,长春:时代文艺出版社,2003。其后该作引文均据此本,仅在行中标明回数。

去当妓女。陆兰芬抢走嫖客方幼恽两千银子的汇票和一只从美国带回来的价值一千块洋钱的戒指后，便不再理睬他。嫖客刘厚卿嫌名妓张书玉冷淡了他，赌气"跳槽"去嫖别的妓女，想让张书玉知悔，不料张书玉敲诈他五千两银子后又一脚踢开了她。范彩霞偷偷地把安眠药放到嫖客饮的杏仁露里，使他误以为生病，然后衣不解带地侍奉他，骗取他的感情，继而骗取他的钱财。嫖客大都是妓女的手下败将；能够对付这些妓女的，只有"嫖界英雄"章秋谷。

章秋谷是江南应天府人，"他聪明绝世，意气如云，陈王八斗之才，李泌九仙之骨，总之，是个文武全才。"（第八回）然而，他的才华没有用到经邦治国上，而是纵横于嫖场，在妓院里主持公道，抱打不平。他具有花柳英雄的种种优势：花钱阔绰，生得漂亮，风流倜傥，又有一种"功架"，能使所有的妓女倾倒。所以，无论怎样剽悍狠毒的妓女，见了他总是服服帖帖，惟命是从。嫖客们被妓女歪缠时，总是求他想办法解决，他也总能从妓女那里为嫖客讨回公道。此外，什么"扎火囤"、"仙人跳"、戏子勾引官妾、流氓聚众拆梢之类的伎俩，也都能被他一一识破、戳穿。他俨然是妓院赌场里的"道德法官"，锄强扶弱，仗义执言。然而，章秋谷本人亦非什么正人君子，他宿花眠柳，姘了一大群妓女，只是他完全把妓女视为玩物，把和她们的交往视为金钱与肉体的交易，对她们绝不动情，正如第二十六回他对贡春树所说的"倌人看待客人，纯用一个'假'字，客人看待倌人，也纯用一个'假'字去应她，切不可当作真心，自寻烦恼。……大抵上海的倌人，只好把她当作名花娇鸟一般，博个片时的欢乐"。因此，妓女们在他的手中丝毫占不到便宜，他倒占她们的便宜。不仅如此，章秋谷还费尽心机地勾引良家妇女。他看上了伍小姐后，先是勾引比较容易上手的卖花女子，然后通过卖花女子勾引伍小姐的监护人——舅太太，最后串通舅太太把伍小姐勾引到手。显然，《九尾龟》已和言情小说无缘，它既没有反映封建礼教对情的压制，又没有对饱受凌辱的妓女表示同情，甚至也没有为那些宿花眠柳的浪子提供什么警戒，而只是从市民的低级趣味出发，描写狎优嫖妓的风流。诚如鲁迅在《上海文艺之一瞥》中所说："佳人才子的书盛行的好几年，后一辈的才子的心思就渐渐改变了。他们发见了佳人并非因为'爱才若渴'而做婊子的，佳人只为的是钱。然而佳人要才子的钱，是不应该的，才子于是想了种种制伏婊子的妙法，不但不上当，还占了她们的便宜，叙述这各种手段的小说就出现了，社会上也很风行,因为可以做嫖学教科书去读。这些书里面的主人公,不再是才子+呆子,而是在婊子那里得了胜利的英雄豪杰,是才子+流氓。"①

在艺术手法上,《九尾龟》也没有什么可以称道的地方。首先,小说没有塑造出鲜明的人物形象。作者极力赞美的章秋谷,实际上是个概念化的人物。作者从想象出发,把狎优嫖妓所需要具备的条件都加给了他:漂亮、风流、有钱有势,甚至还有高超的武艺,但是没有鲜明的性格。他制伏妓女的种种手段,也令人觉得不可信。因此,这个形象既不能和张生、柳梦梅、贾宝玉相比,也比不上西门庆、贾珍、贾琏。而妓女的形象又大都是清一色的恶,林黛玉、张书玉、陆兰芬、许宝琴等,都是利用色相诈骗钱财的美女蛇,她们自身的性格特点却又没有什么分别。此外,小说的结构也比较松散,情节多有雷同之处:基本上是以章秋谷为线索贯串人物,把一个又一个上海嫖界的骗局展示出来,然后由章秋谷一一揭穿、惩处。

《九尾龟》的语言有一定的特色。书中用了苏白,但和《海上花列传》有所不同。此书只有妓女用苏白,叙述语言和除妓女以外的人都用普通白话。而且,妓女从良之后,说话也马上改用普通白话。这样一来,苏白就成了妓女特有的语言。这样写尽管有的地方不合情理,但也有一定的好处:既能减少不懂吴语的读者的阅读障碍,又能把妓女向嫖客撒娇、灌迷魂汤时的嗲劲儿表现得比较形象。

《九尾龟》在当时是颇为畅销的,原先这部书只有十二集,后来作者应《上海画报》主持人之邀,一直续到二十五集(未完)。这样一部思想艺术方面都不出色的小说何以会拥有这样多的读者呢?原因之一是书中所写的嫖妓故事迎合了一部分市民读者的低级情趣。而更重要的,还因为小说有一定的纪实性。书中所写的多是当时上海滩上有名的妓女,如林黛玉、张书玉、陆兰芬、金小宝四人,在李伯元创办的《游戏报》上,就有"四大金刚"的名目。吴趼人的第一部长篇小说也是《海上四大金刚传奇》,把这几个妓女的故事炒得沸沸扬扬。而此书后半所写的赛金花,在当时几乎是无人不晓的人物。曾朴的《孽海花》中,她占了很重要的地位;樊增祥的前、后《彩云曲》中,也将她的故事

---

① 《鲁迅全集》第4卷,第292页,北京:人民文学出版社,1981。

写得一波三折,人们争相传抄,时有纸贵之誉。《九尾龟》写这些妓女们的奇闻佚事,极大地满足了市民们猎奇揭密的喜好。更何况,据说小说中具有"九尾龟"之名的康中丞,是影射红极一时的某大官僚,也就更激起了一部分人的好奇心理。

《留东外史》,署平江不肖生作。平江不肖生,真名向恺然(1890—1957),湖南平江人。他自幼性喜习武,性格豪放。1907 年东渡日本,就读于东京弘文学院。向恺然是民国时期著名的武侠小说家,但他的成名之作是《留东外史》。《留东外史》是一部洋洋巨著,正集五集,续集五集,共一百二十章。正集于 1916 年由民权出版社出版,续集 1922年出版。

《留东外史》写的是在日本的中国留学生的生活。作者在第一章中说:"原来我国的人,现在日本的,虽有一万多,然除了公使馆各职员,及各省经理员外,大约可分为四种:第一种是公费或自费在这里实心求学的;第二种是将着资本在这里经商的;第三种是使着国家公费,在这里也不经商,也不求学,专一讲嫖经,读食谱的;第四种是二次革命失败,亡命来的。"①《留东外史》写的正是后两种人的生活。

《留东外史》的男主角们,是鲁迅所说的"才子加流氓"式的人物,和《九尾龟》中的章秋谷相似。只是在他们身上,才子的成分更少,流氓的成分更多。书中最早出场的,是湖南的周撰,这是个典型的流氓。他原有妻子,在国内因为男女关系坏了差使,无法存身,靠朋友的帮助混进官费生里到日本留学。到日本后,他更是不务正业,终日叉麻雀、勾引女人。他先勾引的是个伪装成学生的妓女。后来,他对那个日本妓女厌倦了,又勾引一个中国的陈姓女留学生,并和她结成夫妻,结果引得群情激愤,表面上,他们纷纷指责周撰的道德败坏,实际上是嫌他独占了那个"有名的尤物"。《留东外史》最主要的人物是来自湖北的留日学生黄文汉,此人与周撰并称"南周北黄"。刚一出场的时候,黄文汉比起周撰似乎有过之而无不及,"于嫖字上讲功夫,能独树一帜"。据他自己说:"我平生经过的女人,或嫖或偷,总数在二百以上。"然而他对日本妓女圆子动了真情,成为难舍难分的一对情人,最后结为夫妻。小说写得最多的,就是这类男女苟且之事。

---

① 《留东外史》,第 1 页,长沙:岳麓书社,1988。

和《九尾龟》一样,《留东外史》在艺术上也没有多少可取之处。小说的人物形象既不鲜明,情节结构也没有什么巧妙之处,连篇累牍,尽是嫖经、食谱。然而,嫖妓之类的故事,本身就受一部分情趣低下的市民们的喜爱;而在日本嫖妓,又多了一种异国的情调,更引起人们的好奇。所以,《留东外史》在当时大受市民读者的欢迎。正集问世后,流传颇广。向恺然随后又写了《留东外史续集》《留东外史补》《留东新史》《留东艳史》等,这些作品也和《留东外史》一样,是艺术格调较低的小说。

据包天笑回忆:"据说向君为留学而到日本,但并未进学校,却日事浪游。因此对日本伎寮下宿颇多娴熟,而日语亦工。留学之所得,仅写成这洋洋数十万言的《留东外史》而已。"①作者创作《留东外史》,一则是媚俗,二则也是自己不健康情趣的流露。

这一时期的狭邪小说,还有《海天鸿雪记》。《海天鸿雪记》,题二春居士著,南亭亭长评。一说二春居士亦即南亭亭长李伯元。小说只有二十回,是一部未完成稿。原由《游戏报》分期刊印,光绪三十年(1904)世界繁华报馆出单行本。《海天鸿雪记》用吴语写狭邪故事。作品的开端写道:"上海一埠,自从通商以来,世界繁华,日新月盛。……福州路一带,曲院勾栏,鳞次栉比,一到夜来,酒肉熏天,笙歌匝地。……说不尽标新炫异,醉纸迷金,那红粉青衫,倾心游目。"②小说正是要写作者混迹于曲院勾栏的生活体验。小说大体写颜华生同江秋燕、谢宝玉,朱顺全与阿四等人的情爱瓜葛。作者之意,似要把颜华生和谢宝玉作为正面形象刻画,惜小说只完成二十回,而此书又头绪繁杂,所以难以了解完整的情节。仅就这二十回看,《海天鸿雪记》远比《海上花列传》逊色,主要在于:《海上花列传》有"传"的性质,比较注重人物形象的塑造,尤注重对人物内心世界的发掘,也注意情节的生动与完整,穿插的巧妙。而《海天鸿雪记》仍是谴责小说的写法,只截取人物的生活片段,描写狭邪琐事,且"辞气浮露,笔无藏锋","头绪既繁,角色复夥",很难引起人们的兴味。

此外,涉及狭邪故事的,还有《歇浦潮》《人间地狱》《人海潮》等,都是20世纪20年代以后的作品,此不赘述。

---

① 转引自范伯群主编的《中国近现代通俗作家评传丛书》(之一),第12页,南京:南京出版社,1994。

② 《海天鸿雪记》,第191页,收于《中国近代小说大系》,南昌:百花洲文艺出版社,1989。

第三编
问题小说

概　说

　　在我国古代小说的研究中,人们大都把讽刺小说和谴责小说视为另类。的确,这类小说在情节结构和人物形象的塑造上,与以往的小说相比都有着重大差异。有人从叙事结构入手,看待这种差异,因为讽刺小说与谴责小说所采用的,都是"虽云长篇,颇同短制"的结构。然而,在探讨这种结构的成因时,又往往不能自圆其说。比如,有研究者指出,《儒林外史》的这种结构,是因为它采用的是"合传体"的史化叙述模式。笔者却以为,将《儒林外史》视为"合传体"小说,本身就有些不恰当,因为小说中几乎没有一个传主的传记是完整的,都是有头无尾,得后遗前。谴责小说也是一样。也有人说,谴责小说之所以采用这种结构,是便于当时在报刊上连载。其实,当时的武侠小说、言情小说,也是在报刊上分期连载的,用"欲知后事如何,且听下回分解"的形式连载小说,更具吸引力。也有人从语言风格上解释这类小说与以往小说的不同:讽刺小说与谴责小说,用的都是嬉笑怒骂的讽刺语言。但是,故事型小说与世情小说中,采用这种语言的也不少,《西游记》就是比较典型的一种。笔者以为,单从艺术风格上看待讽刺小说与谴责小说之"异",是很不够的,必须从小说的内容着眼:讽刺小说与谴责小说,都是出于匡世之心,揭露社会弊端,反映重大社会问题的小说,故此我们称之为问题小说。分析这类小说,如果抓住了这一点,其他问题也就迎刃而解。

一、古代问题小说的界定

清中叶,《儒林外史》的问世,标志着我国的小说创作产生了一个新的类型——问题小说。

故事型小说与世情小说的划分,是学术界早就认定了的。而问题小说的提出,自本书起。鲁迅早就将《儒林外史》界定为讽刺小说,我们再说它是问题小说,或许人们难以接受。故此,这里我们花费较多的笔墨,尽量把这个问题讲清楚。

讽刺小说与谴责小说,都是鲁迅命名的,而笔者将两类小说统称为问题小说,不仅与鲁迅的界定不矛盾,反倒是遵循了鲁迅评论这两类小说的思路的。只不过鲁迅对两类小说的界定,着眼于语言风格,笔者着眼于小说的内容。

鲁迅最早也是从内容上界定这类小说的。他在北京大学与师范大学讲授小说史时的讲义《小说史大略》写道:

> 文人于当时政治状态或社会现象有不满,摹绘以文章,且专著其缺失,则所成就者,常含有攻击政俗之精神,今名之曰"谴责小说"。此类著作,早有成书,如《儒林外史》作于乾隆初。而中间忽无嗣响。……逮光绪末,积弱呈露,人心渐不平,抉别弊窦之风顿起,于是谴责小说亦忽而日盛矣。①

这一段话中,有这样两点应引起我们的注意。其一,最初鲁迅把《儒林外史》也归为谴责小说一类,说明他当时是按小说的内容分类的。其次,鲁迅明确指出,谴责小说的内容,在于文人用小说的形式反映其对政治状态或社会现象的不满,有攻击政俗之精神。也就是说,这类小说旨在反映政治状态或社会现象,揭示社会弊端。故此,笔者将讽刺小说与谴责小说都归入问题小说之列,是有充分的理由的。

但是,鲁迅又注意到,《儒林外史》与后来的谴责小说在艺术品位上存在重大差异。他在西安讲《中国小说的历史变迁》时,讲到两类小

---

① 转引自陈文新等著《明清章回小说流派研究》,第 293 页,武汉:武汉大学出版社,2003。

说的差别：

　　在清朝，讽刺小说反少有，有名而几乎是惟一的作品，就是
《儒林外史》。……敬梓多所见闻，又工于表现，故凡所有叙述，皆
能在纸上见其声态。而写儒者之奇形怪状，为独多而独详。……
敬梓身为士人，熟悉其中情形，故其暴露丑态，就能格外详细。
……变化多而趣味浓，在中国历来作讽刺小说者，再没有比他更
好的了。一直到了清末，外交失败，社会上的人们觉得自己的国
势不振了，极想知其所以然，小说家也想寻出其原因的所在，于是
就有了李宝嘉归罪于官场，用了南亭亭长的假名字，做了一部《官
场现行记》。……但文章比《儒林外史》差得多了。而且作者对官场
的情形也弄不很透彻，所示往往有失实的地方。嗣后又有广东南
海人吴沃尧归罪于社会上旧道德的消失，也用了我佛山人的假名
字，做了一部《二十年目睹之怪现状》。……但他描写社会的黑暗
面，常常夸大其词，又不能穿入隐微，但照例的慷慨激昂，正和南
亭亭长有同样的缺点。这两种书都用片段凑成，没有什么线索和
主角，是同《儒林外史》差不多的。但艺术的手段，却差得远了，最
容易看出来的就是《儒林外史》是讽刺，而那两种都近于谩骂。

　　讽刺小说是贵在旨微而语婉的，假如过甚其辞，就失了文艺
上的价值。而它的末流都没有顾到这一点，所以讽刺小说从《儒
林外史》而后，就可以谓之绝响。①

这里，鲁迅又把两类小说统称为讽刺小说，指出两类小说在内容上的
相同之处，也指出这两类小说在艺术技巧方面的重大差异。或许，他
觉得把《儒林外史》和《官场现形记》之类的小说放在一起，实在太委屈
了。于是，他又从艺术技巧、语言风格方面，将两者分开。

在《中国小说史略》中，鲁迅这样界定讽刺小说：

　　寓讥弹于稗史者，晋唐已有，而明为盛，尤在人情小说中。然
此类小说，大抵设一庸人，极形其陋劣之态，借以衬托俊士，显其
才华，故往往大不近情，其用才比于"打诨"。若较胜之作，描写时
亦刻深，讥刺之切，或逾锋刃，而《西游补》之外，每似集中于一人

---

①　转引自陈文新等著《明清章回小说流派研究》，第 295～296 页，武汉：武汉大学出版社，
2003。

> 或一家,则又疑私怀怨毒,乃逞恶言,非于世事有不平,因抽毫而抨击矣。其近于呵斥全群者,则有《钟馗捉鬼传》十回,疑尚是明人作,取诸色人,比之群鬼,一一抉剔,发其隐情,然词意浅露,已同嫚骂,所谓"婉曲",实非所知。迨吴敬梓《儒林外史》出,乃秉持公心,指摘时弊,机锋所向,尤在士林;其文又戚而能谐,婉而多讽:于是说部中乃始有足称讽刺之书。①

研究者大都只注意鲁迅所说的讽刺小说"戚而能谐,婉而多讽"的艺术风格,并把它视为讽刺小说的标准。其实,鲁迅界定讽刺小说,是从内容和语言风格两个方面进行的。他很清楚,单从语言风格界定小说,是不容易说清楚的。故此,他的这段话,有三分之二是在讲《儒林外史》内容上的特点。他费了很大劲,说明"寓讥弹"的小说并不等于讽刺小说,前者的涵盖面要比后者宽泛得多。在他看来,设一庸人,进行讽刺,以烘托才俊之士,类似于"插科打诨"逗人发笑的小说,不算讽刺小说;衔怨报复,嘲讽个别人、个别事的小说,不算讽刺小说;虽是针对群体,但谈神说怪、词意浅陋的小说,也不算讽刺小说。讽刺小说的内容,必须是"秉持公心,指摘时弊"。公心,即匡世之心;时弊,即当时的社会弊端,也就是当时重大的社会问题。在强调其内容上的这种特点之后,才强调其"戚而能谐,婉而多讽"的讽刺艺术风格。

鲁迅界定谴责小说时,又特别指出了它与讽刺小说的同与不同。

> 戊戌变政既不成,越二年即庚子岁而有义和团之变,群乃知政府不足与图治,顿有掊击之意矣。其在小说,则揭发伏藏,显其弊恶,而于时政,严加纠弹,或更扩充,并及风俗。虽命意在于匡世,似与讽刺小说同伦,而辞气浮露,笔无藏锋,甚且过甚其辞,以合时人嗜好,则其度量技术之相去亦远矣。故别谓之谴责小说。②

这里,鲁迅明确指出,从作者的命意,小说的内容上看,谴责小说与讽刺小说"同伦",都是出于匡世之心,"揭发伏藏,显其弊恶,而于时政,严加纠弹,或更扩充,并及风俗"。但是,由于这类小说的"度量技术"与《儒林外史》相差甚远,才将两者分开,"别谓之谴责小说"。

显然,鲁迅无论是把这类小说看成一类,还是分成两类,都十分强

---

① ②《鲁迅全集》第 9 卷,第 220、282 页,北京:人民文学出版社,1981。

调它们内容上的特点：秉持公心，指摘时弊。现在出版的关于中国讽刺小说史的书籍，大都从先秦寓言写起，洋洋洒洒，直写到晚清的谴责小说，正是由于忽视了鲁迅十分强调的讽刺小说内容上的特点。

把晚清的政治小说也归入问题小说，是笔者自己的理解。政治小说的作者，大都是当时的政治家。他们创作小说不仅要匡世，而且要"新民"，小说的内容是宣讲政治改良的道理。梁启超在 1898 年 12 月《清议报》上发表的《译印政治小说序》中说："在昔欧洲各国变革之始，其魁儒硕学，仁人志士，往往以其身之所经历，及胸中所怀，政治之议论，一寄之于小说。于是彼中缀学之子，黉塾之暇，手之口之，下而兵丁、而市侩、而农氓、而工匠、而车夫马卒、而妇女、而童孺，靡不手之口之。往往每一书出，而全国之议论为之一变。彼美、英、德、法、奥、意、日本各国政界之日进，则政治小说为功最高焉。英名士某君曰：'小说为国民之魂。'岂不然哉！岂不然哉！"① 显然，政治小说是针对国家大事而发的。既然要用小说发"胸中之议论"，写"胸中所怀"，这类小说自然也应划入问题小说之类。

二、古代问题小说的特点

与其他类小说相比，问题小说的特点是十分鲜明的。

第一，问题小说都产生于国家多难之际。《儒林外史》产生于明清鼎革之后。这不是一般意义上的改朝换代，而是汉族政权灭亡，满族入主中原。残酷的社会现实，迫使那些爱国的思想家、学者进行反思：有几千年历史的泱泱大国、礼仪之邦，为什么输给了人数少得多、政治经济都相对落后的满族政权。顾炎武、黄宗羲、王夫之等大儒，大量阅读古代文献，以总结亡国教训。他们开始以批判的眼光看待历史，看待周围的一切，清初成为一个文化思想的批判时代。有人认为这是继先秦诸子百家之后的又一个思想解放时期。他们对封建的君主专制进行了深刻的批判，也批判明代空疏虚浮的学风，将明代的衰亡与宋明理学那种空谈心性、不务实学的风气联系起来。与此相关，《儒林外史》的作者则对士林现状作出思考，并用小说的形式，深刻揭露了八股

---

① 转引自陈平原、夏晓虹编《二十世纪中国小说理论史》（第 1 卷），第 21～22 页，北京：北京大学出版社，1989。

制艺对士林产生的恶劣影响。

庚子之变后,西方列强加快了瓜分中国的步伐,国家的局势更加险恶。如何改良社会,救亡图存,是广大民众的第一要务。洋务派、改良派、革命派,都在寻求救国方案。在这种情况下,人们最需要的是解读社会,而不是欣赏文学。庚子之变的第二年,慈禧太后迫于压力,以光绪帝的名义发布了变法图强的谕旨,要求大臣"各就现在情形,参酌中西政要,举凡朝章国故,吏治民生,学校科举,当因当革,当省当并……各举所知,各抒所见"①。利用小说揭露社会弊端,既适应了广大民众探求变革图强方法的需要,又顺应了朝廷的旨意。重在反映社会问题、寻求改良方法的谴责小说也就应运而生。总之,是国家的局势,社会批判的文化氛围,决定了问题小说的内容。

第二,问题小说的创作主旨既不是讲述故事,也不是刻画人物,而是自觉地揭示某种社会弊端,反映重大社会问题。传统小说大都把朝政得失、家族兴衰、人物命运作为中心内容,作品对社会现实的批判,隐含在历史故事和人情世态的描写之中。问题小说则直接以种种社会问题构成情节矛盾。人们读了这类小说,很难概括它写了什么人,什么事,但是能一语道出它所反映的社会问题。当绝大多数士人对八股制艺奉若神明、趋之若鹜的时候,《儒林外史》却能鲜明、深刻地揭示它的虚泛无用、害人误国。谴责小说所反映的社会弊端更多:《官场现形记》抨击晚清吏治的腐败;《二十年目睹之怪现状》批评世风的堕落和道德的沦丧;《老残游记》则站在洋务派的立场上,谴责封建官吏的顽固守旧和残忍;《市声》揭露清政府和外国侵略者对我国民族工业的压制和摧残;《官场维新记》指责一些官吏借维新之名,求取荣华富贵;《黑籍冤魂》揭示鸦片输入对国人的毒害。这些作品从不同的出发点,不同的角度,几乎对近代社会作了全方位的批判。尽管这类小说大都没有提出切实可行的改良主张,但对人们认识当时的社会弊端,激发人们改良社会的热情,起到了积极作用。

第三,在人物形象的塑造方面,问题小说的特点更为鲜明。故事型小说虽然以描述惊险离奇、生动有趣的故事为核心,但它所写的毕

---

① 《中国近代史料丛刊续编》第三十七辑《义和团档案史料》(3),第915页,台北:台湾文海出版社,1960。

竟是人类社会的故事,这些故事也必须有中心人物来支撑。描述故事必须做到首尾完整,因果分明,因此,作为故事主体的人物也要有开端,有结局,身世是完整的。世情小说的重心是描写人物,比较注重揭示人们丰富、复杂的感情世界,描写鲜明的人物个性,更重视展示他们的命运。《金瓶梅》《红楼梦》不仅展示了完整的人生,还描写了这些人物在不同的境遇下的心路历程。而问题小说侧重揭示社会弊端,作品完全根据揭示社会问题的需要刻画人物。它一般不展示整个的人生,而是截取最能表现某种社会问题的人物生活的横断面加以描写;它也不注重人物性格的完整性和丰富性,只凸显其与所表现的社会问题有关的思想行为。例如,《儒林外史》中描写周进、范进、马二先生、鲁编修、王德、王仁等人,作者并没有交代他们具体的生卒年代,籍贯家族,人生波折,宦海升沉,以及他们完整的性格。呈现在读者面前的,只是他们在八股制艺的影响下的所作所为,所言所想。在读者心目中,整个的人物形象不够鲜明,但是,作者有意凸显的那个特写镜头令人过目不忘。同样,《官场现形记》中对华中堂、何藩台、胡统领、冒得官等人,也只写他们在官场中的丑恶行径,既没有写人物的其他生活层面,也没有交代他们的人生结局。如果说,故事型小说和世情小说向人们展示的是一幅幅人生画卷的话,那么,问题小说展示在人们面前的,永远是一个个具有鲜明主题的特写镜头。

　　问题小说的结构与以往小说也有明显的不同。故事型小说以故事情节结构全书,描写人生的小说用家族兴衰、人物命运来结构全书。这类小说有中心事件,有中心人物,人与人,事与事之间都有必然的联系,能够组成一个统一、和谐的整体。问题小说以其所描写的社会问题结构小说,围绕着这一社会问题选材,把受这种社会问题影响的、本来毫不相干的人或事集结到一起。如果我们从它所描写的社会问题着眼,它的结构应该算是严谨的,书中的人物、事件却很难融为一体。例如,周进、范进、马二先生、鲁编修等等,他们天各一方,有的彼此也不认识。然而,在表现八股举业的影响方面,他们都是绝好的材料。作者只好一个一个地写,呼之即来,让他说明作者所要说明的问题之后,便挥之而去,形成了"虽云长篇,颇同短制"的结构形式。

　　吴敬梓是个才思卓绝之人,他具有正视现实、直面人生的勇气。

谴责小说家的创作时代又都比较晚,当时因果报应之类的内容已基本上为整个社会所遗弃。这些小说家冷静、客观而又穷形尽相地将社会生活中的许多丑恶现象揭示出来,激起人们的愤怒、悲哀,却又不肯用神鬼鉴察、因果报应之类的内容来宽慰读者,只能是用嬉笑怒骂、冷嘲热讽的语言表示自己对这类丑恶现象的憎恶。这又形成了问题小说独特的语言风格。

以上概括的是古代问题小说的共同特点。然而,讽刺小说、谴责小说、政治小说所展示的内容和艺术成就,又有明显的差异。

《儒林外史》是文人抒写自己的人生体验的小说。作者吴敬梓,一生都对走什么样的人生道路进行思索。按照父祖的教诲,按照当时的时尚,他应该毫不犹豫地走八股之路。然而,凭着他自己的亲身体会,凭着他对周围浑浑噩噩的士子们生活质量的审视,他却对八股举业深恶痛绝。他用小说揭露八股举业的危害,有着自己深切的体验,加上他文学功底深厚,运用高度典型的事例,冷峻的笔调,高超的讽刺艺术,把深受八股举业之害的士林丑类刻画得入木三分。作者思想的前瞻性,审视现实所表现出来的"烛幽索隐,物无遁形"的穿透力,使得《儒林外史》成为问题小说的巅峰之作。

谴责小说则是特殊历史条件下的市民文学。庚子之变之后,清政府的腐败无能激起了全国民众极大的愤慨,也使得人们格外关心国事,关心时局。而都市文化的熏陶,生活节奏的加快,又使得广大市民改变了文化娱乐的口味:他们对古老的、节奏缓慢的故事失去了兴趣,而钟意于简洁明快、信息量大的小说小报。大多数谴责小说,就是为了满足广大市民读者这种心理期待和文化需求而作的。正因为此,这类小说的纪实性都比较强。《官场现形记》,"所写种种,大都实有其人,实有其事"①,被胡适称为"一部社会史料"。许多谴责小说作家,如李伯元、吴趼人、欧阳淦、高太痴等,同时又是某些娱乐性小报的主办者;而很多谴责小说作品,最初都在娱乐性小报上分期连载。

谴责小说对社会的批判,很容易使人把它和资产阶级改良运动联系在一起。笔者却认为,尽管资产阶级改良主义者提倡利用小说宣传

---

① 魏绍昌:《李伯元研究资料》,第31页,上海:上海古籍出版社,1980。

政体改良的主张,对谴责小说的兴盛起到了推波助澜的作用。但是,笼统地把谴责小说看成是资产阶级改良主义的文学是错误的。谴责小说家和资产阶级改良派人士,只就对中国社会"不良"的看法上达成了共识。至于社会因何不良,以及如何改良,小说家们与资产阶级改良派人士的主张大相径庭。李伯元靠编一部教科书教育官吏的改良方法固属幼稚,吴趼人靠恢复传统道德救国的主张更是如同梦呓。谴责小说的思想高度无法同《儒林外史》相比。谴责小说的作家没有吴敬梓那种敏锐的感受能力,也没有那么深厚的文学功底。他们创作小说,又大都是将耳闻目睹的丑恶现象,简单分类以后便罗列在一起,没有认真地进行再创造。如果我们以蜜蜂酿蜜比喻作家的创作的话,谴责小说奉献给读者的,不是蜂蜜,而是花粉。再加上谴责小说面对的是文化层次不高的市民读者,所以,它一变《儒林外史》那深沉、凝重、含蓄的风格,代之以浅显、直露、俚俗的特点,并夹杂一些话柄、笑料,以迎合市民读者的口味。所以,谴责小说的艺术技巧和艺术品位,与《儒林外史》有很大的差距。

政治小说与讽刺小说、谴责小说差别更大。戊戌变法失败后,梁启超、康有为急切地要用文学宣传资产阶级政治改良的主张。鉴于小说最通俗,最受广大民众的欢迎,他们选择小说作为"救国"的工具,并明确地提出了"小说界革命"的口号,利用小说宣传改良或革命的道理。他们看到了小说最具感染力这样一个事实,却并未深入地研究小说为什么会具有感染力,于是,就无视小说艺术自身的规律,径直地要用小说宣讲政治道理,结果将小说写成"似说部非说部,似稗史非稗史,似论著非论著,不知成何种文体",而且"编中往往多载法律、章程、演说、论文等,连篇累牍,毫无趣味"①。

谴责小说和政治小说尽管艺术上有种种不足,但在当时特定的历史条件下,对于宣传变革图强,推动社会历史的发展进程,起到了积极的作用。

---

① 梁启超:《新中国未来记·绪言》。

第二十章
问题小说的开山之作《儒林外史》

　　《儒林外史》是问题小说的开山之作，也是这类小说中成就最高的作品。冯沅君对这部小说称赞备至，认为"读《儒林外史》就如同吃橄榄一样，愈嚼愈有滋味"①。鲁迅称它为"伟大"的，"极深刻"的小说，并认为"作者生清初，又束身名教之内，而能心有依违，托稗说以寄慨，殆亦深有会于此矣。"②的确，《儒林外史》所表现出来的思想的前瞻性，在我国古代小说中是首屈一指的。

第一节　八股制艺的叛逆者——吴敬梓

　　《儒林外史》这部内容特殊的小说，是由一位识见卓绝、个性独特的作家吴敬梓写成的。

　　《儒林外史》是揭露八股制艺弊端的小说。八股取士制度，是明初朱元璋打下天下后和刘基制定的一项科举取士制度。八股文是一种思想陈腐、形式僵化的文体。第一，题目必须是"四书"里的一句话。第二，答题时不能

---

① 见《中国文学史》讲义第三册，山东大学中文系编印，第 226 页，1961 年编印。
② 《鲁迅全集》第 9 卷，第 224 页，北京：人民文学出版社，1981。

随便发挥,只能按朱熹对"四书"的注释来阐述经义。这就要求读书人死记硬背"四书"章句和朱熹的注,无须独立思考,也不允许独立思考,把知识面限制在一个极其狭窄的范围内。第三,作文的时候,必须严格按八个"股"进行,即破题、承题、起讲、提比、虚比、中比、后比、大结。学生背会了"四书"和朱熹的注,就得把精力花费在这些"股"上。绝大多数士子们,一辈子绕来绕去都不出"四书"、"八股"的圈子。学这种僵死的八股文,不仅开发不了智力,反而把人搞得呆头呆脑、懵懵懂懂。朱元璋制定这项政策,目的无疑是在于愚民。从他建国之初就大量杀戮那些有才能的功臣、名士就可以看出,为了不对他的朱氏江山构成威胁,他希望天下的士人都成为碌碌无为的腐儒。

清初的一些有识之士,如著名思想家顾炎武、王夫之、颜元等,都看出了八股取士制度对士林乃至对国家的危害,大声疾呼反对这种制度,并认为八股文的毒害,超过了秦始皇的焚书。《儒林外史》之所以能揭示八股取士制度的弊端,首先在于他的作者吴敬梓本身就是个八股制艺的叛逆者。

吴敬梓(1701—1754),字敏轩,号粒民,安徽全椒人,移家南京后自号秦淮寓客,因其书斋为"文木山房",晚年又自号文木老人。

吴敬梓的家族为名门望族,曾祖兄弟五人,有四人中了进士,他的曾祖是顺治戊戌年的探花,官至翰林侍读。他祖父这一辈有功名的也不少:叔曾祖的两个儿子都是进士,他的祖父做过州同知,父亲做过江苏赣榆县的教谕。出生于这样的家族,吴敬梓自幼受的自然是传统儒家思想的教育。前辈对科举制艺的热衷追求,对吴敬梓起着潜移默化的作用;而他们在这方面的成功,又对吴敬梓起着鼓舞和鞭策的作用。在《移家赋》中,他这样夸耀他家族的兴盛:"五十年中,家门鼎盛。陆氏则机、云同居,苏家则辙、轼并进。子弟则人有凤毛,门巷则家夸马粪。绿野堂开,青云路近。"①一开始,他是准备以父祖为榜样,走他们为他规定好的科举仕进之路的。十三岁丧母后,次年他到父亲的任所,在其父的耳提面命下读书,致力于举业。他很有才华,他的朋友说他"文选诗赋,援笔立成,夙构者莫之为胜",二十三岁中了秀才。如果

---

① 见《文木山房集》卷一。

这样下去,他可能青云直上,成为一名附庸风雅的官僚。但也就在这年,他父亲去世,使他生活上发生了重大变化。

吴敬梓本来就"不习治生",父亲死后他就像脱缰的马,离开了科举仕进之路,过着慷慨任气、放诞不羁的生活。他本人慷慨好施,挥金如土,族人又趁机抢夺他的财产,不到十年,家产荡尽。这引起了本族人的非难,也引起了本地乡绅的蔑视,"乡里传为子弟戒"①,竟然成了反面典型。在家乡待不下去了,他便在三十三岁时变卖家产,移家南京。他不再以功名为念,三十六岁时,安徽的巡抚赵国麟推荐他应博学鸿儒科试,他参加了地方一级的考试,但当赴京应试时,却以病辞。挣脱了名缰利锁的羁绊后,他开始按照自己的意愿生活。在南京,他和程廷祚、樊明征等一些淡泊名利的人来往密切。他们讲求"礼乐兵农",欲学得真才实学,为中流之砥柱。他们还做过一些礼乐大事,如筑先贤祠于雨花山,祀泰伯以下二百三十人。经费不够了,吴敬梓就卖掉老家全椒的老屋。后来,他生活清苦,靠卖文和朋友的接济为生,经常是"囊无一钱守,腹作干雷鸣"。冬天他和几个朋友,绕着城走数十里,谓之"暖足"。1754年,他从南京到扬州看朋友时,突然病逝在扬州的寓所。

吴敬梓放弃举业,淡泊功名,思想上有过一个痛苦的斗争过程。移居南京后,一开始,他也曾为功不成、名不就、家产荡尽感到内疚,觉得自己有愧于"家声科第从来美"的家族。经过一个时期的反思之后,他开始对八股举业进行审视,渐渐认识到八股举业的腐朽。后来,他的生活阅历越丰富、学识越渊博,对八股制艺的危害也就看得越清楚,不仅不再为自己没有走科举仕进之路而内疚,反而对父师为他规定的生活道路不满:"为何父师训,专贮制举才。"②他也开始厌恶那些醉心八股的士人,"嫉时文士如仇,其尤工者,则尤嫉之"(程晋芳《文木先生传》)。后来,他把自己的这种亲身体验写进了小说《儒林外史》中。《儒林外史》大约在乾隆十四年(1749年)写成,五十六回,现存最早的版本是嘉庆八年(1803年)卧闲草堂本。

---

① 《减字木兰花》,《文木山房集》卷四。
② 吴敬梓《寒夜坐月示朱草衣二首》。

第二节 《儒林外史》对八股制艺的抨击

《儒林外史》多角度、多层面地对八股取士制度进行剖析。由于科举制度针对士林而设,所以小说在抨击八股制艺时,主要写它对士林产生的影响。作品第一回就通过理想人物王冕的话说:"这个法却定的不好,将来读书人既有此一条荣身之路,把那文行出处都看得轻了。"①一针见血地指出,八股举业引导读书人追求功名富贵,忽视对人品素质的培养。

小说一开始,就通过两个腐儒的形象——周进、范进的际遇,揭示了八股制艺是如何引导读书人追求功名富贵的。八股制艺尽管有很多弊端,但一经统治当局提倡,就被奉若神明,读"四书"、做八股求取功名也就成为一种时尚。读书人看重它,不读书的人也看重它,整个社会形成了一种风气。人们对那些"学而优则仕"的人格外逢迎,而对不做八股,或是虽然也做八股却在考试中名落孙山的人又格外歧视。周进六十四岁还是个童生,到山东汶上县的薛家集去教书糊口时,受尽了世人的白眼。梅秀才自恃是秀才,在功名上高周进一等,口口声声称这个六十多岁的老人为"小友",还做打油诗嘲讽他:"呆,秀才,吃长斋,胡须满腮,经书不揭开,纸笔自己安排,明年不请我自来。"(第二回)偶尔路过的举人王惠在周进面前更是飞扬跋扈,吹嘘自己考中举人是神灵相助。吃饭时王举人面前堆满鸡鸭鱼肉,作陪的周进面前却只有一碟老叶菜,一壶热水。王举人让也不让周进,吃完后扬长而去,撒了一地的鸡骨头、鱼刺、瓜子壳,周进昏头昏脑,扫了一早晨。然而,当周进一旦中举、中进士之后,一切就都变了样。"汶上县的人,不是亲的也来认亲,不相与的也来认相与。"梅秀才逢人便吹嘘周进是他"业师",周进教书的地方还供上了他的长生牌位。两相对比,天差地别。同样,范进五十四岁中举前是个"现世宝穷鬼",寒冬腊月"还穿着

---

① 《儒林外史》,第 11 页,北京:人民文学出版社,1981。其后该作引文均据此本,仅在行中标明回数。

麻布直裰,冻得乞乞缩缩"。他也处处受人白眼,连他做屠户的丈人也瞧他不起,动辄将他训斥一通。中举后,他立刻在他的丈人心目中变成了"天上的文曲星"。那些原来瞧不起他的人,也转而奉承他:"有送田产的,有人送店房的,还有那些破落户,两口子来投身为仆,图荫庇的。到两三个月,范进家奴仆、丫环都有了,钱米是不消说了。"(以上第三回)这种差别连当事人都承受不了,范进中举后高兴疯了,他的丈人喝了两碗酒,壮着胆子打了他一巴掌才把他打醒。他的母亲却因为骤然而来的富贵大笑而死。作品正是通过这类例子说明,这种天差地别的社会地位,这种铺天盖地的社会舆论的压力,促使士子们醉心于八股。

一生醉心于八股的马二先生,为了说明八股文的重要,对历代取士制度作了一番总结:

> 举业二字,是从古及今,人人必要做的,如孔子生在春秋时候,那时用"言扬行举"做官,故孔子只讲得个言寡尤,行寡悔,禄在其中。这便是孔子的举业。讲到战国时,以游说做官,所以孟子历说齐梁,这便是孟子的举业。到汉朝用"贤良方正"开科,所以公孙弘、董仲舒举贤良方正。……到本朝用文章取士,这是极好的法则。就是夫子而今,也要念文章,做举业,断不讲那"言寡尤,行寡悔"的话,何也? 就日日讲究"言寡尤,行寡悔",哪个给你官做?　　　　　　　　　　　　　　　　　　(第十三回)

马二先生忽视了一个根本的区别:古人取士看重人品,"而今"取士重八股文,这对于士人的影响有着极大的不同。但他也说出了一种事实:只要能当上官,社会就会推重你,认可你;只要给官做,不管制定什么样的法则,通过什么样的途径,总会被奉若神明,也总会有许多士人蜂拥而上。正因为做八股可以做官,使得这种文体在绝大多数人的心目中成为惟一的学问。翰林院的鲁编修,对八股文就非常推崇:"八股文章若做得好,随你做什么东西——要诗就诗,要赋就赋,都是一鞭一条痕,一掴一掌血。若是八股文章欠讲究,任你做出什么来,都是野狐禅、邪魔外道。"(第十一回)他一生没有儿子,只有个独生女儿。在他的教导下,女儿四五岁上就读"四书",做八股,成了有名的八股才女。但天不作美,鲁编修招赘的女婿风流俊秀,诗才横溢,偏不喜八股,鲁小姐整天愁眉泪眼，长吁短叹。她让四岁的儿子读"四书"，而且每天要读到三四更天，要是小孩子哪一天背得不熟，就要"课子"到天亮。

《儒林外史》还揭示出，八股举业引导士子们追求功名利禄，不注重人品道德修养，使得许多士人沽名钓誉、惟利是图。如第五回写的王德、王仁兄弟，一个是府学廪膳生员，一个是县学廪膳生员，"铮铮有名"。他们的妹妹病重时，妹夫严监生和他们商议要把生儿子的妾赵氏扶正，二人"把脸本丧着，不则一声"。他们不高兴是可以理解的，妹妹还活着怎么能被妾夺去正妻的地位？即使抛开亲情来看，以庶取代嫡，也是违反纲常的事。然而，当严监生送给他们每人一百两银子后，两个人马上"义形于色"地答应了此事。王德说："你不知道，你这一位如夫人关系你家三代。舍妹殁了，你若另娶一人，磨害死了我的外甥，老伯老伯母在天不安，就是先父母也不安了。"王仁拍着桌子说："我们念书的人，全在纲常上做工夫，就是做文章，代孔子说话，不过是这个理，你若不依，我们就不上门了。"就在他们大操大办赵氏扶正的婚礼时，他们的妹妹凄凄惨惨地死去了。为了二百两银子，他们出卖了亲情，出卖了良心，也出卖了伦理纲常。严监生的哥哥严贡生更是无恶不作。邻居家的猪跑到他家，他关起来算自己的。别人曾想向他借钱，听说他人太坏，并没向他借，他却向人家要利钱。他天天读圣贤书，天天干坏事。还有些人，惯会沽名钓誉、招摇撞骗。杨执中抄了元人吕思诚的半首律诗，当作自己的，充当名士，翰林院的那些编修、监生，都识不破。匡超人原是个勤谨、谦和的青年，迷上八股举业后渐渐蜕变。他被取了优贡，就吹嘘别人如何崇拜他："五省的读书人……都在书案上，香火蜡烛，供的是'先儒匡子之神位'。"别人告诉他"所谓先儒者，乃已经去世之儒者"，他红着脸和人争辩："不然，所谓先儒者，乃先生之谓也。"（第二十回）真是无耻而又无知。这些都说明八股取士制度使得广大士子精神空虚，品德堕落。

《儒林外史》还揭示出八股文本身的蒙昧、浅薄。因为做八股文只需死记硬背"四书"章句，知识面狭窄，文章形式僵化，也无法发挥文才，因此，文章的好坏没有固定的标准。周进主持考试时，初看范进的卷子时心里动气，想："这样的文字，都说的是些什么话！怪不得不进学。"丢过一边不看了。他后来想到范进那副可怜样，五十四岁连个秀才也没中，联想到自己当年的情形，就产生了同病相怜之心，再看卷子，竟然觉得是"天地间之至文，真乃一字一珠"，取为第一。而另一名文字也还清通的儒生魏好古，因为"诗词歌赋"都会，交完试卷后要求考官出题面试，引来了学道大人的怒斥："当今天子重文章，足下何须讲汉唐！像你这做童生的人，只该用心做文章，那些杂货，学他做什么？"（以上第三回）竟然被赶出门外。这就引导着那些读书人死读书，读死书，浪费了才智，一个个变得浑浑噩噩。身为学道大人的范进，竟不知苏轼为谁，以为是和他同时代的一个无名小卒，自知学得不好，连科举考试都不敢参加。名儒马二先生听见人说李清照、朱淑真，不明白"都是些什么人"。张静斋、范进在汤知县处打抽丰，显示学问，引经据典时竟然把宋太祖、赵普的事安到了朱元璋、刘基身上。考科举能够考上的人毕竟是极少数，那些考不上的人竟然连谋生能力都没有，在贫苦潦倒中度过一生。就如第二十五回倪老爹说的："我从二十岁上进学，到而今做了三十七年的秀才。就坏在读了这几句死书，拿不得轻，负不得重，一日穷似一日。"

小说还揭示出，那些读八股成癖的人失去了正常人的天性、良知，变得浑浑噩噩，麻木不仁。秀才王玉辉的小女儿因丈夫病死，要绝食殉节。其母痛哭流涕，公婆也惊得泪下如雨；王玉辉却大力支持，说"这是青史上留名的事，我难道反拦阻你，你竟这样做吧。"女儿在婆家绝食，他在家"依旧看书写字，候女儿的信息"。女儿绝食八天后去世，他"仰天大笑道：'死得好！死得好！'大笑着走出房门去了。"（以上第四十八回）听任亲生女儿活活饿死，还要大笑，简直是灭绝人性。他们不仅对人冷酷无情，自己也缺少生活情趣。腐儒马二先生游西湖，看见的是"那一船一船乡下妇女来烧香的，都梳着挑鬓头。……也有模样生的好些的，都是一个大团白脸，两个大高颧骨，也有许多疤、麻、疥、癞的。一顿饭时，就来了有五六船"。在西湖沿岸，他看见的是"湖沿上接连着几个酒店，挂着透肥的羊肉，柜台上盘子里盛着滚热的蹄子、海参、糟鸭、鲜鱼，锅里煮着馄饨，蒸笼上蒸着极大的馒头。"而真正的西湖美景，他一点也没有领略到。（以上第十四回）如此僵死，如此麻木，正是读死书、死读书的后果。

《儒林外史》在描写八股举业引导士人醉心名利的同时，也写到了当时的名士。封建社会的名士大都有真才实学,淡泊名利,道德高尚。他们之中,有的是因不满于现实,不肯与统治者合作,隐居山林,独善其身;有的生性疏放,淡泊名利,归隐山林,逍遥自在。然而在清代,情况发生了变化。清初,由于许多名儒不肯为异族统治者效劳,坚决不做清朝的官,隐居山林。而朝廷为了缓和民族矛盾,又千方百计招致这些人,开了多次如"博学鸿儒"之类的非正式的科举,专门给名士官做。而那些为清政府效劳的官员,为了安抚民心,也很注意结交名士。后来,连当名士竟然成了求名逐利的途径。通过当名士取得功名利禄,首要的问题是提高自己的知名度。这就使得当时那些所谓的名士们热衷于吹牛、撒谎,招摇撞骗。一个本来勤奋好学的青年牛浦郎,在寺庵里读书时发现了名士牛布衣的诗。他看见这些诗题,都是什么"呈相国某大人"、"怀督学周大人",其余什么某太守、某司马、某明府等等,就想:"可见只要会做两句诗,并不要进学、中举,就可以同这些老爷们往来,何等荣耀。"(第二十一回)听寺僧说牛布衣死在此处,并无别人知道,于是就冒充牛布衣,专门去和官吏们结交。结果,人堕落了,吹牛、撒谎,无所不为。他竟向人说:他去会见安东县董县令时,董县令一见他的名帖,马上派两个差人来请他。恰好他没有坐轿,是骑驴。两个差人不让他下驴,牵了他的驴头,一路走上去,走到暖阁上,走的地板格登格登一路响。暖阁是官府大堂设案的地方,竟然允许人牵着驴进去走得格登格登响,岂非天大的笑话!

也有的名士,不学无术,矫揉造作,丑态百出。秦淮河畔名士的首领杜慎卿,经常和他的诗友们一起吟诗作词。萧金铉写的乌龙潭游春之作,有两句诗是:"桃花何苦红如此,杨柳忽然青可怜。"他认为诗句是清新的,但是如果再加一字"问桃花何苦红如此",就是一句很好的词。由此可见他们的"诗才"是何等的拙劣。杜慎卿为了表示自己清高脱俗,说他特别讨厌妇人:"我太祖高皇帝云,'我若不是妇人生,天下妇人都杀尽'。妇人哪有一个好的?小弟性情,是和妇人隔着三间屋就闻见她的臭气。"(第三十回)然而,他不仅纳美姜,寻男宠,还召集所有的戏子在莫愁湖演唱,由他评出色艺双绝的张榜并奖赏。闹腾够了,他又进京会试去了。

杭州的西湖也聚集着一群名士。他们在西湖宴集,却无人肯做东,每人凑了二钱银子。买鸭子时生怕不肥,拿耳挖子戳戳脯上的肉厚才买;买馒头时人家要三个钱一个,他们只给两个钱,吵了起来。好容易酒也买了,菜也熟了,饮酒赋诗时诗写不出来,只好分好韵,等回家慢慢做。一个个茫茫然大嚼一顿,天黑后吃得醉醺醺回家,还要大摆名士派头:学李太白衣锦夜行,结果被巡夜的发现,一条链子锁起来带走了。事后补的诗中,"'且夫'、'尝谓'都写在内,其余也就是文章批语上采下来的几个字眼"。(第十八回)

更有些"名士",干脆就是些江湖骗子,有"管乐经纶,程朱学问"的权无用,是个奸拐尼姑的地痞;有侠客之风的张铁臂,虚设人头会,用血淋淋的猪头骗走了娄氏兄弟五百两银子;高雅不俗的杨执中,实际上也是个因科举屡试不中而绝望的庸俗小人,为了五百钱,就和原先互相推重的人互相诋毁。总之,这些"名士"都是些利欲熏心、龌龊下流的败类。

小说还写到八股取士制度对吏治的危害。靠八股举业登上官位的那些官吏,根本就没有经邦治国的志向和能力。在他们看来,做官就是:"穿螺丝结底的靴,坐堂、洒签、打人。"(第三十二回)而且,既然把八股举业视为攫取功名富贵的桥梁,一旦功成名就,他们就尽可能敲诈勒索,以满足自己无尽的贪欲。王惠补授南昌知府,一到任就打听"地方人情,可还有甚么出产?词讼里可也略有些甚么通融"。为了搜刮钱财,他把原任衙门里的吟诗声、下棋声、唱曲声,换成了戥子声、算盘声、板子声。衙役百姓,一个个被他打得魂飞魄散。为了求得更大的名利,这些官僚附炎趋势,阿谀奉承,吹牛撒谎,无所不为。浙江秀才万青山想出人头地,冒充中书,马上被一些趋炎附势的官僚们捧上了天。人们争着请他赴宴,都说自己和他是老相识、好朋友;吹捧他的字如何好,文章如何好。等官府派人用铁链锁住他的脖子拉走时,人们全都傻了眼,原来谁都不认识他。由这样的人来治理国家,政治还清明得了吗?

总之,《儒林外史》以生动的艺术形象向人表明:八股举业使人道德堕落、愚昧无知、麻木不仁,实行这样的取士制度是误国害民。

《儒林外史》的作者,也想改变科举取士制度带来的弊端,这是通过王冕、杜少卿、庄绍光、虞博士等正面形象的塑造来体现的。

作者认为人应该淡泊名利,不要被功名利禄牵着鼻子走。王冕对大自然有着深厚的感情,一再逃避朱元璋的征召,也不与士林人物交往,隐居山林,吟诗作画,尽兴遨游,过着道遥自在的生活。杜少卿在南京和诗友们谈诗论文,忘情于山水。地方官推荐他去做官,他装病推辞。庄绍光也不愿做官,但不敢违抗君命,征召时硬着头皮上殿面君。谁知老天作美,正当天子问他治国方略时,头巾里一个蝎子狠狠地螫了他一下,使他头顶疼痛难忍,难以答对,结果被放归。天子把南京的玄武湖赐给了他。他整天同娘子凭栏看水,饮酒读诗,悠闲自在地度日。作者笔下的正面形象还慷慨大方,乐善好施。杜少卿、虞博士甚至有点大方得过火:只要有人借钱,不问真困难还是假困难,总要加倍给;只要有人求助,不管是真需要还是骗他的钱,他们也一律乐于施舍。作者似乎认为,只要让全社会的人都像他们这样把钱看得很轻,就不会出现那种尔虞我诈、蝇营狗苟的现象。除此以外,作者还想依靠古圣先贤们的事迹感化士人,以抵消八股举业产生的恶劣影响。小说让几位正面人物兴古礼古乐,修泰伯祠,把西周时期将王位让给弟弟的泰伯作为淡泊名利的典范。

《儒林外史》的作者又清醒地认识到靠他的这种方法改变社会现状难以奏效。小说最后一回写杜少卿、虞博士等人的努力毫无结果,社会现状更加混乱污浊:

> 花坛酒社,都没有那些才俊之人;礼乐文章,也不见那些贤人讲究。论出处,不过得手的就是才能,失意的就是愚拙;论豪侠,不过有余的就会奢华,不足的就见萧索。凭你有李、杜的文章,颜、曾的品行,却是也没有一个人来问你。所以那些大户人家,冠、昏、丧、祭,乡绅堂里,坐着几个席头,无非讲的是些陟、迁、调、降的官场;就是那些贫贱儒生,又不过做的是些揣合逢迎的考较。

既然士林状况如此不堪,作者就把目光投向市井。他惊喜地发现,市井之中尚有不受八股举业引诱的人物。伶人鲍文卿,卖字的季遐年,卖火纸筒子的王太,开茶馆的盖宽,裁缝荆元,这些人虽然清贫,却不慕名利;尽管清苦,却也活得潇洒。诚如荆元所云:"难道读书识字,做了裁缝就玷污了不成?⋯⋯而今每日寻得六七分银子,吃饱了饭,要弹琴,要写字,诸事都由得我,又不贪图人的富贵,又不同候人的颜色,天不收,地不管,倒不快活?"(第五十三回)看来,作者把最后一丝希望,寄托在了市井小民身上。

总之,《儒林外史》的作者能清醒地指出社会的弊病,却找不到有效的医治良方。但他对八股举业弊端的揭露,极富前瞻性。鸦片战争以后,这种愚民政策的危害性显露得更加分明。面对西方列强的坚船利炮,范进、周进们一筹莫展,窘态百出。这不能不说是封建教育的失败。正因为此,救亡图存的政治家们大声疾呼地要求新"学"。

第三节 《儒林外史》的艺术成就

《儒林外史》的艺术风格,与我国传统的小说相比有很大差别。故事型的小说情节惊险离奇,世情小说情节生动曲折。《儒林外史》的情节平淡自然,对社会现实的反映则力透纸背。冯沅君说过:"许许多多读者在初读它的时候,往往并不感兴趣,感到一切都是那样平淡无奇,乃至不能卒读。但当再读、三读的时候,才逐渐理解它所描写的一切,愈来愈感到有味,愈来愈爱不释手。最后不得不承认它的伟大和作者艺术手段的高明。"①

前面已经讲过,问题小说的创作主旨是揭露某些社会弊端。而这类弊端又必须是普遍存在,人们习以为常的。这使《儒林外史》的情节不热闹、不新奇,平淡朴素。然而,当作者用冷峻的笔调把这类平淡无奇的事件展示出来时,却异常耐人寻味。第十四回写马二先生游西湖,便是神来之笔。这一回中没有引人入胜的故事,没有情节冲突,只写马二先生眼中的西湖。面对西湖,他看不见静止的美景,只看见活动的人——一船一船进香的女人。而对于女人的美丑,他也只分得出"大团白脸"和"疤、麻、疥、癞"的两种。在西湖岸边,他看见的是各类吃食,"透肥"、"滚热"、"极大"是他的美食标准。他看见御书楼就扬尘舞蹈地拜,看见丁仙祠里扶乩就问富贵功名。最后在吴山顶上,他总算看见了风景:

① 见《中国文学史》讲义第三册,山东大学中文系编印,第226页,1961年编印。

上面无房子，是极高的个山冈，一步步去走到山冈上，左边望
着钱塘江，明明白白。那日江上无风，水平如镜，过江的船，船上
有轿子，都看得明白。再走上些，右边又看得见西湖，雷峰一带，
湖心亭都望见。那西湖里打鱼船，一个一个，如小鸭子浮在水面。

(第十四回)

欣赏湖光山色用"明明白白""看得明白""看得见"之类的字眼，用小鸭
子浮水比喻湖中的渔船，活画出了这个腐儒的冥顽不灵，可笑而又可
悲。初读，也许会觉得这类描写屑小琐碎；细读，才能体味到作者选材
之精，描写之妙。描述故事往往只展现人外在的言谈举止，此处则入
木三分地刻画人的灵魂。故此，我们不得不佩服作者"烛幽索隐"的能
力。时至今日，有些知识阶层的人物，还能从这些形象身上找到对应
点。

《儒林外史》中，有些素材本身有一定的戏剧性，本来可以写得热
闹，但作者没有那么做。例如，攀高结贵、停妻再娶，是我国小说、戏剧
的传统题材。以往描写中，负心者总要遭到这样那样的报应，有传奇
色彩。《儒林外史》第二十回《匡超人高兴长安道》，写的也是这类事
件，作者却有意淡化了情节。匡超人起先很穷，但品质很好。郑老爹
不嫌弃他，把女儿嫁给他。郑氏娘子生得容貌端正，他大喜过望。后
来他结交了一些读书人，开始追名逐利，以优行入了太学，人品也就堕
落了。为了攀高结贵，他隐瞒了已经娶妻的真相，又娶了李给谏的外
甥女。后来，他有事回到杭州，一进郑老爹家，只听见丈母娘嚎天喊地
地哭，郑老爹也哭得眼睛通红，他吓痴了。他一问，才知郑氏娘子死
了，刚入殓。他"止不住落下几点泪来"，说"这也罢了"。情节非常平
淡，没有报应，作者也没有伸出头来谴责他。但事件本身把这个人自
私、卑鄙的灵魂揭示得十分鲜明。他先前被吓痴，是以为丈人、丈母的
哭是因为知道了他停妻再娶的事，如果是那样，许多麻烦会接踵而至。
"这也罢了"，则表明了他此时的轻松，郑氏娘子死了，一切麻烦都不存
在了。这样写，更能深化主题。

《儒林外史》的情节描写又非常客观。作者似乎把自己的任务规
定为忠实地复制生活，不仅不含说教，对自己所写的内容也不加品评，
甚至从不用富有感情色彩的语言去调动读者的感情。小说善于通过

精确的白描手法,不露声色地对一些丑恶现象进行嘲讽。书中的一切,靠读者自己体味。如:范进中举前,胡屠户说他长得"尖嘴猴腮",说:"我自倒运,把个女儿嫁给你这个现世宝,穷鬼。"一旦范进中举,胡屠户又夸道:"我这个贤婿,才学高,品貌又好。就是城里那些周老爷、张老爷,也没有我女婿这样一个体面的相貌。……我家小女在家长到三十多岁,多少有钱的人要与我结亲,我不肯,就是我看女儿像有些福气的。"(以上第三回)到底范进长相如何,胡屠户为什么把女儿嫁给他,作者并不揭破。到后来,范进母亲死了,和尚要去做斋,议论起范母:"范家老奶奶,我们自小是看见他的,是个和气不过的老人家。只有她媳妇儿,是庄南头胡屠户的女儿,一双红镶边的眼睛,一窝子黄头发,那日在这里住,鞋也没有一双,夏天拖着个蒲窝子,歪腿烂脚的,而今弄两件'尸皮子'穿起来,听见说做了夫人,好不体面,你说哪里看人去。"(第四回)至此,我们才知道胡屠户的女儿又丑又懒,是个嫁不出去的老姑娘;如果范进真有什么"体面的相貌",也未必会娶她。小说通过情节的发展,把这个"谜"揭示得非常自然。再如,第十二回写名士娄氏兄弟邀请的"侠客"张铁臂,表演其飞檐走壁的功夫:众人只见他"腾身而起,上了房檐,行步如飞,只听得一片瓦响,无影无踪去了"。作者对于张铁臂的武功,未作任何评述。类似于客观描述的"一片瓦响"这四个字,却泄露了天机。真正的上乘轻功应该毫无声息。"一片瓦响"说明了张铁臂不仅不会轻功,并且不懂轻功;又令人想象到张铁臂为了表现自己的武功,在房顶上拼着命快跑的可笑情景。确如鲁迅所赞,"诚微词之妙选,亦狙击之辣手矣"①。

《儒林外史》的结构也富有创造性。小说以揭示科举弊端为中心结构全书。第一回《说楔子敷陈大义,借名流隐括全文》,借王冕与秦老的谈话展示全书的内容:先是开宗明义地指出取士之法"定得不好",这是涵盖全书的内容。然后又分两个层面阐述这个问题,一是"贯索犯文昌,一代文人有厄";一是天上降下许多小星,"去维持文运"。小说正文与此紧紧照应,第一回至第三十回写科举制度影响下的文人谱图,亦即"一代文人有厄",这是全书的精华。第三十一回至

---

① 《鲁迅全集》第9卷,第223页,北京:人民文学出版社,1981。

第五十四回是写理想中的文士探索抵御八股举业流毒的方法,亦即小星维持文运。最后一回,绾结全书。

既然小说展示的是"一代文人"之"厄",他就无法通过描写几个人物、几大家族来完成,必须描写士人群体。写了士人群体,他没有办法也没必要描写他们整个人生,只突出了他们的"厄"。于是,他抓了一些彼此不相干的人,并通过他们,从不同角度、不同层面展示八股弊端,形成了"全书无主干,仅驱使各种人物,行列而来,事与其来俱起,亦与其去俱讫,虽云长篇,颇同短制"①的结构,开了问题小说结构的先河。

此外,《儒林外史》对社会弊端的讽刺是严肃的。小说没有穿插一些无聊的笑料,而是进行严肃的社会批判。它的嘲讽也不只是针对某些个人的品德问题,而是针对八股举业对士林的影响,这就使得这部小说的情调醇正,品位高雅。

---

① 《鲁迅全集》第 9 卷,第 221 页,北京:人民文学出版社,1981。

第二十一章
抨击晚清吏治腐败的谴责小说

　　资产阶级改良时期,我国小说创作的主流是谴责小说。谴责小说作品既多,反映社会问题范围也相当广泛。现在,我们根据小说的内容把晚清的谴责小说分为四大类:一、抨击晚清吏治腐败的作品;二、揭露世风堕落的作品;三、描写政治维新和输入西方文明的作品;四、反映其他社会问题的作品。其中,又以抨击吏治腐败的作品为最多。

第一节　谴责小说的开山之作《官场现形记》

　　《官场现形记》是谴责小说的开山之作,也是谴责小说中成就最高的作品。作者李宝嘉(1867—1906),又名宝凯,字伯元,号南亭亭长。武进(今江苏常州)人。少年时期中过秀才,后移家上海,开始了办报生涯。当时的上海只有几家大报,他独辟蹊径,创办了一种轻松风趣的小报——《游戏报》,后又改办《世界繁华报》。这两种小报,主要刊载官场笑柄、社会趣闻,以及歌楼妓院、茶肆酒馆的奇闻逸事,文笔幽默风趣,大受人们欢迎。他名声大振,被称为"小报之鼻祖"。与此同时,他又应商务印书馆之约,主编《绣像小说》。在这一时期,他创作、编撰了大量的小说作品,成为晚清最著名的小说家之一。李宝嘉是个关心国事的人,对晚清的黑暗政治有清醒的认识,尤其痛恨官场的腐败。他经常以嬉笑怒骂之笔,揭露社会的种种弊端,以期达到改良社会的目的。他创作甚丰,生活上却穷困潦倒。他四十岁时病逝于上海,当时家徒四壁,连丧葬费都是他的朋友、我国早期著名京剧演员孙菊仙赠送的。

李宝嘉揭露官场腐败的小说,有《官场现形记》《活地狱》《中国现在记》等。代表作是《官场现形记》。《官场现形记》最初在光绪二十九年(1903年)至光绪三十一年(1905年)的《世界繁华报》上连载,后来结集成单行本出版。新中国成立后这部小说又一再重新出版。

《官场现形记》六十回,是一部专门揭露官场黑暗的力作。作品不是抨击个别的贪官污吏,而是对中国封建社会崩溃时期的官僚政治进行了总体解剖。小说写了32个官场故事,涉及的官吏有百余人,上自太后、皇帝、军机大臣、太监总管,下至知州、知县,乃至佐杂小吏,应有尽有。作品揭露了他们的贪婪残酷,鲜廉寡耻,描绘了一幅以前的文学作品中从不曾有过的千奇百怪、惟妙惟肖的官场群丑图。

胡适说过,《官场现形记》"所写的是中国旧社会里最重要的一种制度与势力——官。它所写的是这种制度最腐败、最堕落的时期——捐官最盛行的时期"①。鸦片战争以后,清政府打着筹集军饷、赈济灾民的幌子,大开捐官之风。于是,从中央到地方,卖官鬻爵之风盛行,官场变成了商场。《官场现形记》中对这一现象揭露得相当深刻。书中写,当时很多官缺明码标价:朝廷卖的上海道一职要五十万两白银;江西代理巡抚何藩台卖的缺,最高的价格是二十万两白银。真是"一分钱,一分货",大官小官,肥缺瘦缺,价钱都不同。而且,只要有钱,不管是什么样的人都能当官。目不识丁的盐商黄三溜子,地痞无赖田小辫子,都花钱买了官。山东藩台听说两个月后停止捐官,不仅给大姨太生的七岁的儿子捐了个道台,二姨太尚在腹中的孩子捐了知府,三姨太尚未怀孕,也预先捐了个知府等着。这种权钱交易的结果,使得一大批奸商市侩、地痞无赖掌握了国家的权柄,加速了晚清吏治的腐

---

① 魏绍昌编《李伯元研究资料》,第91页,上海:上海古籍出版社,1980。

败。那些捐官出身的官吏，肆无忌惮地横征暴敛。因为他们花钱买官，原本就是为了盈利的："统天底下的买卖，只有做官利钱顶好。"①捐官制度还使得官场的文化品位荡然无存。花钱捐官的人大都是庸俗浅薄的酒囊饭袋。南京候补道田小辫子请人代写的军事条陈中，有一条是打仗时不许士兵吃饱，好让士兵闯进敌营找吃的，以搅乱敌人。据说这还是他受到猫捉老鼠的启示，想了好几天才悟出来的。浙江候补道刘大侉子，在署院填写履历时，将"二品顶戴"写成"二品顶载"。即便是这样，他的同僚黄三溜子还十分佩服他，因为黄三溜子连这样的白字也不会写。

《官场现形记》揭露得最多的，还是晚清官吏的贪婪残酷，损公肥私。列强的侵略，清朝政权的摇摇欲坠，使得大小官吏对"治国平天下"的信念丧失殆尽。他们精神空虚，无所作为，拼命追求物质刺激。"千里为官只为财"，成了当时官场普遍奉行的信条。他们不择手段地搜刮钱财：被派往浙江考察官吏的钦差大臣，用"只拉弓，不放箭"的方法，"吓昏了全省的官"，索银 200 万两；浙江的胡统领为了虚报军功，把严州的百姓当作土匪大砍大杀，得军饷 38 万两；徐大军机的女婿尹子崇，把安徽全省的矿产卖给外国人，得银 100 万两，中饱私囊。朝中御史弹劾人的奏章也能卖钱："都与做买卖一样，一两银子，就还你一两银子的货，十两银子，就还你十两银子的货。"（第十七回）就连慈禧太后也说："通天底下一十八省，哪里来的清官！"遇到自己赏识的人，就赏给他一官半职让他去"捞回两个"。（第十八回）可见整个官僚机构已腐败到什么程度。

《官场现形记》还揭露了晚清官吏灵魂的空虚和道德的堕落。他们厚颜无耻，惟利是图。儒家传统的道德观念成了他们蝇营狗苟、男盗女娼的遮羞布。浙江巡抚傅理堂在下属面前公然以理学家自居，说："我们讲理学的人，最讲究的是'慎独'功夫，总要能够衾影无惭，屋漏不愧。"可是他一回到家，就有他在北京结交的妓女带着他的私生子来找他。绿营管带冒得官为了保住官位，寻死觅活地逼着亲生女儿让上司羊统领蹂躏。当女儿被羊统领糟蹋时，他还一大早跪在女儿的闺

---

① 《官场现形记》下，第 1060 页，北京：人民文学出版社，1957。其后该作引文均据此本，仅在行中标明回数。

房前边,等候谢羊统领的恩。还有许多官吏,拼命地巴结外国人,因为"将来外国人果然得了我们的地方,他百姓固然要,难道官就不要么?没有官,谁帮他治理百姓呢?"(第五十四回)不仅丧失了民族自尊心,也丧失了起码的人格。

《官场现形记》虽然猛烈地抨击晚清政治黑暗,却并没有进而提出推翻封建制度、从根本上改变社会现状的要求,只是苦口婆心地劝诫官吏们改恶从善。作者创作这部小说,就是为了"编几本教科书教导他们","专门指摘他们做官的坏处,好叫他们读了知过必改。"(第六十回)在政治危机、民族危机都空前严重的晚清时期,这种改良方案根本行不通。但是,由于作品全面地揭露了当时官僚制度的窳败,对唤起民众、促进社会改良,有明显的积极作用。

在艺术风格上,《官场现形记》受《儒林外史》的影响很大。首先,在结构上,它没有贯穿全书的中心人物、中心事件,而由许多相对独立的短篇故事联缀而成。由于这些故事紧紧围绕同一主题展开,所以彼此之间仍有较紧密的联系。其次,《官场现形记》以讽刺的笔触,塑造了众多的晚清官僚的形象:如杀人不眨眼的胡统领,见了外国人就吓昏了头的文制台,地痞无赖出身的庸吏黄三溜子、田小辫子等,都给读者留下了深刻的印象。在塑造这些形象时,作者往往通过一些典型的细节和一两句对话,就把一个人物的性格活灵活现地勾画出来。例如,第五十三回写文制台见洋人,就是抓住有特征的细节描写揭示人的灵魂:巡抚向文制台通报,说有客来拜。话犹未了,只听"拍"的一声响,巡抚脸上早挨了制台一记耳光,紧接着制台骂道:"混账王八蛋,我当初怎样吩咐的?凡是我吃着饭,无论什么客来,不准上来回。你没有耳朵,没听见?"说着,举起腿来又是一脚。当知道来的是洋人时,吓得怔了半天,蓦地又"拍"的一声,打了巡抚一个耳光,骂道:"混账王八蛋,我当是谁,原来是洋人,为什么不早回?"说完后又是一脚。小说简洁而又深刻地揭露了文制台在属下面前耀武扬威,在洋人面前胆小如鼠的丑恶嘴脸。此外,小说的语言流畅、精炼,富有趣味性和幽默感。

《官场现形记》的不足之处在于:它的讽刺不够含蓄,常有夸张失实的地方,使得这部小说不像《儒林外史》那样耐人寻味。而且,所写的官场伎俩有雷同化的毛病。

李宝嘉的另一部小说《活地狱》，也是揭露晚清吏治腐败的。《活地狱》共四十三回，最初也发表于《绣像小说》，描写清朝下层官场的黑暗腐败。小说把州府衙门比为"阳世的地狱"，断言："我不敢说天下没有好官，我敢断定天下没有好衙门。"山西高阳县的县官，审理案件一味敲诈勒索。巫、黄两家本为一头牛引起争端，告状时却被他们诈去数千两银子。徐州府桃源县的知县魏剥皮，发明了许多令人惨不忍睹的酷刑，如"铁箍""红绣鞋""大红袍"等，将许多良民活活折磨死。此外，他们还倚仗权势，抢人妻女。名为"父母官"，实则成为屠杀百姓的刽子手。阿英在《晚清小说史》中说："这是一部非常重要的社会史料书，中国监狱史，可惜没有写完。这部小说在李伯元的书里，从艺术上讲，不是一部好书，但以这样特殊有意义的姿态，出现于当时文坛，却是非常值得注意的，因为这是中国描写监狱黑暗，写惨毒酷刑的第一部书。"①

第二节 《宦海》对广东官场的揭露

揭露晚清吏治腐败的作品中，比较成功的还有张春帆的《宦海》。

张春帆的生平，在他的另一部小说《九尾龟》中我们已经讲过。他所著小说，在当时以《九尾龟》最为有名。但从实际水平看，《宦海》在《九尾龟》之上。

《宦海》是一部严肃的社会批判小说，共二十回，有宣统元年（1909年）环球社铅印本，标为"官场小说"。

《宦海》主要抨击晚清官场的另一个严重的问题，即庇护网络制的问题。清代自乾、嘉以来，政治日益黑暗，整个统治阶级奢侈腐化。官僚们为了最大限度地追求私利而又保住自己的官位，建立了以亲属关系、同乡关系、师门关系等为轴心的庇护制网络。到了清朝末年，这种庇护网络不再仅仅是官僚们的"护官符"，也成了地痞流氓、社会渣滓害人的靠山。《宦海》的开篇，通过臬台金翼禁赌的失败，反映了贪官

---

① 阿英：《晚清小说史》，第169页，北京：东方出版社，1996。

污吏与豪绅、地痞盘根错节,社会弊病积重难返的现实。赌场是广东的一大害,社会的不安定,强盗横行,都和赌场有关。一个良心未泯的臬台——金翼,想要整顿治安,也就打算从禁赌抓起。按说,臬台本来就是负责社会治安的,是个不小的官员,由他来对付那些赌徒们不应该有什么问题。然而,赌场主人却有恃无恐。因为他们一向和官府勾结,每年都有百余万银子的报效,不仅省里的官员为他们撑腰,还有京官作为靠山。因此,金翼的禁赌败得很惨:他亲自抓到的"赌王",在回衙提审的途中就被掉包,他最后反被那些贪官赌棍们活活气死。

宣制军抵制私人请托的故事,又从另一个角度反映了这种庇护网络制的厉害。宣制军是个有名的清官,最恨私书请托,对于贿赂就更不消说了。有一个从京城里面引荐出来的知府,带了一封马大军机的信,冒冒失失地递了上去。结果,信被宣制军当众撕得粉碎,知府也因此被革职。然而,当宣制军自己因"抚匪"惹来麻烦时,却又命属下一个广有门路的匡主政带十二万两银子的汇票进京打点,结果转危为安。后来,他和京中的皮总管拉上关系后,又把匡主政踢出门去,因为"皮总管是皇太后面前天字第一个说得上话的人"①。宣制军撕毁马大军机的信,至少说明他在道义上知道私书请托的弊端,但当事情临到自己身上时,又不得不行请托。这既反映了他为人的虚伪,也反映了当时结党营私、贿赂公行风气的猖獗。

一般的谴责小说中很少写清官,人们似乎认为,越是写衙门里没有一个好人,对官场的谴责便越深刻、越彻底,其实不然。《宦海》恰恰因为写了清官的被孤立,遭迫害,反倒令人对当时官场无可救药的腐败有更深的了解。

《宦海》也揭露了晚清官吏惧外媚外,打击、压制民众的爱国热情的行径。几个明火抢劫的强盗,作案后逃到广东沙面的英租界。吴游击经英领事签字同意,又经船主允许,方带人捉住了强盗,不料下船时遭到英方人员的殴打,并放跑了强盗。洋务局的某委员据理力争,英人理屈词穷。两广总督邹制军因惧怕洋人,不仅不许那个委员和洋人争执,还撤了吴游击的职。那位委员大为感慨:"做大员的这样苟且偷

---

① 《宦海》,第131页,收于《中国近代珍稀本小说》,第10册,沈阳:春风文艺出版社,1997。其后该作引文均据此本,仅在行中标明回数。

安,做属吏的又是那般逢迎得意。咳！华夷混合,宇宙膻腥,我们这班中国人,侧身天地,竟没有可以容足的地方。"(第二十回)广州城外沿着沙面的珠江一带的堤岸,年久失修,有的甚至倒塌。修葺珠江堤岸本来是我们中国自己的事,但因为堤岸有一半在洋人的租界里,一时没人敢承担,"这个工程,既然有一半落在他租界里头,他们外国人一定想承办这个工程的。若是我们中国人做了去,他就横又不好,竖又不好,千方百计的想着法儿,出你的花样。皇上家到了如今的世界,还怕着外国人,何况我们做工的?"(第十六回)如果让洋人承办,原本只需一百万两银子的工程,他们要二百多万。在这种情况下,中国工艺界的一个鼎鼎有名的人物陈连泰,为了替国家争气,承担了这一工程。他以八十五万银子的价格承担了这项工程,并完成得无可挑剔。但官府对他不但不保护奖赏,反倒摧挫折磨。陈连泰一家后来被搞得倾家荡产。

小说还表现出赞成资产阶级立宪的倾向,明确指出:"欲求自强,必先立宪。"小说的第一回,就开宗明义地指出我国政体的弊病:"我们中国是数千年来专制惯的。不比那什么法兰西、美利坚都是民主的国度,自总统以至大小官员,虽有执法的权力,却不过是个法律的代表人罢了,那立法的权柄是一些也没有的。我们中国却又不然,全国的权势都聚在一个中央政府,百姓们没有一些权力。所有那立法权、行法权、议法权,统通都给政府里一箍脑儿霸了起来,弄得上下不通,官民不洽。"显然,这种认识比起《官场现形记》来是进了一步。然而,作者也看到,真正实行立宪异常困难。1906 年 9 月 1 日,清廷迫于压力,发布"预备仿行立宪"的谕旨,提出了广兴教育、整顿武备、普设巡警等方案,随后设立了巡警部以负责治安。小说写广东因匪乱难平,也开办巡警,并订了二十条章程。然而,这些巡警只有虚名而无实权,章程对那些官僚、乡绅也毫无约束力。巡士们抓住了私逃的乌中承的使女,送回乌家。巡长李德标按照章程向乌家要领状时,竟被认为是冒犯了乡绅的威严而横遭打骂。巡警督办陆廉访又以李德标"逼要领状,目无绅士"的罪名,打了他一百军棍,还革了他的差事。(第八回)立宪章程,只是一纸空文。

总之,《宦海》从不同的角度,揭露了晚清吏治的黑暗腐败。由于

《宦海》中每一个故事都能反映一个方面的问题,很少雷同,所以尽管作品只有二十回,反映社会现实的面还是比较广的,且很有时代色彩。阿英对这部小说的评价颇高:"《宦海》不同于其它谴责小说的地方也就在此,不是单写坏官,也写所谓'清官',在'清官不易做'的描写里,衬出吏治的腐败。同时也写到警政、匪患、堤工、许多新政和治安上的问题。譬如写堤工的一回,作者是进一步的接触到机械的描写,这是在当时小说中不多见的。"①

从艺术风格上看,《宦海》也具有《儒林外史》"虽云长篇,颇同短制"的特点。小说写广东的官吏,一个写完,接着写继任者,故事本身有很大的独立性,仅靠地域把这些故事联系在一起。小说的描写比《官场现形记》平实,不那么夸张,也没有那么多的笑料。这种特点,可能不大符合当时一部分市民读者的口味,但今天的读者读来,更显得真实。

第三节 《老残游记》对清官的抨击

《官场现形记》《宦海》等作品对封建官吏的揭露,主要着眼于官吏的品质,而《老残游记》则从一个新的角度揭露了官场的黑暗,这就是封建官僚的愚昧无知和专横残暴。

《老残游记》的作者刘鹗(1857—1909),原名梦鹏,字云抟,后改名鹗,字铁云,又字公钧,别署鸿都百炼生。丹徒(今镇江市)人。出生于官僚家庭,父亲刘成忠是咸丰年间的进士,官至布政使。刘鹗不喜八股制艺,无意于以科举博取功名,一生只参加过一次科举考试,没有终场就弃之而去。他崇尚经世之学,致力于算学、医学、水利等实际学问。光绪十三年(1887年),黄河在郑州决口。次年,刘鹗到河南投效,受到河督吴大澂的重用。吴采用他"筑堤束水""束水攻沙"的方案,第二年就使黄河大堤合龙。后来,刘鹗担任过黄河下游提调,并因治河方面的专长被推荐到总理衙门,以知府任用。刘鹗推崇西方的科学技

---

① 阿英《晚清小说史》,第162页,北京:东方出版社,1996。

术,主张借外资开矿筑路,兴办实业。光绪二十二年(1896年),他应两湖总督张之洞之邀,去湖北商议修卢汉铁路事宜,因与盛怀宣意见不合,辞归。后刘鹗又上书直隶总督王文韶,建议修津江铁路,未被采纳。光绪二十三年(1897年),刘鹗任英国福公司华经理,一年之中三次去太原,同山西巡抚胡聘之商议用外资开采山西境内的铁矿。上述做法,使他大受攻击,"汉奸之名,大噪于世"①。清政府的要员刚毅要以"通洋"的罪名将他处死,因他在外国人势力很大的上海,才免于难。刘鹗年轻时参加过太谷学派,这是清道光年间安徽周星垣所创的一个宗教派别,主张以养民为本,关心民生疾苦。这种思想对刘鹗影响很大。光绪二十六年(1900年),八国联军攻占北京,由于交通阻塞,粮运断绝,北京居民饿死无数。刘鹗从占领太仓的俄国人手中贱价购来大米,定量卖给北京市民,救活了很多人。他自己却因此事获罪,于光绪三十四年(1908年)被流放新疆,第二年中风病死于迪化(今乌鲁木齐)戍所。

刘鹗的著述,除小说《老残游记》外,治河方面的有《历代黄河变迁图考》《治河七说》,算学方面还有《勾股天玄草》《孤角三术》,医学方面有《要药分剂补正》《人寿安和集》,诗有《铁云诗存》等。刘鹗在甲骨文研究方面贡献也很大。甲骨文初出土时,人们并不知道它是古代文字,后来山东福山的王懿荣认出上面是古代的契文,并开始收购,刘鹗也同时收购。八国联军攻陷北京后,王投井殉国,他所收集的甲骨被刘鹗买到。后来,刘鹗把他收藏的五千片甲骨字拓印成集,即《铁云藏龟》《铁云藏陶》《铁云泥封》,为研究我国古代文字提供了重要的资料。

总之,刘鹗是个提倡科学、注重实学的人,也是深受愚昧、守旧的顽固派迫害、攻击的人。因此,他对封建愚昧有着切肤之痛。他的这种生活经历给了他一个契机,使他用小说批判社会现实时有了一个新的切入点,即反映理学蒙昧给中国社会带来的灾难,首次将清官推向历史的审判台。

《老残游记》是刘鹗所作的唯一一部小说作品,最初连载于1903—1904年的《绣像小说》,至十四回中断。后于1906年重行发表于《天津

---

① 刘德隆等编《刘鹗及〈老残游记〉资料》,第368页,成都:四川人民出版社,1985。

日日新闻》，共二十回。1906 年商务印书馆出版单行本。《老残游记二集》九回，亦连载于 1907 年的《天津日日新闻》。另有《老残游记》外编卷一（残稿），作者生前没有发表。1985 年，齐鲁书社再版时，除原来的二十回外，又将二集、外编附录于后，是目前最全的版本。

　　《老残游记》通过描写走方郎中老残摇串铃四处行医时的所见所闻，揭示了现实社会存在的种种弊端，表明他醒民、医国的主张。这在作品第一回自评中说得很明白："举世皆病，又举世皆睡，真正无下手处，摇串铃先醒其睡。无论何等病症，非先醒无治法。"①作者作此书的目的就是要唤醒民众，根治社会。

　　如何根治社会，救亡图存呢？小说先在第一回中通过"危船一梦"作了象征性的说明。作品把中国比为一条破旧不堪的大船，在浓云密布的时候行驶在惊涛骇浪之中，又迷失了方向，情况十分危急。老残主张给船主送上最准的罗盘、纪限仪等器械，再告诉他有风浪与无风浪时驾驶的不同，船就会慢慢登岸。这表明，作者主张引进西方先进的科学技术，实行实业救国。然而，当老残驾着小船给大船送罗盘的时候，却招致一片"卖船汉奸"的骂声，而且还把他的小船打得粉碎。这又表明，在作者看来，大船的危险主要还不是来自惊涛骇浪，而是来自船上人的守旧、愚昧，而这正是老残要摇串铃唤醒民众的原因。

　　小说的正文，重点写了三件事：玉贤缉盗，史均甫治河，刚弼断案，分别从不同的角度揭示了官吏的愚昧无知给百姓造成的苦难。

　　玉贤缉盗的故事，主要向人们揭露了"能吏"玉贤的愚昧、残暴，他的所谓"才干"，实际上是对无辜百姓的血腥镇压。玉贤是曹州的候补道，是个不受贿赂的"清官"。他一不懂军事，二不察盗情，根本不具备办理盗案的能力。但是因为他要做官，而且还急于做大官，必须在缉盗方面做出政绩。他缉盗的唯一办法是靠衙门前的二十架站笼。曹州的百姓，"只要不顺他的眼"，"或者话说的不得法"，都要被他当作强盗，捉到站笼里活活站死。如果站笼里的人还没有死，又有新的"强盗"抓到，他便令手下人将站笼里的人"每人打两千板子，看他死不死"（第五回）。上任不到一年时间，就被他站死两千多人。这些人中"十

────────────────

　　①《老残游记》，第 9 页，济南：齐鲁书社，1981。其后该作引文均据此本，仅在行中标明回数。

分中九分半是良民,半分是些小强盗;若论那些大盗,无论头目人物,就是他们的羽翼,也不作兴有一个被玉太尊捉着的呢?"(第七回)马队什长王三,与一女子偷情,女子之父不肯,王三便诬告女子之父为盗,女子之父被玉贤捉到站笼里站死;一个老实的小贩,不小心说出事情的真相,也被站死;杂货铺王老头的儿子,醉后失言,说了"玉大人糊涂""冤枉好人"之类的话,自然更非得站死不可。更有甚者,身为缉盗官员的玉贤,不仅抓不到强盗,还被强盗牵着鼻子跑,做强盗的"兵器"。第四回写于家屯的于学礼一家,因被盗报案,强盗记恨,就借玉贤的手报复:

> 到了今年春天,那强盗竟在府城里面抢了一家子。玉大人雷厉风行的,几天也没有拿着一个人。过了几天,又抢了一家子,抢过之后,大明大白的放火。你想,玉大人可能依呢,自然调起马队,追下来了。那强盗抢过之后,打着火把出城,手里拿着洋枪……玉大人……一直的追去,不是火光,便是枪声。到了天快明时,眼看离追上不远了,那时也到了这于家屯了。过了这于家屯再往前追,枪也没有,火也没有。玉大人心里一想,说道:"不必往前追,这强盗一定在这村庄上了。"

引诱这样的糊涂官上钩,实在也用不着高明的手段。强盗先在府城抢一家子,为的是引起这位玉大人的注意;再抢一家子,又大明大白地放火,自然是等玉大人来捉;然后一路用枪声、火光将他引向于家屯,让他发现他们所栽的赃。稍有常识的人都会发现这里面的疑点:强盗抢东西后何以又"大明大白的放火",故意引起玉大人的注意呢?既被玉大人发现,又怎会一路枪声、火把地把他引到自己的老窝?然而,身为缉盗官的玉贤偏偏上当,在于学礼家轻而易举地搜出了强盗预先置放的赃物,于学礼父子三人被站死,于学礼的妻子自刎。应该说,这个故事入木三分地刻画了那些毫无办事能力,只会滥用酷刑的清官的愚蠢和残暴。

小说中写史均甫治河,则又对那种泥古不化的书蠹进行了抨击。观察史均甫是江南有名的才子。黄河连年决口,他不进行实地勘查,不结合实际情况制定治理的方案,却搬出了汉代贾让的《治河策》,提出采用"不与水争地"的方法,即废掉民埝,加宽河道。当时,夹堤里面尽是村庄,废民埝必然会破坏成千上万的城郭、田庐、冢墓。他振振有辞地说:"汉朝方制,不过万里,尚不当与水争地;我国家方制数万里,若反与水争地,岂不令前贤笑后生吗?"怕百姓闹事,他们没有预先通知他们,等洪水骤至时突然扒了民埝,任河水淹没了大量的田园村庄,老百姓淹死、饿死的不下几十万人。书中评论道:"然创此议之人,却也不是坏心,并无一毫为己私见在内。只因但会读书,不谙世故,举手动足便错。……天下大事,坏于奸臣者十之三四;坏于不通世故之君子者,倒有十分之六七也。"(第十四回)这种一丝一毫也不利己的"清官",祸害起百姓来比杀人放火的强盗更甚。

刚弼更是一个"清廉得格登登"的官员。他刚愎自用,卖弄清廉,断案全靠一个简单的逻辑:花钱打点的就是罪犯,结果把"贾探春陷害嫂嫂魏氏一案"断成天大的冤案。本来这个案子并不难破。原告贾探春所指证的有毒月饼,是魏氏的娘家从月饼店里定做的,许多人吃过,都没有事;所提供的食残的半个月饼里撒的砒霜,没有融化,显系后来所加。但是,由于魏家的老仆是个"愚忠的老实人",按照当时打官司的惯例,替主人花钱打点,刚弼便据此认定魏氏是凶手:"倘若人命不是你谋害的,你家为什么肯拿几千两银子打点呢?"严刑逼供时,刚弼还担心行刑的差役受贿,特意嘱咐:"今日替我先拶贾魏氏,只不许拶得她发昏,但看神色不好,就松刑,等她回过气来再拶,预备十天功夫,无论你什么好汉,也不怕你不招。"(第十六回)当魏氏熬刑不过,屈招了自己是杀人凶手后,刚弼还按照自己的主观臆断,逼令其供出奸夫,把魏氏折磨得求生不得,求死不能。清官的棍棒之下,同样会有屈死的冤魂。

更为难能可贵的是,《老残游记》不仅对"清官"的愚昧进行了抨击,还进一步指出他们卑劣的品质。玉贤、刚弼,实际上只是把清廉视为博得高官厚禄的手段,而不是什么铁面无私,克己奉公。于学礼一家被害后,有人抓住了栽赃的强盗,逼他们供出了实情。玉贤却把强盗放了,维持原判,原因是怕这桩冤案传出来影响他的前程。果然,他的清廉的名声和缉盗的"功绩",使他得以被破格提拔,结果是"冤埋城阙暗,血染顶珠红"。刚弼也时时"以清廉自命",谁对他断的案子持有异议,他就说谁贪图贿赂。当别人纠正了他所断的冤案之后,他竟然理直气壮地用自己"一生就没有送过人一个钱"当挡箭牌。这样的"清官",其实内心和贪官污吏一样肮脏。

小说第九回,还通过玙姑的口对宋明理学进行了抨击。作者赞成原始儒学提倡的理对于情的节制、规范;反对宋儒"存天理、灭人欲"的主张,认为那是自欺欺人,"孔孟的儒教被宋儒弄的小而又小,以至于绝了"。自然,这就否定了封建社会以修身养性培养人才的方法,也为反对仅以天理、人欲作为衡量官吏好坏的标准,找到了理论上的根据。在我国古代小说中,从反对理学蒙昧主义着手揭露"清官"害民误国的,《老残游记》是独一无二的作品。

在众多的晚清小说中,刘鹗的《老残游记》无疑是成就突出的一部。它以丰富的文化信息和深厚的文化内涵,显示着独特的风格与追求。在古代小说向现代小说的过渡中,《老残游记》更是做出了可喜的尝试。

同《儒林外史》及诸多的谴责小说一样,《老残游记》没有贯串全书的中心事件,而是若干情节的单元组合。但小说以一个游方郎中老残的见闻,把这些故事组合起来。用记游的方式结构小说,前后连贯,视角基本统一,且有利于状物抒情。例如小说的第六回写老残在曹州雪地里的所见所感:

> 饭后,那雪越发下得大了。站在房门口朝外一看,只见大小树枝,仿佛都用簇新的棉花裹着似的。树上有几个老鸦,缩着颈项避寒,不住地抖擞着翎毛,怕雪堆在身上。又见许多麻雀儿,躲在屋檐底下,也把头缩着怕冷。其饥寒之状殊觉可悯。……转念又想:"这些鸟雀虽然冻饿,却没有人放枪伤害他,又没有什么网罗来捉他。不过暂时饥寒,撑到明年开春,便快活不尽了。若象这曹州的百姓呢,近几年的年岁,也就很不好;又有这们一个酷虐的父母官,动不动就捉了去当强盗待,用站笼站杀,吓的连一句话也说不出来。于饥寒之外,又多一层惧怕,岂不比这鸟雀还要苦吗?"想到这里,不觉落下泪来。又见那老鸦有一阵刮刮的叫了几声,仿佛他不是号寒啼饥,却是为有言论自由的乐趣,来骄这曹州百姓似的。

这段描写,声情并茂。曹州的雪景,大雪中饥寒的鸟雀,都刻画得优美鲜明,历历在目。作者又即景生情,由鸟雀的饥寒想到曹州百姓的疾苦,并让啼饥号寒的鸟雀因有"言论自由",来骄曹州的百姓。这就将玉贤给曹州百姓造成的苦难描述得极为深刻,而又不像其他谴责小说那样直白枯燥。如果说,在批判现实方面,别的谴责小说是晓之以理的话,《老残游记》则兼动之以情。美籍华人夏志清说:"《老残游记》文如其题,是主人翁所视、所思、所言、所行的第三人称的游记(即使那预言性部分,亦可当作申子平的游记)。这游记对于布局或多或少是漫不经心的,又钟意貌属枝节或有始无终的事情,使它大类于现代的抒情小说,而不似任何形态的传统中国小说。"①这种见解很有道理。

在人物塑造方面,《老残游记》用了讽刺笔法,但比《官场现形记》等作品深沉、含蓄。如第三回写路人这样谈论玉贤所创的"路不拾遗"的景象:"曾走曹州府某乡庄过,亲眼见有个蓝布包袱弃在路旁,无人敢拾。某就问土人:'这包袱是谁的? 为何没人收起?'土人道'昨儿夜里,不知何人放在这里的'。某问:'你们为什么不拾了回去?'都笑着摇摇头道:'俺还要一家子性命吗?'"路上的蓝包袱,并不是人们遗失的,而是有人故意在夜间"放"在这里的。而且当地的人都很清楚,这种东西是万万拾不得的,否则一家子的性命不保。看似纯客观的描写,却把玉贤故意让人在路上放置东西,用诱杀百姓的方法创造"路不拾遗"景象的卑劣行径刻画得入木三分,有"无一贬词,情伪毕露"之妙。

《老残游记》的描写技巧很高。胡适在《老残游记·序》中说:"《老残游记》最擅长的是描写的技术:无论写人写景,作者都不肯用套语烂调,总想熔铸新词,作实地的描画。在这一点上,这部书可算是前无古人了。"②小说的文笔清丽自然,叙景状物细腻逼真。其笔下的景物具有特定的形状、音响、动态,令人如临其境。例如写白妞说书,作者用了一系列的比喻、烘托,把这个曲艺演员宽广的音域、回环跌宕的音调和绝妙的演唱技巧,刻画得穷神尽相。写大明湖的水色,千佛山的梵宇僧楼、翠柏丹枫,桃花山的雪景,也都给人以强烈的美感。这种描写固然体现着作者丰富的生活体验和高雅的审美情趣,也表明了晚清知

---

① 转引自刘德隆等编《刘鹗及〈老残游记〉资料》,第 480 页,成都:四川人民出版社,1985。
② 《胡适论中国古典小说》,第 541 页,武汉:长江文艺出版社,1987。

识分子所特有的求实精神和科学观念。

《老残游记》问世后，不仅在中国广为流传，还被译为英、法、俄、日、捷克、匈牙利等多种文字的版本。据不完全统计，《老残游记》至今已有 128 种版本行销世界。由此也可以看出这部作品的艺术魅力。

第二十二章
谴责社会风气堕落的作品

晚清时期是中国历史上大动荡的时代,也是新旧过渡的时代。这一时期,不仅出现了政治危机和民族生存的危机,也出现了信仰危机和道德规范的危机。一方面,以儒家为主体的传统伦理道德观念日渐解体;另一方面,新的道德观念又尚未确立,社会风气呈现出污浊混乱的特点。《二十年目睹之怪现状》《负曝闲谈》《冷眼观》《梼杌萃编》等作品,都对当时浇薄的世风进行了批判。

第一节　抨击道德沦丧的《二十年目睹之怪现状》

《二十年目睹之怪现状》(以下简称《怪现状》),一百零八回。作者吴趼人(1866—1910),名沃尧,号趼人、我佛山人,佛山人,出生于官宦世家。父亲吴升福,为浙江候补巡检。吴趼人自幼随母亲在佛山生活。17 岁时,父亲去世,家产为叔父侵吞,家境十分困难。为了谋生,他移家上海,先是在江南制造局做抄写工作,后来步入报界,在上海先后主办《消闲报》《采风报》《奇新报》《寓言报》等娱乐性小报。光绪二十八年(1902 年),梁启超在日本提倡"小说界革命",主张利用小说进行改良社会的宣传,并创办了《新小说》杂志。吴趼人起而响应,作《怪现状》在《新小说》上连载。光绪三十一年(1905年),他受聘于汉口任美商英文《楚报》中文版编辑。不久,因美国政府迫害华工,他愤而辞职,返回上海,参加反美华工禁约运动。光绪三十二年(1906年),《月月小说》在上海创刊,吴趼人出任总撰述。宣统二年(1910年),吴趼人病逝于上海。吴趼人是晚清杰出的小说家,被称为"小说巨子"。他的长篇小说多达二十余种,其中社会小说有《二十年目睹之怪现状》、《上海游骖录》、《最近社会龌龊史》,言情小说有《恨海》、《劫余灰》,历史小说有《痛史》、《两晋演义》,公案小说有《九命奇冤》等。

吴趼人是个有爱国心的人,对清王朝的政治腐败,西方列强侵略中国的罪行,痛心疾首。他把政治腐败、国家贫弱的症结,归为道德沦丧。所以他在利用小说进行社会批判时,着重抨击社会道德的堕落,把恢复传统道德作为改良社会的主要手段。这在《怪现状》中表现得非常明显。

《怪现状》原刊于1903—1906年的《新小说》,标为"社会小说"。1906—1910年上海广智书局将此书陆续出版。全书共一百零八回,写了一百八十九件"怪现状"。由于作品的主旨是揭露晚清整个社会风气的堕落,所以小说涉及的范围相当广:既写商场,也写洋场,既写皇帝、官僚等上层人物,也写医、卜、星相,三教九流,描绘了一幅色调惨淡的封建王朝末日的图卷。

《怪现状》主要是从社会公德的泯灭和宗法伦理的沦丧来抨击世风堕落的,它的矛头首先指向了官僚队伍。在列强侵略,中华民族面临危亡的紧要关头,那些文臣武将全然没有救亡图存的责任感,更缺少为国献身的凛然正气。他们贪生怕死,惧洋媚外,蝇营狗苟,以权谋私,丧失了起码的气节和人格。中法战争中,中国兵舰看见海上有一缕烟,就疑为法舰,竟吓得自己放水沉船,事后谎报仓促遇敌,致被击沉。中日战争中,双方尚未交战,驻平壤的清军首领叶军门,就把平壤拱手送给日本,还说什么:"久思归化,惜乏机缘。"①外国要霸占庐山的牯牛岭,总理衙门大臣批示地方官吏赶紧奉送:"台湾一省地方,朝廷

①《二十年目睹之怪现状》下,第771页,北京:人民文学出版社,1959。其后该作引文均据此本,仅在行中标明回数。

尚且拿他送给日本,何况区区一座牯牛岭,值得什么? 将就送了他罢! 况且争回来,又不是你的产业。"(第八十五回)上海会审公堂的华官,犹如木偶一般,一切都听外国人的:"生怕得罪了外国人,外国人告诉了上司,撤了差,磕碎了饭碗。"(第十回)总之,在外国人的挑衅面前,他们想到的不是如何捍卫国家的利益,而一心只想保全自己的性命,保全自己的饭碗。

但是在聚敛财物、以权谋私方面,这些官员又各显其能,毫不含糊。江苏即补正堂(知县)到南京见制台,在轮船上偷了十七八杆鸦片烟枪,八九支铜水烟筒,许多男人女人的衣服,甚至还有上海妓女用的见不得人的东西。四川的学台,上任后除了拼命搜刮钱财外,听说四川的女孩子身价便宜,一口气买了七八十个,准备卸任以后倒卖。卸任回家时,"单是这班鸦头就装了两号大船"。(第八十回)广东、湖北、安徽的大员们,相继办起了银元局,"一年的出息"就达四百万元,害了国家,肥了自己。(第九十四回)此外,官场上卖官鬻爵、监守自盗、贪赃枉法、侵吞粮饷之类的事,更是不胜枚举。总之,这些官僚完全丧失了社会公德,鲜廉寡耻,祸国殃民。

而那些作为官僚队伍的后备军的士子们,也失去了中国传统知识分子的学问与气节,更无治国平天下的理想与才干。他们精神空虚,不思进取,厚颜无耻,一味招摇撞骗。四川的李玉轩,写了一首半通不通的《咏自来水》诗:"灌向瓮中何必井,来从湖上不须舟",便被捧为姜白石、李青莲再世,狂傲得不可一世。(第二十二回)一批自命风雅的诗人,谈诗论文时笑话百出。他们把李商隐的号"玉溪生"加到杜牧身上,把杜牧的号"樊川居士"送给了杜甫,还说杜少陵"是杜甫的老子"。(第三十五回)还有些人,吹嘘自己兼擅诗画,搞"题画诗"。其实是自己画画,抄别人的诗。"谁知都被他弄颠倒了,画了梅花,却抄了题桃花的诗;画了美人,却抄了题钟馗的诗。"(第九回)真是无知、无耻到极点。作者愤慨地说:"此刻外国人都是讲究实学的,我们中国却单讲究读书。读书原是好事,却被那一班人读了,便都读成了名士。不幸一旦被他得法做了官,他在衙门里公案上面还是饮酒赋诗,你想地方哪里会弄得好? 国家哪里会强? 国家不强,哪里对付那些强国?"(第二十二回)这就从更深的层次上,揭露了我国的人才匮乏和吏治腐败的根源。

家庭是社会的细胞,社会上的拜金主义风气,道德的沦丧,不可能不影响家庭关系。《怪现状》通过种种家庭丑剧的解剖,揭示了当时宗法制度、伦常关系的败坏。满口仁义道德、孝悌忠信的符弥轩,竟不愿赡养自幼把他抚养成人的祖父,不仅肆意虐待他,甚至想一板凳砸死他。"九死一生"的伯父乘为亡弟料理丧事之机,将亡弟的八千两银子和十条十两重的赤金全部拐骗走,根本不顾侄儿和弟媳的死活。江苏候补道苟才的儿子,为了得到父亲的财产和姨太太,竟然和医生勾结,害死了亲生父亲。一个姓朱的同知,为了升官,出卖自己的把兄弟,而他自己又被亲侄儿陷害至死。总之,极端的利己主义和赤裸裸的金钱关系,已完全撕去了笼罩在家庭关系上的温情脉脉的面纱,家庭成员之间也是尔虞我诈,弱肉强食。而这种"礼崩乐坏"的局面的出现,正是封建社会面临崩溃的征兆。

此外,《怪现状》还抨击了那些靠外国人的势力欺压同胞的巡捕、教民,谎称找到"真命天子",害得别人家破人亡的相士,帮助儿子谋死老子的医生,真是千奇百怪,应有尽有。

总之,《怪现状》从不同的角度,不同的层面,广泛而又深刻地揭示了晚清社会道德风尚的腐败和堕落,表现了强烈的忧国忧民的思想,具有深刻的社会历史认识价值。

吴趼人是以传统道德为准绳进行社会批判的。他对封建社会的痛疽虽然解剖得相当深刻,但他的这种思想武器本身,却是相当落后的。小说中把总巡的女儿冲破等级观念同轿夫恋爱,当作伤风败俗的事而痛加诋毁,把女奴成了夫人,视为人妖颠倒而加以讥讽,反映了作者的思想局限。

在晚清众多的小说家中,吴趼人是很注重对小说艺术进行创新的人,而且在这方面取得了可喜的成就。

晚清的谴责小说,大都仿效《儒林外史》的结构,即由相对独立的短篇故事联缀而成,没有中心人物、中心事件贯穿。而《怪现状》设置了一个贯穿全书的人物——"九死一生",又采用了第一人称的叙事方法,把社会上形形色色的"怪现状",都归结为"我"(即"九死一生")二十年来的亲见亲闻。这样,既使得全书的故事前后连贯,读来又给人一种真实感和亲切感。此外，小说还写了几个正面形象，如蔡侣笙、"九死一生"的姊姊等，但作品主要不是刻画他们为国为公的业绩，而是通过他们的口，品评、剖析那些怪现状，对于深化小说的主题也起到了较好的作用。

《怪现状》也比较注意人物形象的刻画。小说善于用夸张的、漫画式的方法，凸显人物的主导性格。小说的语言平易生动，明快风趣，颇具可读性。当然，这部小说也有谴责小说那种"辞气浮露，笔无藏锋"的通病。

第二节　揭露下层社会世风堕落的《负曝闲谈》与《冷眼观》

抨击社会风气堕落的作品，比较著名的还有《负曝闲谈》和《冷眼观》等。

《负曝闲谈》三十回，遽园著。遽园，真名欧阳淦（1882—1907），字钜源，笔名茂苑惜秋生，苏州人，李伯元办《繁华报》所聘的助手。除小说《负曝闲谈》外，尚作有《维新梦传奇》。此外，李伯元作《活地狱》，自己写到三十九回，吴趼人续写了三回，剩下的二十九回也是遽园续完的。① 据包天笑回忆："这人早慧，十六岁时，文章词赋，典赡富华，而且下笔极快。"②可惜后来他和李伯元日事冶游，以至于早逝。

《负曝闲谈》共三十回。最初在《绣像小说》第六期（1903）开始刊载，终止于第四十一期。1934 年上海四社出版部出版单行本。

《负曝闲谈》通过描写苏州一带的世态人情，反映了当时混乱、堕落的世风世俗。

小说揭露得最多的，是那些浑浑噩噩的佐杂小吏。一批地痞无赖花钱买了官以后，只知靠俸金养命，却无任何治理国家的才干。安徽省合肥县的沈金标，被大烟淘虚了身子，却又花钱捐了个候补武官，听

---

① 见魏绍昌《茂苑惜秋生其人其事》，载 1962 年 7 月 14 日《光明日报》。
② 转录自《李伯元研究资料》，第 27 页，上海：上海古籍出版社，1980。

说镇上闹强盗,吓得"登时面如冬瓜一般地青"①,如飞般跑回家去,并用石头顶住门。强盗抢完东西,又放了两枪,从容撤离后,他才敢露面。把总柳国斌,在盐捕营做哨官,一次在太湖里和盐枭交战,吓得他"把两只手捧住了头,往舱底下一滚,连气都不敢出一出"。(第三回)而江西万载县的知县黄乐材,则是个"见了钱便如苍蝇见血"的人。他在审理兄弟两个争财产的案子时,不容分说,竟将他们的财产全部"充公",实际上落入了他的私囊。后来,他为此事丢了官,但并不后悔:"我的官没的做了,我的产业倒是现成的了。"(第四回)

小说也揭露了一部分旗人和富家子弟们思想的空虚和道德的堕落。那些旗人终日无所事事,吹牛,撒谎,逛窑子和斗鹌鹑。镶黄旗人氏桐重桐,在穷得没有饭吃时还雇佣丫头,处处充阔。晚上睡觉时大声喊着要丫头铺被窝,早上起来又大声吩咐丫头"把枕头放到台阶底下去,把被窝安到门框儿上去",还有什么"帐子烧完了,皮袍喝完了,靴子打烂了"等莫名其妙的话。原来,他所说的帐子是蚊烟,枕头是砖头,被窝是门板,靴子是酒坛子,皮袍是酒。吹牛撒谎也不是旗人的专利,陆财主的儿子陆鹏,府考只考了终复(准许参加最后的复试),就狂妄自大,到处吹牛,说考终复后,府衙里曾设宴招待他们,吃的菜是"一只鹅,里面包着一只鸡,鸡里面包着一只鸽子,鸽子里面包着一只黄雀"。他还说,府太爷下座亲自为他们斟酒,"要不是有福气的,就得一个头晕栽了下来"。(第一回)这又从另一个层面,反映了道德的沦丧和世风的污浊。

小说还写了上海的维新人士黄子文、李平等、王开化、沈自由等人,他们戴着"卢梭帽",吸着雪茄烟,终日打牌、嫖妓、吃大菜,打着革命的旗号招摇撞骗。李平等宣传革命,讲的是:"列位要晓得,官是捐来的,升迁调补是拿着贿赂买来的。就以科甲一途而论,鼎甲翰林是用时文小楷换来的,尚书宰相是把年纪资格熬出来的。大家下了实在的本钱,实在的功夫,然后才有这们一日。什么叫做君恩?什么叫做国恩?他既没有好处给人家,人家哪里有好心对他,无怪乎要革起命来!"(第十三回)自以为开明,实则愚昧到了极点。黄子文搞家庭革

---

① 《负曝闲谈》,第10页,长春:吉林文史出版社,1987。其后该作引文均据此本,仅在行中标明回数。

命,对母亲讲平权。他把钱大把地花到妓女身上,却让六十多岁的老母"自立"。更可笑的是,为了逃避赡养之责,他把白发苍苍的母亲送进管吃管住的"强种女学堂"当学生。(第十七回)《负曝闲谈》的作者是拥护维新的。他所抨击的,不是真正的维新人士,而是混进维新队伍中的败类。

总之,《负曝闲谈》主要通过对下层社会、世风人情的描写,谴责了晚清社会的黑暗和道德的沦丧。

《负曝闲谈》的结构,很像《官场现行记》。全书没有中心人物,也没有故事的主干,由独立性很强的小故事联缀而成。小说的文笔简劲辛辣,对世俗风情的描写也很有生活气息。缺点是描写过于夸张,给人一种不真实之感。艺术价值逊于《官场现形记》和《二十年目睹之怪现状》。

《冷眼观》,六卷三十回,1907 年小说林社刊。署"八宝王郎"作。八宝王郎真名王浚卿,宝应人,除《冷眼观》外,尚著有小说《冷眼重观》、《女界烂污史》、《迷龙阵》等。

和当时大多数抨击世风堕落的小说一样,《冷眼观》揭露得最多的,是官吏们的道德败坏。作品第一回中就说:"大凡做州县官的,第一要有一副假慈悲的面貌,第二要有一种刽子手的心肠,第三还要有一肚皮做妓女的米汤。"[1]当时大大小小的官僚大都天良丧尽,祸国殃民。那些"外交的能手",只知惧外媚外。一群日本妓女要到中国卖淫,到南京办护照。号称"外交老手"的南洋大臣,电敕所过各州县严密保护,并期望她们"可为母仪教育之助者"。(第二十一回)遇到教案,他们更是"拼着国民的生命财产、脑袋屁股去同外国人做交情"。他们还玩忽职守,贪财好色。江宁藩司的文藩台,有个嗜好是玩戏子,以至于"闹得一衙门的兔子(古称搞同性恋的男演员为兔子),好似开兔子会一般"。他还和他的儿子同时宠爱一个戏子,致使这种丑闻被画成漫画登在小报上。(第二十一回)

小说还深刻揭露了金钱对封建政治机体的侵蚀。武昌一个姓黄的人,原是开私窑子的,胸无点墨,却花钱捐了个即补的同知。人们气

---

[1]《冷眼观》,第 239 页,收入《中国近代小说大系》,南昌:百花洲文艺出版社,1991。其后该作引文均据此本,仅在行中标明回数。

斥责了一通,以后又逢人便讲此事,得了个暮夜却金的美名。为了维护这种虚假的名誉,他不惜牺牲家人的幸福,将家里管得"上房里连个雄苍蝇也飞不进来"。他自己背地里却干一些见不得人的事:他不仅逼着妻子做"娼妓所做不到"的事,还勾搭上了管家的女儿小双子。对于行贿的,"只要这人送得诚实缜密,他倒不肯拂过人情,总要照数笑纳的"。所以两三年下来,"却也不求富而自富了"。最后,他的假道学酿成了家庭悲剧:严酷的禁欲主义使得他的妻儿痛苦不堪,他的妻子投入了旧日情人的怀抱,后来抑郁而死;他的女儿同自己的亲弟弟发生了性关系,致使弟弟死于淫乱,姐姐沦为娼妓。小双子怀了孕,他却碍于名誉,不肯给她一个妾的名分,小双子骗得了他的存折后与人私奔。他得到了应有的惩罚。

小说也抨击了既投机革命又迎合守旧派,"为了这财色二字,却就瞒心昧己,忘却本来面目"的范星圃,"扒灰"的名臣厉大军机,对朋友投井下石的郅太守,维护风化维护到连自己的夫人都随人私奔的魏太史等,深刻地揭露了这些"谦谦君子"的卑污行径。

对于一些所谓的"真小人",作者倒是采取了宽容的态度。嫖妓是不正当的行为,但小说认可了任天然和妓女媚艿的恋情:"男女相悦,全在心性相投。若是心性不投,就是男止一妻,女止一夫,终身厮守,并毫无意味;若是相投,就男系重婚,女系数配,其乐趣正要加人一等。"[①]女子私奔是伤风败俗的事,但《梼杌萃编》中对魏太史的夫人何碧珍私奔以后要嫁丈夫的表弟为妾之事,也予以理解:"我要不愿,就是叫我做嫔妃福晋、一品夫人,我也不要做;我要愿,就是叫我做个外妇私窝,通房丫头,也没有甚么不可。我看不独我何碧珍一人为然,凡是天下的女子没有一个不存此心的。不过受了父母、男人的束缚,叫做没法罢了。"(第七回)这很像是晚明王学左派那种反对假道学,尊崇人的自然情欲的思想。这种主张情欲不受道德制约的思想,本身是不足取的,但在当时具有一定的反封建意义。

晚清谴责世风堕落的小说,大都以传统道德为标准,指责人心不古,《梼杌萃编》却谴责虚伪的道学对人的真性情的扭曲和压制,反映

---

① 《梼杌萃编》,第 257 页,天津:百花文艺出版社,1989。其后该作引文均据此本,仅在行中标明回数。

出人性解放的思想。这种思想，和当时社会上大量流传的鸳鸯蝴蝶派小说有某些相通之处。

　　在艺术风格上，《梼杌萃编》和一般的谴责小说也有所不同。最重要的一点，是《梼杌萃编》有了中心人物——贾端甫。作品围绕着贾端甫的生活经历，将龙师爷、范星圃、厉大军机、魏太史等人物联系在一起，并将相关故事组成一个有机的整体。故事情节完整，语言流畅，颇具可读性。

第二十三章
反映维新运动的谴责小说

谴责小说中，涉及维新运动的作品很多，如《官场维新记》《市声》《文明小史》《上海游骖录》等。这些作品对维新运动的态度不同，但都在不同程度上，反映了我国新旧时代交替时期的某些社会状况。

第一节　抨击假维新的《官场维新记》

《官场维新记》，又名《新党升官发财记》，简称《新党发财记》，十六回，撰者佚其名，有 1906 年作新社刊行本。

《官场维新记》创作的时期，正是以慈禧为首的清政府紧锣密鼓地搞假维新的时期。1898 年，戊戌变法运动的被镇压，使一些有识之士认识到，君主立宪在中国无法实现，必须推翻清王朝。以孙中山为首的资产阶级革命派提出的"驱逐鞑虏，恢复中华"的口号，很快得到民众的普遍拥护，清廷的统治摇摇欲坠。在这种情况下，以慈禧太后为首的顽固派，也不得不打出"维新"的口号来笼络人心，又不断出笼一些改良的措施。1906 年 9 月，清廷甚至还发布了"预备仿行立宪"的上谕，似乎是要在维新改良方面大干一番。清廷的这种做法，在当时也颇迷惑了一些人。然而,假的终究是假的,慈禧太后并不想真正放权;而那些大大小小的官吏,更是把维新视为升官发财的良机。《官场维新记》通过描写袁谓贤以维新作为手段升官发财的故事,揭露了当时封建官吏假维新的活动。

《官场维新记》的第一回,就开宗明义地说:"自来宇宙间一切人物,有个真的,必定有个假的。不期然而然,与那真的拼做一对,能够瞒过大众的眼睛,教他辨不出谁假谁真。有时那假的还要胜过真的一等,这也是天地间一种不可思议的道理。"①这就一针见血地指出,当时清廷的所谓维新,是一种以假乱真的伎俩,实际上是为对抗真正的维新而设的。

紧接着,作品又以生动的艺术形象,说明清廷维新的种种假象。

小说的主角袁谓贤,是江西省新喻县人。他本来十分守旧,自称:"外洋所有的东西,我一样都不爱。只有印度国出的鸦片烟,与那墨西哥所铸的洋钱,和我还有些缘分。"(第一回)然而,曾几何时,袁谓贤忽然热心起维新来,他的这一转变,得力于他在京供职的堂兄袁仰侪的一番教诲:"维新的幸福,是无数头颅购得来的。兄弟你想,为什么活得好好一个人,定要走到这条死路上去?况且照目下时势而论,你我若要真个维新起来,恐怕一步也行不去。若说是为着国家,为着百姓,究竟那国家百姓与你有什么相干?你何必把别人的千斤重担,担到自家身上来?倘一旦撞下祸来,真个流了血,断了头,还是算做忠臣,算作孝子呢?我以为为人在世,只要图得些荣华富贵,太太平平的受用一二十年,也就算交代得过。便说是要维新,不过借他做个升官发财的捷径,千万不可认真的。"(第二回)这是袁谓贤维新的真正用心,也是晚清大多数维新官僚心态的写照。

袁谓贤又是如何假借维新升官发财的呢?对此,小说作了详细的描写。袁谓贤做的第一件事,就是到湖北武汉找那个"专讲维新"的制台,捐赠了五千银子创办"东文学堂",因此得了个同知的官衔。而他的第一次差使是到上海购买铸铜元的机器,仅这一次,就把捐赠办学的钱捞回来了。后来,他又到武卫队里当文案,请来了洋教习,要求武

---

① 《官场维新记》,第 846 页,收于《中国近代文学大系·小说集五》,上海:上海书店出版社,1992。其后该作引文均据此本,仅在行中标明回数。

卫队一律改为洋操，为的是"日后有什么中外大员过境，教他们站队迎送起来，他们也晓得些擎枪致敬，升炮鸣恭那些外国的规矩"。只此一件，他便被视为维新的能员。再后来，他出卖了真正的维新志士向国珉，又上条陈主张禁止民众办报，大受制台的赏识，保举他以知府留用。制台派他到湖北的竹山查办矿案。他见矿山有利可图，只给了矿主几十两银子的山价，就改民办为官办。矿主原先东拼西凑的资本，他一概不管，结果使得矿主倾家荡产。他还开办"熬脑公司"，仗着官势，乱砍山民的樟木，践踏民田，又毒打百姓，终于激起民变。然而，仗着他维新的资本，这次民变并未影响他的前程。后来，他又去办新学，规定："大学堂的宗旨，是重在科学，不重在哲学。那外洋来的哲学，都是播散革命、平权一切妖言的种子的，断不可列入学科。"于是规定新学堂只学经史之学，借此保全国粹。他还当过警察督办，督办警察，竟然靠妓女筹集资金，结果把警察和妓女搅到一起。人们说他不是警察督办，而是"乌龟领袖"。就这样，袁谓贤的维新一帆风顺，财路大开。他又用靠"维新"挣的钱广行贿赂，结果同时得了三个要职。

在生活上，袁谓贤和那些讲求维新的大人先生们，读《男女交合新论》，"个个都把花酒当作便饭，堂子当作公馆，不到这些地方走走，也不晓得男女平权的道理；若是规行矩步，倒反觉太守旧了"。他还娶了一个新女性宽小姐，同她按西洋的仪式结婚。依照西俗，夫妇结婚之后要旅行，所以袁谓贤老早就雇好了一只官船，和宽小姐举行婚礼后就坐轿上船，命梢公把船开到运河上游去，兜了十几里路才回公馆。令袁谓贤不快的是，宽小姐也讲维新，信仰自由，婚后仍然广交男友。只因为他官运亨通，宽小姐才没有离他而去。

总之，袁谓贤通过维新得到了平时无法得到的好处。小说的结尾，他已经成了真心拥护朝廷维新变法的人："升官发财，必须有个下手的地方。所以我一向最喜欢、最盼望的，是朝廷变法维新。为什么要喜欢、要盼望呢？朝廷多一桩新政，我们候补人员，便多了一个利源，多了一起保举。"他还深有体会地说："目下虽万口一词说维新，维新，然却不可把维新两字看得认真。只可求形式上的维新，不可求精神上的维新。要晓得精神上的维新，乃是招灾惹祸的根苗；若换作形式上的维新，便是升官发财的捷径。"（第十六回）应该说，在清廷大肆宣扬维新的时候,在许多人对朝廷维新还抱有幻想的情况下,小说的作者能够通过描写下层官僚假借维新飞黄腾达的故事,揭露朝廷改良维新的实质,是难能可贵的。

需要指出的是,《官场维新记》和当时大量抨击维新弊病的小说的思想倾向有明显的不同。这首先在于,当时许多作品对维新运动的反感,是出于对传统观念的维护。换句话说,作者原本就不赞成维新。而《官场维新记》的作者,推崇西方资产阶级的民主制度和求实精神,提倡以西方国家为范本,搞真正的维新改良。小说的第一回中就说:"那泰西各国最讲究的,是'政'、'教'两个字。他那理财、练兵、殖民、保教,以及工、农、商、矿诸政,一切都井井有条,尽善尽美。所有国内通行的律法,又是由上下两个议院里的议员公同酌定。略有些儿弊病,就要及时更改,真所谓君民一体,从没有由朝廷独断独行,不管百姓们死活的。至于他的学术,尤其讲究。通国的人,几乎没有一个不是学堂里的出身。自从士农工商,以至天文、地理、律例、兵法、音乐、美术、文字、语言,样样都有个专门之学。……便是外国富强的根本。"这种全盘肯定西方资本主义制度的观点固然偏颇,但是,主张以进步的资产阶级民主政权改造落后的封建专制制度,以西学、实学取代性理之学,这在当时那个特定的历史背景下,具有明显的进步意义。

其次,许多小说在揭露维新运动的弊病的时候,悲观、消沉,看不到出路,而《官场维新记》能透过假维新,看到真正的维新势在必行的趋势:"看小说的,切莫要把这班假维新的人看轻了。须知世界上有个真的,便有个假的;抑且有个假的,便有个真的。一二假维新提倡于前,必有千百真维新踵起于后。现在讲兴学的,也晓得精神教育;讲练兵的,也注重军人资格;讲理财的,也不敢一味掊克聚敛,渐知以农、工、商、矿为致富之源。至于直省大吏之中,也有奏请改用立宪政体,奏请出洋考求政治,把'维新'两字看得分外认真的。然而推其原本,还是全仗一班假维新的人导其先路,所以才有真维新的步其后尘。"(第十六回)当然,我们不能望文生义,把真维新的出现归功于假维新;而是说,维新改良是历史的必然。清廷的假维新,不可能像他们所希望的那样,能阻止真维新的出现,而只能引起人们对真维新的更多的憧憬。由此可见,《官场维新记》的思想意蕴,明显高于一般的谴责小说。

在艺术风格上,《官场维新记》也有独特之处。首先,小说以反映社会问题为主旨,全书的情节也都是围绕所反映的问题而设置的。但它不再驱使许多互不相干的人物来证实同一社会问题,也不再把一个个独立性很强的短篇故事集结在一起,而主要是通过某一个人物的言行来反映这一社会问题。也就是说,作品有了中心人物。虽然它还不能对中心人物的内心世界进行深入的发掘,不能刻画鲜明的人物个性,但有了这样一个人物,使得作品的情节连贯、集中,头绪清楚,具有较强的可读性。其次,这部作品也和其他谴责小说一样,经常插入议论,这本来是小说创作所忌讳的,但由于作者的见解不凡,所发议论又有着很强的针对性,所以这些议论没有使小说变得枯燥无味,而是深化了主题。此外,小说的语言虽然也具有谴责小说嬉笑怒骂的特点,却比较有分寸,有的地方颇为幽默。如写袁谓贤的新式结婚:"同寅得知此消息,也就纷纷前来送礼。内中有懂西礼的,送的都是花圈。"作者对此不加任何评论,行文自身却表明了人们对西俗的一知半解和所谓新式婚礼的滑稽,更能揭示形式上维新的可笑。

总之,无论从内容上看,还是从艺术技巧上看,《官场维新记》都是谴责小说中的佳作。

第二节　谴责清政府压制民族工业的《市声》

《市声》,三十六回,署姬文著,作者身世不详。小说前二十五回在李伯元主编的《绣像小说》第43—72号(1905年)连载,标为"实业小说"。光绪三十四年(1908年)由商务印书馆出版铅印本时,已由作者补成全璧。

《市声》不像其他反映维新运动的小说,抽象地谈论维新问题,而是围绕维新运动的一项具体内容——兴办实业来写的。小说通过描写有识之士兴办民族工业之艰难,表现维新运动的步履维艰。

小说追溯了我国历史上重农轻商的由来:"中国地居黄河、扬子江两大流域,土地实在肥美,因此习惯做了个重农的国度。又从古至今,不喜交通，除了汉武帝、唐太宗、元世祖三位雄主，还喜东征西讨。至如所称仁君圣主，总之不喜用兵，只须保守自己的国度。又都怕农民没饭吃，以致辍耕太息，造成许多乱象。所以重农抑商，是古来不二法门。"然而，作者又指出，时势变化到今天，不能再依循古人的做法，必须发展工商业："如今才悟出商人关系的大，工人关系的更大。"①作品的正文从不同的角度，以不同的事例，说明发展民族工业的重要和艰难。

小说首先反映了西方工业对我国民族工业的排挤、冲击。前两回通过宁波小生产者生活的艰辛，反映了我国民族工业的落后。由于我国工艺落后，且没有形成大规模的生产战线，个体手工业者的生意朝不保夕，生活也毫无保障：打锡器的余阿五，因为病了半年，没得到一文钱，又被东家辞了，弄得当尽卖绝，靠乞讨度日；做藤椅的陈老二，手艺又精，做得又快，算是宁波城里的第一把手，但因为竞争者多，而藤椅又只有有钱的人才肯买，生意不景气，欠了人家三十块钱，过年时只得四处躲债；做木工的鲁学般，到上海后当上了工头，他本来手艺就高，又读了一年外国书，"合外国人盖造洋房，也能对付得来"，一年下来只积攒了一百块钱，便以为是发了大财。作者感慨道："做手艺的人，不要说懒惰荒工，就只有点儿病痛，已是不了。可惜没做外国人，我听说美国的工价，那制铜厂里每天做十个时辰的工，要拿他三块多钱；做靴子的工人，一礼拜好赚到二三十元。走遍了中国，也没有这般贵的工价。所以人家不愁穷，我们动不动没饭吃。"（第二回）

中国民族工业处于这样的状态之中，自然也就经不起西方工业的冲击。茶叶、丝绸的生产原是我们的强项，到了晚清却日趋衰落："如今中国茶叶，日见消乏。推其原故，是印度、锡兰产的茶多了。他们是有公司的，一切种茶采茶的事，都是公司里派人监视着。况且他那茶，是用机器所制，外国人喜吃这种，只觉得中国茶没味。我记得十数年前，中国茶出口，多至一百八十八万九千多担，后来只一百二十几万担了。"（第五回）丝绸生产也是这样，外国缫丝织绸，全用机器，降低了成本，于是拼命压价，结果也使得中国许多丝绸作坊被挤垮。具有优势

---

① 《市声》，第210页，收于《中国近代文学大系·小说集五》，上海：上海书店出版社，1992。其后该作引文均据此本，仅在行中标明回数。

的行业尚且如此，其他行业也就可想而知了。个别爱国商人，想振兴民族工业，但在西方工业的冲击下，纷纷落马。"商界一位忧时的豪杰"华兴，要和洋商争胜负，百万家私耗去了九十多万，却一事无成。管账先生劝他："东翁，你开口闭口的，要和洋商斗胜负，这是个病根。如今洋人的势力，还能斗得过吗？杭州的胡雪岩，不是因此倒下来的么？东翁，你那本钱，及不来他十分之一，如何会不吃苦头呢？"（第一回）扬州的豪商李伯正，见洋人猛杀蚕茧价格，收购出去，制成成品运回来谋求重利，于是他就抬高蚕茧价收购，又购买西洋机器，纺织各种新奇花样的丝绸等类，同外国竞争。"我的做买卖，用意和别人不同，别人是赚钱的，我是不怕折本。我收这茧子，难道不吃亏么？原要吃了亏才好，我这吃本国人的亏，却教本国人不吃外国人的亏，我就不算吃亏了。"（第六回）但一则因为资本不及外国人雄厚，二来人心不齐，他想救助的某些"同胞"，反而对他坑蒙拐骗，使得他也败下阵来。这也说明，振兴民族工业需要政府支持，全民经办，靠个别商人单凭自己的力量无法和西方工业抗衡。

其次，作品也谴责了清政府不注重民族工业发展的行为。作者认为，当时的世界，是个商战的世界，而商战的基础是工战，因为"工业兴旺，商战自强"。国家应当为发展工业而注重工艺人才的培养。"国家奖工艺，或是优与出身，或是给凭专利，自然学的人多了，就不患没人精工艺。既有人精了工艺，自然制造出新奇品物，大家争胜，外洋人都来采办起来，工人也值钱了，商人也比从前赚得多了，海军也有饷了，兵船也好造了。在地球上，也要算是强国的了。"（第十四回）然而，清政府不仅不办工业学堂，培养懂新学的人才，对于自己出国学成工业技术的人才也不予重用。江西南昌府的刘浩三，精通西文，在外国的工业学校学习过三年，还颇有发明。他原本想着学成归来，报效祖国。先到北京，又到湖南，但当官的没有一个人肯理他，他被困在客栈，差点饿死。他愤恨道："我错了，我错了。人家的本事，是在场面上的，我的本事是在肚里的。他能赚东家的钱，能捐官，能巴结上司，就是他的本事；我这本事不同，却要实实在在的干去，赚几文呆进项。有人用我，也能赚几千银子一年，没人用我，只好怨命，一文钱都赚不到的。"（第十四回）道破当时官本位的实质。而那些官商，只知道在和洋商的交易中捞好处,根本不想兴办工业。广西的委员陆襄生到上海采买军装,买办单子肃花了六七千银子在他身上打点,结果把末等的货色开了个大价钱,两人都捞了不少钱。候补道鲁仲鱼,到上海采办军装。他在外国人面前一贯自卑:"觉着外国人的势力,比上司大了百倍。外国人说的话,上司尚且不肯驳回,何况自己! 又且他们文明,我们腐败,有些愧对他哩。"(第二十七回)结果被一个冒充采声洋行总经理、外国人穆尼斯的骗子,骗去了五万两银子。当然,这些官吏是不会自己填补亏空的,只说军装涨价,由采声洋行应付过去也就是了。这就等于官僚和洋行通同作弊,坑害国家。而且,他们有现成的钱可赚,根本不想冒折本的风险兴办什么实业。

小说还揭示,我国民族工业发展的艰难,也和商人素质低下,民众的不觉悟有关。当时的商人、小生产者,大都唯利是图,不顾国家大局。华兴、李伯正为了强国而兴办工业,那些商人、小生产者不仅不鼎力相助,反而算计他们,挖他们的墙角。一些小生产者制作产品时也只顾一时的利益,不讲求商业信誉。例如,一些茶户"专能作假,绿茶呢,把颜色染好;红茶呢,搀和些土在里面;甚至把似茶非茶的树叶,混在里面。难怪人家上过一次当,第二次不敢请教了。"(第五回)更有甚者,有人经商纯属诈骗:自称从外洋回来的胡国华,把杏仁露和化痰的药水兑在一起,说成是"从化学里化出来的"止咳药水,在广告上吹得天花乱坠,一下子挣了十万多块洋钱。这些都不利于工商业的发展。在技术上,小生产者也顽固守旧。无锡的孙新,采用新法养蚕,产的茧又大又好,但是卖不出去。原因是他养蚕不是为了挣钱,而是为了改进养蚕技术。在卖茧时,他总是向人们推广他的养蚕新法,那些商贩嫌他啰嗦而不买他的茧。而广大蚕户"随你说得天花乱坠,他总有个牢不可破的见识。譬如养蚕如何喂养,如何预备桑叶,如何每眠前后将蚕移到新床,蚕屋内如何生暖,蚕山如何编造,如何拆山收茧,这些成法,大约不甚离奇。只用显微镜的法子,除却学堂里人懂得些,乡愚哪里得知,倒喜禁止人说杂话,看得那一条条的蚕,都像有神道管着的一般。"(第四回)所有这些,都使得我国的工艺生产无法和西方强国抗衡。应该说,《市声》对我国近代社会工商业的状况的反映相当真实、深刻。

小说最后六回,正面阐述发展民族工业方面的主张。作品让大富商范慕蠡和留学回来的刘浩三、杨成甫等一起兴办实业。他们决定在上海成立"工品陈列所","不论甚么手工美术,只要做成一种器物,经本所评定价值,就陈列在这所内,听人批买",还要成立"工业负贩团",便于产品的流通。此外,还要办农业公司,使种田机械化;办工艺学堂,令学生半工半读,以提高工人的技术水平。作品的结尾,还向人们展示了兴办实业的辉煌前景:"要知我国人的思想,本自极高明的,只要肯尽心做去,哪有做不过白人的理?"结果,"工商两途,大受影响。外国来货,几至滞销"。

《市声》兼有谴责小说和政治小说的风格。前三十回反映社会问题,文笔比一般的谴责小说生动质实;后面表现理想,议论较多。

晚清的谴责小说中,反映政治腐败、社会黑暗的小说很多,反映工商业状况的小说比较少见。而真正客观、深刻地揭示出发展民族工业的重要性和民族工业发展中的问题,并提出了切实可行的见解的小说,大概也只有《市声》一部。从社会认识价值上看,这是一部颇为可贵的作品,不仅在当时有着震聋发聩的作用,在今天也仍有借鉴意义。

以工商界为描写题材的小说,还有《胡雪岩外传》。作者署"大桥式羽",出版地点注明为日本东京,都系假托。小说刊于1903年,共十二回,未完。胡雪岩是晚清的一个商界巨擘,也是一个富可敌国的官商,后来在外商和清廷的压制下败亡。他的发家、败落都富有传奇色彩,对于广大民众来说,也是一个迷。小说如能真实地写出胡雪岩商战的经过,当比《市声》更能反映我国民族工商业的现状。然而作品写的只是他奢靡的生活,没有涉及他的商海生涯。究其原因,大概是因为胡与政府要员有千丝万缕的联系,许多内幕不便披露而写不下去。这颇令人惋惜。

第三节　描写维新弊端的《文明小史》与《上海游骖录》

李宝嘉的《文明小史》和吴沃尧的《上海游骖录》,都是反映晚清维新运动的小说。与《官场维新记》《市声》不同,这两部小说的作者对维新运动不理解、不赞成。故此,小说看不到维新运动的主流,所揭示的都是维新运动的弊端,但在客观上,也真实地反映了我国新旧过渡时期的某些社会现实。

《文明小史》六十回,最初发表于 1903—1905 年的《绣像小说》,1906 年由商务印书馆出版单行本。小说从不同的角度,不同的层面,反映了我国近代维新时期的种种问题。

作品反映了官僚阶层强制维新的弊病。从小说的描写看,当时的大小官僚们贪婪残暴的本性没有丝毫改变。他们推行维新,靠的不是对百姓循循善诱,而是残酷镇压。小说的第一回写道:"我们中国,都是守着那几千年的风俗,除了几处通商口岸,稍能因时制宜,其余十八行省,哪一处不是执迷不化、扞格不通呢? 总之,我们有所兴造,有所革除,第一须用上些水磨工夫,叫他们潜移默化,断不可操切从事。"发生在湖南永顺地方的一场骚乱,正是因为"操切行事"引起的。当时,朝廷为了为国兴利,聘请洋矿师到各州府察看矿苗,准备开矿。永顺地方地处僻壤,百姓愚昧。当意大利的矿师到永顺察看矿苗时,永顺的百姓却害怕开矿破坏了风水大闹起来,得罪了洋矿师。比较宽厚的柳知府因为"性情疲软,不能弹压百姓",被抚台撤了职。接任的傅太守,到任之后就来了个下马威:先打了领头闹事的黄举人几百板子,"所有黄举人家族并他的朋友,凡有形迹可疑的,一齐拿来治罪。一面又把先前闹府衙门提到的二十多个人,不论有无功名,每人五百小板,打了一个满堂红,一齐钉镣收禁。"①傅太守还派人四下里捉拿同党,"直吓得那些人家,走的走,逃的逃,虽非十室九空,却已去其大半"。(第六回)没有参与闹事的店小二父子,因不小心打了洋人一个碗,也各打八百板,并勒令赔偿碗银三百两。他的这种做法连外国人也看不下去了,反而出面保护一些无辜的人,这些被保护的人后来便成了教徒。而傅太守将自己的"政绩"呈报给湖广督宪和武昌洋务局宪,卖弄他办事的才干。

小说也反映了一些官僚打着维新的旗号谋图升官发财。湖南全省牙厘局提调孙名高,经抚台批准,借口开学堂、办机器局缺少资金,

① 《文明小史》,第 4 页,收于《中国近代小说大系》,南昌:百花洲文艺出版社,1989。其后该作引文均据此本,仅在行中标明回数。

令各府县办"城门捐"和"桥梁捐"。所筹资金,州府官员可按比例提成,筹钱多的还可以升官。傅太守觉得这件事"既可升官,又可发财,实在比别的都好",便"四乡八镇,开了无数的捐局,一个城门捐一层,一道桥捐一层",层层捐,捐了又捐,结果又一次激起了民变。(第八回)长沙的翰林王宋卿,善于"因时制宜,揣摩迎合",上头要行新政,就说新政的话;要招义和团,就说招义和团的话。后来他见维新时髦,摇身一变成了"维新领袖",被任命为山东的总教习。上司让他拟几个时务题目,令他着实为难了一番,而于受贿上他却颇为内行。胸中没得一点儿墨汁的金子香,给了王宋卿三百两银子,王宋卿不仅向他透了试题,阅卷时又把他狗屁不通的文卷取为第一。

小说还揭示出,中国同西方列强外交上的失败,形成了官僚们惧怕洋人的心理;维新运动又是以洋人为师,也就更加重了官僚阶层惧外、媚外的心态。许多官员把维新和巴结洋人混为一谈。永顺的柳知府"一心只想笼络外国人,好叫上司知道,说他讲求洋务",听说洋矿师来了,不顾自己的身份,先去拜他,并叫县里备好酒宴送去。(第二回)武昌的制台,"看了这几年中国情形,一年一年衰败下来,渐渐的不及外国强盛,还有些仰仗外国人的地方",定了一个章程:"只要是外国人来求见,无论他是哪国人,亦不要问他是做什么事情的,他要见就请他来见,统统由洋务局先行接待,只要问明白是官是商。倘若是官,通统预备绿呢大轿,一把红伞,四个亲兵;倘若是商人呢?只要蓝呢四人轿,再有四个亲兵把扶轿杠,也就够了。"这把外国人一个个都抬上了天。(第十三回)总之,小说对于当时官场中维新的弊病,揭露得相当深刻,也相当真实。

《文明小史》还揭露了所谓新派人物的形式上的维新。这些人学习西方文明只学皮毛,不学根本。例如:贾子猷(自由)、贾平泉(平权)、贾葛民(革命)兄弟三人,向往西方文明。他们托人从省城买回一盏洋灯,比油灯要亮数倍,便觉得是看到了外国的文明。后来,他们只要从报纸上看到有外洋新到的器具,不管合用不合用,都要花钱买了来,便以为自己极开通、极文明。也有的人,把西方不同于我们的生活习惯当作文明。比如,洋矿师的通事,讲维新只注重学洋人的服饰:"鼻子上架着一付金丝小眼镜,戴着一顶外国困帽,脚上穿着一双皮鞋,走起路来格吱格吱的响,浑身小衫裤子,一律雪雪白,若不是屁股后头挂着一根墨测黑的辫子,大家也疑心他是外国人了……"(第二回)第十八回还写维新人士姚文通吃大菜时,不肯吃"拿刀子割开来红利利"的牛排,就有人嘲笑他说:"老同年,亏你是个讲新学的,连个牛肉都不吃,岂不惹维新朋友笑话你么?"更有甚者,有人还把文明当作一些丑恶事件的护身符:佘西卿把吸食鸦片看作是自己的"自由";贾氏兄弟见上海的妓女在男人面前毫不羞涩,便以为她们像"受过文明教化的一样"。应该说,这也道出了晚清人刚刚接触西方文明时的一些浅薄无知的看法。

　　然而,对于在中国社会上造成了重大影响,并真正改变了社会历史发展方向的康有为、梁启超等人的维新运动,作者缺少应有的认识,对这些维新运动的中坚人物进行了攻击、丑化。《文明小史》中以安绍山影射康有为,这从安绍山的出身、经历上可以看出来。安绍山是广东南海人,曾在京城上万言书,成立维新会,在全国影响很大。后来朝廷逮捕他,他逃到了香港,雇了保镖,建了有机关的房子,从此"为国自爱"起来。小说看不到百日维新在我国所产生的重大影响,把康写成一个虚伪自私的人。书中又以颜轶回影射梁启超,他和安绍山也是师生关系。小说写他抄了别人的文章,算是自己的著作,并在海外广泛散发,以事宣传。小说中对梁启超所创的"新文体"攻击尤甚:

　　　　颜轶回的著作,有些地方千篇一律,什么'呱呱呱,呱呱呱!'还有人形容他,学他的笔墨,说:"猫四足者也,狗四足者也,故猫即狗也。莲子圆者也,而非扁者也;莲子,甜者也,而非咸者也;莲子,人吃者也,而非吃人者也。香蕉万岁,梨子万岁,香蕉梨子皆万岁!" (第四十六回)

把梁启超那种感情充沛、气势磅礴,极富鼓动性的宣传文章形容得如此不堪,只能说明作者思想境界的守旧。

　　《文明小史》虽然把当时社会上的种种维新说得一无是处,但也意识到,当时的社会是个光明与黑暗交替的时代。楔子中写道:

　　　　我们今日的世界,到了什么时候了?有个人说:"老大帝国,未必转老还童。"又一个说:"幼稚时代,不难由少而壮。"据在下看来,现在的光景,却非老大,亦非幼稚,大约离着那太阳要出,大雨要下的时候,也就不远了。何以见得?你看这几年,新政新学,早已闹的沸反盈天,也有办得好的,也有办不好的,也有学得成的,也有学不成的。现在无论他好不好,到底先有人肯办;无论他成不成,到底先有人肯学。加以人心鼓舞,上下兴奋,这个风潮,不同那太阳要出,大雨要下的风潮一样么?所以这一干人,且不管他是成是败,是废是兴,是公是私,是真是假,将来总要算是文明世界上一个功臣。

作者的这种看法倒是颇有见地,说明尽管他较多地看到新旧变革中的种种弊端,却从社会历史发展的角度,肯定了这种变革。

《文明小史》围绕着维新问题构架小说。小说先是从比较闭塞、落后的湖南永顺地方写起,然后又写到湖北、苏州、上海、北京,乃至日本、美洲等地。所反映的维新问题也渐次深入:由普通百姓对待维新的态度,到官僚推行新政,再到新派人物形式上的维新。虽然小说写了许多地方,许多人物,但由于作者是紧紧围绕着一个中心问题写的,读来不仅不令人感到杂乱,而且颇有层次感。诚如阿英所评:"《文明小史》这部书,不用固定的主人公,而是用流动的、不断替换的许许多多的人物作了干线。可是并不怎样感到涣散,因为人物虽然换过,但人物的思想情绪,却没有多少差异,仍然是密切的具有着联系性。"①其次,在人物塑造方面,《文明小史》不像《官场现形记》那样夸张失实。例如:头两回写柳知府得知店小二父子打碎了洋人的碗后,先是大惊失色:"打碎了一个什么碗?你知道,弄坏了外国人的东西,是要赔款的吗?"喝令把店小二父子抓了起来。但真要惩罚店小二父子时,他又有些不忍心:"究竟打掉一个碗,不是什么要紧东西,也值得拖累多少人,叫人家败家荡产吗?不过现在他们外国人止在兴旺头上,不能不让他三分。可怜这些人,哪一个不是皇上家的百姓?我们做官的不能庇护他们,已经说不过去。如今反帮助别人折磨他们,真正枉吃了朝廷俸禄,说起来真叫人惭愧得很!然而也叫做没法罢了。"柳知府不是个正面形象,但良心未泯。他迫于时势,也由于自己求名求利的私心,做了一些不该做的事,但同时也觉得问心有愧。这样的人物形象贴近

---

① 阿英《晚清小说史》,第 10 页,北京:东方出版社,1996。

生活,令人觉得真实可信。小说的语言生动形象,泼辣酣畅。

《上海游骖录》,十回,作者吴趼人。原载于《月月小说》第6—8号,1907年出版单行本。小说通过辜望延(姑妄言)和他的堂兄辜望廷(姑妄听)的遭遇,反映维新变法时期的种种弊端。

小说揭露了晚清政治的黑暗,抨击了政府官吏的残暴。湖南的大帅不敢对付入侵的列强,却借口捉拿革命党,对百姓枪炮齐施。"无数的百姓,狼奔豕突的,不辨东西南北,往后乱窜,闹了个哭声震天。那跑得慢的,早做了枪靶炮灰。"①而且,他们还专门诬陷别人为革命党,借以请功求赏。辜望廷原是湖南一个安分守己的读书人,因为家里穷,拿不出好酒好肉招待他们,被他们做成圈套,诬陷为革命党,害得家破人亡。在作者看来,这些官兵比强盗还可恨:"遇了强盗,还可以到衙门里去告,遇了他们这一班瘟元帅,还没有地方好告他呢! 真是奉旨的强盗。"(第二回)因此,作者认为,许多民众呼吁维新改良,甚至是赞成革命,是有道理的。

小说也揭露了某些新派人物的虚伪和人格低下。屠牖民、王及源、谭味辛等一帮人,满口革命的词语,实际上却满脑子升官发财的思想。他们出国留学并非寻求救国的道理,而是把留学视为步入仕途的捷径。因为考科举先要受十年寒窗之苦,考试时又是秀才、举人、进士,三年一个台阶。即使场场顺利,也要许多个年头。出国留学三年回来后,考一场试便是翰林学士。他们平时大骂"腐败! 腐败","奴隶! 奴隶","一提到了革命,没有不手舞足蹈的",一旦政府给他们一点好处,他们便立刻"圣恩高厚,皇帝万岁的了","莫说立宪,要我讲专制也使得,只要给的钱够我花。"(第七回)此外,他们还终日抽大烟、嫖赌,甚至行诈骗。由这样一群道德败坏的人去革命,只会把国家搞得更糟。

故此,作者认为,国家虽然黑暗,政府虽然残暴,但民众不能革命。"以现在而论,有断断乎不能讲革命的两个道理。"这两个道理,一是在列强觊觎中国的时候,政府和革命党如果开仗,只怕"鹬蚌相持,渔人得利"。况且,如果政府许给外国人好处,让他们帮着镇压革命,革命

---

① 《上海游骖录》,第488页,收于《中国近代小说大系》,南昌:百花洲文艺出版社,1988。其后该作引文均据此本,仅在行中标明回数。

也会是"有败无成"。二是就当时上海那些革命者的道德、品格,也决定了他们难以当此重任。

作者也不赞成立宪,因为国民的思想境界尚未达到这样的高度。第十回写,政府刚一讲立宪,"就把米立贵了"。因为如果是不立宪,米贵了朝廷可以"勒令他平价,不遵,断打他的屁股都可以办得到"。立宪以后,"地方要自治了,官对百姓要客气了",政府也不便干预了,许多弊端便无法清除。"我们中国人道德丧尽,就是立宪也未见得能治国,还怕比专制更甚呢?"

由此,作者得出的结论是:"改良社会,是要首先提倡道德,务要使德育普及,人人有了个道德心,则社会不改自良。"(第八回)

《上海游骖录》的作者,对一些问题的认识是相当模糊的。他看不到资产阶级改良和资产阶级革命的主流,只根据一些投机革命的人的表现而否定革命和改良,这显然是极为片面的。他也不懂得经济基础对意识形态的决定作用,只想靠道德教育改变封建社会的黑暗现实,这也是行不通的。但是,小说对维新变法时期吏治腐败和社会秩序混乱的反映,具有一定的认识意义。

《上海游骖录》旨在反映作者关于维新变法方面的见解,所以这部小说的特点是议论多,说教多。在艺术手法上,《上海游骖录》和吴趼人的其他小说有相当的差距。

第二十四章
晚清其他谴责小说

晚清谴责小说所反映的社会问题是十分广泛的。除了前面几章讲到的反映官场腐败、世风堕落、维新问题的小说之外,还有的小说反映了禁烟运动及破除封建迷信等方面的问题。下面,我们分析其中一部分比较典型的作品。

第一节　反映鸦片输入危害的《黑籍冤魂》

《黑籍冤魂》,三编二十四回,题长洲彭养鸥著,作者身世不详。有宣统元年(1909 年)改良小说社"说部丛刊"本,标为"醒世小说"。

《黑籍冤魂》以林则徐禁烟为背景,通过广东吴氏一家几代人吃烟、贩烟的生涯,反映了鸦片输入的危害。

小说极写吸食鸦片对国家造成的危害。在作者看来,鸦片的危害首先在于"消烁元神,灰颓志气"。"你看那班做官的人,因为吃了烟,都是吏治废弛,玩视民瘼;那班读书的人,因为吃了烟,都是壮志全消,不图上进;那班做生意的人,吃了烟,都是废事失业,不管商务堕落;那班做工业的人,吃了烟,都是懒惰成性,不知工艺改良;还有那种田的人，吃了烟，更都是灌溉不勤，耕耘不力，田园则日就荒芜，饥寒则不免交迫。"①此外，吸食鸦片还要耗去大量的钱财，足以引起国家的经济危机。总之，吸食鸦片会使得国家迅速衰败。

吸食鸦片，也给一些家庭造成灾难。小说主要通过广东吴慕慈一家因吸食鸦片酿成的苦果，为人们提供鉴戒。吴慕慈的父亲因吸食鸦片而死。但这并没有引起吴慕慈对鸦片毒性的足够认识，只是以为父亲吸烟不得法，于是创造了吸烟的工具，改进了吸烟的方法，不到一年，这种方法风行海内。吴慕慈的儿子吴春霖，及春霖之子吴良，都"继承"了吴慕慈的"衣钵"，做了烟鬼。在林则徐奉旨禁烟的时候，吴春霖因贩烟被正法。林则徐被撤职后，鸦片烟被当作正当的商品输入。洋人因吴春霖为贩烟而死，把运到中国的烟交给吴良贩卖，使他赚了一大笔钱。但这并没有给吴家带来好运。吴良捐了个浙江宁绍台道，因烟瘾太大，无法胜任公务而离职，后终因食烟得恶疾，死得非常痛苦。其长子因给强盗窝赃，下狱而死，幼子因误食鸦片烟膏汤而死，其妻因痛子而亡。总之，鸦片害得吴家家破人亡。

然而，事情还没有就此而止，吴良之女爱珠也染上烟瘾，嫁到婆家，不能生育，并把烟瘾传给了丈夫。公婆活活气死，夫妻两人也终日寻闹。吴良次子吴仲勋，在家破人亡后投奔父亲的好友、同样也是瘾君子的谢子晋，被谢子晋招为女婿，翁婿俩办起了纱厂。谢子晋刚吃完大烟，衣冠不整，去查看机器，被机器卷住衣服，又因被烟淘虚了身子无力挣扎，竟被轧死。其女正在生产，听说父亲惨死，不久病亡。吴仲勋也因烟瘾太大，精神恍惚，使纱厂破产。小说还写，吴仲勋刚生下来的女儿，啼哭不止，对她喷了一口烟，她哭声顿止，原来她在娘胎里就染上了大烟瘾，何等无辜？吴良常住的屋里，连老鼠都染上了烟瘾。吴良死后，烟气断绝，他的屋里"纵横狼藉，尽是死鼠"，后来引发了鼠疫，又何等可怕！总之，鸦片烟就像瘟疫一样，走到哪里便被带到哪里，带到哪里就会给哪里带来灭顶之灾。

小说的最后，让那些吸食鸦片的人，死后都进阿鼻地狱，表现了作者对鸦片输入的愤懑之情。

①《黑籍冤魂》，第 89 页，收于《中国近代珍稀本小说》第 17 册，沈阳：春风文艺出版社，1997。其后该作引文均据此本，仅在行中标明回数。

　　小说也抨击了清政府在禁烟问题上的腐败无能。朝廷虽然明令禁烟，然而只是禁烟进口，却不禁人吃烟。贩烟的船只入关时，关上胥役得了贿赂，外面盘查得十分严密，暗中却是通连，成为私贩的援手，而且"法愈峻则胥役之贿赂愈丰，棍徒之计谋愈巧"（第四回）。钦差大臣林则徐看到了鸦片的危害，在虎门将两万两千余箱鸦片焚毁，并严令烟民戒烟。但朝廷在外国人的威胁下将林则徐革职，使鸦片得以长驱直入。由此可见，鸦片烟毒害国民，朝廷难逃其责。

　　在艺术风格上，《黑籍冤魂》和一般的谴责小说略有不同。小说仍以反映社会问题作为创作主旨，但已不是那种"虽云长篇，颇同短制"的体制，它是以一个家庭为核心反映鸦片危害的。也就是说，小说有了中心人物，中心事件，并把反映社会问题和描写家族兴衰、人物命运结合在一起。正是由于小说围绕着所要反映的社会问题选材，围绕着中心人物展开情节，所以故事情节比较集中、连贯，故事之间也不存在雷同化的毛病。而由于作品的侧重点仍是为了说明问题，所以小说对中心人物形象的刻画仍显得薄弱，人物是作为说明问题的载体而存在的。

第二节　揭露封建迷信的《玉佛缘》与《瞎骗奇闻》

　　晚清时代，由于西方自然科学的输入，封建迷信受到很大的冲击，出现了不少抨击封建迷信的小说。其中，比较好的作品有《玉佛缘》和《瞎骗奇闻》等。

　　《玉佛缘》八回，作者署名"嘿生"，真实姓名不详。《玉佛缘》最初载于1905年的《绣像小说》上。

　　《玉佛缘》主要通过描写钱梦佛父子两代人的悲剧，揭露迷信神佛的危害。钱梦佛的父亲，是钱塘县城里的一个贡生，因科场失意看破红尘，一心礼佛；因无子，听信了尼姑的话，请了一尊檀木雕刻的送子观音。其实，这送子观音是尼姑用很少的钱从藩台衙门前的店里买来的，根本没有什么灵验。但事有凑巧，钱贡生之妻真的生了个儿子。儿子出生时，钱贡生梦见和尚捧玉佛入室，因名梦佛。尼姑因此诈去许多钱财。梦佛并没有什么灵根，长成后娇惯成性，专好女色，任意挥霍，钱贡生抑郁而死，其妻也悲痛过度身亡。

梦佛自己，原本不信什么神佛，后来他考中进士，携家赴武昌任盐法道时，在海上遇到大风浪。有几只鸥鸟飞来，人道是天妃娘娘的巡海使者，鸥鸟飞过后便风平浪静。这偶然的事件使得他对神佛深信不疑，从此也烧香礼佛。灵隐寺大和尚了凡得知后，便想办法要诈他的钱财。了凡以前云游至缅甸时，曾买过一尊佛像，准备带回作为纪念，后嫌累赘，寄放在成都的万寿宫中。此时，他骗梦佛说成都的那尊玉佛出自西天佛国锡兰，是如来化身，十分灵验，且和梦佛有缘，要向他募化十万银子修寺、迎佛。梦佛听信其言，耗费了大量的钱财迎来了玉佛。了凡从中得了大量的金钱，任意挥霍，建造密室，专门引诱、奸淫妇女。事情泄漏，有人为此弹劾梦佛，他才知道上了了凡的当，自此深恨和尚。然而他的家人仍然信佛：他的女儿进香时窥见和尚尼姑偷情惊吓成病，他的夫人不去求医，反去求仙水。梦佛一气成病。家人还以为梦佛的病和玉佛有关，又请了凡持仙水来治病，竟把他活活气死。总之，梦佛父子因为迷信，不仅花费了大量钱财，还白白送了性命。

作者认为，封建迷信观念之所以延续下来，首先是因为民众"没见识"，"只觉得地球上的风云雷雨，日食月食各事，都可恐怖。"①把一些巧合的、自己解释不了的事件，都视为神灵报应。还有些人，迷信神佛是寻求心理安慰："一种是贫穷的读书人，心上只想怎样功名发达，做官做府。……就没法知道将来的事，只得去请教算命先生、相面先生。听他几句恭维话，纵然是假的，也博个眼下快意。还有一种是富贵人……有了十万银子就想积到百万，有了百万，又想千万，只皇帝不敢盼望做罢了，余下的体面事，都要轮到自己，才觉快活。所以也肯信命相，为那算命相面的人说的都是什么位极人臣、家私百万这样入耳的话，哪有不愿听的理？"（第二回）这种种原因，形成了迷信神佛的心态。

其次，封建迷信的传播，也在于一些社会渣滓的蛊惑。了凡为了使钱梦佛夫妇答应请那尊石佛，以便从中渔利，假说梦佛是玉佛转世。

①《玉佛缘》，第512页，收于《中国近代文学大系·小说集五》，上海：上海书店出版社，1992。其后该作引文均据此本，仅在行中标明回数。

他买通钱府的奶妈、丫环后,潜入其花园,每天早晨敲木鱼。钱夫人隐隐约约听见木鱼声,让丫环去寻,又都谎称不见敲木鱼之人,便以为神佛显灵。地痞王七为了骗酒吃,编造了玉佛是如来佛收伏齐天大圣时惊出来的汗水凝成,钱梦佛又是玉佛投胎而生的鬼话。鲁半仙算命,找了五六个人替他做眼线,提供信息,所以卦也算得颇为灵验。作者感慨地说:"现在财政困难,办学堂没经费,造兵船没经费,练水陆军没经费,开制造厂没经费,开铁路没经费,倒是造佛寺有经费,斋和尚有经费,讽经礼忏有经费。"(第五回)这样的见解,不仅在当时有醒世的作用,至今也仍有教育意义。

《玉佛缘》相当深刻地揭露了封建迷信给社会带来的危害。作品不是空发议论,而是以具体的故事说明问题,情节比较生动;结合民风民俗来写,又使小说具有浓郁的生活气息。在晚清诸多的谴责小说中,《玉佛缘》是颇具可读性的作品。

《瞎骗奇闻》八回,作者吴趼人。最初刊载于1905年的《绣像小说》,1908年商务印书馆出版单行本。

《瞎骗奇闻》主要揭露算命先生的害人。济南的财主赵泽长,因无子嗣,找周瞎子算命。周瞎子信口胡言,说他命中有子。赵妻年已五十,知自己已不能生育,又怕丈夫娶妾,便和周瞎子串通,假装怀孕,届时抱养了一个穷人的孩子为己子。赵不察,自此深信周瞎子。瞎子为取悦于赵,又推算这个孩子将来仕途通达,官居极品。不料,此子长成,愚劣无比,赵才开始怀疑周瞎子的话。一次和人闲谈,无意中听说了孩子的身世,怒火中烧,一病不起。有个叫洪士仁的,也找周瞎子算命。周瞎子算他"要败到寸草不留,方能发财"。洪士仁因此不求进取,自甘贫贱,结果害得家破人亡。洪士仁一怒之下杀死了周瞎子。小说根据赵、洪两家的不幸遭遇,告诫人们不可相信封建迷信。由于作者对星象占卜之类的事了解较多,对瞎子骗人勾当的描写比较生动,也比较真实。

抨击封建迷信的小说,还有壮者的《扫迷帚》和遁庐的《当头棒》。这两部小说讲述的道理比较深刻,对于民间迷信风俗的批判也比较有力,但作品中议论多,对迷信现象的罗列多,使得小说内容不集中,故事情节也不生动。

第三节　问题小说的另类——寓言体谴责小说

晚清时期,社会上出现了一大批以谈神说怪的方式影射现实的小说。其风格如鲁迅所云:"取诸色人,比之群鬼,一一抉剔,发其隐情,然词意浅露,已同嫚骂,所谓'婉曲',实非所知。"①这里,我们把它作为问题小说的另类,称之为寓言体谴责小说。

按照作品的内容,我们把这类小说分成两类。

第一类是揭露政治黑暗、抨击拜金主义的作品,如《何典》《常言道》《活财神》等。

《何典》又名《十一才子书鬼话连篇录》,十回,作者张南庄,生卒年代不详。据海上餐霞客的《跋》所云,他是乾隆、嘉庆年间上海高才不遇的"十布衣"之冠。他著作等身,身后却不名一钱,所著诗文散佚,只有《何典》传世,最早的版本是光绪四年(1878年)申报馆排印本。

《何典》的主要特点是将人间的活剧搬到阴间表演,通过三家村活鬼一家的遭遇,反映社会的黑暗。小说写阴山下鬼谷中三家村的财主活鬼,中年得子,演戏谢神。戏场上有一鬼因斗殴而死,当方土地饿杀鬼不抓凶手,借机向活鬼敲诈,活鬼被气死。饿杀鬼索贿枉法,却没有受到制裁,反而走了识宝太师的门路,得了枉死城城隍的美差,大发其财。甘蔗丞相的儿子色鬼,看上了豆腐西施,将其抢到家。色鬼的妻子是识宝太师的女儿,因吃醋打死了豆腐西施。饿杀鬼审案时放过色鬼,却将罪名坐在别的鬼身上,激起了众怒,连阎罗王也差点儿被推翻。总之,官场整个儿是贪赃枉法、暗无天日的鬼蜮世界。

小说还写了金钱对世俗人情的影响。活鬼的儿子活死人在父母死后,去投靠舅舅。舅母醋八姐看见外甥带来的乌金,十分亲热;对外甥却百般虐待,使得活死人到处流浪乞讨。色鬼看上了臭花娘,脱空祖师庙的尼姑为巴结有钱有势的色鬼,和他串通一气,谋算臭花娘。此外,小说还写了诬告鬼的造谣生事,牵钻鬼的嫉妒、损人不利己,破

---

① 《鲁迅全集》第9卷,第220页,北京:人民文学出版社,1981。

面鬼的撒泼无赖,以至阎罗王的昏庸。而所有这些,无一不是影射人间世态的,确如刘复在《重印〈何典〉序》中所说:"纵观全书,无一句不是荒荒唐唐乱说鬼,却又无一句不是痛痛切切说人情世故。"

《常言道》,又名《子母钱》《富翁醒世传》,四卷十六回,作者署"落魄道人",不详何人。小说于嘉庆九年(1804年)定稿,现有嘉庆十九年(1814年)刊本。小说用想象夸张的手法,重点抨击了败金主义思想对世风世俗的影响。

作品写士子时伯济,有一祖传宝物——金银钱。此钱有子母钱之分,而伯济只有子钱。他外出游学时,带上了子钱,想顺便找回母钱。途中他不慎失足落海,漂流至小人国,在没逃城中受到钱士命等人的敲诈勒索,后遇大人国的人搭救,来到道德高尚、古风犹存的大人国,并在大人国的人帮助下回到家乡。

作品对拜金主义的抨击,主要是通过对钱士命等人的讽刺展开的。钱士命是小人国的财主,有敌国之富。但他非但一毛不拔,还拼命搜刮钱财。他有金银钱的母钱,听说时伯济的子钱落入海中后,就到海边用母钱去招引子钱。不料母钱因此落水,他竟"顿时起了车海心,要把海水车干"①。当他的母钱得而复失后,他无时不想着金钱,结果得了重病,最后为金钱送命。小人国其他人也都爱钱如命,钱士命的帮闲施利人,为了借钱士命的钱看上一眼,竟以妻子供蹂躏作为代价;专门讲究四大皆空的僧人,得知钱士命家有金银钱时,竟三番两次地去钱家骗钱,当他拿到钱后,激动得"顿时虚火直旺满身"。钱士命的小僮眭炎、冯世,也是终日围着钱转,对有钱的百般逢迎,对没钱的任意欺凌。总之,小人国里的人个个见钱眼开,惟利是图。这正是作品对晚清世风的揭露。

小说还描写了一个理想的王国——大人国。在这个国度里,人们注重道义,藐视金钱,世风淳正,国家祥和。大人国与小人国两相对照,作者的社会理想不言自明。

上述两部作品,因为创作的时间比较早,还只是在一般意义上反对拜金主义对社会的影响。作于庚子之变后的《活财神》则紧密联系

①《常言道》,第60页,《古本小说集成》,上海:上海古籍出版社,1994。

社会现实,揭示了酒色财气的破坏力。

《活财神》,八回,冬青著。冬青,字戏墨,杭州人。小说现存宣统元年(1909年)上海六艺书局刊本。小说的主旨,是说明酒色财气的威力,如书末澹云主人所云:"万物由心造,由境生,由幻出,不外乎'酒、色、财、气'四个字。就是真神降世,活佛临凡,一经过眼,便生魔障。可见这四个字,是困缚人心的恶魔,迷乱生魂的毒鬼。"①

小说的主角是东海神洲元宝山多宝洞里的财神,由于他专司财物,连妖怪都逢迎他。玉皇大帝为财、气所诱,同佛祖赌胜负,输了四万万镑款项,要他拨给大宗公款,以还赌账,然库中所存,不够支付。财神无奈,会集所有掌管财政的尊神,设法招财进宝。不料众神推托,不肯助捐,财神只得下凡筹集款项。他先求助于王母娘娘的外甥城隍,城隍不能解决。财神又到处访求能点铁成金的吕洞宾。在寻访吕洞宾的途中,活财神先是遇到了开妓院的张四姐,为女色所迷;又结识了滑透将军,并在他的陪同下,四处筹集金钱。他们先到认股份承办铁路的地方,对方要他出钱入股,吓得他赶紧离开;又到了夜总会,见男女混杂赌博,不觉手痒起来,结果输掉了玉如意。后又遇到倒运、穷酸、落薄、苦命人,均求他接济,他一一应付过去。在一品室品茶时,又遇五猖司的人对他行凶索诈,被巡天使者救出,送到英租界。后来,他终于找到吕洞宾,吕将一座石山化为金山,并令八万四千搬运鬼替他送至天上缴旨。这些搬运鬼后来就降临凡间做经济客商。"眼下中国商务兴旺,想来是众多的搬运鬼降世所致。"

《活财神》和晚清社会的现实联系紧密。小说反映了由于当局腐败引起的经济危机,写了兴办铁路等各项活动资金紧缺,也反映了当时商业迅速发展的现实。作者把客商视为搬运鬼,说明他对发展商品经济的意义缺乏认识。

第二类,是反映改良运动的小说,如《蜗触蛮三国争地记》《宪之魂》《新封神传》等。

《蜗触蛮三国争地记》十六回,署"原著活东,译述者虫天逸史",作者真名不详。有光绪三十四年(1908年)铅印本。

---

① 《常言道》,第60页,《古本小说集成》,上海:上海古籍出版社,1994。

小说写蜗牛国君臣昏庸无能,其左丞相阿谀是叩头虫,右丞相苟容是应声虫,外部大臣求和是可怜虫。由于他们浑浑噩噩,不思进取,导致了蜗国的国力衰败,并招致了外患。先是蛮国蚕食蜗国东省,并侵入触国虾夷之地。蜗国君臣置若罔闻;触王却遣使告蜗王,要求联合发兵讨伐蛮国。蜗王与三大臣议,右丞相不敢言,左丞相和外部大臣均主张中立。触、蛮两国在蜗国东省交战,蛮国败,两国皆以蜗国不能严守中立为名以图瓜分蜗国。触国要东省铁路,蛮国要东省金库,可怜虫都应允。蜗国游士康伊,上书要求变法,受旧派迫害逃到海外,其徒有六人被杀。又有南狱道人和持红灯之女子,皆言法术灵验,枪炮不入。旧派大臣使之攻触、蛮二国使馆,二国怒,联合攻蜗,蜗国大败。蜗国再一次割地赔款。此后,蜗王见不变法没有出路,宣称改良,因所用非其人,变法毫无成效,而且出现了许多弊端。这激起了国人极大的愤怒,有因国恨难消而自杀的留学生班龙,有枪杀某大臣被杀之新党齐螬,有无故受牵连而死的离婚之妇秋蝉……国家更为衰弱。最后,蜗国国王痛下决心,变法图强。他派黄蜂为外务大臣,唐郎监造铁路,络丝娘负责纺织行业,马头娘负责缫丝厂……军队也尽除旧法,百废俱举。蜗王还准备立宪,召开国会。国家日益强盛,最后终于打败触、蛮二国,国泰民安。

显然,蜗指中国,蛮指俄国,触指日本。小说借三个昆虫国的争斗,反映了日俄战争到辛亥革命前的一段历史。当时社会上发生的重大事件,如日俄战争、康梁变法、庚子之变、刘天华蹈海、徐锡麟枪杀恩铭、秋瑾就义,以及清政府的假立宪等,小说中都涉及了。小说对中国国力屡弱、文武大臣的平庸无能进行了嘲讽,并指出中国的唯一出路是变法图强。

《宪之魂》十八回,作者不详。有光绪三十三年(1907年)新世界小说社刊本。小说通过地府里的改良运动,表现作者的政治主张。

小说写光绪年间,阎罗天子顽固守旧,不思进取,鬼判阴官和省府州县的城隍,大半都贪污受贿,祸国殃民,弄得阴府衰败不堪。海外诸鬼国因通商启衅,阴府连连战败,割地赔款。外国轮船一直驶进了血污池;铁路一直修到奈何桥;酆都城被辟作商埠,鬼门关的关税也给了外国。阎王在都城隍的动议下,想要改良,而阴府大臣大都反对,并争相弹劾都城隍。在阎王的坚持下,派六个大头鬼作为钦差大臣去海外的鬼国考察,为以后的立宪做准备。六大臣想到的是趁机游览海国,他们只知吃喝玩乐,有的还找外国妓女。回国后,六大臣以阴府国民未受教育为由,反对立宪。然而,当时阴府的局势异常危险,为了扼制革命风潮,阴府还是宣布预备立宪。这种假立宪引出了更多的弊端,使社会上的怪现状层出不穷:财帛司长两眼全盲,只有见到金银时眼里会放奇光;裁判贪污受贿,颠倒是非;提学使暗通关节,胸无点墨者花了三千金得了优贡;巡警局勾结强盗坐地分赃;留学生借口平等不认父母,还打着自由的旗号勾引少女……整个社会混乱不堪。而唐才常等革命者的鬼魂在阴府大搞恐怖、暗杀活动,使得局势更加混乱。在这种情况下,世界各鬼国集会,商议瓜分阴府事宜。阎王及诸臣面临灭顶之灾,才大开言路,以商定救国之策。一阴官上书,极言立宪之利。阎王便令以西方文明国为典范,废除专制制度,改行议院制度和地方自治,结果国富兵强,接连打败入侵者,收回列强占有的一切特权。

《宪之魂》问世的 1907 年,正是清政府以假立宪蛊惑人心的时候。小说以谈神说鬼的方式,揭露清政府所谓立宪的实质。书中所写的鬼话,大都以当时的真人真事为基础,故此作品具有醒世作用。然而小说内容的繁杂,描写的粗疏,影响了作品的可读性。

《新封神传》二十回,作者署名大陆,不详何人。最初在 1906 年《月月小说》上连载。1908 年群文社出版单行本。

《新封神传》与《封神演义》的内容并无关联,只是借用姜子牙这个艺术形象,反映当时变法的情况。小说写姜子牙成为神仙后,因为三妖闹事,使得东海之滨的罗刹国变为人间地狱,被元始天尊派去除害,再度封神。子牙途中迷路,误至南非,被洋人捉住。天尊将其救出,为了确保其安全,派在日本留学的猪八戒与他结伴而行。猪八戒改名不呆,一字不识,在日本并未学到真才实学,只学会利用留学生的招牌行骗。他穿着西装,剪去辫子,教姜子牙学外语,只学"也斯"二字。因为这两个字最有用处:无论上头说得对不对,只要答"也斯",便可升官发财,洋人也喜欢听这两个字。他还学会了一些时髦的词语,有时把"革命"二字挂在嘴边,有时叫喊"铁血主义",令人以为他是热心为国的志士。但是他真正干的，是灭亡中国的勾当。他和子牙回国后，住高级宾馆，到处招摇撞骗。一个大财东为扬维新之名，请八戒、子牙帮助办学堂。八戒花了人家大笔钱财后，替他办了个以培养善于投机的人才为宗旨的"中立学堂"。他们教学生对着新党说维新，见到旧派人物说复古，还特设一门"模棱学"，自编教材，专门培养学生八面玲珑的本领。财东又派八戒、子牙去日本购买教材、仪器，八戒趁机游玩、嫖妓，大肆挥霍。书中子牙的形象并不突出，着重刻画的，就是投机维新事业的猪八戒。

小说还写了其他鬼蜮式的人物。其中有冠冕堂皇，暗中吸天下人膏血的官员；有和八戒联手骗东家钱财的商善赞；有一味向洋人献媚的警察局督办；有在日本贪图风花雪月，浑浑噩噩地生活的留学生；还有胆小自私，只会瞒上欺下的海里的龟官鳖吏。通过对这个鬼蜮世界的描写，影射维新变法时期社会上出现的种种丑恶现象。

寓言体谴责小说有其共同的特点。

第一，这些小说尽管谈神说鬼，却没有任何宗教色彩，也与以往神魔小说所描述的神怪世界无缘，纯粹把谈神说鬼当作一种手法。《何典》和《宪之魂》写的都是阴司，但只是借用了传说中阴司的人名地名，其他则完全等同于人间社会。《蜗触蛮三国争地记》名为写昆虫国，但书中的人和事都是中国近代史上的真人真事。总之，作品只是借用神话故事中的有关名词，其内容则完全是写实的。第二，这些小说又都具有问题小说的特点：作品不注重艺术形象的塑造，也不设置惊险离奇的故事情节，只注重反映世风世俗和某种社会弊端。第三，小说的语言风格幽默、辛辣，并极度夸张。如果说，谴责小说的语言已具嬉笑怒骂、夸张失实的特点的话，那么，它的夸张毕竟要受现实的制约，而讽喻现实的神怪小说写的是超现实的人和事，夸张起来可以漫无边际。例如：《蜗触蛮三国争地记》以蜗牛国喻中国，已经在讽刺中国社会发展的缓慢；其左、右丞相分别是叩头虫、应声虫，又嘲讽列强入侵时中枢大臣的平庸无能；外交大臣名为可怜虫，又讽刺中国外交上的软弱。谴责小说再夸张，也只能是夸大其词而已，不可能给大臣们加上这样的头衔。再如，《常言道》第十一回写钱士命得到金银钱时的表现：

（他）把子钱细看，心中暗想："那得这个金银钱再大些好了。"心未想完，忽见那金银钱登时大了。立起，宛如月洞一般，这钱眼之内，竟可容身。钱士命看见，欢天喜地，手舞足蹈，在这钱眼中钻来钻去，迁筋头耍子。①

钻进钱眼里，本来是一种象征性的语言。现实生活中的人，无论怎样贪财，也无法真正钻到钱眼里去。只有这类借助于想象反映现实的作品，才有这样的描写。寓言式的谴责小说确实也有鲁迅所说的"词意浅露，已同谩骂"的特点。小说没有鲜明的艺术形象，没有生动感人的情节；反对什么，拥护什么，都是作者直截了当说出来的。尽管问题说得很明白，对丑恶现象的抨击也很解气，但是没有文学作品所应有的美感。

此外，晚清时期还有一种托名历史的谴责小说。这类小说与借古讽今小说有所不同：借古讽今的小说用历史人物、历史事件讽喻现实，而此类小说借古人的名字，写现实社会的事件。比较典型的作品是陆士谔的《新三国》《新水浒》。

《新水浒》五卷二十四回，出版于 1909 年。作者陆士谔（1874—1944），名守先，字士谔，江苏青浦县（今属上海市）人。他出身寒门，早年行医，后到上海创作小说。著作颇丰，作有五六十种小说，如《精禽填海记》《滔天浪》《鬼国史》《新上海》《新野叟曝谈》等。这些小说大都涉及维新问题。

《新水浒》写梁山好汉听说朝廷正在变法，也成立了梁山会，并派众会员下山经营实业。宋江与朱仝开天灾筹赈公所，既得美名，又发大财。吴用令圣手书生萧让创办《呼天日报》掊击时事，销路大畅，官场中人读之色变。蔡九知府只得花十万银子买下报馆。汤隆、刘唐兴办铁路，颇得众望，被推为总理、协理。后来，他们以宋江治理梁山之法经营铁路，名声益著，骗钱也较众人容易十倍。陶宗旺以大公馆做妓院，生意兴隆，九尾龟名声大振。白面郎君郑天寿开办尚德女学堂，却与妻妹关系暧昧，并刺杀其夫，妻妹羞愧自尽。孙二娘开夜花园，供人密期幽会；扈三娘开办夜总会，均生意兴旺。……独李逵生性梗直，不但不会经营，还打

---

① 《常言道》，第 216 页，《古本小说集成》，上海：上海古籍出版社，1994。

死翻戏骗子,被监禁。论功行赏时扈三娘营利最多,排名第一;李逵分文未挣,列为下等。本书中梁山好汉是以强盗的身份出现的。写他们变法,实际上是说他们借变法之名,行劫掠诈骗之实。

《新水浒》创作的时代,正是慈禧太后搞假维新的时期。这部小说假借梁山好汉的"维新",讽刺清政府搞维新的"文明面目,强盗心肠"。

同年问世的《新三国》,五卷三十回,则重在正面表现作者的维新主张。小说通过描写三国不同形式的维新,改写了三国的历史。东吴因为濒临长江,开通最早。蒋干发起,经孙权同意,由周瑜主持变法事宜。他们改变官制,设立务政院分治各事;颁行新律;整顿军务;修筑铁路;派使出洋。但由于他们变法注重形式,推行的是新法皮毛,所以效果不显著,孙权忧愤而死。魏国变法,乃假变法。曹丕篡汉,人心不服,表示革新政治以收买人心。但司马懿恣意弄权,华歆专意搜刮,管宁在国内又实施暗杀政策,搞得人心惶惶,国力渐弱。蜀汉由诸葛亮主持变法,注重改变政体,立上下议院;调查户口,改正官制,汰冗删烦;破除迷信,广开学堂,开办官书局;讲求声、光、电、化学问,创电汽车、电枪电炮。结果蜀汉国力大振,联吴灭魏,三国归汉。小说批评的注重形式、推行新法皮毛的东吴维新,影射洋务派的革新主张;魏国旨在收买人心的假变法,又是影射慈禧太后推行的假维新;诸葛亮主持的变法指的是康、梁的变法主张。作者借描写历史人物的种种变法,指出只有改变政体,讲求声、光、电、化学问,才能使国家富强。

这类小说都不尊重历史事实,完全将历史变为容纳自己主观情致的工具。其作品侧重于说明道理,阐述政治主张,不注重人物形象的刻画和情节的提炼,具有一定的思辩性,但缺少艺术感染力。

综上所述,晚清谴责小说是揭露社会弊端、宣传改良或革命主张的小说。这类小说对晚清社会的方方面面都进行了剖析,宣传革命、改良也颇为尽力,创作方法也是应有尽有。以往我们总是批评资产阶级改良派、革命派不注意发动群众,导致改良运动和资产阶级革命的失败。然而,从铺天盖地而来的谴责小说来看,笔者以为其实他们是尽力了,只是封建传统观念的积淀太沉重了,小说家使出了浑身的解数,也没有能从根本上"新民"。这类小说的文学价值普遍不高,但在特定的历史条件下对于推动历史的前进起到了积极的作用。

第二十五章
晚清的政治小说

　　政治小说，也是中国晚清小说的一个新的品类。这类小说的主要特点，是正面宣传某种政治主张。晚清风云突变的社会现实，赋予了文学创作以干预现实的使命。大量的政治小说，以昂扬的爱国激情，并不成熟也无暇雕琢的艺术手段，积极参与了启蒙与救亡运动。

第一节　宣传政体改良的《新中国未来记》
　　　　与《未来世界》

　　晚清政治小说中，有一些作品是直接宣传政体改良的，比较典型的是《新中国未来记》和《未来世界》。

　　《新中国未来记》是我国政治小说的开山之作。作者梁启超(1873—1929)，字卓如，号任公，别署饮冰室主人，著名的资产阶级政治家、宣传家。《新中国未来记》是他创作的唯一的一部小说。

　　《新中国未来记》五回(未完)，刊于《新小说》1—3号(1902年11月—1903年1月)。

　　《新中国未来记》写作的时候，国家的局势非常混乱。慈禧太后刚刚镇压了戊戌变法，紧接着又有八国联军发动了侵华战争。清王朝的腐败无能已经暴露无疑。在这种情况下,原来许多赞成立宪的人,如孙中山、章太炎等纷纷转向了"排满抗清"的武力革命。坚持实行立宪的人,又想逼慈禧归政于光绪帝,继续进行政体改良。中国社会何去何从,困扰着大多数国民的心。梁启超的《新中国未来记》,和他的新体散文一样,"必择众人目光心力所最趋注者"来写。小说的中心内容,是探讨在当时的情势下,中国是应该实行君主立宪制,还是应该革命。

小说中设置了两个人物——黄克强和李去病。二人对清政府的腐败无能的认识都很深刻,也都迫切地感到改革政治的必要。但是,在如何进行改革,建立什么样的政权方面,他们有分歧。李去病的观点比较激烈,他认为:汉族人不能由满族统治。而且,"政权总是归在多数人手里,那国家才能安宁"①。因此,他反对君主立宪,主张中国要经过流血的阶段,用武力推翻清王朝,建立民主共和制度。而黄克强则认为,民主共和制度固然很好,但这是"理想上头的,不是实际上头的"。因为中国的百姓尚未开化,即便是实现了民主政治,他们也无法履行自己的职责。他还认为,"现在朝廷,虽然三百年前和我们不同国,到了今日,也差不多变成了双生的桃儿,分擘不开了"。因此,他主张建立君主立宪制,将来再慢慢过渡到民主共和制。黄克强的观点,代表了梁启超本人的观点。小说让两人反复论辩达四十四次之多,把革命和立宪的利弊阐述得十分清晰,十分深刻。比较可贵的是,梁启超虽然不赞成革命的主张,但对李去病其人的描写没有丝毫攻击、丑化,而是客观冷静地把两种不同的观点摆出来,进行实事求是的分析,力图以理服人。仅此一点,就远远强过以对政敌进行人身攻击代替论辩的《大马扁》等作品。

小说还刻画了一个不学无术,只会赶时髦的口头革命派人物宗明的形象。他虽然留学日本,却连日文也认不了几个,只学会了几个时髦的词语天天挂在嘴边,开口革命,闭口奴隶。他演讲的时候也是翻来覆去的几句话:"今日的支那,只有革命,必要革命,不能不革命,万万不可以不革命。"这对于这样的口头革命派,作者是嗤之以鼻的。

---

① 《新中国未来记》,第 493 页,收于《中国近代珍稀本小说》第 5 册,沈阳:春风文艺出版社,1997。

《新中国未来记》没有鲜明的人物形象，也没有生动感人的情节，连篇累牍地讲述改良和革命的道理。这对于今天的读者来说，大有不堪卒读之感。但是，由于小说的时代气息非常浓厚，当时的人是会感兴趣的。小说问世不久，即在1913年，康有为发表了一篇政论文——《与南北美洲诸华商书》，把《新中国未来记》中黄克强的观点阐述得更加清楚。同年，章太炎的《驳康有为论革命书》，又强调了进行资产阶级革命的理由。双方展开了更为激烈的争论。由此，也可以看出这部小说在当时的影响。

《未来世界》二十六回，作者署名春驹，不详何人。小说最初连载于1907—1908年的《月月小说》上，标为"立宪小说"。

《未来世界》也是宣传政体改良的小说。作者对中国的封建专制制度的罪行进行了有力的批判，认为历来的封建统治者都是用专制的君权，"把那一班同胞的百姓，黄种的国民，弄得个塞了耳目，窒了心思，哪里晓得什么叫作自由？什么叫作立宪？只把一个君主大皇帝，当个天大地大无大不大的脚色一般，把那自家应享的自由，应得的权利，连着那身家性命，一古脑儿双手高擎，服服帖帖的一齐奉送，还不敢放一个屁儿。"一些草莽英雄，只知打倒皇帝做皇帝，"非但不肯改良政体，并且把那以前的专制手段，越发伸得厉害了些"，以便使人不敢想要夺他的江山。这样一来，养成了皇帝专横跋扈，而百姓只知俯首听命的习俗。而正因为广大民众的不振作，致使在列强的侵略面前，弄得"主权削弱，种族沦亡"。因此，封建专制制度必须改良。

在政体改良方面，小说主张实行君主立宪，反对资产阶级革命。原因有两点：一是认为当时的民众尚不觉悟，不会履行自己的政治权利，无法建立真正的民主共和制度；二是认为满族也是我们黄种同胞，大敌当前，应该"急急的把满汉结成团体，同力合作的去抵制外人"，而不应"排满"。[①]

紧接着，小说通过具体的艺术形象，表明自己的政治主张。作者认为，改良的关键是普及国民教育，向国民输入自治精神和文明思想。在这一方面，作者既反对过于守旧，又反对过于激进。杭州青年郭殿

[①]《未来世界》，第395页，收于《中国近代珍稀本小说》第10册，沈阳：春风文艺出版社，1997。其后该作引文均据此本，仅在行中标明回数。

光,想要进民智学校读书,顽固守旧的父亲百般阻挠,郭便运用"立宪时代"的"自治权"和父亲发生争执。民智学校的总教习陈国柱,先是批评了郭对父亲的不礼貌,"平权自由的话头,是称那国民的团体,……并不是叫你在家庭之内,实行那平等主义的"(第三回),又劝导郭父应该让儿子进学堂。自由恋爱也应该恰到好处:到美国留过学的赵素华,自由结婚以后又自由离婚,自由太过。大家闺秀符碧芙,虽然有了恋人,却不敢争取婚姻自主,由母亲包办嫁了一个恶丈夫,终于抑郁而死,又太过保守。对外交涉也是如此。钱塘县有个天主教教士马德生,要占水师营哨官倪胜标的地基。钱塘县令姚小石对洋人一味姑息,并想和洋人一起想方设法占那块地基;倪胜标不服,用强硬手段聚众闹事。仍是那位民智学校的总教习陈国柱,接替了县令的职务,同马德生据理力争,既争回了地基,又未酿成外事纠纷。看来,作者之所以赞成立宪而不赞成革命,可能也与这种中庸思想有关。孤立地看,小说的主张不无道理。但在封建家长不允许子女有什么自由的时候,当列强蛮不讲理地欺压中国人的时候,这种中庸主张,这种平和手段,其实都是不能奏效的。

艺术手法上,《未来世界》不像《新中国未来记》那样一味发议论,而是力图通过具体的故事说明问题。但是,由于小说不注重人物形象的刻画和故事情节的设置,人物形象、故事情节仍是问题的载体。书中倒是有一个游离于主题之外的谋杀案,写得颇为精彩。

第二节　宣传资产阶级革命的《瓜分惨祸预言记》与《狮子吼》

宣传资产阶级革命的小说,大都不探讨如何变革政治体制。小说侧重描写的,是反清排满,救亡图存。比较典型的作品是《瓜分惨祸预言记》、《狮子吼》和《自由结婚》。

《瓜分惨祸预言记》,又名《陪泪录》,十回。署"日本女士中江笃济藏本,中国男儿轩辕正裔译述"。据《中国文学大词典》记载,它的作者是郑权。此人身世不详,但从小说的内容看,应当是个资产阶级革命的先驱人物。有光绪二十九年(1903 年)上海独社出版的单行本。

《瓜分惨祸预言记》写作的时间,距八国联军进攻北京不久,正是中国的局势十分险恶的时候。小说的作者预言,中国将被列强瓜分,故此,号召国民团结起来,拼死抗敌,保卫国家。

小说写爱国志士黄勃,自幼立有大志,后来见国事日非,列强咸欲瓜分中国,便和其他留学生华永年、史有名、章千载,及女英雄夏震欧、王爱中等,组织民团,并感化土匪,共同起来保卫国家。清政府不仅不思保国,为了讨好洋人,反而镇压民团,在民团和洋人开战时,甚至还为洋人打头阵。无奈,留学生们一面和入侵的洋人打仗,一面抵抗镇压他们的清军。经过一番浴血奋战,他们虽然没有保住整个中国,但是建立了"兴华邦独立国",以夏震欧为大统领。史有名、章千载、万国闻等则为国献身。后来,兴华国的大臣到已沦亡的中国各地巡视,见人民痛苦不堪,立志以后光复整个中国。

《瓜分惨祸预言记》揭露了列强瓜分中国的野心。俄国占领了东三省之后,其他国家见中国无力抗争,也要步其后尘,瓜分中国。瓜分的方案是:"满洲、蒙古归俄罗斯;山东、北京归德意志;河南归比利时;四川、陕西、两湖、三江归英吉利;浙江归意大利;福建归日本;广西、云南、贵州归法兰西;广东东半归葡萄牙,西半归法兰西;那山西便归满洲人……"①小说还揭露了列强为了侵略中国,残酷地屠杀中国人民的罪行。英军进攻尚水时,见人便杀,"所有杀的人民,一个个都丢在河水里,登时那水已成了胭脂水似的红了"。(第四回)洋人进攻商州时,更是杀得尸堆如山,"那地上的人血,好不滑人"。(第七回)正因为此,作者号召民众,拼死也要把洋人赶出去。

小说也揭露了清政府对外献媚、对内凶残的嘴脸。当列强想要瓜分中国时,他们只知道维持他们对汉人的统治,根本不思保国:"彼等入关的时候,屠杀汉人,惨无人理。扬州屠城,至于三日;嘉定百姓,乃至三屠,而且纵彼丑类安坐而食吾民之膏血。……我们汉人心知非变法不可以图存,彼等偏恐怕变了法,我们汉人乖起来,彼便不得奴役我们,宁可将我土地割与外人,不许我们汉人得志。"(第七回)因此,他们帮助洋人镇压爱国人士。小说认为,要除洋人,必须先杀尽满人。

---

① 《瓜分惨祸预言记》,第 320 页,收于《中国近代小说大系》,南昌:百花洲文艺出版社,1991。其后该作引文均据此本,仅在行中标明回数。

小说还抨击了当时社会上普遍存在的恐洋病。一说起洋人，人人害怕，连小孩子也吓得不敢啼哭。作者感慨道："我国人，从前太自大，人人俱欲仇洋排外；庚子而后，特变为畏外媚外的了。"（第一回）作品号召民众，清除惧洋媚外的思想，组织起来，誓死捍卫自己的祖国。

《瓜分惨祸预言记》充溢着强烈的爱国主义思想，这是较早宣传革命思想的作品。在国家危难时，小说想要唤起民众，共同抵抗西方列强的侵略，推翻腐败无能的清政府，其进步作用是不言而喻的。

然而，小说的内容略显浅薄、幼稚。首先，作者对洋人的态度非常矛盾。一方面，小说对洋人瓜分中国、屠杀中国人民的罪行进行了揭露，另一方面，却又常常写他们的"正直"："这外国人的心肠是正直的，你若是和他抵抗的，他倒看重着你。就是接战，却是按着战法彼此交锋。打伤的人，他有十字会，还来救去医治。若是遇这五洲无有，万国羞闻的顺民，他便不由的怒气上冲，必要把他践作人泥。"（第四回）看来，小说之所以要写洋人的"正直"，目的只在于鼓励人们去掉恐外的情绪，奋力抗敌。尽管用意是好的，但使得小说的内容无法自圆其说。其次，小说对救亡图存的理解也是浅层次的。作者没有想到如何增强国家的实力，而只要求人们靠血肉之躯去拼命。如第二回写曾群誉在商州自立学堂进行爱国宣传后："众学生齐声鼓掌，口中共高声叫道：'为国死呵！为国死呵！男儿呀！男儿呀！男儿为国死呵！'"似乎只要拼着死，什么问题都能解决。再有，小说中写反对清王朝，不是出于反对封建制度，而是"排满"、复仇。第七回《复故仇血肉纷飞》中，写满人入关时杀得汉人血流成河，如今这些志士们也把他们杀得鸡犬不留。这样的描写，也令人难以接受。

宣传资产阶级革命的小说，还有陈天华的《狮子吼》。陈天华（1875—1905），字星台，号思黄、过庭，湖南新化人。光绪二十九年（1903年）留学日本时即投身革命。光绪三十一年（1905年）为抗议日本政府《取缔清韩留日学生规则》，愤而蹈海自杀。作品除《狮子吼》外，还有说唱文学《猛回头》《警世钟》。

《狮子吼》八回（未完），连载于1905年《民报》第1—5、7—9号。小说的创作主旨，在第一回的"楔子"中表现得比较清楚：作品写一个被称为"天朝"的混沌国，被东北方的一种野蛮人占领。野蛮人对混沌国的国民肆意欺凌。后来又来了什么蚕食国、鲸吞国、狐媚国,强行瓜分混沌国。作者与其友华人梦来到一座深山,山中虎狼成群,赶上来抓咬他们,作者大声呼号,惊醒了深山里的睡狮,睡狮大吼一声,追风逐电似的去追那些虎狼。显然,小说把中国比为睡狮,想要以自己的作品唤醒国民,重振神威。

小说前两回,讲述中国局势的危急和物竞天择、适者生存的道理。第三回以后,描述作者的社会理想。而这种理想,是通过对"民权村"的描述来体现的。首先,民权村的人都主张"排满":"要自强,必先排满。"因此,村中的人大都习武,具有尚武精神。其次,民权村注重办新学,因为"要排满自强,必先讲求新学"。学校里讲授卢梭的《民约论》,教习体操,开运动会。对于女子,提倡放足,上女校。此外,民权村的人还提倡自治,讲求自由。村里有议事厅、图书馆、学校、工厂、医院、公园等,这显然是西方资产阶级国家的模式。宣传这种社会理想,在当时具有进步意义。

《狮子吼》也表现出非常矛盾的思想:小说提倡平等自由,却又压制个性。民权村中的公立女校有这样的章程:"凡外人寄给学生的信,必先由监督阅过",然后才交给学生本人。一男校学生写信向一女生求爱,监督发现后,严厉责备女生:"自由结婚,文明各国虽有此例,但在我这学堂里,尚不能实行,尚不能任你自主。东洋的风俗,不比西洋,这事如果传出去,我这学堂的名誉,岂不就因你一个人而扫地了吗?"还说:"自由二字,是有界限的,没有界限,即是罪恶。"[1]在作者看来,自由恋爱超出了自由所限定的范围,因此男生被开除,女生羞得差点自杀。这显然反映了作者的思想局限。

《狮子吼》中的人物形象大都立不起来,故事情节也不连贯,且杂乱无章:有大段的说教,有寓言故事,还有大段的唱词。从作者的人品和小说创作的动机看,它应该享有一定的声誉;但从小说的艺术技巧看,我们又不能不承认它是一部失败的作品。

在宣传资产阶级革命的小说中,《自由结婚》是一部比较特殊的作品,它是从婚姻爱情故事入手,宣传"排满"、革命。

---

① 《狮子吼》,第66页,收于《中国近代小说大系》,南昌:百花洲文艺出版社,1991。

《自由结婚》，二编二十回（未完），题犹太遗民万古恨著，震旦女士自由花译。据冯自由《革命逸史》中的《开国前海内外革命书报一览》披露，其作者为章肇桐。章肇桐字叶候，号轶欧，江苏无锡人。曾就读于日本早稻田大学政治科，思想激进，回国后积极宣传资产阶级革命。《自由结婚》初版于 1903 年，后收入春风文艺出版社 1977 年出版的《中国近代珍稀本小说》中。

《自由结婚》写地球上有一个国家，名爱国，是个被异族统治、洋人欺凌的国家。"绝世英雄"黄祸和"绝代佳人"关关，都是爱国的人。他们志同道合，产生了爱情。但是，他们都无暇谈情说爱，而是把恢复故国的重任放在第一位。黄祸与关关痛打寻衅的小洋人，创办"自治学社"，鼓吹自由，反对专制。小说就在描写他们的种种革命活动中结束，却并未写到他们的婚姻。

《自由结婚》是宣传资产阶级革命的作品。小说托名"犹太遗民"作，就是把清统治者入主中原和犹太失国相提并论；向人们描述亡国之恨，号召人们"驱除异族，光复旧物"，"把已亡之国变成自主独立之雄邦"。

作品抨击得最厉害的是封建专制政权。小说认为，封建专制国家大体有两种人，一为盗贼，一为奴隶。国家的权柄都掌握在盗贼的手中；而那些奴隶，惟知屈从于强权，不管是本国本种的人，还是异国异种的人，只要做了皇帝，他们都一例俯首称臣。小说把专制政体称为"盗主国体""贼民政体"，并认为："几千来年的神皇圣帝，不是盗贼，就是盗子贼孙；不是盗子贼孙，就是盗亲贼戚。"①可见，作者反对的，不是哪一个皇帝，而是历来的封建专制制度。而小说对清政府抨击得尤为厉害："那个异族政府，他从前不过是个打牲游牧，人都不像个人的，后来侵入我国，居然称了什么太祖高皇帝，太宗低皇帝那些狗屁不通的名目，拿我们国里的人当作奴隶看待，屠戮奸淫，无所不至。……后来他又看见洋人十分厉害，恐怕触他的怒，就拿我们的地做个礼物，今天割一块，明天割一块。把我们的人做个牺牲，今天杀一个，明天杀一个。"（第九回）作者认为，洋人之所以敢这样横行无忌，全是异族政府姑息养奸之过。书中还写一个叫屈新的，打算在爱国实行立宪制，结

---

① 《自由结婚》，第 120 页，收于《中国近代小说大系》，南昌：百花洲文艺出版社，1991。其后该作引文均据此本，仅在行中标明回数。

果不仅一事无成,反惹得顽固派、革命党双方的唾骂。作者认为:"这立宪本是好事,现在世界英、德、日本几个强国,哪一个不是立宪?但是现在要拿他行到我们的国里来,断没有这个道理的。这个缘故,也是因为那政府是个异族,他不立宪,我们还可以报仇,他立了宪,恩赐了几十条狗彘不食的钦定宪法,再拿些小恩小惠埋伏了人心,却暗中钳制你,压服你,使你不知不觉,服服帖帖地做他的奴隶……于是他依旧神器,依旧江山,安然无恙。"(第四回)因此,作者主张武力推翻清王朝。

小说也猛烈抨击了那些汉族的奴隶。这些人没有头脑,没有气节,"只要看见你身披龙袍,高高的坐在金銮殿上,他就跪下连磕几个头,口称:'太祖高皇帝万岁,万万岁',任凭你阿猫、阿狗、王八、狗蛋来,都是如此。"(第二回)如果别的人不肯服从盗贼皇帝,他们便以为是大逆不道,帮助盗贼砍杀自己的同胞,以博得个野蛮将相,顶戴花翎。"堂上坐着的官吏","路上立着的巡捕",都是认贼作父、为虎作伥的奴隶。洋人入侵,清廷暴虐,又都是因为这些奴隶的奴性所致。因此,这些同族的奴隶,也在该杀之数。

对于洋人的挑衅,作者认为应当坚决还击,扼制他们的气焰。否则,他们会得寸进尺,"来分割我们的地方,好像切瓜剖豆一般"。应该说,小说对当时局势的看法,及其政治主张,都有一定的道理。但是,不分青红皂白,对满族人一例仇视,将官吏、巡捕一例视为可杀之数,又是十分偏颇的。

《自由结婚》的作者对于爱情的描写颇有偏见。在他看来,在国难面前,儿女之情应该完全融入社会责任感中。黄祸与关关同校读书,尽管他们一个是绝世英雄,一个是绝代佳人,但二人之间既无才貌方面的相互吸引,也无自然情感的交流,完全是靠恢复故国的责任感把他们联系到一起。黄祸牢记自己有三大仇人:"第一仇人是异族政府,第二仇人是外国人,第三仇人是同族奴隶。"(第三回)关关得一深明大义的乳母的教诲,也有强烈的爱国心。她自幼发誓:"一生不愿嫁人,只愿把此身嫁与爱国。"因此,他们之间从不谈情说爱,讲的都是政治道理。他们无暇顾及婚姻大事,只致力于救亡图存的大业。他们还约定,只有在国家光复之后,才会考虑婚姻问题。

作者的思想相当混乱,他提倡婚姻自由,又宣扬妇女贞节观念。有位叫一飞公主的人,十分痛恨"那野蛮贱种卖淫老妇薰天女皇坐龙庭"，组织光复党，立志复兴爱国。她在勉励众女性为国争光时说："我们女人的程度样样不如男人，说来都要羞死。独有一件事情，可见得我们有个极好极好的性质，胜过那些男人不啻十倍百倍。这是什么事情呢？就是能够替丈夫守节。……诸位姊妹大约非是烈女，就是节妇。替一人守节，既然说到做到，叫我真正拜倒。你今向后，就可以替国守节，替种守节。"（第十四回）总之，在作者看来，人的自然情感都应该被社会情感所代替。正因为此，书名《自由结婚》，但作品对婚姻爱情的描写完全被政治描写所湮没。笔者认为，人的自然情感固然应该服从于社会情感，但社会情感不应完全取代自然情感。换句话说，恋爱婚姻，并不一定影响救亡大业。作者既让黄祸与关关以情侣的身份出现，又不愿涉及情爱的领域，反而使得小说有名实不符之感。小说把民族气节与封建礼教强加到妇女身上的节烈观完全混为一谈，并大加赞赏，更为荒谬。

《自由结婚》和其他政治小说一样，不注重人物形象的刻画，也不注重情节的设置，议论多而描写少，在宣传资产阶级革命方面有一定的积极作用，但所表现出来的思想显得幼稚浅薄。

第三节 宣传妇女解放运动的小说《黄绣球》等

近代的政治小说中，写得比较多的还有宣传妇女解放运动的小说，有海天独啸子的《女娲石》（1904 年），颐琐的《黄绣球》（1905 年），思绮斋的《女子权》（1907 年），静观自得斋主人的《中国之女铜像》（1919 年），王妙如的《女狱花》等。这些小说的主导思想、表现方法都有相似之处。

首先，这些小说都反对男尊女卑的观念："历来的人，都把男子比作雄，女子比作雌，说是女子只可雌伏，男子才可雄飞，这句话我却不信。……男人女人，又都一样的有四肢五官，一样的是穿衣吃饭，一样是国家百姓，何处有个偏枯？"[①]因此，小说都主张提高妇女的地位，"欲

---

①《黄绣球》，第 256 页，收于《中国近代文学大系·小说集五》，上海：上海书店出版社，1992。

将二千年来被男人夺去的权利夺了转来"①。

其次,作品都把放足和办女学,视为妇女解放的标志。《黄绣球》中的黄秀秋,懂得男女平权的道理以后,发大誓愿要将地球锦绣一新,遂将名字改为绣球。她先是提倡放足,为此曾被下狱,出狱后继续奋斗,办起了学校,还把不缠足、婚姻卫生、体育胎教和遗传强种的道理编成白话、弹词令人说唱。经过她的种种努力,加上开明官吏施有功的大力支持,她所在的村庄面貌焕然一新。后来,她又将这种主张一步步地推广,终于实现了一个县的独立自治。《中国之女铜像》中的胡仿兰读了一些新书,思想觉悟提高以后所做的第一件事也是放足。她自己放了足,也不给女儿缠足,还劝导邻近的妇女放足,并抽时间教她们读书。她的这种行为竟被顽固的婆婆、丈夫视为"大逆不道",逼她吃鸦片自杀。为了纪念她,女界集资为她铸了铜像。《女子权》中的贞娘,先在北京大学校里读书,后来又主办《自由报》,因为文章写得好,被称为"中国女斯宾塞"②。此外,许多女子都想冲出闺房,走向社会,做一番轰轰烈烈的事业。

小说对妇女解放运动的看法,又都有明显的偏颇之处,也有一些过激之词。首先,许多作品错误地把男性作为革命对象。《女狱花》中的沙雪梅反对丈夫的压制,一拳打死了丈夫,不仅不悔,还口口声声骂"男贼";《女娲石》提出了"灭四贼"的口号,其中第一条"灭内贼",就是指要"绝夫妇之爱,割儿女之情"。虽然"革命之事,先从激烈,后归平和"(《女狱花》),但这种以男性为革命目标的做法还是令人觉得不近人情,也同样违背了男女平权的原则。其次,小说所宣扬的妇女解放,只停留在表层。几部作品都把反对穿耳、缠足视为衡量妇女解放的标尺,却没有把矛头指向扼杀人性的封建伦理道德观念。"中国的女斯宾塞"贞娘,大声疾呼,倡导女权,却不能在自己的婚姻问题上自主,要等皇帝下诏才和意中人结合。被视为"中国之女铜像"的胡仿兰,却认为婚姻自由是不良风气:"中国的女界,凭你大家闺秀,通文识字虽多,要明白事理的,都是绝无仅有。一旦脚也放了,良也改了,行动都便当了,那时节只怕她把西国之良法,丢去九霄云外,却听了些男女平权,

---

① 《女狱花》,第 735 页,收于《中国近代小说大系》,南昌:百花洲文艺出版社,1993。
② 斯宾塞,英国社会学家,提倡男女平权,著有《女权篇》。

自由结婚的邪说,管他是不是西国的风俗,只要听在耳内,便不问情由的效学起来,那时岂不要愈改愈不良么?"她一直以秋瑾为典范,后来听说秋瑾是与丈夫离过婚的,便认为这是行为不端。偶像破灭,加上婆婆、丈夫的迫害,她竟颓然就死。若单就婚姻爱情方面而言,这些小说观念甚至比不上"鸳鸯蝴蝶派"的小说作品更有意义。

第四节　宣传科学救国的《月球殖民地》与《新纪元》

《月球殖民地》和《新纪元》,都属于科幻小说。

科幻小说,全称科学幻想小说,又称科学传奇。是以现有的科学成就为基础,加上科学的预见,以幻想的方式描写人们利用自然科学所创造的奇迹,展示未来社会科学发展前景的小说。优秀的科幻小说把科学与艺术很好地结合起来,既能开阔读者的视野,培养人们对于科学的兴趣,又能给人以美的愉悦。科幻小说产生于19世纪初期的西方国家。19世纪末20世纪初,我国的改良派和革命派人士为了"启迪民智",翻译介绍了不少西方的科幻小说,如梁启超翻译的《十五小豪杰》、鲁迅翻译的《月界旅行》、周桂笙翻译的《地心旅行》等。在这些译作的影响下,我国的小说家也开始自己创作科幻小说,比较典型的有《月球殖民地》和《新纪元》。这类小说本应属于另一流派,然而,一则因为这类作品数量少,创作方法上幼稚,对当时和后来的影响都不大;二则这些小说都倡导科学强国,社会功利性较强,符合政治小说的创作主张,所以我们把它们放到政治小说中分析。

《月球殖民地》三十五回(未完),题"荒江钓叟撰",作者不详。载于1904—1905年出版的《绣像小说》。

《月球殖民地》是以一个悲欢离合的爱情故事为线索,讲述自然科学成就的。湖南的士人龙孟华,因要刺杀权奸,误杀他人,被政府通令缉拿。逃难时他所乘轮船被撞失事,和妻子凤氏失散。此后小说就以龙孟华寻找凤氏及当时尚在母腹的儿子为线索,让其周游世界各地,展示一些科学发明。

小说所写的科学发明,主要是日本人玉太郎制作的一个气球,"那气球的外面,晶光烁烁,仿佛像天空的月轮一样"。气球里面,"除气仓之外,那会客的有客厅,练身体的有体操场,其余卧室及大餐间,没有一件不齐备,铺设没有一件不精致"。① 而且,气球行驶如飞,操作自如。玉太郎的妻子是龙孟华朋友的女儿,所以一贯站到有正气的中国人一边。龙孟华就是靠了他的气球,周游美国、英国乃至欧洲、美洲,最后终于在石镜岩找到妻子。小说还写了一种医疗器械"透光镜",只要向病人身上一照,五脏六腑就立刻看得清清楚楚。此外,玉太郎还发明了一种"绿气大炮",清王朝在刑场杀害爱国志士时,"玉太郎看得势头不好,急急开动绿气大炮,但听得一声响,便把满法场的人尽数冲死",然后他们再用一种药水解救那些应该解救的人。(第二十四回)尽管这种有客厅、有卧室、有操场,行驶如飞的气球至今没有出现,但是这种想象还是相当有吸引力的。

《新纪元》二十回,作者署为碧荷馆主人,不详何人。光绪三十四年(1908年)小说林社出版。小说写西历1999年,中国上议院中的议员,认为中国自汉、唐以来,一直用帝王的年号纪年,甚为不便,倡议改用皇帝纪年。当时,中国早已改为立宪政体,人民有一千兆之多,被列强租借的地方也早已收回,很是强大,各国对中国也早已刮目相看。忽然听说中国政府下令改用新纪元,以为这是联络黄种、称霸世界的信号。白种各国纷纷聚集到何来国(荷兰)万国和平会上,共同商议抵制中国的办法。欧洲的匈耶律国(匈牙利),因为是曾与中国邻近的匈奴的后裔而被摒弃在外,匈耶律国的白种人和黄种人顿起纠纷。匈王向中国大皇帝告急,请求出兵援助。以独(德)、弗(法)两国为首的白种国家,乘机调兵侵入匈国。中国派精通格致理化之学的黄之盛为总统水陆诸军兵马大元帅,保护匈国。于是,黄种的国家与白种的国家展开了一场世界大战。

这场战争使用的都是极新式的武器,有能够潜行水底的侦探舰,有在云雾之中照样能够观察到两三海里外敌情的知觉器,有射出的白光能直透海底的宝镜,有避免轮船相撞的免撞轮机,有利用电波在水面探险的探险器,还有"百年来海军最毒之器"潜行雷艇,各种水雷、战舰更不在话下。由于中国武器先进,打败了白种国家。白种国家遣使

---

① 《月球殖民地》,第245页,收于《中国近代小说大系》,南昌:百花洲文艺出版社,1989。其后该作引文均据此本,仅在行中标明回数。

求和,签订了足以令中国人扬眉吐气的十二条和约。小说的结尾还写道:"强弱由来无定许,全凭人力挽天行。"显然,小说希望靠科学强国,不仅可以摆脱眼下被动挨打的局面,还能够称霸全球。

客观地说,晚清科幻小说的创作是不成功的。一则我国科学技术远远落后于西方各国,创作科幻小说缺乏现实基础,二则这些小说功利的目的太强,忽略了小说应有的审美价值,所以作品没有太大的艺术感染力。但是,科幻小说产生的意义是不容忽视的。鲁迅在《月界旅行·辨言》中说:"我国说部,若言情谈故刺时志怪者,架栋汗牛,而独于科学小说,乃如麟角。智识荒隘,此实一端。故苟欲弥今日译界之缺点,导中国人群以进行,必自科学小说始。"①鲁迅此言,未免夸大了科幻小说的作用。但是,科幻小说对于改变我国只重人伦物理、轻视自然科学的观念,无疑能起到促进作用。

政治小说的创作,在我国小说史上有重要意义。文学作为上层建筑之一,作为一种意识形态,应该干预社会,有益于人生,并有较强的时代感。政治小说的意义,就在于它改变了以往的小说仅供人们娱乐和消遣的无足轻重的地位,强调小说应有巨大的社会认识价值和社会批判价值。这一点,是现在的小说家也应该遵从的。然而,我们也遗憾地看到,政治小说家们没有深入地探讨小说艺术自身的特点,径直要求用小说宣讲政治改良的道理,"发表政见,商榷国计",写"胸中所怀,政治之议论"。小说是对现实生活的艺术反映,它离不开生动鲜明的艺术形象,至少也应该给人以美感。干巴枯燥的政治说教,很难称得上是小说。梁启超自己也承认,《新中国未来记》"似说部非说部,似稗史非稗史,似论著非论著,不知成何种文体。……编中往往多载法律、章程、演说、论文等,连篇累牍,毫无趣味"②。故此,我们肯定政治小说在特定历史时期的进步作用,也指出其不足,以便为以后此类小说的创作提供鉴戒。

---

①《鲁迅全集》第10卷,第152页,北京:人民文学出版社,1981。

② 转引自陈平原、夏晓虹编《二十世纪中国小说理论史》(第一卷),第38页,北京:北京大学出版社,1989。

主要参考书目

鲁迅全集.北京:人民文学出版社,1981

胡适论中国古典小说.武汉:长江文艺出版社,1987

郑振铎.中国文学研究.北京:作家出版社,1957

阿英.晚清小说史.北京:东方出版社,1996

袁世硕.文学史学的明清小说研究.天津:天津教育出版社,2008

袁行霈主编.中国文学史.北京:高等教育出版社,1999

张稔穰.中国古代小说艺术教程.济南:山东教育出版社,1998

刘再复.性格组合论.合肥:安徽文艺出版社,1999

吴功正.小说美学.南京:江苏文艺出版社,1987

王汝梅等.中国小说理论史.杭州:浙江古籍出版社,2001

陈文新等.明清章回小说流派研究.武汉:武汉大学出版社,2003

何刚德.春明梦录·客座偶谈.上海:上海古籍书店,1983

徐柯编.清稗类钞.北京:中华书局,1986

古本小说集成.上海:上海古籍出版社,1990—1994

中国近代小说大系.南昌:百花洲文艺出版社,

1990—1998

中国近代珍稀本小说. 沈阳：春风文艺出版社,1997

孔另境. 中国小说史料. 上海：上海古籍出版社,1982

罗贯中. 三国演义. 北京：人民文学出版社,1977

施耐庵、罗贯中. 水浒传. 北京：人民文学出版社,1989

吴承恩. 西游记. 济南：齐鲁书社,1980

许仲琳编辑. 封神演义. 杭州：浙江文艺出版社,1990

袁于令评改. 隋史遗文. 北京：北京大学出版社,1988

兰陵笑笑生. 金瓶梅. 济南：齐鲁书社,1989

丁耀亢. 金瓶梅续书三种. 济南：齐鲁书社,1988

随缘下士. 林兰香. 北京：华夏出版社,1995

青心才人. 金云翘传. 沈阳：春风文艺出版社,1983

熊大木编撰. 杨家将演义. 北京：金盾出版社,2003

钱彩. 说岳全传. 北京：人民文学出版社,2007

褚人获. 隋唐演义. 长春：吉林大学出版社,2011

西周生. 醒世姻缘传. 济南：齐鲁书社,1980

吴敬梓. 儒林外史. 北京：人民文学出版社,1981

曹雪芹. 红楼梦八十回校本. 北京：人民文学出版社,1993

曹雪芹. 红楼梦后部四十回. 北京：人民文学出版社,1993

一粟. 古典文学研究资料汇编·红楼梦卷. 北京：中华书局,1985

文康. 儿女英雄传. 上海：上海古籍出版社,2001

李绿园. 歧路灯. 郑州：中州书画社,1980

李汝珍. 镜花缘. 郑州：中州古籍出版社,1998

俞万春. 荡寇志. 北京：人民文学出版社,1981

施公案. 北京：宝文堂书店,1982

石玉昆. 三侠五义. 北京：人民文学出版社,2001

贪梦道人. 彭公案. 北京：宝文堂书店,1986

狄公案. 济南：齐鲁书社,2008

庾岭劳人. 蜃楼志. 济南：齐鲁书社,1988

魏子安. 花月痕. 福州：福建人民出版社,1981

尹湛纳希. 一层楼. 呼和浩特：内蒙古人民出版社,1978

尹湛纳希. 泣红亭. 呼和浩特：内蒙古人民出版社，1981

西冷野樵. 绘芳录. 北京：北京大学出版社，1990

邗上蒙人. 风月梦. 北京：北京大学出版社，1990

韩邦庆. 海上花列传. 北京：人民文学出版社，1982

诞叟. 梼杌萃编. 天津：百花文艺出版社，1989

吟梅山人. 兰花梦奇传. 北京：华夏出版社，1995

李宝嘉. 官场现形记. 北京：人民文学出版社，1985

吴趼人. 二十年目睹之怪现状. 北京：人民文学出版社，1959

吴趼人小说四种. 长春：吉林文史出版社，1986

曾朴. 孽海花. 上海：上海古籍出版社，1979

遽园. 负曝闲谈. 长春：吉林文史出版社，1987

冷佛. 春阿氏. 长春：吉林文史出版社，1987

杨尘因. 新华春梦记. 长沙：岳麓书社，1985

黄世仲. 洪秀全演义. 北京：人民文学出版社，1984

吴三桂演义. 北京：中国文联出版公司，1989

平江不肖生. 江湖奇侠传. 长沙：岳麓书社，1990

李涵秋. 广陵潮. 天津：百花文艺出版社，1986

孙家振. 海上繁华梦. 济南：齐鲁书社，1995